KB204426

식민지 시기
근대한국학의 형성과
분과학적 전개

글쓴이(수록순)

반재유 潘在裕, Ban Jae-yu
연세대학교 근대한국학연구소 학술연구교수
손동호 孫東鎬, Son, Dong Ho
한국인문사회총연합회 학술연구교수
배현자 裵賢子, Bae Hyun-ja
연세대학교 미래캠퍼스 강사
현명호 玄明昊, Hyun Myung Ho
동북아역사재단 연구위원
김우형 金祐瑩, Kim Woo-hyung
연세대학교 근대한국학연구소 HK연구교수
김병문 金炳文, Kim Byung-moon
연세대학교 근대한국학연구소 HK교수
심희찬 沈熙燦, Shim Hee-chan
연세대학교 근대한국학연구소 HK교수
정대성 鄭大聖, Jeong Dae-Seong
연세대학교 근대한국학연구소 HK교수

엮은이

김병문 金炳文, Kim Byung-moon
김우형 金祐瑩, Kim Woo-hyung
반재유 潘在裕, Ban Jae-yu

식민지 시기 근대한국학의 형성과 분과학적 전개

초판발행 2024년 10월 10일

지은이 연세대 근대한국학연구소 인문한국플러스(HK+) 사업단
엮은이 김병문 · 김우형 · 반재유
펴낸이 박성모
펴낸곳 소명출판
출판등록 제1998-000017호
주소 06641 서울시 서초구 사임당로14길 15 서광빌딩 2층
전화 02-585-7840
팩스 02-585-7848
이메일 somyungbooks@daum.net
홈페이지 www.somyong.co.kr

ISBN 979-11-5905-966-7 93810
정가 29,000원

이 책은 2017년 정부(교육부)의 재원으로 한국연구재단의 지원을 받아 수행된 연구임(NRF-2017S1A6A3A01079581)

연세
근대한국학HK+
연구총서
008

식민지 시기 근대한국학의 형성과 분과학적 전개

연세대학교 근대한국학연구소
인문한국플러스(HK+) 사업단 지음
김병문 · 김우형 · 반재유 엮음

MODERN KOREAN NARRATIVES AND
HWANGSEONG SINMUN (1898~1910)

머리말

연세대학교 근대한국학연구소는 2017년 11월부터 "근대한국학의 지적 기반 성찰과 21세기 한국학의 전망"이라는 아젠다로 HK+ 사업을 수행해 왔다. 이제 7년간의 작업이 마무리되어 가는 시점이고, 그 성과를 정리해야 하는 단계이다. 여기에 묶어 내놓는 논문집『식민지 시기 근대한국학의 형성과 분과학적 전개』역시 HK+ 사업의 성과물 가운데 일부임은 물론이다.

이른바 '21세기 한국학의 전망'이란 것은 '근대한국학의 지적 기반'에 대한 발본적인 성찰 없이는 도저히 운위될 수 없을 것이라는 게 우리의 판단이었다. 그리고 메타DB의 구축과 분석은 그러한 작업을 위해 선택한 방법론이었다. 근대 전환기 이래 각종의 매체에 실린 한국의 역사 문화 관련 기사들을 생산한 이들은 누구였고, 그들이 주요하게 다룬 대상은 무엇이었으며, 참조한 레퍼런스는 어떤 것이었는가 등등을 '디지털인문학적'인 방법으로 추출하고 계량화해 보겠다는 것이었다.

대체로 지난 사업 기간 동안 해마다 전반기에는 이러한 DB 작업의 결과물을, 후반기에는 그러한 양적 분석에 토대를 둔 질적인 연구를 학술대회에서 발표해 왔다. 후반기의 질적 연구가 전반기의 양적 분석과 항상 직접적으로 연관되는 것은 아니었지만, 질적 연구는 당연히 양적 분석의 결과를 의식하지 않을 수 없었고, 또 데이터의 구축 방향은 질적 연구의 자장 안에 놓여 있었다.

이 논문집은 그 중에서도 질적 연구의 성과를 추린 것인데, 특히 각 분과학문이 그 내용과 체계를 갖추어 가던 1920~1930년대의 시기를 다룬 논문들을 모았다. 1910년 이전의 근대 전환기에 관한 연구 성과는 『근대 지식과 '조선-세계' 인식의 전환』소명출판, 2019과 『20세기 전환기 동아시아 지식장과 근대한국학 탄생의 계보』소명출판, 2020로 제출한 바 있다. 양적 연구와 질적 연구를 아우른 최종 결과물은 사업이 마무리된 이후 별도로 발간할 예정이다.

미셸 푸코는 『지식의 고고학』에서 담론 형성체를 분석하기 위해서는 담론의 대상, 주체, 전략 등이 형성되는 양상에 주의를 기울일 필요가 있다고 했다. 이 책에서 '매체, 주체, 과학'을 주요한 키워드로 삼은 것 역시 그와 무관치 않다. 매체에 우선 주목한 것은 근대적 담론의 '대상'이 가시화되고 언표화되는 '출현의 표면'이 바로 근대적 공론장이기 때문이다. 근대적 분과학문의 내용과 형식을 거칠게나마 인지하고, 조선에 관한 지知를 강박적으로 '과학'의 틀에 맞추려고 했던 새로운 '주체'들을 분석하는 작업 역시 필수적일 것임은 물론이다.

이 책은 크게 보아 '근대한국학의 지적 기반 성찰'이라는 주제를 다루고 있다. 그러나 그러한 '성찰'이 말 그대로 발본적이기 위해서는 무엇보다도 '한국학'이란 과연 무엇인가, '한국학'이란 것이 하나의 온전한 학문이기는 한가라는 근본적인 질문을 우회할 수는 없을 것이다.

예컨대 한국어학, 한국문학, 한국사학, 한국철학 등은 물론 어엿한 분과학문으로서 각각 그 나름의 연구 대상이며 방법론 등에 대한 일정한 합의가 없지 않다. 그러나 우리가 '한국학'이라고 부르는 것은 대체로 앞서 언급한 몇몇 분과학문을 그저 한데 모아 놓은 것에 불과하지 않은가? '한국학'이란 엄정한 의미에서 하나의 개별 학문이라기보다는 인문학, 자연과학, 공학 같은 것들처럼 몇몇 학문들을 특정 기준에 따라 분류해 놓은 것에 지나지 않은 것일지도 모른다.

그렇다면 '한국학'이 몇 가지의 분과학문을 불러 모을 수 있는 그 분류의 기준은 과연 무엇인가? 그것은 아마도 고전적 의미의 제국을 해체하고 근대에 그 모습을 드러낸 국민국가nation-state라는 단위일 것이다. 그리고 그러한 국민국가는 말할 것도 없이 다수의 서로 다른 국민국가들로 구성된 근대의 세계체제world-system를 전제로 한다. 제3세계의 자국학은 사실상 자신이 이 세계체제에 진입할 만한 어엿한 존재임을 증명하기 위해 구축해 나가야만 했던 담론이었던 것이 아닐까. 세계체제는 묻는다, 너는 누구냐고. 그러한 질문에 나의 언어와 나의 문학과 나의 역사와 나의 사상은 이것이라고 대답하기 위한 고군분투가 바로 근대한국학의 형성 과정이라고 해야 할 것이다.

소수 언어는 끊임없이 사멸해 가는데, '국어'의 숫자는 국민국가의 수만큼 자꾸만 늘어가는 이유 역시 바로 그러한 맥락에서 찾아야 할 것이다. 그 '국어'의 수만큼 '국사'와 '국민문학'이 존재하는 것은 마치 국민국가마다 저 나름의 화폐와 의회와 군대와 교육 제도가 필요한 것과 같은 이치이다. 그리고 각국의 화폐가 환율에 따라 등가 교환되듯이 '국어'는 다른 '국어'에 의해 (등가로) 번역되어 국민국가마다 개개의 고유한 사상과 미학이 존재한다는 '상상'을 가능케 한다.

근대전환기 조선이 '지知'의 대상으로 호출된 것은 우선 서구의 동방학에 의해서였다. 그리고 식민지 시기의 조선학과 해방 이후 지역학으로서의 Korean Studies의 경우를 생각해 보더라도, '한국학'이 처음부터 타자의 시선에서 자유로울 수 없었음은 자명하다. 물론 그때마다 타자와의 대결을 통해 참으로 놀라운 성과를 거두어 온 것도 사실이다. 그러나 그것이 여전히 국민국가의 자장 안에 머물러 있다면, '한국학'은 전혀 의도치 않게 여전히 세계체제에 복무하고 있는 것인지도 모른다.

지난 사업 기간 이러한 의문들이 제기되지 않았던 것은 아니다. 그렇지만 데이터 구축과 분석에 대한 압박, 쉬지 않고 진행되는 학술행사들 속에서 근본적인 질문은 종종 회피되었다. 그러나 우리 근대한국학연구소가 계속되는 한 이러한 고민 역시 지속될 수밖에 없을 것이다. 그러한 고민은 어쩌면 '한국학'이란 것을 도저히 용납할 수 없는, 또 다른 대상과 주체와 전략의 담론 형성체를 요청할는지도 모른다. 그러나 오히려 그것이 바로 '근대학국학의 지적 기반'에 대한 성찰을 통해 '21세기 한국학의 전망'을 기획하는 작업에 다름 아닐 것이다.

우리가 '한국학'의 지적 기반 성찰'이라는 소기의 성과를 거두었는지는 자신할 수 없다. 이에 대해서는 동료 연구자들의 엄정한 평가를 바라마지 않는다. 그러나 사업 기간 내내 문사철 전공의 연구자들이 한데 어우러져 공동 연구의 즐거움과 보람을 함께했다는 점에서만큼은 우리 사업이 분명 큰 성과를 거두었다고 자부한다. 서로 다른 전공과 배경, 지향을 지닌 이들이 큰 갈등 없이 7년의 공동 연구를 수행한다는 것은 실로 쉽지 않은 일이다. 흥업과 무실과 단계의 그 아름다운 밤들을 오래오래 기억하겠노라는 약속으로 7년 동안 함께 했던 선생님들께 감사의 말씀을 대신한다.

아울러 사업 기간 내내 DB 구축과 학술행사를 함께 해 준 연구보조원들께도 이 기회를 빌려 깊은 감사 말씀을 드린다. 필경 그들의 열의와 진지함이 없었더라면 이 사업은 불가능했을 것이다. 본격적인 공동 연구를 진행하지 못한 것이 못내 아쉬움으로 남지만, 앞으로 또 다른 기획가 있으리라고 믿는다. 사업의 시작부터 여러 우여곡절을 헤쳐 나가는 데 큰 힘이 되어 주신 세 분의 소장님께도 깊이 감사드린다. 배울 어른이 없다고 한탄하는 세상이지만, 우리는 사업 기간 내내 세 분의 소장님께 참으로 많은 것을 배웠다. 세 분이 주신 가르침은 연구소의 앞날에 중요한 지침이 될 것이다.

마지막으로 정대성 선생님에 대한 감사의 말씀을 여기에 특별히 적어 두는 것으로 이 두서없는 글을 마무리하려고 한다. 이 7년의 공동 연구가 대과 없이 무탈하게 진행될 수 있었던 것은 사업 초기에 당시 소장이셨던 한수영 선생님과 함께 정 선생님이 사업단의 분위기를 특유의 그 유쾌하고도 부드러운 성품으로 이끌어 주었기 때문이라고, 우리는 믿고 있다. 정 선생님은 독일에서 유럽 근대철학을 전공한, 어찌 보면 '한국학'과는 무관한 분야에서 공부해 온 분이다. 그러나 풀기 어려운 여러 난관을 그의 날카로운 철학적 통찰로 돌파해 낸 적이 한두 번이 아니다.

특히 7년 사업이 마무리되는 날은 공교롭게도 정 선생님의 회갑 생일이기도 하다. 이제 환갑의 의미가 예전 같지는 않지만, 굳이 여기에 그런 사실을 적어 두는 것은 그의 학문적 성취를 축하드리고 그동안의 노고에 감사드리기 위함이다. 모쪼록 앞으로도 지금처럼 공부의 길에서 후배들의 귀감이 되어 주시기를 바랄 뿐이다.

2024년 9월

엮은이들을 대표하여

김병문 적음

차례

제1부

근대한국학의 형성과 매체

제1장

『황성신문』 소재 명소고적과 기담

반재유[1]

1. 신문 속 옛 유적의 이야기

여주 황려강은 민간에 전하기를 황마와 여마 두 말이 강중에서 나왔기 때문에 이로써 주의 이름으로 삼았다고 하나 그 시기는 언제인지 알지 못한다.

(驪州黃驪江은 諺傳ᄒᆞ기를 黃驪兩馬가 江中에셔 出ᄒᆞᆫ 故로 州의 得名ᄒᆞᆷ도 以此라 ᄒᆞ나 其年代의 如何ᄒᆞᆷ은 不知ᄒᆞᆯ지라)

- 「명소고적」, 『황성신문』 1909.8.18.

「명소고적名所古蹟」은 『황성신문』에 1909년 7월 3일부터 같은 해 10월 23일까지 약 4개월총118편에 걸쳐 발표된 연재물이다. 편명에서도 알 수 있듯이, 국내 다양한 명소名所와 고적古蹟에 대한 정보를 독자들에게 소개할 목적에서 발표되었음을 짐작할 수 있다.

주지하듯, 『황성신문』은 대한제국 시기 식자계층을 독자층으로 두며

1 연세대학교 근대한국학연구소 학술연구교수.

새로운 문명담론을 전개했던 근대 매체였다. 따라서 창간 초기부터 논설[2]과 역사관련 기사[3], 고사 연재[4] 등을 통해 독자들로 하여금 자국이 처한 상황을 인지하도록 하는 시도를 지속하였는데, 특히 신문의 폐간 직전 1909~1910년에는 해외 단편기사「세계기문」, 1909.3.11~1909.12.3 및 국내 시사단평「국외냉평」, 1909.7.2~1910.1.29[5] 등 다양한 연재물들이 동시다발적으로 발표되어 주변국에 대한 상황과 자국의 선별 과제들을 확인할 수 있도록 하였다. 이 같은 신문의 새로운 시도와 가능성 모색과의 별개로 「명소고적」에서 살펴볼 수 있는 역사적 장소나 사건에 대한 주제의식들은 동시기 발표된 여타 연재 기사들과 이질적인 면모를 보인다.

그동안 『황성신문』에 대해 수많은 연구가 이루어져 왔지만 「명소고적」에 대한 논의는 전무한 상태인데, 국내 명소에 대한 소개에 초점을 맞춘 다소 평이한 주제의 연재물로 여겨져 왔기 때문이다. 이는 『대한매일신보』에 연재된 「대한고적」1907.7.2~1908.7.4에 대한 연구의 부재를 통해서도 확인할 수 있다. 그러나 이 같은 연재물은 '선조의 광명한 옛 문물舊物을 지키지 못한 반성'[6]과 함께 '국내 무수한 고적들이 외인의 손에 돌아가 오늘날 학술의 참고조차 그들의 것을 사용하며 설체雪涕를 감내'[7]했던 당시 지

2 정선태, 『개화기 신문논설의 서사수용양상』, 소명출판, 1999.

3 최기영, 「『황성신문』의 역사관련기사에 대한 검토」, 『한국근현대사연구』 2, 한국근현사학회, 1995.

4 김주현, 「『황성신문』에 실린 신채호 작품의 발굴연구」, 『한국근현대사연구』 87, 한국근현대사학회, 2018; 반재유, 「『황성신문』 고사 연재물의 저자규명 시론」, 『한국문학과예술』 33, 한국문학과예술연구소, 2020.

5 반재유, 「근대신문 소재 해외 풍속기사 연구」, 『한국학연구』61, 인하대 한국학연구소, 2021; 「『황성신문』의 시평 연구」, 『한국학연구』 49, 인하대 한국학연구소, 2018.

6 "吾儕가 能히 先祖의 舊物을 保守ᄒᆞ얏스면 當時 文明發達의 遺蹟이 光于世界者가 不一而足이어날 此를 不能ᄒᆞᆫ 것은 誰의 罪라 謂ᄒᆞ리오 我二千萬同胞가 均壹ᄒᆞᆫ 負擔이 有ᄒᆞᆫ 것을 各其自覺自修ᄒᆞᆯ지어다"(「論說－撫順 等地에 高句麗器發現」, 『황성신문』, 1909.6.22).

식인들의 시대적 과제로서, 기사마다 그들이 표명하고자 했던 주제의식들이 고스란히 드러난다. 더불어 앞서 언급한 해외 단편 기사 및 국내 시평 기사들과 함께 지면을 달리하며 동시다발적으로 연재된 단편 기사로서, 신문이 추구했던 언론관 및 보도 경향과 시기에 따른 논조의 변화들을 직간접적으로 확인할 수 있는 자료이기도 하다. 특히 이 글에서 주목한 「명소고적」의 다양한 이칭의 편명 기사들과 그 속에 담긴 기이한 일화들은 당시 집필진들이 참고했던 문헌들에 대한 추적과 함께, 동시기 출현했던 다양한 연재물과의 관련성을 고찰하는 데에도 중요한 단서가 될 수 있다.

최기영은 「『황성신문』의 역사관련 기사에 대한 검토」[8]에서, 『황성신문』이 1908년을 기점으로 기존 역사관련 연재물들이 게재되지 못했음을 언급한 바 있다. 그러나 「명소고적」은 명백히 국내 역사 관련 유적遺蹟을 다루고 있으며 여러 이칭의 연재물 또한 다양한 역사적 인물들을 소개하고 있어, 일정 부분 재고가 필요하다. 따라서 이 글에서는 1908년 이후 『황성신문』에 발표된 국내 명소와 고적, 역사 등을 다룬 게재물의 면모와 특징 및 함의하는 의미 등에 대해 「명소고적」을 중심으로 논의하고자 한다. 이 글을 통해 근대 신문에 실린 연재 기사들의 다양한 결을 확인하고, 그 의미들을 검토할 수 있는 기회가 되기를 기대한다.

7 "又此等古蹟이 我人의 手로 發現치 못ᄒᆞ고 全히 外人의 手에 歸ᄒᆞ야 學術의 參攷를 供케 홈은 其原因이 何在오 撫古傷今에 只堪雪涕而已로다"(「論說－滿洲地方에 高麗古器의 發見ᄒᆞᆫ 新史」, 『황성신문』, 1909.9.18).

8 최기영, 앞의 글, 147~168쪽 참조.

2. 「명소고적」의 연재와 이칭의 편명들

「명소고적」은 첫 회인 1909년 7월 3일부터 9월 16일까지는 3면에 연재하였지만, 이후 9월 17일부터 1면 5단으로 연재 지면을 옮겨 10월 23일까지 지속하였다. 「명소고적」이라는 편명에서 알 수 있듯이 옛 유적에 이야기의 초점을 맞추고 있지만, 내용의 성격에 따라 편명을 달리하여 발표되기도 하였다. 「명소고적」의 작품 목록을 정리하면 다음 표와 같다.

〈표 1〉 명소고적 기사 목록

번호	기사명[9]	날짜	편명	연번	기사명	날짜	편명
1	內延山은	1909.7.3.	名所古蹟	60	克敵樓는	1909.8.22.	古事傳奇
2	金水岩은			61	利川은	1909.8.24.	
3	五冠山은	1909.7.4		62	喬桐郡의	1909.8.25.	
4	龜尾淵은			63	陽川映碧亭은	1909.8.26	
5	椒井은	1909.7.6	地文一斑	64	徐公神逸은	1909.8.27.	
6	松峴은			65	文洙山은	1909.8.29.	名所古蹟
7	蔚山郡風俗은	1909.7.7.	舊俗傳奇	66	淸道郡 東八十六里에	1909.8.31.	
8	嶺南山郡에			67	落花岩은		
9	如意津은	1909.7.9.	名所古蹟	68	盖岩은	1909.9.1.	
10	鵲淵은			69	國望峯은		
11	花藏窟은	1909.7.10		70	動石은	1909.9.2.	
12	寡女城은			71	立岩은		
13	文石은	1909.7.11.		72	金浣은	1909.9.3.	偉人遺蹟
14	送人塘은			73	浮石寺는	1909.9.4.	名所古蹟
15	火旺山城은	1909.7.13.		74	浮石寺는(續)	1909.9.5.	
16	一人石은			75	草庵寺는	1909.9.7.	
17	西泣嶺은	1909.7.14.		76	順興府 北五里되는	1909.9.8.	
18	眼峴은			77	孝子里는	1909.9.10.	
19	慈仁遺俗에	1909.7.15.	舊俗傳奇	78	聖穴은		

번호	기사명[9]	날짜	편명	연번	기사명	날짜	편명
20	挽絙戲ᄂᆞᆫ	1909.7.16.		79	金莊憲之垈ᄂᆞᆫ	1909.9.11.	偉人古事
21	邵侍郎山은	1909.7.17	古蹟奇事	80	道菴은	1909.9.12.	名所古蹟
22	機張郡에	1909.7.18.		81	門岩은	1909.9.14.	
23	玄風郡苞山은			82	綠玉杖은	1909.9.15.	古事奇傳
24	紺獄은	1909.7.20.		83	吠城은	1909.9.16.	名所古蹟
25	李陽昭의墓ᄂᆞᆫ	1909.7.21.	國朝美談	84	安城郡 南十里에	1909.9.17.	
26	長湍渡ᄂᆞᆫ	1909.7.22.	名所古蹟	85	永州城은	1909.9.18.	
27	華藏寺ᄂᆞᆫ			86	喜方寺ᄂᆞᆫ	1909.9.19.	
28	漣川寶盖山 南麓에	1909.7.23.	古蹟美談	87	天官寺ᄂᆞᆫ	1909.9.21.	
29	加平郡에도	1909.7.24.	名所古蹟	88	鉄檣은	1909.9.22.	
30	瓠蘆古壘ᄂᆞᆫ			89	月明巷은	1909.9.23.	
31	太子岩은	1909.7.25.		90	勿稽子ᄂᆞᆫ	1909.9.24.	偉人遺事
32	龍頭山은			91	佛國寺ᄂᆞᆫ	1909.9.25.	名所古蹟
33	抱川郡衙後 半月山에	1909.7.27.		92	皇龍寺ᄂᆞᆫ	1909.9.26.	
34	鳴山은			93	財買谷은	1909.9.28.	
35	竹州古山城은	1909.7.28.		94	新羅王京人이		
36	印沈潭은	1909.7.29.	古蹟美事	95	琴松亭은	1909.9.30.	
37	龍湫ᄂᆞᆫ	1909.7.30.	名所古蹟	96	瞻星臺ᄂᆞᆫ		
38	高麗松은	1909.7.31.		97	星浮山은	1909.10.1.	
39	大同碑ᄂᆞᆫ			98	鳳生岩은		
40	彌鄒忽古城은	1909.8.1		99	利見臺ᄂᆞᆫ	1909.10.2.	
41	凌虛臺ᄂᆞᆫ			100	斷石山은	1909.10.3.	
42	南仙窟은	1909.8.3.		101	至述嶺은		
43	六溪土城은	1909.8.4.		102	靈沼亭은	1909.10.5.	
44	金水亭은	1909.8.5.		103	修行窟은	1909.10.6.	
45	海龍山은			104	長水郡治에셔	1909.10.7.	
46	高麗黃彬然이	1909.8.6.	古人雅量	105	石棧은	1909.10.8.	
47	盧恭肅公閑의	1909.8.7.	流傳奇事	106	銘峴은		
48	楊州松山은	1909.8.8.	古賢偉蹟	107	義妓論介ᄂᆞᆫ	1909.10.9.	義妓遺事
49	蘇節度使澮이	1909.8.10.	古人奇事	108	皇甫廢城	1909.10.10.	名所古蹟

번호	기사명[9]	날짜	편명	연번	기사명	날짜	편명
50	紺嶽山 南岩罅에	1909.8.11.	名所古蹟	109	高麗末에	1909.10.12.	古人佳話
51	金溝金山寺ᄂᆞᆫ	1909.8.12.		110	雲峯郡은	1909.10.14.	名所古蹟
52	朝廷沉은	1909.8.13.	古蹟一斑	111	金先은	1909.10.15.	
53	祥原古靈山에	1909.8.14.	名所古蹟	112	鶴棲島ᄂᆞᆫ	1909.10.16.	
54	忠州山은	1909.8.17.		113	射峴은	1909.10.17.	
55	驪州黃驪江은	1909.8.18.		114	孝井은		
56	報恩寺ᄂᆞᆫ			115	母后山은	1909.10.20.	
57	祥原郡 佳殊洞에	1909.8.19.		116	赤壁은		
58	大灘은	1909.8.20.		117	石燈은	1909.10.23.	
59	陽川孔岩津에	1909.8.21.		118	同福郡 宮門外에		

위 표에서 볼 수 있듯이, 특정 편명 외에는 기사마다 별도의 제명을 붙이지는 않았지만 공통적으로 기사가 시작되는 문장 첫 어절에 소개하고자 하는 고적古蹟이나 인물人物의 명칭을 기술하고 있다. 더불어 본격적인 유래담을 소개하기 전에 해당 장소에 대한 대략적 위치나 규모 등 객관적인 지리 정보를 먼저 기술하는 규칙성을 보인다.

전체 118편은 각기 100~300자 사이의 단편적 정보들을 기술하고 있는데, 매회 분량에 맞추어 1~2편의 기사가 게재된 것을 확인할 수 있다.[10] 다음은 '미추홀 고성彌鄒忽古城'과 '월명항月明巷'에 대해 소개한 기사이다.

> 미추홀彌鄒忽 고성古城은 다른 이름으로 남산고성南山古城이다. 인천부仁川府 남

9 해당 기사들은 모두 「명소고적」 등의 편명 외 별도의 題名이 없는 관계로, 이 글에서는 편의상 본문 첫 어절을 假題로 정하였다.

10 「1909.7.8」, 「1909.10.19」, 「1909.10.22」을 제외한 모든 날에 연재를 지속함.

쪽 1리 되는 문학산文鶴山에 있으니 둘레는 430척인데 주몽朱蒙의 아들 비류沸流가 도읍한 곳이다. 임진난壬辰亂에 부사府使 김민선金敏善이 고성을 증수하고 백성을 거느리고 그곳을 지켜서 적의 칼날을 누차 꺾었더니 계사癸巳 7월에 병으로 죽음에 김찬선金纘善이 이어 수비하여 끝내 보존하였다. 그 동문 밖 100여 보에 적의 성 유지遺址가 아직 남아있다.[11]

월명항月明巷은 경주부慶州府 동쪽 4리 되는 금성金城의 남쪽에 있다. 신라 헌강왕憲康王이 학성鶴城에 유람할 때 개운포開雲浦에 이르렀는데, 홀연 어떤 이인異人이 나타나 기이한 형상과 괴이한 복장으로 수레 앞으로 나와 가무歌舞로 덕을 찬미하고는 왕을 좇아 경성에 들어갔다. 스스로 이르길 처용處容이라 하고 매월 밤에 시가市街에서 가무를 하되 그가 온 곳을 끝내 알지 못했다. 당시 사람들이 신神이라 여겼기 때문에 항상 가무 했던 곳을 후인들이 월명항이라 부르고 그로 인하여 처용의 노래과 그 춤의 가면假面을 만들어 연희演戲에 썼다고 하였다.[12]

첫 번째 인용문은 미추홀 고성彌鄒忽古城에 대한 설명이다. 해당 유적의 장소"仁川府南一里되ᄂᆞᆫ 文鶴山에 在ᄒᆞ니"와 규모"周回ᄂᆞᆫ 四百三十尺인ᄃᆡ", 관련 인물"壬辰亂에 府使

11 "彌鄒忽古城은 一云 南山古城이라 仁川府南一里되ᄂᆞᆫ 文鶴山에 在ᄒᆞ니 周回ᄂᆞᆫ 四百三十尺인ᄃᆡ 朱蒙의 子沸流의 所都라 壬辰亂에 府使 金敏善氏가 古城을 增修ᄒᆞ고 士民을 率而守之ᄒᆞ야 賊鋒을 屢挫ᄒᆞ더니 癸巳七月에 病逝ᄒᆞᆷᄋᆡ 金纘善氏가 繼守ᄒᆞ야 終始保全ᄒᆞ얏스니 其東門外一百餘步에 敵城의 遺址가 尙有ᄒᆞ니라"(「명소고적」, 『황성신문』, 1909.8.1).

12 "月明巷은 慶州府東 四里되ᄂᆞᆫ 金城의 南에 在ᄒᆞ니 新羅 憲康王이 鶴城에 遊ᄒᆞᆯᄉᆡ 開雲浦에 至ᄒᆞᆫ즉 忽然히 一異人이 有ᄒᆞ야 奇形怪服으로 乘輿前에 詣ᄒᆞ야 歌舞讚德ᄒᆞ고 王을 從ᄒᆞ야 入京ᄒᆞ얏ᄂᆞᆫᄃᆡ 自號를 處容이라 ᄒᆞ고 每月夜에 市에셔 歌舞ᄒᆞ되 其所來ᄒᆞᆫ 處ᄂᆞᆫ 마참ᄂᆡ 不知ᄒᆞᆯ지라 時人이 以爲神이라 ᄒᆞᄂᆞᆫ 故로 其恒常 歌舞ᄒᆞ든 處ᄅᆞᆯ 後人이 月明巷이라 稱ᄒᆞ고 因ᄒᆞ야 處容의 歌와 處容의 舞의 假面을 作ᄒᆞ야 演戱에 用ᄒᆞ얏다 云ᄒᆞ니라"(「명소고적」, 『황성신문』, 1909.9.23).

金敏善氏"/"金纘善氏"과 일화"古城을 增修ᄒᆞ고 土民을 率而守之ᄒᆞ야 賊鋒을 屢挫ᄒᆞ더니"/"繼守ᄒᆞ야 終始保全ᄒᆞ얏스니"들을 서술하고 있다. 전체 「명소고적」 가운데 임진란을 배경으로 한 작품이 8편〈표 1〉 15; 40; 56; 72; 78; 84; 107; 116 등장하는데, 해당 기사 또한 임진란 관련 일화를 들어 고성을 설명하고 있다.

두 번째 인용문은 월명항月明巷에 얽힌 일화이다. 처용설화로 알려진 내용으로 처용 가무의 유래를 서술하고 있다. 해당 유적의 장소"慶州府東 四里되ᄂᆞᆫ 金城의 南에 在ᄒᆞ니"와 관련 인물"新羅 憲康王"/"自號를 處容이라" 및 일화"奇形怪服으로 乘輿前에 詣ᄒᆞ야 歌舞讚德ᄒᆞ고"/"每月夜에 市에셔 歌舞ᄒᆞ되", 명칭의 유래"其恒常 歌舞ᄒᆞ든 處ᄅᆞᆯ 後人이 月明巷이라 稱ᄒᆞ고" 등을 설명하고 있다. 주지하듯 '처용'은 『삼국유사』 권2 「처용랑망해사조處容郎望海寺條」에 '동해 용왕의 아들'[13]로 기록된 이후 후대 많은 문헌들을 통해 관련 설화들이 전해졌다. 해당 기록들을 살펴보면 『삼국유사』와 같이 처용을 '신인神人'[14]으로 보는 시각 외에, 『고려사高麗史』와 『신증동국여지승람新增東國輿地勝覽』卷21 「慶尙道 慶州府」, 『부사집浮查集』卷1 『東都遺跡二十七首』, 『약산만고藥山漫稿』卷5 「海東樂府」 〈月明巷〉 등에서는 처용의 신성성을 기행으로 격하시킨 관점들도 확인할 수 있다.[15] 「명소고적」 또한 처용의 신성성보다는 기행에 초점을 맞추고 있으며, '월명항'을 중심으로 처용의 행적을 서술한 『신증동국여지승람』의 내용과 많은 부분 일치함을 확인할 수 있다.

「명소고적」은 기사마다 별도의 출전을 밝히고 있지 않지만, 『신증동국여지승람』 외에도 다양한 지지地誌·읍지邑誌에 근거했을 것으로 짐작된다.

---

13 "東海龍喜 乃率七子 (…중략…) 其一子隨駕入京 輔佐王政 名曰處容"(「處容郎望海寺條」, 『三國遺事』卷2).

14 「開雲浦二詠－處容巖」, 『佔畢齋集』 卷4; 「送蔚山守吳遲」, 『淸陰集』卷3 등.

15 기타 자세한 처용담론의 양상에 대해서는 박경우의 「처용 담론의 추이와 그 전승의 문제」(『열상고전연구』 28, 열상고전연구회, 2008, 411~449쪽)를 참조할 것.

앞서 '미추홀 고성'에 대한 유래담 역시 『신증동국여지승람』卷9 「京畿 仁川都護府」, 1530과 『동국여지지東國輿地志』「古蹟」, 1656 등에 전하고 있지만, 본문 가운데 인천부사府使 김민선金敏善과 김찬선金纘善이 고성을 증축하여 왜적을 막은 임진년壬辰年과 계사년癸巳年의 사건은 『여지도서輿地圖書』「古跡」, 1760와 『인천부읍지仁川府邑誌』「城池」, 1842[16]의 기록에 근거하고 있다. 또한 1909년 9월 4일부터 5일까지 이틀에 걸쳐 부석사浮石寺를 소개한 기사에서도 『택리지擇里志』「卜居論-山水」, 1751와 『순흥읍지順興邑誌』51面, 1849[17]에서 관련 일화를 참조한 면모를 확인할 수 있다.

16 이 글에서 『仁川府邑誌』(1871)에 실린 기록은 『譯註 仁川府邑誌』(『仁川歷史文化叢書』9, 인천광역시 역사자료관 역사문화연구실, 2004)를 참조했다. 『譯註 仁川府邑誌』에는 1842년판 외에도 1871년판과 1899년판을 함께 싣고 있는데, 미추홀 고성과 관련된 임진년(壬辰年)과 계사년(癸巳年)의 사건이 세 개의 판본에서 모두 확인된다.

17 이 글에서 『順興邑誌』에 실린 기록은 『國譯 梓鄕誌』(安廷球 編/安柾 譯, 紹修博物館, 2009)를 참조했다. 「解題」(安柾)에 따르는 '梓鄕誌'는 표지 서명이고 부제로 '順興邑誌'를 명시했다. 「명소고적」의 '浮石寺'(1909.9.4~5) 기사 외에도 '綠玉杖'(1909.9.15) 기사 또한 『順興邑誌』에 관련기록을 찾을 수 있다.

〈표 2〉「명소고적」(『황성신문』 1909.9.4~5) 서사구조 및 출전

<table>
<tr><th>서사구조</th><th>게재일</th><th>출전</th></tr>
<tr><td>① 부석사(浮石寺)의 지리적 정보</td><td rowspan="4">1909.9.4.</td><td rowspan="3">擇里志/順興邑誌</td></tr>
<tr><td>② 의상(義相)의 부석사 창건과 석장(錫杖)이 선비화(禪扉花)가 된 유래</td></tr>
<tr><td>③ 선비화의 신비함을 전한 퇴계(退溪)의 시</td></tr>
<tr><td>④ 석장을 탐내어 톱으로 선비화를 절단한 영백(嶺伯) 정조(鄭造)</td><td rowspan="2">擇里志</td></tr>
<tr><td>⑤ 두 개의 줄기로 자란 선비화와 주살 당한 정조</td><td rowspan="3">1909.9.5.</td></tr>
<tr><td>⑥ 망령된 소문을 없애기 위해 칼로 선비화를 베어버린 박홍준(朴弘儁)</td><td rowspan="2">順興邑誌</td></tr>
<tr><td>⑦ 무사했던 박홍준과 세 개의 줄기로 자란 선비화</td></tr>
</table>

위 표에서 볼 수 있듯이, 부석사에 대한 기사는 지리적 정보를 비롯하여 선비화禪扉花에 얽힌 일화와 한시漢詩까지 상세한 정보를 소개하고 있다. 일화 가운데 특징적인 것은 선인仙人들의 석장錫杖을 탐하여 선비화禪扉花를 절단한 정조鄭造는 인조반정 때 주살을 당하지만, 불가佛家의 망령된 소문을 없애기 위해 선비화를 베어버린 박홍준朴弘儁에게는 별다른 재액災厄이 발생하지 않았다는 점이다. 비록 박홍준이 선비화를 베어버린 행위를 통해 불가에 전해지는 소문들이 거짓된 것임을 보여주고 있지만, 동시에 선비화가 잘린 자리에 다시 싹이 터서 세 개의 줄기三枝가 이전 모습과 같이 성장한 사실을 전하며, 앞서 정조가 나무를 베었을 적에도 두 개의 줄기가 동일한 모습을 갖춘 사실과 함께 기이한 현상으로 설명하고 있다는 점도 주목할 만하다. 해당 서사들〈표 2〉 서사구조은 『택리지』와 『순흥읍지』를 출전으로 삼고 있는데, ①·②·③은 두 문헌에 모두 기록되어 있는 반면, 정조의 일화를 다룬 ④·⑤는 『택리지』에서, 박홍준의 일화를 다룬 ⑥·⑦은 『순흥읍지』에서만 관련 기록이 확인된다. 물론 선비화 관련 이야기②~⑦는

『열하피서록熱河避暑錄』[18]에서도 소개될 만큼 익히 알려진 내용이다. 그러나 박홍준 일화⑥·⑦에 대해서는 『열하피서록』에서 그가 소싯적 장난으로 선비화의 줄기를 끊었고 장성한 후 곤장의 형벌을 받아 죽었다는 다소 상이한 내용을 전하고 있어, 『순흥읍지』에서 단순히 개인의 욕심이 아닌, 세인의 미혹을 깨우치게 하기 위해 유학자로서 취한 행동에 주목한 사실과 대비된다. 이처럼 『택리지』와 『순흥읍지』 등에서 선비화의 일화를 선택적으로 차용한 면모를 통해 「명소고적」의 연재가 단순히 국내 유적지 정보를 소개하기 위한 것이 아닌, 관련 일화를 통한 주제의식의 전달에 초점을 맞추고 있음을 알 수 있다. 특히 해당 기사의 내용이 상대적으로 유적보다는 관련 인물이나 풍속 등에 집중될 경우, 작자가 의도한 특정 주제의식에 맞추어 편명을 달리하여 게재했음을 확인할 수 있다.

위 〈표 1〉에서 볼 수 있듯이, 「명소고적」은 연재기간 「지문일반地文一斑」, 「구속전기舊俗傳奇」, 「고적기사古蹟奇事」, 「국조미담國朝美談」, 「고적미담古蹟美談」, 「고적미사古蹟美事」, 「고인아량古人雅量」, 「유전기사流傳奇事」, 「고현위적古賢偉蹟」, 「고인기사古人奇事」, 「고적일반古蹟一斑」, 「위인유적偉人遺蹟」, 「위인고사偉人古事」, 「고사기전古事奇傳」, 「위인유사偉人遺事」, 「의기유사義妓遺事」, 「고인가화古人佳話」 등 다양한 이칭의 편명들로 기사를 발표한 바 있다. 다음 〈표 3〉는 「명소고적」의 이칭별 기사 목록과 주제를 정리한 것이다.

---

18 『열하피서록』은 『삼한총서』의 일부로서 편성된 것으로, 연암이 1780년대 전반에 주로 한중관계와 관련된 양국의 문헌 자료를 뽑아 편찬한 것이다. 책으로 완성한 것이 20~30권에 달했으나 거의 없어지고 목록의 초고 일부만 남았다고 한다. 현재 『삼한총서』의 일부로서 7종의 책이 전하는 것으로 알려져 있는데, 그 중 하나가 『열하피서록』이다(김명호, 「「열하일기」 이본의 재검토-초고본 계열 필사본을 중심으로」, 『동양학』 48, 단국대 동양학연구소, 2010, 11쪽).

〈표 3〉 이칭의 기사 목록과 주제

편 명	편수	게재일	주 제
舊俗傳奇	4	1909.7.7.	울산군 매굿종 유래
		1909.7.7.	영남산군 영릉월 유래
		1909.7.15.	자인군 여원무 유래, 한장군의 왜구섬멸
		1909.7.16.	청하군 만환희 유래
古蹟奇事	4	1909.7.17.	소시랑산 동굴묘의 일화
		1909.7.18.	기장군 누각과 군수 마하백의 명칭
		1909.7.18.	현풍군 포산 명승 일화
		1909.7.20.	감악산 지채문・안홍운의 거란전투 일화
地文一斑	2	1909.7.6.	초정 약수의 효능
		1909.7.6.	송현 지역의 화광
國朝美談	1	1909.7.21.	이양소의 절개와 못자리 일화
古蹟美談	1	1909.7.23.	고마법 유래, 연천 현감 이창조의 병자호란 전공
古蹟美事	1	1909.7.29.	진위군 맹사성과 인침담 유래
古人雅量	1	1909.8.6.	감악산 봉암사 황빈연과 김신윤의 일화
流傳奇事	1	1909.8.7.	공숙공 노한의 시흥군 석함 일화
古賢偉蹟	1	1909.8.8.	송산 조견의 절개
古人奇事	1	1909.8.10.	병자호란시 제주목사 소흡의 괴어 일화
古蹟一斑	1	1909.8.13.	정중부의 교제취군과 조정침 일화
古事傳奇	1	1909.8.27.	서신일에 대한 사슴의 보은
偉人遺蹟	1	1909.9.3.	김완의 임진왜란 전공
偉人古事	1	1909.9.11.	강동성전투시 김장헌의 충효일화
古事奇傳	1	1909.9.15.	이호민의 녹옥장과 선견지명
偉人遺事	1	1909.9.24.	물계자의 전공과 신하의 도
義妓遺事	1	1909.10.9.	논개의 의열
古人佳話	1	1909.10.12.	합단의 침입과 당진부사 김이의 치정

줄위 표에서 볼 수 있듯이, 이칭의 기사들은 '○○傳奇' '○○奇事', '○○美談', '○○遺事', '○○佳話' 등의 다양한 편명을 사용하고 있지만, 유사한 내용 구성과 게재면의 위치 등을 고려해보았을 때 「명소고적」과 동

일한 성격의 연재물로 파악할 수 있다. 〈표 3〉의 '주제'를 살펴보면 단순히 '명소'만이 아닌 '풍속'[19]이나 '인물'[20], '물건'[21] 등에 대한 내용들을 서술하고 있으며, 해당 주제를 아우를 수 있는 편명을 기사별로 달리하고 있음을 확인할 수 있다.[22]

> 자인면慈仁面의 유속遺俗에 단오일端午日에 행하는 여원무女圓舞가 있다. 대대로 전하기를 신라 때 왜구倭寇가 도천산到天山에 거점을 삼았는데, 한장군韓將軍이(이름을 전하지 않으니 혹 칭하길 한종유韓宗愈라고 하지만 연대가 서로 다르다) 여원무를 배설하되 (…중략…) 적이 단연 의심하지 못하고 산에 내려와 모여 구경하거늘 한장군이 칼을 휘둘러 죽인 자가 매우 많았다. 그 제방堤防 안에 돌이 있고 돌에는 칼의 흔적釰痕이 있으니 참위석斬倭石이라 일컬었는데, 이날이 되면 제방 물에서 번번이 붉은 빛이 드러났다. 읍 사람들이 그 뜻을 사모하여 사당祠堂을 고을 서쪽에 짓고 단오일에 여원무와 잡희雜戲를 배설하여 제사하였다.[23]

---

19 「舊俗傳奇 1」(1909.7.7); 「舊俗傳奇 2」(1909.7.7); 「舊俗傳奇」(1909.7.15); 「舊俗傳奇」(1909.7.15) 등.

20 「古蹟奇事」(1909.7.18); 「國朝美談」(1909.7.21); 「古人雅量」(1909.8.6); 「流傳奇事」(1909.8.7); 「古賢偉蹟」(1909.8.8); 「古人奇事」(1909.8.10); 「古事傳奇」(1909.8.27); 「偉人遺蹟」(1909.9.3); 「偉人古事」(1909.9.11); 「偉人遺事」(1909.9.24); 「義妓遺事」(1909.10.9); 「古人佳話」(1909.10.12) 등.

21 「古事奇傳」(1909.9.15) 등.

22 그러나 1909년 10월 15일자 작품(〈표 1〉 111번)과 같이 '명소'과 무관한 인물만을 서술한 글에도 「명소고적」이라는 편명이 사용된 것으로 보아 당시 편명의 선택이 엄격한 기준 아래 구분되었던 것은 아닌 듯하다.

23 "慈仁遺俗에 端午日이면 女圓舞가 有ᄒᆞ니 相傳ᄒᆞ기를 新羅時에 海寇가 到天山에 根據ᄒᆞ얏거ᄂᆞᆯ 韓將軍某가 「失其名ᄒᆞ니 或稱爲 韓宗愈나 年代相左」 女圓舞를 設ᄒᆞ되 (…중략…) 敵이 坦然不疑ᄒᆞ고 下山聚觀ᄒᆞ거ᄂᆞᆯ 將軍이 揮劒擊刺ᄒᆞ야 所殺이 甚衆ᄒᆞᆫ지라 其堤防內에 石이 有ᄒᆞ고 石에 釰痕이 有ᄒᆞ니 斬倭石이라 稱ᄒᆞᆷ이 此日을 當ᄒᆞ면 堤水가 每每赤色을 呈ᄒᆞᄂᆞᆫ지라 邑人이 其義를 慕ᄒᆞ야 祠堂을 縣西에 建ᄒᆞ고 端午日에 女圓舞와 雜戲를 設ᄒᆞ야 祭ᄒᆞᄂᆞ니라"(「舊俗傳

위 인용문에서는 단오일 풍속 가운데 '여원무女圓舞'에 대한 내용을 한장군 관련 유래와 함께 설명하고 있다. 자인면 도천산에 거주하던 왜구를 물리치기 위하여, 한장군이 여복을 입고 여원무를 추며 왜구를 유인해 물리쳤다는 내용이다.

여원무에 대한 기록은 성재省齋 최문병崔文炳이 1593년 단오에 지은 시[24]와 건륭乾隆 을유년乙酉年, 1765년 당시 자인 현감이었던 정충언鄭忠彦이 지은 축문[25], 1831년에 부임한 현감 채동직蔡東直이 엮은 것으로 전하는 『자인현읍지慈仁縣邑誌』1932[26] 등에서 확인할 수 있다.[27] 1936년 단오제에서 여원무가 연행된 기록이 있지만 이후 해방 전까지 여원무에 대한 기록을 찾기 어렵다.[28] 일제의 민속공연에 대한 탄압 및 여원무가 함의하는 호국護國적 정신으로 인해 해당 시기 연행의 지속이 어려웠을 것으로 짐작할 수 있다.

위 인용문을 살펴보면, 「구속전기舊俗傳奇」라는 풍속慈仁面 風俗의 기이함을 강조한 편명에 맞추어 여원무를 소개하고 있는데, 이처럼 「명소고적」의

奇」, 『명소고적』, 1909.7.15).

24 "功烈當年動四方 精忠下泯澟天霜 至今不廢將軍事端年女圓永有光"(「祭柝盃儀瘡艇朧賜饌淀(癸巳年 5月)」)

25 "乾隆乙酉縣監鄭忠彦 重修神堂 官給祭物 作祝文使戶長備禮祝之 文曰 謀奇殲賊 義兵衛國 杞文莫徵 史泯其跡 舞傳女圓 土有餘俗 劍痕不磨 宛彼堤石 一間古廟 永安毅魄 端陽俎豆 歲以爲式 旐旟有煌 金鼓迭作 玆修常典 載具工祝 御以長詞 饎以廩粟 神其保佑 永奠邑宅" (『慈仁縣邑誌』, 1832)

26 "風俗 民俗質朴 有羅代之遺風 女圓舞 萬曆時 編者曰萬曆時云者 有韓將軍 失基名或云宗愈 倭寇據到天山 將軍設女圓舞" (『慈仁縣邑誌』, 1832)

27 여원무 기록에 대한 상세한 정보는 「II. 한장군놀이 유래」(『중요무형문화재 제44호 한 장군놀이』, 충남: 국립문화재연구소, 1999)와 「자인단오제의 고형에 관한 탐색」(한양명, 『공연문화연구』19, 한국공연문화학회, 2009, 9~14쪽)를 참조할 것.

28 "1969년에 나의 건의와 지방 유지들의 활약, 그리고 慶山郡의 도움으로 이 韓將軍祭典이 부활되었다. 1936년 나의 첫 조사 때에는 이 제전이 단오 전후 3일간 계속되었다. 제전은 慈仁面이 주최가 되고, 祭官은 面長 또는 그 지방 유지 중에서 선정되었으며, 祭物은" (최상수, 「한장군놀이」, 『한국민속놀이의 연구』, 성문각, 1988, 213쪽).

다양한 편명은 한층 풍부한 소재의 이야기들을 게재할 수 있도록 하였다. 실례로 여원무와 같이 호국적 주제를 담은 거란전투 관련 '안홍운安鴻運의 일화'와[29] 병자호란 관련 '소흡蘇潝의 일화'[30] 외에도 '포신苞山 명승 일화'[31], '노한盧閈의 석함 일화'[32], '서신일徐神逸에 대한 사슴의 보은'[33], '이호민李好閔의 녹옥장 일화'[34] 등 야담의 성격을 가진 기사들도 '기사奇事', '전기傳奇' 등의 기이함을 강조한 편명을 통해 자유롭게 게재를 시도한 면모를 확인할 수 있다.

3. 기담奇談을 통한 시평時評의 기획

> "본사에서 뜻 있는 몇 사람이 자본을 규합하여 우리나라 예로부터의 야사잡지와 기문이서와 국조고사 문헌을 수집하여 교정 발간하여 국내에 광포하겠사오니 (本社에셔 有志者 幾人이 資本을 鳩合ᄒᆞ야 我韓自古로 野史雜誌와 奇文異書와 國朝故事文獻을 收集ᄒᆞ야 訂校發刊ᄒᆞ야 國內에 廣布ᄒᆞ깃사오니…)"
>
> -「廣告」, 『皇城新聞』, 1903.1.22

위 인용문은 1903년 1월 22일자 『황성신문』에 실린 광고 기사이다. 예로부터 전해오는 우리나라의 '야사잡지野史雜誌'와 '기문이서奇文異書', '국조

29 「古蹟奇事」, 『황성신문』, 1909.7.20.
30 「古人奇事」, 『황성신문』, 1909.8.10.
31 「古蹟奇事」, 『황성신문』, 1909.7.18.
32 「流傳奇事」, 『황성신문』, 1909.8.7.
33 「古事傳奇」, 『황성신문』, 1909.8.27.
34 「古事奇傳」, 『황성신문』, 1909.9.15.

고사國朝故事'를 수집하여 교정 발간하겠다는 신문사의 취지를 밝히고 있다. 광고에서 언급한 '국조고사'의 경우, 「고사」1899.11.13~1900.4.2.와 「국조고사」1903.1.16~1.27., 「대동고사」1906.4.2~12.10 등 일련의 고사 연재물과 함께, 「명소고적」을 언급할 수 있다. 「명소고적」은 자국사에 대한 지식전달과 이해의 폭을 넓히고자 했던 『황성신문』 일련의 고사 기획물로서 접근할 필요가 있다.

다음과 같은 추정은 『황성신문』의 각 고사 연재물이 발표되었던 시기에서도 드러난다. 「고사」는 경자년庚子年, 1900년, 「국조고사」는 계묘년癸卯年, 1903년, 「대동고사」는 병오년丙午年, 1906년으로 한결같이 식년式年 시기임을 확인할 수 있는데, 「명소고적」이 발표된 시기도 기유년己酉年, 1909년으로 3년 단위의 식년子/卯/午/酉 연재를 유지하고 있음을 확인할 수 있다. 해당 고사 작품들이 연재되었던 시기의 간극은 각 작품들의 성향에도 적지 않은 차이를 만들었다. 가장 큰 변화는 '고사'에 대한 주요 소재가 인물「고사」·「국조고사」·「대동고사」에서 유적지「명승고적」 위주로 전환되었다는 것이다. 이는 주필 교체[35]에 따른 신문성향의 변화 외에도, 광무신문지법光武新聞紙法, 1907.7.24. 이후 일제의 신문탄압에 대한 대응이었다고 할 수 있다. 물론 『황성신문』은 1904년 8월부터 경무청警務廳을 통한 사전검열제도를 받고 있었지만, 광무신문지법으로 인한 '취재와 보도의 제한제11~16조'과 '처벌에 관한 조항제25~35조' 등 신문규제에 대한 강도가 높아짐에 따라[36] 종전

35 김주현의 「『황성신문』논설과 단재 신채호」(『어문학』 101, 한국어문학회, 2008, 360~368쪽)에 따르면 1906년경부터 장지연에 이어 신채호가 황성신문사의 주필이 되었으며, 1907년 9월 이후부터 폐간(1910.9.14)까지 류근과 박은식 등이 주필로 활동했다.

36 광무신문지법 외에도 일제의 한국 문화계에 대한 통제는 출판법(1909)을 거치면서 점점 강도를 더해갔다. 1909년 당시 제정된 '교과서 검정 기준'을 통해서도 출판물에 가해진 일제의 탄압상을 확인할 수 있다(한기형, 『한국 근대소설사의 시각』, 소명출판, 1999, 225~232쪽 참조).

「대동고사」에서 다뤘던 이순신 관련 일화 2편[37]을 비롯하여 임진왜란 관련 명사 29편[38] 및 왜적에 항거했던 여인들의 절개 5편[39], 전란에 대한 예언 · 징조 5편[40] 등 임진란 관련 인물 · 사건에 대한 직접적 서술이 어렵게 되었던 것이다. 그럼에도 불구하고 「명소고적」은 단순히 유적에 대한 내용뿐만 아니라 국난國難을 주제로 한 작품들도 꾸준히 게재하였는데, 위 광고문에서 언급한 '야사' · '기문이서'의 소재들을 적극 활용했다고 볼 수 있다.

앞서 『대동고사』1906.4.2~1906.12.10에서도 '야사' · '기문이서'의 다양한 작품들이 발표된 면모를 확인할 수 있다. 실례로 고승高僧이나 학덕이 높은 명사名士 · 도인道人 등의 기이한 사적들이 「대동고사」에 선택적으로 소개되었으며, 관련 기사 가운데는 유적에 대한 유래담에 초점을 맞춘 기담들도 발견할 수 있다.[41] 이 같은 「대동고사」의 특징들이 「명소고적」에서도 이어졌다고 볼 수 있다. 단 「대동고사」와 달리 「명소고적」에서는 다루는 이

37 「大東古事」(1906.6.29); 「大東古事」(1906.10.25).

38 「大東古事」(1906.4.26); 「大東古事」(1906.5.3); 「大東古事」(1906.5.4); 「大東古事」(1906.5.12); 「大東古事」(1906.5.16); 「大東古事」(1906.5.25); 「大東古事」(1906.5.30); 「大東古事」(1906.6.19); 「大東古事」(1906.7.3); 「大東古事」(1906.7.6); 「大東古事」(1906.7.11); 「大東古事」(1906.7.12); 「大東古事」(1906.7.16); 「大東古事」(1906.7.18); 「大東古事 1」(1906.7.23); 「大東古事 2」(1906.7.23); 「大東古事」(1906.7.30); 「大東古事」(1906.8.1); 「大東古事」(1906.8.15); 「大東古事」(1906.8.17); 「大東古事」(1906.8.20); 「大東古事」(1906.8.25); 「大東古事」(1906.8.27); 「大東古事」(1906.9.27); 「大東古事」(1906.10.10); 「大東古事」(1906.10.15); 「大東古事」(1906.10.24); 「大東古事」(1906.10.30); 「大東古事」(1906.11.5).

39 「大東古事」(1906.6.11); 「大東古事」(1906.6.14); 「大東古事」(1906.6.27); 「大東古事」(1906.7.28); 「大東古事」(1906.8.24).

40 「大東古事」(1906.4.27); 「大東古事」(1906.4.28); 「大東古事」(1906.5.15); 「大東古事」(1906.7.14.; 「大東古事 2」(1906.8.18).

41 반재유, 「『황성신문』의 고사 연구」, 『국학연구론총』 17, 택민국학연구원, 2016, 215~223쪽 참조.

야기의 주제에 따라 편명을 달리하였으며, 특히 기이한 소재를 다룬 기사의 경우 제명에 '기奇'자라는 글자를 넣어 '기담奇談', '전기傳奇', '기사奇事', '기전奇傳' 등으로 표현하였다.

> 현풍군玄風郡 포산苞山은 신라 때 명승名僧인 관기觀機와 도성道成 두 명이 은거하던 곳이니, 그 은거하였던 거리가 서로 10리 정도 되었다. 두 고승은 매번 서로 친하게 지냈는데, 도성이 관기를 부르면 산의 나무들이 모두 남쪽으로 고개를 숙였고, 관기가 도성을 부르면 산의 나무들이 모두 북쪽으로 고개를 숙였다고 하였다. 따라서 후세 사람들이 이 일을 시로 읊은 자가 매우 많았으니 실로 신도시대神道時代의 황탄한 이야기다.[42]

> 절도사節度使 소흡蘇潝이 일찍이 제주목사濟州牧使를 할 적에 한라산 아래 큰 늪에 한 괴물怪物이 있었으니 물고기와 비슷하나 물고기가 아니며, 능히 맹풍盲風과 괴우怪雨를 일으켜 백성들에게 재해災害를 입혔다. 일찍이 목사牧使들이 매번 제거하고자 하였지만 감히 손을 쓰지 못하였다. 소흡이 도임到任한 뒤 늪가에 많은 군졸을 줄지어 세워 큰 그물로 건져 내었는데, 대낮에 우레와 폭우가 크게 일어났다가 홀연 비바람이 그치고 괴물 몸의 절반이 드러남에 형상이 모질고 사나워서 똑바로 쳐다볼 수 없었다. 사람들이 모두 놀라 두려워 엎드리거늘 소흡이 쇠화살鐵箭을 뽑아 연달아 맞추어 죽이고는 끌어내어 바라보니 그 크기가 열 장이 넘었다. 살은 포로 만들고 가죽은 벗겨서 북을 만드니 소리가

42 "玄風郡苞山은 新羅時 名僧 觀機 道成 二人이 隱居ᄒᆞ든 處이니 其隱居의 相距가 十里假量이라 兩祖師가 每相過從ᄒᆞᄂᆞᆫᄃᆡ 道成이 觀機를 致케 ᄒᆞᆫ 즉 山中樹木이 擧皆南으로 俯ᄒᆞ고 觀機가 道成을 致케 ᄒᆞᆫ 즉 山中樹木이 擧皆北으로 俯ᄒᆞ얏다 云ᄒᆞᄂᆞᆫ 故로 後人이 此事ᄅᆞᆯ 題咏ᄒᆞᆫ 者ㅣ 甚多ᄒᆞ니 實로 神道時代의 荒誕ᄒᆞᆫ 說이로다"(「古蹟奇事」, 『황성신문』 1909.7.18).

매우 웅장하였는데, 병자난丙子亂에 없어졌다고 한다.[43]

첫 번째 인용문은 신라 때 명승인 관기觀機와 도성道成이 현풍군玄風郡 포산苞山 가운데 서로 십리 가량 떨어진 곳에서 은거하고 있었는데, 서로를 찾아갈 때마다 수목이 그들이 향하는 곳으로 구부러졌다는 이야기다. 두 고승의 깊은 교유를 그리고 있는 본 작품은 『삼국유사』 권5 「피은편避隱篇」 「포산이성包山二聖」을 출전으로 두고 있다.

두 번째 인용문에서는 제주목사濟州牧使 소흡蘇潝이 한라산 아래에 있는 깊은 늪에서 맹풍盲風과 괴우怪雨를 만들어서 민가 재해를 만드는 괴물怪物을 잡아 죽였는데, 그 가죽으로 북을 만드니 소리가 매우 웅장했으며 병자난 때 소실되었다는 내용을 담고 있다. 해당 이야기의 출전은 「진위현읍지振威縣邑誌」 1891에서 찾을 수 있다.

위 두 편의 작품 모두 편명에 '기사奇事'라는 어휘를 사용하고 있지만, 앞서 확인할 수 있듯이 단순히 기이함에만 초점을 맞춘 작품이라 할 수 없다. 작품에 등장하는 주요 인물들은 신라 고승과 조선의 명관들로서, 인재의 옥석을 가리지 못하는 나라의 무능함으로 인하여 현 국가의 위기가 도래했음을 암시하고 있다. 실제 「명소고적」에 발표된 다양한 기사들이 여요전쟁麗遼戰爭[44]·임란壬亂[45]·병란丙亂[46], 기타 전쟁[47] 등의 큰 국가적 위기를

43 "蘇節度使潝이 嘗爲濟州牧使홀 時에 漢拏山下大湫에 一物이 有하니 似魚非魚요 能히 盲風怪雨를 作하야 爲民災害홈의 曾往牧使된 者ㅣ 每欲驅除호딕 敢히 下手치 못하더니 公이 到任훈 後에 軍卒을 多發하야 湫邊에 羅立하고 大網을 沈而引上하니 白日에 雷雨가 大作하다가 俄而風收雨止하고 怪物이 半身露出홈의 形貌獰惡하야 不能正視홀지라 人皆驚怖仆起하거날 公이 鐵箭을 抽出하야 連射殺之하고 曳出視之하니 其長이 十丈餘라 臠肉爲脯하고 剝皮爲鼓하니 聲甚雄遠하더니 丙子亂에 見失하얏다 云하니라"(「古人奇事」, 『황성신문』, 1909.8.10).

44 「古蹟奇事」(1909.7.20); 「偉人古事」(1909.9.11).

45 「명소고적－火旺山城은」(1909.7.13); 「명소고적－彌鄒忽古城은」(1909.8.1); 「명소고적

배경으로 두고 있으며, 해당 작품이 연재된 시기1909년 또한 국권상실의 위기를 직면하던 때였다는 점에서 주목할 만하다.

한일강제병합 이후 간행된 『오백년기담』1913에도 전체 180편 가운데, 절반 이상인 102편이 선조宣祖에서 인조仁祖까지의 일화로 다수의 작품들이 임란·병란을 소재로 하고 있다. 주로 전쟁을 예견한 기이한 사건 및 현상에 대한 이야기와 시대를 풍자한 이야기들이 많은 비중을 차지하고 있다.[48] 서문序文에서 '조선오백년 이래 패사와 전기 중에서 가장 기이奇異하고 경희驚喜하여 소설에 가까운 것'[49]을 모았음을 언급했듯이, '기담'『오백년기담』이란 작명은 정사에 기록되지 못한 기이한 사적을 엮는다는 찬술자의 의도를 드러낸 것이다.[50] 「명소고적」에 실린 다양한 이칭의 기담들도 이 같은 일사逸史로서의 성격을 가지는데, 여타 야담들과 같이 세태를 반영하거나 교훈적 주제를 함의하고 있다.

동 시기 지면을 달리하여 연재되었던 「기담우풍奇談寓諷」『황성신문』, 1909.7.4~8.3 또한 교훈 및 세태풍자의 성격을 지녔다.[51] 비록 「명소고적」과 달리

-報恩寺는」(1909.8.18); 「偉人遺蹟」(1909.9.3); 「명소고적-聖穴은」(1909.9.10); 「명소고적-安城郡南十里에」(1909.9.17); 「義妓遺事」(1909. 10.9); 「명소고적-赤壁은」(1909. 10.20).

46 「古蹟美談」(1909.7.23); 「古人奇事」(1909.8.10).

47 '고려 영주성 농민봉기'(「명소고적」 1909.9.18); '신라 갈화성 전투'(「偉人遺事」 1909. 9.24); '고려 황산대첩'(「명소고적」 1909.10.8); '고려 합단의 침입'(「古人佳話」 1909. 10.12).

48 장경남·이시준, 「일제강점기에 간행된 야담집에 대하여」, 『우리문학연구』 34, 우리문학연구, 2011, 168~173쪽 참조.

49 "我鮮五百年來의 稗史와 傳記中에 最奇最異ᄒᆞ고 可驚可喜ᄒᆞ야 小說에 類ᄒᆞᆫ 者ᄅᆞᆯ" (崔東州, 『五百年 奇譚』, 皆有文館, 1913; 『五百年 奇譚』(博文書館, 1923).

50 『오백년기담』 외에도 『기인기사록』(1921), 『반만년간죠션긔담』(1922), 『대동기문』(1926) 등 근대시기 '기담'을 제명으로 한 야담집들이 꾸준히 발행되었다. 해당 문헌들 또한 역사적 인물이나 사건에 대한 기이한 소개를 중심으로 한 일사(逸史)로서의 성격을 가진다.

51 「奇談寓諷」(1909.7.4); 「奇談寓諷」(1909.7.6); 「奇談寓諷」(1909.7.7); 「奇談寓諷」(1909.

「기담우풍」에서는 연재 당시의 사회상을 작품의 주요 배경 · 소재로 삼고 있지만, 평범한 인물들이 등장하여 세태를 풍자한다는 면에서 공통점을 찾을 수 있다. 당시 『황성신문』뿐만 아니라 『대한매일신보』에 연재된 「편편기담」1907.5.23~1910.8.28에서도 교훈 · 사회비판적 내용들이 주류를 차지했다는 사실[52] 등을 통해 편명에 동일하게 등장하는 '기담', 즉 '珍貴한 이야기'[53]라는 의미 안에는 시평時評의 성격까지 함의한다고 할 수 있다.

「기담우풍」은 '우풍寓諷, 풍자를 붙임'이라는 편명에 맞추어 본문의 말미에 편집자 논평論評[54]을 붙여 비평의 강도를 높였다. 이는 「명소고적」과의 차별점이라 할 수 있으며 상대적으로 서사성이 강한 일사逸史의 작품들「명소고적」과 연재 지면을 달리한 이유가 된다.[55] 반면, 「명소고적」의 경우 아래 예시와 같이 작중 인물의 발화내용曰을 통해 편집자의 주장을 전달하고 있다.

이르되曰 신하의 도가 위태로움을 보았다면 목숨을 바치고 어려움을 만났

7.8); 「茶前閑話」(1909.7.11); 「奇談寓諷」(1909.7.17); 「奇談寓諷」(1909.8.3).

52 『대한매일신보』의 「편편기담」(1907.5.23~1910.8.28)은 독자투고란의 성격을 가진 연재물이다. 초기 저작물(126편, 1907.5.23~1908.2.22.)에서 사회비판(20편, 16%)과 교훈 · 동물우화(29편, 23%)에 대한 내용이 큰 비중을 차지했으며, 필명을 쓰기 시작한 1908년 2월 23일 이후 작품에서도 창작적 요소까지 더해지면서 세태풍자 소재가 더욱 확대되었음을 확인할 수 있다(전은경, 「'편편기담'과 '쓰는 독자'의 출현」, 『미디어의 출현과 근대소설 독자』, 소명출판, 2017, 393~424쪽 참조).

53 "めづらしいはなし" (奇談 : 대한화사전 3-576)

54 "기자가 가로대 내가 그것을 얻었도다 전일에 문득정부 대신을 논하여 그 직분이 잘못되었다가 하는 자가 한결같이 어찌 그릇됨이 심한가 지금 이후로는 반드시 가로대 우리 정부는 국권을 확실이 지키며 인민을 절대 사랑하는 개명대신이라고 세계에 널리 알리리다. (記者曰 我得之矣로다 前日에 輒論政府大臣爲非其職者 ㅣ 一何誤之甚耶아 從今以後로는 必曰 我政府는 確守國權ᄒᆞ며 切愛人民ᄒᆞᄂᆞᆫ 開明大臣이라고 世界에 輪示ᄒᆞ리로다)"(「奇談寓諷」, 『황성신문』, 1909.8.3).

55 실례로 시사단평(時事短評) 연재물인 「국외냉평(局外冷評)」(1909.7.2~1910.1.29.)은 「논설」 및 시사(時事)를 담은 잡보기사들과 함께 줄곧 『황성신문』 2쪽에 연재되었으며, 상대적으로 서사성이 강한 「고사」와 「소설」란의 작품들은 신문 3쪽에 게재되었다.

다면 자신을 챙기지 아니하거늘 전일 갈화성 전투가 위태롭고 어렵거늘 목숨을 바치고 자신을 챙기지 아니하였다는 명망을 얻지 못하였으니 이는 불충이오, 이미 임금을 섬김에 불충하여 폐를 끼침이 부친에게까지 미쳤으니 이 또한 불효함이라[56]

이르되曰 국가의 병력으로 보잘 것 없는 역적을 제거함이 상 위의 고깃덩어리와 같은지라 그 흉악한 칼끝이 어찌 고을 변두리까지 미치며 또 식량은 백성의 하늘이거늘 밭 갈고 씨뿌리기를 때를 잃을 수 없으니 (…중략…) 이르되曰 한 지아비가 경작하지 못하여도 천하가 굶주리나니 지금 경작하지 못하면 굶어 죽는 자가 많을 것이니, 명을 어긴 죄로 나 홀로 죽는 것이 옳지 않겠는가[57]

첫 번째 인용문은 신라 내해왕奈解王 때 물계자勿稽子가 아내에게 전한 말이다. 화갈성火竭城 전투에서 큰 공적을 세웠음에도 불구하고 논공행상論功行賞에서 제외되었지만, 임금을 탓하지 아니하고 오히려 자신의 불충不忠과 불효不孝함을 돌아보는 면모를 발화내용 가운데 확인할 수 있다.

두 번째 인용문은 고려말 당진부사唐津府使로 있던 김이金怡가 안렴사按廉使에게 전한 말이다. 원元나라의 역적 합단哈丹 고려 서북지방을 침략하였을 때 조정에서 백성들의 안위를 위해 경작을 금하였지만, 파종시기를 놓치

56 “曰 人臣의 道가 見危則 致命하고 臨難則 忘身이거날 前日 竭火의 戰이 危하고 難호ᄃᆡ 致命忘身ᄒᆞ얏다ᄂᆞᆫ 名聞을 得치 못하얏스니 是ᄂᆞᆫ 不忠ᄒᆞᆷ이오 旣히 仕君不忠하야 累가 先人에게 及하니 是又不孝ᄒᆞᆷ이라”(「偉人遺事」, 『황성신문』, 1909.9.24).

57 “曰 國家의 兵力으로 小醜를 掃除ᄒᆞᆷ이 机上의 肉과 如ᄒᆞᆯ지라 其凶鋒이 엇지 邊郡ᄭᆞ지 及하며 且食은 民의 天이어ᄂᆞᆯ 耕種을 失時ᄒᆞᆷ은 不可하니 (…중략…) 曰 一夫가 不耕하야도 天下가 受飢하ᄂᆞ니 今에 不耕하면 餓死者 衆하리니 寧히 違令ᄒᆞᆯ 罪로 我當其死ᄒᆞᆷ이 可하다 하고”(「古人佳話」, 『황성신문』, 1909.10.12).

면 천하가 도리어 기이飢餓로 멸할 수 있음을 경고하고 있다. 비록 자신은 나라의 명을 어긴 죄로 죽더라도 만민의 목숨을 중히 여기는 태도를 확인할 수 있다. 두 인용문에서 볼 수 있는 발화의 내용은 국가의 위기 속에서 신료들이 마땅히 가져야할 태도를 피력한 것이라 할 수 있다. 직접적인 편집자의 논평이 아닌, 인물 간 대화를 통하여 해당 주제의식을 우회적으로 드러낸 것이라 할 수 있다.

종전 『황성신문』의 역사관련 기사에서 국내외 영웅들의 전기傳記가 주를 이루었다면,[58] 「명소고적」에서는 국가의 위기를 타개하는 다양한 계층의 인물들이 등장한다. 앞서 자인면 한장군韓將軍과 제주목사 소흡蘇潝, 당진부사 김이金怡 등과 같이 뛰어난 지도자의 능력과 판단을 통해 나라의 위기를 극복하기도 하지만,[59] 때론 여러 계층 속 평범한 인물들의 행동을 통해 주변 세계를 변화시키는 결과를 보여주기도 한다. 다음 일화에서도 평범한 인물들의 선행과 효행에 주목하고 있음을 살펴볼 수 있다.

> 서신일徐神逸은 신라말 사람이다. 이천군利川郡 교외郊外에 우거寓居하였는데, 어느 산노루野鹿가 몸에 활이 꽂힌 채 서신일에게 달려왔다. 서신일이 그 화살을 뽑아주고 집 안에 숨겨두었더니 사냥꾼이 그 산노루가 없는 것을 보고 돌아갔다. 그날 밤 꿈에 한 신선이 찾아와 사례하며 이르기를 “산노루는 내 아들이다. 그대의 도움으로 죽지 않았으니 은덕에 보답하고자 그대의 자손에게 신불神佛의 가호가 있게 하리라”고 하였다. 서신일이 80세에 아들 서필徐弼을

58 최기영, 앞의 글, 149~159쪽 참조.

59 당시 영웅의 사적(史蹟)에 대한 관심은 「論說－乙支公山」(『황성신문』, 1909.4.20)과 「論說－乙支公家史에 對ᄒᆞ야 又一觀念」(『황성신문』, 1909.5.14) 등을 통해서도 확인할 수 있다.

낳아서 재상이 되고, 손자 서희徐熙도 유명한 재상이 되었다 이르더라.[60]

장헌莊憲 김지대金之岱[61]는 고려 고종高宗 때 사람이다. 힘써 배워 문장에 능하였고 풍채가 우람하였는데 강동전역江東戰役 때 그 부친이 군대에 예속되었거늘 태학생太學生으로 있던 김장헌이 부친을 대신해 군에 갈 것을 청하였다. 군사들은 방패머리에 모두 기이한 짐승을 그렸는데, 김지대만 한 절구 시구로 "나라의 우환은 신의 우환이오 부친의 근심은 자식의 근심이라, 부친을 대신하여 나라에 보답한다면 충효 두 가지를 모두 닦는 것이리라" 하였다. 원수元帥 조점趙點/趙冲點이 군을 점검하다가 그 시를 보고 매우 기뻐하여 그를 재능에 맞게 등용하였다. 이듬해 개선한 뒤에는 등제登第하여 벼슬이 중서시랑中書侍郎에 이르렀다.[62]

첫 번째 인용문은 신라말 서신일徐神逸이란 인물이 사냥꾼으로부터 활에 꽂힌 산노루를 구해준 뒤 보은을 받게 되는 이야기다. 꿈에 신선이 나타나 사례하는 장면과 더불어 신선의 말대로 서신일이 노년에 얻은 아들과 손자가 모두 유명한 재상이 되었다는 결말은 전형적인 동물 보은담의 구조

60 "徐公神逸은 羅季의 人이라 利川郡郊外에 僑居ᄒᆞ더니 一野鹿이 虇을 其身에 帶ᄒᆞ고 神逸에게 奔投ᄒᆞ거를 徐公이 其虇을 拔去ᄒᆞ고 家中에 藏匿ᄒᆞ얏더니 獵者가 其鹿을 見失返去ᄒᆞᄂᆞᆫ지라 其夜夢에 一神人이 來謝ᄒᆞ야 曰 鹿은 吾子라 君을 賴ᄒᆞ야 不死ᄒᆞ얏스니 君의 恩德을 報코ᄌᆞ ᄒᆞ야 君의 子孫을 冥佑ᄒᆞ리라 ᄒᆞ더니 神逸이 八十에 子弼을 生ᄒᆞ야 宰相이 되고 其孫 熙가 亦有名ᄒᆞᆫ 賢相이 되얏다 云ᄒᆞ니라"(「古事傳奇」, 『황성신문』, 1909.8.27).

61 원문에는 김지벌(金之垡)로 표기되어 있으나, 김지대(金之岱)의 오기(誤記)로 추정됨.

62 "金莊憲之垡ᄂᆞᆫ 勝朝高宗時人이라 力學能文하고 風姿가 魁偉하더니 江東戰役時에 其父ㅣ 軍隊에 隸屬하얏거ᄂᆞᆯ 公이 太學生으로 在하다가 代父請行ᄒᆞᆯᄉᆡ 戰士의 楯頭에 擧皆奇獸를 畵하얏ᄂᆞᆫᄃᆡ 公은 獨히 一絶句를 書하야 曰 國患臣之患이오 親憂子所憂라 代親如報國하면 忠孝可雙修라 하얏더니 元帥 趙點이 閱軍하다가 見之驚喜하야 因而器使하고 明年에 凱旋ᄒᆞᆫ 後 登第하야 位가 中書侍郎에 至하니라"(「偉人古事」, 『황성신문』, 1909.9.11).

를 가진다고 할 수 있다. 해당 일화는 『고려사열전』[63]에 동일한 이야기를 확인할 수 있다. 그뿐만 아니라 『역옹패설櫟翁稗說』과 『송천필담松泉筆譚』 등의 잡록집에도 실려 있을 만큼 야담적 성격이 강한 작품으로, 「고사전기古事傳奇」라는 제명은 이 같은 특징을 반영한 것이라 할 수 있다.

두 번째 인용문 또한 「위인고사偉人古事」라는 제명과 같이 고려말 김지대金之岱라는 인물의 일화를 서술한 것으로 『고려사열전』[64]에 출전을 두고 있는 작품이다. 강동성 전투시 부친을 대신하여 종군한 태학생太學生 김지대가 방패머리楯頭에 써넣은 "나라의 어려움은 신하의 어려움이요, 어버이의 근심은 자식의 근심할 바이다. 어버이를 대신해 나라에 보답한다면 충과 효를 닦을 수 있을 것이다國患臣之患이오 親憂子所憂라 代親如報國하면 忠孝可雙修라"라는 시구를 본 당시 원수元帥 조점趙點이 감탄하여 그를 기용起用했으며, 이듬해 개선한 김지대가 등제하여 벼슬이 중서시랑에 이르렀다.

위 두 일화에서는 단순히 뛰어난 능력을 가진 지도자의 영웅담이 아닌, 각 계층 속 인물들의 선행과 효행으로 인해 주변 세계를 변화시키는 결과를 보여주고 있다. 그 과정에서 초월적 존재神仙의 도움으로 인하여 개인뿐만 아니라 공동체家門의 위기를 극복하는 결말을 보이기도 하고, 때론 혼란했던 과거 역사江東城戰鬪를 조명함으로써 현 국가적 위기에 대한 해법을 모색하기도 하였다. 의기義妓 논개論介의 행적을 서술한 1909년 10월 9일자

---

63 "初弼父神逸郊居, 有鹿犇投, 神逸拔其箭而匿之, 獵者至, 未獲而返. 夢有神人謝曰, 鹿吾子也. 賴君不死, 當令公之子孫, 世爲卿相. 神逸年八十, 生弼, 弼·熙·訥果相繼爲宰相." (『高麗史列傳』 卷第七)

64 "金之岱, 初名仲龍, 淸道人. 風姿魁梧, 倜儻有大志, 力學能文. 高宗四年, 江東之役, 代其父, 隷軍隊以行. 隊卒皆於楯頭畫奇獸, 之岱獨作詩, 書之曰, 國患臣之患, 親憂子所憂. 代親如報國, 忠孝可雙修 元帥趙冲點兵, 見之驚問, 召入內廂, 器使之. 明年, 冲知貢擧, 之岱擢第一名"(『高麗史列傳』 卷第十五).

기사에서도 본문 말미에 "후인이 그 의열義烈을 사모하여 함께 춤추던 바위 위에 의기암義妓岩 세 글자를 새기고 강 위에 사찰을 세워 항상 제사하기를 게을리하지 않았다."[65]라는 서술을 통해, '공동체 속에서 평범한 개인들非別人이 가져야 할 덕목' 및 '현 사회의 풍기風氣 또한 이를 주목해야함'[66]을 피력하고 있다.

당시 고사故事 연재를 '국혼國魂을 배양하는 재료'[67]라 여겼음에도 불구하고 필자의 목소리를 문면에 드러낼 수 없었던 시대적 상황은, 다채로운 인물군의 형상을 그릴 수 있는 「명소고적」 속 기담을 기획함으로써 우회적으로나마 주제의식을 담을 수 있었다. 또한 각 이칭의 편명들이 함의하는 바에 따라 호국적 주제에서부터 야담의 성격을 가진 이야기들까지 관련 일화들을 여러 지지地誌·읍지邑誌 등에서 선택적으로 차용한 면모들은, 이 글에서 『황성신문』의 역사관련 연재물이자, 고사 연재물로서 「명소고적」을 주목한 이유라 할 수 있다.

65 "後人이 其義烈을 慕ᄒᆞ야 對舞ᄒᆞ든 岩上에 義妓岩 三字를 刻ᄒᆞ고 江上에 祠를 立ᄒᆞ야 尙今 祭祀ᄒᆞ기를 不怠ᄒᆞᄂᆞ니라"(「義妓遺事」, 『황성신문』, 1909.10.9).

66 "然則我韓今日에社會上風氣가何者를崇拜ᄒᆞᆯ고 (…중략…) 英雄이非別人이라大敎育家가即英雄이오大實業家가即英雄이오大熱心家가即英雄이오大雄辯家가即英雄이니嗚呼라我同胞ᄂᆞᆫ此等人을崇拜ᄒᆞ면無數ᄒᆞᆫ英雄이應時產出ᄒᆞᆯ줄노思量ᄒᆞ노라"(「論說－人心崇拜의 關係」, 『황성신문』, 1908.12.10).

67 "大抵自國의 敎와 自國의 地誌와 自國의 歷史와 自國의 文字가 皆其國魂을 培養ᄒᆞᄂᆞᆫ 材料인ᄃᆡ (…중략…) 此로 由ᄒᆞ야 我二千萬民族이 個個其國魂을 保有完實케ᄒᆞ면 他族을 崇拜ᄒᆞᄂᆞᆫ 謬習이 自然刋落ᄒᆞ고 自强自立의 基礎가 漸次鞏固ᄒᆞ리니"(「論說－朝鮮魂이 稍稍還來乎」, 『황성신문』, 1908.3.20).

4. 「명소고적」의 의미와 남은 과제

지금까지 『황성신문』에 발표된 「명소고적」의 면모와 특징 및 의미에 대해 논의하였다. 먼저 2절에서는 『황성신문』에 「명소고적」이 연재된 면모와 이칭의 편명 기사들에 대해 살펴보았다. 「명소고적」은 공통적으로 기사가 시작되는 문장 첫 어절에 소개하고자 하는 고적古蹟이나 인물人物의 명칭을 기술한 뒤, 대략적인 지리정보와 함께 유래담을 소개하는 규칙성을 보인다.

또한, 기사마다 별도의 출전을 밝히고 있지 않지만, 기사별 주제의식의 전달을 위해 다양한 지지地誌·읍지邑誌에서 관련 일화를 선택적으로 차용한 면모들을 확인할 수 있다. 특히 해당 기사의 내용이 유적보다는 인물이나 풍속 등에 집중될 경우, 특정 주제의식에 맞추어 이칭의 편명으로 기사를 게재하였다. 「명소고적」의 다양한 편명은 한층 풍부한 소재의 이야기들을 담을 수 있도록 하였는데, 호국적 주제를 담은 일화거란전투, 병자호란 등 외에도 야담의 성격을 가진 기사명승 일화, 동물 보은담 등들까지 기이함을 강조한 편명奇事·傳奇으로 연재를 이어갔다.

다음으로 3절에서는 「명소고적」을 『황성신문』 일련의 고사故事 기획물로서 파악하고, 기이한 소재를 다룬 기담 작품들에 주목하였다. 그 과정에서 기사마다 국가의 위기를 타개하는 다양한 계층의 인물들을 서술하는 면모와 시평時評의 양상 등에 대해 살펴보았다.

『황성신문』의 '고사'에 대한 주요 소재가 인물「고사」·「국조고사」·「대동고사」에서 유적지「명소고적」 위주로 전환된 것에는 주필 교체1907.9에 따른 신문성향의 변화 외에도, 광무신문지법光武新聞紙法, 1907.7.24 등 일제의 신문탄압에 대한 결과라 할 수 있다. 그럼에도 불구하고 「명소고적」은 단순히 유적에 대한 소개뿐만 아니라, '야사'·'기문이서'의 소재들을 적극 활용하면서 국난國難을 주제로 한 기담奇談들을 꾸준히 게재하였다. 이는 다양한 기담을 통하여 국권상실의 위기를 직면하던 당시의 세태를 반영하고 있음을 알 수 있다.

동시기 같은 신문에 연재되었던 「기담우풍」1909.7.4~8.3의 경우, 본문 말미에 편집자 논평을 붙여 비평의 강도를 높였다. 작중 인물의 발화내용曰을 통해 편집자의 주장을 우회적으로 전달한 「명소고적」과 일정부분 차별점을 가지지만, 공통적으로 시평의 양상을 확인할 수 있다는 점에서 당시 기담이라는 제명이 함의하는 바를 짐작할 수 있다.

또한 1908년 이전 『황성신문』의 역사관련 기사에서는 국내외 영웅들의 전기傳記가 주를 이루었지만, 「명소고적」에서는 국가의 위기를 타개하는 다양한 계층의 인물들을 등장시키고 있다. 기담을 통해 그려지는 그들의 효행 및 선행은 주변 세계를 변화시키는 결과를 보여주며, 현 사회의 풍기 또한 이를 주목해야 함을 피력하고 있다. 기존연구에서는 1908년을 기점으로 『황성신문』에 역사관련 연재물들이 게재되지 못했음을 언급한 바 있는데, 이 같은 「명소고적」의 존재는 해당 주장에 대한 반론의 근거가 될 수 있다. 단, 각 이칭의 편명들이 함의하는 바에 따라 다양한 문헌 속 관련 일화들을 선택적으로 차용한 면모와 다채로운 인물군의 형상을 그린 「명소고적」 속 기담의 기획은, 당시 필자의 목소리를 문면에 드러낼 수 없었던 시대적 상황이 반영된 것이라 할 수 있다. 이는 이글이 『황성신문』의 역사관련 연재물이자, 고사 연재물로서 「명소고적」에 주목한 이유가 된다.

「명소고적」과 관련하여, 아직 이글에서 언급하지 못한 저자고증의 문제가 남아있다. 앞서 개별 기사를 중심으로 검토했던 출전에 대한 논의 또한 저자 문제와 함께 고찰되어야 할 사항이다. 이에 대한 논의는 추후 과제로 삼고자 한다.

제2장

잡지 『동명』의 문화사적 정체성과 문예의 역할

손동호[1]

1. 『동명』의 창간과 특징

『동명』은 1922년 9월 3일부터 1923년 6월 3일까지 통권 40호를 발행한 시사주간지이다. B4판타블로이드판 20면 내외[2]로 동명사에서 발행하였으며, 정가는 15전이었다. 최남선崔南善 주재主宰로, 편집 및 발행은 진학문秦學文, 인쇄는 최성우崔誠愚가 맡았다. 애초 인적 구성은 이광수와 홍명희를 포함할 계획이었으나[3] 이는 실현되지 않았다.[4] 염상섭은 창간 멤버로서, 진

1 한국인문사회총연합회 학술연구교수.

2 창간호(제1권 제1호, 1922.9.3)는 잡지의 창간을 축하하는 축전 및 광고로 인해 24쪽을 발행하였으며, 신년호(제2권 제1호, 1923년 1월 1일)는 근하신년 및 광고로 24쪽을 발행하고 부록까지 추가하여 '1923년 음양력 대조표'를 제공하였다.

3 이형식의 「『동명』·『시대일보』 창간과 아베 미쓰이에」(『근대서지』 18, 근대서지학회, 2018, 725~727쪽)에 제시된 서한 자료에는 최남선, 진학문, 홍명희의 명의로 『동명』을 발표하고, 이광수의 협조를 구하려는 계획이 드러나 있다.

4 이광수는 「문단 생활 30년의 회고－무정을 쓰던 때와 그 후(3)」(『조광』, 1936.6, 120쪽)에서 애초에 『동명』의 경영을 진학문이 맡고 편집을 자신이 담당하기로, 최남선으로부터 제안받았다고 회고한다. 그러나 자신에게 아무런 말도 없이 『동명』이 나왔다며 이러한 배경으로 「민족개조론」으로 인한 여론 악화를 들었다. 이와는 대조적으로 진학문은 「신문, 잡지에 쏟은 정열」(『신동아』 44, 1968.4, 248쪽)에서 이광수가 작가 생활만을 하겠다는 본인의 거절로 참여하지 않은 것이라 주장하였다.

학문의 주선으로 『동명』에 참여하여 문예면을 담당하였다.[5] 1923년 1월에는 신년인사를 하며 사원 명단을 공개하였는데, 이에 따르면 사주는 최남선의 형인 최창선崔昌善이었으며, 사원으로는 권상로權相老, 김종배金宗培, 염상섭廉想涉, 이유근李有根, 박태봉朴泰鳳, 안주영安冑永, 진학문秦學文, 최남선崔南善, 현진건玄鎭健[6] 등이 이름을 올렸다.

『동명』이 창간되기까지의 과정은 순탄치 않았던 것으로 보인다. 최남선이 잡지 발행을 시도한 시기가 1921년 가을 경인데, 발행 허가는 1922년 여름에야 이루어지기 때문이다. 독립선언서를 쓴 혐의로 수감된 최남선은 1921년 10월 18일 가출옥 후, 진학문에게 편지를 보내 이광수와 함께 『청춘』을 속간하자고 제안하였다. 하지만 '청춘'이라는 제호를 총독부가 허가하지 않자 진학문은 '동명'으로 제호를 바꾸고 자신의 명의로 발행 허가를 다시 신청하였다.[7] 그 결과 1922년 5월 27일 총독부 당국으로부터 신문지법에 의해 발행 허가를 받아 6월 6일에 지령을 교부받았다.[8] 잡

---

5 한기형 · 이혜령, 『염상섭 문장 전집』 I, 소명출판, 2013, 351쪽에는 염상섭의 「최육당 인상」(『조선문단』, 1925.3)을 다음과 같이 옮겨 놓았다. "나를 씨에게 소개하여준 것은 『시대일보』의 전신인 『동명주보』였다. 삼작년(三昨年) 늦은 여름이었다. 『동명』지를 창간하니 덮어놓고 같이 시작하자는 것이 진순성(秦瞬星)의 요청이었다. 잡지·신문이라면 '내 생활'을 파괴하는 것이라 마음에 뜨악하여 가느니 안 가느니 하며 한참 실랑이를 하다가 급기야에 육당과 만나게까지 되었다."

6 현진건은 1915년부터 1917년까지 중국 상해에서 수학하고, 1917년 일본 도쿄의 세이조(成城)중학교에 3학년으로 편입하였다. 1918년 여름에는 학교를 중퇴하고, 1918년부터 1919년까지 중국 상해의 후장(滬江)대학 독일어 전문부에서 수학한다. 귀국 후 1920년 11월부터 1921년 10월을 전후한 시기까지 조선일보사에서 근무한다. 그리고 1922년 12월 즈음에 동명사에 입사하게 된다. 이와 관련한 내용은 박현수, 「문인-기자로서의 현진건」, 『반교어문연구』 42(반교어문연구, 2016), 281~311쪽을 참조하였다.

7 이종호, 「3 · 1운동 이후, 염상섭의 미디어 활동과 운동의 방략—『신생활』, 『동명』을 중심으로」, 『한국연구』 5(한국연구원, 2020), 114쪽. 이종호는 진학문의 회고 「신문, 잡지에 쏟은 정열」(『신동아』 44, 1968.4, 248~249쪽)과 「나의 문화사적 교유기」(『세대』 118, 1973.5, 203쪽)를 인용하였다.

8 「잡지 『동명』 허가」, 『동아일보』, 1922년 6월 8일 2쪽. "瞬星 秦學文 氏의 名義로 昨冬 總督府

지의 발행 허가가 있기까지 사이토 마코토齋藤實 총독의 개인 고문이었던 아베 미쓰이에阿部充家의 역할이 있었다.[9]

최남선은 『동명』의 창간을 앞두고 동인을 대표하여 잡지의 간행 취지와 특징을 소개하였다.[10] 먼저 그는 『동명』이 『소년』과 『청춘』을 계승한 매체임을 밝힌 후, 언론기관을 신장하여 민족정신을 발휘함으로써 조선 신문계에 일신경역一新境域을 개척하겠다는 포부를 드러냈다. 약진하는 세계에 우리 민족이 세계적 사명을 수행하기 위해서는 민족 완성이 전제되어야 한다는 논리를 내세운 것이다. 이후 그는 『동명』 동인을 일체의 신이상과 신경향에 대한 경의와 열심을 가진 자로 규정하고, 신이상과 신경향의 실현을 위해 우선적으로 민족 완성 운동에 전력하겠다고 다짐하였다. '조선 민족아 일치합시다', '민족적 자조에 일치합시다'라는 잡지 슬로건에서도 확인할 수 있듯이, 3·1운동을 통해 발견한 민족의 '일치'와 '자조'를 통한 민족의 완성을 일차적인 잡지의 간행 목적으로 천명한 것이다.

이어서 잡지의 특징을 다음과 같이 네 가지로 꼽았다. 첫째, 각 방면 명사名士와의 공동 집필이다. 현대 조선의 학술 및 언론 방면의 명사를 객원으로 연청延請하여 다양한 고견을 매호 소개한다는 내용이다. 이는 조선의 안팎에서 벌어지는 각종 문제에 대한 적절한 해설을 제공함으로써 독자가 사건의 근원과 내용을 깊이 있게 이해할 수 있도록 유도함과 동시에 저

當局에 發行許可를 申請한 月刊雜誌 『東明』은 去月二十七日附로 新聞紙法에 依하야 許可되야 再昨六日指令을 交付하얏는대 該雜誌는 時事問題를 論議할 評論雜誌로 六堂 崔南善 氏의 主宰下에 新文館에서 發行할 터이며 創刊 時日은 未定이라더라" 기사에 따르면 애초에는 신문관에서 월간잡지로 발행하려고 계획했던 것으로 보인다. 하지만 실제로는 동명사에서 주간잡지의 형태로 창간한다.

9 이와 관련된 자세한 사항은 이형식의 「'제국의 브로커' 아베 미쓰이에와 문화통치」(『역사문제연구』 21, 역사문제연구소, 2017, 450~456쪽)를 참조할 것.

10 「최남선 감집(監輯) 진학문 주간(主幹) 시사주보 동명」, 『동아일보』, 1922.8.24, 1쪽.

명 인사를 활용하여 『동명』의 권위를 높이려는 의도에서 시도된 것으로 풀이된다. 아울러 외부 필진을 수혈함으로써 편집진의 공소함을 해소하기 위한 자구책으로도 이해할 수 있다. 이러한 취지에 부합하는 기사는 대부분 논문 또는 논설로 권덕규,[11] 설태희,[12] 최린,[13] 유종열,[14] 박한영,[15] 이윤재,[16] 이능화[17] 등 각 분야의 명사가 집필하였다.

둘째, 조선 최초로 시사주보時事週報를 표방한 점이다. 이는 신문과 잡지의 특장점만 취한 체재로 홍보되었다. 시사주보는 일간신문에 비해 기사를 정선하고 정확한 보도를 할 수 있는 여유가 있으며, 월간잡지에 비해서는 청신한 재료와 민속敏速한 기재로 수시로 변천하는 내외형세를 적시에 보도할 수 있다는 장점을 부각하였다. 실제로 『동명』은 시사주보를 표방한 만큼 매주 발생한 국내외의 사안을 다루었으며, 정치, 경제, 군사, 교육, 학술, 기예를 비롯하여 사회잡사, 여항의 쇄문瑣聞까지 망라하였다. 창간 초기 사회면은 내외의 시사와 지방 관련 기사 그리고 각 지역의 운동 소식을 전달하였다. 이밖에도 최근시사, 동경소식, 구미사정, 근동시국, 극동시국, 적색세계 등 다양한 코너를 마련하여 국내외의 시사를 다루었다. 제1권 제7호부터는 사회면을 '내외시사일기'로 정돈하여 조선, 일본, 중국, 각국의 시사 정보를 전달하였다.

---

11 권덕규, 「조선어문의 연원과 그 성립」, 『동명』 제1권 제1호 12쪽.

12 설태희, 「조선은 조선인의 조선」, 『동명』 제1권 제2호 12쪽.

13 최린, 「공생애(公生涯)와 사생애(私生涯)」, 『동명』 제1권 제2호 12쪽.

14 유종열, 「이조도자기의 특질 (1)~(4)」, 『동명』 제1권 제7호 18쪽~제10호 7쪽.

15 석전산인(石顚山人), 「석림한화(石林閒話)」, 『동명』 제1권 제5호 10쪽~제2권 제2호 7쪽.

16 이윤재, 「중국에 새문자(상, 하)」, 『동명』 제1권 제10호 5쪽~제11호 5쪽 ; 「중화민국 의회소사(小史) (1)~(4)」, 『동명』 제2권 제2호 9쪽~제5호 5쪽.

17 이능화, 「조선신교원류고(朝鮮神敎源流考)(1)~(10)」, 『동명』 제2권 제8호 11쪽~제20호 13쪽; 「조선기독교사 (1)~(3)」, 『동명』 제2권 제21호 6쪽~제23호 6쪽.

셋째, 활동 약진하는 세계 만상萬象의 종합적 영화映畫이다. 『동명』은 시사주보를 표방했지만 정치 기사 및 시사평론에만 치우치지 않고 다양한 기사를 취급하여 종합지를 지향하였다. 사회적 보도와 취미 관련 기사를 마련하고, 염상섭의 안배 하에 문예 기사에 특색을 둘 것이라 밝힌 점에서 이를 확인할 수 있다. 특히 소설은 순예술적, 전기적傳奇的, 정탐적, 골계적 작품을 매호 수 편씩 게재하여 항상 독자에게 신미충일新味充溢한 관조경觀照境과 아취풍만雅趣豐滿한 환소건歡笑件을 제공한다고 하였다. 신생新生하고, 자미滋味 있는, 실익實益적 기사를 품격으로 일관하여 전체 민중의 붕우朋友가 되겠다고 했는데 실제 문예란, 부인란, 소년란 등을 두어 다양한 독자층을 포괄하는 동시에 다수의 문예물을 발표하였다. 뱃살풀이, 동명평단, 호랑이담배[18], 부듸치기, 다반향초茶半香初,[19] 양탑열어凉塌熱語, 연다만어烟茶漫語, 웃음거리, 과학적 새유희, 아삼속사雅三俗四, 소년컬럼 등은 대표적인 취미, 문예 관련 코너이다.

넷째, 개조 세계, 신생 조선의 교구交衢에 立한 광탑光塔이다. 『동명』은 밖으로 해외 선진국의 진보한 신지식을 참고하는 한편, 안으로 조선을 개조하고자 하였다. 에취 지 웰쓰의 「세계개조안」 제2권 제17~21호을 비롯하여 「백열화한 민족운동－성혈腥血과 공포에 싸힌 애란」 제1권 제2~7호, 「민족운동의 선구자」 제1권 제9호, 「세계 민족운동의 신추세」 제1권 제10~12호, 「토이기土耳其에 재생한 짠탁」 제1권 제11호, 「몽고蒙古 민족의 독립운동」 제1권 제14~17호, 「비도比島의 정치조직과 독립운동」 제2권 제12호, 「애급埃及의 국민운동」 제2권 제

18 일종의 만평으로 당시 세태에 적응하지 못하는 완고한 양반들을 주로 비판하였다.
19 도스토예프스키, 고리키 등 문인의 동정을 전하거나 신작을 소개하였다. 주로 문예 관련 소식을 보도하였다.

15호 등은 세계의 민족운동을 소개한 글로 『동명』의 민족운동에 대한 관심을 보여준다. 도마쓰 커컵의삼민 번역, 「금일의 지식 사회주의 요령」제1권 제6~15호 및 「금일의 지식 사회주의의 실행가능방면」제1권 제16~17호은 사회주의를 일종의 신지식으로 소개한 사례이다. 이처럼 『동명』은 민족주의와 사회주의를 신지식으로 이해하고 이를 조선 민족의 개조에 적용하고자 하였다. 최남선의 「조선민시론」1~11, 제1권 제1~13호은 조선의 민족 개조 문제를 다룬 대표적인 글이다. 이밖에 조선 사회의 시급한 문제로 가정, 육아, 위생 등을 제시하고, 각 부문에서 개조의 필요성을 역설하였다.[20]

이렇듯 『동명』은 1920년대 전반의 사상계 및 문학계의 일단을 파악할 수 있는 중요한 매체이다. 민족주의와 사회주의 등 새로운 사상의 수용과 담론화 과정, 그리고 이와 맞물려 진행된 조선학의 성립 등 총독부의 문화정치 시행 이후 조선의 사상적 담론 지형을 확인할 수 있기 때문이다. 또한 다수의 창작물이 게재되는 한편 세계문학이 번역됨으로써 조선 문단에 새로운 자극을 주었다는 점에서도 연구의 필요성이 제기된다. 하지만 해당 매체에 대한 선행 연구는 그리 많지 않다.

역사학계에서 이루어진 연구는 조선학의 성립, 민족 담론의 변화 양상, 사회주의 및 민족주의의 수용 등에 집중하였다. 류시현은 최남선이 주창한 조선학의 내용을 검토하는 과정에서 『동명』에 게재된 「조선역사통속강화」, 「조선민시론」 등을 다루었다.[21] 그의 관심은 조선학의 개념과 성

20 가정의 개조 문제는 부인란에서 집중적으로 다루었다. 「아해는 가뎡의 북두성」(제1권 제1호), 「어쩌케하면 형제간 싸움을 안케할가」(제1권 제2호), 「말을 아니 듯는 요새 아이」(제1권 제3호), 「가뎡은 어쩌케 개량할가(1~20)」(제1권 제4호~제2권 제13호), 「어린아이 기르는 법(1~11)」(제1권 제16호~제2권 제13호), 「과부의 재혼문제」(제2권 제20호) 등이 그 사례이다. 이밖에 무선통신 등 세계의 최신 과학 기술을 신지식의 사례로 소개하기도 하였다.

21 류시현, 「1920년대 최남선의 '조선학' 연구와 민족성 논의」, 『역사문제연구』 17(역사문제연

립, 그리고 조선학의 변화과정에 있었다. 이경돈은 1920년대 초반의 민족 담론을 살피려는 목적에서 『개벽』과 『동명』에 주목하였다.[22] 그는 최남선이 3·1운동을 계기로 민족을 재발견했으며, 지배계급을 분리해냄으로써 민족과 민족성에 대한 긍정이 가능했고, 이를 통해 전통적인 것과 민족적인 것에 대한 평가도 전환의 국면을 맞이할 수 있었다고 분석하였다. 이처럼 그는 민족을 중심으로 『동명』이라는 미디어가 기획한 민족 담론이 이후 민족주의로 이어지는 과정을 추적하였다. 이종호 역시 『신생활』과 『동명』을 중심으로 매체의 사상적 지향이 사회주의운동과 민족주의운동으로 각각 분화되는 양상을 집중적으로 분석하였다.[23] 이들 연구는 주로 사상적 측면에서 이루어진 까닭에 매체의 전반적인 성격이나 문예물은 주된 관심사가 아니었다.

『동명』은 문예란과 부인란 그리고 소년란을 운영하였기에 해당란에 게재된 문예물을 다룬 문학계의 연구도 찾아볼 수 있다.[24] 『동명』 소재 문예

구소, 2007), 155~178쪽; 「한말, 일제시대 최남선의 문명, 문화론」, 『동방학지』 143(연세대 국학연구원, 2008), 53~84쪽.

22 이경돈, 「1920년대초 민족의식의 전환과 미디어의 역할–『개벽』과 『동명』을 중심으로」, 『사림』 23, 수선사학회, 2005, 27~59쪽.

23 이종호, 앞의 글. 이종호는 『동명』(특히 염상섭)이 사회주의의 논의와 체제를 부정하는 것이 아니라며, 민족운동과 사회운동의 일치를 구하고 있는 매체라 평가하였다.

24 동화에 대한 연구로는 최석희, 「독일 동화의 한국 수용–그림 동화를 중심으로」(『헤세연구』 3, 한국헤세학회, 2000, 239~263쪽), 박혜숙, 「서양 동화의 유입과 1920년대 한국 동화의 성립」(『어문연구』 33, 한국어문교육연구회, 2005, 173~192쪽), 김화선, 안미영, 「1920년대 서구 전래동화의 번역과 번역 주체의 욕망–『동명』에 소개된 그림동화를 중심으로」(『어문연구』 53, 어문연구학회, 2007, 1~25쪽) 등이 있다. 그리고 만화에 대한 연구로는 서은영, 「1920년대 매체의 대중화와 만화–1920년대 초, 동아일보와 동명의 만화를 중심으로」(『대중서사연구』 28, 대중서사학회, 2012, 123~155쪽)가 있으며, 희곡에 대한 연구는 김지혜, 「1920년대 초기 아일랜드 희곡 수용의 의미」(『국제어문』 59, 국제어문학회, 2013, 231~260쪽)가 있다. 이밖에 민희주는 「1920년대 잡지 『동명』의 성격과 석전 박한영의 「석림한화」」(『인문논총』 70, 서울대 인문학연구원, 2013, 297~323쪽)를 통해 매체의 특징을 상세히 정리하고 박헌영의 불교 관련 서사가 의미하는 바를 추적하였다.

물을 전면에 내세운 연구로는 이희정[25]이 유일하다. 그는 염상섭의 「E선생」에 대해 조선민의 자긍심을 일깨우고 자신감을 고취하여 현실에서의 실천운동을 강조하고자 하는 의지를 담았다고 평가하였다. 그리고 양백화의 「빨래하는 처녀」는 여성 독자를 의식해 순한글로 표기하였으며, 사랑을 제제로 삼아 서시의 적극적인 태도와 그 속에 드러나는 조국에 대한 믿음들을 엮으면서 조선심을 구현한 작품이라 분석하였다. 그의 연구는 '조선심'과 '독립심'을 추구하는 매체의 담론적 성격이 문예물의 주제의식과 긴밀한 연관성이 있음을 밝혔다는 점에서 의의가 있다. 하지만 민족의식으로만 매체의 전체적인 담론 지형을 설명할 수 있을지 의문이다. 그리고 두 편의 소설만으로 『동명』 소재 문예물의 전반적인 특징을 드러내려 한 점은 한계로 지적할 수 있다. 문예물의 절대다수를 차지하는 번역물은 전혀 다루지 않아 그 논의가 매우 소략하기 때문이다.

이와 달리 박현수[26]는 『동명』에 게재된 번역물의 존재를 언급하였다. 하지만 그는 『동명』에 실린 창작물은 세 편에 불과하며, 나머지는 전부 번역소설인데 그 대부분이 원작자와 번역자를 밝히지 않은 흥미 위주의 서사물이었다고 지적하였다. 염상섭의 「E선생」과 「죽음과 그 그림자」, 김동인의 「태형笞刑」 등이 창작물이고, 양건식의 「빨래하는 처녀」는 중국 고대를 배경으로 하는 번역소설이며, 시는 변영로, 오상순, 진순성, 김억, 변영만 등의 작품이 게재되었지만 변영로를 제외하고는 1, 2회 게재에 그쳤음

25 이희정, 「1920년대 잡지 동명의 매체담론과 문예물 연구」, 『우리말글』 68(우리말글학회, 2016), 409~438쪽.

26 박현수, 「1920년대 전반기 미디어와 문학의 교차－필화사건, '문예특집', '문인회'를 중심으로」, 『민족문학사연구』 74(민족문학사학회·민족문학사연구소, 2020), 327쪽; 「1920년대 전반기 미디어에서 나도향 소설의 위치－『동아일보』, 『개벽』 등을 중심으로」, 『상허학보』 42(상허학회, 2014), 256~257쪽.

을 근거로 『동명』이 문학작품의 발표 공간으로 보기 어렵다고 주장한 것이다.

이 연구는 선행 연구의 내용을 검증하기 위해 다음의 작업을 수행하고자 한다. 먼저 『동명』 소재 문예물을 전수조사하여 정리하고자 한다. 이는 현재까지의 연구 성과로는 『동명』 소재 문예물의 전체적인 규모와 지형을 파악하기 어렵다는 판단에 따른 것으로, 후속 연구의 토대를 마련하기 위해서도 필요한 작업이다. 다음으로는 문예물의 성격을 규명하고자 한다. 선행 연구에 따르면 『동명』 소재 문예물은 수록 매체의 담론 지향의 자장 안에 긴박되어 민족주의 담론만을 유포하거나, 이와는 별개로 흥미 위주의 읽을거리에 불과하다는 상반된 평가가 공존하기 때문이다. 따라서 지금까지 연구에서 배제되거나 한계로 지적된 문예물을 중심으로 이 들 작품의 내용 분석을 통해 『동명』의 문화사적 정체성과 문예물의 역할과 의의를 밝히고자 한다.

2. 문예물의 전면화와 그 배경

『동명』 창간호는 전체 24면으로 구성되었다. 1면은 표지, 2면과 18~24면은 전면 광고로 채웠다. 3면에서 14면까지는 최남선의 「조선민시론」을 비롯하여 국내외의 각종 시사와 조선어문에 대한 논문을 실었다. 15면에는 양백화의 「빨래하는 처녀」를 실었으며, 16면은 부인란으로 육아 문제를 다루었다. 그리고 17면은 기타 기사를 게재하였다. 창간호의 전체 목차는 아래 〈표 1〉과 같다.

〈표 1〉『동명』 제1권 제1호(1922.9.3) 목차교정

게재면	제목	비고
1	표지(内房의 신광명 사진)	사진, 목차
2	전면광고	시문독본, 대동시선 외
3	모색에서 발견까지-조선민시론(1)_최남선	논설
	一致 아니고는 될 일이 업소_천리구	만화
4	신석현 사건의 진상_나공민 / 生凉二題_천리구	시사 / 만화
5	이출노동자에 대한 응급책	시사
6	사회(내외시사, 지방, 운동), 구미사정, 근동시국, 동경소식	시사
	비률빈(比律賓) 독립문제	시사만화
7	탁랑(濁浪)에 해백(駭魄)된 수원 화홍문(華虹門) / 뱃살풀이	시사 / 단평
8	실내출장소의 오후_일기자 / 동명평단	시사
9	손문과 진형명(陳炯明)_벽상관인	시사
	가을이왓단다	시가
	적색(赤色)세계	전세계 사회주의 동향 소개
	호랑이담배	조선 양반 풍자
10	유명간통신(幽冥間通信)	죽은 이의 사념 전달
11	목상리괴물(木箱裏怪物)	병인양요 관련 기사
	부듸치기_덧물	동명 취지 설명
12	조선어문의 연원과 그 성립_권덕규	논문
13	적벽풍류의 몽흔(夢痕)_최남선 / 적벽야유도(赤壁夜遊圖)	평론 / 그림
14	날이새입니다_변영로	시가
	귀로 들어오는 가을	그림
	남의 일이지마는	일본 노동자대표 비판
	독자께 지면공개하는 기별	독자참여란 개설 예고
15	빨래하는 처녀(1)_백화	소설
16	아해는 가정의 북두성	부인란
17	고쳐 지은 달아달아	시가
	마분지로 활동사진	취미 기사
	내방의 신광명 / 사고	표지 삽화 설명
	新刊紹介	조선지위인, 부인, 갈돕
18~24	전면광고	축 동명 창간

전체적으로 전반부에는 논설과 시사를, 중반부에는 문화 관련 기사를, 후반부에는 문예 관련 기사를 배치하였다. 다만 시가는 게재면의 구분 없이 산발적으로 실었다. 기사 원고의 편집[27] 후 공백이 생기는 지면에 주로 실린 것으로 보아 시가에 대한 고정된 지면은 따로 마련하지 않았던 것으로 보인다. 소설의 경우 제1권 제2호1922년 9월 10일부터 염상섭의 「E선생」을 15면에 연재하면서 매호 두 편 이상의 작품을 게재하기 시작하였다. 제1권 제7호부터는 소년란[28]이 개설되어 학생들의 작문을 '소년컬럼'란에 매호 게재하였다. 문예란, 부인란, 소년란 등을 기반으로 하여 문예물을 배치하는 이러한 지면 구성은 1922년 말까지 유지되었다. 그런데 1923년 신년호는 이전과 달리 지면 구성에 큰 변화를 보였다. 무려 9개 지면을 문예면으로 구성하여 문예물을 전면화한 것이다. 다음 〈표 2〉는 1923년 신년호의 목차이다.

27 기사의 분량이 많을 경우에는 활자 크기를 달리하여 작은 활자로 기사를 실었다. 또는 다른 지면에 관련 기사를 계속해서 연재했는데, 바로 다음 지면에 연결해서 싣기도 했지만 다른 지면에 나머지 내용을 이어가기도 하였다. 반대로 기사의 분량이 적을 경우에는 격언이나 소화(笑話), 시 등을 수록하는 방식으로 편집하였다.

28 「소년란 신설」, 『동명』 제1권 제5호, 1922.10.1, 17쪽. "◆지으신 글과 쓰신 글씨를 보내주시오◇/◇령롱하고 향긔로운 꼿밧흘 맨드십시다◆/본보가 창간된 지 겨우 삼주일쯤 되옵건만, 사회 각 방면의 열렬하고 두텁은 찬성과 도음을 입사와, 날로 성황을 이루음은 감사하옵거니와, 본보는 그 후의의 만일이라도 갑하들이고자, 더욱더욱 적은 정성이나마 오로지 이에 바츠고자 하오며 특히 부인란(婦人欄)을 만들어 부인계를 위하야 정신덕과 실제덕 문뎨를 론평하며 쏘 보도하옵는 바, 장차 소년란(少年欄)을 쏘한 별로이 설시하고, 소년의 학과 외로 유익한 긔사를 선택하야 발표하는 동시에, 소년제군의 글짓는 힘과 글씨 쓰는 힘을 기르우기 위하야 알에와 가튼 규뎡(規定)으로 소년독자제군의 작문과 습자를 매호에 발표하고자 하나이다."

〈표2〉『동명』 제2권 제1호(1923.01.01.) 목차

게재면	제목	비고
1	표지(주사위 치기 그림)	그림, 목차
2	전면광고	근하신년
3	신국면 타개의 실제적 역사(役事)	今日로 始하야 自己로 始하야
4~5	영원히 기억될 과거 1년간의 인물	인물 사진 포함
6~7	과거 1년간 신세계 탄생고(誕生苦)의 과정	국제회의 및 국제관계
8~12	양춘(陽春)을 면(面)한 신생조선의 배주(胚珠)	교육계 인사의 말
13	〈문예〉 아츰 황포강에서_요한	시가
	〈문예〉 권태 외_회월(밤하늘은 내마음, 가을의 애인)	시가
	〈문예〉 봉래방장(蓬萊方丈)으로_예이츠, 변영만 역	시가
14	〈문예〉 어떤 중학교사의 사기(私記)_변영로	소설
	〈문예〉 향수_김명순 여사	시가
15	〈문예〉 은화 • 백동화_나도향	소설
16	〈문예〉 설야_김안서, 자금(紫金)의 내울음은_월탄	시가
	〈문예〉 태산_최성우	한시
17	〈문예〉 母된 감상기(1)_나혜석	수필
18	〈문예〉 방랑의 마음_오상순	시가
19	〈문예〉 사상운동과 연극_운정생(김정진)	평론
20	〈문예〉 도야지 주둥이_양백화	소설
21	〈문예〉 L양에게_김일엽	수필
22	소년컬럼(현상작문당선)	소년란
	소년컬럼 동모(사진 제시) / 사고	근하신년
23~24	전면 광고	근하신년
부록	1923년 음약력 대조표	달력

대대적인 '문예특집'으로 꾸민 신년호는 단순히 신년을 기념하기 위한 목적에서 비롯된 것이 아니었다. 이는 문예란에 실린 작품 중 신년을 맞이한 감회나 신년의 전망이나 다짐 등을 다룬 작품이 없다는 점만 보아도 알 수 있다. 또한 소설 「크리쓰마쓰의 각시」나 희곡 〈크리쓰마쓰의 꿈〉을 크리스마스에 맞춰 연재함으로써 시의성 있는 제재를 취했던 전략과도 어

울리지 않는다. '문예특집'을 기획하며 "원고 도착한 차례로" 글을 실었던 것을 미루어 볼 때, 사전에 여러 작가들에게 원고를 요청한 것으로 보인다. 시사나 논문이 아닌 문예 관련 원고를 내부 필진이 아닌 외부 작가에게 이처럼 대규모로 의뢰한 것은 처음 있는 일이며, 『동명』에 있어서는 일종의 사건이었다.

1922년 11월 10일 『신천지』 6호가 발매금지를 당한 후 백대진이 구금된다. 그리고 같은 해 11월 13일과 18일에 발행된 『신생활』 11호와 12호는 발행 직후 발매금지 처분을 받고, 사장 박희도를 비롯하여 다수의 기자까지 구금된다. 이른바 '신생활 필화사건'[29]은 문화정책 이후 당국의 언론에 대한 탄압을 상징적으로 보여준다. 매체에 대한 검열의 결과로 매체가 발매금지 및 압수 등의 행정처분을 받는 일은 흔히 있었다. 하지만 관계자에 대한 구금 및 징역 등 사법적 절차까지 나아간 것은 흔치 않은 사건이었다. 이러한 사건에 대해 조선지광사, 개벽사, 시사평론사, 조선일보사, 동아일보사 그리고 동명사는 1922년 11월 25일 대책을 협의하였다. 그리고 11월 29일에는 '신생활 필화사건'에 대한 당국의 가혹한 처치를 비판하는 한편 언론 자유를 옹호하기 위해 협동 노력한다는 내용의 결의문을 채택하였다.[30] 이어서 동아일보사와 개벽사는 문인들의 모임자리를 주선하였고, 『동아일보』와 『개벽』 그리고 『동명』은 1923년 신년호를 '문예특집'으로 꾸몄다. 언론사가 주도했던 문인들의 회합은 이후 문인회의 조직[31]으로 이어졌다.[32]

29 '신생활 필화사건'에 대한 자세한 논의는 박현수, 앞의 글(2020), 295~331쪽 참조.

30 「언론의 옹호를 결의」, 『동아일보』, 1922.11.29, 3쪽.

31 '조선문인회'에 대한 상세한 논의는 박헌호, 「염상섭과 '조선문인회'」, 『한국문학연구』 43(동국대 한국문학연구소, 2012), 235~259쪽 참조.

'신생활 필화사건' 이후 매체들은 검열에 더욱 민감할 수밖에 없었다. 이에 따라 검열에 대한 대응 차원에서 문예에 대한 관심이 고조되었고, 각 매체들은 경쟁적으로 문인들을 적극적으로 규합하기 시작하였다. 따라서 이례적이었던 『동명』의 1923년 신년호는 당시 조선의 언론 상황을 직접적으로 반영한 결과로 볼 수 있다. '신생활 필화사건'은 검열의 문제가 남의 일이 아니라는 위기의식을 불러옴과 동시에[33] 검열에 대한 해법을 촉구하는 계기가 되었다. 아래의 〈표 3〉은 이러한 신년호의 '문예특집'이 일회성으로 그치지 않았음을 보여준다.

〈표 3〉 『동명』 제2권 제14호(1923.04.01.) 목차

게재면	제목	비고
1	봄의 환희	권두언
2	전면광고	
3	기사 목차 / 불을 꺼도 모기는 있다	신문지법 출판법 개정 건의
	우리의 한가지 일, 홍성고보 문제	민립대학 계획
4	국제법상 불국의 루얼 점령관(하)_鼎言生	시사
	전조선청년당대회 해산을 명령	시사
	내외시사일기(조선, 일본)	시사
5	민대총회개회, 홍성고보문제	시사
	내외시사일기(중국, 각국)	시사
6	**〈문예〉 정처(正妻)_앤톤 체호브, 변영로 역**	**소설**
7	**〈문예〉 나들이_루슈안 대카부, 현진건 역**	**소설**
8~9	**〈문예〉 만세(萬歲)_또우데, 최남선 번역**	**소설**
10~11	**〈문예〉 참회(懺悔)_파아존, 양건식 역**	**소설**
12~13	**〈문예〉 밀회_투루게네프, 염상섭 역**	**소설**

32 「문예운동의 제일성」, 『동아일보』, 1922.12.26, 3쪽. 이병도, 염상섭, 오상순, 황석우, 변영로 등의 발기로 서대문정 대세계(大世界)에서 문예 종사자 10여 명이 모여 문인회를 조직한다는 내용을 담았다.

33 실제로 『동명』 제2권 제10호와 제16호는 당국의 "忌諱에 抵觸"되어 발매금지 처분을 받기도 하였다.

게재면	제목	비고
14	〈문예〉 부채(負債)_모파상, 이유근 역	소설
15	〈문예〉 인조인_보헤미아 작가의 극, 이광수 역술	소설
16	〈문예〉『로칼노』거지로파_크라이스트, 홍명희 역	소설
17	〈문예〉 월야(月夜)_모파상, 진학문 역	소설
18	청년자유사상가 일해 이중각 군	
19~20	전면 광고	

『동명』 제2권 제14호는 해당 매체가 검열에 대응하는 방식을 보여준다는 점에서 매우 중요한 가치를 지닌다. 가장 먼저 눈에 들어 오는 특징은 문예면의 전면화이다. 1923년 신년호의 경우에는 문예면에 9개 지면을 할애하였는데, 이번 문예특집은 전체 지면의 60%를 차지하는 12개 지면을 문예면으로 구성하였다. 시사주간지임에도 불구하고 문예물을 다수 수록함으로써 지면의 연성화 전략을 취한 것이다. 게다가 문예물의 범위를 소설로 한정하여 모든 작품을 번역으로만 채웠다는 점도 이채롭다. 이는 보편적인 문화양식으로서의 세계문학을 번역, 소개한다는 외장을 취함으로써 검열 당국의 감시를 벗어나려는 의도로 해석할 수 있다. 문예특집에 참여한 인물 구성도 주목할 필요가 있다. 현진건, 최남선, 염상섭, 이유근, 진학문은 『동명』의 구성원이었으며, 이광수와 홍명희는 잡지의 창간 멤버로 거론될 정도로 필진들과 밀접한 관계를 맺고 있었다. 변영로와 양건식은 비록 정식 사원은 아니었지만, 잡지의 창간호 발간 이래 다수의 작품을 발표할 정도로 비중 있는 객원이었다. 결국 『동명』은 내부 필진을 위주로 하여 세계문학을 번역함으로써 검열에 대한 돌파구를 모색한 것이다. 이러한 기조는 『동명』 제2권 제14호 이후에도 관철되었다.

『동명』에는 90여 편의 시가, 40여 편의 소설, 20여 편의 동화, 20여 편의 수필, 3편의 희곡이 게재되었다.[34] 『동명』은 창간 이래 폐간에 이르기까지 문예물을 빠짐없이 실었을 뿐만 아니라, 문예물의 비중을 점차 높여갔다. 이러한 경향성을 세부적으로 살펴보면, 창간호인 1922년 9월부터 같은 해 12월까지는 문예물을 평균 3.7편 정도로 유지하였다. 그리고 1923년 1월 신년호는 16편의 문예물을 실었으며, 1923년 4월 문예특집호에서 9편의 소설을 발표하기까지 평균 5.5편의 문예물을 실었다. 대대적인 문예특집호 발행 이후인 제2권 제15호부터 최종호인 제2권 23호까지는 평균 7.1편의 문예물을 실었다. 문예물이 대폭 증가하는 시점이 '신생활 필화사건'과 맞아떨어지며, 문예특집호 기획 이후에도 문예물의 비중을 높여 지속적으로 연재한 것을 확인할 수 있다. 이러한 점을 종합해 볼 때, 총독부 당국의 언론 탄압에 대해 『동명』은 문예물을 전면화함으로써 검열에 대한 돌파구를 모색한 것으로 정리할 수 있다.

『동명』 소재 문예물을 전수조사한 결과, 소설의 경우에는 선행 연구에서 제시한 3편 외에 추가로 창작물을 확인할 수 있었다. 변영로의 「어떤 중학교사의 사기」, 나도향의 「은화 백동화」, 양백화의 「도야지주둥이」, 포영의 「정만수이야기」, 민우보의 「만찬」, 홍난파의 「만종」[35]이 그것이

34 『동명』 소재 문예물의 전체적인 현황은 부록을 참조할 것. 이밖에도 '소년컬럼'란에 실린 학생 독자들의 작문도 문예물에 해당한다. 작문은 '나의 하로', '서리 온 아츰', '우리집의 원조', '동기휴가의 감상', '일요일에 스케이트' 등 학생들이 생활 중에 겪을 수 있는 제재를 주로 제시하였으며, 소년란이 신설된 제1권 제7호부터 최종호까지 70여 편의 당선작을 게재하였다. 제2권 제16호에는 박태원(당시 14세)이 '달마지'라는 제목으로 작문 부문 3등을 수상하기도 하였다. 이밖에 훗날 언론인으로 성장할 김삼규가 두 차례, 동화작가이자 아동문학가가 될 이정호가 세 차례 당선되었다. 『동명』의 현상문예는 아동을 문화 창조의 주체로 호명한 것으로 볼 수 있으며, 이와 관련된 자세한 논의는 추후 별도의 논문으로 다룰 예정이다.

35 보리를 추수하는 어느 농가의 일과를 묘사하였다. 이 작품은 교당의 만종 소리에 젊은 부부가 일손을 멈추고 기도하는 모습을 그리고 있다. 밀레의 「만종」이 연상되는 내용이지만 작품 말미에 "창작집 『噴火口上에 서서』 中에서"라고 부기한 것을 근거로 하여 창작물로 분류하였다.

다. 그리고 번역물 가운데 일부 작품은 원작 및 원작자를 밝히지 않았다. 이는 매체의 번역 의도가 단지 세계문학 정전을 소개하려는 데 있지 않았음을 의미한다. 즉 매체가 원작 및 원작자를 드러내는 일보다 작품의 주제를 전달하는 것에 더 주력했던 것이다. 소수의 내부 필진을 중심으로 선택적으로 세계문학을 번역했기 때문에 작품 취사에 관해서도 필진 간에 충분한 합의가 이루어졌을 가능성이 높다. 다음 장에서는 『동명』 소재 문예물 중에서도 절대다수를 차지하는 번역물을 중심으로 작품의 주제를 검토해 보고자 한다. 이러한 작업을 통해 『동명』이 번역을 통해 드러내고자 한 내용을 구체적으로 확인하고자 한다.

3. 자조론의 문학적 번역

앞서 살펴본 바와 같이 『동명』에 실린 문예물에 대한 연구자들의 평가는 일치하지 않는다. 하나는 매체의 중심 담론을 '조선심'과 '독립심' 등 민족주의로 규정하고, 문예물의 주제의식이 이와 별반 다르지 않았다는 것이다. 그리고 다른 하나는 『동명』 소재 문예물의 대다수를 번역물이 차지했으며, 그 대부분이 원작자와 번역자를 밝히지 않은 흥미 위주의 서사물이라는 평가다. 이 장에서는 이러한 선행 연구의 평가를 중심으로 실제 『동명』의 문예물이 어떠한 내용을 담고 있는지 고찰하고자 한다.

『동명』은 민족의 '일치'와 '자조'를 통한 민족의 완성을 슬로건으로 내세웠다. 그리고 이러한 목적을 실현하기 위해 참고할 만한 신지식으로 민족주의와 사회주의를 거론했음은 이미 언급한 바 있다. 다음 글은 『동명』의 사상적 지향을 보여주는 대표적인 사설이다.

> 오늘날 우리의 이르는 바 民族主義와 在來의 民族主義 間에 그 內容的 差異가 잇슬 뿐 아니라, 얼마나 民族意識을 高調하는 者일지라도 資本主義의 暴威를 是認하리만치 그 情神이 去勢되지도 안엇슬 것이요 階級意識이 朦朧하리만치 健忘症에 失神하지도 안엇슬 것이다. 民族的 資本主義 民族的 階級主義가 胚胎한 帝國主義, 侵略主義에 慘憺한 經驗과 洗禮를 바든 지가 이미 오랜 우리다. 함으로 우리가 아모리 民族的 自立 民族的 自決을 力說하고 이에 渾身의 努力을 바칠지라도 決코 資本主義나 階級主義를 是認할 수 업슬 것은 勿論이다. 資本主義 撲滅과 階級의 打破를 世界에 向하야 宣言하는 同時에 自民族 間에 잇서서도 이것은 鬪爭의 對象이 아니 되는 것은 아니다. 그러하나 우리는 이러한 見解로써 **民族運動과 社會運動의 一致點은 覓出할 수 잇서도 아모 矛盾을 感하지는 안는 바이다.**[36] 강조는 인용자, 이하 동일

위의 사설은 민족주의와 사회주의를 두고 서로 대치하고 반발하는 당시 조선의 사상계를 비판하며 논의를 이어갔다. 우선 민족주의에 대한 오해를 불식하기 위해 오늘날의 민족주의는 국가주의나 침략주의와는 다르며, 민족적 우월관념이나 민족적 유아독존주의를 주장하려는 것이 아님을 강조하였다. 그리고 민족적 자립과 자결을 위해 민족의식을 고조하는 동시에 자본주의의 박멸과 계급의 타파를 실현할 수 있다고 주장하였다. 사설의 결론은 민족주의와 사회주의를 대립하는 이념으로 보지 말고 두

---

36 「오즉 출발점이 다를 뿐－민족운동과 사회운동의 합치점」, 『동명』 제2권 제15호 3쪽.

이념의 합치점을 찾아야 한다는 것으로 정리할 수 있다. 이러한 매체의 사상적 지향은 문예물에서도 확인할 수 있다. 『동명』 소재 문예물 역시 매체의 사상적 지향과 일치하며 민족주의와 사회주의를 핵심적인 주제로 다룬 것이다.

선행 연구에서도 밝혔듯, 염상섭의 「E선생」과 양백화의 「빨래하는 처녀」는 민족의식을 환기하는 작품으로 볼 수 있다. 하지만 최남선의 「만세—마지막 과정」은 이 두 작품보다 더욱 직접적으로 민족의식을 드러낸 작품이다. 알퐁스 도데의 「마지막 수업」을 번역한 이 작품은 3·1운동을 연상시키는 제목부터 시선을 끌며, 작품 서두의 '역자의 말'에서는 더욱 강한 어조로 민족의식을 촉구하고 있다. 아래는 '역자의 말'을 옮긴 것이다.

> 普佛戰爭에 敗屈한 뒤 一八七一年 「프랑코푸르트」條約에 依하야 「엘사쓰」와 「로트링겐」을 獨逸에게 빼앗기게 된 것은 佛蘭西人의 暫時도 부리지 아니한 徹骨之恨이엇다. 지난번 戰爭에 勝敗가 짱을 밧고아서 아엿든 두 짱에 덤까지 언저서 밧고 四十餘年 뭉켯든 恨을 풀게 된 것은 佛蘭西人 아닌 사람까지 깃븜을 난호려 한 일이지마는 그동안 그 恥辱을 銘念하며 그 抑鬱을 伸쯔하기 爲하야 그네들의 積累하야온 國民的 努力은 實로 尋常한 것이 아니엇다. 그中에서도 無數한 詩人들이 이것을 材料로 하야 타는 듯한 祖國愛의 情熱을 鼓舞한 것은 文學史 上의 一異彩를 지을 만하다. 南佛蘭西 「니메」의 胎生인 詩人兼 小說家 「알알쓰·또우데」Alphonse Daudet 1840~1897가 纖細한 情緖와 輕快한 筆致로써 普佛戰爭으로 하야 생긴 佛蘭西人의 恥辱的 烙印 속에서 美妙奇逸한 幾多의 境界를 맨들어 내어서 國民 悲痛의 暗淵에 매우 偉大한 慰安과 策勵를 寄與하야 붓으로 準備하는 光復의 過程에서 가장 有力한 一役軍이 된 것은 아모든지 잘 아는 일

이다. 여긔 譯出한 것은 그러한 短篇을 모은 「Contes de lundi」月曜說林 中의 한 아로 國籍과 아울러 國語를 닐케 된 설은 하로의 애다로운 한 모를 그린 것이니 作者가 들어내려 한 어느 悲痛의 가장 커다란 標本을 질머진 우리는 읽어가는 中에 아모 사람보담 더욱 深刻한 感觸이 생기지 안흘 수 업슬 것이다. 아아 당해보지 못하는 試練이 잇서 보지 못한 刺戟으로써 우리의 民族美를 激揚하야 아는 듯 모르는 듯한 가운대 수밀 줄 모르는 村婦人・철모르는 어린애들까지를 거쳐서 類例 업는 大光焰 大風響을 들어낸 것이 시방까지 얼마나 만히 싸혓건마는 어느 뉘가 能히 「쏘우데」인가. 어써나한 「月曜說林」이 쏫다운 냄새로 우리 民族的 心靈의 코살 살지우는가. 傳할 만한 事實만 잇서도 될 수 업다. 그려야 하겟다. 빗내야 하겟다. 詩人이 나야 하겟다. 偉大한 哲學者・歷史家를 목마르게 求하는 것처럼 偉大한 詩人을 우리가 찻고 기다린다. 이러한 主義・저러한 傾向을 다 要求하고 골고로 企待하는 가운대서 우리는 특별히 民族的 가려움을 시원히 긁어주고 民族的 가슴알이를 말슴히 씻어줄 「쏘우데」의 부치를 맨 먼저 불러일으켜야 하겟다. 우리의 獨特한 설음과 바람의 부르지즘으로써 우리 新生의 첫닭울이를 함은 아모 것보담 밧븐 일이 아닐 수 업다. 譯者[37]

해당 작품의 원작자와 원작을 밝힌 이 글은 작품의 배경이 되는 사건을 소개하면서 '타는 듯한 조국애', '국민 비통의 암연', '국적과 아울러 국어를 잃게 된', '민족적 가슴앓이' 등의 수사를 동원하여 민족의식을 환기하였다. 더 나아가 식민지를 직접 겪고 있는 조선의 상황을 거론하여, '원작자가 드러내려 한 비통의 가장 큰 표본을 짊어진 우리야말로 다른 사람보

37 쏘우데 원작, 최남선 역, 「만세(마즈막 과정)」, 『동명』 제2권 제14호 8쪽.

다 더욱 심각한 감촉이 생기지 않을 수 없다'며 우리에게 메시지를 전달하려 하였다. 그 메시지의 내용은 우리도 도데와 같은 위대한 작가가 나와서 비통에 빠진 민족을 위해 위안을 주고 민족의식을 고취해야 한다는 것이다. 최남선은 민족적 가려움을 긁어주고 민족적 가슴앓이를 씻기 위해서는 이러한 주의, 저러한 경향이 다 요구된다며 이 작품을 선택한 이유를 밝히고 있다. 결국 민족의식을 고취하기 위한 목적에서 알퐁스 도데의 작품을 선택적으로 번역한 것이다. 이후 이 작품은 『태서명작단편집』에 수록될 예정이었으나 당국의 검열에 저촉되어 삭제된다.[38] 이는 해당 작품이 게재된 『동명』 제2권 제14호 이후 문예물의 편수가 증가하는 것과 관련하여 살펴볼 때, 세계문학의 번역이라는 외장을 취함으로써 검열을 회피함과 동시에 문학을 통해 민족의식을 고취하려는 『동명』의 전략이 당시까지만 해도 유효했음을 증명한다.

떤세니경의 「번쩍이는 문」은 최남선의 「만세-마지막 과정」과는 다른 방식으로 민족의식을 드러낸 작품이다. 작품의 주인공은 짐과 빌이다. 두 인물은 생전에 도적이었고, 현재는 죽어서 적적한 땅에 갇혀 있다. 그곳엔 맥주병이 여기저기 흩어져 있고, 뒤에는 화강암으로 된 벽에 황금 천문天門이 있다. 짐은 널려 있는 맥주병에서 맥주가 담긴 병을 찾기 위해 애쓰나 별 소득이 없다. 빌은 호두집게로 천문의 자물쇠를 여는 데 몰두하고 있다. 결국 빌은 천문을 여는 데 성공하지만 거기는 무無의 세계라 별만 방황할 뿐이다. 이러한 결과에 대해 짐이 분통을 터뜨리자 어디선가 웃음소리가 들린다. 김지혜는 「번쩍이는 문」에 대하여, 지상의 고통이 사후에까지

38 손성준, 「번역문학의 재생(再生)과 반(反)검열의 앤솔로지-『태서명작단편집』(1924) 연구」, 『현대문학의 연구』 66(한국문학연구학회, 2018), 155~156쪽.

이어지고 있는 절망적인 인간의 삶을 그린 작품으로 규정한 뒤, "'세계문학'이라는 보편성의 차원에서 소개된 텍스트임에도 불구하고 '아일랜드' 연극이라는 기표가 만들어내는 매체 내 담론의 권력에 의해 '민족의식'이라는 특정한 이미지를 지향하게 되는 것"[39]이라고 분석하였다. 실제로 이 작품은 「애란愛蘭의 문예부흥운동」이라는 기사에 이어 게재되었다. 해당 기사는 아일랜드를 영국보다 그 역사와 문화가 찬란하고 문학이 만개한 나라로 소개하였다. 그리고 식민지로 인한 민족어 소멸을 극복하기 위해 토어土語로 문학을 창작하여 사라져가는 개릭Gaelic의 국어를 북돋았다며, 아일랜드의 문예부흥운동을 긍정적으로 평가하였다. 이 기사 다음 지면에 아일랜드 출생의 시인 겸 소설가인 숄터얼 부인의 소설 「영우靈牛」를, 그다음 지면에 아일랜드의 작가 떤세니경의 희곡 「번쩍이는 문」을 연달아 게재하였다. 이는 세계의 문예부흥운동과 대표작을 소개하고 이를 참고하여 조선 문예부흥운동의 방향을 모색하려는 시도로 해석할 수 있다.[40] 그리고 그 방향성은 민족의식의 고취에 있었다.

한편 『동명』에는 민족주의 외에도 사회주의를 연상케 하는 작품도 다수 게재되었다. 이러한 경향을 보여주는 작품으로는 홍명희의 「옥수수」가 대표적이다. 주인공인 카씨오와 케사리오 부부는 옥수수 농사를 지어

39 김지혜, 「1920년대 초기 아일랜드 희곡 수용의 의미」, 『국제어문』 59, 국제어문학회, 2013, 252~253쪽.

40 『동명』은 아일랜드뿐만 아니라 각국의 문예운동에 관련된 기사를 다수 연재하였다. 변영로의 「SHELLEY」(『동명』 제1권 제5호 12쪽, 영국 서정시인 쉘리에 관한 글), 최남선의 「외국으로서 귀화한 조선고담(조선역사통속강화별록)」(『동명』 제1권 제12호~제2권 제3호, 전체 7회 연재), 운정생(雲汀生)의 「사상운동과 연극」(『동명』 제2권 제1호 19쪽), 「속임 업는 흑인소설 바츠아라의 경개」(『동명』 제2권 제13호 6쪽), 「애란의 문예부흥운동」(『동명』 제2권 제16호 6쪽), 이윤재의 「건설적 문학혁명론」(『동명』 제2권 제16호~제2권 제19호, 북경대학 교수 호적(胡適)이 잡지 『신청년』에 발표한 원고를 번역한 것), 호적(胡適)의 「신시담(新詩談)」(『동명』 제2권 제20호~제2권 제23호) 등이 대표적이다.

겨우 먹고 사는 가난한 농부이다. 그들에게는 세 명의 자식이 있는데, 한 아이만 다 찢어진 속옷이나마 입고 있으며 나머지 둘은 거의 발가벗고 다녔다. 카씨오는 자식들의 속옷이나마 마련하기 위해 옥수수를 서둘러 팔고자 하나, 소와 차를 구하지 못한 데다가 비까지 계속 내려 전전긍긍하였다. 그러던 중 일기가 좋아지고 마침 소와 차도 구해 옥수수를 팔 수 있는 기회를 얻어 온 집안이 즐거운 어느 저녁이었다. 가족이 막 저녁을 먹으려 할 때, 동리의 소임이 카씨오를 찾아왔다. 사연인즉 어떤 귀인 양반이 열차로 마을을 지나가니 카씨오에게 그날 밤 철로 수직을 서라는 것이었다. 그는 하루 부역에서 빠지는 조건으로 그 제안을 수락하였다. 그렇게 철로 수직을 나간 그는 고된 노동으로 피로가 쌓여 졸음을 참지 못해 깜빡 잠들었다가 결국 열차에 치어 죽는다. 귀인 양반의 행차 때문에 애꿎은 농민이 한밤중에 철로 수직을 서다가 비극적 결말을 맞이한다는 설정은 일종의 계급 간 갈등을 형상화한 것으로 볼 수 있다. 홍명희의 또 다른 번역인 「젓 한 방울」은 며칠째 주린 아이를 위해 젖동냥을 나갔던 아버지가 고생 끝에 겨우 우유를 얻어왔으나 정작 우유를 먹어야 할 아이는 이미 죽었다는 내용이다. 속옷이 없어 발가벗고 다니는 아이, 먹을 것이 없어 굶주림으로 죽는 아이 등 가난으로 인한 비극을 그려냄으로써 자본주의를 비판하고 사회주의의 정당성을 표현한 것이다. 이밖에 홍명희의 「로칼노 거지로파」와 현진건의 「나들이」도 계급 간의 갈등이나 자본주의의 이면에 대한 고발 등의 내용을 다루었다.

지금까지 살펴본 바와 같이 『동명』 소재 번역물은 민족주의뿐만 아니라 사회주의를 함께 다룸으로써 두 사상의 동거 가능성을 실험하였다. "今日의 우리는 主義의 如何를 勿論하고 모든 것이 必要치 안흔 것이 업스니

社會主義도 또한 思想으로서 반듯이 理解하지 안흐면 아니 될 것"[41]이라고 주장했듯이, 『동명』은 의식적으로 사회주의에 대한 이해를 촉구하는 동시에 이를 문학적으로 형상화하였다. 『동명』에 실린 번역물 중에서 늬노수빌리의 「옥수수」, 작자 미상의 「젓 한 방울」, 모파상의 「모나코 죄수」, 앤톤 체호브의 「정처正妻」[42], 투루게네프의 「밀회」, 모파상의 「월야月夜」 등 6편은 1924년 『태서명작단편집』에 재수록된다. 손성준은 단편집에 실린 15편의 번역소설에 대해 "상당수가 식민지 조선의 억압된 상황에 대한 은유, 애국심과 독립정신 고취, 계급적 현실의 고발과 투쟁의 필요성 등 검열항목에 저촉될 만한 다양한 요소를 내재하고 있었다"고 분석하였다.[43] 비록 『태서명작단편집』에 대한 분석이기는 하지만 단편집에 수록된 작품의 상당수가 『동명』을 출처로 한다는 점에서, 『동명』 소재 번역물의 내용적 특성을 가늠하는 데에도 좋은 참고가 될 수 있다.

『동명』에 실린 29편의 번역물 가운데 「젓 한 방울」과 「인어의 탄식」[44]은 원작 및 원작자를 밝히지 않았다. 그리고 「크리쓰마쓰의 각씨」, 「서전

41 「일주일별(一週一瞥)」, 『동명』 제2권 제3호 3쪽.

42 『태서명작단편집』에서는 「내조자(內助者)」로 제목만 바뀌어 실린다.

43 손성준, 앞의 글, 196쪽. 손성준은 해당 단편집에 수록된 작품의 번역 저본을 확정하고, 작품들을 관통하는 핵심어로 '타자'를 꼽았다. 그리고 '그들(타자)이 틀린 것이 아니다'는 메시지를 도출하였다. 반면 이 글에서는 『동명』 소재 문예물의 주제의식을 '자조'로 파악하고 논의를 전개한다는 점에서 선행 연구와 변별된다.

44 「인어의 탄식」은 막대한 재산을 물려받아 대부호가 된 귀공자가 네덜란드 상인으로부터 인어를 구입한 후, 인어가 바다에 풀어달라고 애원하자 적도 가까운 바다에 풀어준다는 내용이다. 해당 작품의 원작은 다니자키 준이치로(谷崎潤一郎)의 『人魚の嘆き』이다. 원전 확정에는 연세대 국어국문학과의 노혜경 선생님이 도움을 주었다. 지면을 빌려 선생님께 다시 한번 감사의 뜻을 전한다. 또한 다나카 미카(田中美佳)는 『동명』을 중심으로 최남선의 출판 활동을 고찰하였다. 해당 논문 부록에 『동명』 소재 번역작품의 일본 저본을 제공하고 있다. 이에 대한 자세한 사항은 田中美佳, 「三・一独立運動後の崔南善の出版活動－時事週報『東明』(一九二二～一九二三)に着目して」(『朝鮮学報』 第258輯, 朝鮮学会, 2021, 71~115쪽) 참조.

성냥」, 「영우」, 「번쩍이는 문」, 「도적과 주인」, 「파경탄」, 「실패」, 「강도」는 번역자가 미상이다. 번역자를 알 수 없는 작품의 대부분은 동일인의 번역으로 추정된다. 하로오드 와아드의 작품은 두 호에 걸쳐 「살아온 사체」와 「실패」 두 편이 연속해서 게재되었다. 동일 작가의 작품에 대해 처음에는 번역자의 필명을 표기하고 나중에는 필명을 표기하지 않았다. 동일인의 번역이므로 번역자를 따로 표기하지 않았을 가능성이 있다. 또 다른 근거는 삽화에 들어간 이니셜이다. 번역자 미상의 작품 중 일부 작품에는 삽화가 실렸다. 삽화에는 'S.S'라는 이니셜이 공통적으로 표기되어 있어 동일인에 의한 번역작임을 추정할 수 있다.[45] 이는 정체불명의 번역자 다수가 마구잡이로 작품을 번역한 것이 아니라, 특정한 소수의 번역자가 나름의 선별 기준에 입각해 작품을 취사하여 번역했음을 의미한다.

원작자 및 번역자를 밝히지 않은 이들 10편을 비롯한 번역물에 대해 흥미 위주의 서사물이라는 평가가 있다. 하지만 「젓 한 방울」은 사회주의, 「번쩍이는 문」은 민족주의를 각각 문학적으로 형상화하였음은 이미 확인하였다. 그렇다면 다른 작품들의 경우에는 어떠한 내용을 담고 있는지 살펴보도록 하겠다. 번역자 미상의 「크리쓰마쓰의 각씨」는 크리스마스를 즈음한 1922년 12월 24일에 발행된 『동명』 제1권 제17호에 수록된 작품이다. 이 작품은 크리스마스를 앞둔 어느 가난한 집을 배경으로 이야기를 시작한다. 어느 부인이 마님에게 주문받은 각씨와 각씨에게 입힐 옷을 만

45 염희경은 해당 인물이 활동사진에 관심이 많았다는 점, 탐정소설에의 관심과 번역, 삽화에 공통적으로 기입된 "S.S"라는 이니셜을 근거로 포영(泡影)을 방정환으로 추정하였다. 이에 관한 자세한 내용은 염희경의 「방정환의 초기 번역소설과 동화 연구」(『동화와 번역』 15, 건국대 동화와번역연구소, 2008, 145~156쪽) 참조. 하지만 외부 필자의 경우, 글의 종류를 불문하고 저자 또는 번역자를 밝히지 않은 사례를 찾기 어렵다는 점에서 번역자 미상의 작품을 내부 필자가 번역했을 가능성도 배제하기 어렵다.

들고 있고, 부인의 아들 프렛드는 배가 고파 칭얼대는 동생 한스를 달래고 있다. 부인은 프렛드에게 각씨를 마님댁에 전하고 돈을 받아오라 이른다. 프렛드는 마님의 집에 도착했으나 그 집 아이들이 각씨를 빼앗으려 해 도망치다가 각씨를 떨어뜨리고 만다. 프렛드는 어머니를 뵐 낯이 없어 멀리 고초나라로 향했다. 프렛드는 엄지손가락만한 고초나라 사람들에게 자신의 사연을 전하고, 그들의 도움을 받아 마님에게 돈을 받는 데 성공한다. 고초나라 사람들은 각씨 노릇을 하다가 마님 댁 아이들이 잠들자 아이들을 혼내주고, 프렛드를 자신들의 파티에 초대한 뒤 선물까지 준다. 다음날 마님이 프렛드의 집으로 찾아와 어제 자기 아이의 잘못을 사과하며, 용기 있고 침착한 그에게 장사를 가르치고 싶다고 말한다. 이튿날부터 프렛드는 마님댁에 가서 상업 견습을 한다. 이 이야기는 전형적인 권선징악의 주제를 다루면서도 요정들의 일화를 삽입하여 흥미를 높이고 있다. 그리고 성실성, 책임감, 용기 등 프렛드의 품성을 예찬하며 긍정적인 인간상을 제시하고자 하였다.

이와는 반대로 부정적인 인간상을 그려낸 작품도 있다. 「영우」는 아일랜드의 작은 부락에 나타난 영험한 소에 관한 이야기이다. 옛날 어느 부락에 기근과 열병이 돌아 사람들이 모두 굶어 죽을 위기에 처했다. 그때 어디선가 암소 한 마리가 나타나 사람들에게 젖을 제공하여 사람들을 구제했다. 마을 사람들이 젖이 마르지 않는 소를 신기해하며 입을 모아 칭찬하자, 한 여자가 자신에게는 아무리 해도 채울 수 없는 그릇이 있다며 사람들과 내기에 나섰다. 그 여자는 사람들을 불러 모아놓고 바닥을 뚫은 양철통에 소 젖을 짜기 시작했다. 사람들이 양철통 밑으로 흘러내리는 우유를 보고 자신들이 졌으니 그만 짜라고 말렸으나 그 여자는 흘러내린 우유가 강이 될 때까지 멈추지 않았다. 그러자 화가 난 소가 달아나 다시는 나타나지 않았다. 이 이야기는 소의 젖이 마르지 않는다는 것과 우유가 강을 이루었다는 등의 과장된 설정으로 흥미를 유발하였다. 하지만 이러한 흥미성 이면에 담아낸 주제의식은 자신이 남보다 뛰어나게 영리하다는 것을 보이고 싶어하는 인간의 허영심에 대한 비판이다.

「실패」는 자신이 일하던 회사의 금고를 털러 간 아모스의 이야기이다. 그는 5만불을 훔치기 위해 늦은 밤 회사를 찾아간다. 금고의 암호를 돌릴 때 별안간 총성이 들리자 자신이 들켰음을 직감하고 경비원에게 총을 쏘며 도망친다. 다음날 아침, 탐정이 자신의 집을 찾아오고 아내와 한참을 이야기하자 아모스는 자신의 죄가 발각된 줄로 알고 석탄산을 먹고 자살한다. 하지만 실제 어제의 총격으로 사망한 이는 다른 도적이었고, 탐정은 금고의 안전을 확인하기 위해 아모스를 찾아온 것이었다. 「망각」도 이와 유사한 내용을 다루고 있다. 은행원인 라브에노는 은행의 돈을 횡령한 뒤, 그 돈을 안리 데이유 벨젤이라는 이름으로 변호사에게 맡기고 자수한다. 5년의 형기를 마친 그는 변호사를 찾아가 횡령했던 돈을 찾으려 했으나 돈을 맡길 때 만든 가명을 잊어버려 돈을 찾지 못한다. 자기가 지은 가명을 생각해내려다 강박증에 걸린 그는 자신의 처지를 비관하며 방황하다가 어느 강가에 이른다. 그는 얼굴을 식히려 강에 들어갔다가 그만 미끄러져 강물에 빠지고 만다. 죽을힘을 다해 살려 달라 외칠 때, 그는 비로소 그 이름을 생각해 내지만 그의 외침을 들은 이는 아무도 없었다. 이밖에 「강도」와 「배암가튼 계집」도 제삼자를 이용해 자신의 목적을 이루려는 부정적인 인물의 비극적인 결말을 그려냈다.

번역물에는 이들 외에도 풍자와 유머를 통해 흥미를 유발하고 있는 작품을 다수 발견할 수 있다. 이들 작품의 대부분은 그릇된 욕망으로 인한 자기 파멸을 다룸으로써 우회적인 방식으로 부정적인 인물을 비판하였다. 비극적 결말을 맞이하게 된 인물들은 자조하지 않았다는 공통점을 지닌다. 자조를 실천하지 않은 인물의 비극적인 결말을 통해 자조의 필요성을 역설한 것이다. 세부적인 내용의 차이는 있을 수 있지만 이들 작품을 관통하는 주제의식은 자조였으며, 문예물을 통한 자조론의 번역으로 매체의 담론적 지향을 관철해 나간 것으로 정리할 수 있다.

『동명』의 슬로건에도 등장하는 자조自助는 '하늘은 스스로 돕는 자를 돕는다'는 뜻으로, 영국의 사무엘 스마일즈의 저서 *Self-Help*1859를 번역한 표현이다.[46] 최남선은 자신이 관여한 매체에 일찍부터 스마일즈의 글과 『자조론』을 소개하였다. 『소년』에는 「이런 말삼을 드러보게스마일쓰書節錄」『소년』 제2년 제2권, 1909.2.1, 39~42쪽, 「이런 말삼을 드러보게스마일쓰書節譯」『소년』 제2년 제3권1909.3.1, 50~53쪽, 「신시대청년의 신호흡 7 – 스마일쓰 선생의 용기론」『소년』 제2년 제9권, 1909.10.01. 5~39쪽을 실었다. 그리고 1918년 4월에는 신문관에서 『자조론』상권을 발간하고, 『청춘』에 이를 광고하였다. 『청춘』 제13호에는 「자조론서自助論序」와 「역자조론서언수칙譯自助論敍言數則」을 게재하였다. 최남선이 수감 중이었던 1920년 6월에는 『자조론』하권을 완역했다는 보도가 등장하기도 한다.[47]

---

46 자조론의 번역 과정과 상세한 의미에 대해서는 류시현의 『최남선 연구 – 제국의 근대와 식민지의 문화』(역사비평사, 2009), 김남이의 「1910년대 최남선의 "자조론(自助論)" 번역과 그 함의: 『자조론(自助論)』(1918)의 변언(弁言)을 중심으로」(『민족문학사연구』 43, 민족문학사학회·민족문학사연구소, 2010), 최희정의 「1910년대 최남선의 『자조론』 번역과 '청년'의 '자조'」(『한국사상사학』 39, 한국사상사학회, 2011) 등을 참조할 것.

47 「西大門監獄 鐵窓裡에 自助論을 著하는 崔南善에 近狀」, 『조선일보』, 1920.6.22, 3쪽; 「孫秉熙 等 四十七人의 安否」, 『동아일보』, 1920.6.12, 3쪽.

『자조론』 하권은 공식적으로 출판되지는 않았다. 그럼에도 불구하고 최남선의 『자조론』 완역 보도 이후 『동명』이 구상되었으며 ‘자조’가 잡지의 슬로건으로 제시되었다는 점에서, 잡지의 발행과 자조론이 깊은 연관성을 맺고 있음을 확인할 수 있다. 실제로 『동명』에는 『자조론』의 광고가 등장한다.[48] 이뿐 아니라 『동명』은 『소년』과 『청춘』을 계승한 매체로, 자조론의 내용을 지속적으로 노출하였다. 주요 기사를 통해 ‘자조’를 긍정하고, 이를 실천해야 한다고 촉구한 것이다.

> 權力竊弄階級으로 말미암아 壅蔽되고 壓搾되고 妨害되고 錮閉되엇든 朝鮮民族의 生命力이 權力階級 自體의 墮落 無信用이 暴露되자마자 民衆自身의 自助的活動으로 말미암아 새싹이 나고 고개를 쳐들고 팔뚝을 뽐내엇습니다. 진작부터 이러한 民衆의 이러한 自助와 이러한 一致로써 朝鮮이 支持되엇든들 어써케 일즉이 世界的試驗의 民族的 通過를 完全히 成就하얏슬는지 모를 번하얏습니다.[49]

> 民族的 自覺을 誘發하고 進하야 自覺의 內容을 充實케 하야 眞實한 自助心을 助長하고 確實한 自主力을 樹立케 하기론 아모러한 詩篇보담도 哲學說보담도 가장 有力한 것이 歷史이다. 아니, 自己의 歷史에 對하야 항상 正當한 理解가

48 「青年立志編 原名 自助論」, 『동명』 제2권 제10호 20쪽. 四六版美裝, 定價金八十錢, 送料十一錢, 要先金. 英國의 碩學 『스마일스』 先生의 五大名著 中의 一인 『自助論』의 譯本으로써 全篇三百餘章의 大小文字는 金言名句 아님이 업스며 特히 『天은 自助ᄒᆞ는 人을 助ᄒᆞᆫ다』라는 精神下에서 微賤과 困苦에셔 身을 起ᄒᆞ야 後日에 驚天動地의 大偉功을 建ᄒᆞᆫ 前世名家偉人의 成功談을 簡曲한 筆致로 說論ᄒᆞ얏스니 世에 處ᄒᆞᆫ 者, 志를 立ᄒᆞ야 大事를 成코저ᄒᆞᆯ진ᄃᆡ 本書를 依치 안이ᄒᆞᆯ 수 업도다

49 「모색에서 발견까지－조선민시론(1)」, 『동명』 제1권 제1호 3쪽.

잇슬진대 새삼스럽게 自覺 自勵할 必要도 업고 또 自助 自主가튼 것이 問題될 까닭이 업슬 것이다. 그의 反對로 自覺이 必要하고 自主가 急務인 民族·社會·時代일진대 아모것보담 몬저 自己의 歷史에 對하야 正確한 觀念을 가지기에 힘쓸 것이다.[50]

一致한 民族의 大同한 努力만이 時急한 困迫으로서 우리를 건저줄 것을 깨닷게도 되엇다. 事實을 써나서 生義랄 것이 싸로 업고 全體를 버서나서 部分이란 것이 싸로 업는 밧자에야 許與된 한 가지 일—大同一致로써 하는 民族的 自助를 着實히 힘쓰는 밧게 다른 特別한 일이 업슬 것을 깨다를 것이다. 이 範圍 안에서 今日의 自己로 비롯하야 新局面 打開의 實際的 役事를 하는 이야말로 새해다운 새해의 所有者일 것이다. 바라건대 이 해야말로 一個人으로나 全民族으로나 참으로 새해다운 새해여지라.[51]

위 기사와 앞서 언급한 창간사의 내용을 종합했을 때, 『동명』이 지향한 바는 개인적 차원의 자조를 넘어 민족적 차원에서의 자조를 실천함으로써 우리 민족이 세계적 사명을 수행해야 한다는 것이다. 여기서 말하는 세계적 사명이란 문화 창달을 통해 약진하는 세계에 우리 민족이 공헌해야 한다는 내용이다. 『동명』의 표지 상단에는 "EX ORIENTE LUX"라는 라틴어 문구가 있다. 이는 '빛은 동방에서 오다'는 뜻으로 '동방의 문명'[52]을

50 최남선, 「조선역사통속강화(1)」, 『동명』 제1권 제3호 11쪽.
51 「금일로 시하야, 자기로 시하야－신국면 타개의 실제적 역사」, 『동명』 제2권 제1호 3쪽.
52 「부듸치기」, 『동명』 제1권 제1호, 11쪽. "우리 東明은 이번에 처음으로 이 世上에 부듸치게 되엇다 아마 누구든지 이 東明이란 이름을 듯고는 한참 생각하렷다 어찌 東明王의 稱號 비슷하기도 하고 高句麗 적 大倧敎의 東盟 비슷도 하고 또 **그 글字로 解釋하여도 東方의 文明이란 뜻을 兼한 듯도 십허셔…**"

자임한 매체명과도 깊은 관련이 있다. 이처럼 『동명』은 문화 창달이라는 세계적 사명을 수행하기 위해서 민족의 자조와 일치를 강조하였다. 결국 문화 창달이라는 『동명』의 발행 취지를 달성하기 위한 이론적 방법론이 민족주의와 사회주의였다면, 자조는 실천적 방법론으로 제시된 것이다. 다시 말해서 민족주의와 사회주의 등의 신사상을 참고하여 민족의 일치 완성을 이루고, 이를 바탕으로 자조로써 조선적 문화를 창달해야 한다는 것이다. 그리고 이러한 매체의 이념을 문학을 통해 구체적으로 형상화하고 확산하기 위해 노력한 것이다.

4. 『동명』의 문화사적 의의

이 글에서는 현재까지의 연구 성과로는 『동명』에 소재한 문예물의 전체적인 규모와 문학적 지형을 파악하기 어렵다는 판단에 따라 『동명』 소재 문예물을 전수조사하였다. 그 과정에서 『동명』이 폐간에 이르기까지 한 호도 빠짐없이 문예물을 수록했다는 사실을 확인할 수 있었다. 특히 '신생활 필화사건'을 분기점으로 하여 이전에 비해 문예물의 비중을 크게 높인 이후, 점진적으로 문예물을 전면화해 나간 점을 밝혀냈다. 『동명』 소재 문예물을 전수조사한 결과, 운문과 산문 그리고 아동을 대상으로 한 작문까지 포함하여 전체 240여 편의 작품을 확인하였다. 소설의 경우, 기존 연구에서는 3편의 창작물이 있을 뿐이라 주장하였으나 본 연구를 통해 6편의 창작물을 추가로 발굴하여 『동명』 소재 문예물의 실체를 파악하는 데에 기여하였다.

다음으로 문예물의 성격을 규명하였다. 선행 연구에 따르면 『동명』 소재 문예물은 수록 매체의 담론 지향의 자장 안에 긴박되어 민족주의 담론만을 유포하거나, 이와는 별개로 흥미 위주의 읽을거리에 불과하다는 상반된 평가가 공존하였다. 이러한 난맥상을 타개하기 위해 문예물의 성격을 규명한 결과, 문예물은 내부 필진이 주로 담당하였으며, 문예물의 절대다수는 번역물이 차지하였음을 확인하였다. 이는 총독부 당국의 언론 탄압에 대해 세계문학의 번역이라는 외장을 취함으로써 검열을 회피하려는 의도로 읽을 수 있다. 번역물의 경우, 소수의 내부 필진이 중심이 되어 세계문학을 번역했기 때문에 비교적 주제가 선명한 편이다. 이들 작품은 주로 민족주의와 사회주의를 문학적으로 형상화하였으며, 자조를 실천하지 않는 인물의 비극적인 결말을 통해 자조의 필요성을 역설하였다. 결론적으로 전체 문예물을 관통하는 주제의식은 자조였으며, 자조론의 문학적 번역으로 매체의 담론적 지향을 관철해 나간 것으로 정리할 수 있다.

『동명』의 문화사적 의의는 첫째, 문학잡지의 공백기에 실질적인 문학작품 발표의 장으로 기능했다는 점이다. 『창조』와 『폐허』가 1921년에 폐간됨에 따라 1924년 『조선문단』이 창간되기 전까지는 사실상 문예지의 공백기였다. 『동명』은 시사주간지를 표방하였지만 실제 문예물의 비중이 상당히 높았고, 문예란을 두고 문학작품이 실릴 지면을 확보함으로써 문학사에 기여하였다. 동인지 시대가 끝난 이후 문예지가 본격적으로 창간되기까지의 시기를 『동명』이 대응한 것이다.

둘째, 민족주의에 토대를 두었던 잡지임에도 불구하고 사회주의와의 연대를 모색했다는 점이다. 통상적으로 『신생활』은 사회주의를 대표하는 매체로, 『동명』은 민족주의를 대표하는 매체로 보는 시각이 있다. 하지만 실제 『동명』은 민족주의 대 사회주의라는 대립 구도를 지양하고, 이 두 사상의 통합을 위해 두 사상의 동거 가능성을 실험하였다. 문예물의 내용 분석에서도 확인하였듯이, 민족주의를 토대로 하면서 사회주의를 포용하고자 노력한 것이다.

지금까지 1920년대 초반에 발행한 『동명』의 문화사적 정체성과 해당 매체에 수록된 문예물의 양상 및 문예물이 수행한 역할에 대해 살펴보았다. 이를 통해 『동명』 소재 문예물의 전체적인 규모와 양상을 파악하였으며, 문예물의 전반적인 특징과 문화사적 의의를 확인하였다.

〈부록〉 『동명』 소재 문예물 목록

게재호수 및 지면	저자 및 역자	제목	구분
제1권 제1호~제2권 제13호[53]	이케다 도센[54] / 백화(양건식)	(소설)빨래하는 처녀	번역
제1권 제1호 9면		(시가)가을이 왓단다	창작
제1권 제1호 14면	변영로	(시가)날이 새입니다	창작
제1권 제1호 17면	단단이	(시가)고쳐지은 달아달아	창작
제1권 제2~15호[55]	상섭(염상섭)	(소설)E선생	창작
제1권 제2호 15면	순성(瞬星) 진학문	(시가)그날 아츰(舊作)	창작
제1권 제3호 14면	순성(瞬星)	(시가)咀呪바든 작은새	창작
제1권 제3호 17면	늬노수빌리 / 여든셋(홍명희)[56]	(소설)옥수수	번역
제1권 제4호 10면	도 푸랑소아즈 / 백화	(소설)어미와 자식	번역
제1권 제4호 11면	순성(瞬星)	(시가)處女의 자랑	창작
제1권 제4호 13면	미상 / 여든셋	(소설)젓 한 방울	번역
제1권 제4호 13면	우보(牛步) 민태원	(시가)겁화(劫火)	창작
제1권 제5호 11면	가인(홍명희)	(수필)늙당께	창작
제1권 제5호 9면	모오파쌴 / 여든셋	(소설)모나코 죄수	번역
제1권 제5호 13면	변영로	(시가)소곡삼편(小曲三篇)[57]	창작
제1권 제5호 18면	하(河)	(시가)여명(黎明)의 합창	번역
제1권 제6호 13면	변영로	(시가)가을 하늘 미테서	창작

게재호수 및 지면	저자 및 역자	제목	구분
제1권 제6호 18면	想(염상섭)	(수필)민중극단의 공연을 보고	창작
제1권 제7호 9면	노작(露雀)	(시가)비오는 밤	번역
제1권 제7호 17면	매재	(동화)인간의 고락	번역
제1권 제9호 14면	변영로	(시가)그때가 언제나 옵니까?	창작
제1권 제9호 18면	월탄(박종화)	(시가)푸른 문으로	창작
제1권 제12호 13면	하(河)	(시가)玉壺에 청사(靑絲)	번역
제1권 제13~14호	아사카와 노리다카(淺川伯教)	(시가)호(壺)[58]	번역
제1권 제13호 14면	변영로	(시가)방랑의 노래	창작
제1권 제13호 18면	이(李)	(수필)이화학당의 演藝를 보고	창작
제1권 제14호 13면	오매(傲梅)여사 / 백화	(시가)해ㅅ빗(중국의 신시)	번역
제1권 제14호 18면		(동화)雲霧中에 幽靈	번역
제1권 제15호 12면	김선량	(시가)개천절에	창작
제1권 제15호 13면	지주(智珠)여사 / 백화	(시가)다님(望月)(중국의 신시)	번역
제1권 제15~16호		(동화)壽吉이와 山神靈	창작
제1권 제16호~제2권 제17호[59]	김동인	(소설)笞刑(獄中記의 一節)	창작
제1권 제17호 6면	노작(露雀)	(시가)별,달,또나, 나는 노래만 합니다	번역
제1권 제17호 12면	곽말약(郭沫若) / 백화	(시가)봄 마튼 여신의 노래	번역
제1권 제17호 15면	데토레아 치러트 / 광명을찻는사람	(희곡)크리쓰마쓰의 꿈	번안
제1권 제17호 17면	카아린 양	(소설)크리쓰마쓰의 각씨	번역
제1권 제17호 18면		(동화)福童이의 登天	창작
제2권 제1호 13면	요한	(시가)아츰 황포강에서	창작
제2권 제1호 13면	요한	(시가)세 아낙네	창작
제2권 제1호 13면	회월(박영희)	(시가)권태(외 2편)[60]	창작
제2권 제1호 13면	예잇스 / 변영만	(시가)蓬萊方丈으로	번역
제2권 제1호 14면	변영로	(소설)어떤 중학교사의 私記	창작
제2권 제1호 14면	김명순	(시가)향수	창작
제2권 제1호 15~16면	도향(나도향)	(소설)은화·백동화	창작
제2권 제1호 16면	김안서	(시가)설야[61]	창작
제2권 제1호 16면	최성우(崔誠愚)	(한시)泰山[62]	창작

게재호수 및 지면	저자 및 역자	제목	구분
제2권 제1호 16면	월탄(박종화)	(시가)紫金의 내 울음은	창작
제2권 제1~4호	나혜석	(수필)母된 감상기(感想記)	창작
제2권 제1호 18면	오상순	(시가)방랑의 마음	창작
제2권 제1호 20면	양백화	(소설)도야지주둥이	창작
제2권 제1호 21면	김일엽	(수필)L孃에게	창작
제2권 제2호 5면	곽말약 / 백화	(시가)죽음의 유혹	번역
제2권 제2호 8면	곽말약 / 지일(之一)	(시가)봄은 왓다	번역
제2권 제2호 9면	호적(胡適) / 백화	(시가)등산	번역
제2권 제2호~제22호[63]	공운정(孔云亭) / 양백화	(희곡)大史劇 桃花扇傳奇	번역
제2권 제2~4호	쌱 런던 / 포영(泡影)	(소설)맷돌 틈의 희생	번역
제2권 제2~23호[64]	포영	(소설)정만수이약이	창작
제2권 제2호 18면		(동화)별의 임검	번역
제2권 제3호 5면	심윤묵(沈尹默) / 백화	(시가)月	번역
제2권 제3호 8~9면	상섭	(소설)죽음과 그 그림자	창작
제2권 제3~4호	그림동화집	(동화)염소와 늑대	번역
제2권 제3호 18면	김경재(金璟載)	(수필)나의 경애하는 홍균형	창작
제2권 제4호 9면	하(河)	(시가)유성(流星)	창작
제2권 제4호 18면	이(李), 상(想)	(수필)천도교소년회 동화극	창작
제2권 제5호~제7호 13면	코오난 도일 / 포영	(소설)고백	번역
제2권 제5호 15면	박신은(朴新恩)	(시가)당신에게	창작
제2권 제5호 17면	그림동화집	(동화)개고리의 王子	번역
제2권 제5호 18면	오홍순	(시가)妹兒玉珠에게 弔慰로	창작
제2권 제6호 9면	하(河)	(시가)玉壺에 청사(靑絲)	번역
제2권 제6호 10면	민우보(민태원)	(소설)만찬	창작
제2권 제6~7호	백결생(百結生)	(수필)관념의 남루를 버슨 비애	창작
제2권 제6호 18면	포(泡)	(수필)'愚者의 樂園'의 映寫를 보고	창작
제2권 제6호 17면	그림동화집	(동화)바닥난 구두	번역
제2권 제7호 17면	그림동화집	(동화)부레면의 音樂師	번역
제2권 제8호 9면	김일엽	(수필)회상기(回想記)	창작
제2권 제8호~제12호	안톤 체호프	(소설)瑞典성냥	번역

게재호수 및 지면	저자 및 역자	제목	구분
제2권 제8호 17면	그림동화집	(동화)猫와 鼠의 同居	번역
제2권 제8호 17면		(시가)올챙이	창작
제2권 제8호 18면	차순갑(車順甲)	(수필)고학생 제형에게	창작
제2권 제8호 18면	숣샘	(시가)미로(迷路)	창작
제2권 제8호 18면	숣샘	(시가)회우(懷友)	창작
제2권 제9호~제2권 제11호	그림동화집	(동화)三兄弟의 行路	번역
제2권 제10호 11면	수주(樹州)	(시가)無題 詩 두 篇[65]	창작
제2권 제10호 14면	하이네 / 안재일	(시가)女	번역
제2권 제12호 9면	이동원(李東園)	(시가)산 자의 시해(屍骸)여	창작
제2권 제12호 10면	박신은	(시가)운명에 맛긴 이 몸	창작
제2권 제12호 11면	윌리암 쀌레이크 / 변영만	(시가)短詩三篇[66]	번역
제2권 제12호 12면	안재일	(시가)세롭은 희망	창작
제2권 제12호 17면	그림동화집	(동화)奇男이와 玉姬	번역
제2권 제12호 18면	최두선(崔斗善)	(수필)在獨覺泉君의 書信一節	창작
제2권 제13호 10~11면	모오리스 루브엘 / 포영	(소설)망각	번역
제2권 제13호 16면	숣샘	(시가)新詩 二首[67]	창작
제2권 제13호 17면	그림동화집	(동화)英雲이와 그 繼母	번역
제2권 제14호 6~7면	앤톤 체호브 / 변영로	(소설)정처(正妻)	번역
제2권 제14호 7~8면	루슈안 대카부 / 현진건	(소설)나들이	번역
제2권 제14호 8~9면	또우데 / 최남선	(소설)萬歲(마지막 課程)	번역
제2권 제14호 10~12면	파아존 / 양건식	(소설)참회(懺悔)	번역
제2권 제14호 12~14면	투루게에네프 / 염상섭	(소설)밀회(密會)	번역
제2권 제14호 14~15면	몹파상 / 이유근	(소설)부채(負債)	번역
제2권 제14호 15~16면	보헤미아 작가 / 이광수	(소설)인조인(人造人)	번역
제2권 제14호 16~17면	크라이스트 / 홍명희	(소설)로칼노 거지로파	번역
제2권 제14호 17~18면	몹파쌍 / 진학문	(소설)월야(月夜)	번역
제2권 제15호 12~13면	엣까아 월레스 / 포영	(소설)배암가튼 계집	번역
제2권 제15호 14면	홍난파	(소설)만종(晩鍾)	창작
제2권 제15호 15면	쌘드렐 / 임창인	(시가)저녁 째의 曲調	번역
제2권 제15호 16면	안서	(시가)쌘얀쏫이 질 째[68]	번역
제2권 제15호 16면	조명희	(시가)내 영혼의 한쪽 紀行	창작
제2권 제15호 16면	조명희	(시가)아츰(舊稿로부터)	창작

게재호수 및 지면	저자 및 역자	제목	구분
제2권 제15호 16면	단단자(斷斷子)	(한시)생명	창작
제2권 제15~16호	그림동화집	(동화)재투성이 王妃	번역
제2권 제15호 18면	석강(石江)	(수필)杜翁전집을 엽헤끼고	창작
제2권 제16호 7면	쇨터얼 부인	(소설)영우(靈牛)	번역
제2권 제16호 7면	하이네 / 임창인	(시가)애인에게	번역
제2권 제16호 8~9면	썬세니경	(희곡)번쩍이는 문(門)	번역
제2권 제16호 9면	롱펠러 / 백남석(白南奭)	(시가)기근(飢饉)	번역
제2권 제16호 11면	안재일	(시가)나의 고향은!	창작
제2권 제16호 14면	헨리 무어하우스	(소설)도적과 주인	번역
제2권 제16호 16면	모오리스 루쌔랑 / 泡	(소설)새빩안 봉랍(封蠟)	번역
제2권 제16호 17면	유춘섭(柳春燮)	(시가)춘원행(春園行)	창작
제2권 제16호 17면	유춘섭(柳春燮)	(시가)전주(全州)	창작
제2권 제16호 18면	하이네 / 임창인	(시가)사랑을 차즈려	번역
제2권 제16호 18면	톄니손	(시가)Crossing the Bar	번역
제2권 제17호 8면	양주동	(시가)벗	창작
제2권 제17호 11면	미상	(소설)중국전설 파경탄	번역
제2권 제17호 13면	하로오드 와아드 / 泡	(소설)살아온 사체(死體)	번역
제2권 제17~21호	쩨롬 케 쩨롬 / 撫虹生	(수필)게으른 놈의 게으른 소리	번역
제2권 제17호 17면	그림동화집 / 泡	(동화)암탉의 죽음	번역
제2권 제18호 10면	양주동	(시가)소곡(小曲)	창작
제2권 제18호 13면	김백당(金白堂) 여사	(수필)감옥을 본 감상기	창작
제2권 제18호 13면	변영만	(시가)꿈	창작
제2권 제18호 16면	하로오드 와아드	(소설)실패(失敗)	번역
제2권 제18호 17면	그림동화집	(동화)거미와 벼룩의 同居	번역
제2권 제18호 17면	그림동화집	(동화)이약이 두마듸	번역
제2권 제18호 17면	임창인	(시가)귀엽은 순간	창작
제2권 제19호 8면	조창선(趙昌善)	(시가)님은 갓답니다	창작
제2권 제19호 11면	류운경(柳雲卿)	(시가)정열	창작
제2권 제19호 13면	임창인	(시가)春의 悲哀[69]	창작
제2권 제19호 14면	레오니드 안드레예우 / 김억	(소설)쿠사카	번역
제2권 제19호~제20호 16면	골던 가위트	(소설)강도(强盜)	번역

게재호수 및 지면	저자 및 역자	제목	구분
제2권 제19~20호	그림동화집	(동화)漁夫의 夫婦	번역
제2권 제19호 18면	신동기(申東起)	(수필)독서여록(讀書餘錄)	창작
제2권 제21호 6면	밝참	(시가)봄의 하늘[70]	창작
제2권 제21호 11면	전수창(田壽昌) / 백화	(시가)漂泊의 무도가(舞蹈家)	번역
제2권 제21호~제23호	미상 / 포영	(소설)人魚의 歎息	번역
제2권 제21호 17면	그림동화집	(동화)자도나무 미틔 무덤	번역
제2권 제21~22호	신갑용(申甲容)	(수필)이역의 동경에서	창작
제2권 제22호 17면	그림동화집	(동화)쌜안 帽子	번역
제2권 제22~23호	한결	(수필)경복궁 박물관을 보고서	창작
제2권 제23호 8면	강백정(康白情) / 백화	(시가)草兒	번역
제2권 제23호 17면	그림동화집	(동화)十字架의 힘	번역
제2권 제23호 18면	윌리암 비 예이ㅅ쓰 / 변영만	(시가)天의 織物	번역
제2권 제23호 18면	양엽(浪葉)	(시가)異國의 밤	창작
제2권 제23호 18면	양엽(浪葉)	(시가)西湖의 밤	창작

53 해당 작품은 제1권 제1호~제17호, 제2권 제2호, 제2권 제4호~제13호에 걸쳐 연재되었다. 제2권 제1호는 1923년 1월 1일을 맞이하여 신년특집호로 구성되어 휴게하였고, 제2권 제3호 18쪽에는 편집실에서 "『笞刑』은 筆者의 事情으로 『쌜래하는 처녀』는 紙面 關係로 本號에만 休揭함"이라고 휴게된 이유를 밝히고 있다.

54 『동명』에는 "백화"의 이름으로 연재되어 양건식의 창작물로 보는 경우도 있었지만, 박진영에 의해 이케다 도센의 『오월애사 세이시 전전』을 번역한 것임이 밝혀졌다. 박진영, 「번역된 여성, 노라와 시스(西施)의 해방」, 『민족문학사연구』 66(민족문학사학회·민족문학사연구소, 2018), 334~341쪽.

55 해당 작품은 제1권 제14호 14쪽에 "小說 『E先生』은 筆者의 事情에 依하야 今回에는 休載하나이다"라며 필자의 사정으로 휴재되었음을 밝히고 있다. 전체 13회가 연재되었다.

56 홍명희는 일본 유학 후 귀국하여 괴산에서 만세시위를 주도하다 출판법과 보안법 위반으로 체포되어 징역 1년 6월의 형을 받고 1920년 4월 28일 감형되어 청주형무지소에서 만기 출감한다. 김준현은 1922년 『동명』에 나오는 필자명인 '여든셋'은 청주형무지소에 수감되었을 때의 자기 수인번호를 염두에 둔 것으로 추정하였다. 이에 대한 자세한 사항은 김준현, 「'번역 계보' 조사의 난점과 의의」, 『프랑스어문교육』 39(한국프랑스어문교육학회, 2012), 282쪽 참조.

57 해당 작품은 '소곡삼편'이라는 제목 하에 「하늘만 보아라」, 「기분전환」, 「님이시어」 등 세 편이 작품이 연재되었다.

58 해당 작품은 일종의 연작시로 제1권 제13호 7쪽과 제1권 제14호 14쪽에 나뉘어 실렸다. 작가는 아사카와 노리다카로 『동명』 제1권 제15~16호에 「이조도자기의 사적고찰」을 연재하기도 하였다.

59 해당 작품은 제1권 제16호에 1회가 실린 이래, 제1권 제17호(2회), 제2권 제2호(3회), 제2권

제4호(4회), 제2권 제17호(5회)로 전체 5회 연재되었다. 제2권 제17호 12쪽에 "오래동안 알코, 그뒤에는, 집을 옴기노라고 이러케 느저짐을, 編者와 讀者에게 謝罪합니다作者"라고 연재가 늦어진 이유를 밝히고 있다.

60 박영희의 「권태」 외에 「밤하늘은 내마음」과 「가을의 애인」이 함께 실려 있다.

61 해당 작품은 '설야'라는 제목으로 「눈」, 「오늘밤에도」, 「고적」 등 세 편의 작품을 게재하였다.

62 염상섭의 작품 게재에 대한 소개글이 함께 실렸다. "이것은 桑港에 잇는 新韓民報社 主筆 洪宗氏가 今般 該地에 開催 太平洋商業大會에 朝鮮 代表로 參會하얏든 金潤秀 氏를 介하야 그의 幼詩 親友이든 本社 印刷人 默齊 崔誠愚 氏에게 그가 常用하는 銀製鉛筆挿用筆一柄을 寄贈하얏슴에 對하야 崔氏가 感激한 남어지에 洪氏에게 寄하는 漢詩이다. 幼時에 相別한 親友를 저버리지 안흠도 듯는 사람으로 하야금 感激케 하거늘 하물며 一言半辭 一字一劃의 信音을 傳치 안코 오즉 一枝의 筆로 舊友의 情을 傳함을 볼 제, 나는 實로 友情의 아릿답음을 거듭 늣기엇다."

63 해당 작품은 제2권 제2호 10쪽과 제2권 제3호 9~10쪽에 걸쳐 제1척(齣)이 실리기 시작하여, 제2권 제11호까지 제9척이 연재되었다. 이후 한동안 연재되지 않다가 제2권 제15호부터 제2권 22호까지 제10척에서 제17척이 연재되었다.

64 이 작품은 전체 5편의 독립된 이야기로 구성되었다. 각 편의 제목 및 게재 지면은 다음과 같다. 「첫날밤에 춤추는 새악시」(제2권 제2호 13쪽), 「간부(姦夫) 죽이고 돈 버는 재조(才操)」(제2권 제13호 10~11쪽), 「황룡은 이 소매로 청룡은 저 소매로」(제2권 제15호 12~13쪽), 「비단금침에 슬슬 기어 다니는 이(虱)」(제2권 제23호 16쪽), 「진짜 금패 가짜 금패」(제2권 제23호 16쪽).

65 해당 작품은 '무제시 두 편'이라는 제목으로 「낫에 오시기 써리시면」과 「친애하는 벗이어」 두 편의 작품을 실었다.

66 변영만의 창역(創譯)으로 소개되었으며, 세 편의 작품을 게재하였다. 각각의 작품은 다음과 같다. 「진흙과 고드래ㅅ돌」, 「병든 장미」, 「파리(蠅)」.

67 해당 작품은 '신시 이수'라는 제목으로 「정월대보름」과 「그대는 아는가?」 두 편의 작품을 실었다.

68 해당 작품은 拙譯詩集 『동산지키』에서 가져왔다며 출처를 밝혔다. 이에 번역으로 판단하였다.

69 임창인의 '춘의 비애'라는 제목으로 「둘 대 업는 이 심사를」, 「슬어지려는 광명등(光明燈)」, 「환희(歡喜)」 등 세 편의 작품이 함께 실렸다.

70 밝참의 「봄의 하늘」과 함께 「봄버들」과 「점해의 비(歲暮의 雨)」가 함께 연재되었다.

제3장

잡지 『대조(大潮)』를 통해 본 당대 문화기획의 한 단면

배현자[1]

1. 당대 잡지 발간 상황의 단면을 보여주는 『대조』[2]

『대조』[3]는 1930년 3월에 창간된 종합잡지이다. 『친목회회보』가 창간된 1896년 2월 15일로부터 35년여가 흘렀으나 당시 잡지 발간 상황은 그다지 나아지지 않았다. 식민지기 수많은 잡지들이 창간되었으나, 원고 수급의 어려움과 재정난, 한일병합 후에는 일제의 검열 등 여러 가지 사정으로 인해 불과 몇 호 만에 종간되거나 폐간되는 것이 다반사였다. 『대조』가 발간되던 30년대에도 잡지들 대다수가 단명하였다. 당시 신문의 자매지로 발간되던 잡지나 또는 소속 기관 등에서 자금 지원을 받는 잡지는 그나마 좀 오랜 기간 발간되기도 했으나, 그를 제외한 여타의 민간 발행 잡지들

---

1 연세대학교 미래캠퍼스 강사.

2 이 글은 『현대 문학의 연구』 76호(한국문화연구학회, 2022.2)에 실린 글을 기반으로 작성한 것이다.

3 표지에 '大潮'라는 명칭과 함께 영문명도 기재되는데, 영문명은 'DAI CHO'였다.

은 발간 호수가 두 자리 숫자를 넘어가는 것이 드물었다. 심지어 1~2호, 혹은 3~4호 발간하고 종간되는 것도 다수였다. 『대조』도 별반 다르지 않다. 『대조』는 현재 1930년 9월에 발간된 6호까지 자료가 발굴되어 있다.[4]

『대조』는 당시 청년운동, 독립운동 등을 해 온 인물들이 발간 주체로 참여하여 기획한 잡지였다. 『대조』의 발간 주체는 자신들의 출신 지역 및 인적 네트워크를 기반으로 한 영업 전략과 활약을 통해 광고를 다수 확보하고 각 지역에 지사를 설치하는 등 사세 확장을 해 나갔다. 이들은 당시의 '문화'가 정체되어 있다고 진단하고 '신문화 창성'을 목적으로 잡지를 발간하여 계몽의 도구로 삼고자 하였다. 『대조』가 추구한 편집 방향의 큰 줄기는 조선인이 처한 불평등한 현실을 자각하고 그에 대항하는 문화를 형성하고자 한 것이다. 또한 사회적 관심사로 부각된 문제들에 대한 논란을 정면으로 다루면서 담론을 형성해 갔다. 현재 확인 가능한 6호까지 약 60여 명의 필진은 어느 한 진영에 치우치지 않았다. 명망 있는 필자를 섭외하여 전략적 홍보를 하기도 하지만, 신진 학자의 새로운 연구 성과를 알리는 데 주력하기도 하였다. 관심 분야 역시 사회과학, 자연과학, 의학, 종교, 예술 등 다방면에 걸쳐 있었다. 사회 관심사를 종합적으로 다루면서 문화의 새바람을 일으키고자 한 것이다. 그러나 당시 한층 강화된 일제의 검열로 인해 기획한 대로 원고가 게시되지 못한다. 그로 인해 출간일을 제대로 지키지 못하기도 한다.

『대조』는 발행 기간이 길지는 않지만, 발간호마다 매진되는 등 호응은

4 현재까지 발굴된 1~6호까지 영인본(『대조』, 케포이북스, 2009)이 나와 있으며, 4호를 제외한 또 하나의 판본은 현재 웹사이트 현담문고(www.adanmungo.or, 이전 아단문고)에서 볼 수 있다. 두 판본은 자료 상태가 상이한 부분들이 있다.

좋았다. 그러나 일제 검열 등의 현실 문제에 부딪혀 결국 목적한 바대로 성과를 내지 못하고 단명한다. 1930년에 창간된 종합잡지 『대조』의 발간 상황과 명멸 과정은 식민지기 잡지 출판문화를 집약적으로 보여주는 하나의 단적인 사례이다.

이 글에서는 우선 『대조』를 면밀히 살펴 기존 연구들에서 누락된 부분을 채우고 오류를 바로잡아 서지 사항을 정리하고, 발간 주체의 면면과 역할을 구체적으로 살펴볼 것이다. 그리고 발간 목적과 편집 방향 및 검열 현황을 검토하여 당대 문화기획의 한 특징과 잡지 발행의 한계 상황이 어떻게 이루어졌는지를 드러낼 것이다. 이를 통해 당대의 문화적 지형을 조금 더 촘촘히 채워 시각의 굴절과 왜곡을 조금이나마 해소하고자 한다.

2. 『대조』의 기본 서지 및 발간 주체의 역할

『대조』는 1930년 3월 15일 발행된 창간호를 시작으로, 현재 확인 가능한 마지막호인 6호는 1930년 9월 10일 발행되었다. 지금까지 『대조』를 언급한 자료들에서는 6호를 종간호로 보고 있으나, 『조선출판경찰월보』를 보면 8호도 검열된 것으로 나온다.[5] 따라서 7호와 8호가 발간되었을 가능성도 배제할 수 없다.

『대조』는 '제3종 우편물 인가'를 받고 '매월 발행'을 목표로 한 월간 종합잡지였다. 1호부터 3호까지는 매월 15일 발행하였다. 그러나 6월에 발행되

5 경성지방검사국 문서 『朝鮮出版警察月報』 第26號 참고.

었어야 할 4호는 날짜가 미루어져 7월 1일에 '6~7월 합병 특대호'라는 별칭을 달고 나오게 된다. 5호는 8월 1일에 발행되었고, 6호는 9월 10일에 발행되었다. 잡지 호별 면수는 적게는 105쪽에서 많게는 176쪽에 이르는 호수까지 있어서 편차가 컸다. 잡지 대금은, 정가는 30전으로 정해져 있었으나, 4호와 5호는 40전을 받았고 6호는 20전을 받는 등 일정하지 않았다. 위와 같은 『대조』의 기본 서지를 간략하게 표로 정리하면 다음과 같다.

〈표 1〉『대조』의 기본 서지[6]

호수	발행일	편집 겸 발행인	본문 쪽수	정가	실가	별칭
1	1930.3.15	전무길	109	30전	30전	
2	1930.4.15	전무길	160	30전	30전	
3	1930.5.15	전무길	128	30전	30전	
4	1930.7.1	전무길	156	30전	40전	六七月合併特大號
5	1930.8.1	전무길	176	30전	40전	八月納凉特輯號
6	1930.9.10	이병조	(105)	30전	20전	社會思想批判號
(7)		(이병조)				
(8)		이병조				

이 기본 서지에서 무엇보다 주목해서 볼 부분은 편집 겸 발행인이다. 지금까지 이 『대조』 잡지를 개관한 글들에서는 모두 전무길이 편집 겸 발행을 담당한 것으로 되어 있다. 그러나 판권지를 확인해 본 결과, 편집 겸 발행인이 1호부터 5호까지는 전무길이지만, 6호는 이병조로 되어 있다. 현재 발간된 자료를 확인할 수 없어 7호와 8호의 판권지를 확인할 수는 없지만, 검열 자료를 보면 8호 역시 발행인에 이병조가 등재되어 있다.[7]

6 이 표에서 괄호의 의미는 실체 미확인을 의미한다. 6호에서 쪽수에 괄호 처리를 한 것은 이면이 104쪽 뒤에 편철되어 있으나 쪽수 표기는 되어 있지 않았기 때문이다. 7호와 8호에 괄호 처리를 한 것은 7호는 검열 자료에도 발견되지 않았으며, 8호는 검열 자료에 나오기에 발행인을 확인했으나 실제 인쇄 후 발간이 이루어졌는지는 불명확하기 때문이다.

7 7호는 검열 자료에도 없어 발행인 역시 확인하지 못하였으나, 6호와 8호 사이에 들어 있는 7호 역시 발행인이 '이병조'였을 것으로 추정된다.

本誌定價

冊數	定價	送料
壹冊	三十錢	二錢
參冊	九十錢	無
六冊	一圓八十錢	無
壹個年	三圓六十錢	無

註文에對한注意

一 注文하시는것은반드시先金으로하실것 前金이끈처지면發送을中止합니다
一 增大號의增額은여로머바듭니다
一 送金은振替를利用해주시며、郵便切手는一割增하고또代金引換은밧지안습니다
一 外國에서의注文은郵稅實費를밧습니다

廣告

廣告 本社로直接問議하시옵

昭和五年三月八日 印刷
昭和五年三月十五日 發行

編輯兼發行人 全武吉 京城府貞洞一番地
印刷人 鄭敬德 京城西大門町二丁目一三九
印刷所 彰文社 京城西大門町二丁目一三九
發行所 大潮社 京城府貞洞一番地
電話光化門一七九四番
振替京城六四七〇番

『대조』 1호 판권지

本誌定價

冊數	定價	送料
壹冊	三十錢	二錢
參冊	九十錢	無
六冊	一圓八十錢	無
壹個年	三圓六十錢	無

註文에對한注意

一 注文하시는것은반드시先金으로하실것 前金이끈처지면發送을中止합니다
一 增大號의增額은여로머바듭니다
一 送金은振替를利用해주시며、郵便切手는一割增하고또代金引換은밧지안습니다
一 外國에서의注文은郵稅實費를밧습니다

廣告

廣告는本社로直接問議하시옵

昭和五年九月八日 印刷
昭和五年九月十日 發行

本號限定價二十錢

編輯兼發行人 李秉祚 京城府貞洞一番地
印刷人 鄭敬德 京城府西大門町二丁目一三九
印刷所 彰文社 京城西大門町二丁目一三九
發行所 大潮社 京城府貞洞一番地
電話光化門一七九四番
振替京城六四七〇番

『대조』 6호 판권지

『대조』의 발행소는 '경성부 정동 1번지'에 소재지를 둔 '대조사大潮社'이다. 6호에서 발행인이 바뀌지만 발행인의 주소는 모두 '대조사'의 주소와 같다. 인쇄인은 '정경덕鄭敬德'이며, 인쇄소는 인쇄인의 주소와 같은 '경성 서대문정 2정목 139'에 소재한 '창문사彰文社'인 것도 1호부터 6호까지 동일하다.

1~5호까지 편집 겸 발행인이자, 여러 편의 글을 게재하여 주요 필진 중 한 사람이었던 전무길은 1905년 황해도 재령 출신이다. 당시 신문에 게시

된 기사나 여타 자료들을 종합해 보면 전무길은 1920년대 중반 무렵에는 주로 황해도 안악을 무대로 활약한 것을 알 수 있다. 그는 1925년 안악공립보통학교 동창회의 지육부智育部 임원으로 들어가, 여러 강연에 강사로 참여하였다. 1925년 8월 17~21일에는 이 학교 동창회 주최로 열린 학술강화회의에서 철학 강의를 하였고, 동년 11월 17일에는 안악읍내 명륜강습소 주최로 열린 강연회에서 '환경과 생활의 변천'이라는 주제로 강연을 하였다.[8] 그런가 하면 안악의 양산유치원 동정가극대회를 후원하기도 한다.[9] 이러한 일련의 활동을 하던 전무길은 1926년 6월 23일 안악경찰서 고등계, 해주경찰부 고등과 형사대, 재령 형사대 등의 합동수색대에 의한 자택 수색 후 다수의 문서를 압수당하고 경찰서에 수감된다. 이른바 '안악명륜강사 사건'으로 불리는 사건이다. 이때 사상 불온이라는 혐의 아래 전무길을 포함하여 이 강습소 강사 5인이 23일에, 생도 9인이 24일에 인치되었으며, 이로 인해 300여 명이 있던 명륜강습소는 무기휴학에 들어간다.[10] 예심, 결심을 거쳐 1·2차 공판을 진행한 후 전무길은 공범으로 3년의 집행유예를 언도받고 풀려난 것이 1927년 3월 1일이었다. 대략 9개월 가까이 수감생활을 한 셈이다. 이 진행 과정은 당시 신문 기사를 통해 때때로 보도되었다.[11] 이후 전무길은 1928년 8월 29일에 이른바 '김복진金復

8 『동아일보』, 1925.8.14; 1925.8.27; 『동아일보』, 1925.11.22 기사 참고. 『대조』가 표방한 목적이 '신문화 창성'이라는 것을 염두에 둘 때, 초반에 발행 겸 편집을 담당했던 전무길의 강연 주제는 눈여겨 볼 필요가 있다.

9 『동아일보』, 1925.8.29.

10 『동아일보』, 1926.6.26.

11 『동아일보』, 1926.9.26; 1926.10.9; 1926.11.9; 1926.12.5; 1927.2.14; 1927.2.16; 1927.2.26; 1927.3.5 기사 참고. 해당 경찰서에서는 처음에는 '치안유지법위반'으로 예심을 마쳤으나, 이후 '보안법위반'으로 죄명을 고쳐 다시 예심에 부치는 등의 압박을 가했다. 장기간 유치장 생활을 하던 전무길은 이때 신경쇠약과 소화불량 등으로 신음했다고 한다.

鎭 외 15인의 치안유지법 위반 사건'에 연루되어 또 한 차례 수감된다. 이때 제4차 조선공산당 및 고려공산청년회 사건으로 이미 검거 취조 중이던 김복진 등의 공술에 의해 피의자로 검거 수배된 인원이 54명이었는데, 전무길은 그 중 1인이었던 것이다. 전무길은 10월 5일 증거 불충분으로 불기소 처분되어 방면된다.[12] 이 사건으로 수감되었을 때 '경기도경찰부'에서 이른바 '감시대상인물카드'를 남긴다.[13]

전무길이 본격적으로 문예활동을 시작한 것은 1927년이다. 『중외일보』에 1927년 4월 30일부터 5월 28일까지 「추억追憶」이라는 작품을 20회 연재한다.[14] '안악명륜강사 사건' 때 수감생활을 마치고 나온 뒤 곧바로 그 기억을 소환하여 일종의 자전소설 형식으로 연재한 것이다. 1928년 7월 2일부터 13일까지 『중외일보』에 연재한 「희생犧牲」을 포함하여, 『조선지광』, 『대조』, 『동아일보』, 『조선일보』, 『해방』, 『시대공론』, 『제일선』, 『조선문학』 등의 신문·잡지에 해방 이전까지 약 20편 가까이 소설을 발표한다.[15] 소설 이외에도 시, 시조, 수필, 평론 등 다양한 글을 남긴다. 『대조』의 편집 겸 발행인 역임 후 전무길은 작품 활동을 하면서 신문사 특파

12 「1928 刑 4153/1928 豫 79/1930 刑公 635, 636－형사 제1심 소송기록」, 『(일제강점기)경성지방법원 기록 해제』 1, 국사편찬위원회, 2009; 출감일자에 대해서는 『중외일보』, 1928. 10.8. 기사 참고.

13 이 '인물감시카드'에 1928년 9월 15일 촬영한 전무길의 사진과 함께 기본 인적사항이 나온다. 출생연월일은 1905년 1월 1일, 출생지는 황해도 재령군 읍내면, 본적과 주소는 황해도 안악군 안악면 훈련리 318, 직업은 무직, 신분은 상민, 키는 약 163cm 등의 사항이 기록되어 있다.

14 이 「추억(追憶)」이라는 작품은 수감생활을 하는 주인물의 1인칭 관점으로 서술되어 수필로 분류되기도 하지만, 일종의 자전소설이라고 보는 것이 타당할 듯하다.

15 조경덕은 그의 논문(「전무길 소설 연구」, 『우리문학연구』52, 우리문학회, 2016.10, 485~508쪽.)에서 전무길 소설 목록표를 제시하고 있다. 이 목록표는 조남현의 『한국 현대 소설사』(문학과지성사, 2012)를 바탕으로 하고, 조경덕이 새롭게 발굴한 자료를 첨가한 것인데, 여기에서 1924년 '고려공사'에서 단행본으로 출간한 『설음의 빗』이 전무길의 첫 소설 작품이라는 것을 밝히고 있는 점이 주목된다.

원 등을 병행한다. 1931년에는 조선일보 특파원으로 활약하면서 상해 임시정부 요인들 관련 기사 등을 남기기도 한다.[16]

전무길이 『대조』를 창간하여 발행할 때 황해도 유지들은 음양으로 발간을 지원한다. 1호에 나오는 지사 세 곳이 모두 황해도에 소재하며, 창간을 축하하고 성원하는 박스 광고들도 대개 황해도에 소재를 둔 인사들로 채워졌다. 전무길이 황해도를 기반으로 활동을 했기에 가능한 일이었다. 또한 전무길 자신이 남긴 기록에 따르면 그의 조부가 황해도 지역의 교육 활동을 지원하며 유명 인사들과 폭넓게 교류했었다는 내용이 나오는데,[17] 그 영향도 있었을 것으로 짐작된다.

전무길이 『대조』의 발간 초기 중심축이긴 했으나, 그 외에도 발간에 참여한 주체들이 있다. 『대조』가 매진 사례를 기록하며 활성화된 데에는 그들의 역할도 분명 적지 않았을 것인데, 지금까지는 지나치게 간과된 측면이 있다. 6호에서 편집 겸 발행인의 역할을 담당한 이병조李秉祚도 그 중 1인이다. 이병조는 『대조』 발행인으로 참여하기 이전에 다른 잡지 발행에도 다수 참여한 바 있다. 1919년 12월에 창간된 『서광曙光』의 발행인이었으며,[18] 1920년 5월 창간한 계간지 『문우文友』의 편집 겸 발행인이었고,[19] 1921년 남궁벽이 편집을 담당했던 『폐허廢墟』 2호의 발행인이었다.[20] 또

16 전무길은 조선일보사 특파원으로 상해 임시정부를 찾아가 독립운동가들을 인터뷰하여 「在滬先輩들의 印象」이라는 제목으로 『조선일보』 1931년 6월 5~11일까지 5회 연재한다. 각 일자별 기사는 「不動岩인 金九氏」(6월 5일자), 「모던 將軍 金澈氏」(6월 6일자), 「氣高한 李東寧氏」(6월 7일자), 「豪賢한 安昌浩氏」(6월 9일자), 「才辯의 趙琬九氏」(6월 11일자)이다.

17 전무길, 「눈 오는 밤에 생각나는 사람, 우리의 한아버지」, 『별건곤』 47, 1932.1, 15~16쪽 참고.

18 김근수 편저, 『한국잡지개관 및 호별목차집』 제1집, 한국학연구소, 1988(초판 1973), 124쪽 참고.

19 최덕교 편저, 『한국잡지백년』 3권, 현암사, 2005(초판 2004), 547쪽 참고.

20 김근수 편저, 『한국잡지개관 및 호별목차집』 제1집, 한국학연구소, 1988(초판 1973), 186쪽 참고.

한 1922년 3월 창간호를 낸 『신생활新生活』을 발간하기 위해 1월 15일에 창립된 '신생활사'의 전무이사로 참여하기도 하였다.[21] 전무길과 이병조는 『대조』 발간 이전에 이미 긴밀한 인연이 있다. 1925년 11월 17일 안악 읍내 명륜강습소 주최로 열린 강연회에서 전무길과 같이 강사로 참여한 바 있다.[22] 또한 '안악명륜강사 사건'이 있을 때 함께 수감되기도 했었다. 이 사건에서 전무길이 공범으로 집행유예 3년을 받고 풀려날 때 이병조는 주범으로 1년 반 징역형을 언도받고 감옥 생활을 하게 된다. 전무길이 수감 생활을 마치고 곧바로 『중외일보』에 연재한 「추억」에서, 글을 끝마치고 난 뒤 "一九二七, 三月, 卄九日 夜半 在監中의 李兄을 생각하면서 — 安岳 一隅에서 脫稿"[23]라는 작가의 말을 남긴다. 여기서 '李兄'은 당시 주범으로 여전히 수감 중인 '이병조'를 지칭한 것으로 추정된다. 이병조의 이력, 그리고 전무길과의 인연을 미루어 볼 때, 이병조는 『대조』의 필진들을 섭외하는 데에도 도움을 주었을 것으로 짐작된다.

판권지에 표시된 편집 겸 발행인 외에 편집에 참여한 이로는 신종석愼宗錫이 있다. 이 사실은 6호 말미의 「편집여묵編輯餘墨」을 통해 확인할 수 있는 바, 이는 6호에서 변화를 도모하고자 한 '대조사' 경영의 일환으로 보인다. 전무길이 편집 겸 발행인의 자리에서 물러난 것이 자의인지 타의인지 명확하게 확인할 수는 없으나, 전무길의 역할을 이병조와 신종석이 나누어 맡은 것으로 보인다. 신종석은 6호 편집에만 관여한 것이 아니다. 그는

---

21 『동아일보』, 1922.1.19; 최덕교 편저, 『한국잡지백년』 2권, 2005(초판 2004), 343~346쪽 참고.

22 「안악강연성황」, 『동아일보』, 1925.11.22. 이 강연에서 이병조의 강연 주제는 '신생활을 구하야'였다.

23 전무길, 「추억」 20회, 『중외일보』, 1927.5.28.

『대조』 2·4·5·6호에 논문을 게재한 주요 필진 중 1인이었다. 이 신종석은 이병조가 발행인이었던 잡지 『서광』에서도 주요 필진으로 활동하기도 했었다.

'대조사'의 기자 및 특파원으로 활동한 이가 몇 명이었는지 정확히 파악할 수는 없다. 다만 『대조』의 공지나 편집 후기글을 통해 드러난 이는 총 4명이 있다. 기자로 이름을 올리고 있는 이는 최용도崔龍道, 이사윤李思允이며, 특파원은 동세현董世顯, 최석환崔錫煥이다. 최용도는 1호부터 재임하다 6호 편집 후기에 가정 사정으로 그만둔다고 나온다. 이사윤은 그 후임으로 들어온 기자이다. 이사윤은 이후 활동 내역이 나오지 않지만, 그 외의 인물은 활동 내역을 다소 추적할 수 있다.

기자로 참여한 최용도崔龍道에 대해서는 1927년 1월에 『동아일보』에 기고한 글[24]이 그의 자취를 추적할 수 있는 첫 단서가 된다. 이 글에 따르면 최용도는 평북 정주군 관주면平北定州郡觀舟面출신으로 일본에서 고학으로 대학을 졸업하였다. 최용도는 이 글 외에도 1927년 1월에 『아이생활』이라는 잡지에 「최치원씨崔致遠氏이야기」라는 동화를 게재[25]하기도 하였다. 이후 그는 귀국하여 평북지방에서 '장요기독청년창립총회長要基督青年創立總會'를 개최하는 등 사회 활동을 해 나갔다. 최용도는 이 '장요기독청년회'의 발기자로 참여하였음은 물론 회원 모집 등에 적극적으로 활약하고, 부회장의 직책을 맡는다.[26] 1929년에는 노자영이 발행자인 청조사青鳥社에서 『문

---

24 최용도(崔龍道), 「逆境에서 順境으로-社會 各階級의 實地 體驗談(二)-進出하든 經路가 如何」, 『동아일보』, 1927.1.7~9.(이 글은 3회에 걸쳐 연재된 글인데 1~2회에는 이름을 '崔龍達'로 잘못 표기하였다가 3회에 가서 '崔龍道'로 바로잡는다.)

25 『아이생활』, 제3권 1호, 1927.1.

26 『동아일보』, 1927.11.25. 기사 참고.

예창작론文藝創作論』을 발행한다.[27] 최용도는 2호의 공지를 보면 북선北鮮 지방으로 파견되기도 한다. 또한 그는 『대조』에 글을 게재한다. '최용도' 본명으로 게시한 글은 2개이다. 하지만 '최춘혜', '춘혜', 'CH생' '一記者' 등의 필명으로 올린 글들이 그의 글로 추정된다.[28] 그렇게 보면 적어도 8개 이상의 글을 최용도가 쓴 것이다. 즉 그는 『대조』의 기자로 복무하며 논문이나 문학 창작물이 아닌 그 외의 글들을 쓴 셈이다.

『대조』 4호 특파원 파견 공지에 나오는 동세현董世顯은 함경남도 북청군 출신이다. 그는 늦은 나이에 일본에 건너가 7년여 동안 고학한 것으로 알려져 있다. 니혼대학日本大學 법과 야학부를 거쳐 연구과에서 법률을 연구하고 다시 메이지대학明治大學 법과에 입학, 1920년도에 졸업하였다. 유학을 마치고 그가 귀국했을 때에는 청우장학회靑友獎學會의 주최 아래 북청군 학생 80여 명 등이 모여 성대한 환영회를 열기도 했다. 이때 그의 나이 40이었다.[29] 동세현은 귀국 후 고학생 후원에 앞장을 선다. 1921년 3월경부터 동세현이 중심이 되어 고학생 갈돕회 후원회 창설을 준비하고, 유지들을 모아 1923년 5월 12일 발기회를 가진다. 이후 이 고학당협회는 소인극단素人劇團을 조직하여 전국 순회공연 등의 활동을 하면서 후원금을 모아 교사校舍를 신축하기도 하고 지속적으로 고학생을 후원하는데, 동세현은 이 고

---

27 '최용도 역술(崔龍道譯述)'이라는 표기로 보아, 자작이 아니라 번역서로 추정된다.

28 「세계각국기풍진습(世界各國奇風珍習)」은 1호부터 5호까지 연재된 글인데, 모두 다른 필명이 표기되어 있다. 1호에는 'CH생', 2호에는 '箕城人(본문)/咸祈誠(목차)', 3호에는 '一記者', 4호에는 '春蕙(본문)/崔春蕙(목차)', 5호에는 '崔龍道'로 표기된 것이다. 그런데 이 필명들을 따라가다 보면 연관성이 보인다. 즉 5호에서 최용도 본인의 이름으로 발표되어 있고, 나머지는 필명, 또는 익명으로 표기한 것이다. 최용도가 출장을 갔다고 공지된 2호에서는 이 글의 필자가 '箕城人(본문)/咸祈誠(목차)'으로 등재되어 있는데, 이 호의 글만 다른 이가 썼을 것으로 추정된다.

29 『동아일보』, 1920.5.19 · 1920.5.29 기사 참고.

학당협회의 임원을 오랫동안 역임한다.[30] 그로 인해 1932년 동세현의 부고 기사 제목에 '고학도苦學徒의 은인恩人'이라는 수사가 붙기도 한다.[31] 동세현은 1927년 4월 1일에 창간된 잡지 『분투奮鬪』의 주간을 역임하기도 했다.[32] 동세현의 이력 중 주목할 것은 그가 독립운동과 밀접한 관련을 맺고 있는 점이다. 일본 외무성기록의 문서철에 보면 '1920년大正九年 6월 말일 현재'로 작성된 '요시찰 조선인 종별 성명표要視察朝鮮人種別姓名表'가 있는데, 동세현은 '갑甲'과 '을乙'로 나누고 있는 종별란에 '갑甲'으로 표시되어 이 표에 이름이 등재되어 있다.[33] '갑'으로 분류된 이유는 그가 항일단체에 소속되어 있었기 때문으로 보인다. 동세현은 일본에 유학하고 있던 중국 황개민이 주도하여 초반에 한중 유학생 중심으로 설립한 국제적 항일단체 신아동맹당이후 대동당에 1916년 가입하였다. 신아동맹당대동당이 설립된 것이 1916년 7월 6일이었으니 초기 당원인 것이다. 1920년에 '대동당'에 한국 지사 이용과 이동휘를 가입하도록 소개한 것도 동세현이었다고 한다. 1920년대 말까지 대동당 가입 인원이 260명을 넘는 것으로 추정되는데, 황개민의 회고록과 기타 중국 문헌을 통해 이 과정을 추적한 김병민은 대동당 말기까지 여기에 가입한 한국인 지사를 45명 정도로 추산하고 있다.[34] 위와 같은 활동을 통해 동세현은 폭넓은 인적 네트워크를 구축

30 『동아일보』, 1921.3.20; 1921.3.28; 1923.5.16; 1924.2.1; 1925.4.10 기사 참고.

31 「고학도의 은인 동세현 씨 영면」, 『동아일보』, 1932.3.5. 기사 참고.

32 김근수 편저, 『한국잡지개관 및 호별목차집』제1집, 한국학연구소, 1988(초판 1973), 180쪽; 『동아일보』, 1927.12.10 기사 참고. 김근수 편저의 잡지목록에는 통권 1호만 표시되어 있는데, 『동아일보』 기사에는 2호가 제작 중임을 알리고 있다. 이 기사에는 『분투』가 '화광사(火光社) 기관 잡지'로 나온다.

33 문서철명 : 不逞團關係雜件 朝鮮人ノ部 在內地 十一, 한국사데이터베이스(http://db.history.go.kr) 자료 참고.

34 김병민, 「황개민과 한국 망명지사들의 사상문화교류－『37년 유희몽(三十七年遊戲夢)』에 대한 텍스트 분석을 중심으로」, 『한국학연구』 제58집, 2020.8, 151~198쪽 참고. 이 자료를

했을 것으로 보인다.[35]

동세현이 '대조사' 특파원으로 활동할 때 그가 가진 인적 네트워크를 활용해 『대조』의 판매와 재정 충당에 상당한 역할을 했을 것으로 추측된다. 이는 "過般 本社 特派員 董世顯氏가 咸鏡線 一帶를 巡廻할 째에 各地 諸位의 懇篤하신 愛護와 聲援을 주섯슴에 對하야 衷心으로서 感謝한 뜻을 삼가 表하나이다"라는 글을 통해서도 드러나거니와, 실제 동세현이 함경 일대로 출장을 나간 사실이 4월호 공지에 나오는데, 이후 5호와 6호에 설치된 지사 현황을 보면 함경도 일대의 지사가 대폭 증가한 것을 볼 수 있다. 그로 인해 '대조사' 지사 총 29개 중 15개가 함경도에 집중되어 있다.

5호와 6호의 공지를 통해 등장하는 특파원 최석환은 전무길과 동향인 황해도 재령 출신이다. 최석환은 황해도 재령에서 '재령청년회' 집행위원

보면 황개민의 회고록을 바탕으로 신아동맹당-대동당 초기 가입 인사들을 보여주고 있는데 이를 보면 다음과 같다. "1916년 7월 신아동맹당 설립 당시, 장덕수(張德秀), 하상연(何相衍), 홍두표(洪鬥杓), 홍진의(洪震義), 김철수(金綴洙), 김양수(金良洙), 김명식(金明植), 윤현진(尹顯振) 등이 가입하였고 얼마 지나지 않아 일본에서 장덕수와 하상연의 소개로 김도연(金渡演)과 **동세현(董世顯)이 새로 가입**하였다. 그 후 황개민이 한국을 방문하였을 때 안재홍(安在鴻), 조소앙(趙素昂), 손정도(孫正道), 신익희(申翼熙), 김명수(金明洙), 윤홍섭(尹弘燮), 박이당(朴珥堂), 이상천(李相天)등이 신아동맹당에 가입하였다. (…중략…) 1917년 이후 대동당에 참가한 이는 김광일(金匡一), 엄주천(嚴柱天), 신규식(申奎植), 신헌민(申獻民), 조용정(趙榕庭), 여운형(呂雲亨), 여운굉(呂運宏), 김종문(金仲文), 이동휘(李東輝), 이동녕(李東寧), 김립(金笠), 이시영(李始榮), 이승만(李承萬), 안창호(安昌浩), 박용만(朴容萬), 박은식(朴殷植), 이용(李鏞), 김웅(金雄) 등이 있다. (…중략…) **1920년 동세현의 소개로 이용과 이동휘가 선후로 가입**"(160쪽. 강조은 인용자. 이 논문에서는 역사적 인물들의 이름이 등장하는데, 보다시피 간혹 한자 표기가 다른 것이 있다. 한자 표기의 오류일 것으로 보이나 동명이인일 가능성도 배제할 수 없기에 이에 대해서는 조금 더 면밀한 확인 과정이 필요하다.)

35 '3·1독립선언 관련자 신문조서(三·一 獨立宣言 關聯者 訊問調書)'의 증거로 채택된 일기장(한국사데이터베이스(http://db.history.go.kr)에서 자료 참고)에는 동세현의 인적 네트워크의 일면을 볼 수 있는 여러 교류 상황이 나오기도 한다. 이 일기장의 작성자는 미상이지만, 동세현과 같이 메이지대학 법과에 다니고 있던 유학생이었음은 내용을 통해 추측할 수 있다. 일기장 주인은 동세현에게 '청국인의 민적등본 1통을 부탁'하기도 하는데, 이는 동세현에게 중국 인맥까지 닿아 있음을 방증한다.

으로 활동하였다. 이는 일본 외무성 기록의 문서철을 통해서도 확인할 수 있다. 여기에 '『청년조선』 발송처에 관한 건『青年朝鮮』發送先ニ關スル件'이라는 문서가 있는데 이 문서는 1926년 3월 8일 작성된 것으로, 반포 금지 처분이 내려진 도쿄무산청년동맹회 기관 잡지 『청년조선』 2,3월 합대호를 압류하기 위해 수취인주소와 수취인의 명부, 발송부수 등을 작성하여 보낸 것이다. 이 명부에 수취인 주소로 '황해도 재령읍내의 재령청년회', 수취인으로 '최석환'의 이름이 명시되어 있다. 발송자는 '청년조선발행인 이상렬青年朝鮮發行人 李相烈'로 되어 있다. 이 문서를 통해 확인할 수 있는 것은 바로 조선의 청년 단체가 일본의 청년 단체와도 긴밀한 연결고리를 맺고 있었다는 점이다. 황해도 재령은 전국에서 청년운동이 가장 왕성했던 곳이기도 했다.[36] 이 재령청년회의 집행위원으로 활동한 최석환은 그를 기반으로 인적 네트워크를 넓혀갔을 것이다.

최석환이 『대조』의 특파원으로 파견된 사실은 5호와 6호 공지를 통해 나오는데, 이 특파의 결과는 6호의 광고 지면을 통해 확인할 수 있다. 보통 잡지의 광고는 크게 두 가지로 분류된다. 하나는 상업 광고이고, 또 하나는 축하·성원 광고이다. 잡지의 상업 광고는 소수를 제외하면 주로 다른 잡지나 서적 광고 등이 주를 이룬다. 축하·성원 광고는 말 그대로 후원의 성격을 띤 광고로 보통은 인맥을 활용한 경우가 대다수이다. 『대조』 역시 이러한 경향을 보인다. 축하·성원의 박스 광고가 주로 황해도 지역에 소재지를 둔 인사들로 채워진 것은 이를 방증한다. 그런데 이 성원 광고가 많이 등장하는 1호와 6호를 보면 이 둘 사이에 차이가 보인다. 황해

36 이수연, 「1920년대 황해도 재령의 청년운동」, 한양대 석사논문, 2020.8.

도 지역은 동일하지만, 1호에는 '안악' 소재지가 많으며, 6호에는 '재령' 소재지가 많다. 이는 전무길이 주로 안악에서 활동을 한 것과 최석환이 재령에서 활동을 한 이력이 영향을 미친 것으로 볼 수 있다. 즉 6호에서 재령의 성원 광고가 증가한 것은 최석환의 활동 결과물이었던 셈이다.

근대 시기 잡지들은 대부분 자금난에 시달렸다. 『대조』 역시 그러한 난관에 부딪쳤다는 것이 서술되기도 하지만, 『대조』의 자금 상황은 여타 다른 잡지들에 비하면 그리 나쁘지 않았던 듯하다. 당시 활동한 문인들의 회고를 보면, 원고료를 제대로 지급받지 못하는 일이 허다했는데, 그래도 『대조』에서는 원고료를 받았었다는 진술이 있다.[37] 『대조』는 다른 잡지와 비교해 보면 성원 광고 박스가 많이 보이며, 이것은 그만큼 후원금이 많이 들어왔다는 말이다. 또한 『대조』는 발간된 잡지의 판매 현황도 좋았던 것으로 보인다. 『대조』 발간 당시 발매 부수를 정확히 알 수는 없으나, 『대조』의 5호와 6호에 나온 공지를 보면 그 전호가 매진되어 나중에 주문한 이에게 발송하지 못하였음을 알 수 있다.[38] 잡지가 이렇게 매진을 거듭할 수 있었던 데에는 각 지역에 설치된 지사의 역할도 있었다고 볼 수 있다. 경성에 본사를 둔 '대조사大潮社'는 각 지역에 지사를 두었다. 창간호 발간 당시 3개였던 지사는 6호까지 발간되는 동안 총 29개[39]로 증가했다.

37 「최초의 저서」, 『삼천리』 제4권2호, 1932.2.1. 58쪽 참고. 이 설문에서 주요한(朱耀翰)은 다음과 같이 대답하였다. "출판은 1924년에 하엿슴니다. 원고료는 일전 한푼도 밧지 못햇슴니다. 지금까지 원고료라고 밧어본 적이 꼭 두 번밧게 업는데 한번은 全武吉 씨가 「大潮」라는 잡지를 할 적에 「詩調」 다섯 수에 모다 2원을 밧엇고 또 한번은 方仁根 씨가 朝鮮文壇을 할 적에 「文壇月評」(열 페지 가량)에 10원을 밧엇지요."

38 『대조』 5호 55쪽과 6호 5쪽에 각기 '매진사례(賣盡謝禮)' 공지가 게시되어 있다.

39 각 호마다 '사고(社告)'를 통해 설치된 지사 안내를 하고 있다. 1호에 3개, 2호에 1개, 3호에 4개, 4호에 4개, 5호에 5개, 6호에 13개가 설치된 것으로 나온다. 이 '사고'를 통해 게시된 지사의 단순 합계는 30개이지만, 이 중 '청진지사(지사장 : 김휘옥)'가 5호와 6호에 중복 안내되어 있으므로 총 지사 수는 29개이다.

〈표 2〉 지역별 지사 수

지역	경기	황해	평안	함경	충청	강원	경상	중국	계
지사 수	2	4	1	15	1	2	2	2	29

위 표에서 확인되듯이 함경도 지역의 지사 수가 압도적으로 많지만, 그 외 황해도를 비롯하여 평안, 경기, 충청도 등 전국 각지에 지사가 설치되어 있는 것을 볼 수 있다. 국내만이 아니라 중국의 하얼빈과 봉천 등에도 지사가 설치되었다. 지사 설치 현황을 매 호마다 공지하면서, 지사의 소재지만이 아니라 지사장, 기자, 총무의 성명까지 나열하였다. 새로 설치되는 지사만이 아니라 변경 사항이 있는 지사에 대해서도 공지하였다. 이렇게 지사를 설치하고, 또 설치된 지사 현황을 상세히 안내한 것은 『대조』 잡지의 특징적인 영업 전략이었다. 물론 당시 『대조』만 지사를 설치했던 것은 아니다. 이보다 앞서 천도교를 기반으로 발간되었던 『개벽』은 이보다 훨씬 많은 지사를 설치했었다.[40] 그러나 기관을 배경으로 두지 않은 개인 발행 잡지사가 지사를 대거 확장하는 것은 그리 흔한 일이 아니었다. 『대조』는 지면을 통해 반복적으로 '사세 확충을 위해 지사 및 분매점을 모집'한다는 공지를 한다. 하지만 이렇게 급격히 지사가 증가한 것에는 발간 주체들의 특파 활동을 통한 공격적 영업 전략과 인적 네트워크를 활용한 결과였다고 할 수 있다.

40 잡지 『개벽』의 지사 설치 현황은 다음 글에 상세하게 연구되어 있다. 최수일, 「『개벽』 유통망의 현황과 담당층」, 『대동문화연구』 제49호, 성균관대 대동문화연구원, 2005, 347~417쪽.

3. '신문화 창성'을 표방한 『대조』의 편집 방향

창간사에는 발간 배경과, 목적, 포부 등을 담게 마련이다. 『대조』의 「창간사」 역시 그러하다. 이 「창간사」에는 우선 '문화'란 무엇인가에 대한 개념 규정이 나온다. '인생에서 겪게 되는 현실고現實苦 속에서 때로는 울고 웃으며 무기武器를 만들기도 하고 제도制度를 개혁改革하려는 노력을 하기도 하는데 이 과정에서 각기 진리眞理라고 신념信念하는 바와 선미善美하다고 단정斷定되는 바를 종합 체계화한 것이 소위 철학, 문예, 사회학, 경제학 등 제반 과학의 형태로 나타났으며, 이들을 총칭해서 문화文化로 포괄包括시키게 된다'는 것이다. 이어서 『대조』의 발간 주체는 '우리의 4천 년 유구한 문화는 방금方今 질식窒息 정체停滯의 극極한 처지處地에 있다'고 현재를 진단하고, '신문화 창성에 일익적一翼的 임무를 맡을 공기公器로 이 잡지를 발간한다'는 목적과 포부를 창간사에서 밝힌다. 그러면서 '짧은 기간에 큰 성과를 얻을 수 없다는 것을 알기에 우보牛步로나마 꾸준히 걸을 것'을 다짐한다.[41] 그러나 창간호 편집 후기를 보면 시작부터 뜻대로 되지 않았음을 토로한다.

> 本誌는 이것이 創刊號이니만치 무엇보다도 內容의 充實과 趣味本位로써 함에 만흔 努力을 앗기지 아닛섯다 그러나 事實 編輯을 해 노코 보니 엇전지 그리 시원치 안은 것이 되고 마른 感이 잇다
>
> 그런 데다가 豫告한 바 內容과도 퍽 그 相違가 잇게 되엿슴은 讀者 諸位께 未

41 「창간사」, 『대조』 1호, 1쪽.

安하기를 마지 안는 바이다[42]

이 편집 후기에서 눈에 띄는 대목은 '취미본위'라는 말이다. '취미'를 기준으로 삼고자 했다는 것인데, '취미'가 '전문적으로 하는 것이 아니라 좋아서 즐겨 하는 일'이든, '감흥을 느끼어 마음에 일어나는 멋'이든, 혹은 '아름다운 대상을 감상하고 이해하는 힘'을 지칭하는 것이든 간에 이 '취미'라는 것은 각자 다를 수 있다. 그렇다면 '누구의 취미'를 기준으로 삼느냐에 따라 잡지 편집의 향방은 달라질 수밖에 없다. 위 창간사와 편집 후기는 창간호부터 편집 겸 발행인을 담당했던 전무길이 쓴 것으로 추정되는데, 전무길이 쓴 다음의 글은 그가 추구했을 편집의 방향을 가늠하는 데 어느 정도 실마리를 던져준다.

朝鮮의 新聞이나 雜誌란 大概가 民族을 爲한다거나 社會文化를 爲한다거나 하는 類의 金看板을 걸고 나오는 것이 常套다. 그러므로 그들은 于先 社會 大衆의 尊敬을 받는 것도 事實이다. 이러한 大衆의 注視와 尊敬을 받는 言論機關의 編輯者란 것은 이 實로 新聞이나 雜誌라는 公器의 生命을 左右하는 重責에 있는 것이다. 또 社會에 및이는 影響도 크다.

然而 그들의 努力은 果然 民族的 社會的으로 어떤 有效한 結果를 가저왔느냐? 勿論 그곳에는 朝鮮의 特殊事情이라는 것을 보지 않는 바이 아니지만 그 可能한 範圍內에서라도 表現되는 眞實性이 있어야만 할 것이다. 그곳에 可歎이 있다.

42 「편집여묵」, 『대조』 1호, 109쪽.

近日 자조 明滅하는 一部의 雜誌 編輯者들을 보면 그 言語道斷的인 放漫과 貴族的 態度를 가지는 것은 말할 것도 없지만 甚하게는 公器를 自身의 私器로 利用하야 自家宣傳과 自己身邊雜事의 紹介 等屬, 그렇지 않으면 自己派黨의 一聯的인 長廣舌을 敢行하는 것은 오히려 그 乳臭를 無詐欺하다 하겠지만 한步 더 나가서 非自己派에 對한 惡評을 是事하는 惡意滿滿한 非紳士的 態度에는 그 是非를 論難하기가 부끄러운 便이다.[43]

이 인용문에서 '신문이나 잡지는 공기公器'라고 생각하는 부분은 『대조』의 「창간사」와 비슷하다.[44] 여기에서는 '공기公器'를 '사기私器'로 이용하는 편집자들의 행태를 비판하는 부분을 주목해 볼 필요가 있다. 전무길은 편집자의 '언어도단적인 방만'과 '귀족적 태도'도 문제로 삼지만 그것보다 더 비판의 대상이 되는 것은 '자기 선전'이나 '자기 신변잡사의 소개' 혹은 '자기 당파의 일련의 장광설을 감행하는 것'이다. 그보다 더 심한 것은 '자기파가 아니면 악평을 하는 태도'이다. 즉 이 글에 드러난 전무길의 생각을 정리하면 '일 개인의 신변잡기'나 '자기파'에 매몰되어 글을 쓰고, 편집의 방향을 잡는 것은 편집자의 올바른 태도가 아니라는 것이다.

전무길은 이러한 생각을 바탕으로 잡지의 방향을 종합지로 기획하고, 다양한 성향의 필진을 구성하는 데 힘썼다. 『대조』 필자들의 면면을 보면 어느 한 진영으로 치우쳐 있지 않다. 이는 어느 분파에 매몰되지 않으려는 전무길의 편집 방향에 따른 것으로 볼 수 있다. 그러나 일면 그 이유가 전부는 아니었을 수도 있다. 당시 사상적 억압이 강화되던 상황에서 검열의

43 전무길, 「편집자와 사회적 책임」, 『조선중앙일보』, 1936.3.21.
44 이러한 생각이나 표현도 『대조』의 「창간사」를 전무길이 썼으리라는 추정의 근거이다.

예봉을 피해 잡지를 발간할 수 있는 가능성을 모색한 것으로도 볼 수 있다. 또는 어느 한 면으로 기울 경우 독자별 성향에 따라 호불호가 나뉠 것이기에 독자층 확장 측면을 고려한 방안이었을 수도 있다. 요컨대, 당시 전무길의 편집에 대한 생각이 토대가 되었겠지만, 현실적인 면도 무시할 수 없는 요인이었기에 위 이유들이 혼재했을 가능성이 있다.

현재 확인 가능한 『대조』 1~6호에 글을 발표한 필진은 총 67명이다. 이 중 필명을 달리한 동일인으로 보이는 이를 제해도 63명이 필자로 참여한다. 평균 한 호에 10여 명이 넘는 인원이 글을 게재한 것이다. 근대 시기 잡지의 지면 분량이 그리 많지 않았다는 점을 고려할 때 적지 않은 수라고 할 수 있다. 당시 명망 있는 필자부터 조금은 낯선 필자까지 참여하였다. 이 중 글의 개수로만 보면 가장 많은 글을 발표한 이는 김억金億이다. 김억은 1호부터 6호까지 빠짐없이 글을 게시하여 총 9개의 글을 게시한다. 그 다음은 기자였던 최용도崔龍道가 8편을 올렸고, 편집 겸 발행인이었던 전무길全武吉은 6편의 글을 게재한다.[45] 그 다음 5편 올린 이가 김대준金大駿, 송순일宋順鎰, 전우한全佑漢이고, 4편 올린 이는 박영희朴英熙, 신종석愼宗錫, 정노풍鄭蘆風, 정인철鄭寅喆, 주요한朱耀翰, 한정동韓晶東, 3편 올린 이는 김동인金東爀, 송영宋影, 이광수李光洙, 이기영李箕永, 주요섭朱耀燮, 2편 올린 이는 권환權煥[46], 김규택金奎澤, 김기진金基鎭, 김동혁金東爀, 김영진金永鎭, 김현준金賢準, 나혜석羅蕙錫, 민병휘閔丙徽, 박석관朴碩觀, 배상철裵相哲, 서춘徐椿, 윤기정尹基鼎, 이병조李秉祚, 이용식李龍植, 이천민李天民, 최승일崔承一이며 그 외에는 1편씩 게재한다.

『대조』의 편집틀은 크게 두 부분으로 나뉜다. 전반부는 기획기사 및 논

45 전무길은 7편의 글을 게재하려 했으나 한 편의 글이 전문 삭제되어 6편이 된 것이다.
46 목차에는 '權景煥'으로, 본문에는 '權煥'으로 표기되어 있다.

문, 후반부는 문예 글들을 배치하였다. 이러한 지면 배치는 이전에 발간된 종합지들의 경우에도 많이 나타나는 현상이었다. 다만 이 『대조』는 지면 분량으로 보면 이전 종합지들보다 문예 부분이 훨씬 많다. 그렇다고 기획 기사 및 논문을 소홀하게 여긴 것은 아니다. 『대조』는 매 호마다 이전 호의 목차를 간략하게 안내해 주는데, 이 목차의 선별을 보면 논문의 비중이 낮지 않았다는 것을 알 수 있다.[47] 특히 기획기사의 경우 더욱 중요하게 부각했다. 2호에서는 조선 교육에 대한 기획기사를 싣는데, 3호부터 제시하는 전 호의 요약 목차 부분에 이 기획기사의 세부제목까지 나열한다. 그 외에는 논문 두 편이 안내될 뿐이고, 다른 글들은 모두 뭉뚱그려서 '기타'로 처리하고 있다. 이런 사실은 『대조』 편집진이 기획한 아젠다와 논문에 중점을 두고 있었음을 말해준다.

아젠다와 논문에 중점을 두는 편집 방향은 『대조』의 주 독자층이 어떻게 설정되어 있었는지를 보여주는 지점이기도 하다. 앞서 지사 설치 현황을 살펴볼 때 그동안 발간 주체의 인적 네트워크를 통해 북선 지역 쪽에 더 중점을 두고 사세 확장을 해 나갔다는 사실을 알 수 있다. 이 지역은 선교사들과 지역 유지의 활약을 통해 교육의 활성화, 청년운동의 활성화가 이루어진 지역이다. 그것은 다시 말해 다른 지역에 비해 비교적 리터러시를 갖춘 인적 형성이 있었고, 또 그만큼 사회문제에 관심 있는 이가 확보되어 있었다는 말이다.[48] 논문류의 글을 중요하게 여긴 것은 바로 주된 독

---

47 『대조』를 개괄한 해제를 쓴 정주아 역시 이 잡지의 본령이 문예란보다 학술연구란에 있었다고 보고 있다. 『한국근대문학해제집 Ⅲ－문학잡지(1927~1943)』, 국립중앙도서관, 2017, 20쪽 참고.

48 임인재, 「황해도 지역 사립학교 설립 과정과 주체(1895~1910)」, 『역사와 교육』 제28집, 동국대 역사교육연구소, 2019.5, 175~209쪽 참고.

자층으로 상정한 이들의 시선을 끌 수 있었기 때문으로도 생각할 수 있다.

그런 만큼 『대조』에 올라온 논문류 중 주목할 글들이 상당히 많다. 서춘의 「소작권에 관한 현행법제」, 전무길이 번역한 루소의 「사회계약론」, 방정환의 「아동재판의 효과」, 신종석의 「직업부인의 가정문제」, 박영희의 「유물론고」, 이병조의 「사회장고」 등이 그에 해당한다. 특히 서춘의 「소작권에 관한 현행법제」는 창간호의 첫 번째 논문으로, 편집진이 그만큼 중요하게 여겼다는 방증일 것이다. 이 논문에서는 '영소작권永小作權'과 '보통소작권普通小作權'의 차이를 설명하면서 '영소작권'에 비해 '보통소작권'이 무력하다는 것을 짚고, 일본에서는 '영소작권'이 인정되는 데 반해 조선에서는 이마저 인정되지 않고 있다는 점을 언급한다. 즉 이 논문은 조선의 소작인이 지극히 무력한 지위에 놓여 있음을 현행법제를 통해 제시하고 있는 논문이다. 『대조』의 편집진은 이 논문을 통해 조선 소작인들이 처한 현실을 일깨우고자 한 것이다.

'소작권법'을 다룬 첫 논문에 이어 루소의 「사회계약론」을 배치한 것도 주목해 볼 부분이다. 루소의 「사회계약론」은 주지하다시피 인간의 자유를 추구하는 루소의 사상이 집약된 논문이다. 계약에 의해 국가가 형성되지만 주권은 이양되지 않고 국민이 소유하고 있다는 점을 강조하고 있는 논문이다. 이 논문을 『대조』 잡지의 편집 겸 발행을 맡고 있는 전무길이 번역하여 서춘의 첫 논문에 이어 두 번째로 싣고 있다는 점을 상기하면, 『대조』가 지향한 편집 방향을 유추할 수 있게 한다.

「사회계약론」의 뒤를 이어 방정환의 「아동재판의 효과」라는 논문을 게시한다. 이 논문에서는 '아동의 잘못을 지도자가 독단으로 처리하지 말고 아동들이 모의 재판정을 열어 스스로 학습하고 판단하는 능력을 키우도록 할 것'을 주장한다. 이 역시 '지도자'와 '아동'의 관계가 일방적으로 지시하고 따르는 관계가 아니라 '아동의 의사를 존중'하는 관계가 되어야 한다는 전제가 깔려 있는 논문이다. 이 논문에는 '특히 소년회지도자와 소학교원제씨에게'라는 부제를 붙이고 있는데 이 또한 독자 설정의 방향을 보여주는 지점이기도 하다.

신종석의 「직업부인의 가정문제」는 2호 기획기사 뒤 처음 배치된 논문이다. 『대조』는 당시 비교적 활동 영역이 넓어진 여성들의 목소리를 많이 싣고 있는 모습을 보여주기도 하는데, 신종석의 여성 관련 논문은 그와 맥락을 같이하는 논문이라고 할 수 있다. 이 논문은 첫 문장으로 "모든 被壓迫의 原因은 壓制者에 對한 經濟的 依賴에 在한다"[49]라고 하는 말을 인용하며 시작한다. 즉 여성이 직업을 가지게 된 배경에 경제적 불평등 문제가 있었음을 짚으면서 가정과 사회에서 여성의 의무와 권리에 대한 측면을 살핀다. 이는 『대조』의 편집진이 당시 대두된 여권신장 문화에 관심을 기울이고 있다는 점을 방증한다.

이 외에도 박영희에게 지면을 할애하며 당시 일제의 압박으로 인해 위축되어 가던 사회주의 사상 게시 기회를 주기도 하고, 당시 남강 이승훈으로 인해 촉발된 사회장에 대한 관심을 전면적으로 다루려고 시도[50]하기도 한다. 요컨대 논문의 전반적인 성향과 논조를 통해 보면 『대조』가 추구한 편집 방향의 큰 줄기는 조선인이 처한 불평등한 현실을 자각하고 그것에 대항하는 문화를 형성하고자 한 것이다. 이는 창간사에서 "주린 者는 참되게 求하나니 우리는 自體生命의 表現이며 價値며 合理化인 新文化의 創成

49 신종석, 「직업부인의 가정문제」, 『대조』 제2호, 6쪽.
50 이에 대해서는 『대조』 제4호의 「편집여묵」을 통해서 부연하고 있다.

을 哀타게 求하여 마지안는 바"[51]라고 표방한 것을 게시글로 구현하고 있는 것이다. 또한 사회적 관심사로 부각된 문제들에 대한 논란을 정면으로 다루면서 담론을 형성해 갔다. 그리고 리터러시를 갖춘 독자층을 대상으로 이를 확산하고자 하였다.

6호의 광고 지면에 난 특별 광고도 논문을 애독하는 독자를 중요하게 여겼다는 점을 방증해주는 근거 중 하나이다. 6호는 표지와 성원 광고 다음 쪽에 한 지면 전체를 할애하여 특별광고를 낸다. 그것은 바로 서적 광고였다. '본사에서 독자들의 편의를 도모하고자 취급부取扱部를 특설하고 시대에 적절한 몇 종의 서적을 선발해서 소개하니 많이 이용해 달라'는 취지와 함께 6권의 책을 소개한다. 이때 소개된 책은 김현준의 『근대사회학』, 박치호의 『자본주의 기교』, 신종석의 『현대사회 사조 개관』, 『생존경쟁과 상호부조』, 『과거사회와 부인』, 김병하의 『표고송이 인력배양』으로 모두 학술 서적에 가깝다. 이 특별광고는 책 소개에만 그치지 않는다. 이 서적들을 본사로 주문하면서 지면에 표시해둔 '독자증'을 보내면 일할을 할인해 준다고 홍보한다. 이것은 독자 유인책으로 볼 수도 있고, 한편으로는 『대조』의 발간 주체들이 독자들에게 좀 더 확산시키고자 한 문화적 내용일 수도 있다.

후반부에 배치된 문예란은 평론, 수필, 문인들을 소개하는 산문을 비롯하여 현대시, 민요, 시조 등의 시가와 희곡, 소설 등 다양한 작품을 게시한다. 여기서 특기할 것은 목차의 구분이다. 『대조』의 편집진은 목차에서 전체 글을 4부분으로 나누어서 논문이 주로 실리는 전반부는 달리 명칭을

51 「창간사」, 『대조』 제1호, 1쪽.

붙이지 않고 바로 글을 게시하는데, 문예 글을 싣는 후반부는 크게 세 부분으로 나누어서 그 명칭을 '문예평론 · 수필 · 기타', '시', 그리고 '창작'으로 표시한다. '시' 부분은 번역시, 시조, 민요, 현대시 등을 배치하고, '창작' 부분에 희곡과 소설을 배치하였다. 즉 '시'를 '창작'과 구분하여 인식하고 있는 것이다. 이러한 편집 체제는 전무길이 편집 겸 발행을 담당했던 1~5호까지 지속된다. '시'와 '창작'을 구분하는 목차 표시는, 이 시기까지도 장르에 대한 구분이 명확하지 않았음을 단적으로 보여준다. 편집 겸 발행인이 변경된 6호에는 이 목차 구분의 명칭이 변경되어, 전체적으로 '연구논문', '수필 · 기타', '시가', '소설'로 명칭을 달고, 문예 평론 등은 '연구논문' 부분으로 배치한다. 무엇보다 5호까지 지속되던 '시'와 '창작'으로 구분했던 문학 작품의 장르를 6호 목차 체계에서는 '시가'와 '소설'로 정리한 점이 큰 변화이다. 이 장르 구분 체계의 변화 외에 내용면에서는 편집 겸 발행인의 변화로 크게 달라지는 점은 없다. 이는 6호에서 편집 겸 발행을 맡았던 이병조나, 편집을 도왔던 신종적이 큰 틀에서 『대조』의 편집 방향에 동조했었기 때문일 것이다.

문예란의 '시' 부분에서 주요 필진 중 두드러진 이는 김억, 주요한, 송순일, 한정동, 김대준 등이다. 김억은 앞서도 말했거니와 『대조』에서 가장 많은 글을 올린 필자이기도 한데, 그는 자작시, 번역시, 평론, 번역소설 등 다양한 글을 게시한다. 그는 3호에서는 설문응답글, 시, 평론 등 3개의 글을 한꺼번에 싣기도 한다. 비교적 여러 편을 올린 주요한, 송순일은 주로 시조를 올렸으며 한정동[52]은 주로 민요를 게시한다. 김대준이 프로 경향

52 한정동은 김억을 통해 섭외되었을 가능성이 있다. 김억이 『동아일보』 학예부 기자로 재직할 당시 한정동의 시 작품을 당선시킨 일이 있기 때문이다. 김진희, 「『오뇌의 무도』 전후 김억의

의 시를 여러 편 올리기도 하지만, '시'의 경우 고전적 경향을 강하게 띤 것이다. 현대시의 면모가 아니라 고전적 경향을 띤 것을 두고 『대조』가 표방한 '신문화 창성'의 목표와 거리가 있는 것으로 단정짓는 것은 섣부르다. '4천년 유구한 문화가 질식 정체'되었다는 창간사의 시대 진단을 통해 엿볼 수 있는 점은 일제에 복속된 조선의 현실을 『대조』의 발간 주체가 자각하고 있는 점이다. 이러한 '현실고現實苦'에 저항하기 위한 '무기'로 조선적 문학을 추구한 것도 문화의 새바람이라고 인식했을 가능성이 있는 것이다. 문예란의 소설 부분은 매 호마다 많은 지면 분량을 차지하지만, 연재 작품이 주여서 작품 수로는 그리 많지 않다. 주요 작품으로는 김동인의 「배회徘徊」와 「증거證據」, 전무길의 「소생甦生」과 「허영녀虛榮女의 독백獨白」, 정인철의 「번롱飜弄」과 「누가 그를 죽엿는가」, 이기영의 「조희 쓰는 사람들」, 송영의 희곡 〈阿片아편쟁이〉와 소설 「지하촌地下村」, 김벽파金碧波의 「S」, 최승일의 「누가 익이엿느냐?」, 안석영安夕影의 「불구자不具者」, 조중곤趙重滾의 「소작촌小作村」 등이 있다. 소설 부분의 작품들은 주로 당대를 비판적으로 보는 시각이 강했다. 이 프로 경향 문학적 성향이 강한 작품들은 그래서 검열의 칼날을 피해갈 수 없었다.

『대조』는 문예란에 「문인들의 면상面相」이라는 글을 두 번에 걸쳐 게시한다. 1호에 13명, 3호에 9명 총 22명의 문인들이 언급되는데, 그 중 14명의 문인이 『대조』 6호까지 필자로 등장한다. 당시 활발하게 활동하던 문인들이 대거 『대조』의 필진으로 참여한 것이다.[53] 간혹 명망에 비해 『대

문단 네트워크와 문학 활동－김억의 작가적 생애와 미발굴 자료를 중심으로」, 『한국문학연구』 제66호, 동국대 한국문학연구소, 2021, 99~141쪽 참고.

53 혹은 섭외 물망에 오른 문인들 위주로 소개했을 가능성도 있다. 당시 소개된 순서대로 나열하면 다음과 같다(괄호는 『대조』 6호까지의 필자에 등장하지 않았음을 표시한 것이다). 1호에

조』에 게시된 글은 그 기대에 미치지 못하는 경우도 있다. 예를 들면 이광수, 정지용이 대표적이다. 특히 이광수는 「문인들의 면상」이라는 글의 제일 처음에 언급된 문인이기도 하고, 그의 글이 2호, 4호, 5호에 걸쳐 발표되지만, 그리 주목할 만한 글이 아니다. 게시된 이광수의 글 중에는 원고 독촉에 몇 년 전 일기의 몇 부분을 보낸다는 메모가 있는 경우도 있다. 그럼에도 『대조』의 편집진이 몇 차례나 이광수에게 원고 청탁을 한 데에는 '『창조』의 발간 주체들이 새로운 문학 운동을 지향하면서도 이광수의 인지도와 명망에 기대서 상업적으로 성공하고자 한 의도로 원고 청탁을 한 것'[54]과 유사한 점이 있었다고 볼 수 있다. 정지용의 경우는 1회 글을 게시하는데, 창작품이 아니라 번역시였다. 이 경우에도 그 다음호의 목차 요약에 이들 이름을 올리고 있다. 그것은 이광수, 정지용의 이름이 독자들에게 주는 효과에 기대기 위해서였을 것이다. 목차 요약을 게시할 때, 다른 잡지들은 필자명 없이 제목만 나열하기도 하는데 『대조』는 항상 필자명까지 다 올리곤 했다.

위 경우처럼 필자의 명망에 기대어 홍보 효과를 누리는 경우가 있기도 하지만, '신문화'의 차원에서 또 다른 유명세에 기댄 필자 섭외가 보이기도 한다. 나혜석羅蕙錫의 경우가 그러하다. 나혜석은 당시 남편 김우영과 함께 구미 각국을 순회하고 돌아와 그림 전시회를 여는 한편,[55] 『동아일보』

춘원 이광수, (빙허 현진건), 이기영, (염상섭), 회월 박영희, 금동 김동인, 팔봉 김기진, 안서 김억, 송아 주요한, 정지용, (독견 최상덕), 석영 안석주, (파인 김동환), 3호에 노풍 정철, (노산 이은상), 송영 무현, 이태준, (무애 양주동), (상아탑 황석우), (오상순), 권환 권경환, 양파 송순일.

54 김영민, 『1910년대 유학생 잡지 연구』, 소명출판, 2019, 412~413쪽 참고.

55 「羅蕙錫女史 歐米 寫生畫展覽會, 主催 東亞日報水原支局, 後援 中外日報水原支局」, 『동아일보』, 1929.9.22; 「羅蕙錫女史畵展 수원에서 개최」, 『동아일보』, 1929.9.23.

지면을 통해 활발하게 「구미 시찰기」 등을 발표[56]하던 때였다. 이러한 나혜석을 섭외하여 『대조』 4호에 「巴里에서 본 것, 늣긴 것 – 사람이냐? 學問이냐?」라는 그의 글을 게시한다. 이 글은 단순한 감상문이 아니라 나혜석이 파리에서의 경험담을 통해 학문의 필요성을 설파하는 글이다. 파리라는 곳이 화려하고 멋진 곳으로만 아는데, 실은 도서관에는 어수룩해 보이는 노인들이 많다는 것, 현대 문명은 모두 그런 사람들의 머리에서 나온다는 것을 역설하는 이 글의 요점은, 사람들이 외면적인 것에 집착하지 않고 학문에 매진해야 현대 문명을 발전시킬 수 있다는 것이다. 6호에도 나혜석의 글이 실리는데, 「젊은 부부夫婦」라는 제목의 글이다. 이 글은 세 단계, 즉 열정의 단계, 서로의 단점이 보이는 단계, 아이를 낳고 세월이 흘러 장단점을 알고 서로 보완적인 단계를 거쳐야 아름다운 부부가 된다는 것이 요점이다. 당시 나혜석은 파리에서 만난 최린과의 관계로 인해 한창 구설수에 올라 있었으며, 남편과의 이혼 단계에 놓여 있었다. 또한 나혜석은 당시로서는 파격적인 연애관, 결혼관 등을 잇달아 발표하면서 여성주의적 관점을 피력한 바 있다. 『대조』에서 이러한 나혜석을 섭외하여 위와 같은 글을 게시한 것은 여러 모로 시사하는 바가 많다. 『대조』는 나혜석 외에도 당시 여성운동가들이 설립한 단체인 '근우회槿友會' 활동을 했던 여성 필자를 적극적으로 섭외하였다. 김활란, 정칠성 등이 그에 해당한다. 『대조』 발간 주체가 여성 문제를 중요하게 생각했다는 점은 6호 특별광고에서 신종석의 『과거사회와 부인』을 소개하는 글의 "부인문제는 현대사회 문제 중에 가장 중대한 지위를 점한다"는 문구를 통해서도 알 수 있다.

56 나혜석, 「구미(歐米) 시찰기」, 『동아일보』, 1930.3.28~4.10.

『대조』 발간 주체는 2호에 「직업부인의 가정 문제」라는 신종석의 논문을 싣기도 했다. 이 글의 논조가 여성주의 관점인가 하는 문제와는 별개로 당시 '여성'이 사회적으로 중요한 논의의 대상이자 참여자로 부각되고, 『대조』는 그러한 문화를 더욱 촉진하고 있었다는 점이 중요하다.

『대조』가 당대의 유명세에 기댄 필자 섭외를 하기도 하지만, 한편으로 신진 학자나 작가에게 적극적으로 지면을 할애하여 새로운 문화의 바람을 일으키려 했다는 점도 눈에 띈다. 그 중 대표적인 예가 김현준, 이천민의 글이다. 김현준은 1922년 독일 유학길에 올라, 라이프치히대학 철학부에서 사회학과 신문학 · 경제학 · 통계학 등을 공부하고, 1928년 2월 이 대학에서 「동아시아일본·중국·한국 근대 신문의 체재體裁 비교」란 논문으로 박사학위를 받고 귀국했다. 귀국 후 보성전문학교 강사와 조선일보의 논설반 위원, 중앙불교전문학교 강사 등을 역임했으며, 사회학을 강의하는 동시에 집필 활동을 하지만,[57] 당시 널리 알려진 필자는 아니었다. 그럼에도 그를 섭외하여 5호와 6호에 연달아 글을 게재하게 한다. 그리고 그가 1930년에 출간한 『근대사회학』 서적을 특별광고의 대상으로 선정하여 홍보를 한다. 이 『근대사회학』 서적은 조선에서 최초로 발행한 사회학 서적에 해당하는데, 6호 특별광고만이 아니라 5호 82쪽 하단에 큼지막한 박스 광고를 하기도 한다. 본문 중간에 이렇게 큰 박스 광고를 한 것은 『대조』 전반적 체제에서 특이한 경우에 해당한다. 이천민은 『대조』에서 행한 현상모집에서 「그들의 모자母子」라는 소설 작품으로 당선된다. 이 당선작은 2호에 실리는데, 다시 5호에 지면을 할애하여 그의 소설 「노자협의회勞

57 김현준의 행적에 대해서는 김필동 · 최태관, 「한국 사회학의 개척자 김현준의 재발견」, 『사회와 역사』 제122호, 한국사회사학회, 2019.6, 51~116쪽 참고.

資協議會」라는 소설을 발표하도록 한다.

국내의 글만이 아니라 해외의 글들도 실어 시야의 확대를 도모하기도 한다. 학술적 글을 게시한 전반부에서 전무길이 루소의 「사회계약론」을 번역하여 소개하고, 문예란에도 윌리엄 블레이크의 시, 안톤 체홉과 미카엘 골드의 소설 등을 게시한다. 번역자는 정지용, 김억, 주요섭 등이었다. 그 외에도 매 호마다 기획 기사로 「세계각국기풍진습世界各國奇風珍習」이라든가, 「세계문인사전世界文人辭典」을 연속해서 게시하기도 한다. 이 기사들은 『대조』의 기자인 최용도가 주로 집필하는데, 새로운 문화를 접목하려는 의도와 아울러 독자의 관심을 촉진하려는 의도가 보여지는 글들이다.

『대조』는 매호마다 독자 투고 공지를 내며 독자와의 소통 기회를 마련하고, 또 그를 통해 독자를 유인하기도 했다. 이것은 비단 『대조』만 그러했던 것이 아니라 근대 신문 잡지 대개가 추구한 방향이었다. 『대조』는 1호부터 3호까지는 상금을 내걸고 단편소설을 모집하지만 구체적 내용은 1호와 2~3호 사이에 조금 달라진다.[58] 2호에서는 '시'도 모집 공고를 내는데 구체적 상금은 표시하지 않는다. 4호에서는 단편소설이 아니라 여름 수필 모집 공고를 낸다. 5호에서는 '투고 환영'이라는 문구 아래 설문[59]을 한다. 6호에서는 '문예소품문 투고 대환영'이라는 문구만 게시한다. 이렇게 매 호마다 독자 투고를 공지하지만, 『대조』에서 독자의 글로 채운 지면은 그리 많지 않다. 2호의 편집 후기에서 그 이유를 엿볼 수 있다. 현상 소설과 독자 시가 많이 들어왔으나 양에 비해 질이 떨어진다는 것이다. 그

58 1호에서는 1등 1편 20원, 2등 1편 10원이었으나, 2호와 3호에서는 매월 1편 선정에 상금 10원이었다.

59 설문의 질문 내용은 "諸氏의 趣味는 무엇입니까? / 諸氏의 厭惡하는 것은 무엇입니까?"였다. '엽서 1매에 쓰게 하시요'라는 문구를 덧붙여 놓는다.

중에는 '다른 관계'로 발표하지 못할 작품도 있다는 것을 말하는데, 이 '다른 관계'는 '검열'의 문제였을 것으로 추정된다. 선정 과정에서 이미 검열을 의식한 선정이 행해졌음을 미루어 짐작할 수 있다.

4. 『대조』에 미친 검열의 영향

식민지기 일제의 지배 아래에서 출판하는 조선 매체는 예외 없이 검열의 칼에 부딪칠 수밖에 없었다. 『대조』 역시 이 칼날을 피해갈 수 없었다. 다음은 『조선출판경찰월보』에 게재된 『대조』 관련 검열 내용을 정리한 것이다.

〈표 3〉 『조선출판경찰월보』의 『대조』 검열 현황

조선출판경찰월보 호수	발신일	대조 검열 호수	처분 구별	대조 발행인	검열 기사 요지[60]
20호	1930.4.2	2호 추가[61]	불허가	전무길	교육문제 : 현대 교육 비판
20호	1930.4.25	3호	삭제	전무길	프로문예 : 자본주의 문예이론 비판
21호	1930.5.7	3호 추가	삭제	전무길	지하촌 : 동맹파업 선동
21호	1930.5.26	4호	삭제	전무길	청년투쟁 선동
22호	1930.6.9	4호 추가	삭제	전무길	배회(소설) : 同盟罷工 풍자
23호	1930.7.8	5호	삭제	전무길	민족적 투쟁 선동
24호	1930.8.29	6호	삭제	이병조	유치장 고문 묘사와 투쟁 선동
26호	1930.10.3	8호	삭제	이병조	계급적 저항 선동

60 검열 기사 요지 전체는 원문과 함께 번역문을 부록으로 첨부하였다.

61 위 검열 현황표의 검열 호수란에서 '추가'라고 붙은 문구가 어떤 의미인지는 분명치 않다. 한 번에 다 들어간 원고를 나누어 검열을 한 것인지, 혹은 잡지사 측에서 원고를 일부 제출하고 추후에 추가분을 제출한 것인지, 혹은 그 둘 다의 경우인지 속단할 수 없다. 다만 한 호가 한

이 자료에는 8호까지 검열된 것으로 나오는데, 1호와 7호만 빠지고 나머지 호수가 모두 검열로 인해 삭제되거나 불허가 처분을 받게 된 것을 볼 수 있다. 위 검열 현황에 드러난 사실을 보면 당시 현실에 대해 비판적 시각을 보이거나, 투쟁적 내용이 있을 경우 검열된 것으로 나온다. 이러한 검열이 실제 『대조』 발간에 어떤 영향을 끼쳤는가를 보면 당시 출판문화의 주체와 작가들이 맞닥뜨린 어려움을 미루어 알 수 있다. 『대조』 2호에서는 '조선교육에 대한 제씨 의견'이라는 기획 기사를 준비하였다. 이 기획 기사에 공을 들인 것은 글의 배치를 보면 알 수 있다. 이 글은 2쪽부터 시작한다. 1쪽에는 경성보육학교 학감으로 있는 이용식李龍植이 쓴 「대조 창간호를 읽고」라는 글을 배치하였다. 창간호가 나온 다음이니 이에 대한 감상문을 중요하게 여긴 측면도 있겠으나, 교육계에 있는 필자의 글이라는 점도 간과할 수 없다. 내용 역시 "理想 表現의 使命을 띄고 大衆을 向上指導할 非規定的 教育機關의 首位가 되여서 積極的 活動을 着眼點 으로 삼는 바가 生命 잇고 價値 잇는 點"[62]이라고 『대조』의 역할을 교육적 관점으로 상찬하는 것도 교육 문제를 다루는 기획 기사와 연결되는 지점이 있다. 필자의 면면을 보아도 꽤 신중하게 필자를 선정했음을 짐작할 수 있다. 필자로는 조선일보 부사장 안재홍安在鴻, 이화전문 학감 김활란金活蘭, 조선지광 주간 김동혁金東爀, 근우회 위원장 정칠성丁七星 등이었다. 이 기획을 중요하게 여긴 사실은 앞서 말했듯이 다음 호에 제시하는 전호의 중요목차 안내 지면에서도 확인된다. 그런데 정작 이렇게 야심차게 기획한 글의 내용

번에 다 검열이 이루어지지 않은 경우도 있다는 사실만은 알 수 있다. 여기에서 '2호 추가'가 있기에 경찰월보 그 전 시기를 검토해도 『대조』에 대한 검열 자료가 나오지 않는다.

62 이용식, 「대조 창간호를 읽고」, 『대조』 제2호, 1쪽.

을 보면 괄목할 만한 대목을 발견하기 어렵다. 뿐만 아니라 글이라고 할 수도 없을 만큼 짧은 글들뿐이다. 위 검열표를 보면 지적된 것이 '교육 문제'를 다룬 기획 기사였고, 비로소 이 글들이 껍데기만 남게 된 이유를 이해할 수 있게 된다. 하지만 검열 상황을 알 수 없는 독자는 필자들과 잡지의 수준을 낮잡아 볼 수도 있다.

3호에서는 기획기사 중 하나인 김대준金大駿[63]의 「프로문예文藝로」라는 글이 검열로 인해 전문 삭제되었는데, 제목과 필자명은 목차와 본문 페이지에 그대로 남겨두고 있다. 그리고 내용이 있어야 할 자리에 큼지막한 글씨로 '全部削畧'이라는 문구를 넣어두었다. 송영宋影의 소설 「지하촌地下村」도 끝부분이 삭제되어 '(以下 全部削畧)'이라고 표시해 둔다. 그나마 내용이 부실한 것이 검열로 인한 것임을 표시하고 있지만, 어쨌든 기획한 편집 방향에 따라 내용이 알찬 잡지를 만들겠다는 의도를 달성하는 데 한계가 있음이 분명한 것이다.

4호는 더욱 심한 검열의 직격탄을 맞는다. 약정대로라면 4호는 6월 15일에 발행되어야 했으나 발행일을 지키지 못하고 7월 1일에서야 발행된다. 월간 잡지로 신청할 경우 발간일을 지켜야만 한다. 그러지 않을 경우 인가 취소 사유가 될 수 있다. 그러한 난점을 해소하기 위해 '6·7월 합병 특대호'라는 별칭을 붙여 발행했으나, 그렇게 무마하기에는 쪽수를 보더라도 미흡한 호였다. 매월 발행되던 2호는 4호보다 쪽수가 더 많았기 때문이다. 4호가 늦어진 이유는 바로 검열 때문이었다. 4호 검열에서 삭제된 글은 정노풍의 「라사·마헨드라·프라타프」의 인상」, 이기영의 소설

63 목차에는 '金海崗'으로, 본문에는 '金大駿'으로 표기되어 있다. 케포이북스에서 출판된 영인본에는 3호 목차 페이지가 없지만, 현담문고(이전 아단문고)본에는 들어 있다.

「소작농」, 김창술金昌述의 시 「파도波濤치는 요도가와」, 경암耕闇의 「궁금한 사람들의 근황近況」이라는 출감한 사람들의 방문기 등이었다. 검열표에는 비교적 간략하게 나오지만, 무려 4편의 글이 전문 삭제가 되었으며 이로 인해 새로 원고 준비를 하느라고 발간이 늦어졌음을 편집 후기에서 밝히고 있다.[64]

1호는 검열표에 없지만, 실제 예고된 내용대로 나가지 않고 빠진 글이 존재한다. 정노풍의 「창작에 표상된 조선상」이라는 제목의 글이 그에 해당한다. 1호 목차에도 없고, 본문의 쪽수도 빠진 부분 없이 이어진다. 그런데 2호에 안내된 1호의 목차에는 존재한다. 그 이유를 『대조』 편집인은 "(예고한 내용과 서로 어긋나게 된 것은) 執筆家 諸氏의 不得已한 事情에 依하여 그리된 것이다마는 ᄯᅩ한 우리의 붓긋이 엇던 限度外에 나가지 못하게 되여 잇슴도 그 理由의 하나일 것이다"[65]라고 언급하면서 독자의 이해를 바라고 있다. 이 인용문의 앞부분을 보면 작가의 개인 사정인 것처럼 표현되고 있다. 그러나 뒷부분에서는 외부의 압박이 있음을 은연중 표출하고 있다. 즉 직접적인 검열이 없더라도 검열을 염두에 둔 자기 검열이 작동하고 있음을 드러낸 것이라고도 볼 수 있다. 정노풍이 쓰고자 한 글의 제목을 보면 조선의 현실이 다루어질 수밖에 없는 글이었던 듯한데, 당시 식민지 조선의 궁핍한 실상을 폭로하는 것은 실제로 통제 대상이었다.[66]

이러한 현실 속에서 편집진은 '검열'로 인한 문제임을 직접적으로 드러

64 「편집여묵」, 『대조』 제4호, 156쪽 참고.

65 「편집여묵」, 『대조』 제1호, 109쪽.

66 김민수와 김정화는 「전무길 소설 「역경」의 검열과 복원」(『현대소설연구』 제80호, 한국현대소설학회, 2020.12, 67~91쪽)이라는 논문에서도 이 점을 지적하고 있다. 1931년 『동아일보』에 연재되던 전무길의 소설 「역경」에서 검열로 인해 삭제된 부분이 '식민지 조선의 농촌 사회상에 대한 실상을 폭로하고 있는 대목이 문제가 되었다'는 것이다.

내지 못하고 '필자의 사정과 부자유한 붓 때문에'2호라고 편집 후기에 그저 우회적으로 표현한다. 그러나 호수가 거듭될수록 그로 인한 어려움은 가중되었다. 3호의 편집 후기에서는 "언제나 비슷한 말을 反復하기가 실치만은 原稿難 돈難 또 무슨 難·· ···無理하게 難關을 突破한대야 아모 滿足한 結果도 업다 다만 피가 흐를 샌이다!"라는 탄식을 내뱉는다. 이 탄식 속에는 발간 주체로서의 무력감이 담겨 있다. 여기서 상황은 더 악화되어 4호에는 발행 일자도 맞추지 못하는 사태에 이른다. 그리고 결국 편집 겸 발행인이었던 전무길이 5호를 끝으로 자리에서 물러나고 만다.

전무길의 역할을 넘겨받은 이병조는 당시 상황에서 잡지 경영을 하는 어려움을 토로하는 글을 6호에 게재한다. 단 2쪽에 불과한 글이지만 이 글은 당시 잡지 발간 주체들이 부딪친 어려움을 단적으로 표현한 글이다. 이병조는 이 글에서 잡지사가 부딪친 문제를 크게 두 가지로 나누어 서술한다. 첫째는 법규상 문제, 둘째는 경영상 문제이다. 첫째 법규상 문제에서는 신문 조례와 출판법에 의해 허용 범위가 규정되는 실태에 대해 서술한다. 다음은 우편조례와도 맞물려 있는 잡지 발간의 난관을 드러낸다. 둘째 경영상 문제에서는 원고난, 경제난 등을 든다. 원고난에서는 원고의 희소성을 말하기도 하지만, 이를 가중시키는 것은 검열의 문제임을 명시한다. 이로 인해 원고난, 편집난이 발생한다는 것이다. 또한 주의나 사상 관련 허가 문제로 인해 제약되는 상황에서 보편성을 띤 잡지로 나갈 경우 특색 없는 잡지가 되어 독자에게 외면 받는 현실을 언급하고, 이는 다시 재정난으로 연결된다는 점을 강조한다. 이 글은 분량면에서 첫째 법규상 문제와 둘째 경영상 문제를 반반 나누어 서술한 것처럼 보인다. 그러나 내용상으로 보면 결국 법규상 문제가 경영상 문제를 일으키고 있다는 것을 서술함으로써 전체 글에서 문제의 핵심이 법규상 문제임을 드러낸다. 이병조는, 그럼에도 '인문人文의 향상을 촉진하는 데 기여하는 잡지 발간 사업이야말로 가치 있는 사업'이라는 말로 잡지 발간의 당위성을 언급하며 글을 끝맺는다.[67] 이병조가 전무길의 뒤를 이어 『대조』의 편집 겸 발행인을 맡지만, 그동안 『대조』가, 그리고 다른 여타의 잡지가 부딪친 난관을 적확하게 이해하고 있었음을 이 글은 방증한다.

일제는 1920년대 들어 문화정책을 펼치면서 식민지 탄압의 고삐를 늦추는 듯 하기도 했으나, 1920년대 중반을 넘어서면서 다시 탄압을 강화했다. 이 시기 출판물들에 대한 검열 역시 더욱 강화된 것으로 알려져 있다. 『대조』는 그러한 시대적 조류 속에서 문화가 정체되었다고 진단하고, '신문화 창성'에 일조할 목적으로 발행된 종합잡지이다.

『대조』는 당시 교육문제, 조선의 문예현상 진단 등의 현실 문제를 고찰하는 기획을 하기도 하고, 사회과학, 자연과학, 의학, 아동 분야 등의 논문을 싣고, 관련된 해외 논문을 번역하기도 하는 등 다양한 지적 흐름을 담아냈다. 문학 분야 역시 어느 한 진영에 치우치지 않고 다양한 성향의 작가들을 섭외하였다. 당시 명망 있는 작가들의 글을 게시하면서 독자의 관심을 끄는 한편으로 신진 학자와 작가들의 글을 게시하여 문화의 새바람을 일으키고자 했다. 무엇보다 중요한 점은 『대조』의 편집진이 조선과 조선민중이 억압되고 불평등한 상황에 처해 있다는 현실을 부각하고, 리터러시를 갖춘 독자층에게 이러한 현실을 인식시키고 전파하고자 했다는 점이다. 그리고 청년 운동과 독립운동을 했던 이들을 발간 주체로 활약하

67 「현하(現下) 잡지 경영의 일면」, 『대조』 제6호, 49~50쪽 참고.

게 하여 전파 경로를 구축하려 했다. 이러한 노력으로 인해 독자의 호응을 이끌어 냈고, 매진 사례를 기록하기도 했다.

그러나 일제 검열 탄압을 피해갈 수는 없었다. 연이어 매진을 기록하던 『대조』가 갑작스럽게 편집 겸 발행인을 교체하고, 이후 얼마 못 가 종간된 데에는 무엇보다 검열의 영향이 컸던 것으로 추측된다. 검열로 인해 기획한 대로 내용을 알차게 편집하는 데 한계가 있었으며, 다시 원고를 급하게 조달해야 하는 상황을 만들었다. 이러한 난관은 발간 주체들의 의욕에도 영향을 미쳤다. 또한 발행일을 제대로 맞출 수 없게 되어 법규상 인가 요건을 충족하지 못하는 사태에 이르렀다. 뿐만 아니라 독자는 독자대로 제 날짜에 잡지를 받지 못하면서 정기 구독자들은 이에 대한 불만을 가지게 되고, 이는 다시 잡지 대금 수금에 어려움을 초래하게 된다. 이는 재정난으로 연계되면서 악순환이 된다. 『대조』는 그 전철을 밟아간 전형에 해당한다.

이는 『대조』만이 아니라, 일본의 제국주의적 억압 정책 속에서도 민중을 계몽하고 문화 창달에 기여하고자 하는 근대 매체가 겪은 공통의 어려움이었다. 이로 인해 식민지 조선에서의 지식담론과 문예는 불구의 형태를 띨 수밖에 없었던 것이다. 그나마 남은 작품들의 성과는 당대의 지식인들과 문학인들이 그런 난관을 어떻게든 타개하기 위해 노력한 흔적인 셈이다. 1930년에 창간된 종합 잡지 『대조』의 발간 상황과 명멸 과정은 근대의 출판 문화를 집약적으로 보여주는 하나의 단적인 사례이다.

<table>
<tr><th>조선출판
경찰월보
호수</th><th>원문</th><th>검열 기사</th></tr>
<tr><td>20호</td><td>題號 大潮 第二號追加
種類 雜誌諺漢文
五.四.二 不許可
京城
著者名 全武吉

記事要旨
一、教育問題
現代教育ハ往々方便的デ強壓的デ一種ノ言語的脅迫デアルト云ハナケレハナラヌ、ソレハ天才ヲ無能ナラシムル教育デ政治ト云フ美名ノ下ニ強要サルル所ノ牢獄内ノ教育デアル。
我等ハ此ノ悲慘ナル現象ヲ如何ナル方法ヲ以テシテモ救ヒ出サネハナラヌ。</td><td>一. 교육문제
현대교육은 왕왕 방편적이고 강압적이어서 일종의 언어적 협박이라고 하지 않을 수 없다.
그것은 천재를 무능하게 만드는 교육이다 정치라는 미명 하에 강요당하는 뇌옥(牢獄) 속의 교육이다.
우리는 이 비참한 현상(現象)을 어떤 방법을 써서라도 구해내지 않으면 안 된다.</td></tr>
<tr><td>20호</td><td>大潮 第二號
雜誌諺漢文
五.四.二五 削除
京城
金武吉

記事要旨
一、プロ文藝
資本主義世界觀ニ基調ヲ置イテソウシテ力強ク支配階級ニ隷屬サレ走狗ノ役ヲ敢行スルブルジョア文藝理論ハ遠カラス自滅ノ外道ガナカラウ。
プロ文學ハブルジョア階級ニ代リ明日ヲ支配スヘキ新興階級タル××××××階級ガ支配的地位ヲ占ムル日ニハ勿論文藝ノ中心トナルデアラウ。
18</td><td>一. 프로문예
자본주의 세계관에 기조를 둔, 그리고 힘센 지배계급에 예속되어 주구(走狗)의 역할을 감행하는 부르주아 문예이론은 머지않아 자멸 외에는 길이 없을 것이다.
프로문학은 부르주아계급을 대신해서 내일을 지배해야 할 신흥계급인 xxxxxx계급이 지배적 지위를 점하는 날에는 물론 문예의 중심이 될 것이다.</td></tr>
</table>

68 연세대 미래캠퍼스 국어국문학과 교수 노혜경(한일비교문학 · 일본근대문학 전공) 번역.

조선출판 경찰월보 호수	원문	검열 기사
21호	大潮 第三號追加 雜誌諺漢文 一六.二五 削除 京城 全武吉 記事要旨 一、地下村 (同盟罷業煽動ノ記事)	一. 지하촌(地下村) (동맹파업 선동 기사)
21호	大潮 第四號 雜誌諺漢文 五.六.二六 削除 京城 全武吉 記事要旨 二、波濤打ツ淀川 黒煙ニ包マレテ居ル淀川ハ釜シイ工場[illegible]ハ減給トイフ「プレゼント」ヲ吾等ニ贈ッタ。青年ノ血ハ湧ク瞬間モ我慢ガ出来ナカッタトウトウ[illegible]ハ××ヲ決行シタ。 吾等ノ要求ハ蹂躙サルルコトモ能ク知ッテ居ルケレトモ何処マデモ××セネハナラヌ、我等ノ勝利ガ廻ッテ来ル日マデ。	一. 파도치는 요도가와(淀川) 검은 연기에 휩싸인 요도가와(淀川)의 시끄러운 공장 인색한 그들은 감급(減給)이라는 「프레젠트」를 우리에게 보냈다. 청년의 피는 끓고 한 순간도 참을 수 없었다. 결국 ●●(글씨가 안 보임)는 XX를 결행했다. 우리의 요구가 유린당할 것도 잘 알고 있지만 어디까지나 XX하지 않으면 안 된다. 우리의 승리가 찾아오는 날까지.

조선출판 경찰월보 호수	원문	검열 기사
22호	大潮 第四號追加 雜誌諺漢文 五.六.九 削除 京城 全武吉 記事要旨 一 徘徊（小說） 同盟罷工ノ諷刺.	一. 배회(소설) 동맹파공(罷工)의 풍자.
23호	大潮 第五號 雜誌諺漢文 五.六. 削除 京城 全武吉 記事要旨 一 兄様ニ逢ヒタイ. 此ノ國ノ有難イ若者ヲ捕ヘテ往ッタ奴ハ何ノ奴デアルカ. ソウシテ此ノ民族ノ奪ハレタクナイ懇切ナル其ノ心 吾ガ兄様ヨ此ノ國ノ若者ヨ考ヘテ御覧. 寂シイ監房 ニ破裂センバカリノ憤怒燃ヘ上ル火焔ヲ 此ノ地此ノ族ノ光ルヘキ新シイ日ノ歴史ノタメ消ス ナカレ. ソウシテ最後マデ勇敢ニ闘ヘヨ.	형님이 보고 싶다 이 나라의 귀한 젊은이를 잡아간 놈은 어떤 놈인가. 그리고 이 민족의 빼앗기고 싶지 않은 간절한 그 마음 나의 형님이여, 이 나라의 젊은이여, 생각해 보시게나. 쓸쓸한 감방에 터질 듯한 분노 타오르는 화염을 이 땅 이 겨레의 빛날 새 날의 역사를 위해 끄지 마라. 그리고 최후까지 용감히 싸우라.

조선출판 경찰월보 호수	원문	검열 기사
24호	大潮 第六號 雜誌諺文 削除 京城 李秉祚 記事要旨 一、太陽ヲ見レハ ××留置場ノ或晩 全世界ヲ葬ムル様ナ恐シイ暗黒ノ中ニハ若イ魂ノ断腸ノ高喊、 毒々シイ鞭ニ肉ヲ削ラレ血ヲ流シ心臓痲痺鼓膜破裂失真打撲傷瞬ノ間ニ半死体トナッテ倒レル、 不安恐怖殺氣ノ中ニアー其ノ晩ハ静カニ更ケ入ッタ。 併シ總テヲ覺ッタ曙、 東天ニ輝ク赤イ太陽ノ光ハ偉大ナ力ヲ以テ硝子窓ヲ直射スル、アーソハ真理ト正義ニ燃上ル若イ魂ノ力ヲ培養シテヤル。 遠カラスシテ来ルヘキ××ヲ望ミナカラ固ク握手ヲシタ。	一. 태양을 보면 XX유치장의 어느 날 밤 전 세계를 매장한 듯이 끔찍한 암흑 속에는 젊은 혼의 단장(斷腸)의 고함소리. 독살스런 채찍에 살점을 뜯겨서 피를 흘리고 심장마비 고막파열 실신 타박상 순식간에 반죽음이 되어 쓰러진다. 불안 공포 살기 속에 아~ 그 밤도 조용히 깊어갔다. 그러나 모든 것이 깨어난 새벽. 동천에 빛나는 붉은 태양 빛은 위대한 힘으로 유리창을 지사(直射)한다. 아~ 그것은 진리와 정의에 타오르는 젊은 혼의 힘을 배양해 준다. 머지않아 올 XX을 바라며 굳게 악수를 했다.
26호	大潮 第八號 雜誌諺文 削除 京城 李秉祚 記事要旨 一、悪魔ノ呪文 私ハ植ヘタ籾ヲ何奴ガ喰フノカ、其奴ヲ縊ラカシテ畓ノ肥料ニセヨ、 私ガ作ッタ繭ヲ何奴ガ着ルノカ、其奴ノ屍体ヲ桑畑ニ埋メヨ、	一. 악마의 주문 내가 심은 벼를 어떤 놈이 처먹는가. 그 놈을 썩혀서 논의 비료로 하라. 내가 기른 누에를 어떤 놈이 입는가. 그 놈의 시체를 뽕밭에 파묻어라.

제4장

일제 말기 식민지 조선의 공간적 표상

『조광』의 국내 기행문 분석을 중심으로

현명호[1]

1. 머리말

이 글은 일제 말기에 식민지 조선이란 공간이 대중매체에서 어떻게 표상되었는지를 조사하기 위해 『조광』에 실린 국내 기행문을 분석한다. 주지하다시피 일제는 전시체제에 돌입하면서 조선의 대중매체에 대한 통제를 강화했다. 이러한 통제의 영향이 특히 식민지의 내부 공간을 재현한 국내 기행문이란 형식의 글에 어떻게 나타나고 있는지를 검토한다. 또한 그러한 영향이 본격적으로 나타나게 된 시기에 대해서도 살펴보고자 한다.

근대 기행문에 관한 선행연구는 일제강점기 후반을 다룰 때 국내보다는 국외 목적지에 관한 글에 초점을 두고 연구를 진행했다.[2] 특히 중일전쟁 이후 중국과 만주에 대한 취재기나 종군기 형태의 기행문이 양적으로 증가한 점은 공통으로 지적되는 바이다.[3] 일제 통치 아래에서 근대화를 이루

1 동북아역사재단 연구위원.

2 한민주, 「일제 말기 전선 기행문에 나타난 재현의 정치학」, 『한국문학연구』 33, 2007, 340쪽.

3 홍순애, 「총력전체제하 대동아공영권과 식민정치의 재현」, 『한국문학이론과 비평』 15, 2011,

거나 일본군이 점령에 성공한 지역을 현장감 있게 그려냄으로써 만주국의 이미지를 제고하고 후방의 사기를 고취하는 데 도움을 주고자 함이었다.[4] 1941년 초반 일본의 동남아시아 진출과 더불어 소위 '남양' 기행문이 증가한 점도 언급되었다. 이 지역이 보유한 풍부한 자원이 일제로 편입되었음을 선전함으로써 대동아공영권이란 이념에 실체를 부여하는 역할을 맡았다.[5] 그리고 구미 여행기의 경우 이전 시기와 논조가 뒤바뀌었다. 즉, 일본을 거쳐 피상화된 것이 아닌 보편성으로서의 서구 문화를 직접 접한 감탄이 이전 시기의 지배적 정서라면, 중일전쟁 발발 이후에는 서구적 개인주의와 자유주의를 잘못된 것으로 비판하기 시작했다는 것이다.[6]

반면 1930년대 후반 이후 시기를 다룬 연구에서 국내 기행문에 대한 논의는 크게 진척되지 못했다. 사상통제의 영향인지 문체가 무미건조해지고 검열의 흔적으로 '중략' 처리된 부분이 증가했다는 지적은 있다.[7] 그리고 1930년대 후반이나 그 이전이나 발전한 제국과 낙후한 식민지라는 이분법적 관점에서 작성되었다는 개괄적 평가가 있는 정도이다.[8] 하지만 연구의 절대량이 부족하고 1940년대 이후는 거의 분석의 대상으로 삼지 않았다. 물론 이는 전시체제 하에서 국내 기행문의 수가 절대적으로 감소

310·318쪽; 서영인, 「일제말기 만주담론과 만주기행」, 『한민족문화연구』 23, 2007, 213쪽.

4 허경진·강혜종, 「근대 조선인의 만주 기행문 생성 공간–1920~1930년대를 중심으로」, 『한국문화논총』 57, 2011, 249쪽; 서영인, 「일제말기 만주담론과 만주기행」, 220쪽; 김경남, 『1920~1930년대 기행문의 변화 3–『동아일보』(1920~1940)』, 경진출판, 2017, 363쪽.

5 홍순애, 「일제말기 기행문의 제국담론의 미학화와 그 분열–남양기행문을 중심으로」, 『어문연구』 41, 2013, 206·218·223쪽.

6 하신애, 「동서양 주변부의 문학자와 세계문학 네트워크–정인섭의 덴마크 폴란드 아일랜드 기행문 및 평론을 중심으로」, 『인문과학』 125, 2022, 9쪽, 41쪽.

7 김경남, 『1920~1930년대 기행문의 변화 3–『동아일보』(1920~1940)』, 373쪽. 김경남은 1938년 8월 간행된 『조광』에 실린 이은상의 「묘향산 향로봉행」을 예로 들었다.

8 국사편찬위원회 편, 『여행과 관광으로 본 근대』, 2008, 43~51쪽.

하는 현실을 반영한다고도 볼 수 있다. 1930년대 중후반까지 국내 기행문은 주로 관광 후기나 명승 탐방기의 형태로 쓰였는데, 1938년 여름 이후 국민정신총동원운동 같은 사상통제가 시작되어 사회적으로 개인을 억누르고 전체를 강조하는 와중에[9] 개인적 취미를 누리거나 지식을 추구하는 글쓰기인 국내 기행문의 수가 급감하기 때문이다.

하지만 일제 말기 국내 기행문 연구는 민족주의와 내선일체라는 두 개의 거대 서사 사이의 전환기를 살펴보기 위해 중요한 과제이다. 1920년대 시작된 민족주의적 국토 의식은 1930년대 후반 일제의 사상 탄압의 심화와 대중매체의 상업주의적 전환 아래에서 그 영향력이 약해지기 시작했다. 또한 일제가 1937년 7월 시작된 중일전쟁을 선전포고가 있는 정식 전쟁이 아닌 '사변'이라고 기만적으로 명명하고[10] 태평양전쟁이 본격화하지 않은 1940년 무렵 이전은 조선의 문단이 완전히 전쟁이념에 종속되지 않는 시기이다. 조선 작가들에게 "전쟁문학의 최고봉"이라 불린 히노 아시헤이의 『보리와 병정』이 조선어로 번역된 것이 1939년 7월이었고 "조선 최초전쟁소설"이라고도 불리는 박영희의 『전선기행』이 출간된 것이 1939년 10월이었으며,[11] 박영희가 『매일신보』에 「문장보국의 의의」라는 기사를 발표하고 "문장보국"이라는 이름으로 부여와 같은 국내 장소가 노골적으로 내선일체의 이념을 고조시키는 수단으로 문예계에서 이용된 것도 1941년 초부터였다.[12] 즉, 1930년대 후반은 민족주의와 내선일체라는 두 개의 거대

9 김영희, 「국민정신총동원운동의 실시와 조직」, 『한국독립운동사연구』 18, 2002, 24쪽.
10 猪瀬建造, 『痛恨の山河－足尾銅山中国人強制連行の記録』, 随想舎, 1994, 41쪽.
11 조영란, 「총력전 시기 전쟁 문학－聖戰을 위한 일그러진 구호 : 『보리와 병정』과 『전선기행』을 중심으로 살펴본 총력전 시기 전쟁 문학에 대한 소고」, 『통합인문학연구』 4(1), 2012, 3~4쪽.
12 문경연, 「일제말기 '부여'표상과 정치의 미학화－이석훈과 조택원을 중심으로」, 『한국극예술

서사 어느 쪽도 국내 기행문의 주제를 완전히 잠식하지 못한 시기였다. 김경남이 1930년대 국내 기행문들은 일상적 여행이나 관광을 주제로 하고 작문 방식도 단순 기록인 잡기로 변화했다고 평한 것도 이런 맥락에서 이해할 수 있다.[13] 그렇다면 이러한 잡기 기록이 구체적으로 어떤 형태를 띠었고, 어느 시점에 무슨 형식의 기행문으로 변했는지를 추가적으로 규명할 필요가 있다.

일제 말기 국내 기행문이 실린 매체 중에서는 잡지 『조광』이 주목된다. 1935년 11월 창간한 『조광』은 대중매체들이 폐간되거나 정간되는 와중에도 1945년 6월까지 발행을 유지했다.[14] 민감한 시사 내용을 제한하고 "망라주의"라고도 불린 다양한 흥미 위주의 기사를 "종합선물세트"처럼 나열하는 상업주의적 편집 방침에 따른 지면 구성, 1940년 8월 10일 『조선일보』 폐간 이후에 더 집중된 조선일보사의 자본력, 총독부의 타협적 태도, 천황의 만수무강을 기원하는 글을 게재하는 친일적 태도 등이 그 지속성의 이유로 꼽힌다.[15] 이러한 지속성으로 인해 조선어로 발간된 종합잡지로 일제강점기 후반부 기간 대부분을 다루는 것은 『조광』이 거의 유일하다.

『조광』에는 국내 기행문이 146편 실렸다. 선별 기준의 차이[16]가 있지

연구』 33, 2011, 192쪽.

13 김경남, 『1920~1930년대 기행문의 변화 3－『동아일보』(1920~1940)』, 328 · 335 · 338쪽.

14 최수일, 「『조광』에 대한 서지적 고찰－종간 · 복간 · 중간의 문제를 중심으로」, 『민족문학사연구』 49, 2012, 329쪽. 다만 본 연구에서는 본문을 확인할 수 없는 1945년 발행호는 제외하고 1944년 12월호까지를 분석 대상으로 삼았다.

15 유석환, 「경쟁하는 잡지들, 확산되는 문학 (2)－1930년대 『중앙』과 『사해공론』, 『조광』의 사례」, 『한국문학연구』 53, 2017, 428쪽; 정혜영, 「1930년대 종합대중잡지와 '대중적 공유성'의 의미」, 『현대소설연구』 35, 2007, 152쪽; 최수일, 「신동아와 기획문학－절충주의, 망라(網羅)와 암시(暗示) 사이」, 『반교어문연구』 52, 2019, 243쪽.

16 기행문 선별 기준의 차이는 향후 관련 연구자들 사이에 논의가 진행될 필요가 있는 사항이다.

만, 기존 연구에서는 대체로 개인의 여행 경험에 대한 감상문, 역사문화 유적이나 자연 명소에 대한 답사기, 특정 지방이나 기관, 장소에 대한 취재기를 국내 기행문으로 분류되고 있다. 이 기준에 따라 본 연구는 『조광』의 기행문 중에서 여행지 경험담 34편, 명승고적 답사기 10편, 취재·조사기 18편을 선별했다. 『조광』의 취재·조사기는 1940년 무렵 이전에는 주로 국내 각 지방을 소개하는 글8편이었다가 1940년 이후부터 전쟁과 관련된 장소를 취재하고 조사하는 글10편로 바뀌는데, 일제 말기 새롭게 등장한 국내 기행문 형태에 관심을 두는 본 연구는 전자보다는 후자에 분석의 초점을 맞춘다.

이 글은 『조광』의 국내 기행문이 1940년 무렵까지의 거대 서사 전환기에는 여행기 경험담과 명승고적 답사기라는 형식을 주로 띠며 '망라주의'를 극대화하는 상업주의적 내용을 담았고, 그 이후에는 후방 취재·조사기 형식이 주가 되어 내선일체 이념을 보조했다고 주장한다. 이러한 변화는 長崎祐三의 「부여의 추억扶餘の思ひ出」이란 기행문이 실린 1941년 9월 호를 전후한 시점에 보인다. 이는 또한 『조광』의 전반적 편집 방향의 변화와도 조응한다. 그 이전까지 「편집후기」에서는 『조광』 편집진이 주로 잡지 발간 과정에 대한 소회를 털어놓았는데, 1941년 7월 호부터는 중일전쟁 4주년을 언급하고 대동아공영권 완성을 역설하는 등 정치적 색채를 띠었으

예를 들어 여정이 드러나지 않아도 기행문으로 취급하는 경우도 있고(김경남, 『1920~1930년대 기행문의 변화 3-『동아일보』(1920~1940)』, 342쪽), "일" 목적의 여행 기록도 (예컨대 취재기) 기행문으로 보기도 하고 (김경남, 「1920년대 전반기「동아일보」소재 기행 담론과 기행문 연구」, 『한민족어문학』 63, 2013, 255쪽) 그렇지 않기도 한다(국사편찬위원회 근현대잡지자료 참조). 한편 기획 기사나 연재 기사를 각 기사 당 하나의 기행문으로 볼 것인지 혹은 전체를 하나로 볼 것인지에 따라 기행문 집계의 결과는 달라진다. 성현경, 『1930년대 해외 기행문 연구-『삼천리』소재 해외 기행문을 중심으로』, 성균관대 석사논문, 2009, 44쪽.

며,[17] 표지에도 1941년 9월 호부터 전쟁 관련성을 직접적으로 드러냈다.[18]

『조광』의 각 국내 기행문에 대한 구체적 논의는 다음의 전개를 따른다. 2절에서는 근대적 교통의 발달과 여행문화의 형성에 힘입어 여행산업이 성장함에 따라 이에 보조를 맞춰 『조광』에서 여행지 경험담 형식의 국내 기행문 발행에 힘쓴 점을 밝힌다. 특히 『조광』에 실린 여행지 경험담이 편집진이 적극적으로 개입한 특집 기사의 형태로 작성된 점을 논의한다. 3절에서는 1936년 11월호에 게재된 고유섭의 개성 답사기를 사례로 민족주의라는 서사 없이 『조광』이 명승·고적을 재현한 방식을 살펴본다. 특히 계량적 비교 방식을 활용해 고유섭의 답사기가 정보의 양적 전달에 적합한 형태였음을 드러낸다. 마지막 4절에서는 1940년 이후에 내선일체라는 거대서사가 복귀하는 과정을 『조광』의 훈련소 견학기를 중심으로 살펴 보고, 전쟁이 종장으로 접어든 1944년 9월에 『조광』의 한 취재기에서 엿보인 전시 이념의 틈새에 대해서도 언급한다.

2. 여행지 경험담 편집진의 적극적 기획

『조광』의 국내 기행문이 그리는 1930년대 후반 식민지 조선의 모습은 무엇보다 여행지 경험담에 의한다. 『조광』 에 실린 62편의 국내 기행문 중에서 여행지가 주제인 글이 34편으로 절반을 넘게 차지한다. 이 여행지

17 「편집후기」, 『조광』 1941년 7월호, 396쪽.
18 최수일, 「1930년대 미디어 검열에 대한 독법(讀法)의 문제-『조광』의 "非文字 表象(목차, 표지, 화보, 광고)"을 중심으로」, 『민족문학사연구』 51, 2013, 99쪽.

기행문은 아래의 표에서 볼 수 있는 것처럼 대부분 5~9월호의 피서지 특집으로 쓰였다. 겨울철 휴가와 관련 있는 "溫泉場巡禮記" 특집에도 5편의 기행문이 있는데, 이는 1939년 겨울호12월에 수록되었다. 주목할 만한 점은 중일전쟁이 확전되고 극동에서 소련과 일본의 국경 무력 충돌이 알려진 시점[19]에도 『조광』은 이러한 흥미 위주의 여행지 경험담을 꾸준히 발간한 사실이다.[20]

〈표 1〉『조광』 여행지 경험담

발행년월	기고자	특집제목	제목	장소
1936.7	黃澳	그山그江의하롯밤	白頭山天池가에서	백두산
1936.7	金尙鎔	그山그江의하롯밤	豆滿江畔의一夜	두만강
1936.7	權相老	그山그江의하롯밤	追憶에남아잇는斗尾江	두미강
1936.7	車靑吾	그山그江의하롯밤	銀魚名産地순子島의하루밤	순자도
1936.7	都逢涉	그山그江의하롯밤	濟州漢拏山白鹿潭의하로밤	한라산
1936.7	赤駒(유완희)	그山그江의하롯밤	南國의江上一夜	낙동강지류
1936.7	宋影	그山그江의하롯밤	碧波! 前津浦의追憶	전진포
1936.7	張赫宙	그山그江의하롯밤	八公山바위우에서	팔공산
1937.8	李孝石	避暑地讚	朱乙의地峽	주을온천
1937.8	李軒求	避暑地讚	松田常讚記	송전

19 대표적으로 『조광』 1938년 11월호에 吳快一이 쓴 종군 특집기사인 「張鼓峯停戰의現地協定顚末記」가 실렸다.

20 여행지 경험담을 다루는 이 절에서는 외부자 혹은 방문자로서 해당 지역에 관해 쓴 글만을 국내 기행문으로 선정했다. 같은 특집에 속해있으나 어린 시절 고향을 회고하는 글(李善熙, 「港口의 로맨쓰-돼지순대와 元山港」 1938년 7월호 등)과 구체적 장소를 밝히지 않는 글(白鐵, 「避暑地讚-避暑苑의日記帖에서」, 1937년 8월호)는 제외했다. 단, 채만식의 「錦江滄浪 구비치는 群山港의 今日」는 고향 경험을 바탕으로 작성되었으나 명시적으로 여행안내기라고 성격 규정을 하고 여정을 구체적으로 밝히는 기행문의 형태를 취하므로 포함했다. (『조광』 1938년 7월호, 84쪽)

발행년월	기고자	특집제목	제목	장소
1937.8	白信愛	避暑地讃	桐華寺	동화사
1937.8	張德祚	避暑地讃	海印寺	해인사
1938.5	金珖燮	初夏의朝鮮山河	豆滿江	두만강
1938.5	民村生	初夏의朝鮮山河	洛東江	낙동강
1938.5	李相昊	初夏의朝鮮山河	白頭山	백두산
1938.5	朴魯甲	初夏의朝鮮山河	白馬江	백마강
1938.5	李軒求	初夏의朝鮮山河	海金剛片想	해금강
1938.7	毛允淑	港口의로맨쓰	北關의카나안清津港口	청진항
1938.7	蔡萬植	港口의로맨쓰	錦江滄浪구비치는群山港의今日	군산항
1938.7	李軒求	港口의로맨쓰	여름바다의哀愁白日의長箭港	장진항
1938.8	民村生	그江의情緒	洛東江	낙동강
1938.8	홍섭	그江의情緒	晋州南江	남강
1938.8	全武吉	山上의感激	九月山最高峰의感激	구월산
1938.8	柳葉	山上의感激	智異山頂의感激	지리산
1938.8	李殷相	山上의感激	妙香山香爐峯	묘향산
1938.9	具本雄	避暑地의異風景	赴戰高原의異風景	부전강
1938.9	盧子泳	避暑地의異風景	三防의號	삼방산
1939.9	朴魯甲	旅行中에얻은로맨스	毘盧峰	묘향산
1939.9	金泰午	旅行中에얻은로맨스	內金剛眞珠潭	금강산
1939.12	金珖燮	溫泉場巡禮記	朱乙溫泉	주을온천
1939.12	全武吉	溫泉場巡禮記	信川溫泉의夜話	신천온천
1939.12	咸大勳	溫泉場巡禮記	白川溫泉의一夜	백천온천
1939.12	盧子泳	溫泉場巡禮記	꿈을안은東萊溫泉	동래온천
1939.12	金南天	溫泉場巡禮記	陽德溫泉의回想	덕양온천

여행지 기행문이 실제 휴가철에 출간된 것은 이러한 출판물이 가진 여

행산업의 성장 및 휴가 문화의 형성과의 상관관계 때문으로 보인다. 1930년대는 철도의 대중화와 숙박업의 성장으로 근대적 관광이 활성화된 시기로 꼽힌다.[21] 다양한 종류를 자랑하고 여러 도시를 다루는 관광안내책자가 출판되었고[22] 해수욕장 문화도 확산되었다.[23] 원산에 스키장이 개장하고 온천장들이 생겨나면서 여름뿐만 아니라 겨울도 휴가철로 보는 사회적 인식도 생겨났다.[24] 이러한 추세에 발맞춰 잡지사 등에서도 여행을 주제로 한 기획이 증가했는데, 『삼천리』 창간호의 '반도팔경 선정' 등은 그 좋은 예이다.[25] 신문사는 피서단을 모집하고 철도국과 교섭해 할인된 기차표를 제공하기도 했다.[26] 이러한 피서 열기는 최소한 1940년 여름까지도 탐승이란 형태로 이어졌다.[27]

실제 『조광』의 국내 여행지 기행문들도 대부분 편집진에 의해 특집으로 기획된 글이었다.[28] '그山그江의하롯밤,' '그江의情緖,' '山上의感激,' '初夏의朝鮮山河' 같은 특집은 제목에서부터 알 수 있듯이 "名山大河의 一夜"에 겪은 일을 써달라고 요청받고 쓴 글이다.[29] 마찬가지로 '그때그港口

---

21 한경수, 「한국의 근대 전환기 관광(1880~1940)」, 『관광학연구』 29, 2005, 454~455쪽.

22 문순희, 「일제강점기 안내서로 보는 명승고적의 재편과 명소의 창출」, 『열상고전연구회』 71, 2020, 181쪽.

23 김윤정, 「일제강점기 해수욕장 문화의 시작과 해변 풍경의 변천」, 『역사연구』 29, 2015, 27쪽.

24 김성은·조미혜, 「일제강점기 스키관광의 형성과 전개」, 『관광연구』 29(6), 2015, 20~21쪽; 신성희, 「'자연'의 생산과 근대적 '관광'의 형성-일제시대 금강산, 전기철도, 온천」, 『문화역사지리』 28(2), 2016, 93~94쪽.

25 성현경, 『1930년대 해외 기행문 연구-『삼천리』소재 해외 기행문을 중심으로』, 30쪽.

26 「山과바다가부른다! 鐵道局, 避署地行에 割引써비쓰」, 『조선일보』, 1939.7.2.

27 「本社主催 第五回 山岳探勝來七月下旬에決行」, 『조선일보』, 1940.6.2.

28 『조광』 편집진이 특집에 집착했음은 선행연구에서도 드러났다. 최수일, 「잡지 『조광』의 목차, 독법, 세계관」, 『상허학보』 40, 2013, 129쪽.

29 이원조, 「日光山의 一夜」, 『조광』 1936년 7월호, 145쪽. 이원조의 이 글은 일본의 닛코산을 다룬 것이라 본 논문의 국내 기행문으로 상계하지 않았으나 같은 특집에서 같은 청탁 때문에 쓰인 글이다.

의밤'과 '港口의로맨쓰'는 항구도시를 여행한 경험담에 대한 요청인데, "편즙者로 부터 淸津港口를 쓰라는 付託을 벌써 받았다"라고 쓰고 있는 것을 보면 특정 항구도시를 특정 저자한테 지정하기도 했다. "단한번 淸津을 단여온일밖에 없는 까닭에 쓸 自身이서지 않어 구지 사양"했는데도, "본대로 생각나는대로 혹은 드른대로 그저쓰라고만 독촉"당할만큼,[30] 기획자의 개입이 강한 글이었다.

이러한 피서지 특집은 구체적 지명을 배경으로 삼아 자극적이고 선정적 내용을 담는 경향을 보였다. "晉州에는 妓生이많다…하로밤 밤을새며 享樂하는 패들은 南鮮에서 晉州가아니고는 찾어보기 힘든다,"[31]라든지 "鶉子江의 그 銀魚膾와 또내등에 업혔던 그妓生의銀魚같은 肉體美가생각난다"[32]라는 서술은 구체적 지명에 덮어씌워진 성적 욕망을 잘 보여준다. 항구가 자주 등장하는 이유도 같은 맥락에서 해석할 수 있다. 채만식은 "港口라고하면 위선 무었보다도 他國냄새가 떠도는 음침한 거리와 遠洋航路로부터 하로밤 뭍에 오른 마도로스들의 거친肉體와 그네들을 맞는 '그늘'의 女人들과 야릇한 國際사투리와, 그리고 술 賭博 스파이 自殺 쌓음 殺傷, 이러한 것들이 함께 되섞여 거기서부터 비저지는 人間 美醜의 가지가지 파노라마"라고 말하며 항구의 장소성에 엉겨 붙은 욕망을 나열한다.[33] '로맨쓰'라는 제목을 받았다면, 여성 저자라도 "一般的으로 女子들의 肉體美도건강히 發達되고 여기따라서 美人의産出이많은것"이라는 자극적 내용을 넣기도 했다.[34]

---

30 모윤숙, 「北關의 카나안 淸津港口」, 『조광』 1938년 7월호, 100쪽.
31 홍섭, 「晋州南江」, 『조광』 1938년 8월호, 163쪽.
32 차청오, 「銀魚名産地순子島의하루밤」, 『조광』 1936쪽 7월호, 125쪽.
33 채만식, 「錦江滄浪구비치는群山港의今日」, 『조광』 1938년 7월호, 84쪽.

현실에서 일어나기 어려웠을 내용들도 등장했다. 民村生이기영의 낙동강 여행기에는 "50여세나되는 늙은 어부"라는 남편에게서 도망친 "곤 니찌와!"라고 인사하는 "20여세의 건강한 체격을 가진" "젊은 여자"와 구포에서 만나 대구까지 같이 "걸어서" 여행하는 신기루 같은 장면이 펼쳐진다.[35] 이는 마치 당시 대중잡지들이 기획한 유학생 회고담에서 먼저 "추파를 던지는 일본 여인"과 만나 "로맨스"를 펼치는 환상적이고 허구적 장면이 등장하는 것과 흡사하다.[36] 이러한 환상은 대중의 욕망에 기원을 두는 것으로, 개인의 추억이나 경험을 집단의 기억으로 치환시키는 역할을 했다.[37]

다만 유학생 회고담과는 달리 『조광』의 국내 여행지 경험담은 독자의 실제 여행을 유도하려는 의도가 있었다. 채만식은 "튜리스트 뷰로의 엑스트라가 된 요량으로 京城서 群山港까지 週末小旅行의 案內를 맡어보기로 한다"라며 그의 여행기를 열고 있는데, 기사와 그 기사가 포함된 특집의 의도를 드러내는 표현이다.[38] 심지어는 이러한 여행기의 지면에 "旅行가실때 꼭 現代朝鮮文學全集을 가지고 가세요"라고 책 광고를 적시에 끼워 넣어 경험담과 더불어 여행을 입체적으로 그려냈다.[39] "레-도 구레-무"라고 "皮膚를 保護"하는, "紳士淑女의 必要品"이라는 화장품 광고를 여행지 지면에 반복적으로 배치한 것도 여행 홍보와 상업적 이윤이 목적이라고 볼 수 있다.[40] 다만 조광의 여행지 경험담이 주로 남성의 욕망을 자극했다

34 모윤숙, 위의 글, 102쪽.
35 민촌생, 「낙동강」, 『조광』 1935년 5월호, 38~41쪽.
36 차혜영, 「1930년대 일본체험 회고담 연구 1, 로맨스의 공통기억과 식민지의 문화적 위치」, 『한국언어문화』 46, 2011, 485~486쪽.
37 위의 글, 496쪽.
38 채만식, 「錦江滄浪구비치는群山港의今日」, 『조광』 1938년 7월호, 84쪽.
39 『조광』, 1938년 7월호, 83쪽.
40 『조광』 1936년 7월호, 143 · 164쪽.

는 점에서 여성 독자에 대해서는 상대적으로 영향력이 적었을 것으로 추정할 수 있다. 이런 관점에서 "생산중심의 발신자코드"가 아닌 "소비중심의 수신자코드"와 "대중적 공유성"의 근거로 『조광』이 "부인" 독자를 상정했다는 주장은 재고의 여지가 있다.[41] 덧붙이자면 1940년 말까지 조선일보사출판부는 『조광』의 자매지로 부인 독자를 대상으로는 『여성』을 발행하고 있었다.[42]

1930년대 후반 대중잡지가 자극적 소재의 여름 특집을 기획해 저자한테 청탁하는 일은 드물지 않았다. 『신동아』는 1936년 8월호에서 '모래우에맺어진로맨쓰'라는 피서 특집을 기획했는데, 4명의 필진毛允淑, 李雲谷, 韓仁澤, 九飛生 중 한 명인 李雲谷이 "이題目에 들어맞을만한 自信있는 經驗을 갖지못한 나"라고 글을 시작하는 걸 봐서는 청탁받은 원고임을 알 수 있다.[43] 같은 해 같은 달의 『삼천리』에는 '海水浴場서맛난그處子'라는 제목의 특집이 실렸는데, 3명의 필진李軒求, 安夕影, 宋錦淑 중 한 사람인 安夕影은 원산에 한번, 인천에 서너 번 갔다면서 「仁川潮湯에서 본 白色女人」이라는 제목의 글을 기고했는데 분량은 오히려 원산을 더 많이 썼다.[44] 역시 편집진이 타 기고자와 겹치지 않도록 지역까지 안배한 흔적이 드러난다.[45]

41 장혜영, 「1930년대 종합대중잡지와 '대중적 고유성'의 의미 잡지 조광을 중심으로」, 『현대소설연구』 35, 2007, 154쪽. 장혜영의 『조광』 연구에 대한 전반적 비판은 최수일, 「『조광』을 어떻게 연구할 것인가」, 『민족문학사연구』 44, 2010, 382~389쪽.

42 서울대 산학협력단 인문학연구원, 『국내 근대문학자료 소장 실태 조사 주요 종합잡지(1894~1945) 및 『매일신보』(1910~1945)』, 국립중앙도서관, 2016, 133쪽.

43 '모래우에맺어진로맨쓰', 『신동아』 1936년 8월호, 211쪽.

44 安夕影, 「仁川潮湯에서 본 白色女人」, 『삼천리』 1936년 8월호, 184쪽.

45 『삼천리』의 1937년 여름 특집은 관련 판본을 구할 수 없어 확인하지 못했다. 1938년 여름에는 張赫宙가 낙동강 여행 경험담을 발표했다. 張赫宙, 「洛東江과 7月 旣望」, 『삼천리』 1938년 8월호. 1939년 여름에도 피서 관련 국내 여행 특집은 찾기 어려운데, 1939년 6월호 말미에 실린 「편집후기」에 『나의 半島山河』라는 제목의 紀行集이 출간될 것이라 한 것을 보아 이 해에

그러나 『조광』의 국내 피서지 특집은 양적으로나 질적으로나 편집진의 개입의 정도가 더 컸다. 『조광』에는 〈표 1〉에서 보듯이 1936년 8편, 1937년 4편, 1938년 15편, 1939년 7편의 국내 피서지 경험담이 실렸다. 특히 항구 특집에 대해서는 편집후기에서 편집진이 직접 "바다에서 찾어오는 씩씩한 사내들을 기다리는 항구의 여자"라며 항구 로맨스에 대해 자신들이 가지고 있는 환상을 드러내며 적극적으로 홍보하기도 했다.[46] 『조광』 편집진의 과도한 기획 정도를 잘 보여주는 또 다른 예로 김태오의 금강산 여행기를 들 수 있다. 이 여행기에서 남성 화자는 미국에서 6년 동안 살면서 나이아가라 폭포도 보고 옐로스톤 파크도 봤지만 "이 金剛山 같이 조흔 경치는 첨"이고 금강산 진주담의 정경에 감동을 받아 대화 중에 자신의 "무릅에 쓸어진" 인물을 만난다.[47] 그는 연못에 미인이 실족사했다는 둥 부호의 아들이 기생과의 연을 잇지 못해 같이 투신했다는 둥 기담을 섞어 이 이상야릇한 인물에 대한 환상을 고조시키다가, 갑자기 독자를 향해 "놀라지마라"며 그 인물이 "美女가 아니고 美男이였다는 것을 告白"하고 이 희롱적 태도의 책임을 무리하게 원고를 청탁한 『조광』 편집부에 돌린다.[48]

끝으로 『조광』 편집진의 적극적 여행지 경험담 기획은 필진의 구성을 통해서도 볼 수 있다. 〈표 4〉를 보면 조광 여행지 경험담 필진은 연령상으로는 1902~1905년 출생으로 30대 전반이 많고, 성별로는 남성, 활동 분야로는 언론·문예계, 그리고 정치적으로는 카프KARF 경력이 없는 필자가

는 특집보다는 단행본을 준비했던 것 같다.

46 「編輯後記」, 『조광』 1938년 7월호, 354쪽.

47 금강산 여행을 갈구하는 "외국인 여성"과 이를 안내하는 역할을 맡은 "조선인 남성"이란 환상은 유학생 회고담에서도 나타난다. 차혜영, 「1930년대 일본체험 회고담 연구 1, 로맨스의 공통기억과 식민지의 문화적 위치」, 486쪽.

48 金泰午, 「旅行中에얻은로맨스－內金剛眞珠潭」, 『조광』 1939년 9월호, 272~273쪽.

가장 많았다. 당시 편집진에 있었던 함대훈을 기준으로 본다면, 그와 정치적 성향은 상대적으로 가깝고 같은 직종에 있으며 연령은 낮은 남성 필자를 주로 섭외한 것인데, 원고 청탁이 그만큼 쉬웠으리라 짐작해 볼 수 있다. 물론 수적으로는 적지만 종교, 식물학자, 화가, 교사, 카프 활동 경력자, 여성도 섭외해 필진의 다양성을 꾀한 점도 보인다. 이는 다음 절에서 논의할 『조광』의 "망라주의"와도 이어지는 측면이 있다.

〈표 2〉『조광』 국내 여행지 경험담 필자
(한국민족문화대백과사전 encykorea.aks.ac.kr. 2023년 1월 27일 확인)

기고자	생년	성별	카프	분야	비고
權相老	1879	남	무	종교	1931~1944년 중앙불교전문학교 교수로 재직.
車青吾	1887	남	무	언론	車相瓚, 『개벽』 잡지의 주간.
民村生	1895	남	유	문예	1925년에 朝鮮之光社 취직. 카프 가맹. 1933년~1934년 『조선일보』에 「고향」 연재.
咸大勳	1896	남	무	언론	조선일보사 사회부 · 학예부 · 출판부 기자. 1937년 편집주임
盧子泳	1898	남	무	언론	1935년 조선일보사 출판부 입사, 『朝光』 편집. 1938년 青鳥社 경영
赤駒	1901	남	유	문예	1923년 『경성일보』 편집부 겸 학예부기자. 「민중의 행렬」 등 무산계급문학 발표.
金尙鎔	1902	남	무	교육	1933년부터 이화여자전문학교 영문과 교수. 1938년 시집 『望鄕』 출판.
柳葉	1902	남	무	문예	1923년 『금성』창간호에 시 「낙엽」을 발표. 1931년 시집 『님께서 부르시니』를 발간.
蔡萬植	1902	남	무	문예	1936년까지 동아일보와 조선일보 기자. 1938년 『태평천하』 『탁류』 발표.
李殷相	1903	남	무	언론	『新家庭』 편집인, 조선일보사 출판국 주간.
金泰午	1903	남	무	언론	『아이생활』의 주요필진으로서 1926년부터 문필생활

기고자	생년	성별	카프	분야	비고
宋影	1903	남	유	문예	傾向文學 작가. 염군사와 파스큘라(PASCULA) 활동. 高協 극작가.
金珖燮	1904	남	무	교육	1932년 早稻田大學 영어영문학과 졸업. 1933년 중동학교의 영어교사.
都逢涉	1905	남	무	학문	1930년 東京帝國大學校 약학부를 졸업. 향토식물 연구.
李軒求	1905	남	무	문예	1931년 와세다대학 불문학과 졸업. 1936년 조선일보 학예부 기자로 활동.
朴魯甲	1905	남	무	언론	1933년 단편소설 「안해」 발표. 조선중앙일보 · 출판사 · 잡지사의 기자.
張赫宙	1905	남	무	문예	「餓鬼道」로 1932년 일본 잡지 『改造』에 입선. 1938년 「춘향전」 집필.
全武吉	1905	남	무	문예	1929년~1935년 『조선지광』과 『대조』 등에 단편소설 발표.
具本雄	1906	남	무	미술	1933년 太平洋 미술학교 졸업. 1930년 二科會 미술전에 조선인으로는 처음 입선
홍섭	1906	남	유	문예	嚴興燮 1929년 카프에 가입. 소설가. 평론가
李孝石	1907	남	무	문예	1930년 경성제국대학 영문학과를 졸업. 1933년 九人會에 가입. 「메밀꽃 필 무렵」(1936).
白信愛	1908	여	유	문예	女性同友會 · 女子靑年同盟 활동. 「적빈(赤貧)」(1934) 등 저술.
毛允淑	1909	여	무	문예	1931년 이화여자전문학교 영문과 졸업. 1938년 『삼천리문학』에서 근무.
金南天	1911	남	유	문예	1929년 카프 가입. 「생의 고민(苦悶)」(1933), 「대하(大河)」(1939)를 발표
張德祚	1914	여	무	언론	1927년 대구여고보 동맹휴학사건 참여. 1931년 배화여고보 졸업. 『신여성』 편집기자.
黃澳	미상	남	무	교육	양정고등보통학교 교사(손기정 담임)
李相昊	미상	남	미상	언론	1934년 조선일보 사회부장.

3. 명승고적 답사기 상식의 박물관식 전시

기존 연구는 명승고적 답사기 형태의 국내 기행문이 민족의식을 고취하는 "치열한" 작업에 임한 시기를 대체로 1920년대까지로 보고 있다.[49] 한편으로 민족주의 서사가 작동한 시기는 재고의 여지가 있어 보인다. 『삼천리』 1936년 4월호에 실린 「檀君陵」이란 제목의 답사기에서 이광수李光洙는 "유식한 체하는 무리들로 하여곰 제 멋대로 檀君의 존재를 의심케하고 檀君陵의 존재를 의심케 하라 하시오."라며 민족의 시조 단군에 대한 믿음을 드러냈다.[50] 또한 『조광』에는 1930년대 말까지 국토를 알리자는 취지였던 '지방기본조사' 형태의 취재조사기가 8편 실리기도 했다.각주 66번 참조 즉, 1930년대에도 국내 기행문에서 민족주의 서사는 그 영향을 완전히 상실하지는 않았다고 할 수 있다.

다른 한편으로 1930년대 후반부터 발행된 『조광』의 국내 명승고적 답사기에서 국토 순례기가 가진 민족의식 논조가 약해지기 시작한 것은 사실이다. 무엇보다 이러한 답사기 형태의 글이 국내 기행문 중에서 62편 중 10편 정도로 점유율이 낮고, 그중에서도 평양이나 백두산처럼 민족의식 고취와 직접적 관련이 있는 장소를 다룬 기사는 없다. 주제 면에서도 목적지의 정보 전달을 목적으로 하는 기사가 많아 관광 안내서와 같은 느낌을 주기도 한다. 세 번 등장하는 부여에 관한 기사는 역사·과학적 질문을 제기한다든지 여지승람 같은 형식을 취하면서도 개인의 감상을 집어넣는 다양성과 역동성이 보이지만, 전시 이념이 강화됨에 따라 오히려 내

49 김경남, 『1920~1930년대 기행문의 변화 3－『동아일보』(1920~1940)』, 328·335·338쪽.
50 이광수, 『삼천리』 1936년 4월호, 「檀君陵」

선일체를 강조하는 소재로 쓰이기도 한다.

〈표 3〉『조광』 명승고적 답사기

발행년월	기고자	제목
1936.11	高裕燮	〈古代文化地의印象〉 松京에남은古蹟今日그자최를찾는感慨
1936.11	姜在鎬	〈古代文化地의印象〉 山川人文으로본扶餘文化地에남긴印象의一節
1937.08	一舟生	八道瀑布巡禮
1939.10	李秉岐	〈探勝案內記〉 金剛山篇
1939.10	金道泰	〈探勝案內記〉 慶州篇
1939.10	元澤淵	〈探勝案內記〉 妙香山篇
1939.11	兪鎭午	再登白雲臺記
1940.05	金道泰	扶餘의古蹟과探勝巡禮
1940.08	崔鳳則	龍門山紀行
1941.09	長崎祐三	扶餘の思ひ出

무엇보다 명승고적 답사기는 『조광』이 표방한 "망라주의"를 대표하는 하나의 사례로서 분석의 가치가 있다. 최수일은 1930년대 중반 이후 종합잡지의 편집 원리를 "망라주의"라고 정의한다. 여기서 망라는 종합과는 다른 것인데, 종합이 구심점이 존재하고 그의 자장에서 "모으고 합"하는 것이라면, 망라는 그러한 중심부가 존재하지 않은 채 "널리 받아들여 모두 포함"하는 것이라고 설명한다.[51] 최수일은 당시 종합잡지를 사례로 들며 『신동아』 보다 『조광』이 더 "망라주의"적 편집에 부합한다고 말한다. 『신동아』가 「권두언」과 "논설"을 전면에 배치해 이러한 기사의 논조가 후속 내용에 일정 정도 영향을 미치게 했다면, 『조광』은 「창간사」 조차도 본문에 숨기듯 배치해 중심의 작동을 최소화하려 했다는 의미이다.[52] 특히

51 최수일, 「1930년대 잡지 편집과 문학 독법－창간『신동아』론」, 『민족문화사 연구』 60. 2016, 306쪽.

52 최수일, 위의 글, 308쪽.

창간부터 22호까지 1937년 8월호 『조광』에는 "권두언"이나 시국 관련 논설이 없었다는 점에서 최일수는 이 시기를 "침묵기"라 칭한다.[53]

1930년대 후반 『조광』이 편집 방침 면에서 "망라주의"를 따랐다면, 그 내용에 있어서는 「창간사」에 사용한 구호인 "상식조선"으로 설명할 수 있다. 최수일은 상식 독해의 특징을 "균질성"이라 보고 있는데, 당연하게 아는 것 혹은 알아야 할 것으로 받아들이는 상식 기사에서 지식의 가치는 특정 기준이나 혹은 숨은 함의에 따라 판단하는 것이 아니라 정보의 양에 의해 결정된다는 뜻이다.[54] 즉, 상식을 쌓는다는 말이 존재하듯, 상식 간에는 질적 구분이 없고 백과사전의 항목처럼 통계가 가능하며 수치화되어 양적 축적이 가능한 형태가 된다. 이는 앞서 언급한 당시 국내 기행문의 시대적 변화와도 부합한다.

이러한 관점에서 1930년대 후반 『조광』의 국내 기행문을 대표하는 기사는 1936년 11월호 『조광』에 실린 미술사학자 고유섭의 「松京에 남은 古蹟 今日 그 자최를 찾는 感慨」 이하 송경 기사라 칭함 란 글이다. "古代文化地의 印象"라는 특집의 기사였는데, 1920~1930년대를 통틀어 불교 명승고적과 관련한 색인어 사찰명, 탑명 등 를 두 번째로 많이 가지고 있는 글이었다.[55] 이 답사기가 제한된 지면에서 개성의 역사 유적 정보를 최대한으로 전달할 수 있었던 것은 개성이란 장소를 "박물관"적 공간으로 그려냈기 때문이었다.[56] 이를 같은 시기 『신동아』에 발표된 김도태의 비슷한 분량의 국

53 최수일, 「잡지 『조광』의 목차, 독법, 세계관」, 114쪽.

54 최수일, 위의 글, 137쪽.

55 현명호, 「1920~1930년대 명승의 유형별·지방별 분포 연구 – 종합잡지 역사지리 기사에 나타난 명승의 양적 분석을 중심으로」, 『한국사학보』 92, 2023, 54쪽. 불교 관련 역사유적 정보가 가장 많은 글은 역시 고유섭이 『신동아』 1934년 8월호에 쓴 「寺蹟巡禮記」이다.

56 실제 고유섭은 「송경 기사」를 쓸 당시 개성박물관 관장이었다. 그는 개성을 여러 번 답사하며

내 명승고적 답사기인 「古跡巡禮ㅡ 海印寺行」이하 해인사 기사라 칭함와 비교해서 살펴보자.

우선 박물관 공간에 대한 선행연구들은 관람객이 전시품에 집중할 수 있는 환경으로 개방형이 낮은 공간 배치를 거론한다. "직선 공간보다 굽은 공간에서" "전시 공간의 입·출구가 분리되는 지점과 전시실 진입과 퇴실 전후의 전체공간, 경로 이동과 선택을 하기 위한 분기 지점" 같은 곳에서 관람객이 전시품과 공간에 대한 "집중 탐색 행동"을 보인다는 것이다.[57] 이러한 연구 결과는 전시 효율을 높일 수 있는 전시장 배치에도 영향을 주지만, 무엇보다 보는 이의 시선과 보이는 지식의 습득이 공간 구조에 밀접한 영향을 받는다는 점을 시사한다.

「송경 기사」도 집중도를 높이는 낮은 개방성의 공간을 글로 만들어 낸다. 우선 「송경 기사」공백 제거 9,712字는 비슷한 길이의 「해인사 기사」공백 제거 10,709字와 비교하면 고유명사 비율이 2배 이상 차이가 난다.[58] 고유명사는 텍스트의 기계적 분석에 있어서 정보를 추출할 때 가장 "핵심 내용"을 담고 있는 것으로 알려져 있다. 사물이나 사람, 장소와 시간에 대한 정보 중에서 구체성을 가진 것은 고유명사를 통해 전달된다. 따라서 고유명사가 전체 텍스트에서 차지하는 비율은 그만큼 그 텍스트가 가진 정보의 밀도

석관과 석등을 발굴하는 등의 성과를 보이기도 했다. 당시 개성의 유물에 대한 지식정보 전달에 가장 권위 있는 저자였다 할 수 있다. 「천 년 전의 불상과 석관 고향 찾아 다시 송도에」, 『동아일보』, 1935.9.17; 「천년묵은 석등석관고려보의 견물」, 『조선일보』, 1936.5.14. ; 한국학중앙연구원. 『한국민족문화대백과사전』. 「고유섭」(https://encykorea.aks.ac.kr/Article/E0003877, 접속일 : 2023.12.31).

57 유재엽, 『박물관 전시공간 탐색행동의 시지각적 특성에 관한 기초적 연구』. 홍익대 박사논문, 2012, 136쪽.

58 양 기사의 고유명사 숫자 집계에는 코모란(KOrean MORphological ANalyzer) 형태소 분석기를 활용했다.

를 측정하는 기준이 될 수 있다.[59] 즉, 비슷한 분량으로 글을 쓰고 있으나 「송경 기사」가 더 많은 양의 지식을 밀도 있게 담고 있다고 할 수 있다.

다음으로 「송경 기사」는 글로서 공간적 굴곡을 생산해 내고 마치 박물관의 "굽은 공간"에서처럼 독자가 글에 집중하게 하는 장소를 만들어 낸다. 다음은 「송경 기사」에서 사적 색인서가 가장 밀접하게 분포된 만월대 관련 부분이다.

> 滿月橋를 넘어스면 毬庭은 좁지만 神鳳門址가 宛然히 남어있다 昇平門의 兩偏에는 同德二門이 있었다 하지만 神鳳門을 드러스면 東으로 世子宮으로 通하든 春德門이 있었고 西으로 王居로 通하든 太初門이 있었고 正北으로 第三門인 閶闔門址가 頹弛된 石步段우에 남어 있다 閶闔門의 偏門으로 承天二門이 있었다지만 이 亦果園으로 말미아마 痕跡조차 없어지고 正面에 五丈高石梯가 앞을 막고 있으니 이는 麗朝特有의 形式이다 會慶殿三門이 石礎만 남기어있고 이우에 올라서면 正北에 會慶殿址가 남어있고 左右로 行閣址가 남어 있다

'넘어서면,' '좁지만' '드러스면' '通하든' 偏門으로' 앞을 막고' 이우에 올라서면' 등과 같은 공간과 화자의 움직임과 관련된 술어들은 평면의 지면에 굴곡을 가지고 와 여러 전시품이 있는 좁고 굽은 복도를 지나가는 느낌을 준다. 건물을 묘사하는 화려한 수사가 없이도 이러한 대상이 입체적으로 보이는 이유이다. 이와 비교해 다음은 「해인사 기사」에서 사적 색인서가 밀집된 부분인 대적광전 부분이다.

---

59 노태길 · 이상조, 「규칙 기반의 기계학습을 통한 고유명사의 추출과 분류」, 『2000년도 한국정보과학회 가을 학술발표논문집』 27(2), 2000, 170쪽.

李朝成宗때에 大寂光殿이라 改稱하엿고 現在建物은 百餘年에 築成한것인바 二十餘間이나 되는 큰建物이다. 다음에는 堆雪堂, 冥府殿, 應眞殿, 獨聖閣, 九光樓, 觀音殿, 窮玄堂, 景洪殿, 四雲堂, 明月堂局司壇等이있고 鳳凰門, 解脫門紅霞門等이 잇다

화자가 해인사에 들어서고 대적광전을 지나 경내에 펼쳐진 풍경을 건물 이름을 나열하는 방식으로 전달하고 있다. 접속사도 장소성이 드러나지 않는 "다음에"를 쓰고 있고 건물의 상대적 위치나 장소적 기준이 될 지명도 드러나지 않는다. 글로서 해인사 경내를 열었으나 이 건물들이 그 안에 있다고 할 뿐, 어디를 봐야 하는지 지시하지는 않는, 개방적 묘사이다.

다음으로 화자의 시선 문제이다. 박물관학 연구자인 안현경은 발터 벤야민의 『아케이드 프로젝트』를 인용하며 근대에 등장한 새로운 관찰자적 주체를 "산책자"란 개념으로 설명한다. 지붕이 있고 매대가 한군데 늘어서 있어 방해와 걱정 없이 눈에 보이는 상품에만 시선을 둘 수 있는 공간이 아케이드인 것처럼, 근대적 "산책자" 개념의 핵심은 주체의 사상이나 이념, 개인적 역사까지도 관여하지 않는"비인격적인 응시"라 할 수 있다.[60] 이를 기행문 독해에 응용한다면, 저자가 "비인격적인 응시"를 택할 때 글에서 그의 간섭이 줄어드는 대신 그가 보는 환경과 사물이 전면에 등장하게 된다고 할 수 있다.

고유섭의 「송경 기사」에는 이렇게 저자의 "비인격적인 응시"가 엿보인다. 이를 보여줄 수 있는 것 중 하나는 저자가 글에서 참고문헌을 인용하

60 안현정, 「시선의 근대적 재편, 일제치하의 전시공간」, 『한국문화연구』 19, 2010, 194~195쪽.

며 사물에 대한 해석을 덧붙이는 횟수가 상대적으로 적다는 것이다. 「송경 기사」와 「해인사 기사」를 비교하면, 전자가 인용 문헌 색인어 수가 15개로 후자의 33개보다 반 이상 적다.[61] 한시나 문헌 기록이 인용된 분량도 「송경 기사」의 경우 668자인데 비해 「해인사 기사」는 1,557자나 된다. 전자가 글 전체 분량의 약 7%라면 후자는 전체의 15%이다. 이는 「해인사 기사」 텍스트를 읽을 때 저자의 개입을 독자가 느낄 부분이 「송경 기사」보다 더 많음을 의미한다. 그만큼 「송경 기사」에서 「해인사 기사」보다 저자의 존재는 줄어들고 그가 바라보는 객체가 더 드러나게 된다.

한국 기행가사의 전통에서 "풍경"의 의미가 객관적 대상의 묘사가 아닌 "주관적 정조"의 표출에 무게를 두는 "심상 풍경"의 성격이 강했음을 생각할 때,[62] 「해인사 기사」에서 저자[63]가 풍경에 보며 떠오르는 시나 고전 기록을 적극적이고 자주 인용하는 것은 예외적 상황은 아니다. 근대식 교육

---

61 양 기사의 인용문헌이 다음과 같다. 「송경 기사」－宋帝의宸翰;高麗時報;李奎報詩;韓石峰書의善竹橋碑;睿宗의詩律一篇;大興洞天의記;太師蔡京의額書;大藏經;開城古蹟案內七;八萬大藏經;輿地勝覽;紫霞洞曲;摩崖詩一首;仁宗의御書;高麗圖經(15개). 「해인사 기사」－木刻佛經板;幻鏡의글;李石亭詩;鄭麟趾가景致의讚詞;寺刊藏經板本;李奎報의詩;李崇仁送文長老詩;許琛詩;晦堂大師의詩;金宗直詩;南征記;崔致遠先生詩;國刊藏經板木;孟子;古記;姜希孟詩;權近詩;千字文;廉廷秀詩;國刊藏經板;烈女春香祠라는篆字;崔東植의詩;柳子光의詩;大藏經板;春香傳;大藏經;輿地勝覽;周易;西山大師의詩;仁坡大師의詩;姜希孟의詩;傳說;成任詩(33개)

62 이형대, 「17~18세기 기행가사와 풍경의 미학」, 『민족문화연구』 40, 2002, 122쪽.

63 고유섭처럼 관련 대학 학위를 가지고 있지 않다고 해도 「해인사 기사」의 저자인 김도태 또한 역사·문화 관련 지식이 많았다. 그는 1918년 처음 교편을 잡을 때부터 역사·지리 관련 과목을 가르쳤다. 1938년에는 러일전쟁이 포함된 세계 3대 해전을, 태평양전쟁 중에는 일본 점령 지역의 기후와 지리를 가르쳤다는 기록은 그의 일제 말기 친일 행적뿐만 아니라 역사·지리 분야에 지속적 관심을 가지고 있었음을 보여준다. 특히, 「해인사 기사」 기고와 비슷한 시기인 1935년 경에 잡지 『학등』에 「조선지리」를, 『조선통신』에 「신라의 명장 김유신」을 연재하는 등, 역사·문화에 대한 활발한 저술 활동을 펼치고 있었다. 강진호 외, 『한국근대문학 해제집 Ⅲ－문학잡지(1927~1943)』, 2017, 61쪽; 김도태, 「新羅の名將 金庾信」, 『朝鮮通信』. 1935; 『한국민족문화대백과사전』, 「김도태」 https://encykorea.aks.ac.kr/Article/E0008971) 2023년 12월 31일 확인.

을 받은 고유섭조차도 그러한 심상 풍경 기법의 사용에서 벗어나지 못한 것을 보면, 1930년대 후반 국내 기행문은 기행가사의 전통에서 완전히 벗어났다고 할 수 없다. 다만 「송경 기사」에서는 그러한 전통의 관성에서 벗어나려는 경향이 있었음이 상대적 수치에서 드러난다고 하겠다.

4. 후방 취재·조사기 거대 서사의 재등장과 그 틈새

1940년 무렵을 전후로 『조광』에는 1930년대 후반에 꾸준히 등장했던 여행지 경험담도 명승고적 답사기도 나오지 않는다. 1939년 12월호의 온천장 특집의 마지막 기사에서 이미 변화의 전조는 보였다. 『조광』 편집진인 함대훈이 쓴 배천온천기에는 "추파를 던지는 일본 여인"이나 독자를 희롱하는 저자 대신 "근로하는 인민"을 주장하는 화자나 만주에서 수전 개척에 성공한 화자의 친구가 나온다.[64] 1941년에 발표된 부여에 대한 글에서는 당시 부여 사상범 선도기관에서 일하고 있던 일본인 화자가 근로봉사대로 부여를 방문한 일을 회상하며 "부여의 사적은 내선일치의 원동력"이라 회고한다.[65] 대동아공영권이란 전시 이념이 강화되면서 『조광』의 국내 기행문은 다시 내선일체라는 거대 서사를 받아들이게 되었다.

1940년 이후 해외 기행문에 나타난 변화가 유학기가 종군기의 형태로 대체된 것이라면[66], 취재·조사기 형태의 국내 기행문은 지방기본조사[67]

64 함대훈, 「白川溫泉의一夜」, 『조광』 1939년 12월호, 203쪽.
65 長崎祐三, 「扶餘の思ひ出」, 「조광」 1941년 9월호, 113쪽.
66 김경남, 『1920~1930년대 기행문의 변화 3-『동아일보』 (1920~1940)』, 373쪽.
67 조형열, 「1920년대 開闢社의 조선지식 수집과 조선연구 토대 구축-'조선문화 기본조사'의

가 훈련소 견학기로 대체되는 변화를 겪었다. 1938년 4월에 지원병제도가 도입되고 전황의 악화가 가시화되었으며 1944년 8월에 징병제 실시가 예정된 것이 그 배경이었다.[68] 전방에서 부상을 입고 후방으로 이송된 군인을 위한 진료소 방문기도 등장했다. 전시 후방주민의 정신병을 우려하는 취지의 취재·조사기나 총후 선전 영화의 촬영팀을 따라나선 취재기도 나타났다. 아래 표 참조

〈표 4〉 1940년 이후 『조광』의 국내 취재·조사기

발행연월	기고자	제목
1942.6	本誌記者	陸軍兵志願者訓練所參觀記
1942.10	本誌記者	地方有識父老層志願兵訓練所見學記
1943.2	本誌記者	明日의軍人을길너내는惠化青年特別鍊成所訪問記
1943.6	本誌記者	鎭海警備府見學記海軍兵의生活
1943.7	安德根	現地報告微笑하는農村의先驅新溪東拓農場見學記
1943.10	印貞植	希望의農村
1944.4	崔斗永	傷痍軍人療養所訪問記

추진과정과 내용 분석을 중심으로」, 『역사연구』 36, 2019; 1940년 이전에 『조광』의 기본조사 형태의 국내 기행문은 아래와 같다.

발행년월	기고자	제목
1936.7	咸大勳	暗行御使出道(全3回) 1)南原行
1936.7	李鍾模	北行千里紀行
1936.9	D生	暗行御使出道(全3回) 2)避暑地
1936.10	D生	暗行御使出道(全3回) 3)災害地
1937.1	鉉鍾方	濟州島方言採集行脚
1937.8	춘성(노자영)	東海岸一千里(紀行)
1937.12	一記者	彌阿里墓地風景歲色도將暮!
1938.4	崔鳳則	京城近郊하이킹코-스

68 박수현, 「일제말 파시즘기(1937~1945) 『매일신보』의 대중선동 양상과 논리 – 지원병·징병제도를 중심으로」, 『한국민족운동사연구』 69, 2011, 245~246쪽.

발행연월	기고자	제목
1944.5	崔臣海	濟州島診療行
1944.8	本誌記者	意氣衝天한第三軍務豫備訓練所見學記
1944.9	本誌記者	「太陽의어린이들」로케隊를따라서

전시 말기 이 국내 기행문들이 공통적으로 그리는 식민지 조선은 무엇보다 전장이 연장된 후방의 공간이었다. 취재를 나선 『조광』의 기자가 정문에서 위병에게 명찰을 제출해야 출입할 수 있는 훈련소의 모습은 이 공간이 경계의 공간을 암시적으로 드러낸다.[69] 기자가 마산에 설치된 상이군인진료소를 찾았을 때 소장인 카와카미川上 박사가 그곳에서 "결핵정복의 총없는 전투"가 벌어지고 있다고 한 것도 전장의 연장으로서의 후방을 표현한다.[70]

이러한 총후의 공간에서는 개인이 아닌 "가족"이라는 친밀한 관계로 표상된 전체인 제국이 우선시된다. 진료소 소장인 카와카미 박사가 수용자들을 "가족"으로 여기고 "귀여워"한다는 표현에서 그에게 진료소의 아버지 역할이 부여되었음이 나타난다.[71] 훈련소나 진료소 소장이 단순히 기관의 책임자라는 행정적 법적 의미를 넘어 아버지와 같은 친밀한 존재로 그려지는 것이다. 처음 만난 지원병훈련소의 교관에게 『조광』 기자가 "다정"함을 느끼는 것도 이와 무관하지 않다.[72] 예비훈련소에 입소한 자식들을 걱정해 방문할 부모 형제들을 위해 면회실을 따로 마련한 소장의 "노파심"을 강조하기도 한다.[73] 총후 기관의 이러한 가족적 모습이 지닌 식민

69 本誌記者, 「陸軍兵志願者訓練所參觀記」, 『조광』 1942년 6월호, 124쪽.
70 本誌記者, 「傷痍軍人療養所訪問記」, 『조광』 1944년 6월호, 59쪽.
71 本誌記者, 위의 글, 59쪽.
72 本誌記者, 「明日의軍人을길너내는惠化青年特別鍊成所訪問記」, 『조광』 1943년 2월호, 124쪽.
73 本誌記者, 「意氣衝天한第三軍務豫備訓練所見學記」, 『조광』 1944년 8월호, 55쪽.

지 지방 곳곳의 자식들을 품는다는 의미는 훈련소가 설치된 경성에서 가장 먼 함경북도 부모들의 면회 기사에서 잘 드러난다.[74]

친밀하게 설정된 관계만큼 교육 과정에서도 친밀성이 원칙임이 강조된다. "일본정신"을 강조하며 "눈물과 의리가 있는" 교관들이 훈련병이 힘든 일을 할 때 자신들도 힘든 일을 한다는 묘사나, 조선인은 풍속이 내지인과 달라서 "어린아이 가르키듯" "젓가락 잡는 법, 앉는 법, 밥 먹는 법"부터 가르쳐야 한다는 것이 그 예이다.[75] 가난하여 교육받지 못한 청소년 40명을 모아둔 연성소를 소개할 때는, 학교 경험이 없거나 제각각이라서 교육에 힘이 들지만, "고심과 노력"을 마지않는 마츠오카 교장의 "곤경을 돌파하여 나가겠다"라는 굳은 결의를 인용하기도 한다.[76]

이런 훈련소 취재기의 목적은 물론 전시 이념의 전파였다. 특히 시혜자로서의 일제의 모습을 그리고 황국 신민으로서의 충성심을 고취하고자 했다. 이러한 목적에 가장 잘 부응하는 것은 식사 배급의 장면이다. 『조광』 기자가 하루에 "一汁一菜" 즉 일본식 기본적 식사량을 배급하냐고 물어보니 담당자가 한창인 아이들이 훈련도 받으면서 그 정도 배식으로 버틸 수 없다며 웃으며 대답하는 장면이 나온다.[77] 이 취재기가 발행된 1940년대 초반은 식민지 조선에서 식량 사정이 전반적으로 악화되어 재조일본인의 녹기연맹 같은 단체도 조선인의 관습이라 폄하하던 산나물 캐 먹기 운동을 벌이고 있었다.[78] 그런 시절이기에 훈련소의 식량 사정이 양호함을 보

74 本誌記者, 「地方有識父老層志願兵訓練所見學記」, 『조광』 1942년 10월호.

75 本誌記者, 위의 글, 172쪽.

76 本誌記者, 「鎭海警備府見學記海軍兵의生活」, 『조광』 1943년 6월호, 38쪽.

77 本誌記者, 「陸軍兵志願者訓練所參觀記」, 『조광』 1942년 6월호, 126쪽.

78 Lee, Helen, "Eating for the Emperor : The Nationalization of Settler Homes and Bodies in the Kōminka Era", *Reading Colonial Japan : Text, Context, and Critique*, 2012, p.165.

여주는 기사는 제국의 관대함을 선전하는 효과가 있었을 것으로 추정할 수 있다. 상이 군인 진료소의 점심밥을 나르는 "看護婦들의 부지런스런 태도가 몹시도 高貴하게" 느껴졌다는 서술도, 당시 시대상에서 식사만큼 제국의 시혜를 보여줄 수 없는 장치가 없었기 때문이라 해석할 수 있다.[79]

궁극적으로 일제가 시혜자로 표상되기 위해서는 그러한 시혜의 목적지가 전장이 아닌 다른 곳이어야 했다. 그 목적지로 『조광』의 전쟁 말기 국내 기행문이 그려낸 곳은 바로 근대화된 식민지였다. 이를 위해 『조광』의 견학기는 먼저 훈련소의 입소한 인원이 얼마나 근대화에서 떨어진 환경의 출신인지를 수치로 보여줬다.

> ① 처음으로 기차를 타본 사람이 13.5%이고, ② 목욕탕에서 목욕을 해보지 못한 사람이 7.6%이며, ③ 변소설비가 없는 집에서 살어온 사람이 2.9%이고, ④ 내지인이 없는 부락에서 온 사람이 65%이며, 집에 전등이 없는 사람이 85%이며, ⑤ 람푸가 없는 집에서 살어 온 사람이 48%이다.[80]

이어서 이와 대조적인 훈련소 시설의 근대성을 드러냈다. 즉, 이들이 수용된 건물은 "정돈된 일용품"을 갖추고 있고 "의무실"과 "공장같은 부엌간," "면회실"이 있으며, 수도 설비가 없는 시흥에 위치했으나 훈련소 자체적으로 "자가용수도"를 설치해 불편이 없다는 것이다.[81] 다른 훈련소에서는 "한 중대마다 라디오" 설비가 되어 있어서 정해진 시간에 뉴스와 음

79 本誌記者, 「傷痍軍人療養所訪問記」, 『조광』 1944년 6월호, 58쪽.
80 本誌記者, 「意氣衝天한第三軍務豫備訓練所見學記」, 『조광』 1944년 8월호, 54쪽.
81 위의 글, 55쪽.

악을 들을 수 있음을 강조한다.[82]

하지만 전시 말기 『조광』의 국내 기행문 중에는 이러한 근대 거대 서사의 틈으로 빠져나가는 기사 또한 존재한다. 1944년 9월 간행된 『조광』 10권 9호에 실린 「태양의 어린이들 로케隊를 따라서」가 그 예이다. 전시 일제 선전 영화의 촬영팀을 따라 서해안의 한 섬을 찾은 『조광』의 기자가 작성한 것으로, 기자의 이름은 밝히지 않았고 방문한 섬도 가명으로 처리됐다. 총력전체제기에 영화 담론이 지배 구조에 봉사한 사실은 선행연구로 밝혀졌다.[83] 이 점은 「태양의 어린이들」도 마찬가지다.

> 南鮮海岸에서 멀리 떨어진 孤島 거기에는 燈臺가 있고 教長하나 女先生하나, 生徒三,四十名밖에 아니되는 조고마한 簡易學校도 있다. 이러한 孤島에도 苛烈한 戰局의 물결은 거침없이 치민다. 月岡이란 少年은 南鮮에서 農場을 經營하다 暫時 다니러온 아저씨를 따라 싸이판으로 가고 이윽고 教長도 X召되어 사랑하는 生徒들을 뒤에두고 이섬을 떠나게 된다. 月岡少年과, 教長은 偶然히 싸이판에서 만낫다. 이윽고 싸이판의 戰況이 이섬에도 傳해진다. 女先生은 「全員戰死」의 報道를 生徒들에게 읽혀주다 목이 멕힌다. 教長이 떠날 때 적은 일에 울지말고 怒하지말라고하였다. 그러나 어찌 이일에 울지않고 怒하지 않을수있으랴, 四十名의 생도들은 바다를 향하야 조고만 주먹을 부르쥐고 教長先生과 月岡少年의 復讐를 맹세한다.[84]

82 本誌記者, 「陸軍兵志願者訓練所參觀記」, 『조광』 1942년 6월호, 126쪽.

83 김순주, 「식민지시기 후반 '일본 영화'의 보급과 수용－제국의 매체와 조선인의 동화」, 『사회와 역사』 126, 2017, 135쪽; 문경연, 「일제 말기 총력전과 취미의 재영토화」, 『동악어문학』 70, 2020, 198~199쪽.

84 本誌記者, 「태양의 어린이들 로케隊를 따라서」, 『조광』 1944년 9월호, 65쪽.

하지만 촬영팀의 여정을 그린 이 글에서 촬영이 끝난 저녁 해변에서 춤을 추고 노래를 부르는 "演藝場"과 같은 "愉快"한 장면이 펼쳐진다. 섬의 등대지기는 만족한 삶을 살고 있다고 말하고 걱정은 오직 타지로 곧 유학을 떠나야 하는 자녀뿐이라고 한다. 음악도 「みたみわれ」라는 전시가요를 "軍樂器"로 연주하다가 갑자기 '째즈'로 바뀐다. 그렇게 어느 사이에 "圓形의 速成遊興場"이 만들어진 모습의 묘사는 마치 1930년대 후반의 『조광』의 여행지 경험담 같다. 도죠 히데키의 실각을 낳고 일본의 패전을 가시화한 사이판섬의 전투가 있은 지 불과 2개월 후 출판된 글이었다. 전원 옥쇄라는 비극을 맞은 실제 해외의 섬과 일을 끝내고 외부인과 섬사람 모두가 둘러앉아 여흥을 즐기는 텍스트상의 국내 섬이 기묘한 대조를 이룬다.[85] 거대 서사의 전환기에 보여줬던 『조광』 국내 기행문의 유희적 모습이 이 기묘함에서 희미하게나마 엿보인다.

5. 맺음말

1930년대 후반 대중잡지 『조광』이 발표한 식민지 조선 국내 기행문들은 기존과 다른 모습을 보였다. 한편으로는 여행지에서의 하룻밤이나 항구도시에서의 로맨스같이 상업주의적이고 선정적인 제목의 특집을 기획하고 저자들을 선정해 거의 강요하다시피 원고를 청탁했다. 한번 밖에 가보지 못한 도시로 여행 경험이 급조되거나 만나지도 않았던 환상의 외국

85 위의 글, 66~67쪽.

여인이 등장하는 경험담이 기고되어 게재되었다. 다른 한편으로는 조선 민족의 자랑스러운 국토라는 의식을 드러내지 못한 채 고도나 명승지 탐방기를 써야 하기도 했다. 그 결과 역사의식 대신에 역사 유적 자체를 전면에 내세우고 최대한 많이 박물관 전시 식으로 보여주는 답사기가 탄생했다. 하지만 이러한 실험적 시대도 태평양전쟁의 본격화와 식민지를 총력전의 후방으로 그려낼 필요로 끝이 났다. 그렇게 파편화되었던 『조광』의 국내 기행문들은 내선일체 라는 거대 서사로 다시 돌아갈 수밖에 없었다.

요약하자면 이 연구는 일제 말기 1935~1944년에 식민지 조선의 공간이 대중적 담론에서 어떠한 모습으로 그려졌는지 조사하기 위해 『조광』의 국내 기행문을 분석했다. 근대 국내 기행문은 1920년대부터는 민족주의적 국토 의식이란 거대 서사의 자장 안에서 논지를 전개했다. 하지만 일제의 사상적 탄압이 심해지는 1930년대 후반 이후에 이르면 민족주의는 기행문을 지도하는 서사로서의 기능을 점차 잃게 된다. 이를 대체한 것은 내선일체나 대동아공영권 같은 전시 이념에 봉사하는 서사였다. 하지만 중일전쟁을 우발적 군사 충돌로 선전한 일제의 기만성이나 여행 상업주의의 성장으로 그러한 대체 서사로의 전환은 매끄럽지 못했다. 본 연구는 그러한 전환기를 메웠던 식민지 조선 공간 담론을 분석했고, 그 전환의 끝에 기다리는 기행문의 형태를 제시했다.

분석 방법으로는 『조광』의 국내 기행문을 활용했다. 1935~1945년 발행된 『조광』은 일제 말기에 정간이나 폐간 없이 발행을 유지한 유일한 조선어 잡지이다. 앞서 말한 전환기의 식민지 조선 국내 공간 담론의 형성이나 전환기 이후의 그 변화를 살펴보기에 적합한 사료이다. 분석 결과는 크게 세 가지로 정리할 수 있다. 우선 전환기를 메운 것은 거대서사 없이 파편화한 실험적 기행문 두 가지였다. 하나는 여행지 경험담으로 여행지의 사실적 묘사보다는 욕망을 부추기는 꾸며낸 이야기를 자주 썼다. 다른 하나는 박물기와 같은 명승 답사기로 주제 의식보다는 유적 보여주기를 극대화하는데 치중했다. 마지막으로 이러한 실험적 기행문들이 1940년 전환기를 넘어서면서 일제 전시체제 서사에 흡수되어 버리고 말았다. 다만 그 흔적은 심각한 전시 선전 영화 촬영지를 따라가 유쾌한 연예장 묘사로 끝난 예상 밖의 취재기에 남았다.

본 논문에서는 다루지 못했으나 1930년대 후반 이후 대중잡지 독자의 성격 변화에 대해서 추가 연구가 수행되어야 할 것이다. 2절에서 다룬 『조광』 편집진의 과도한 기획이 그러한 기획을 기대하는 독자층이 존재했기 때문은 아닌지 조사가 필요하다. 혹은 대중잡지가 시대적 환경이 허락하는 그러한 상업주의적인 독자층을 만들어가는 데 일조한 것으로도 보인다. 앞서 논의했듯 『조광』 편집진은 필자가 편집진의 과도한 기획을 조롱하는 태도로 허구성이 드러나는 글을 썼음에도 그 글을 그대로 실었다. 이는 자극적이고 선정적이면 그 글의 허구성이 독자들에게 용인된다는 일종의 믿음을 편집진이 가지고 있었음을 짐작케 하는 대목이다. 이러한 가설은 『조광』을 비롯한 『삼천리』나 그 후속잡지인 『대동아』 등 일제 말기 대중잡지 독자층에 대한 별도의 연구에서 구명되어야 할 것이다.

제2부

근대한국학의 형성과 주체

제1장

박은식 양명학론의 독창성과 특색

본령(本領)학문과 주체의 문제

김우형[1]

1. 문제의 제기

이 글은 백암白巖 박은식朴殷植, 1859~1925의 양명학론이 지니는 특징에 대해 재조명해보고자 기획되었다. 박은식의 양명학 사상에 대해서는 지금까지 많은 연구들이 축적되어 있음에도 불구하고, 다시금 재조명을 시도하는 까닭은 여전히 그의 독창성과 특색은 온전히 해명되지 못했다고 생각하기 때문이다. 일반적으로, 박은식은 유교 혁신을 이루기 위해 주자학으로부터 양명학으로의 전환을 시도했고, 그것을 "자기 시대의 요청에 맞도록 발전시켜 해석하면서 신사상과 융합시킨 곳에 그의 대사상가로서의 진면목이 보이는 것"[2]이라고 평가되지만, 동시기 일본이나 중국의 양명학 사상과 비교할 때 어떤 특색을 지니는지에 대해서는 좀 더 진전된 연구가 요청된다.[3]

1 연세대학교 근대한국학연구소 HK연구교수.
2 신용하, 『朴殷植의 社會思想硏究』, 서울대 출판부, 1982, 208쪽.
3 일본과 중국의 양명학으로부터 받은 영향에 대해서는 박정심, 「白巖 朴殷植의 哲學思想에 관

일본 근대양명학으로부터 받은 영향에 대해서는 일찍이 많은 연구들에 의해 언급되었지만,[4] 그것의 주요 특징이라 할 국가주의와 전체주의[5]에 차별되는 박은식만의 양명학적 특성은 드러나지 못했다. 근래에 일본은 국가주의를 실현하기 위한 수단으로서 양명학을 활용했던 반면, 박은식은 "국가주의와 군국주의에 양명학을 복무시키기 위해 왜곡을 하지 않았"[6]으며 양명학이 지닌 철학적 가능성을 보여준다는 해석이 제시되었다.[7] 그러나 그것이 과연 양명학만의 특성이며, 그것을 박은식은 그대로 받아들이기만 했는지에 대해서는 의구심이 들지 않을 수 없다. 일본 근대양명학의 국가주의에 강한 인상을 받았음에도 그것과 다른 방식으로 양명학을 전개한 박은식만의 특징은 무엇인지에 대해 좀 더 연구할 필요가 있어 보인다.[8]

한 硏究」, 성균관대 동양철학과 박사학위논문, 2000, 31~38쪽에서 개괄적으로 소개하고 있지만, 그들과 다른 박은식만의 철학적 특징은 여전히 분명하지 않다고 여겨진다.

4 한평수, 「시철 논단-박은식의 유교 구신론」, 『시대와 철학』 2-1, 한국철학사상연구회, 1991, 197~198쪽 ; 박정심, 「朴殷植의 思想的 轉換에 대한 考察 - 주자학에서 양명학으로」, 『한국사상사학』 12, 한국사상사학회, 1999, 269~272쪽 ; 최재목, 「朴殷植과 近代 日本陽明學의 관련성」, 『日本思想』 8, 한국일본사상사학회, 2005, 117~144쪽.

5 일본은 서구철학과 구분되는 동양 도덕교육의 원천을 발굴하고 천황제 중심의 근대국가를 건설하기 위해 당시 도쿄제국대학 철학과 교수였던 이노우에 데츠지로(井上哲次郞, 1856~1944)가 양명학을 현창하기 시작했고, 그를 계승하여 다카세 다케지로(高瀨武次郞, 1869~1950)가 양명학을 천황에 자발적으로 충성하는 신민을 교육하기 위한 사상으로서 강조하기 시작했다. 이에 대해서는 다음을 참조. 이혜경, 「박은식의 양명학 해석-다카세 다케지로와의 차이를 중심으로」, 서울대 철학사상연구소, 『철학사상』 55, 2015, 3~31쪽 ; 이혜경, 「양명학과 근대일본의 권위주의-이노우에 데츠지로와 다카세 다케지로를 중심으로」, 『철학사상』 30, 서울대 철학사상연구소, 2008 ; 이새봄, 「이노우에 데쓰지로(井上哲次郞)의 '유학 삼부작'-근대 일본 유학사의 시초」, 『한국사상사학』 61, 한국사상사학회, 2019.

6 이혜경, 「박은식의 양명학 해석-다카세 다케지로와의 차이를 중심으로」, 27쪽.

7 이혜경, 위의 글, 3쪽. "그가 조명한 양명학의 장점은, 변화를 받아들이고 거기에 유연하게 대처하는 중심성과 자신감, 세상을 향해 펼쳐지는 인의의 마음, 온 마음으로 안 것을 온 몸으로 실천하겠다는 신실함 등이다."

8 이혜경은 유학이 아직도 우리에게 유의미하다면 "양명학이 가장 가까운 곳에 있다"(위의 글, 27쪽)고 말했는데, 이것이 만약 주자학과 양명학을 대립적으로 보되 양명학만을 친근대적인

또한 박은식은 량치차오梁啓超, 1873~1929를 비롯한 중국학자들로부터도 유교의 종교개혁적 측면에서 많은 영향을 받았다고 알려져 있다.[9] 특히 박은식의 유교구신론과 양명학론은 중국 양명학자들로부터의 영향에 기인한다는 것이다. 중국 양명학자들의 영향에도 불구하고 박은식 사상의 특수성을 제시한 연구도 있지만,[10] 여전히 박은식 양명학론의 철학적 특성은 밝혀지지 않았다고 생각된다. 다시 말해서, 량치차오의 중국철학적 경향성[11]과 차별되는 박은식 양명학론의 철학적 특성은 무엇인지에 대해 구체적인 해명이 필요하다는 것이다.

이러한 문제의식 속에서 이글은 특히 량치차오와 다른 박은식의 양명학론이 지니는 차별성과 독창성을 본령학문本領學問[12]과 주체의 문제에 초

사상으로 간주하는 입장이라면 조금 시대착오적이지 않은가 한다. 주자학과 양명학을 대립적으로 보기 보다는 연속적으로 보는 것이 좀 더 미래지향적이고 바람직하다고 생각되기 때문이다. 이에 관해서는 고지마 쓰요시, 『사대부의 시대 – 주자학과 양명학 새롭게 읽기』, 동아시아, 2004를 참조하기 바란다.

9 박은식의 대동교와 대동사상은 특히 康有爲(1858~1927)의 영향으로 간주된다. 신용하, 앞의 책, 197쪽 참조. 梁啓超로부터의 영향도 유교의 종교화와 근대화라는 맥락에 있다고 평가된다. 다음을 참조. 김현우, 「박은식의 양계초 수용에 관한 연구 – 박은식의 유교구신(儒敎求新)과 근대성을 중심으로」, 『개념과 소통』 11, 한림대 한림과학원, 2013; 노관범, 「대한제국기 박은식 유교개혁론의 새로운 이해」, 『한국사상사학』 63, 한국사상사학회, 2019.

10 김현우, 앞의 글, 6쪽에서는 다음처럼 언급한다. "중화전통을 중시하는 양계초와는 달리, 한국의 정체성을 중시하는 자강주의, 일반 국민을 대상으로 하는 개신유교, 강요된 평화보다는 자주독립을 향한 철저한 실천적 독립투쟁 등으로 발전하였다." 또한 김현우, 「박은식의 사상전환 속에 나타난 양명학의 성립 배경과 전개 양상」, 한국국학진흥원, 『국학연구』 24, 2014에서는 양명학으로의 전환에 있어 다산학이 영향을 미쳤다는 견해를 제시한다.

11 사실, 康有爲는 공자교 운동에서 보이듯 유교의 종교화를 주장했다고 할 수 있지만, 梁啓超는 일본망명 후 康有爲의 사상을 소개한 「論支那宗教改革」(1899) 이후 서양철학을 접하면서 점차 종교보다는 철학을 중시하는 입장으로 선회하게 된다. 따라서 박은식의 유교구신론을 梁啓超의 영향에 따른 한국판 종교개혁 운동으로 보는 관점은 재검토를 요한다. 박은식은 梁啓超처럼 신학문인 '철학'에 대한 관심의 증대 속에서 유교구신론을 기획했기 때문이다. 梁啓超의 '중국철학'적 기획에 대해서는 다음을 참조. 김우형, 「양계초(梁啓超)의 국학(國學)과 '중국철학'의 형성」, 『철학연구』 61, 고려대 철학연구소, 2020.

12 '본령'은 본원, 근본, 요체, 중요한 것, 요령 등을 뜻한다. 즉, '본령학문'이란 중요하고 근본적이며 본원적인 학문으로서 주체와 심성 수양에 관한 학문을 가리킨다.

점을 맞춰 고찰하고자 한다. 사실, 일본 근대양명학의 국가주의는 량치차오나 박은식에 공통적으로 적지 않은 영향을 미쳤고, 그들이 각자 국가주의적인 철학을 추구하도록 자극했다고 볼 수 있다. 한편, 일본에서는 그다지 두드러지지 않았던 본령학문의 문제는 두 철학자 사이의 차이를 야기한다고 생각된다. 박은식에 있어 본령학문이란 주체의 정립을 목표로 하는 철학을 의미했으며, 국가주의적이면서도 보편적인 철학을 수립하기 위해 양명학을 방법적으로 수용하게 된다. 다만, 그 진리성을 증험하지 못하여 철학적 탐색은 계속 진행되었으며, 말년에 수립한 최종해석에서는 량치차오와 차별되는, 인식과 도덕을 포괄하는 주체 개념을 제시하게 되었다는 것이 이글의 요지이다.

2절에서는 본령학문의 맥락을 주희朱熹, 1130~1200, 주자朱子와 왕수인王守仁, 1472~1528, 양명(陽明), 그리고 량치차오를 중심으로 살펴보고, 3절에서는 박은식이 조선성리학을 본령학문으로서 철학의 길로 인도하기 위한 방편이자 방법으로서 양명학을 수용하게 된다는 것에 대해 검토해볼 것이다. 4절에서는 격물치지에 대한 주희와 왕수인의 해석을 둘러싸고 말년에 제시된 최종해석에 나타난 주체와 진아眞我의 인식적이고 도덕적인 성격을 량치차오와 대비시켜 논할 것이다.

2. 본령학문의 맥락 주희, 왕수인, 량치차오

주희는 "성즉리性卽理, 성은 곧 이치이다", "심통성정心統性情, 마음은 성과 정을 통괄한다" 등 북송시대 여러 유학자들의 설을 종합하여 방대한 심성론의 체계를 세웠는데, 그것은 심물心物 관계를 중심으로 하는 지각론知覺論과 이에 연계된 도덕철학으로서의 인심도심론人心道心論을 주축으로 한다.[13] 이러한 심성론적 이론들에 있어 심과 성이 공히 중요하나, 이론인식과 도덕실천의 주체는 심이다. 이에 주희는 인간의 마음을 본령으로 삼아서 주체의식을 가지고 사물을 탐구하고 도덕을 실천할 것을 주장했다.[14]

그에 의하면, 격물궁리格物窮理의 탐구에는 반드시 주체적인 마음이 요청되므로, 본령이 세워져야 비로소 대상적 원리들을 인식할 수 있다. 또한 안 것을 실천할 때에도 주체적인 마음의 확립이 중요하기 때문에, 본령주체을 확립하기 위한 실천공부가 필요하다. 그러한 실천공부의 목표는 마음의 주체성을 확립하는 것이다. "배우는 사람이 마음을 지키는 것[持守]에 대해 늘상 말하지만, 아직 그 요체를 얻지 못해서 무엇을 지켜야 할지 모른다. 확충과 체험, 함양에 대해서 모두 좋은 말을 골라서 하는데, 반드시 실제로 힘쓰는 곳이 있어야만 된다. 이른바 '본령에서 이해해야 한다'고 하는 것은 이 때문이다."[15]

지수나 확충, 체험과 함양 같은 실천적 공부는 본령으로서의 주체적인 마음의 확립을 목표로 하는데, 그것은 결국 거경居敬의 공부법으로 수렴된다.[16] 주희는 거경과 궁리를 '새의 양 날개'처럼 상호 필수적으로 병행해야 한다고 말하면서도,[17] 궁극적으로는 마음을 주체로 확립하는 방법인

13 김우형, 『주희철학의 인식론-'지각(知覺)'론의 형성과정과 체계』, 심산, 2005 참조.

14 朱熹, 『朱子語類』, 15 : 52(권15의 52조목을 뜻함). "人之一心, 本自光明. 常提撕他起, 莫爲物欲所蔽, 便將這箇做本領, 然後去格物 · 致知."

15 朱熹, 위의 책, 8:13. "學者常談, 多說持守未得其要, 不知持守甚底. 說擴充, 說體驗, 說涵養, 皆是揀好底言語做箇說話, 必有實得力處方可. 所謂要於本領上理會者, 蓋緣如此."「謨」

16 朱熹, 위의 책, 12:127. "大凡學者須先理會'敬'字, 敬是立脚去處. 程子謂'涵養須用敬, 進學則在致知.' 此語最妙."

17 朱熹, 위의 책, 18 : 57. 問"涵養須用敬, 進學則在致知". 曰 : "二者偏廢不得. 致知須用涵養, 涵

거경을 중시했던 것이다.[18] 요컨대, 주희에 있어 본령이란 인식과 실천에 있어 주체가 되는 마음을 가리키며, 주체를 확립하는 주요 방법은 거경이라 할 수 있지만, 격물궁리는 탐구를 통해 주체성을 강화시킬 수 있기 때문에 두 방법의 병행을 강조했던 것이다.[19]

이와 대조적으로 왕수인은 주희의 지각론과 인심도심론을 비판하면서 『대학』에 나오는 '격물치지'를 도덕철학적 맥락에서 새롭게 재해석하고, 도덕주체 확립을 위한 간단한 공부법을 제시한다. 즉, 시비선악에 대한 도덕적 직관능력으로서의 양지良知를 실천하라는 '치양지致良知' 공부법을 제시함으로써 주희에 비해 본령학문을 도덕적 맥락에서 분명하게 설명했다. 다만, 왕수인에 있어 양지는 직관 능력일 뿐만 아니라 도덕적인 본체本體[20]로서의 함의를 지니게 되며, 치양지는 마음 내재적인 본체를 어떤 일에서든 그대로 발휘하고 행하면 된다는 것을 의미한다.

그는 문구文句만을 쫓는 공부를 하지 말고 만사의 핵심이자 근본인 마음을 수양하는 공부에 중점을 두라고 하면서 다음처럼 말한다. "공부는 단지 한 가지 일이다. (…중략…) 예를 들어, 공자는 '경敬으로 자기를 수양한다'고 말했지만 의義는 말하지 않았다. 맹자는 '집의集義, 의를 모음'를 말했지만 경은 말할 필요가 없었다. 이해하게 될 때, 가로로 말하든 세로로 말하

養必用致知."

18 朱熹, 『大學或問』, 上卷(『朱子全書』(6), 上海 : 上海古籍出版社) 合肥 : 安徽教育出版社, 2002, 506~507쪽. "蓋吾聞之, 敬之一字, 聖學之所以成始而成終者也. (…중략…) 敬者, 一心之主宰而萬事之本根也. (…중략…) 蓋此心旣立, 由是格物致知, 以盡事物之理, 則所謂尊德性而道問學."

19 朱熹, 『朱子語類』, 9 : 18. "學者工夫, 唯在居敬·窮理二事. 此二事互相發. 能窮理, 則居敬工夫日益進; 能居敬, 則窮理工夫日益密." 예를 들어, 과학적 탐구보다는 철학적 탐구가 주체의 확립에 도움이 된다고 본 것이다.

20 주희와 달리 왕수인은 良知를 마음의 작용일 뿐만 아니라 本體로도 간주한다. 王守仁, 『傳習錄』, 권中, 152조목. "良知者, 心之本體, 卽前所謂恆照者也. 心之本體, 無起無不起."

든 공부는 모두 똑같다. 글에 빠지고 문구를 쫓되 본령을 알지 못하면, 지리멸렬하게 되어 공부에 전혀 귀착처가 없게 될 것이다."[21]

왕수인에 의하면, 모든 공부는 결국 실천적인 치양지 공부에 귀착되기 때문에, 어떤 유교 경전에서는 '경'을 말하고 다른 곳에서는 '집의'를 말한다고 해서 그것에 집착해서는 안 되며, 근본적으로 본령을 체득하려는 공부를 하면 된다는 것이다. 독서하고 암송하는 공부를 하되 마음을 수양하는 치양지 공부가 부재하면, 그것은 결국 지리멸렬하게 되어 무익하다는 것이다. 주희에 있어 거경이 본령공부의 핵심이지만, 왕수인이 독서 같은 격물궁리를 주로 문제 삼은 것은 지각론에 특히 비판적이었기 때문이다. 격물치지를 지각론적인 맥락에서 설명하는 입장을 비판하면서, 왕수인은 그것을 도덕적 수양에 한정시켜 해석했던 것이다.

이렇듯 주희와 왕수인은 공통적으로 본령학문을 중시했지만, 본령 개념의 함의와 그 학문방법에 대해서는 입장을 달리했던 것이다. 즉, 주희에 있어 본령이란 마음의 인식적 도덕적 주체의식을 의미하며, 그것을 정립하는 주된 방법은 거경이지만 격물궁리도 병행해야 한다는 입장이다. 반면, 왕수인에 있어 본령이란 마음 내재적이면서 도덕적인 양지 본체를 가리키며, 그것을 주체로 삼아 실천하고 인사人事에서 구현하는 치양지 공부가 가장 중요하다. 그 밖의 지적인 탐구는 오히려 주체의 확립에 방해가 된다고 보기 때문에, 본령학문은 도덕적 성격을 강하게 띠게 된다.

량치차오는 본령학문에 관한 주희와 왕수인의 견해가 서로 맞설 때 전

21 王守仁, 위의 책, 권上, 117조목. "功夫只是一事. (…중략…) 如孔子言'修己以敬', 卽不須言義. 孟子言集義, 卽不須言敬. 會得時, 橫說豎說, 工夫總是一般. 若泥文逐句, 不識本領, 卽支離決裂, 工夫都無下落."

폭적으로 왕수인의 손을 들어주었다. 그는 캉유웨이로부터 수학할 때부터 양명학을 사상적 근간으로 삼았던 것으로 보이며,[22] 나중에 망명생활을 할 때 일본의 근대양명학을 접하면서 더욱 자신감을 얻게 된다.[23] 량치차오는 당시 일본에서 사회진화론의 영향으로 윤리규범도 시대에 따라 변한다는 설이 크게 유행하자, 이에 맞서서 도덕의 근본은 변하지 않는다는 것을 주장하기 위해 『덕육감德育鑑』을 1905년에 저술하게 된다.[24] 이 저서는 당시 박은식을 포함한 많은 한국인들에게 큰 영향을 미쳤지만, 사회진화에도 불구하고 도덕의 근본은 변하지 않는다는 그의 주장의 주된 입론근거는 그가 지속적으로 정립하고자 노력했던 '중국철학'의 전통적 본체론이었다.[25]

---

22 梁啓超, 「南海康先生傳」, 『飮氷室文集』(臺灣中華書局, 1960 再版本), 권6, 61쪽. "先生則獨好陸王, 以爲直捷明誠, 活潑有用, 故其所以自修及敎育後進者, 皆以此爲鵠焉."

23 梁啓超, 『德育鑑』, 『飮氷室專集』(臺灣中華書局, 1960 再版本), 제3책, 42쪽. "日本則佛敎最有力焉, 而其維新以前所公認爲造時勢之豪傑, 若中江藤樹, 若熊澤蕃山, 若大鹽後素, 若吉田松蔭, 若西鄕南洲, 皆以王學式後輩, 至今彼軍人社會中, 猶以王學爲一種之信仰, 夫日本軍人之價値, 旣已爲世界所公推矣. 而豈知其一點之精神敎育, 實我子王子賜之也." 여기에 나오는 일본양명학자들은 이노우에 데츠지로에 의해 재구성된 것으로서, 나중에 박은식도 「舊學改良의 意見」에서 인용하고 있고, 『王陽明實記』에서도 이 구절을 인용하고 있다(『왕양명실기』, 이종란 역, 한길사, 2010, 306~307쪽). 박은식에 있어 『德育鑑』은 중요한 정보의 출처였던 것이다.

24 梁啓超, 위의 책, 「例言」, 1~2쪽. "記有之, 有可得與民變革者, 有不可得與民變革者, 竊以爲道德者, 不可得變革者也. 近世進化論發明, 學者推而致諸各種學術, 因謂卽道德亦不能獨違此公例, 日本加藤弘之有道德法律進化之理一書, 則此種論據之崖略也. 徐考所言, 則僅屬於倫理之範圍, 不能屬於道德之範圍. (…중략…) 雖然, 此方圓長短之云, 而非規矩尺度之云也. 若夫本原之地, 則放諸四海而皆準, 俟諸百世而不惑. 孔子所謂一以貫之矣. 故所鈔錄學說, 惟在治心治身之要."

25 량치차오는 서양의 'philosophy'의 번역어인 '哲學'을 받아들여서 이른바 '중국적인 철학'으로서 '中國哲學'의 대략적인 기초를 정립한 장본인이다. 그는 송명유학의 身心之學이 대체로 서양의 '철학'에 해당된다고 생각했으므로, 이를 중심으로 '중국철학'을 구상했던 것이다. 다만, 그가 생각한 '중국철학'의 주요 특징 가운데 하나는, 老子에서 시작하고 『大乘起信論』에서 대략적 윤곽이 잡히며 송명유학이 계승하게 되는 本體論이다. 특히, 양명학은 전통적 本體論을 계승한 嫡統으로 간주되며, 그런 양명학적 입장에서 『덕육감』을 쓰게 된다. 량치차오의 '중국철학'의 정초에 관해서는 다음을 참조. 김우형, 앞의 글, 33~66쪽.

중국철학의 본체론을 계승한 왕수인의 양지良知 형이상학은, 량치차오에 있어 도덕의 근본은 불변한다는 자신의 주장을 뒷받침하는 가장 확고한 근거였던 것이다. 다시 말해서, 『덕육감』은 양명학에 근거해서 도덕적 본원의 불변성을 논변하려는 책이다. 특히 「지본知本」에서 량치차오는 주희를 날카롭게 비판하면서 양명학적인 본령학문을 정당화한다. 그가 주희의 본령학문을 비판한 까닭은, 과학의 방법과 유사한 것으로써 도덕수양을 설명함으로써 큰 혼란을 야기하고, 결국 사람들로 하여금 본령학문을 폐기하도록 만든다고 보기 때문이다.

> 그주희가 논한 것은 영국학자 베이컨의 귀납논리학과 자못 비슷하다. 그것을 과학 연구의 한 법문法門으로 삼는 것은 가하다. 비록 그렇다 하더라도, 과학 위에 다시 신심身心의 학이 있어서 그것의 근원으로 삼지 않을 수 없다. 그러나 주자가 사람들을 가르친 것은 스스로 신심의 학이라고 여겼으니 과학이 아니다. 다시 풀어서 말하면, 덕육德育의 범위에 속하지 지육智育의 범위에 속하는 것이 아니다. 무릇 학문을 하는 것은 날마다 더하고 도道를 닦는 것은 날마다 덜어내는 것이니, 덕육과 지육 두 가지는 입각점이 판연히 나뉘는 것이다.[26]

량치차오는 주희가 말한 격물치지가 베이컨의 귀납법과 유사하여 과학탐구의 방법으로 간주해도 무방하다고 본다. 그러나 주희 자신은 그것을 본령학문의 방법으로 여겼기 때문에, 실상 과학탐구의 방법은 아니다. 그

---

26 梁啓超, 위의 책, 23쪽. "其所論與英儒倍根之歸納論理學頗相似, 以之爲研究科學之一法門可也. 雖然, 科學之上, 不可不更有身心之學以爲之原, 而朱子之所以敎人者, 則自以爲身心之學而非科學也. 更申言之, 則屬於德育之範圍, 而非屬於智育之範圍也. 夫爲學當日益, 爲道當日損, 是則德育智育兩者發脚點所攸判也."

것은 "두통이 있으면 머리에 뜸을 뜨고, 각통이 있으면 다리에 뜸을 뜨는" 것처럼 증상에 따라 자신을 수양하는 덕육의 영역에 있지 과학적 지식을 얻는 지육의 영역에 있지 않다는 것이다.[27] 량치차오는 이것을 '위도爲道, 도를 닦음'와 '위학爲學, 학문을 함'의 구분에 각각 해당시켜 설명한다. 즉, 도덕성을 기르는 것은 '위도'처럼 날마다 더는 공부이지만, 과학지식을 얻는 것은 날마다 더하는 '위학' 공부이다. 이 두 영역은 입각점이 완전히 다르기 때문에 혼동해서는 안 되는데, 주희는 '위학'의 방법을 가지고 '위도'의 방법이라고 말하기 때문에 오류라는 것이다. 즉, "주자의 큰 과실은 지육의 방법을 덕육의 방법으로 잘못 여기되, 양자의 뜻을 밝힌 것이 반비례를 이루어 조금의 혼란도 용납되지 않음을 알지 못한 것이다"[28]라고 량치차오는 말한다.

주희의 인식과 도덕실천을 아우르는 주체 개념과 거경궁리의 본령학문 방법에 대해 량치차오가 이와 같이 비판한 것은, 사실과 가치, 과학과 도덕의 영역을 날카롭게 구분하되 양자가 서로 '반비례'의 상반된 관계를 갖는다고 보는 관점에 의거한 것이다. 심신수양의 공부는 날로 증가하는 과학을 통제하는 본령학문으로서, 그 방법은 왕수인이 말한 치양지 이외에 다른 것은 없다.[29] 왕수인의 본령학문을 전폭적으로 지지함으로써 양지로서의 마음은 도덕주체의 성격을 띠며, 특히 형이상학적인 본체로서의 함

27 梁啓超, 위의 책, 25쪽. "『朱子語類』云, '今學者亦多來求病根, 某向他說, 頭痛灸頭, 脚痛灸脚. 病在這上, 只治這上便了, 更別討甚病根.' 此朱子之大誤處, 所謂支離者此也. 頭痛灸頭, 脚痛灸脚, 終日忙個不了, 疲精敝神, 治於此仍發於彼, 奈何." 梁啓超는 격물을 이와 같은 對症的 수양법으로 이해하고 있다. 인용한 『주자어류』는 114 : 29.

28 梁啓超, 위의 책, 23쪽. "朱子之大失, 則誤以智育之方法, 爲德育之方法, 而不知兩者之界說, 適成反比例, 而絲毫不容混也."

29 梁啓超, 위의 책, 24쪽. "子王子提出致良知爲唯一之頭腦, 是千古學脈, 超凡入聖不二法門."

의를 지닌다. 량치차오는 이러한 양명학적 입장에서 도덕의 근본은 변하지 않음을 다음처럼 주장한다.

> 왕자王子가 이 두 말을 합하여 하나의 학문의 핵심을 세웠으니, 치지하되 하나의 '양良'자를 반드시 가한 것은 그 본체本體를 가리킨 것이다. 무릇 인심의 영특함은 알지 못함이 없음은 진실로 그러하다. 다만 우리들은 과거 사회의 각종 유전성과 현재 사회의 각종 감화력을 받아 그 앎이 어두워 잘못되는 경우가 종종 생긴다. 그러나 이것은 후래에 일어난 것에 불과할 뿐이다. 만약 최초의 일념一念을 돌이킨다면, 참으로 옳고 참으로 그른 것을 알지 못함이 없다. 예를 들어 우리들은 학學이 끊어지고 도道가 상실된 오늘날 태어나서, 맺히고 훈습되어 오염됨이 가히 지극하다고 할 것이다. 그러나 진실로 최초의 일념을 돌이키고자 한다면, 참으로 옳고 참으로 그른 것은 마침내 한 가닥 밝게 비춤이 있지 않음이 없으니, 이것이 이른바 양良이다.[30]

왕수인이 『대학』의 '치지致知'와 『맹자』의 '양지'를 결합하여 '치양지'의 공부법을 제시하였는데, 양지에서 '양'자는 일반 지각과 달리 본체로서의 성격을 나타낸다는 것이다. 인간은 시비선악을 판별하는 양지를 지니지만, 역사적 사회적 환경에 훈습되어 때때로 어두워지고 무지해져서 악을 저지르게 된다. 또한 이를 규제하는 윤리규범들도 시대에 따라 변하게 된다. 그러나 이는 후천적인 조건에 따른 것이지, 선천적인 마음의 양지 본체는 불변한다는 것이다. 량치차오가 사회진화에 따라 윤리규범은 변할

30 梁啓超, 위의 책, 27쪽.

지라도 도덕의 근본은 불변한다고 주장한 것은, 시비선악의 참된 기준이 되는 양지가 불변의 본체로서 존재한다고 보기 때문이다.

요컨대, 량치차오는 주희가 격물궁리로써 마음수양을 설명함으로써 지육과 덕육의 방법을 혼란시켰고, 결과적으로 본령학문을 지리하고 번쇄하게 만들었다고 비판한다. 반면, 왕수인의 치양지를 본령학문의 유일한 방법으로서 지지함으로써 주체의 도덕적 성격과 본체론적 특징을 강조하게 된다. 주희의 본령학문은 과학적 탐구보다 철학적 탐구를 강조하는 매우 중대한 함의를 지님에도, 량치차오는 중국철학의 정립에 몰두한 나머지 양명학이 중국적 본체론을 계승한 적통이고 그로써 중국을 근대국가로 개조하는 것도 가능하다고 믿었기 때문에, 양명학의 입장에서 주희를 비판했던 것이다.

3. 본령학문과 방법으로서의 양명학

박은식은 구한말 서세동점西勢東漸의 시대적 배경 속에서 양명학을 제창하게 되는데, 이는 본령학문에 대한 그의 관심과 밀접하게 관련되어 있다. 그가 양명학을 주목하게 된 것은 『학규신론學規新論』 무렵부터라고 보기도 하지만,[31] 본령학문의 정립을 위해 양명학 도입의 필요성을 명시적으로 제기한 것은 1909년 「구학개량舊學改良의 의견」에서 처음 발견된다.[32] 이글에서 량치차오를 인용하고 있는 것을 볼 때, 박은식은 그로부터 영향을 받

31 김현우, 앞의 글, 27~28쪽. 『학규신론』은 1904년경 완성되었다.
32 노관범, 앞의 글, 145쪽.

아서 본령학문과 양명학에 본격적으로 관심을 갖게 되었다고 볼 수 있다. 그리고 본령학문에 대한 관심은 량치차오처럼 신학新學으로서 '철학'에 대한 관심으로 이어지기 시작한다.[33]

량치차오의 영향으로 박은식의 양명학관은 그와 많은 점을 공유한다. 먼저 박은식은 지육과 덕육의 방법은 구분된다는 량치차오의 주장을 일단 받아들인다.[34] 그리고 이로써 주체를 도덕적 영역에 한정시킴으로써 본령학문이 신심身心을 수양하는 도덕철학으로 국한된다.[35] 박은식은 "각종 과학이 당장 절실하고 긴급한 것이나, 다만 사람의 **본령학문이 없어서 시비선악의 분별이 없으면** 그 모든 학술은 반대로 국가와 인민에게 이익이 되지 못하고 손해를 주게 될 것"[36]이라고 말한다. 여기서 본령학문은 시비선악의 분별에 관련되는 도덕철학을 의미한다고 할 수 있다. 본령과 주체의 확립에 양명학의 치양지 공부를 도입해야 한다는 주장은 이러한 본령학문에 관한 견해에 근거한 것이다. 「유교구신론儒教求新論」에서 공부방법을 주자학에서 양명학으로 바꿔야 한다고 주장한 것도 본령학문에 대한 도덕철학적 입장에 의거한 것이라고 할 수 있다.[37]

---

33 1905년부터 조선에는 新學, 즉 서양의 과학과 철학에 관한 지식이 대규모로 유입되기 시작했고 박은식도 이때부터 철학에 관심을 갖기 시작했던 것으로 보인다. 한국에서 '철학' 개념의 유통에 대해서는 다음을 참조. 김재현, 「『한성순보』, 『한성주보』, 『서유견문』에 나타난 '철학' 개념에 대한 연구–동아시아적 맥락에서」, 『개념과 소통』 9, 2012, 149~181쪽 ; 김성근, 「'철학'이라는 일본어 어휘의 조선 전래와 정착」, 『동서철학연구』 69, 2013, 1~18쪽.

34 박은식, 「儒教求新論」, 『西北學會月報』 1-10, 1909.3; 『白巖朴殷植全集』, 백암박은식선생전집편찬위원회, 동방미디어, 2002(이하 『전집』으로 축약), 제5권, 437쪽. "且 現時代 學問은 各種 科學이 卽 格物窮理의 工夫니 智育의 事오 至於心理學ᄒᆞ야는 德育의 事니 不可混作 一串工夫라."

35 박은식, 「舊學改良이 是第一着手處」, 『皇城新聞』, 1909.2.13. "學界上 青年派들은 正心修身의 本領學問이 無ᄒᆞ야 恣情縱慾을 認爲自由ᄒᆞ고." 여기서 본령학문은 심신 수양론이나 도덕철학을 의미하며, 과학을 도덕적으로 지도하는 역할을 하는 것으로 간주된다.

36 박은식, 「舊學改良의 意見」, 『皇城新聞』 1909.1.30.

또한 량치차오처럼 박은식도 처음에는 양지를 형이상의 도덕본체로 간주하였다. 양명학을 일반대중에게 보급하기 위해 지은 『왕양명실기』에서는 양지를 본체로 간주하는 많은 언급들이 발견된다.[38] 여기서 본체란 내 마음의 주인主人이기도 하면서 천지만물의 근본이 되는 실재를 가리키는 것으로서, 박은식은 그것을 불교와 기독교에서 말하는 형이상학적 존재까지 포함하는 것으로 보았다.[39] 즉, 불교의 화두에서 지시하는 것과 기독교의 영혼, 그리고 유교의 도심道心과 인仁, 양지 등이 모두 동일한 본체라는 것이다. 이와 같이 양지의 본체적 성격을 강조하는 것은 유교의 종교성을 중시하는 측면과 연관되어 있다.

그러나 위와 같은 공통점에도 불구하고, 박은식은 양명학을 '중국철학'의 중핵으로 인식했던 량치차오[40]와 달리 본령학문의 방법적 차원에서 양

37 박은식, 「儒敎求新論」, 『전집』, 제5권, 437쪽. "然則 今之儒者가 各種 科學 外에 本領學問을 求ᄒᆞ고져 ᄒᆞᆯ진ᄃᆡ 陽明學에 從事ᄒᆞᄂᆞᆫ 것이 實노 簡單切要ᄒᆞᆫ 法門이라."

38 다음을 참조. "양지는 천리(天理)를 본체로 삼고 정지(淨知)는 공적(空寂)을 본체로 삼아 그 근본이 이미 다르니, 어떻게 선불교와 비슷하다고 의심하겠는가? (…중략…) 대개 양지의 본체는 천리이니, 천리 위에 또 무엇을 더하겠는가?(『왕양명실기』, 62쪽)"; "대개 양명학이 치양지 세 글자를 핵심으로 삼았는데, 양지는 본체이며 '치(致)'자는 공부이다"(위의 책, 308쪽).

39 박은식, 「告我學生諸君」, 『西北學會月報』, 1-10, 1909.3; 『전집』, 제5권, 429쪽. "近日에 至ᄒᆞ야 비로소 此 主人이 有ᄒᆞᆫ 것을 依俙見得ᄒᆞ얏스니 諸君의 學問과 經歷의 程度로 言ᄒᆞ면 아직 不知ᄒᆞᆯ 뜻ᄒᆞ오. 蓋 此神聖ᄒᆞᆫ 主人은 帝舜 所謂 道心이오. 成湯所謂 上帝降衷이오 孔子所謂 仁이오 孟子所謂 良知오 釋迦所謂 話頭오 耶蘇所謂 靈魂이라."

40 梁啓超, 앞의 책, 28쪽. "선생의 정신은 억겁이 지나도 불멸할 것이며 선생의 교지는 백세가 지나도 새로울 것이니, 중국이 결국 망하면 그만이지만 진실로 망하지 않는다면, 虞淵으로 들어가서 해를 받들고 승천할 자는 반드시 선생의 감화를 받은 사람일 것임은 의심할 수 없다(先生之精神, 億劫不滅, 先生之教指, 百世如新, 中國竟亡則已, 苟其不亡, 則入虞淵而捧日以升天者, 其必在受先生之感化之人, 無可疑也)"; 위의 책, 42쪽. "우리가 오늘날 정신교육을 구할 때 이것(양명학)을 버린다면 다시 어떤 것이 있겠는가? 자기에게 무진장 있는 가치를 던져버리고 깡통들고 대문을 돌아다니며 구걸하는 거지아이를 본받으니, 참으로 애석한 일이다(我輩今日求精神教育, 舍此更有何物, 抛卻自家無盡藏, 沿門托鉢效貧兒, 哀哉)." 량치차오는 불교가 우세했던 일본도 양명학을 수용하여 근대국가를 건설할 수 있었다고 생각한다. 박은식은 『왕양명실기』에서 위의 두 번째 구절을 인용하고 있는데, 량치차오가 양명학에 부여한 중국철학의 본류적 의미를 간파하지는 못한 것 같다.

명학을 도입하려 했다는 차이점이 있다. 다시 말하면, 박은식은 제반 학문의 근본학으로서 전통적인 본령학문을 새로운 학문 체계에서의 철학에 맞도록 재정립하기 위한 방편으로서 양명학을 수용했던 것이다. 이러한 발상과 기획은 전통적 도학道學을 제반 과학을 지도하는 두뇌頭腦적 학문으로 간주하여 설명하는 대목에서 단적으로 발견된다.

> 도학이라는 것은 천인합일天人合一의 도道라. 세간 각종 학문이 모두 인사상人事上과 물질상物質上에 나아가 그 이치를 연구하고 그 쓰임을 발달하는 것이거니와, 도학은 인위人爲와 형질形質에 그치지 않고 원원본본元元本本의 공부로 지성지천知性知天하며 만학萬學의 두뇌頭腦를 세우는 것이라. 이 때문에 인간이 이 세상에 태어나 도학의 본령이 없으면 비록 과학상科學上 정심精深한 공부가 있을지라도 끝내 속학俗學의 각종 과목科目의 굴레 속의 생활을 면하지 못할 것이니, 어찌 일생을 헛되이 보낸다는 한탄이 없으리요.[41]

과학이 인사人事와 만물萬物의 이치를 궁리하여 그 쓰임을 발달시키는 학문이라면, 도학은 그 근원에 나아가 자기의 본성과 하늘의 이치를 알아서 실천하고자 하는 본령학문이다. 즉, 도학은 제반 과학의 두뇌이자 본령으로서 철학에 해당한다고 본 것이다. 만약 이와 같은 본령학문과 철학으로서의 도학이 없다면, 과학은 속학의 굴레를 벗어나지 못하고 끝내 인생의 의미를 알지 못하게 될 것이라는 것이다.

그런데 흥미로운 점은, 원시유교에서 근원하여 송대宋代에 집성된 도학

41 박은식, 「東洋의 道學源流」, 『西北學會月報』, 1-16, 1909.10; 『전집』 제5권, 456쪽.

은 태극太極의 리理를 드러내 밝히고 주정主靜·거경·궁리의 공부법을 정립하였는데, 주희의 뒤를 이어서 왕수인이 이 계보를 계승한 것으로 보고 있다는 점이다.[42] 왕수인에 이어서 조선성리학에 대한 서술이 이어질 것으로 예상되지만, 아쉽게도 이글은 미완성으로 끝난다. 다만 여기서 미루어 알 수 있는 것은, 주희의 거경궁리와 왕수인의 치양지라는 공부법의 차이에도 불구하고, 박은식은 도학이 제반 과학의 본령학문으로서 철학에 해당하므로 같은 범주로 묶을 수 있다고 본 것이다. 이와 같은 도학적 관점에서는 격물궁리를 승인함과 더불어 도덕주체뿐만 아니라 인식주체도 포함하는 방향으로 나아갈 수밖에 없다.[43]

도학적 관점에서 볼 때 조선성리학도 이 전통에 포함되지만, 문제는 우리나라의 경우 시간이 흐르면서 주자학을 교조적으로 신앙하는 경향을 내보임으로써 다른 철학적 견해를 인정하지 않는 배타적 풍토를 이루게 되었다는 점이다.[44] 이는 성리학이 본령학문과 철학의 올바른 궤도로 나아가지 못하고 이탈한 것이다. 이로 인해 사회는 점점 혼탁해지고 시비분별이 사라지며 이익만을 좇게 된 것이다. 이에 대한 처방으로서 동양철학의 심학과 서양철학을 함께 공부하기 시작하면 본령의 회복이 가능하다고 보았다.[45] 즉, 도학의 한 축으로서 양명학은 성리학이 본령학문으로서

42 박은식, 위의 글;『전집』, 제5권, 457쪽. "趙宋時代에 至ᄒᆞ야 朱張程朱諸賢이 出ᄒᆞ야 太極의 理를 說ᄒᆞ야 其蘊을 發揮ᄒᆞ고 主靜居敬窮理의 工夫로 實踐을 삼으시니 於是에 道學의 宗旨가 大明於世ᄒᆞ얏고 嗣後三百有餘年을 歷ᄒᆞ야 王陽明子出ᄒᆞ야 致良知의 說을 主倡ᄒᆞ야 知行合一의 工夫로 實踐을 삼앗으니 此ᄂᆞᆫ 吾東洋道學界에서 天人合一의 道를 先後 發明ᄒᆞᆫ 源流라."

43 박은식의 "蓋 心者는 一身의 主宰오 萬事의 根本이라.(「心學講演」,『西北學會月報』, 1-10, 1909. 3)"라는 말은 도덕적인 맥락에 있는 것이지만, 그 안에는 인식심과 철학적 관심을 함축하고 있다.

44 박은식,「儒教求新論」,『전집』, 제5권, 436쪽. "蓋 我國六百年間에 全國士林이 奉爲泰斗라 ᄒᆞᄂᆞᆫ 前輩諸先生의 傳授宗旨는 皆朱子의 學이라. 若其 朱學外에 別立邪說者면 斯門亂賊의 名을 被ᄒᆞ고 一般 儒者가 皆以異端邪說로 指斥ᄒᆞᆫ 故로 朱學以外에ᄂᆞᆫ 更히 學派가 無ᄒᆞᆫ지라."

의 성격을 회복하는 데 기폭제 역할을 할 수 있다고 본 것이다.

이와 같은 본령학문의 관점에서는 주자학과 양명학의 구분보다는 구학문을 신학문의 체계로, 말하자면 과학이 미치지 못하는 형이상의 대상을 궁리窮理하는 학문으로서 철학으로 이행하는 것이 보다 시급한 과제로 생각되었던 것이다.[46] 박은식은 우리나라 학계가 이용후생의 학문을 천시하여 물질연구와 제반 과학 분야에서는 세계에 내세울 것이 없지만, 철학 분야에서는 세상에 내세울 만한 것이 있으니 이를 잘 연구해서 "우리나라에 철학가가 있다는 것을 발표"해야 한다고 말한다.[47] 비슷한 맥락에서 박은식은 일본양명학회 간사에게 보내는 편지에서 우리나라에 양명학을 도입해야 하는 이유 중 하나를 다음처럼 제시한다.

> 우리나라의 각종 학술은 퇴보한 지 이미 오래되어 하나도 남아 있지 않고, 가히 오로지 리학理學 일문一門이 나라의 특색이라고 칭할 만하니 천하에 할 말

45 박은식, 「心學講演」. "聖經賢傳中에 心學上 緊要切至흔 句語와 西洋 哲學家의 理論을 將ᄒᆞ야 其義를 講演ᄒᆞ야 但히 閒說話를 作치 勿ᄒᆞ고 必反躬自省ᄒᆞ야 其 本心의 良知를 澄淸ᄒᆞ야 頭腦를 確立ᄒᆞ기로 課程을 酌定ᄒᆞ오니 若能於此에 直實見得과 直實履行이 有ᄒᆞ면 社會의 本原을 可以澄淸ᄒᆞ야 同胞의 良心을 可以 啓發홀지니."

46 박은식, 「哲學家의 眼力」, 『皇城新聞』 1909.11.24. "夫哲學者는 窮理의 學이니 各種 科學工夫의 所不及處를 硏究ᄒᆞ야 明天理 淑人心ᄒᆞᄂᆞᆫ 高等學問이라." 이글은 학계에서 지금까지 박은식의 논저로 보지 않았으나, 내용과 어휘상 박은식의 글이 분명하다. 제목의 '眼力'이라는 말은 「告我學生諸君」(『西北學會月報』 1-10, 1909.3)에서 "惟其眼力이 不及ᄒᆞ면 石과 木을 人으로 認ᄒᆞᄂᆞᆫ 弊가 有ᄒᆞ고 知慧力이 不及ᄒᆞ면 事物上에 對ᄒᆞ야 ᄯᅩᄒᆞᆫ 此等 病痛이 有ᄒᆞᆫ지라."라는 대목에서 사용하고 있다. 또한 '國光'이라는 말은 「孔夫子誕辰紀念會講演」과 「先哲紀念」에서 한 말이며, '學理'라는 말도 「舊學改良이 是第一着手處」와 「學의 眞理는 疑로 쫏차 求하라」에서 사용된 말이다. 그러나 무엇보다도 글의 전체적인 내용이 박은식의 견해와 입장에 부합하므로, 그의 저작으로 판단된다.

47 박은식, 위의 글. "哲學一門에 至ᄒᆞ야는 六百餘年間에 儒林諸公이 修礪傳授ᄒᆞ든 餘라 宜乎世界學者를 對ᄒᆞ야 絜長較短의 價値가 有홀지어늘 何故로 一個儒者가 能히 哲理를 發揮ᄒᆞ야 世界學者로 ᄒᆞ야곰 吾國에 哲學家가 有ᄒᆞᆫ 것을 發表ᄒᆞᄂᆞᆫ 者ㅣ 無ᄒᆞᆫ가."

> 이 있을 것입니다. 그러나 근래에 이르러 혹 피곤하게 입과 귀에서 암송하여 말하되 자득한 견해가 없거나, 혹 유지하고 지키며 수렴하고 꾸미는 것에 단단히 지키되 활발한 뜻이 없어서, 점차 사대부의 기상이 창성하지 않고 인문은 떨쳐지지 않음을 보게 됩니다. 이는 조금 변하여 새롭게 하지 않을 수 없는 것이니, 두 번째 이유입니다.[48]

위에서 박은식은 우리나라 학계가 세계에 내세울 것은 리학 한 분야라고 할 수 있는데, 그것도 근래에 이르러서는 거경궁리가 독서와 암송, 마음을 지키는 것에 집착할 뿐 융통성 있게 활발한 뜻이 없어서 사대부의 기상은 사라지고 인문은 저조하게 되었다고 본다. 따라서 조선 리학계를 새롭게 변혁할 필요가 있는데, 그 방법으로서 양명학을 도입하게 되었다는 것이다.[49] 즉, 우리나라 도학과 성리학을 제반 과학의 본령학문으로서의 철학으로 혁신시키기 위한 방법 차원에서 양명학을 도입했던 것이다. 이러한 본령학문으로서의 철학은 과학을 설명할 수 있어야 하며 형이상의 문제들에 대한 궁리까지 포함해야 하므로, 마음은 도덕주체뿐만 아니라 인식주체로서의 성격도 지니지 않을 수 없는 것이다. 박은식은 점차 본령학문에 있어 궁리적 탐구와 인식심을 승인하는 방향으로 나가지 않을 수 없었던 것이다.

48 박은식, 「日本陽明學會主幹에게」, 『西北學會月報』1-20, 1910.2; 『전집』 제5권, 125쪽. "弊邦各種學術退步已久蔑一, 可稱獨理學一門爲國有之特色, 可以有辭於天下. 然至于近日或矻矻於口耳誦說, 而少自得之見, 或斷斷於持守斂飾, 而乏活潑底意, 漸見士氣不昌, 人文不振, 是不可不稍變而新之者, 二也."

49 박은식이 양명학 도입의 첫 번째 이유로 밝힌 것도, 우리나라 주자학의 流弊를 시정하고 새 시대를 맞아 "철학에 종사하여 人道의 근본을 수립"하기 위해서라고 한다(위의 글, 『전집』, 제5권, 124쪽).

4. 진아眞我의 인식적·도덕적 성격

박은식은 애초에 본령학문에 대한 관심으로 인해 양명학에 주목하게 된 것이고, 본령학문은 곧 궁리적 탐구를 수행하는 철학으로 간주되기에 이른다. 따라서 주체를 도덕적 영역에 한정시키고 양지를 본체로 간주하는 양명학적 견해는 마침내 수정되지 않을 수 없었다. 오늘날 과학과 철학에 있어서 격물궁리의 탐구와 진리 인식은 매우 큰 중요성을 띠는 것이다.[50] 박은식은 지난날 양명학을 수용한 뒤 『왕양명실기』를 저술하기도 하였으나 끝내 그 진리성을 확신할 수 없었기에, 계속해서 본령과 주체에 관한 철학적 문제를 숙고하지 않을 수 없었다고 말한다. 이러한 사정은 말년의 회고에 잘 나타나 있다.

> 현금은 과학의 실용이 인류의 요구가 되는 시대라 일반청년이 마땅히 이에 용력用力할 터인데, 인격의 본령을 수양코저 하면 철학을 또한 폐할 수 없다. 동양의 철학으로 말하면 공맹이후에 주왕 양파가 서로 대치對峙하였는데, 금일에 이르러서는 청년학자들이 주학朱學의 지리호번支離浩繁은 힘쓰기 어려워하고 왕학王學의 간이직절簡易直截이 필요가 될 듯하야 『양명실기』란 일책一冊을 저술하야 학계에 제공하였으나, 왕학의 진리에 대하여는 실험實驗의 자득自得

50 박은식은 현대에 있어 과학과 철학의 위상에 대해 다음처럼 말한다. "대개 精神上 文明은 哲學으로써 求하고 物質上 文明은 科學으로써 求하는 것인데 現今 世界人類가 物質文明으로써 生活을 要求하고 優勝을 競爭하는 時代임으로 科學의 研究가 우리學者界에 가장 時急하고 緊要한 工夫라 할지로다. 그러나 人格의 本領을 樹立하며 人心의 陷溺을 救濟코저 하면 哲學의 眞理를 發揮하는 것이 또한 一大事件이라 할지로다. 그 眞理를 求得하는 方法은 鑛夫가 만흔 沙土를 排去하고야 眞金을 採得함과 갓치 반듯이 無限한 研究와 無限한 經驗으로써 實地上 自家의 心得이 有한 後에야 學理를 可言한 것이라"(「學의 眞理는 疑로 쫏차 求하라」, 『東亞日報』 1925.4.3).

이 없었다.[51]

박은식은 『왕양명실기』를 비롯한 도입 당시의 저술에서 밝힌 견해, 즉 지육과 덕육의 방법을 대립시키고 주체를 도덕적 영역에 한정시키되 양지를 본체로 간주하는 견해를 실득實得하지 못하여 이후 계속 철학적 사색을 하게 되었는데, 67세 때1925 3월 16일 새벽에 마침내 격물치지와 주체에 관한 최종적인 깨달음을 얻게 되었다고 한다.[52] 양명학을 수용한 이후에도 그 진리성에 대해 계속 철학적인 탐구를 하게 된 것은, 양명학적 본령학문이 과학의 시대인 오늘날 요청되는 철학에 부합하지 못하는 측면이 있다는 의심을 없앨 수 없었기 때문이다.

결국 격물치지에 대한 최종해석에서 박은식은 양명학을 수정하고 주자학과 결합시켜서 자신의 독창적인 견해를 제시하게 된다. 특히 그는 량치차오도 사용한 바 있는 '진아眞我, 참된 나'[53] 개념을 가지고 인식적이면서도 도덕적인 주체를 설명한다. 그런데 그가 말한 '진아'는 량치차오가 이해한 것처럼 현상적 자아와 대비되는 본체로서의 양지[54]를 의미하는 것이 아니라, 이치나 원리에 대한 도덕적 의념意念과 그것을 야기한 앎[知覺]을 포괄하는 의식으로서의 마음을 가리킨다. 다시 말해서, 박은식에 있어 '진아'는

---

51 위의 글.

52 위의 글. "余年六十七歲乙丑陽三月十六日晨에 偶然히 夢寐의 覺醒을 因하야 格物致知의 訓을 實驗으로 悟得함이 有한바 此가 果然 余의 眞覺인지 妄信인지 將次 그 實效의 如何한 것을 待하기로 하노라."

53 일찍이 梁啓超는 「近世第一大哲學家康德之學說」(1904)에서 칸트(Kant)의 자아 개념을 '眞我'(초월적 자아)와 '現象之我'로 나누어 설명하였는데, '진아'는 불교의 眞如처럼 本體에 속하고, '現象之我'는 無明처럼 生滅界에 해당된다고 보았다. 다만, 眞如 本體는 一者인 반면, 眞我는 사람마다 가지고 있는 多者라는 차이가 있다고 한다. 『飮氷室文集』, 13권, 61쪽 참조.

54 梁啓超는 본체라는 점에서 칸트의 眞我가 왕수인의 良知와 일치한다고 해석한다. "陽明之良知, 卽康德之眞我, 其學說之基礎全同"(위의 글, 63쪽).

어떤 기준이나 척도로서 리理에 근거한 의념과 지각을 가리키며, 반대로 육체적 감정이나 욕심과 관계되는 의념과 지각은 꿈이나 환상처럼 헛된 것에 불과하다.[55] 박은식은 이와 같은 '리에 근거한 마음'으로서 진아에 대해 다음처럼 말한다.

> 그런즉 세상 어떤 것이 과연 진아가 되는가. 오직 나의 의意, 의념와 지知, 지각이다. 의는 인심의 의리義理와 정욕情慾의 발동하는 기틀이 되는 것인데, 의도 참과 거짓의 구별이 있으므로 "그 마음을 바로잡고자 하는 자는 먼저 그 의를 성실히 한다"[56]라 하였다. 의는 지知로부터 생하므로 "그 의를 성실히 하고자 하는 자는 먼저 그 지를 다한다"[57]고 하였는데, 지도 견문見聞의 지와 본연本然의 지가 있다. 견문의 지는 외면적 사물의 원리原理를 연구하여 지식을 넓히는 것이니, 이는 멀리 사물에서 취하는 것이다. 본연의 지는 텅 비고 신령한 본각本覺으로써 사물에 빛을 비추는 것이니, 이는 가까이 자신에게서 취하는 것이다.[58]

위의 인용문에 따르면, 의에는 참된 것과 거짓된 것이 있는데, 그 기준이 되는 것은 도덕적 의리를 따르느냐 아니면 개인의 정욕을 따르느냐 하는 것이다.[59] 의리를 따르면 진아가 되고, 정욕을 좇으면 헛된 자아가 된

55 박은식에 의하면, 꿈을 꿀 때는 얻으면 좋아하고 잃으면 싫어하는데, 그것이 꿈인 줄 모르고 眞境으로 알다가 깨어나서야 그것이 꿈인 줄 알게 된다. 지금 깨어있는 현실세계도 얻으면 좋아하고 잃으면 싫어하니, 이 역시 眞境이라 확신할 수 없다. 왜냐하면, 지금의 현실에서 깨어나 그것이 꿈이었음을 깨닫게 될지도 모르기 때문이다. 따라서 감각적인 욕구나 감정들은 꿈과 현실을 구분하는 기준이 될 수 없으므로, 그것을 구분하는 다른 어떤 기준이 있어야만 하는데, 그것이 곧 理이다. 理에 근거하면 현실이고, 그렇지 않을 때는 꿈이나 환상과 다르지 않다는 것이다(박은식, 「學의 眞相은 疑로 쫓차 求하라(前承)」, 『동아일보』, 1925.4.6).

56 『大學章句』 경1장, "欲正其心者, 先誠其意."

57 『大學章句』 경1장, "欲誠其意者, 先致其知."

58 박은식, 앞의 글.

다. 따라서 마음을 바로 잡는 수양에 앞서 "먼저 그 의를 성실히" 해야 한다. 그런데 의는 지에서 생겨나므로, 의를 성실히 하기 위해서는 먼저 "지를 다하지치지" 않을 수 없다. 이때 "지를 다한다"는 것은 양지를 실천하는 것이 아니라 지각 능력이 원활히 발휘되도록 한다는 것으로 해석한다. 즉, 지는 경험적 견문지와 선험적 본연지로 나뉘는데, 견문지는 사물의 원리에 근거한다면 과학적 지식을 얻을 수 있다. 반면, 본연지는 자기 내부로부터의 근본적 깨달음본각이자 도덕적 앎의 능력이라 하겠는데, 다시 사물에 빛을 비춰서 그 근원을 드러내는 기능도 지닌다.

여기서 견문지와 대조되는 본연지는 정주학程朱學에서의 덕성지德性知[60]에 해당하는 것으로 볼 수 있는데, 박은식은 그것을 도덕 인식에 국한시키지 않으려고 '본연지'로 칭한 것이다. 그리고 본연지는 곧 양지에 다름 아니다. 여기서 양지의 함의 변화를 발견할 수 있다. 즉 양지는 본체가 아니며, 견문지를 주재하여 사물의 원리에 관한 지식을 얻고, 사물에 유혹되지 않되 명령을 내려서 그것을 주재하는 마음의 지각능력이다.[61] 지각의 기능으로서 양지는 정욕을 없애고 의리를 좇는 도덕적 작용을 할 뿐만 아니라, 견문지를 주재하고 사물의 근원도 비추어 깨닫는 인식적 작용도 한다.

59 이것은 주희가 形氣(육체)에서 생겨난 지각내용은 人心으로, 性命(도덕적 당위)에 근원한 지각내용은 道心으로 구분한 것과 유사하다.

60 『正蒙』, 「大心」. "見聞之知, 乃物交而知, 非德性所知. 德性所知, 不萌於見聞."; 『二程遺書』, 권25. "聞見之知, 非德性之知. 物交物, 則知之非內也, 今之所謂博物多能者, 是也. 德性之知, 不假見聞."

61 박은식, 위의 글. "天地가 雖遠이나 吾의 虛靈이 可通이오 萬物이 雖衆이나 吾의 虛靈이 可應이니, 佛의 云한바 大圓鏡이 是라. 天下何物이 此에서 더 高尙하고 淨潔하고 光明한 者가 有하리오. 實로 造化의 精靈이오 萬物의 主宰라. 人이 渺然一身으로써 複雜하고 變幻하는 事物의 中에 處하야 能히 引誘가 되지 안코 使役이 되지 안하 모든 것을 命令하고 制裁하자면 良知의 本能으로써 主宰를 삼는 것이 根本上 要領이라." 여기서 양지는 本體가 아니라 本能으로 설명된다.

박은식의 이와 같은 의와 지의 통합체로서의 진아와 주체 개념은 량치차오와 다르다. 량치차오는 주희에 대해서는 "자유로운 진아와 부자유한 현상적 자아의 경계가 분명하지 않으므로, 이는 칸트에 미치지 못하는 곳"[62]이라고 비판하지만, 왕수인의 양지는 자유로운 진아에 해당되어 칸트와 부합한다고 주장한다. 그런데 량치차오는 양지라는 도덕주체를 가지고 과학적 인식을 포섭하려고 노력하지만, 그 결과는 '위학'과 '위도'의 간격이 벌어질 뿐 본체에 속하는 주체가 어떻게 현상계에 대한 과학적 인식을 이룰 수 있는지에 대해 설명할 수 없었다.[63] 량치차오의 뒤를 이어 현대신유가의 대표자인 모우쫑산牟宗三이 도덕주체로서의 양지가 과학적 지식을 어떻게 얻을 수 있는지에 대해 복잡하게 설명하려고 시도했지만, 그 역시 량치차오와 유사한 난관에 봉착하게 된다는 것도 주목할 필요가 있을 것이다.[64]

이와 달리, 박은식의 진아 개념은 본체로서의 양지가 아니라[65] 마음의 의념과 지각 작용 전체를 가리키므로, 도덕실천과 더불어 과학적 인식을

62 梁啓超, 「近世第一大哲學家康德之學說」, 61쪽. "其於自由之眞我, 與不自由之現象我, 界限未能明分, 是所以不逮康德也."

63 梁啓超, 『德育鑑』, 23쪽. "此科學者無窮盡者也. 故以奈端之慧, 其易簀時, 乃言學問如洋海, 吾所得者僅海岸之小砂小石, (…중략…) 莊子所謂吾生也有涯, 而知也無涯, 以有涯隨無涯, 殆矣."

64 牟宗三은 良知가 어떻게 과학적 인식을 할 수 있는지 설명하기 위해서 坎陷(구멍에 빠지다, self-negation)이라는 개념을 도입하지 않을 수 없었다. 양지는 과학적 지식을 얻기 위해 자기부정을 통해 대상에 대한 認識心으로 坎陷한 뒤, 과학지식을 얻은 후에는 다시 湧出하여 道德心이 된다. 다음을 참조. Stephan Schmidt, "Mou Zongsan, Hegel, and Kant : the Quest for Confucian Modernity", *Philosophy East & West* vol.61, no.2 April, University of Hawaii Press, 2011, pp.260~302.

65 박은식은 양지의 본능은 공부를 통해 보존해야 한다고 말한다. "良知의本能은靈明이오靈明의原質은淨潔이라 一切人生이孰無良知리오만은慾障과習障과物障으로因하야本明을失하는故로恒常拂拭과洗滌의工으로써그淨潔한것을保存하여야光明이自在하는故로曰淸明在躬에其知如神이라 그런즉 良知는靈明으로써生하고 靈明은淨潔로써存하고 淨潔은定靜으로써得하는 것이라"(박은식, 위의 글).

포괄할 수 있다. 허령虛靈하고 영명靈明한 양지는 마음의 본연한 지각 능력본연지, 본각으로서, 도덕적이고 형이상학적인 앎이 가능할 뿐만 아니라 견문지가 과학적 지식을 얻도록 주재하는 역할도 한다. 주체는 도덕심일 뿐만 아니라 인식심이기도 한 것이다. 또한 하나의 진아에서 견문지에 의한 정욕의 의념이 생기고 본연지에 의한 의리를 따르려는 의념이 생긴다는 설명은, 형기形氣의 지각을 인심으로 성명性命의 지각을 도심으로 설명한 주희의 도덕이론과 유사하다.[66] 도덕을 설명하는 방식에 있어 본체 대신에 마음의 의념과 지각 작용이 의리와 정욕에 따라 참과 거짓으로 나뉜다고 본다는 점에서 주희의 인심도심론과 비슷하다는 것이다.[67]

요컨대, 박은식은 격물치지에 대한 최종해석에서 양지를 본체로 간주하지 않고 진아가 가진 본연의 지각능력 가운데 하나로 설명함으로써 진아는 도덕주체이자 인식주체를 의미한다. 이점은 그의 양명학론의 주요 특징이자 량치차오와의 차별성을 나타낸다. 치지는 양지본연지, 본각의 능력을 지극히 하는 것이기도 하고, 견문지를 완전히 발휘하는 것이기도 하다. 그는 본령학문에서도 격물궁리의 탐구를 승인한 것이다. 또한 의념이 참이 되기 위한 조건과 지각이 과학적 지식을 얻을 수 있는 조건으로서 리의리와 원리가 필수적으로 요청된다는 점도 주목해야 할 특징 가운데 하나이다.[68]

66 朱熹, 「中庸章句序」. "心之虛靈知覺, 一而已矣, 而以爲有人心道心之異者, 則以其或生於形氣之私, 或原於性命之正, 而所以爲知覺者不同."

67 왕수인도 공리주의를 비판하고 내적 동기를 중시하는 점은 주희와 일치하지만, 덕의 본체로서 양지를 강조하는 점은 다르다고 할 수 있다.

68 일찍이 霞谷 鄭齊斗(1649~1736)는 理의 所當然과 所以然이 사물에도 있지만 그 근원은 마음(양지)에 있다고 봄으로써 과학적 인식과 도덕적 실천을 포괄하는 특징을 보이는데, 이는 박은식의 양명학론과 상통하는 면이라고 생각된다. 다음을 참조. 『霞谷集』, 권9, 『存言』(中), 한국문집총간본, 160_256c-d. "君之仁父之慈, 所當然之則, 心所以當然之理, 是天地萬物一體者, 義理生而知之者. 天之高地之厚, 所以然之理, 物所以當然之理, 是知識技能藝之出者."

박은식은 량치차오의 영향 하에서 양명학을 수용했지만, 결국에는 주자학과 결합시켜서 자신의 독특하고 창의적인 철학으로 만들었던 것이다.

5. 박은식 양명학론의 독창성

지금까지 박은식 양명학론의 독창성과 특징에 대해 본령학문으로서의 방법론적 성격과 주체의 인식적 도덕적 성격을 중심으로 살펴보았다. 주희에 있어 본령이란 인식과 도덕의 주체로서 마음을 의미한다. 본령공부에 있어 가장 중요한 방법은 거경이지만, 격물치지의 탐구법도 주체성 확립에 도움이 되기 때문에, 거경과 궁리 두 방법의 병행이 강조된다. 반면, 왕수인에 있어 본령은 마음의 도덕 본체로서의 양지이며, 본령공부의 방법은 양지를 구체적인 일에서 실천하고 구현하는 치양지이다. 량치차오는 양명학에 근거해서 도덕의 근본은 변하지 않는다는 것을 논변하기 위해 『덕육감』을 저술했는데, 거기서 왕수인의 본령공부를 지지하되 주희는 비판하였다. 주희의 가장 큰 착오는 지육의 방법을 덕육의 방법으로 오인했다는 데 있다고 본다.

박은식은 량치차오의 『덕육감』에 영향을 받아 양명학을 수용하게 됨으로써, 지육과 덕육의 방법을 대립시키되 본령학문을 도덕철학에 한정시키고 양지를 본체로 간주하는 양명학적 견해를 량치차오와 공유한다. 그러나 양명학을 중국철학의 본류로 간주했던 량치차오와 달리, 박은식은 조선성리학을 제반 과학의 본령학문으로서 철학의 올바른 길로 인도하기 위한 하나의 방편으로서 도학의 한 축으로 간주되는 양명학을 도입한 것이었다. 다만, 그는 양명학을 내용적으로 확신한 것은 아니었기 때문에, 격물치지에 대한 주희와 왕수인의 해석 가운데 어느 쪽이 옳고 바람직한지에 대해서는 말년까지 계속 탐색하게 된다.

말년에 이르러 박은식은 격물치지에 대한 최종해석에서 주희와 왕수인을 종합한 자신의 독창적인 견해를 제시한다. 그에 따르면, 참된 주체로서의 진아眞我란 의意와 지知로 이루어진 마음인데, 의리를 좇는 의만이 참된 것이되 정욕을 따르는 의는 허상에 불과하다. 의는 지로부터 생하는데, 지는 다시 견문지와 본연지로 나뉜다. 사물의 원리에 근거할 때 견문지는 과학지식을 얻을 수 있다. 본연지는 양지의 다른 이름으로서 내적이고 도덕적인 깨달음의 능력을 가리키지만, 견문지를 주재하고 사물의 근원을 비추는 작용도 한다. 따라서 양지본연지, 본각는 본체가 아니라 인식과 도덕을 포괄하는 주체의 근본능력을 의미한다.

결론적으로, 박은식의 주체진아 개념은 인식적이고 도덕적인 성격을 포괄함으로써, 도덕주체이자 본체인 양지가 현상계 사물의 과학지식을 어떻게 얻을 수 있는지에 대해 원만하게 설명할 수 없었던 량치차오와는 뚜렷하게 대조된다고 할 수 있다. 박은식의 본령학문에 대한 견해는 주희와 왕수인을 결합시킨 독특한 양태를 나타내며, 조선 리학 전통에 근거해서 주체적으로 양명학을 수용하여 자신의 철학으로 탄생시킨 하나의 사례로서 평가될 수 있을 것이다.

제2장

신채호의 고대사 기술에 사용된 언어학적 방법론 검토

『조선사연구초』와 『조선상고사』를 중심으로

김병문[1]

1. 들어가기

신채호는 1908년 3월 「국한문의 경중輕重」이라는 글을 『대한매일신보』에 3회에 걸쳐 연재한다. 물론 국문과 한문의 우열을 가리거나 그 각각의 손익損益이 어떠한지를 따지는 논의는 근대계몽기 내내 지속되었던 것으로서 신채호의 이 글 역시 그와 같은 논의의 연장선상에 있다고 보아야 할 것이다. 동서양의 '문명개화' 정도가 서로 다른 이유를 알파벳과 한자라는 문자의 속성에서 찾는가 하면, 글자 습득의 어렵고 쉬움의 차이가 어디서 기인하며 그로 인해 발생하는 사회적인 문제는 무엇인지를 꼼꼼히 따지는 등 1890년대 후반에서 1910년에 이르는 시기까지 '국문론'이라 부를 수 있는 '국문' 관련 논의들이 그야말로 백출한다.

그러나 1905~1906년 어간에서 그러한 논의들의 성격이 일정하게 변

1 연세대학교 근대한국학연구소 HK교수.

화를 맞게 되는데 우선 눈에 띄는 것은 '어떤 문자를 선택할 것이냐'에서 '어떤 식의 문장을 적을 것인가'하는 문제로 논의의 중심이 이동한다는 사실이고,[2] 다른 하나는 국문과 한문을 현실적인 이익과 손해의 관점에서 접근하던 이전의 논리와는 달리 이를 민족적인 정체성 차원의 문제로 접근하는 글들이 급격히 많아진다는 점이다.[3] 앞서 언급한 신채호의 「국한문의 경중輕重」은 1905년 이후부터 보이는 '국문론'의 두 가지 변화 양상 가운데 후자에 속하는 글이다. 즉 그는 아래에서 보는 바와 같이 국문과 한문의 선택의 문제를 '주인이 될 것인가 노예가 될 것인가'를 가르는 문제로 치환하고 있다.

> 大抵 記者의 論흔 바 漢文弊害라 홈은 其 佶屈聱牙를 非홈도 아니며 其 童習支離를 歎홈도 아니라 蓋其 一出一入 一主一奴의 中間에 多大흔 害가 有ᄒᆞ다 ᄒᆞ노라.[4]

즉 신채호가 생각하는 한문의 폐단이란 문장이 난삽하여 그 뜻을 이해하기 어렵다는 것에 있는 것도 아니고, 아동이 습득하는 데 오랜 시간이 걸린다는 데 있는 것도 아니다. 그보다는 한자가 주인 되고 노예 됨의 문

---

2 문장 작법의 통일이 필요하다고 역설한 신채호, 『문법을 의(宜)통일』, 『기호흥학회보』 5, 1908.12.25.이 바로 이와 같은 흐름에 있는 글이라고 하겠다.

3 근대계몽기 국문 담론의 변화 양상에 대해서는 김병문, 「들리지 않는 소리, 혹은 발설되지 않는 말과 '국어'의 구상–근대계몽기 국문 담론 분석」, 『'국어의 사상'을 넘어선다는 것에 대하여』, 소명출판, 2019 및 김병문, 「근대계몽기 '국문론'의 양상과 새로운 주체 형성의 문제에 대하여」, 『어문연구』 47, 한국어문교육연구회, 2019 참조.

4 신채호, 「국한문의 경중(輕重)」, 『대한매일신보』 1908. 3.17. 사실 이 글에는 필자가 명기되어 있지는 않으나 대부분의 선행 연구에서 그 내용이나 문체 등을 근거로 신채호의 글이라고 판단하고 있다. 독립기념관 한국독립운동사연구소 간행의 『단재신채호전집』 제6권에서도 이 글의 필자를 신채호로 인정하고 있다.

제에 관계된다는 점에 문제의 심각성이 있다는 것이다. 그리고 이에 대한 구체적인 근거로 한문의 유입에 따라 '국수國粹'와 '국혼國魂'을 잃어버린 우리의 역사를 거론하고 있다. 즉 삼국시대에는 수당의 강한 군대를 격퇴하고 왜적의 거듭된 침략을 물리쳤거늘, 고려와 조선 이래로는 몽고가 쳐들어오매 고개를 숙이고 만주족이 들이닥치자 다시 머리를 숙인 것은 무슨 까닭이냐며 따져 묻는다. 물론 이에 대한 신채호의 대답은 바로 한문의 유입 여부가 그 차이를 가른다는 것이다. 삼국 이전에는 한문이 성행하지 않아서 온 나라의 사람이 자국만 존중하고 자국만 사랑했던 데에 비해, 삼국시대 이후로는 집집마다 한문책을 쌓아놓고 한문만 읽더니 나라의 정신과 혼을 잃어버리고 중국을 '대송', '대명'이라 부르며 조선을 오히려 속국으로 여기는 노예의 상태에 빠졌다는 것이다.[5]

물론 예컨대 '한문을 폐지하고 국문을 쓰는 것은 학생들을 짐승을 만드는 일'이라며 상소한 학부대신 신기선에게 '청국 황제를 그리 섬기고 싶으면 청국으로 가 버리라'고 신경질적으로 반응하는 『독립신문』1896.6.4.의 잡보 기사처럼 근대계몽기 '국문론'은 처음부터 국문과 한문의 대립을 내 것과 남의 것이라는 차원에서 접근했던 것이 사실이다. 그러나 한문이 아니라 국문을 써야 한다는 주된 논리는 대체로 현실적인 손해와 이익을 따지는 데 있었고 그것을 국가 혹은 민족적 고유 사상이나 정신의 문제로까지 끌어올리는 일은 좀체 확인하기가 어려웠다. 그러던 것이 1905년 이후

5 "三國以前에는 漢文이 未盛行ᄒᆞ야 全國人心이 自國만 尊ᄒᆞ며 自國만 愛ᄒᆞ고 支那가 雖大나 我의 仇敵으로 常視ᄒᆞ야 (…중략…) 三國 以後로는 幾乎家家에 漢文을 儲ᄒᆞ며 人人이 漢文을 讀ᄒᆞ야 漢官威儀로 國粹를 埋沒ᄒᆞ며 漢土風教에 國魂을 輸送ᄒᆞ야 言必稱 大宋 大明 大淸이라 ᄒᆞ고 堂堂大朝鮮을 他國의 附庸屬國으로 反認ᄒᆞᆷ으로 奴性이 充滿ᄒᆞ야 奴境에 長陷ᄒᆞ야거ᄂᆞᆯ" 신채호, 「국한문의 경중(輕重)」, 『대한매일신보』 1908.3.18.

의 글들에서는 말과 글의 문제를 '국시國是', '국가사상' 등에까지 연결하는 경우가 발견되고 국어와 국문의 성쇠는 바로 국가의 흥망과 필연적인 연관 관계를 맺는 것으로 인식된다.[6] 그리고 신채호는 앞서 언급한 「국한문의 경중」에서 한문으로 된 중국의 역사책만을 읽어댔기 때문에 우리가 '국수國粹'와 '국혼國魂'을 제대로 보존하지 못했다고 역설하고 있다.[7]

여러 논자들에 의해 지적된 바와 같이 신채호는 특히 고대사를 전통적인 시각과는 다른 새로운 방식으로 해석해 낸 것으로 잘 알려져 있다. 예컨대 『독사신론讀史新論』1908에서 '동국 역사'의 '주종족'을 북방의 '부여족'으로 설정하는 것이 대표적인 경우인데, 이는 물론 전통적으로 인정되던 '단군-기자箕子-위만' 혹은 '단군-기자-삼한마한'의 계보를 거부한 것인데, 특히 단군을 직접적으로 계승한 나라가 기자조선이 아니라 부여, 그리고 그 뒤를 잇는 고구려라는 것이 그 핵심이다.[8] 주지하다시피 한말 유교 지식인들은 대체로 단군을 종족적 기원 정도로만 파악하고, 문화적 기원은 기자에서 찾았다. 『황성신문』의 창간호1898.9.5. 「사설」에서 단군 시절에는 아직 인문人文이 열리지 않았으나 기자가 비로소 인민을 교화하였고 따라서 이 땅에 처음으로 오신 기자 성인이 주신 문자한문와 선왕께서 창제하신 문자국문을 함께 쓰지 않을 수 없다며 국한문 혼용의 불가피성을 주

6 이와 같은 면모를 보여주는 대표적인 글로는 주시경, 「필상자국문언(必尙自國文言)」, 『황성신문』, 1907.4.1~6 및 박태서, 「국어유지론」, 『야뢰』 1, 1907.2.5 등을 들 수 있다.

7 "嗚呼라. 此其原因을 推究ᄒᆞ면 韓國의 國文이 晩出ᄒᆞᆷ으로 其 勢力을 漢文에 被奪ᄒᆞ야 一般 學士들이 漢文으로 國文을 代ᄒᆞ며 漢史로 國史를 代ᄒᆞ야 國家思想을 剝滅ᄒᆞᆫ 所以라. 聖哉여. 麗太祖ㅣ 云ᄒᆞ시되 我國風氣가 漢土와 逈異ᄒᆞ니 華風을 苟同ᄒᆞᆷ이 不可라 ᄒᆞ심은 國粹保存의 大主義이시거늘 幾百年庸奴拙婢가 此 家事을 誤ᄒᆞ야 小國二字로 自卑ᄒᆞ얏도다." 신채호, 「국한문의 경중(輕重)」, 『대한매일신보』 1908.3.18.

8 신채호의 고대사 이해, 역사 연구의 배경 등에 대해서는 주로 이만열, 『단재 신채호의 역사학 연구』, 문학과지성사, 1990을 참조하였다.

장하는 대목은 당대 단군과 기자에 대한 인식이 어떠했는지를 여실히 보여준다.

국문과 한문의 대립을 주인 됨과 노예 됨의 문제로 파악하고, 한문으로 된 중국의 역사서에 빠져 '국수'와 '국혼'을 잃어버렸다고 보는 신채호가 추구할 역사 서술의 방향은 물론 자명하다. 중국과 한문에 오염되기 이전의 조선의 고유한 정신을 회복하여 종국에는 정신적인 노예 상태를 벗어나 주인의 경지에 도달하는 것이 바로 그의 역사 서술이 지향하는 바였을 것이다. 그의 역사 연구가 고대사에 집중될 수밖에 없는 이유 역시 바로 거기에서 찾을 수 있을 것이다. 부여와 고구려를 중심에 놓고 고대사를 재편하는 『독사신론』의 시도는 물론 그 첫걸음이었다. 중국과 한문으로 인해 오염되기 이전의 조선만의 고유성을 찾으려는 노력은 그러나 그가 접할 수 있는 사료 자체가 모두 한문으로 씌어진 것뿐이라는 사실 때문에 처음부터 큰 난관에 부딪힐 수밖에 없었다. 이러한 문제를 해결하기 위해서 특히 1920년대 중반 이후 신채호는 고대사에 등장하는 인명이나 지명, 국명, 관직명 등을 모두 '이두식'으로 해석하는 방법론을 도입하게 된다. 한자를 한자로 읽지 않고 그것을 통해 한자 이전의 고유어를 복원해 내는 방식이다. 그리고 그러한 방법론은 당시에 활발하게 논의되던 한국어의 계통론과도 직접적으로 연결된다.[9] 『조선상고사』1931가 『독사신론』과 결정적으로 달라지는 것 가운데 하나는 바로 언어학적 방법론의 사용이었던 것이다.

---

9 이와 비슷한 시기 최남선 역시 한자로 표기된 각종의 고유명사를 해석하여 고대사에 대한 새로운 시각을 제시하려는 노력을 하게 되는데 그러한 시도 역시 한국어 계통론과 대단히 밀접한 연관 관계를 맺고 있었다. 이에 대해서는 김병문, 「최남선의 「不咸文化論」을 통해 본 고대사 만들기와 역사비교 언어학의 관계」, 『대동문화연구』 110, 대동문화연구원, 2020 참조.

이 글에서는 신채호가 『조선상고사』와 『조선사연구초』와 같은 특히 1920년대 중반 이후의 역사 서술에서 언어학적 방법론을 어떠한 방식으로 사용하였는가 하는 점을 살펴보기로 한다. 그가 활용한 언어학적 방법론은 한국어 계통론에 기반을 둔 것과 신채호 특유의 '이두식'[10] 한자 해석법을 활용한 것으로 나눌 수 있는데, 이들 각각이 당대 혹은 후대의 한국어 연구와 어떠한 연관 관계를 맺고 있는지 역시 검토의 대상으로 삼겠다.

2. 신채호의 고대사 기술과 한국어 계통론의 관계

대체로 1920년대 중반 이후 신채호의 역사 연구는 그 전 시기와는 여러 모로 구별되는 새로운 단계에 진입하는 것으로 평가되어 왔는데, 그의 역사 관련 주요 저술이 집중되는 이 시기의 특징 가운데 하나는 객관적인 사료 비판과 고증의 강조이다.[11] 그리고 그러한 경향을 보여주는 대표적

---

10 '이두(吏讀)'는 넓은 의미로는 한자의 음과 뜻을 빌려 고유어를 적는 차자(借字) 표기를 통칭하는 용어로 사용되기도 하나, 현재 한국어학계에서는 대체로 이두문에 사용된 차자 표기만을 '이두'로 부르는데 이때의 이두는 대개 조사나 어미에 해당하는 문법 형태소를 한자로 적은 것이다. 따라서 신채호가 사용하는 '이두'라는 용어는 전자의 넓은 의미에 해당하는 것이어서 현재 통용되는 한국어학계 일반의 용법과는 차이가 있다.

11 이만열은 신채호의 역사 연구를 1기 1905~1910년, 2기 1910~1923년, 3기 1923~1936년으로 나누고, 3기의 특징 가운데 하나로 사료 비판과 실증성을 들고 있다. 즉 "근대 역사학이 가장 중요시한 사료 비판과 실증면에 있어서 그 이론적 수준이 근대 사학의 수준"이라면서 "이때에 와서 객관적인 역사과학의 단계로 진일보"하였다는 것이다.(이만열, 앞의 책, 47쪽.) 실제로 그의 역사 서술이 과연 근대 역사학의 수준에 도달했는지의 여부와는 별도로 다음과 같은 신채호의 언급은 그가 객관 사실만을 기록해야 한다는 근대 역사학의 기본 전제에 동의하고 있었음을 보여준다.
"歷史는 歷史를 爲하야 歷史를 지으란 것이요, 歷史 以外에 무삼 딴 目的을 爲하야 지으라는

인 저술이 바로 『조선사연구초』이다. 1924년 10월에서 1925년 3월에 이르기까지 『동아일보』에 장기 연재된 이 글 가운데 「고사상 이두문 명사 해석법」과 같은 것은 앞서 언급한 대로 각종의 사서에 등장하는 인명이나 지명, 국명, 관직명을 한자 그대로 읽을 것이 아니라 이것들이 대개 고유어를 '이두식'으로 적은 것이라는 전제 아래 한자로 표기되기 이전 원래의 고유어를 해독해 내는 방법을 정리하여 제시한 것이다 그리고 『조선상고사』에서 새롭게 제시되는 역사 서술은 바로 그와 같은 새로운 방법론에 입각한 것들이 대부분이다. 신채호의 이러한 해석법에 대해서는 이 글 3장에서 다시 다루겠거니와, 여기서는 그러한 방법론이 당대에 알려져 있던 한국어 계통론과 상당한 연관관계를 맺고 있다는 점을 지적하고자 한다. 예컨대 『조선사연구초』에 실려 있는 또 다른 글인 「삼국지 동이열전 교정」에는 다음과 같은 언급이 있다.

> 韓傳에는 '邑借'란 官名이 잇고, 弁辰傳에는 '借邑'이라는 官名이 잇는바, 兩者 중 一은 반드시 倒寫한 字일지니 何者가 倒寫인가? (…중략…) 日本人 白鳥庫吉은 퉁구쓰族의 말에 使者를 '일치'라 함에 據하야 晉書 肅愼傳의 '乙力支'를 '일치'로 解한바 邑借는 그 음이 '일치'와 비슷하니 또한 使者의 義가 될지며, 高句麗 官名의 '鬱折'도 또한 '일치'인 듯하니 弁辰傳의 '借邑'은 곧 '邑借'의 倒載일 것이다.[12]

것이 아니오. 詳言하자면 客觀的으로 社會의 流動狀態와 거긔서 發生한 事實을 그대로 적은 것이 歷史요. 著作者의 目的을 쌀아 그 事實을 左右하거나 添附 或 變改하라는 것이 아니니 (…중략…) 由來 朝鮮에 歷史라 할 朝鮮史가 잇섯더냐 하면 首肯하기 어렵다." 신채호, 『조선상고사』, 단재신채호전집편찬위원회 편, 『단재신채호전집』 제1권, 독립기념관 한국독립운동사연구소, 2007, 604쪽. 이하 신채호의 저술에 대한 인용은 이 전집을 기준으로 하되 편의상 전집에 대한 다른 서지 사항은 생략하고 전집의 권수와 쪽수만을 표시하기로 한다.

중국의 역사서에 나타나는 조선 관련 기록에는 허다한 오류가 있기 때문에 이를 바로잡아야 역사적 실체에 온전히 접근할 수 있다는 것이 신채호의 입장이고, 그러한 맥락에서 『삼국지』「동이열전」에 나타나는 "顚倒, 訛誤, 脫落, 增疊된 字句를 校正"한 6가지 사례 가운데 하나가 위에서 보인 내용이다. 즉 「변진전」에서는 '借邑'이라하고 「한전」에서는 '邑借'라고 하니 이 둘 중 어느 하나는 잘못된 것임을 알 수 있는데, 시라토리 구라키치白鳥庫吉가 퉁구스어의 '일치'를 근거로 『진서』「숙신전」의 '乙力支'를 '일치'로 해석한 것을 따라 「변진전」의 '借邑'은 '邑借'의 오류이며 고구려의 관직명 '鬱折' 역시 '일치'로 볼 수 있다는 것이다. 우선 눈에 띄는 점은 신채호가 『삼국지』를 교정하며 시라토리를 인용하고 있다는 점이다. 시라토리는 잘 알려져 있다시피 비교적 이른 시기부터 그의 동양학 연구에서 '우랄 알타이어'계통론을 적극적으로 활용했던 인물이다.[13] 신채호가 여기서 시라토리를 인용하여 자신의 논리를 뒷받침하기 위해 제시한 결정적인 근거 역시 계통론을 기반으로 한 것이다. 즉 퉁구스어의 '일치'라는 어휘가 숙신을 거쳐 삼한 시대와 고구려 때 불렸던 관직명의 소리와 의미를 재구하는 데 결정적인 열쇠가 될 수 있었던 것은 바로 퉁구스어와 한국어가 하나의 계통을 이룬다는 것, 다시 말해 이들이 하나의 공통 조어祖語로부터 갈라져 나온 말이라는 전제가 있지 않고는 가능하지 않다.

신채호의 '이두식' 한자 해석법이 한국어 계통론과 직접적으로 연결되어 있음을 보여주는 대목은 그의 『조선상고사』에서도 확인할 수 있다. 즉

12 신채호, 「삼국지 동이열전 교정」, 『단재신채호전집』 제2권, 2007, 348쪽.

13 시라토리의 동양학에서 언어학적 방법론이 차지하는 위치, 단군 연구 및 남북 이원론이 의미하는 바 등에 대해서는 스테판 다나카, 박영재 · 함동주 역, 『일본 동양학의 구조』, 문학과지성사, 2004, 123~159쪽 참조.

이 책의 총론 '제4장 사료의 수집과 선택에 대한 상각商榷'에서는 '이두식'으로 표기된 각종의 한자어를 어떻게 해석할 것인가 하는 방법론적 문제에 대한 서술과 함께 몽고, 만주, 터키 제 민족의 언어와 풍속을 연구해야 함을 역설하고 자신이 그와 같은 생각을 하게 된 내력을 구구히 설명하고 있다.[14] 처음에는 『사기』 「흉노전」을 읽으며 정치 제도나 관직명 등 기타 여러 면에서 우리와 유사한 점을 발견하고 조선과 흉노가 3천 년 전에는 '일실一室 내의 한 형제가 아니었는가' 하는 의심이 들었다는 것인데, 그 뒤에 건륭제 때의 『滿洲源流考』, 『遼金元 三史國語解』 등을 통해 '朱蒙'이 '善射'라는 의미의 만주어 '주림물'에, '沃沮'가 '森林'의 뜻을 가지는 만주어 '와지'에 해당하며, 삼한의 관직명 끝에 붙는 '支'가 몽고어 '말치[馬官]'나 '활치[羊官]' 등의 '치'와 같은 것이라는 사실을 알게 되었다고 한다. 또한 동몽고의 승려로부터 동몽고의 동서남북 명칭을 물으니 『고려사』에서 '동부왈 순나順那, 서부왈 연나涓那, 남부왈 관나灌那, 북부왈 절나絶那'라 한 것과 같음을 알았으며 더 나아가 조선 만주 몽고 터키 네 종족 사이에는 현재에도 일치하는 어휘가 수십 종에 이른다는 도리이 류조鳥居龍藏의 조사 발표를 확인하고 나서 조선어, 만주어, 몽골어, 터키어가 '동어계同語系'라는 '억단臆斷'을 내렸다는 것이다.[15]

이와 같은 내용을 통해 고대사 사료에 등장하는 '이두식' 한자 표기에 대한 신채호의 해석이 기본적으로는 '우랄-알타이 어족'을 전제하는 한

14 신채호, 『조선상고사』, 『단재신채호전집』 제1권, 2007, 621~622쪽.

15 신채호가 구체적으로 도리이 류조의 어떤 글을 참조했는지는 확인하지 못했다. 다만, 최남선의 『살만교차기』(1927)에서 도리이 류조의 인류학적 조사를 크게 참조하고 있는 점으로 미루어 보았을 때 고대사에 관심을 가지고 있던 당시 조선의 지식인들에게 도리이의 글이 잘 알려져 있었던 것으로 보인다.

국어 계통론을 기반으로 하고 있다는 점을 확인할 수 있는데, 이 '우랄-알타이 어족'이라는 언어학적 가설은 그러나 한자로 표시된 고유명사나 관직명의 해석에만 관여하는 것이 아니다. 조선어, 만주어, 몽골어, 터키어가 '동어계同語係'라는 '제1보第一步'를 기반으로 하여 신채호는 중국의 이십사사二十四史에서 발견되는 선비와 흉노에 관한 기록, 그리고 흉노의 일부가 터키 헝가리로 이주하였다는 서양사의 내용 등을 참조한 결과 조선, 만주, 몽골, 터키 네 종족이 '동혈족同血族'이라는 '제2보第二步'를 내딛게 된다.[16] 말의 근친성이 그대로 종족적 근친성으로 연결되는 것인데, 이는 곧 조선사 기술의 대상이 될 조선 민족의 근원이 바로 한국어의 계통론으로부터 도출되고 있음을 의미하는 바이기도 하다.

이러한 사실은 『조선상고사』 '제2편 수두시대'의 맨 처음 부분 '조선 민족의 구별'에서도 그대로 확인된다. 즉 고대 아시아 동부의 종족이 하나는 '울알어족'이고 다른 하나는 '지나어족'이니 '조선족, 흉노족'이 전자, '한족, 묘족, 요족瑤族'이 후자에 속하며, '조선족'이 분화하여 '조선, 선비, 여진, 몽고, 퉁구쓰'가 되고 '흉노족'은 '돌궐, 흉아리匈牙利, 토이기土耳其, 분란芬蘭' 등이 되었다는 게 신채호의 설명이다.[17] '역사란 아我와 비아非我의 투쟁이 시간부터 발전하며 공간부터 확대하는 활동의 기록'이라는 『조선상고사』의 저 유명한 명제가 조선사에 적용되기 위해서는 우선 조선 민족이라는 '아'의 단위가 확정되어야 함은 물론일 터, 그 과정에서 바로 '울알어족'을 출발점으로 하는 한국어의 계통론이 결정적인 역할을 수행하고 있는 것이다. 물론 조선어를 '우랄 알타이' 어족에 속하는 것으로 보는 신

16 신채호, 앞의 책, 622쪽.
17 위의 책, 632쪽.

채호의 이와 같은 계통론적 인식은 당시에 이미 널리 받아들여지고 있던 것이기도 하다.

비非인도－유럽어족의 언어들에 대한 서양인들의 관심은 유라시아 대륙의 여러 언어들을 '타타르 제어, 스키타이 어군, 투란 제어, 알타이 어군' 등의 명칭을 통해 분류하고 이들 언어에서 인도－유럽어족과 대비되는 문법적 특성을 발견해 내기도 하였다. 19세기 중반 이후 주로 서양 선교사들에 의해 검토되기 시작한 한국어 계통론 역시 그와 같은 맥락에 놓여 있었는데, 호머 헐버트 같은 이는 투란계 언어를 사용하는 종족 일부가 인도의 남부에 정착하고 이들이 다시 동남아시아를 거쳐 한반도의 남부로 이주했다며 한국어와 드라비다어와의 동계설을 주장하기도 하였다.[18] 1900년 전후까지도 여러 논의가 정리되지 못하고 다양하게 전개되었던 것으로 보이는데 예컨대 제임스 스콧은 한국어에 대한 당시로는 수준 높은 논문이라고 할 수 있는 *English- Corean Dictionary*1891의 「서설」에서 한국어가 어느 어족에 속하느냐 하는 문제는 답하기 매우 어려운 문제라며 우랄알타이 어족에 속한다느니 드라비다 어족과 밀접한 연관이 있다느니 하는 주장들은 모두 확실히 증명된 것이 아닌 하나의 주장일 뿐이라고 설명한다.[19]

그러던 것이 1910년대 중반 이후가 되면 한국어의 '우랄－알타이' 어

18 20세기 초까지의 서양인들에 의한 한국어 계통론에 대해서는 송기중, 『역사비교언어학과 국어계통론』, 집문당, 2004, 59~82쪽 참조.

19 1892~1899년에 발간된 *The Korean Repository*와 1901년~1906년에 발간된 *The Korean Review*에 나타난 서양인들의 한국어 인식을 검토한 이상혁, 「근대 초기 영문 잡지에 나타난 서양인의 '조선어' 인식에 대하여－The Korean Repository, The Korean Review를 중심으로」, 『한국인물사연구』 25, 한국인물사연구회, 2016에 따르면 이 잡지가 발간되던 시가까지는 여전히 북방설과 남방설이 각축을 벌이고 있었던 것으로 보인다.

족설이 상당한 세력을 얻게 되는 것으로 보인다. 예를 들어 『조선문학사』1922의 '부편附編'으로 실린 「조선어 원론」에서 안확은 본격적으로 '조선어의 계통'을 논하고 있는데, '종족적 계통상으로' 세계 2,400여 종의 언어를 분류하면 '생쓰크리트어족, 우랄알타이어족, 단음어족, 남양어족, 세미틱어족, 하미틱어족, 남인도어족' 등으로 나뉘고 조선어는 일본어, 헝가리어, 몽골어, 터키어 등과 더불어 '우랄알타이 어족'에 속한다는 것이다.[20] 그리고 이 어족에 속한다는 각 언어에 대한 설명을 단편적으로나마 서술하고 이와 비교하여 조선어의 음운 및 문법적 특징을 제시하고 있다. 안확 스스로도 언급한 바와 같이 당시까지 '외인外人들'의 연구만 있었을 뿐 조선인에 의한 조선어 계통 연구는 찾아보기 힘든 형편이었다는 점을 감안하면 이만한 정도의 계통론도 당시로는 그 가치를 인정할 만하다고 하겠다. 그런데 조선어의 계통을 논한 것으로 안확이 거론한 '외인' 중에는 몇몇 서양인 외에도 가나자와 쇼자부로金澤庄三郎와 시라토리 구라키치가 포함되어 있다. 가나자와의 『日韓兩國語同系論』1910과 시라토리의 「朝鮮語とUral-Altai語の比較硏究」1914~1916를 염두에 둔 것으로 보이는데, 특히 앞서 살펴본 바와 같이 신채호도 언급한 시라토리의 '우랄 알타이' 어족설은 한국어의 계통에 관심을 두고 있던 여러 논자들에게 중요한 참조점이 되었던 것으로 보인다. 조선어 어휘 595개를 선정하여 이들 각각을 터키어, 몽골어, 만주어 등과 비교하여 유사한 어형을 제시한 시라토리의 위의 논문은 한국어의 계통을 규명하려는 당시의 여러 논의들 가운데 가

20 안확, 「조선어 원론」, 『조선문학사』, 한일서점, 1922, 215~223쪽. 안확은 일본 유학 시절 이미 '우랄 알타이' 어족설을 접했던 것으로 보인다. 이 시절 그가 쓴 「조선어의 가치」, 『학지광』 3호, 1915.2에는 그가 「조선어 원론」에서 제시한 조선어 계통론의 기본 내용이 거의 그대로 나타난다. 다만 이 글에는 가나자와는 언급되지만 시라토리는 언급되지 않는다.

장 치밀했던 것으로 평가받고 있다.

그런데 흥미로운 점들은 위에서 언급한 한국어 계통론들이 대부분 인종적 종족적 기원에 관한 논의와 직접적으로 연관 관계를 맺고 있다는 사실이다. 즉 헐버트의 소위 남방설이 인도 남부에서부터 건너온 종족의 존재를 전제하는 것임은 물론이고 스콧의 신중한 한국어 계통론 역시 "한국인과 한국어는 어떤 민족과 어족에 속하는가?"라는 제목 아래에 기술되어 있다. 스콧이 한국어의 언어적 특징과 더불어 한국인의 신체적 특성을 만주족과 일본인과의 비교를 통해 다루고 있는 것은 물론 조선어를 사용하는 이들의 종족적 기원을 추측하기 위함이다. 안확의 조선어 계통론 역시 언어의 '문법상'의 특질보다는 그 언어를 사용하는 '종족적 계통'을 우선하고 있으며,[21] 가나자와와 시라토리의 계통론 역시 그 출발은 언어학이냐 역사학이냐 하는 점에서 달랐지만, 결국 언어의 계통과 민족의 기원이나 변천 등에 관한 논의가 밀접하게 결부되어 있었다는 점에서는 일치하는 면이 있었다고 할 것이다.[22]

신채호가 『조선상고사』에서 '아我'의 단위를 확정하는 데 '우랄알타이어족'이라는 언어학적 가설을 적극적으로 활용하게 된 배경을 이해하기 위해서는 이와 같은 당대의 상황을 고려할 필요가 있겠다. 한문으로 기록된 기존의 사료들이 도달할 수 없는 고대사의 실체에 접근하는 것을 과제

21 '종족적 계통'을 기준으로 하는 것 외에도 안확은 '문법상 상태'를 기준으로 하여 '고립어, 교착어 굴절어'와 같은 분류 체계도 제시하고 있다.

22 한국어의 계통 연구가 민족의 기원 문제와 결부되는 것은 한국어 계통론의 초기 단계에서만 있었던 일은 아니다. 예컨대 계통 연구가 상당한 정도로 축적된 1980년대에 간행된 김방한의 『한국어의 계통』 제1장은 '한국 민족과 선사문화'라는 절로부터 시작하고 그 소절의 제목은 '한국민족과 한국어', '한국민족의 기원과 형성', '한국민족의 형성과 고아시아족', '고아시아족과 그 언어' 등이다. 김방한, 『한국어의 계통』, 민음사, 1993, 11~18쪽.

로 삼았던 그로서는 언어의 계통을 통해 민족의 기원을 소급하는 작업이 매력적으로 보이지 않을 수 없었을 것이다. 그런데 신채호는 '아'의 단위를 확정하는 문제에서만큼이나 '비아非我'와의 투쟁 과정을 통한 '아'의 '시간적 발전'과 '공간적 확대'의 과정을 기술해 나가는 데에서도 한자 기록 이전의 조선 고유어를 복구해 내는 작업을 적극 활용했다. 예컨대 『조선상고사』 '제2편 수두시대'의 내용 가운데 앞서 언급한 '조선 민족의 구별'에 바로 이어지는 내용이 '조선족의 동래東來'라는 부분인데 여기서 신채호는 "조선족이 최초에 서방 파밀 고원 혹 몽고 등지에서 광명의 본원지를 차자 동방으로" 이동하여 '불함산不咸山', 곧 지금의 백두산을 "광명신光明神의 서숙소棲宿所로 알아 그 부근의 토지를 조선이라 칭"하였다는 것인데, 광명의 본원지를 찾아 동으로 동으로 이동하여 드디어 '조선'에 도달했다는 이 민족적 서사의 근거로 신채호가 제시할 수 있는 것은 오로지 한자를 통해 해석해 냈다고 하는 조선의 고대 어휘들뿐이었다.

즉 "우리의 고어로써 참조하면 왕성王姓을 해解라 함은 태양에서 뜻을 취함이오 왕호王號를 불구레弗矩內라 함은 태양의 광휘에서 뜻을 취함이오 천국天國을 환국桓國이라 함은 광명에서 뜻을 취함이니" 이것으로부터 조선 민족이 광명을 찾아 동으로 동으로 이주해 온 사실을 알 수 있다는 것이다.[23] 왕의 성이 '해'이고 그 칭호를 '불구레'라 했다는 것은 '해모수'와 '해부루', 또는 '혁거세'를 염두에 둔 표현으로 보이고,[24] 천국을 '환국桓國'이라 했다는 대목은 단군신화의 '환인, 환웅'의 '환'을 의식한 것으로 생각되는

23 신채호, 앞의 책, 632쪽.

24 『삼국유사』「기이」편에는 '혁거세왕'을 혹 '弗矩內王'이라고도 하며 이는 광명으로 세상을 다스린다는 뜻이라는 기록이 보인다. "或作 弗矩內王 言光明理世也"(『삼국유사』 권1)

데, 중요한 것은 신채호가 한자로 표기된 어휘들을 원래 조선의 고대어로 복원해 내고 그것들을 통해 민족의 시원을 밝혀내려고 시도하고 있다는 사실이다. 심지어 광명 신의 숙소라고 생각한 불함산 근처의 땅을 일컫는 말이었다는 '조선' 역시 "고어古語의 광명이란 뜻이니" '朝鮮'은 이 고유어를 후세에 '이두자'로 쓴 것에 불과하다고 적고 있다.

이른바 '이두식'으로 표기된 한자를 통해 조선 고유의 고대어를 복원하고 이를 이용하여 고대사의 실체에 접근하겠다는 발상은 사실 『조선상고사』 전체에 걸쳐 적용된다고 해도 과언이 아니다. 이를 테면 '조선족의 동래'에 뒤이어 '조선족의 분포한 아리라', '조선 최초 개척한 부여'의 제목 아래에 기술된 내용은 동으로 이주하던 조선족이 대대로 '아리라'라 불리던 큰 강을 만나면 그 주변에 정착하였고 인근의 들판을 개척하여 '불'을 형성하였다는 것인데, 그렇다면 각지에 흩어져 있는 이 '아리라'와 '불'을 찾아내는 것이 바로 고대사 복원의 중요 과제가 될 터이다. '이두식' 한자 표기를 자신의 방식으로 해석한 신채호에 따르면 현재의 압록강, 대동강, 두만강, 한강, 낙동강은 물론이고 송화강, 요하 등이 바로 '아리라'이고[25] 고대의 각종 지명에서 보이는 '夫餘, 夫里, 不耐, 不而, 國內, 弗, 伐, 發' 등이 바로 '불'에 해당한다는 것이다. 그리고 이 가운데 송화강이 조선족 최초의 '아리라'이며 그곳을 근거로 하여 처음으로 개척한 '불'이 '하얼빈'이고 바로 여기서 조선 문화의 원시 '수두蘇塗'가 발원했다는 것이다. 따라서 '우랄-알타이' 어족이라는 언어학적 가설을 기반으로 하여 출발한

25 이러한 강들의 '이두식' 표기가 각종 문헌에 '阿禮江, 阿利水, 郁利河, 烏列河, 列水, 武列河, 鴨子河' 등으로 나타나는데, 이때 '阿禮, 阿利, 烏列, 武列' 등은 다 '아리'의 '음역(音譯)'이고, '鴨子'는 '아리'의 '의역(意譯)'이며, '江, 河, 水'는 다 '라'의 의역(意譯)이라는 게 신채호의 해석이다. 신채호, 앞의 책, 632~633쪽.

'아'와 '비아'의 투쟁의 기록이 신채호의 바람대로 '객관적으로 사실 그 자체를 적은' 것이 될는지, 혹은 '위험한 장난'에 빠지게 될는지는 이제 '이두식' 한자 해석법의 적절성 여부에 달리게 되는 셈이다.

3. '이두식' 한자 해석법 고대사 기술의 새로운 열쇠, 혹은 '위험한 장난'

앞서 언급한 바와 같이 신채호는 1924년 10월에서 1925년 3월까지 『동아일보』에 '조선사연구초'를 연재하는데 여기에 새로운 글들을 더해 1929년에는 같은 제목의 단행본을 간행한다. 그런데 이 단행본에 실린 6편의 글들은, 나름의 체계를 갖추어 이루어진 『조선상고사』의 고대사 기술에 앞서 한국어 계통론을 전제로 한 '이두식' 한자어 해석법을 단편적으로 시도한 것들이라고 할 수 있겠다. 그 중 한편인 「삼국지 동이열전 교정」이 중국 사서에 나타나는 조선 관련 기록의 잘못을 바로잡는 과정에서 언어학적 방법론을 적극 활용하고 있음은 앞서도 언급한 바 있거니와, 「평양패수고」에서는 각종의 역사서에 등장하는 '平壤, 平那, 卞那, 白牙, 樂浪, 樂良, 浿水, 浿江, 浿河' 등이 모두 '펴라'라는 고유어 지명을 한자로 표기하기 위하여 그 음을 빌려 쓴 것에 지나지 않는다고 설명하는데,[26] 이러한 해석이 문제적인 이유는 이를 바탕으로 '평양 = 낭랑'이 현재의 위

26 이렇게 해석한 이유를 신채호는 다음과 같이 설명하고 있다. ①'平壤, 平那, 卞那, 白牙' 등은 모두 그 음의 초성을 읽어 '펴라'가 되며, ②'樂浪, 樂良'은 '樂'의 뜻인 '풍류'의 초성을 읽고 '浪, 良'의 음인 '랑'의 초성과 중성을 읽어 '펴라'가 되며, ③'浿水, 浿江, 浿河'는 '浿'의 음인 '패'의 초성을 읽고, '水, 江, 河'의 뜻인 '라'의 전음(全音)을 읽어 '펴라'가 된다. 신채호, 「평양패수고」, 『조선사연구초』, 『단재신채호전집』 2권, 2007, 355쪽.

치에만 있었던 것이 아니라 삼국시대 이전에는 만주에 있었다는 이른바 '지명이동설'로 이어지게 되고, 당연히 이러한 해석은 한사군의 위치 비정 문제에도 직접적으로 영향을 미치게 되기 때문이다.

또 「전후삼한고」에서는 『사기』 「조선열전」의 "自始全燕時 嘗略屬眞番朝鮮"이라는 구절과 '眞番'에 대한 서광徐廣의 "一作莫"이라는 주註를 근거로 '眞·番·莫'의 3조선이 있었고 이때의 '眞, 番, 莫'은 진한, 변한, 마한의 '辰, 弁, 馬'와 같은 것으로서 이들은 모두 고유어인 '신, 불, 말'을 표기한 '이두식' 한자에 다름 아니라고 설명한다. 이는 물론 단군 시대에 이미 북방에 전前 삼한이 있었고 이 삼한이 우리가 알고 있는 한반도 남쪽의 후後 삼한으로 이어진다는 『조선상고사』 특유의 고대사 체계로 이어지는 것이다. 이밖에도 「삼국사기 중 동서東西 양자兩字 상환相換 고증」 연재 제목 : '고사상(古史上) 동서 양자 박구인 실증'에서는 우리 역사서 가운데 '동東'과 '서西'를 뒤바꾸어 기술한 기록이 많은데 이는 우연한 착오가 아니라, 지금은 동서남북에 해당하는 방위 명칭이 고유어로는 남아 있지 않지만 고대어에서 동쪽을 '시', 서쪽을 '한'이라 하였으므로[27] 한자를 이용해 '이두자'를 만들 때 '시'를 '西'로 적고 그 대신 '한'을 '東'으로 적게 되었다는 것이다.

이들은 하나같이 이른바 '이두식'으로 표기된 한자를 고유어로 복원하여 조선 고대사를 다시 쓰고자 하는 의지가 담긴 글들이다. 그리고 이러한 노력들은 『조선상고사』에서 하나의 체계를 갖추어 나타난다는 점에서 볼 때 『조선사연구초』에 실린 「고사상 이두문 명사 해석법」[28]의 의미는 각별

---

27 이렇게 본 근거에 대해서는 설명하지 않았으나, 고유어로 동풍이 '샛바람'('시바람'), 서풍이 '하늬바람'인 것을 염두에 둔 해석으로 보인다.

28 동아일보 연재 시의 제목은 「이두문 명사 해석법 – 고사상 국명·관명·지명 등」이다.

하다고 하지 않을 수 없다. 왜냐하면 바로 이 글에서 신채호는 자신이 행하고 있는 '이두식' 한자 표기의 해석이 임의적인 것이 아니라 일정한 방법론에 입각한 것임을 체계적으로 제시하고 있기 때문이다. 「고사상 이두문 명사 해석법」의 서두에서 신채호는 이른바 '이두식' 한자 표기의 올바른 해석이 중요한 이유에 대해 이것을 통해서만이 비로소 역사 서술의 착오가 교정되고 해당 시대의 본색이 드러나며 산실散失된 조선 역사상의 대사건이 발견되므로 "이것이 곳 地中古蹟을 發掘함에 비길 만한 朝鮮史硏究의 秘鑰이니라"고 강조하고 있다.[29] 그러고 나서 '고구려'가 '깨고리'에서 왔다거나이덕무, '위례성'은 '울', 즉 '위리圍籬'에서 온 말정약용이라는 따위의 설명이 아무런 근거 없이 단지 비슷한 음을 취하여 무단으로 내린 결론이라고 비난하며 자신이 정리한 '이두식' 한자의 올바른 해석 방법을 아래와 같이 여섯 가지로 제시하고 있다.

그 첫 번째는 '본문의 자증自證'이니 해당 역사서의 자체 내용을 통해 해석이 가능한 경우이다. 예컨대 『삼국사기』에서 '角干'을 일명 '舒弗邯, 舒發韓'이라고 한다고 하였으니 이때의 '角'은 '舒弗, 舒發'에 대응하고 '干'은 '邯, 韓'에 대응하는 것으로서, '舒弗, 舒發'은 '쇠뿔'이라는 소리를, '邯, 韓'은 '한'의 소리를 적은 것이므로 '角干'은 우리말 '쇠뿔한'을 한자로 표기한 것임을 알 수 있다는 것이다. '본문의 자증'에 해당하는 또 다른 예로는 역시 『삼국사기』에서 '異斯夫'를 일명 '苔宗'이라 하고 '居柒夫'를 일명 '荒宗'이라 했으니 '異斯'는 '苔'에 대응되어 '이사'로,[30] '居柒'은 '荒'

29 신채호, 「고사상 이두문 명사 해석법」, 『조선사연구초』, 『단재신채호전집』 2권, 2007, 331쪽.
30 실제로 중세 한국어에서 '이끼'는 '잀', 혹은 '잇'으로 나타나는데, 신채호 역시 『조선상고사』에서는 『훈몽자회』에서 '苔'의 훈을 '잇'으로 제시하고 있음을 언급하고 있다. 신채호, 『조선상고사』, 『단재신채호전집』 1권, 2007, 617쪽.

에 대응되니 '거칠'로 읽을 수 있다는 것이다. 이와 같이 해당 고유어의 소리와 의미를 다 알 수 있는 경우는 비교적 그 해석에 큰 이견이 생기지 않을 수 있는 것들이다. 신채호가 제시한 두 번째 해석법은 '동류의 방증傍證'이란 것인데, 비슷한 유형의 것들을 모두 모아서 해당 한자의 의미를 해석하는 것이다. 예를 들어 지명에 자주 보이는 '忽'이 곧 '골'인가의 의문은 '彌鄒忽, 述爾忽, 比列忽, 冬比忽' 등 모든 '忽'의 동류를 얻은 후에야 확인할 수 있다는 것으로서 같은 계열의 어휘들을 모아 거기에 포함된 동일 형태의 의미를 해석한다는 것이므로 이 역시 특별히 이론이 제기되기 어려울 것이다.

세 번째 해석법은 '전명前名의 역증遡證'인데, 옛 명칭을 통해 현재의 이름을 해석해 내는 방법이다. 황해도 '구월산'의 옛 명칭이 '弓忽'이고 또 일명 '劍牟縣', '窮牟縣'이라고도 한다는 사실을 들어 '弓'과 '劍牟=窮牟'가 대응하는 것으로 보고 '弓忽'을 '굼골'이라고 해석하는 것이 바로 이에 해당한다. 그런데 신채호는 이를 토대로 '구월산'을 단군의 '阿斯達'에 연결시키려는 시도를 비난하고 있다. 즉 '구월산'의 '구'를 '아사'아홉에, '월'을 '달'에 해당하는 것으로 보는 이들이 있는데, '阿斯'는 '앗, 엇, 아쓰, 어쓰' 등으로는 몰라도 도저히 '아홉'으로는 읽을 수 없으며, '達' 역시 각종 지명을 참조했을 때 '산'의 의미를 갖는다는 것이다.[31] 이 역시 지금의 관점으로 보더라도 대체로 합리적인 해석이라 하겠다.

신채호가 제시한 네 번째 해석법은 '후명後名의 연증沿證'이라는 것으로

---

31 이희승 역시 『삼국사기』 지리지 등의 지명을 근거로 '達'이 한반도 북부 지역에서 '山' 혹은 '高'의 의미를 가지고 있었을 것이라고 추정한 바 있다. 이희승, 「지명연구의 필요」, 『한글』 1-2, 조선어학회, 1932, 45~49쪽.

서 후대의 이름을 통해 원래의 명칭을 밝히는 방법이다. 신채호에 따르면 『삼국지』의 삼한 관련 기록을 검토해 볼 때 제관諸官을 다 '智'라하고 그 중 지위가 높은 대관大官은 '臣智, 臣雲遣支'라 하였는데, 특히 이때의 '臣雲遣支'를 고구려의 '太大兄', 신라의 '上大等'을 통해 해석할 수 있다는 것이다. 즉 당시에 종주宗主되는 나라를 '辰國', 작은 왕을 관할하는 보다 상위의 왕을 '辰王' 등으로 적은 것을 근거로 하여 '臣=辰'은 '太, 上, 總, 第一' 등의 의미라는 전제 아래 '臣雲遣支'의 '遣'은 '太大兄'과 '上大等'의 '大'에 대응하는 '크다'의 '크'로 해석할 수 있고 결국 첩자疊字로 보이는 '雲'을 재외하면[32] '臣遣支'는 '신크치'가 된다는 것이다. 즉, '臣遣支'는 '신크치'의 음을, '太大兄, 上大等'은 그 뜻을 적은 것이라는 해석이다. 이런 해석의 근거로 그는 원나라 태조 '成吉思汗'의 '成吉'이 '최대'라는 뜻의 몽고어 '싱크'에 해당함을 들고 있다. 즉 몽고어 '싱크'를 통해 조선의 고어 '신크'의 존재를 증명하겠다는 것인데, 그러나 이러한 대응이 규칙적으로 나타나지 않는 이상 그가 음성상의 단편적인 유사성만을 가지고 무단한 결론을 내렸다며 이덕무와 정약용의 어원설에 가한 비판이 자신에게도 그대로 적용될 가능성이 없지 않다.

'이두식' 한자 표기의 해석 방법의 다섯 번째로 신채호가 제시하는 것은 '동명이자同名異字의 호증互證'이다. 「평양패수고」에 대한 언급에서 본 바와 같이 '平壤, 平那, 卞那, 白牙, 樂浪, 樂良, 浿水, 浿江, 浿河' 등은 모두 '펴라'라는 동일한 명칭을 서로 다른 한자로 적은 것이라는 게 그의 주장

---

32 "'臣雲遣支'의 '雲'은 下文의 臣雲新國의 雲을 여긔에 疊載한 者니, 雲字를 빼고 '신크치'로 讀함이 가하며" 신채호, 「고사상 이두문 명사 해석법」, 『조선사연구초』, 『단재신채호전집』 2권, 2007, 335쪽.

이거니와 '동명이자의 호증'이란 이와 같아 하나의 이름에 여러 다른 한자가 대응되는 것을 밝혀내는 방식이다. 그런데 흥미로운 대목은 '穰, 壤'이 어떻게 '라'가 되는가에 대한 그의 설명이다. 신채호는 『훈민정음』의 "ㅿ如穰字初發聲" 규정을 근거로 '穰'이 'ㅿㅑㆁ'임을, 그리고 『노걸대』와 『박통사언해』의 '북경화北京話'를 근거로 이 'ㅿ'이 'ㄹ'에 가까운 음임을 주장하고 있다. 그런데 이는 주시경이 'ㅿ'을 'ㄹ과 ㅎ의 합음'이라고 설명한 내용과 일치하는 내용이기도 하다.[33] 신채호가 주시경의 'ㅿ'에 대한 음가 추정을 참조했는지는 불분명하지만,[34] 『훈민정음』의 자모 배열순서ㄱ-ㅋ-ㆁ, ㄷ-ㅌ-ㄴ, ㅂ-ㅍ-ㅁ, ㄹ-ㅿ를 근거로 한 주시경의 이런 해석이 지금의 관점에서 보면 그 타당성을 전혀 인정받을 수 없는 것과 마찬가지로 '平壤'의 '壤'이 '라'라는 소리를 적기 위한 것이라는 신채호의 주장 역시 언어학적으로는 수긍하기가 어려운 주장이다.[35]

신채호가 마지막으로 제시하는 '이두문' 명사 해석 방법은 '이신동명異身

33 주시경이 'ㅿ'를 'ㄹ'과 'ㅎ'의 합음으로 설명한 것은 『훈민정음』 예의를 본 직후인 『국문강의』(1906)부터이고(『국어문전음학』(1908)에서는 이러한 설명이 더 강화된다) 그 직전의 저술인 『국문문법』(1905)에서는 'ㅅ'과 'ㅇ'의 합음으로 보고 있었다.

34 신채호와 주시경이 자신들의 저술이나 연구에서 서로를 참조한 흔적은 별로 보이지 않는다. 그러나 『가정잡지』 2차분(1908.1~1908.8) 발간에 각각 편집 겸 발행인과 교보원으로 참여한 만큼 이 둘 사이에 일정한 교분이 있었던 것만은 분명해 보인다.

35 'ㅿ'이 'ㄹ'에 가까운 음이라는 추정에 근거해서 '平壤'을 '펴라'로 복원해 내는 것이 언어학적으로는 인정하기 어려운 주장임이 분명하나 조재형, 「고조선 지명 '浿水'에 대한 고찰」, 『지명학』 26, 한국지명학회, 2017, 273~270쪽에서 보는 바와 같이'平壤'을 '펴라'로 해독하는 신채호의 독법은 여전히 일정한 지지를 받고 있다. 퉁구스 제어에서 '강(江)'을 뜻하는 말들이 '벨라, 삘라, 삐알라' 등으로 나타나는데 고대국어 시기의 음운 체계나 음절 구조 등을 고려하면 이들이 '*벼라, *비라, *빌라' 등으로 재구될 수 있다는 점, 그리고 이와 같은 음성 형식이 '평천(平川)=벌내=벌천(伐川)'과 같은 지명에서 확인된다는 점, '平壤'의 별칭이 '平那'인 점 등이 그 근거로 제시되는 것들이다. 그러나 이러한 사항들을 받아들이더라도 '平壤'의 '壤'이 어떤 이유에서 '라'로 해독될 수 있는 것인지가 해명되었다고 하기는 어려울 것 같다. 더구나 신채호가 '불/벌'을 '아라라' 주위의 큰 들판을 뜻하는 것이라고 본 데에 비해 위의 설명은 이에 해당하는 요소가 강이나 하천을 뜻한다는 점에서도 차이가 있다.

同名의 분증分證'인데, 앞서 언급한 바와 같이 현재의 송화강, 요하, 압록강, 대동강, 두만강, 한강, 낙동강 등이 모두 애초에는'아리라'라고 불렸던 것이니 그러한 사실을 각각 증명해 내는 일이 중요하다는 것이다. 이때 사용된 구체적 방법은 예를 들어 송화강의 옛 이름 중에 '鴨子河'가 있으니 이때의 '鴨'이 'ᄋᆞ리'를 표기하기 위해 사용된 한자라는 식이다. 이 경우가 한자의 뜻을 빌려 이두식으로 적은 것이라면[36] '아리수阿利水, 오열강烏列江, 욱리하郁里河'와 같은 것들은 'ᄋᆞ리'의 음을 취한 표기라는 것인데, 'ᄋᆞ리'의 'ᄋᆞ'가 '아, 오, 우' 세 음의 '간음間音'인 고로 '阿, 烏, 郁' 등의 여러 방식의 취음取音이 가능했다는 것이다. 물론 'ᄋᆞ'가 '아, 오, 우'의 '간음'이라는 설명은 비슷한 시기 최남선이 『불함문화론』에서 동방문화의 근원을 밝혀줄 열쇠로 'ᄇᆞᆰ'를 지목하고 이때의 'ᄋᆞ'가 '지극히 선명치 못한 모음'이라 여러 모음으로 '전변轉變'될 수 있다고 한 것과 같은 맥락의 설명이라 하겠다.[37]

신채호가 제시한 이상의 여섯 가지 '이두문 명사 해석법'은 하나의 기본적인 전제를 공유하고 있다. 즉 우리말 고유어를 한자로 표기할 때는 한자의 음을 이용할 수도, 훈을 이용할 수도 있으니 이를 어떻게 가려내어 적절하게 해석할 것인가 하는 문제가 바로 그것이다. 그것을 위해 해당 역사서 내에 있는 자체의 내용을 이용하거나'본문의 자증' 유사한 계열 어휘를 종합적으로 고려해야 하며'동류의 방증', 전대나 후대의 명칭을 활용하여 증

36 『조선상고사』에서는 '鴨子'가 '아리'의 '의역(意譯)'이라며 고어에서는 '오리'를 '아리'라고 했다고 설명하고 있다. 신채호, 『조선상고사』, 『단재신채호전집』 1권, 2007, 632~633쪽. 그러나 중세 한국어에서 '오리'는 '아리'가 아니라 '올히'로 나타난다. 신채호가 무엇을 근거로 '오리'의 고어가 '아리'라고 했는지는 알기 어렵다. 아울러 그가 『조선사연구초』에서 'ᄋᆞ리'로 일관되게 표기하던 것을 『조선상고사』에서 '아리'로 적은 것이 본인의 수정인지, 신문사에서의 교정 등에 의한 것인지는 확인이 필요할 것으로 보인다.

37 최남선, 전성곤 역, 『불함문화론, 살만교차기』, 경인문화사, 2013, 21쪽 참조.

명할 수도 있다는 것이다'전명의 역증', '후명의 연증'. 그리고 그 과정에서 고려해야 할 문제는 동일한 명칭이 여러 다른 한자로 표기되는 경우도 있고'동명이자의 호증', 또 서로 다른 여러 대상에 동일한 명칭을 부여한 경우도 있으니'이신동명의 분증' 이들을 세심하게 분류하여 검토해야 한다는 것이다. 그러나 아무리 세심한 노력을 기울인다고 해도 '居柒夫 惑云 荒宗'와 같이 음과 훈이 동시에 대응되어 제시되지 않는 한 그 해석은 추정의 영역에 속할 수밖에 없다. 물론 계열 관계를 이루는 여러 어휘들을 비교하는 것은 그 해석이 객관성을 담보할 수 있는 주요한 방법이 되겠지만, 특히 신채호 자신이 지적한 대로 단편적인 유사성에 근거한 추정은 그 타당성에 의문이 제기될 수밖에 없다.

그러나 신채호가 『조선사연구초』나 『조선상고사』를 집필하는 당대에 그만큼 이 문제에 대해 체계적으로 접근했던 이는 별로 많지 않았던 것 같다. 비록 신채호에 앞서 최남선이 『계고차존』에서 예컨대 '마한馬韓'의 '馬'가 '마리首, 마루宗, 맏長上, 伯兄'의 뜻이라고 하는 등[38] 한자로 표기된 고대의 지명 등을 고유어로 해석하여 고대사를 새롭게 해석하려고 시도한 바가 있었으나 신채호만큼 전면적인 것도 아니었을 뿐더러 그 해석 방법을 체계화하려고 한 노력도 보이지 않는다. 그러한 사정은 언어학 연구에서도 마찬가지였던 것으로 보인다. 예를 들어 이희승은 1932년 『한글』에 발표한 「지명 연구의 필요」라는 글에서 조선어의 역사적 연구를 위해서는 지명 연구가 반드시 필요함을 지적하면서도 '북부 조선'에서는 '산'을 '달達'이라 했다든지 한자 '買'로 표기된 것들은 '川, 水, 井' 등의 의미를 갖는다

38 최남선, 「계고차존」, 『청춘』 14호, 1918.6.16, 42쪽.

든지 하는 단편적 해석에 그쳤을 뿐이다. 다만, 이 글은 지명 연구가 언어학적으로 어떠한 의의를 지니고 있는가를 분명히 인식하고 있다는 점에서는 특기할 만하다. 즉 한자를 사용한 기록을 포함하더라도 조선어의 문헌 시대는, "朝鮮語라는 한 獨立한 語族이 처음으로 成立한 時代부터" 오늘날까지의 긴 세월에 비하면 너무나 짧기 때문에 조선어 연구는 결코 문헌 자료에만 의지할 수 없는데, 그때 제기될 수 있는 자료가 바로 구비로 전승되는 가요, 전설, 속담 등과 무당의 푸념, 방언, 지명 같은 것들이며 특히 이 가운데 지명은 "古語를 가장 忠實히 또 豐富히 우리에게 提供"한다는 것이다.[39]

「이두문 명사 해석법」으로 대표되는 신채호의 언어학적 방법론이 당대에 어떠한 평가를 받았는지를 확인하기란 쉽지 않다. 이는 아마도 당시에는 한자를 사용한 차자 표기에 대한 언어학적 연구라고 할 것이 거의 없었기 때문일 것이다. 오히려 신채호나 최남선 등이 시도한 지명, 인명 등에 대한 해석이 이후 언어학 연구자들에게 비판적인 검토의 계기를 마련해 준 것이 아닌가 한다. 예컨대 「『삼국사기』의 지명고」1949라는 논문에서 김형규는 지금까지 한자로 표기된 지명을 고대의 고유어로 복원하는 과정에서 각자가 주장하고자 하는 것에 적합한 예 한두 가지씩 단편적으로만 이용하다 보니 오히려 전반적인 지명 해석의 정당성을 훼손하는 결과를 초래했다며 우선 『삼국사기』의 지명을 정밀히 검토하여 거기서 '불변의 원리 원칙'을 세워야 한다고 주장한다.[40]

---

39 이희승, 앞의 글, 46~47쪽.

40 김형규는 경덕왕 때의 지명 변경에서 공통되는 특징 세 가지를 아래와 같이 정리하였다. ① 신지명에는 글자의 수가 정해져 있다('州' 앞에는 1자, '郡'이나 '縣' 앞에는 2자). ② 글자는 대체로 '아름다운 뜻'을 가진 자로 변개되었다. ③ 구지명은 한자를 표음문자식으로, 신지명

그러나 한자를 빌려 적은 고대의 고유어를 해석하는 데 언어학적으로 중요한 기여를 한 것은 이숭녕의 「신라 시대의 표기법 체계에 대한 시론」1955이라고 해야 할 것이다.[41] 이 논문은 신라 시대 한자를 사용한 고유어의 표기 체계를 이른바 '1자 1음주의'에 입각하여 분석했는데, 즉 지명과 인명, 향가에서 사용된 한자를 분석하여 특정한 음절 혹은 음은 특정한 한자 몇 가지로 표기되었다는 것을 음절별 대응표를 작성하여 체계적으로 보인 것이다. 하나의 고유어가 여러 가지 한자로 표기된다든지 한 개의 한자를 여러 가지로 해석하던 이전의 방법론을 비판한 것인데,[42] 신채호 역시 이러한 비판에서 자유로울 수 없음은 물론이거니와 이숭녕의 이런 방법론은 이후에도 일정한 영향을 미치게 된다.[43] 그리고 용어상으로는 '이두'라는 표현이 조선 시대 이후의 것이므로 이를 삼국시대까지 소급하여 사용할 수 없다는 이숭녕의 지적 역시, 현재 한국어학 연구자들 사이에서는 대체로 '차자借字 표기'라는 용어를 쓰고 있는 데서 알 수 있듯이, 적확한 것이었다고 하겠다.

한자 표기의 고유어 복원을 통한 역사학계 일각의 고대사 기술에 대해 가장 신랄한 비판을 가한 언어학자는 아마도 이기문인 듯하다. 그는 『삼

은 표의문자식으로 사용했다. 김형규, 「『삼국사기』의 지명고」, 『진단학보』 16, 진단학회, 1949, 172~175쪽.

41 『서울대학교 논문집』 2권에 실렸던 이 논문은 1972년 같은 제목의 단행본으로 탑출판사에 간행된다. 이글은 1972년의 단행본을 참조했다.

42 "1자의 독법을 십여 종으로 읽고 그時 그時 異種의 해석을 내리고 음을 규정한다 함을 여하히 호의로 생각한다 하여도 시인할 수 없는 노릇이라 하겠다. 그러므로 1자 1음절 또는 1자 1음주의를 고집함이 정당한 태도라고 본다."이숭녕, 『신라 시대의 표기법 체계에 대한 시론』, 탑출판사, 1972, 162쪽.

43 "선생님의 연구는 세부적인 면에서 새로이 검토해야 할 사항들이 없지 않지만, 일자일음주의로 대표되는 차자표기법에 대한 연구 태도는 엄밀한 방법론에 입각한 연구를 강조한 것이어서 길이 잊어서는 안 될 우리의 좌우명이다." 남풍현, 「심악 이숭녕 선생의 차자표기 자료 연구」, 『이숭녕 현대국어학의 개척자』, 태학사, 2008, 349~350쪽.

국사기』의 사료적 가치를 논하는 진단학회의 토론회 자리에서 고대의 고유명사 표기법에는 한자의 음만을 취하여 표기한 방법과 의미만을 취하여 표기한 방법 두 가지가 있으며 전자를 음독 표기, 후자를 석독 표기라 할 때 언어학자는 음독과 석독 표기를 아울러 가진 것들에 대해서만 어원론을 시도하는 데에 비해, 역사학자들은 음독 표기나 석독 표기 어느 하나만이 있는 경우에도 어원론을 전개하다 보니 그런 시도는 자연 '위험한 장난'이 되고 만다는 것이다. 소리의 요소와 의미의 요소를 아울러 지니고 있는 언어의 특성상 한 면만으로는 그 실체를 규명한다는 것 자체가 불가능하다고 보기 때문이다. 그리고 그 '위험한 장난'의 예로 든 것이 이병도의 '阿斯達=아츰=あさ', 최남선의 '檀君=tengri'에 관한 설이었다.[44] 결국 신채호가 제시한 여서 가지 해석법 가운데 첫 번째인 '본문의 자증' 외에는 '위험한 장난'에 불과하다는 것인데 이러한 견해는 현재까지도 고대 지명의 해석에 관한 언어학 쪽의 기본 입장인 것으로 보인다.[45]

4. 나가기

지금까지의 논의를 정리하면, 신채호가 1920년대 이후 새로운 고대사

---

44 이기문, 「언어 자료로서 본 『삼국사기』」, 『진단학보』 38, 1974, 211~216쪽.

45 "어휘표기는 문장표기와 달리 훈차 표기와 음차 표기가 병렬되어 있을 때에만 자료의 신빙성이 높아진다. (…중략…) 어휘표기에서는 훈차 표기와 음차 표기의 어느 하나만 나타날 때에는 그 표기가 훈차와 음차 중에서 어느 것을 이용한 표기인지 확인할 수가 없다. 따라서 어휘표기의 경우에는 두 가지 표기 방법이 모두 적용된 예들만을 골라서 제시하여야만 단어의 의미와 음상을 모두 갖추어 알 수 있다." 이승재, 『차자표기의 변화』, 국어사연구회, 『국어사연구』, 태학사, 1997, 218~219쪽.

기술을 시도하면서 사용한 주요 방법론 가운데 하나는 한국어 계통론을 전제로 하는 '이두식' 한자 해석법이었다. 2절에서 살펴본 바와 같이 한국어 계통론에 관해서는 신채호가 대체로 당대의 언어학적 성과를 인식하고 그 기반 위에서 자신의 논지를 펼쳐나갔던 것으로 보인다. 그러나 3절에서 살펴본 바와 같이 신채호가 『조선상고사』를 집필하던 당대에는 인명이나 지명, 또는 관직명 등의 한자어를 통해 고유어를 복원해 내는 언어학적 방법론이 본격적으로 논의된 바가 없었다고 해야 할 것이다.[46] 오히려 신채호와 최남선 같은 이들이 고대사 기술에서 적극적으로 활용한 한자 해석법이 고대 한국어의 역사를 복원하려는 언어학자들에게 일정한 자극을 주었던 것으로 보인다. 한국어 계통론이 그간 국내외 많은 학자들의 노력에도 불구하고 아직도 확정적인 결론을 내리지 못하고 있는 것과 달리, 차자표기법 연구는 고려 시대의 각종 자료를 통해 상당한 정도의 성과를 거두었다는 점에서 신채호의 '이두식' 한자 해석법이 지금의 언어학적 검증을 온전히 견뎌낸다는 것은 물론 무리한 일일 수밖에 없다. 그러나 현재의 그러한 성과가 신채호의 '이두식' 한자 해석법을 비롯한 초기의 다양한 시도들을 기반으로 하고 있다는 점만큼은 부인하기 어려울 것이다.

그런데 역사학자들의 한자 해석법에 대해 엄정한 칼날을 들이대는 앞서의 언어학자들과 신채호와의 사이에는 단순한 방법론상의 견해차가 아

46 인명, 지명, 관직명 같은 어휘 표기가 아니라 향가에 사용된 향찰은 문장 표기라는 점에서 구별되나 한자를 이용한 차자 표기라는 점에서 공통되는 면이 있다. 小倉進平, 『郷歌及び吏読の研究』, 경성제국대학, 1929; 양주동, 『고가연구』, 박문서관, 1942 등이 향가에 대한 초기 연구의 중요한 성과인데 특히 양주동은 한자에 의한 차자 표기를 음독과 훈독, 음차와 훈차로 구별했다는 점에서 중요한 의의가 있다. 이에 대해서는 남풍현, 『차자표기법연구』, 단대출판부, 1981; 박재민, 「향가 해독 100년의 연구사 및 전망」, 『한국시가연구』 45, 한국시가학회, 2018 참조. 향가 해독과 고대어 및 고대사 기술과의 관련성은 별도의 논의를 기약하기로 한다.

닌 보다 근본적인 관점의 차이가 하나 있었다. 즉 앞서의 언어 연구자들이 대체로 '고구려어'가 남쪽의 '신라어'와 상당한 정도의 차이가 있었던 것으로 가정하고 더 나아가 현재의 한국어 형성에 '고구려어'는 큰 역할을 하지 못한 것으로 해석하기도 하는데,[47] 물론 이는 부여와 고구려를 단군의 계통을 잇는 조선사의 주된 흐름으로 보는 신채호의 고대사 인식과는 크게 구별되는 것이다. 남한 언어학의 이러한 면모를 일본학자들의 '일선동조론'과 연관된 것으로 몰아붙이는 북쪽 언어학계의 거센 비난도 있거니와[48] 사실 한국어 계통의 확정은 고사하고 삼국시대의 언어조차 그 실체를 온전히 파악하고 있지 못하고 있는 것이 한국어 역사 연구의 실상인바, 신라어 중심의 한국어 형성론 역시 아직까지는 가설의 영역에 속해 있는 것이라 하겠다. 물론 그러한 가설의 실상을 규명하는 것은 긴요한 일이 아닐 수 없다. 그러나 그것만큼이나 중요한 것은 신채호의 '고구려 중심설'을 포함하여 남과 북의 그러한 고대사 혹은 고대어 관련 각종의 가설들이 제출되었던 사회 역사적인 맥락이나 배경을 규명하는 작업일 수 있다.[49] 그에 대한 진지한 성찰 없이는 '국수'와 '국혼'을 필요로 했던 '신채호의 시대'를 넘어서는 일은 불가능한 것인지도 모르기 때문이다.

---

47 이기문은 신라어 같이 한반도 남부에서 통용되던 말을 한계(韓系) 언어로, 고구려어는 부여, 옥저, 예 등에서 사용되던 말과 더불어 부여계로 구분하는데, 그 가운데 중세 및 현대 한국어의 형성에 중심이 된 것은 신라어라고 보고 사멸한 고구려어가 퉁구스 제어와 더욱 가까운 관계에 있었을 것이라고 설명한다. 한국어 및 일본어와 알타이 제어와의 관계가 증명되지 않는 것 역시 그 사이의 '고리' 역할을 해 주었을 고구려어가 문헌상으로 남아 있지 않기 때문이라는 것이다. 이기문, 『국어사개설(개정판)』, 탑출판사, 1972, 29~32쪽 및 이기문, 『한국어형성사』, 삼성미술문화재단, 1981, 112~113쪽 참조. 김형규 역시 앞서 언급한 「『삼국사기』의 지명고」에서 고구려어와 신라어의 차이에 대해 이기문과 유사한 견해를 표명한 바 있다.

48 김수경, 『세나라시기 언어력사에 관한 남조선학계의 견해에 대한 비판적 고찰』, 1989.

49 이성시, 박경희 역, 『투쟁의 장으로서의 고대사』, 삼인, 2019 등에서 제기한 것과 같이 만약 고대사 자체가 근대 국민국가의 '욕망'이 투여된 '투쟁의 장'이라면, 근대 이후 제출된 다양한 고대어 관련 가설 역시 당대의 사회 역사적 조건과 무관할 수만은 없을 것이다.

제3장

정인보 철학 사상의 기본 입장

실심(實心)과 실학(實學)의 한국철학적 구상

김우형

1. 정인보, 양명학, 한국철학

위당爲堂 정인보鄭寅普, 1893~1950의 학문과 사상에 대해서는 지금까지 많은 연구들이 있었고 지금도 계속 진행 중이다. 그는 유가와 동양 고전에 해박했을 뿐 아니라, 우리민족의 주체성을 강조하면서 1930년대에 조선학운동의 중심에 서서 한 시대의 흐름을 이끌었던 인물이다. 일설에 따르면, 그는 "우리 겨레의 진로와 국가적 사건에 정견"을 가지고 있어서 우리가 우리의 "과거를 더듬거나 미래를 계획함에 그의 학식과 지혜를 요要하지 아니함이" 없기 때문에 사람들은 "그를 국보國寶라고 칭송"하였다고 평가된다.[1] 적어도 이점에서 그의 학문과 사상에 대한 최근까지의 지속적이고도 점증하는 연구 경향은 바람직한 현상이라 하겠다.

정인보의 학문과 사상에 대해서는 역사학이나 문학, 철학 등 각 방면에서 각각 전문적인 연구가 진행되어 왔다. 그런데 철학 분야에 있어서는 그

---

1 백낙준, 「薝園 鄭寅普全集 序」, 정양완 역, 『薝園文錄』(下), 태학사, 2006, 479쪽.

의 양명학 사상에 주된 초점을 맞춰 연구를 해왔다는 점은 주목할 만하다.[2] 지금까지 "조선시대의 전통적 양명학과 현대의 양명학을 잇는 '한국근대양명학'의 표본"[3]으로서 '정인보 양명학'에 대해서는 다각도로 많은 연구가 이어져 왔고 적지 않은 성과를 거두었던 것도 사실이다.[4] 분명 『양명학연론陽明學演論』이 그의 대표적인 철학적 저작이기 때문에, 그의 철학 사상에서 양명학은 큰 비중을 차지한다고 볼 수 있다. 따라서 지금까지 양명학 연구자들의 노고와 성과는 매우 존중되고 찬상讚賞되어야 마땅하다. 그러나 그럼에도 불구하고 말하지 않을 수 없는 것은, 양명학 사상이 그의 철학의 전부는 아니라는 점이다. 그는 근대양명학자이기도 하지만 무엇보다 당시 시대정신을 단적으로 보여주는 한국을 대표하는 철학자로 여겨지기 때문에, 양명학의 범위에 국한시키지 않고 그의 철학 사상의 독창적 일면을 재조명해볼 필요가 있는 것이다.

이에 필자는 정인보 철학 사상의 기본 관점은 어떤 것인지, 그의 철학적 문제의식과 독창적인 해법은 무엇인지에 초점을 맞춰 살펴보고자 한다.

---

2 정인보에 대한 연구사 정리는 다음을 참조. 강석화, 「담원 정인보 선생에 대한 연구사 정리」, 『애산학보』 39집, 애산학회, 2013, 185~232쪽. 이 연구는 정인보에 관한 기존 연구를 ① 개인 이력에 대한 연구, ② 역사학 분야의 연구, ③ 양명학적 사유에 대한 연구, ④ 문학 작품에 대한 연구로 분류하여 정리하였다. 정인보의 철학 사상에 관한 연구는 사실상 그의 양명학 사상에 대한 연구가 거의 대부분을 차지하기 때문에 그렇게 분류한 것이다.

3 최재목, 「鄭寅普 '陽明學' 형성의 地形圖」, 『동방학지』 제143집, 2008, 26쪽.

4 정인보 양명학에 초점을 맞춘 근래의 연구로는 다음을 참조. 한정길, 「정인보의 양명학관에 대한 연구」, 『동방학지』 제141집, 2008; 김윤경, 「담원 정인보의 주체적 실심론」, 『유교사상문화연구』 제48호, 한국유교학회, 2012; 심경호, 「위당 정인보의 양명학적 사유와 학문방법」, 『애산학보』 39집, 애산학회, 2013; 한정길, 「위당 정인보의 실심 감통과 경세제민」, 『동양철학』 제59집, 한국동양철학회, 2023. 한편, 정인보의 양명학을 '한국근대양명학'의 흐름 속에서 연구사를 정리한 것으로는 다음을 참조. 김세정, 「한국근대양명학에 관한 연구 현황과 전망」, 『유학연구』 제42집, 충남대 유학연구소, 2018, 119~178쪽. 이 연구는 한국근대양명학의 주요한 세 인물인 李建昌, 朴殷植, 鄭寅普에 대한 연구를 양명학적 관점에서 정리한 것이다.

물론 그를 유교 개혁사상가나 문화운동가로서 조명한 연구들도 있지만, 그의 철학 사상에 대한 해명은 여전히 미흡하다고 여겨진다.[5] 필자는 정인보의 철학 사상에 초점을 맞추기 위해 '실심實心'과 '실학實學' 개념에 다시금 주목할 것이다. 지금까지 정인보의 실심과 실학에 대해서는 많은 연구들이 축적되어 있는데, 특히 근래의 연구들에 의해 '실심실학'이 강화학파江華學派[6]의 전유물이 아니며 조선후기 여러 학파들에서도 발견되는 용어로서 다층적 함의를 지닌다는 점이 해명되었다.[7] 그러나 실심실학에 대한 기존의 연구들은 양명학적 관점으로 인해 여전히 정인보의 철학적 문제의식과 독창적인 해법에 대해 온전히 해명하지 못했다고 생각된다. 다시 말해서, 정인보를 한국 근대양명학의 천양과 발전에 이바지한 양명학자로서 조명할 뿐, 근대기 '한국철학자'로서의 면모를 해명하려는 시도는 찾기 힘들다는 것이다.[8] 근래의 몇몇 연구들에 따르면, 정인보가 활동하던

---

5 예를 들어, 이황직은 정인보를 "유교라는 전통가치를 근대지향적 가치체계로 변화시키려는 사상의 모험을 감행한" 인물로서, 그리고 "민족주의 사상에 정통성을 부여하고 조선학을 제창한 문화운동가로서의 측면에 그의 진면목"이 있다고 본다. 이황직, 「위당 정인보의 유교 개혁주의 사상」, 『한국사상사학』 20, 한국사상사학회, 2003, 288쪽. 또한 이황직, 「위당 조선학의 개념과 의미에 관한 연구」, 『현상과 인식』 34-4, 2010을 참조. '유교 개혁사상'과 '위당 조선학'이라는 측면에 필자는 십분 공감하지만, '위당 철학'의 측면에 대해서는 여전히 해명되지 못했다고 본다.

6 강화학파란 조선시대를 통틀어 가장 뚜렷한 양명학자라 할 霞谷 鄭齊斗에서 비롯되는 학파를 말한다.

7 정인보의 실심실학이 조선 양명학파의 전유물이 아니라는 점을 밝힌 연구로는 한정길, 「조선 양명학의 實心實學과 조선후기 實學－爲堂 鄭寅普의 陽明學觀에 대한 비판적 성찰을 중심으로」, 『韓國實學硏究』 28, 한국실학회, 2014을 참조할 것. 또한 위의 연구를 기초로 하되 근대 전환기 양명학파와 주자학파에서 실심실학의 다층적 함의를 구명한 연구로는 김윤경, 「근대 전환기 實心實學의 다층적 함의」, 『양명학』 제53호, 한국양명학회, 2019가 있다. 다만, 이 연구들은 실심실학의 의미가 강화학파에 전속되는 것은 아니라는 점을 해명했다는 성과를 거두었음에도 불구하고, 여전히 양명학적 관점의 한계를 벗어나지 못했다고 할 수 있다.

8 아래의 논문은 정인보의 '한국 근대철학자'로서의 면모를 조명하려는 시도가 부분적으로 엿보이지만, 여전히 박은식과 정인보를 '현대 양명학자'의 범위 내에서 다루고 있다, So-Yi Chung, "Korean Yangming Learning", Young-chan Ro, edit., *Dao companion to Korean*

근대전환기는 민족주의의 영향 아래 동아시아 국가들이 저마다 자국 철학과 자민족의 철학일본철학과 중국철학을 구축하는 것으로 귀결되었던 시기라고 할 수 있다.[9] 적어도 이점에서 정인보를 단지 유학의 한 흐름, 조선에서의 한 갈래 학파를 천양闡揚하고 널리 알렸던 인물이 아니라 당시의 시대정신과 철학사조에 호응하면서 미래를 도모했던 한국철학자로서 새롭게 조명해볼 필요가 있다고 본다.

2절에서는 정인보 철학 사상의 연원을 이건방李建芳, 1861~1939, 호는 蘭谷과 박은식朴殷植, 1859~1925, 호는 白巖을 중심으로 해명하고, 3절에서는 그의 철학적 문제의식에 관련하여 철학적 주체로서 본심과 실심 개념의 차이와 이에 따른 철학적 방법론의 확장 문제에 대해 살펴볼 것이다. 4절에서는 1929년에 간행된 『성호사설星湖僿說』에 대한 정인보의 「서序」에 나타난 '리理'·'실實'·'독獨' 개념들의 의미와 상호 관계를 통해 실학을 중심으로 한 그의 한국철학적 구상을 조명해볼 것이다.

Confucian philosophy, Dordrecht : Springer, 2019.

9 동아시아에서는 일본이 가장 일찍 '國學'과 자국 철학을 정립하려는 시도를 한다. 후쿠자와 유키치[福澤諭吉]에서 그러한 시도의 단초가 시작되지만, 본격적인 '일본철학'의 구축은 이노우에 테츠지로[井上哲次郎]에 의해 추동된다. 중국은 일본의 영향을 받아 뒤늦게 캉유웨이[康有爲]와 량치차오[梁啓超] 등에 의해 '중국철학'이 성립하게 되지만, 숑스리[熊十力]나 펑요우란[馮友蘭] 등 현대 신유가들에 의해 '중국철학'은 강력해졌다. 다음을 참조. 나카무라 슌사쿠, 「근대일본의 학지(學知)와 유교의 재편 –근대 "지(知)"로서의 "철학사(哲學史)" 성립」, 『사림』 32, 수선사학회, 2009; 이혜경, 「박은식의 양명학 해석–다카세 다케지로와의 차이를 중심으로」, 『철학사상』 55, 서울대 철학사상연구소, 2015 ; 이새봄, 「이노우에 데쓰지로(井上哲次郎)의 '유학 삼부작'–근대 일본 유학사의 시초」, 『한국사상사학』 61, 한국사상사학회, 2019 ; Shen, Vincent. "In Search of Modernity and Beyond : Development of Philosophy in the Republic of China in the Last Hundred Years." *China Review International* 19, no.2, 2012, pp.153~187 ; 김우형, 「양계초(梁啓超)의 국학(國學)과 '중국철학'의 형성」, 『철학연구』 61, 고려대 철학연구소, 2020.

2. 정인보 철학 사상의 연원

정인보의 학문과 사상은 문사철文史哲이 종합되어 있기 때문에 그것을 분야별로 나누어서 고찰하기 보다는 전체적으로 조명해야 하며, 오늘날은 "분과학문을 넘어서는 통섭학문이 필요한 때이기" 때문에 더더욱 정인보의 사유를 종합적으로 고찰할 필요가 있다는 견해는 일리가 있다.[10] 다만, 그러한 종합적 이해가 가능하기 위해서는 먼저 분과 학문별로 '나뉘고 분해된[分]' 세밀한 연구가 선행되어야 한다. 나누어 구분한 뒤에 이러한 결과들을 다시 합치고 종합하는 과정을 거쳐야 비로소 한 철인哲人의 사상이 온전히 드러날 것이기 때문이다.

그런데 정인보의 경우 지금까지 주로 사학자나 문학자한문학자, 한학자漢學者, 국학자國學者, 양명학자로서 조명하고 평가해왔지 근대기 한국을 대표하는 철학자로서는 깊이 있게 연구해 오지 않았다고 말해야 할 것이다. 그의 양명학 사상은 철학사상에 포함될 것이지만, 지금까지는 주로 그의 양명학에만 연구력을 집중해왔던 것이다. 정인보의 철학 전반에 관한 연구가 요청된다는 것이다. 정인보의 저작을 살펴볼 때 그 역시 분과 학문을 구분하고 있음을 알 수 있는데, 그는 자기 자신이 궁극적으로는 철인 내지는 철학자로서 역사에 남기를 바랐던 것으로 보인다. 이는 다산茶山 정약용丁若鏞에 대한 그의 해설과 평가에서 엿볼 수 있다. 그는 일찍이 정약용에 대해 정법가政法家, 경학자經學者, 정치경제학이나 과학기술학에 정통한 실학자實學者 등으로 소개한 바 있는데, 다산 서거 1백주기에 『신동아』에 쓴 그

10 전성건, 「신정인보론-실심과 실사의 종합」, 『다산학』 36, 다산학술문화재단, 2020, 79쪽.

의 최종적 평가는 정약용을 '철인'으로서 기록하고 있기 때문이다. 그는 다음처럼 말한다.

> 정다산 선생은 불우不遇의 철인이시다. (…중략…) 세상은 다산을 몰라드렸다. 몰라드리기는 새뢰 죽여 없애라고까지 하였다. (…중략…) 그 신身은 비록 숨어지냄[窮竄]의 년월年月을 계속케 되었을지라도 그 학學은 천인天人의 특귀特貴한 조선정신朝鮮精神의 지보至寶이므로 그 중에라도 저술著述을 남기도록 하려고 조물(造物)의 이것을 굽히고 저것은 펴는[屈此伸彼的] 의도 아래에 은암중隱暗中에 대화大禍를 탈脫하게 되고, 한가로운 시간을 가져서 문필文筆에 공급하게 되었다. 하니 무엇이 유익有益하며, 쓰니 누가 보기나 하랴고도 생각함직한 때이언마는, 조선의 우락憂樂을 자신의 것으로 감感하는 이 철인은 그야말로 한숨이 없어지지 않았다면[一息未泯] 한 생각이 항상 남아있어 그대로의 지성至誠인지라 방장 무엇을 맡은 듯이 누가 뒤에서 독촉을 거듭하는 듯이 종일終日 종야終夜 스스로 촌각을 수이지 못하고, 자나깨나 전조선全朝鮮이 눈앞에 환한 까닭에 사호絲毫만한 백성의 병통[民瘼]이라도 그저 넘긴 것이 없다. 그런즉 다산의 평생저서는 다산 일생정력一生精力의 소재所在로써만 귀할 뿐이 아니요 그때의 조선의 내內와 표表가 다산의 눈을 빌어 비로소 그 진형眞形이 나타난 것이니 근세조선近世朝鮮을 알려 하는 이는 다산의 유서遺書를 통하여 찾아볼 것이다.[11]

정약용에 대한 이러한 평가는 다산을 근세조선을 대표하는 철인으로서

---

11 정인보, 「丁茶山先生의 뜻깊은 付囑－逝世百年인 이 해에 遺書校刊이 窘絀 없이 잘 되기를 바라면서」, 『薝園 鄭寅普全集』(2), 연세대 출판부, 1983, 86~87쪽. 원문을 부분적으로 필자가 풀어 번역함. 이하 동일.

간주하고 있음을 잘 말해줌과 동시에, 다산의 주도면밀하고 체계적인 면모에 대한 숭모崇慕를 통해서 정인보 역시 궁극적으로 그와 같은 철학적 체계성과 논리성을 추구한다는 점을 암시해주고 있다고 하겠다. 그렇다면 과연 정인보의 철학 사상의 연원은 어디에서 비롯되는가? 주지하듯, 그의 강화학江華學, 하곡학적 배경과 스승인 이건방을 먼저 언급하지 않을 수 없을 것이다. 정인보는 자기 가문의 가학家學이 강화학에 속함을 「서주영편후書書永編後」에서 밝히고 있다.[12] 또한 그의 스승 이건방 역시 강화학의 학통을 이은 학자로 알려져 있다.[13] 일찍이 정인보는 『양명학연론』 「후기」 말미에서 "붓을 던짐에 미쳐 내 본사本師 이난곡李蘭谷 선생으로부터 사학斯學의 대의大義를 받음을 정고正告하고"[14]라 하여 이건방으로부터 강화양명학의 핵심적 의미를 전수받았음을 공식적으로 밝히고 있다. 강화학과 이건방은 정인보의 가학적 배경이자 스승이 된다고 하겠다.

그런데 정인보의 실심과 실학 개념은 이건방으로부터 전수받은 것은 아닌 것으로 보인다. 비록 이건방도 실심과 실학에 대해 강조하는 언급을 남기고 있지만, 그가 말한 실심과 실학의 의미는 실천적 주체와 수양공부의 맥락에 국한된다. 반면, 정인보의 실심은, 다시 살펴보겠지만, 도덕수양적 본심本心을 포함하되 대상적 원리들을 탐구하는 인식적인 주체로서의 성격도 지니며, 그러한 실심이 수행하는 학문은 철학만이 아니라 과학까

---

12 정인보, 「『주영편』 뒤에 쓰다」, 『薝園文錄』(中), 260쪽. "처음 우리집안은 대대로 서울의 好賢坊에서 살았다. (…중략…) [『주영편』 저자인 鄭東愈는] 어려서 李月巖(李匡呂)을 섬겼고, 信齋(李令翊), 椒園(李忠翊)과 사귀었으며, 그 곁에 申石泉(申綽)에게 미쳤고 그래서 멀리 霞谷(鄭齊斗)까지 잇게 된 것이다. 세상에서는 하곡이 姚江學(양명학)을 전공했다고 한다. 하곡이 요강학을 전공한 것은 정말이다."

13 한정길, 「蘭谷 李建芳의 양명학 이해와 현실 대응 논리」, 『양명학』 제51호, 한국양명학회, 2018.

14 정인보, 『陽明學演論』, 『薝園 鄭寅普全集』(2), 242쪽.

지 포괄하는 것이다. 대다수의 기존 연구들은 이러한 차이에 대해 주목하지 못한 채, 단지 정인보가 이건방의 실심실학을 그대로 계승했다고 본다.[15] 단적으로, 이건방은 「조선유학朝鮮儒學과 양명학陽明學」이라는 기고문에서 당시 조선사회를 구제하기 위한 방도에 관해 다음처럼 말한다. "오늘날에 그것을 구제하는 도道인들 또한 어찌 다른 것이 있겠는가. 오직 그 행한 바를 한번 돌이켜보아서 실심으로 실학을 궁구하고, 헛되고 거짓되며 망령된 습관을 깎아 제거하고 순수하고 참되며 착실한 공부를 절실히 닦아서, 한마디 말을 하고 한 가지 일을 행함에 반드시 마음에 돌이켜서 위축되지 않고 작위하지 않는다면, 그 학에 대해서 생각함이 반은 넘은 것이다."[16] 여기서 이건방이 말한 실심과 실학은 "거짓된 습관을 제거하고 참된 공부를 행하는" 실천적인 마음과 수양공부를 의미한다. 이러한 의미의 실심과 실학은 의례적인 사용례로서, 조선후기나 당대의 다른 유학자들의 용례와 큰 차이가 나지 않는 것이다.[17]

정인보가 자신의 실심과 실학 개념에 철학적인 독창성을 부여하게 되는 것은 박은식으로부터 많은 계발을 받은 것이다. 『양명학연론』 「후기」 말미에서 정인보는 이건방과 송진우宋鎭禹에 이어서 박은식을 언급하면서

15 근래에 실심실학이 강화학의 전유물이 아니라는 점을 해명한 다음의 연구들도 여기서 예외는 아니다. 김윤경, 「근대 전환기 實心實學의 다층적 함의」, 84~87쪽 ; 한정길, 「蘭谷 李建芳의 양명학 이해와 현실 대응 논리」, 283쪽.

16 吉星山人, 「朝鮮儒學과 陽明學」(7), 『東亞日報』, 1933.06.12. "在今日에 所以捄之之道인들 亦其有他哉리오. 惟在於一反其所爲하야 以實心으로 究實學하야 剗除虛僞謬妄之習하고 切修純焉眞摯之工하야 出一言行一事에 必反之於心하야서 而不餒不作이면 則其於學에 思過半矣니라." 吉星山人은 이건방의 필명이다. 한정길, 「蘭谷 李建芳의 양명학 이해와 현실 대응 논리」, 274쪽 참조.

17 김윤경은 강화학의 실심실학을 "실심을 실행하는 실학"으로, 주자학의 실심실학은 "실심으로 실학하라"는 의미로 구분된다고 보았지만(김윤경, 「근대 전환기 實心實學의 다층적 함의」, 67~68쪽), 위 이건방의 언급에서 보듯 양자가 명료하게 구분될 수 있는지는 의문이다.

"구원九原, 九泉을 말함에 영격永隔한 박겸곡은식 선생께 이 글을 질정質正하지 못함을 한恨함을 부기付記한다"라는 말로 장문의 글을 마치고 있다.[18] 본디 『양명학연론』의 '연론演論'이라는 말 자체가 박은식의 『왕양명선생실기王陽明先生實記』1910년 발표에서 더 나아가서 양명학을 '포괄적으로 부연하여 설명'하겠다는 뜻을 담고 있다. 즉, 정인보는 '실기'에 대한 후속편으로서 '연론'을 기획한 것이라 하겠는데, 그것은 주자학에 대항해서 양명학을 널리 전파하려는 문호의식에서 쓴 것이 아니며 자신의 가학 전통의 우수성을 널리 선전하기 위해서 쓴 것도 아니었다. 정인보는 박은식의 시대적 고뇌와 양명학으로의 실존적 결단, 그리고 철학적 비전vision에 느낀 바 있었기 때문에 그의 길을 따라 가되 그것을 보완 발전시키는 데 혼신을 다하였던 것이다.[19] 즉, 그는 박은식의 문제의식과 마찬가지로 사람들이 양명학을 통해 주체성을 세우고 비판적으로 학문을 하도록 이끌려는 의도에서 『연

---

18 정인보, 『陽明學演論』, 『薝園 鄭寅普全集』(2), 242쪽. 이건방은 자신의 학통을 정식으로 밝히기 위해 언급한 것이고, 송진우는 당시 동아일보 사장으로서 자신의 글을 연재할 수 있게 해준 데 대한 감사를 표한 것일 뿐이다. 따라서 이 책은 사실상 마지막으로 언급된 박은식에게 獻呈된 것으로 간주될 수 있다.

19 『양명학연론』과 더불어 정인보의 또 다른 주저로 손꼽히는 『오천년간 조선의 얼』(1935~1936년 『동아일보』에 연재되었고 나중에 '조선사연구'로 제목을 바꿔 출판) 또한 신채호의 역사학과 더불어 박은식의 國魂論과 역사관으로부터 많은 영향을 받았다. 정인보의 두 주저가 박은식의 영향 하에서 쓰인 것이다. 이렇듯 두 사람간의 영향 관계는 언설로 표현되지 않아도 명확한 것임에도 일부 연구자들이 외면했던 이유는, 박은식은 '정통 양명학자'가 아니고 일본을 추종하기 위해 '몰주체적'으로 양명학을 수용한 것이라는 설을 검증 없이 따랐기 때문이다. 이로 인해 일부 양명학 연구자들은 박은식보다는 강화학적 학통에만 관심을 두게 된 것이다. 그러나 박은식은 자신의 일관된 철학적 입장을 가지고 있었으며, 그에 따라 자신의 주자학적 배경에도 불구하고 유교개혁을 위해 양명학적 수양법의 도입을 역설했던 것인데, 정인보는 바로 이 점에 큰 감명을 받았던 것이다. 박은식의 철학 사상에 대해서는 다음을 참조. 김우형, 「박은식 유교구신론의 철학적 기획 – 구학(舊學)에서 신학(新學)으로의 전환을 중심으로」, 『동서철학연구』 제100호, 한국동서철학회, 2021. 만약 정인보가 단지 자신의 家學과 師承 관계를 충실히 계승하는 것에 그쳤다면, 철학적으로 그다지 주목할 만한 인물은 못 되었을 것이다. 이건방의 양명학은 박은식의 철학적 식견에 비견될 수 없기 때문이다.

론』을 쓴 것이다. 특히 근대 주체의 건립이라는 맥락에서, 정인보의 '실심'은 박은식의 '진아真我'론으로부터 많은 영향을 받은 것이다.[20]

일찍이 박은식은 「유교구신론儒教求新論」1909을 발표하여 조선의 유교계를 날카롭게 비판하되 유교를 종교적으로 개혁하고 학문적으로는 철학이라는 '새로운 학문'의 길을 가도록 할 수 있는 세 가지 방안을 제시한 바 있다.[21] 그중 세 번째는 조선 유학이 고질병을 가지고 있어서 많은 병폐들을 낳기 때문에, 이를 치유하기 위한 방법으로서 격물궁리格物窮理 대신에 양명학적 치양지致良知로 수양공부법을 바꿔야 한다는 것이다.[22] 그런데 박은식은 이후 본령학문철학으로서 리학이 도덕수양만 해서는 안 되고 과학처럼 이론적 탐구도 필요하다는 점을 승인하게 된다. 나중에 박은식은 최후 만년의 논설에서 철학도 지적 탐구가 필요하다는 점을 다음처럼 인정한다. "대개 정신상의 문명은 철학으로써 구하고 물질상의 문명은 과학으로써 구하는 것인데 (…중략…) 과학의 연구가 우리 학계에 가장 시급하고 긴요한 공부라 하겠다. 그러나 인격의 본령을 수립하며 인심의 함익陷溺을

---

20 김우형, 「박은식과 정인보의 자아와 주체관 연구–진아(眞我)론과 실심(實心)론의 철학적 성격을 중심으로」, 『율곡학연구』 48집, 율곡학회, 2022, 214~236쪽 참조.

21 박은식, 「儒敎求新論」, 『西北學會月報』, 1909.3(『白巖朴殷植全集』 제5권, 백암박은식선생전집편찬위원회, 동방미디어, 2002) 참조. 이글에서 박은식이 제시한 첫 번째 해법은 "帝王의 유교에서 人民의 유교로" 전환해야 한다는 것이다. 두 번째는 유교의 수동적인 입장에서 벗어나 기독교와 불교처럼 능동적으로 救世 활동을 실천해야 한다는 것이다. 세 번째는 철학에 해당하는 本領學問(리학)의 수양방법을 주자학에서 양명학으로 대체해야 한다는 것이다.

22 박은식, 위의 글, 『白巖朴殷植全集』 제5권, 437쪽. "또 현시대의 학문은 각종 과학이 곧 격물궁리의 공부이니 智育의 일이요, 心理學에 이르면 德育의 일이니 섞어서 하나의 공부로 만들 수 없다. (…중략…) 지금의 유자가 각종 과학 외에 본령학문을 구하고자 할진대, 양명학에 종사하는 것이 실로 간단하고 절실하고 긴요한 법문이다." 본령학문에서 양명학적 치양지법을 써야 한다는 주장은 梁啓超의 영향을 받은 것이다. 김우형, 「백암 박은식 양명학론의 독창성과 특색–본령(本領)학문과 주체의 문제를 중심으로」, 『공자학』 제44호, 한국공자학회, 2021, 175쪽 참조.

구제하고자 한다면, 철학의 진리를 발휘하는 것 또한 큰일이라 하겠다. 그 진리를 구하는 방법은 광부가 많은 사토沙土를 없애고 진금眞金을 채굴하는 것과 같이 반드시 무한한 연구와 무한한 경험으로써 실지상實地上 자기 마음으로 얻은 것이 있은 후에야 학리學理를 말할 수 있다."[23]

인격을 수양하는 본령공부의 핵심은 여전히 실천적 도덕수양법이지만, 그럼에도 철학은 "무한한 연구와 무한한 경험으로써 실지상 자기 마음으로 얻은 것이" 있어야 한다고 말함으로써 지적인 탐구법을 본령학문의 방법론에 수용하게 된 것이다. 박은식에 있어 과학과 본령학문을 수행하는 주체는 곧 '진아'이다. 즉, 본령학문으로서 철학은 지각과 의욕으로 이루어진 진아에 근거해서 "실지상으로" 도덕 수양과 이치 탐구를 병행해야 한다는 것이 그의 최종결론이다.[24] 정인보의 실심은 이러한 박은식의 진아론에 영향을 받은 것이다. 주체로서의 실심은 도덕주체와 인식주체를 포괄하는 박은식의 진아와 사실상 상통하지만, 그러나 칸트로부터 연원한 '진아' 개념보다는 "실지상"의 노력을 함축하는 전통 개념실심이 선호된 것이다. 또한, 정인보는 박은식이 구상한 과학과 철학이라는 신학문의 체제도 기본적으로 수용하지만, 본령학문을 계승한 철학과 달리 과학은 서양으로부터 수용할 수밖에 없다는 점에 대해서는 문제가 있다고 생각했다. 이제 실심의 문제부터 살펴보자.

23 박은식, 「學의 眞理는 疑로 좇차 求하라」, 『東亞日報』, 1925.4.3.

24 김우형, 「박은식 유교구신론의 철학적 기획 – 구학(舊學)에서 신학(新學)으로의 전환을 중심으로」, 141~145쪽 참조.

3. 본심에서 실심으로 철학적 주체와 방법론의 확장

『양명학연론』에 앞서 정인보의 철학적 문제의식의 단초가 발견되는 저술로는 「역사적歷史的 고황膏肓과 오인吾人의 일대사一大事」[25]를 들 수 있다. 이 글에서 정인보는 자신의 문제의식을 처음으로 명확히 밝히고 있다. 그는 우리민족이 역사적으로 고치기 힘든 난치병 여섯 가지를 가지고 있다고 말한다.[26] 그런데 이러한 병통은 나누면 여섯이지만 궁극적으로 한 뿌리에서 기원한 것으로서 자기의 이익만을 도모하려는 생각[自利의 一念]에서 비롯되는 것이다. 이 병통은 송학宋學의 유입으로 인해 악화된 것이긴 하나, 송학 자체가 원인인 것은 아니다. 병을 얻게 된 이유는 따로 있으니, 근본 원인은 고려 중엽이후로 심화된 중국에 대한 모화慕華주의이다. 즉, "사이비似而非한 한문漢文문사文詞와 자성自性 없는 부종附從적 학술이 미만彌漫하게 되어 어느덧 본심本心을 잃어버린 것이 더 큰 원인"[27]이라는 것이다. 정인보는 자기이익만 도모하려는 이기심과 중국에 대한 모화심을 치유하기 위해 '본심의 환기喚起'가 필요하다고 말한다.

---

25 정인보, 『薝園 鄭寅普全集』(2), 273~284쪽. 이 글은 1928년 9~10월 『青年』에 발표된 것. 제목이 '膏盲'으로 되어 있으나 본문에 '膏肓'(고황, 심장과 횡경막 사이의 병이 들면 낫기 힘들다는 부위 혹은 낫기 힘든 고질병을 뜻함)이란 말이 보이므로 수정함.

26 첫 번째는 잘못된 것도 습관적으로 그대로 따르는 인순(因循)의 병통이요, 두 번째는 게으르고 궁색한 구차(苟且)의 병통이요, 세 번째는 남을 의식하고 체면을 중시하면서 허황되게 꾸미는 허식(虛飾)의 병통이고, 네 번째는 무리지어 싸우는 당파(黨派)의 병통이며, 다섯 번째는 남을 시기(猜忌)하는 병통이고, 여섯 번째는 남을 이유 없이 차갑게 대하고 내리 깎는 냉박(冷薄)의 병통이다.

27 정인보, 「歷史的 膏盲과 吾人의 一大事」, 『薝園 鄭寅普全集』(2), 278쪽. 요컨대, 우리민족의 병통은 '自利之心'과 慕華心에서 비롯된 것이라 할 수 있는데, 이 생각은 『양명학연론』에도 그대로 이어진다. 정인보, 『陽明學演論』, 『薝園 鄭寅普全集』(2), 114쪽.

본심이란 무엇입니까? 본심은 간격間隔과 별이別異가 없습니다. 본심은 물아物我가 없고, 일체一切에 구구한 고기顧忌가 없고 만사에 악착齷齪한 계교計較가 없습니다. (…중략…) 누구나 다 같음일새 이 이른바 인생의 대본大本이며 대우주大宇宙의 단일영성單一靈性의 발로發露입니다. (…중략…) 그러나 이만 말씀으로는 실행實行의 계단階段이 되지 못합니다. 오인吾人의 일대사가 본심환기에 있나니 본심환기에 대한 첫 계단, 즉 유일한 정경正徑을 말씀하지 아니할 수 없습니다. 환기로부터 아주 회복回復에, 초계初階로부터 아주 본지本地에까지 이르는 것은 오인의 노력에 있는 것입니다. 우리는 무슨 일을 하고 아니하는 데 남모르고 나 혼자만 밝히 아는 안安과 불안不安이 있습니다. 이 한 자리만은 인생의 최명형最明炯한 곳이라 누구나 스스로 이 자리에는 구차한 용서를 받을 수 없고 아름거리는 가림을 도모할 수 없습니다. 알고도 위배違背함이 있을지언정 누구나 불안함을 느낄 때 홀로서 고통이 없는 법이 없습니다.[28]

위의 인용문에 따르면, 본심은 사물과 나의 구분과 간격이 없어서 인지적인 작용과는 거리가 멀며, 구차하게 염려하고 걱정하는 것이 없고, 좁은 마음으로 계산하고 비교하려는 생각이 없는 것으로서, 인생의 큰 근본이자 우주적 본체에 해당되는 것이다. 그것은 남은 모르고 나만 아는 양심의 목소리, 내면의 시비선악에 대한 자각이다. 이는 유교 전통에서 두드러진 윤리설로서,[29] 정인보도 밝히고 있듯 도덕적 시비판단을 하는 양지良知의 작용을 뜻한다.[30] 이 같은 도덕적 양지로서의 본심은 실심과 미묘한 의미

28 정인보, 위의 글, 279~280쪽.

29 이른바 愼獨(혼자만 아는 것을 삼감)으로서, 주희의 人心道心說과 왕양명의 致良知說 모두 이에 근거하여 구성한 도덕론이다.

30 정인보, 위의 글, 281쪽. "猜忌의 念이 일어날 때 猜忌로 判斷하는 良知가 本心이다."

차이를 지닌다. '본심'은 양지나 양심良心, 천성天性같은 도덕적 의미를 주로 띠는 반면, '실심'은 도덕적 함의에 인지적 성격까지 부가된 개념이다. 나중에 『양명학연론』에서 정인보는 본심보다 실심을 전면에 내세우는 변화를 보인다. 단적인 예로 "1. 논술의 연기緣起"의 자주 인용되는 한 구절을 살펴보자.

> 학문에 대한 태도가 전부터 이미 책장冊張에서만 힘을 얻으려 하던 것이 더 한층 늘어서, 가론 영국[英吉利] 가론 불란서佛蘭西 가론 독일獨逸 가론 노서아露西亞가 분연병진紛然竝進하지만 대개는 공교工巧하다는 자가 기다학자幾多學者의 언설言說만에다가 표준을 세워 어떻다 무어라 함이 대개는 저 '언설'로부터의 그대로 옮겨짐이요, 실심에 비추어 하등의 합부合否를 상량商量한 것이 아니니, 금今으로써 고古에 비比하매 과연 어떻다 할까. 하고 아니하고, 옳다 하고 그르다 함이 떼어놓고 말하면 누구나 자심自心의 발표發表로 볼 것이나 그 사람더러 물어 본다 해도 저 "말"로서의 합부合否를 조사할지언정 제 "마음"으로서의 합부를 그윽이 살피어 본 적이 없음을 자인自認할 줄 안다. (…중략…) 나는 실심에 대한 환성喚醒을 화제話題 삼아온지 오래다. 이것이 혹 "실심" 환성의 한 기회가 아닐까 하여 이 장론長論을 시작하는 것이다.[31]

위 인용문의 요지는, 책장에만 의존하는 한학漢學적인 태도가 오늘날 더욱 심해져서 학자들은 해외의 서적을 무비판적으로 수용해서 읊조리기만 할 뿐, 자기의 실심에 비추어 그것이 합당하고 옳은지를 생각하지 않는다

31 정인보, 『陽明學演論』, 『薝園 鄭寅普全集』 2, 115~116쪽.

는 것이다. 이는 마치 조선의 자칭 '주자학자'들이 가식적으로 진짜 주자학을 하는 것처럼 생색내는 것과 유사한 태도라는 것이다.[32] 정인보는 서양학문의 수용에 반대하지 않았고 오히려 적극 찬성하였지만, 그에 앞선 선결조건으로서 주체성과 실심의 회복을 주장한 것이다. 위에서 과학과 철학의 구분은 발견할 수 없지만, 핵심은 모든 학문들의 진위 판단의 기준은 자기의 실심이어야 한다는 것이다. 여기서 실심은 본심에 비해 이론적 인식적 성격을 가진다고 할 수 있다. 물론 『양명학연론』에서 본심이 실심으로 완전히 대체되어 사라진 것은 아니며 곳에 따라 간간이 발견된다. 그 본심의 용례는 앞서 살펴본 「역사적 고황과 오인의 일대사」와 일치한다. 즉, 본심은 시비선악을 즉각 판단하는 도덕적 양지를 의미하며, 왕양명이 말한 마음의 본체이고, 마음의 근본 바탕이 되는 것이다. 예를 들어, 오랫동안 심성에 대해 이론적으로 탐구하고 수많은 말을 허비하며 정밀한 설을 만든 사람이라도 혹 본심의 자각이라는 수양공부가 없으면, 심성에 대해 전혀 연구를 해본 적이 없어도 본심의 자각에 의해 자사념自私念을 부끄러워하면서 없앨 수 있는 사람보다 그 수준이 낮다는 것이다.[33] 철학에서 실천적 수양공부는 가장 중요하다. 문제는 이 같은 본심 수양과 더불어 실

32 정인보, 위의 책, 114쪽. "그러므로 數百年間 朝鮮人의 實心 實行은 學問領域以外에 구차스럽게 間間 殘存하였을 뿐이요, 온 세상에 가득찬 것은 오직 假行이요 虛學이라."

33 정인보, 위의 책, 124~125쪽. "어떤 것이 본밑마음인가. 다른 사람은 속일 수 있어도 저는 속일 수 없나니 속이려는 것을 邪念이라 하고 속일 수 없는 곳을 본심이라 한다. (…중략…) 근세 서양학술만이 複雜 纖瑣함이 아니니다. 宋이후 支那유학의 심성에 대한 討究도 참으로 기막히는 꼼꼼과 더할 수 없는 똑똑이 아님이 아니다. 그러나 천년을 두고 心을 究하여 一刹那에 일어나는 念質을 數萬言을 費하여 분석하였다 하자. 심을 궁구하는 그 학문과 내 마음 공부와는 당초에 관계가 없다. 그러므로 일념의 부끄러움을 붙들어 부끄러운 念을 누르는 것이 천년 두고 심을 궁구하는 것보다 實工이요, 마음이라는 명칭조차 모르는 사람으로도 능히 부끄러워하는 바에는 제 이로움도 버리었을진대, 이 사람이 곧 心學에 있어 높은 지위를 점하였다 할지라. 양명의 학이 이 곧 심학이요, 심은 곧 본심이요, 쉽게 말하자면 본밑마음이다. 양지가 곧 이것이니 양명의 이른바 '양지는 곧 마음의 본체'라 함이 이를 因함이다."

심의 지적知的인 측면이 주체 안에 수용되었다는 점이다. 그렇다면 본심양지과 실심의 관계는 어떻게 설명될 수 있는가? 다음의 언급은 이에 관한 실마리를 준다.

> 그렇다. 양지 곧 글씨 쓸 줄 알고 곧 그림 그릴 줄 알고 곧 밥지을 줄 알고 곧 옷 만들 줄 알고 곧 과학자의 발명을 내고 곧 정치가의 방략方略을 낸다는 것이 아니다. 해야 할 것일진대 배우는 것이 곧 양지요, 고심참담故心慘淡하게 하여야 할 것일진대 고심참담하게 하는 것이 곧 양지다. (…중략…) 양지 곧 "잘"을 만드는 것이 아니라 양지의 조력照力을 가지고서야 "잘"의 요로要路로 곡곡曲曲절절折折히 도입導入할 수 있을 것이다.[34]

위에 따르면, 양지 자체는 인간의 이른바 지각인지 작용을 일으키는 것이 아니다. 그것은 단지 당위적인 것, 가치 있는 것을 자각해서 행하도록 방향을 인도하는 등대나 나침반의 역할을 한다는 것이다. 따라서 양지본심 이외에 실질적인 지각 작용을 포함하고 있는 마음이 있어야 하는데, 그것이 곧 실심이다. 실심은 자신에 내재하는 양지본심의 안내에 따라 각 대상과 일에서 상세하게 대상적 과학적 지식을 얻을 수 있다. 요컨대, 실심은 도덕적 가치론적 방향을 제시하는 역할을 하는 양지본심를 포함하고 있되, 세부적인 대상적 원리들을 인식하고 실행할 수 있는 지각 작용을 지닌다고 할 수 있다. 본심양지을 포함하는 실심은 도덕주체이면서 인식주체이기도 한 것이다.

34 정인보, 위의 책, 172~173쪽.

이렇듯 정인보가 처음에는 '본심'을 말하다가 이후 '실심'을 주로 말하게 된 것은 근대주체의 건립이라는 당시의 시대정신, 특히 박은식의 진아론에 영향 받은 것이다. 당시에는 서양학문이 점점 더 넓게 확산되고 있었기 때문에, 본심의 환기와 도덕수양만으로는 일정한 한계가 있다고 생각했던 것이다. 즉 도덕적 본심을 포함하되 과학적 탐구를 수행할 수 있는 새로운 주체가 요청되었던 것이고, 결국 전통적 '실심' 개념에 새로운 의미를 부가하여 근대적 주체로서 설정하게 되었던 것이다. 이는 박은식의 철학적 문제의식과 진아론의 계승적 발전이라 할 수 있다. 이미 언급했듯, 박은식은 처음에 지육智育의 격물궁리법을 덕육德育의 도덕수양에 적용해서는 안 된다고 보았지만, 이후 본령학문으로서의 철학에 도덕수양 이외에도 인식적 탐구가 필요하다는 입장으로 선회하게 된다. '진아'는 실천적 수양과 인식적 탐구의 주체가 되는 것이다. 정인보는 이러한 주체관을 계승한다. 그도 기본적으로 과학적 탐구법과 도덕적 수양법을 엄격히 구분하면서[35] 격물치지를 심성수양의 방법으로 오인함으로써 과학에도 실패하고 도덕수양도 그르친 조선성리학자들을 비판한다.[36] 주체인 실심은 격물궁리로써 과학적 탐구를, 본심의 자각으로써 도덕수양을 각각 해나가면 되는 것이다.[37]

다만, 정인보가 제시한 실심은 진아에 비해 서양과학의 수용보다는 전

35 정인보, 위의 책, 119쪽. "학자로서 우주의 생성을 討究하는 학구적 방법과 修行하는 사람으로서 心境 속 切近한 생활을 獨做하는 要諦와는 다르니라."

36 정인보, 위의 책, 122쪽. "晦庵의 '格致'의 大義 만일 事物을 나누어 考究하는 分治的 情神으로 實際에 應用하였던들 物質에 對한 發明이 或 遠西와 竝驅하였을지도 모를 것을, 이렇게 活用하지는 못하고 그 解釋 그대로 心性을 수양하는 거기에다가 붙박이 要路를 삼고 보니 學者가 말로는 敷衍할 수 있으나 自心上 어떠한 착수처는 없고 그런즉 學問은 실상 自心과 멀어지고 말았다."

37 정인보, 위의 책, 114~116쪽.

통 과학을 '실학'으로서 복원해야 한다는 과제를 지닌다. 박은식의 경우만 해도 '실학'은 이미 전통 과학보다는 서양의 과학기술학과 상공업학을 주로 지시했고, 전통적 본령학문심성학을 철학으로 전환시킬 수 있는 것과 달리 과학은 오로지 서양으로부터 수용하지 않을 수 없다고 본 것이다. 박은식은 전통과학으로서 '실학'이 이미 민멸泯滅되었기 때문에, 오늘날에도 의미가 있는 본령학문만이라도 철학으로 일신日新시켜야 한다고 생각했던 것이다.[38] 그러나 이러한 사유는 결국 전통을 계승한 철학과 서양으로부터 수입한 과학의 단절로 귀결될 것이다. 정인보는 이 문제에 대해 실심과 실학으로써 해법을 찾았던 것이다. 즉, 실심을 철학적 주체로 삼음으로써 '실학' 내부에서 전통 철학만이 아니라 전통 과학까지 다시 복원하여 서양 과학과 결합하려 했던 것이다.

4. 리학, 실학, 조선학

전통을 잇는 철학과 서양 과학기술의 괴리와 단절을 극복하고 통일된 '실학'으로써 전통과학과 철학을 복원시키려는 정인보의 철학적 구상은 성호星湖 이익李瀷의 『성호사설』을 계기로 구체화된다. 정인보는 1929년 문

---

38 李佳白 著, 朴殷植 譯述, 「廣新學以輔舊學說」(『西友』 3, 1907.2.1). "中國의 格致技藝之學은 失傳이 旣久ᄒᆞ니 一朝에 欲求興復이면 豈能叩寂課虛ᄒᆞ야 向壁而造리오. (…중략…) 夫中西幷立ᄒᆞ고 新舊迭乘ᄒᆞᄂᆞᆫ듸 專向西學ᄒᆞ고 竟棄中學者가 非也라. 然이나 篤守中學ᄒᆞ고 薄視西學者ᄂᆞᆫ 失之太隘라. (…중략…) 盖實學은 本來 兩間의 公理요 萬國의 所共學이니 非一國의 所可遺라. (…중략…) 請컨듸 華人의 智能은 事事遠不逮古人ᄒᆞ고 西人의 智能은 事事直突過古人홈을 觀ᄒᆞᆯ지어다." 또한 다음을 참조. 김우형, 「박은식 유교구신론의 철학적 기획－구학(舊學)에서 신학(新學)으로의 전환을 중심으로」, 121~150쪽.

광서림에서 발간된 『성호사설』[39]의 「서」문을 쓰게 되는데, 여기에는 '실학'을 중심으로 한 한국철학적 구상이 함축되어 있다. 그런데 이 자료는 어찌된 일인지 『담원 정인보전집』에 수록되어 있지 않아서 연구자들의 주목을 받지 못하다가, 근래에 김진균에 의해 본격적으로 다루어졌다.[40] 그는 주로 한문학적 관점에서 지난 세기 '실학' 연구의 맥락을 흐름과 입장에 따라 잘 정리했는데, 앞으로 "새로운 단계"로 진입하기 위해서는 정인보로부터 그 개념의 원초적 의미를 모색할 필요가 있다고 보았다.[41] 그러나 그 서문에 함축된 정인보 실학 개념의 철학적 함의는 여전히 분명하게 드러나지 못했다.[42] 사실 '실학' 개념은 지난 세기동안 문사철을 통틀어 가장 뜨겁게 회자되었던 한국 인문학계의 화두라 하겠는데, 논란은 여전히 진행 중이라 할 수 있다.[43] 이는 그 개념이 본래 어떤 고유한 실체를

---

39 李瀷 著, 鄭寅普 校, 洪翼杓 刊編, 『星湖僿說』, 京城 : 文光書林, 1929(국립중앙도서관소장본). 김진균에 따르면, 『성호사설』은 일본인에 의해 운영되는 조선고서간행회에 의해 『星湖僿說類選』을 대본으로 하여 1915년에 이미 간행된 바 있다고 한다. 식민주의사학에 비판적이었던 정인보는 그것을 철저히 무시하고 자신이 직접 교감하여 1929년에 출판함으로써 민족의식을 고취하고자 했다는 것이다. 김진균, 「성호 이익을 바라보는 한문학 근대의 두 시선－1929년 문광서림판 『성호사설』에 게재된 변영만과 정인보의 서문 비교 연구」, 『반교어문연구』 28, 반교어문학회, 2010, 230쪽 참조.

40 김진균(2010), 위의 글 참조. 또한 김진균, 「實學 연구의 맥락과 鄭寅普의 '依獨求實'」, 『민족문화논총』 제50집, 영남대 민족문화연구소, 2012을 참조할 것. 이황직(2010)도 「성호사설서」의 중요성에 대해 언급한 바 있지만, 본격적으로 다루지는 못했다. 이황직, 「위당 조선학의 개념과 의미에 관한 연구」, 22~23쪽.

41 김진균은 다음처럼 말한다. "이제 대안의 근대 혹은 근대 이후의 상상력이 필요한 시점이다. 실학 연구가 지난 세기 국학연구에서 핵심적 역할을 담당하며 '민족-근대'의 이념적 근거를 추구했다면, 이제 실학 연구가 새로운 단계로 도약하여 새로운 상상력과 접속하고 본원의 맥락을 재구성해야 할 단계에 이르렀다. 근대의 초입에서 고전을 통해 주체적 공동체를 추구하는 지식인의 상을 그려본 정인보의 입장을, 실학 연구의 맥락에서 다시 확인해볼 필요가 있는 것이다"(「實學 연구의 맥락과 鄭寅普의 '依獨求實'」, 317쪽).

42 「성호사설서」의 '依獨求實'의 논리를 철학적 관점에서 다룬 연구들도 사정은 비슷하다. 다음을 참조. 이상호, 「정인보 실학의 개념과 특징」, 『애산학보』 39, 애산학회, 2013 ; 김윤경, 「1930년대 조선학 운동가들의 '실'담론과 '실학'개념의 형성 I－정인보의 '조선학'과 '실사구시의 학'을 중심으로」, 『양명학』 67, 한국양명학회, 2022.

지시하는 말이 아니라 '실제성을 추구하는 학'이라는 일반명사로서의 의미를 지닌다는 데 근본 원인이 있다고 생각된다.[44] 근대기에 이 같은 '실학' 개념은 서양의 과학기술에 대한 번역어로 사용되기 시작했고, 여기에 다시 새로운 함의를 첨가한 정인보에게 그러한 논란이 일어나게 된 데에 가장 큰 책임이 있다고 생각되지만, 어쨌든 여기서는 정인보 자신의 철학적 입장과 관련하여 그가 구상한 '실학' 개념을 구명하지 않을 수 없는데, 「성호사설서」는 그것을 파악할 수 있는 결정적인 단서를 제공해준다. 또한 이 서문은 앞서 살펴본 「역사적 고황과 오인의 일대사」와 『양명학연론』 사이에 쓰인 것이어서 본심에서 실심으로의 전환도 함께 설명해줄 수 있을 것이다. 이제 「성호사설서」의 첫머리부터 살펴보기로 한다.

> 무릇 학술에서 귀하게 여기는 것은, 미미하고 은밀한 것을 풀어 밝히며 근본과 말단, 처음과 끝을 현격히 드러내서 이 백성을 돕고 인도하는 것이다. 그런데 이에 이를 수 있는 것은 진실로 그 이치[理]를 터득하는 것에 달려 있다. 이치는 허구적으로 이를 수 없으므로 반드시 실제[實]에 의거해야 하고, 실제는 부류를 뒤섞을 수 없으므로 반드시 독자성[獨]을 구해야 한다. 독자적이면 실제적이고, 실제적이면 이치를 얻을 수 있게 되어, 풀어서 밝힌 공효가 백성

43 민영규는 서양의 과학기술학을 '실학'으로 잘못 번역한 것이 논란의 원인이라고 진단하면서 다음처럼 말한다. "광무연간에 처음으로 우리나라에 商工學校와 鑛務學校가 세워지고 그 校是로 표방된 '실학'이 당시 중국을 휩쓸던 것과 같은, 그릇된 번역에서 發端된 것이었음은 물론이다. 애초에 誠實 또는 眞實의 實에서 시작된 實學의 實이 商工·鑛務 등 實利를 추구하는 새로운 가치관의 이입과 더불어 어느덧 그것이 實業의 實로 위치의 변동을 가져왔고, 급기야 엔 오늘날의 '실학' 論議에서 보는 바와 같은 그릇된 概念內容의 沙汰를 보게 된 根本原因이 되어 주지 않았던가, 나는 그렇게 생각하고 있다(「爲堂 鄭寅普 선생의 行狀에 나타난 몇 가지 문제—實學原始」, 『담원문록』, 附錄, 516쪽)."

44 김진균 역시 이 점을 깊이 다루지는 않지만 언급하고 있다. 김진균, 「實學 연구의 맥락과 鄭寅普의 '依獨求實'」, 305쪽.

과 만물에 드러나서 감출 수 없게 될 것이다.[45]

학술이 귀한 이유는 미세하고 은밀한 사물이나 사건들을 중요한 것과 말단적인 것, 시초와 종말까지 낱낱이 밝혀서 사람들로 하여금 알기 쉽게 해주기 때문이다. 그런데 학문의 이러한 낱낱이 밝히는 수준에 도달하는 것은 이치를 터득하는 데 달려있다고 한다. 즉, 기본적으로 학문은 이치나 원리를 밝히는 작업이다. 존재의 관점에서 볼 때, 우주 자연이 인간과 만물을 형성할 때 개입되는 질서가 곧 원리나 법칙으로서의 '리'라 할 수 있다. 그것은 "허구적으로 이를 수 없는" 것으로, 만물의 실상과 실제를 이루게 된다. 그리고 이 실제성은 각 개체의 범주에 따른 독자성을 형성하게 된다는 것이다. 따라서 인간의 인식적 관점에서 학문을 통해 원리를 해명하기 위해서는 반대로 구체적인 독자성에서 시작해야 한다. 종류별 범주별로 독자적인 특성이나 성질을 찾은 다음에는 이치가 반영되어 있는 실상과 실제에 대해 파악해야 하며, 실제를 파악하게 되면 결국 이치를 풀어서 밝힐 수 있게 된다.

설명이 매우 압축적이고 추상적이어서 의미를 파악하기 쉽지 않지만, 이어서 고구려와 신라의 문화적 독창성을 최치원崔致遠이나 옥보고玉寶高, 향가鄕歌 등을 예로 들면서 설명하는 것을 미루어 볼 때, 앞의 추상적인 개념들이 무엇을 지시하는지 추측할 수 있다. 정인보는 계속해서 고려 중엽 김부식의 등장과 더불어 우리의 고유한 문화가 쇠퇴하기 시작했다고 말하

45 정인보, 「序」, 『星湖僿說』, 京城 : 文光書林, 1929. "夫所貴乎學術者, 以疏明微密, 縣本末終始, 以左右斯民, 而其能以致此, 則亶在於得其理. 理不可以虛造, 故必依於實, 實不可以汎類, 故必求其獨. 獨則實, 實則理得, 而疏明之效, 著於民物, 而不可掩已."

는데, 그때부터 "역사서를 쓰는 것은 실정과 바탕이 없었으니, 방언을 내쫓고 옛 전적을 잘라버려서 한당인과 유사해지기를 바라서 배우는 선비들은 헛되이 중국을 사모하였고 그런 유행과 풍조가 날로 거세져서, 6~7백년 간 [국풍은] 침체"[46] 되기 시작했다고 한다. 이로부터 우리민족의 주체성은 찾기 힘들어져서 오늘날 학문적 해명의 단서를 찾기조차 힘들게 되었다고 한다. 이러한 설명들에 의거할 때, 정인보가 말한 것을 짐작할 수 있다. '독獨'은 독자성을 의미하지만 특히 각 민족의 민족성과 문화적 정체성을 가리키며,[47] 학문상으로는 국학國學 즉 조선학朝鮮學을 함축한다는 것을 알 수 있다. 그리고 실제성으로서의 '실實'은 조선학에 의거하여 얻게 되는 실학을 함축하며, 이치나 원리로서의 '리理'는 실학을 통해 얻게 되는 리학을 함축하는 것임을 알 수 있다. 이 개념들에 대한 설명은 다음처럼 다시 제시된다. "독자성[獨]이라는 말은 정해진 것이 아니고 곳에 따라 있는 것이다. 작게는 벌레나 먼지에서부터 크게는 나라에 이르기까지, 가깝게는 심성의 체험에서부터 멀리는 별자리 역법의 추산推算에 이르기까지 모두 각자 그 실제성[實]이 있으니, 독자성[獨]은 그로부터 생겨나는 것이다. 지금 자기의 독자성을 버리되 남의 독자성에 부합하려 하니 근본 뿌리는 이미 상실되었다."[48]

독자성은 한번 정해져서 불변하는 것이 아니라 시간적 흐름에 따라 변천하고 개별 범주에 따라 달리 규정될 수 있는 것이다. 이러한 독자성을

---

46 정인보, 위의 글. "而金富軾之徒, 騰踔筆札, 爲史無情質, 黜方言艾故典, 以蘄似於漢唐人, 學士虛慕, 流風日扇, 陵夷六七百年之間."

47 김진균, 「實學 연구의 맥락과 鄭寅普의 '依獨求實'」, 312쪽.

48 정인보, 위의 글. "獨之爲言, 不定, 隨處而有者也. 小之虫豸塵芥, 大之邦國, 近之心性之驗, 遠之星曆之推, 皆各有其實, 而獨以之生. 今乃去其獨, 而合於人之獨, 本根已喪矣."

현존하게 하는 실제성은 자연적인 이치와 질료의 결합에 의해 가능할 것이다. 그런데 학문적 설명의 관점은 이러한 존재의 관점과는 반대로, 독자성으로부터 실제성을 파악하고, 실제성에서 존재론적 이치를 얻어야 한다. 그런데 고려 중엽 이후로 우리민족은 자신의 독자성을 버리고 중국의 독자성에 부합하려 했으므로 우리의 정체성을 잃게 되었고, 우리 자신에 대한 규명으로서 국학은 풀어 밝힐 단서를 잃게 된 것이다. 이러한 학술적 곤경이 민심에 영향을 미치게 되고, 도덕적 시비도 혼란스러워져서 나아갈 방향을 잃어버려 끝내 지금에 이르러서는 나라의 패망을 당하게 되었다는 것이다. 이러한 난국에 대한 해결책은, 먼저 독자성에 근거해서 실제성을 얻고, 이 실제성으로부터 이치들을 터득해나가는 것이다. 즉, 우리민족의 독자성에 근거한 조선학의 구축에서 최초의 실마리를 얻어야 한다. 정인보는 독자적인 조선학의 사례로 정제두의 양지학과 산수算數, 최명길崔鳴吉과 이이명李頤命의 역상曆象, 이서李書의 소학小學 등을 언급하였으나, "국화國華를 넓히고 백성의 몽매함을 크게 계몽"하기에는 역부족이라 한다. 마침내 성호 이익에 이르러 그가 역사학에 근거를 두고 민족의 뜻을 밝혀 모범적인 형식을 제시하자 혼란이 정리되기 시작했고, 조선의 역사는 비로소 조선을 주로 하게 되었다는 것이다. 이익을 이어서 안정복安鼎福, 윤동규尹東奎 등이 독자적인 역사학을 발전시켰다. 한편, 이익의 정치경제학은 유형원柳馨遠을 시조로 하는데, 그는 소박하고 돈후하지만 주나라를 높이는 뜻이 있어서 종종 거기에 근본하되 조선에 의존하지 않았다고 한다. 그런데 이익은 "우리가 종주국임을 확고히 표방하고, 백성들의 이목의 실제에 징험하였으므로, 측은해 하는 슬픔이 백성에 통하였지 옛 성인들의 제도에 부합할 것을 바라지 않았고, 난처함을 도울 것을 생각하여 실로 그들을 감싸는 바가 있었으니 이른바 앉아서는 말하고 일어서면 행하는 사람"[49]이었다고 한다. 정인보는 일본이 중화주의에서 벗어나 독자성에 근거해서 학술을 발전시킴으로써 나중에 메이지유신에 의해 국가가 혁신하게 될 것을 이익이 예견하기까지 했다고 평한다. 그는 계속 다음처럼 말한다.

> 다만 선생 일생동안의 근심은 오로지 민족에 있었으니, 천하를 말한 것은 이 때문이요 외국을 말한 것 또한 이 때문이다. 역상曆象과 예율禮律 모두 이런 종류이니, 그러므로 궁구할 때 나누어지지 않음을 근심하여 구분해서 궁구하였으며, 그 귀결은 우리 백성을 보좌하려는 것을 넘어서지 않았다. 그렇지 않으면 비록 오묘한 이론이라도 모두 끊어서 버렸다. (…중략…) 정치경제학의 단서는 정다산이 가장 발휘하여 단단하고 정밀하게 살펴서 학자들의 으뜸이 된다고 말한다. (…중략…) 정조와 순조 이후 박학樸學[50]을 하는 선비들이 서로 이어져서 적막함을 달게 여기고 곤궁함을 편안하게 여기면서 힘써서 그 진리를 구하기를 바랐다. 그 연원은 반드시 모두 선생에게서 나온 것은 아니지만, 그러나 선생이 앞서 만들지 않았다면 나는 그것이 이 수준에 오를 수 없었을 것이라 본다.[51]

---

49 정인보, 위의 글. "而先生政治經濟之學, 又閎恢周洽, (…중략…) 先是言經濟, 祖柳磻溪, 原其樸厚敦慤近周漢矣. 獨以風尙所掩, 尊周之意勝, 往往本於彼, 不依於此. 先生揭櫫宗國, 徵百姓耳目之實, 故惻怛之哀, 曲通民依, 不蘄合乎古聖之制度, 而思有以輔佑顚連, 而實有以庇之, 所謂坐而言, 可起而行者也."

50 樸學은 漢學 즉 고증학을 말한다. 다만, 여기서는 고증학에 한정되기 보다는 實事求是 정신으로 實學을 하는 학풍을 포괄적으로 지시한다.

51 정인보, 위의 글. "顧先生一生蒿目, 顓在邦族, 言天下爲是也, 言外國亦爲是也. 曆象禮律皆類是, 故當其究之, 患其不分, 而分而究之, 其歸不越乎左右吾民, 不然, 雖眇論擧斷捨焉. 先生之後, (…중략…) 而政治經濟之緖, 丁茶山最發舒, 縝栗密察爲言是學者宗, 其他氣類相感, 跡疎而心鄕者甚衆, 而正純以後樸學之彦, 相繼, 甘寂寞安困約, 勉勉焉蘄求其是. 其淵源, 未必皆出於先生. 然先生不作於前, 則吾知其不能以躋玆."

정인보는 처음에 조선학과 실학, 리학의 개념과 관계를 이론적으로 설명하였고, 이어서 이익을 전후로 한 조선학자들과 실학자들 각각의 학문이 어떤 것이었는지 개략적으로 소개하였다. 그리고 여기에 이르러 이익의 "평생 고심은 민족에 있었다"고 말함으로써 민족주의가 조선학의 본질임을 밝히고 있다. 이익으로 인하여 정조 순조 연간의 조선학과 실학이 융성하게 된 것이니, 이익이야말로 근세 조선학과 실학의 비조鼻祖가 된다고 본 것이다. 정인보는 「성호사설서」에서 조선학과 실학의 기본 이론을 구성하고 조선학과 실학의 역사를 조술함으로써 그것에 대한 개략적이지만 소상한 이해를 도모하고 있다. 그런데 정인보는 여기서 그치지 않고 과학적 실학을 넘어선, 형이상의 근본 원리에 대한 체득 공부로서의 철학이 실학에 포함된다는 점을 다음처럼 지적한다.

> 생각건대, 그가 스스로 마음을 다스리는 공부를 일삼은 것은 엄밀해서 일체一體의 인仁을 근본으로 하여 측달함의 공변됨을 발현시켰으니, 이는 박학의 선비가 이를 수 있는 것이 아니다. 세상에서 선생을 논하는 것은 대개 그 박학하고 옛 것을 아는 것을 미루어 다시 그 정밀하고 핵심적이며 넓되 관통함으로 귀결시키지만, 선생의 평생 고심은 오로지 민족에 있었으니 또한 오직 선생의 책을 깊이 궁구한 자만이 그것을 알 수 있을 것이다. 그 본원에 홀로 이른 것에 대해서는 대략 마음으로 선생을 아는 자는 드물다. 그러나 이는 실로 선생 학술의 근본이니 풀어 밝히는 효과가 여러 유자들 가운데 으뜸인 것은 이 때문일 뿐이다. 이지理智는 비록 명과 실을 종합하지만 그것을 살피되 체득하지 못하면 사물과 나는 둘이 되고 진리와 실질은 격절되고 멀어진다. (…중략…) 이지에 맡기는 자와 그 측달하고 성실하며 밝은 자는 그 높고 낮으며 치

우치고 온전함이 현격히 차이나니, 선생에게서 징험할 수 있다.[52]

만물일체의 근거가 되는 인仁의 원리와 덕을 체득하여 민족과 인민을 위해 측은히 여기는 경지는 "이지에만 맡기는" 실학자가 도달할 수 있는 수준이 아니다. 세상에서는 일반적으로 이익을 박학다식한 인물로 평가하지만, 그것은 정당한 평가가 되지 못한다. 이익은 형이상의 본원에 도달하여 궁극원리를 체득하였기 때문에 어떤 대상에 대한 설명도 친절하고 소상하여 사람들이 쉽게 이해할 수 있다는 것이다. 철학적 안목이 있어야 과학적 설명도 용이해질 수 있다는 것이다. 이지적인 능력에만 의존하되 본원의 원리를 체득하지 못하면 과학의 낮은 수준에 머무를 것이고, 본원을 체득할 수 있다면 철학의 높은 경계에 도달한 것인데, 이익은 바로 이러한 높은 경지를 보여주는 철인이라는 것이다.

결론적으로, 정인보가 이 서문에서 주장하는 바는 구체적인 독자성을 지닌 조선학을 연구하고 이를 발판으로 전통적 분과학문들로서의 실학을 복원하되, 민족과 인민에 대한 측달함의 근원이 되는 본원을 체득한 철인의 경지 즉 철학의 수준까지 올라가야 한다는 것이다. 한편, 이익에서 단적으로 볼 수 있듯 조선학의 핵심은 민족주의에 있다. 어쩌면 정인보에 있어 잘 드러나지 않는 '근대'의 기준은 민족주의일지 모른다. 그러나 근본적으로 정인보는 조선 리학과 실학이 철학과 과학이라는 근대학술과 연

52 정인보, 위의 글. "蓋其自事其心克治功密, 本一體之仁, 以發其惻怛之公, 此非樸學之士, 可到也. 世之論先生, 多推其博學, 識古者, 又歸其精核閎通, 而先生生平苦心, 顯在邦族, 則又惟深究先生書者知之. 至其本原獨造, 率以天衷, 知先生者蓋鮮, 然玆實先生學術之所本, 而疏明之效, 冠絶衆儒, 職由是耳. 理智雖綜名實, 察焉而不以體, 物與吾二, 眞質隔遠. (…중략…) 任理智者與發其惻怛誠而明者, 其高下偏全懸, 於先生可以徵之矣."

속성을 지닌다고 보기 때문에, 조선후기 이익에서 비롯되는 조선학과 실학이 그 이전과 구분되는 '근대의 시작점'이라고 간주하지는 않은 듯하다.[53] 이익의 실학과 조선학은 리학과 연결되어 있기 때문이다. 정인보가 제시한 실학은 자연과 인간사회의 개별 원리에 관한 분과학을 주로 의미하지만, 본원의 원리에 관한 철학까지 포함한다. 본원의 원리는 민족에 대한 측달을 불러일으킬 수 있는 실제성을 지니기 때문이다. 리학 역시 개별적이고 본원적인 리에 관계되는 학문을 통칭하므로 과학과 철학을 모두 포함한다. 다만, 리학은 실제적인 것에서부터 시작해야 이해가 가능하기 때문에 과학적 실학을 통해 접근할 필요가 있다. 이렇게 볼 때 리학과 실학의 경계는 애매하지만, 본원의 리에 강조점을 두느냐리학 아니면 구체적이고 개별적인 원리에 중점을 두느냐실학에 따라 구분이 가능할 것이다. 정인보가 생각한 이러한 리학과 실학의 밀접한 관계는 상당히 복고적으로 보이지만, 이후 이십세기 후반기 실학 관련 논쟁에서 볼 수 있는 것처럼, 박은식에 있어 나타나는 전통 리학본령학문을 쇄신한 철학과 서양 과학 사이의 괴리와 단절을 극복하기 위한 대안으로서 확고히 자리 잡게 된다고 할 수 있다.[54]

53 김진균이 "정인보의 경우는 민족주체성의 강조만 보이고 근대지향성은 발견되지 않는다"(「實學 연구의 맥락과 鄭寅普의 '依獨求實'」, 308쪽)고 언급한 것은 이런 맥락에서 이해될 수 있다.

54 정인보의 '실학'은 실제로 박은식의 서양과학과 전통철학의 접합이라는 학적 구상을 대체하였으나, 이후 실학 논쟁에서 볼 수 있듯 수많은 의미의 충돌로 인해 복잡성과 난해성만 증폭되는 것으로 귀결되었다고 할 수 있다. 이점에서 '실학'을 재해석, 재구성하기 보다는, 이제 그것을 떨쳐버리고 넘어서는 과감한 시도를 할 때가 되지 않았는가 생각한다.

5. 나가는 말

지금까지의 논의를 요약하면, 그의 철학 사상의 연원으로는 먼저 그의 집안의 가학적 배경으로서 강화학의 전통과 그 학통을 잇는 스승 이건방을 들 수 있다. 그러나 정인보에게 철학적 문제의식을 일으킨 사람은 박은식이었다. 박은식은 전통 리학이 본령학문심성론의 지위를 회복하여 철학으로 전환되기 위해서는 도덕수양의 방법을 양명학적 방법으로 바꿔야 한다고 보았지만, 나중에 격물치지의 탐구를 철학적 방법으로 수용함으로써 주체로서의 진아는 인식과 실천의 주체라는 성격을 띤다. 정인보는 이러한 박은식의 진아론과 방법론에 영향 받았다. 처음 그는 양명학적 도덕수양을 강조하기 위해 본심의 환기를 주장했지만, 나중에 실심으로 철학적 주체를 바꾸게 된다. 본심양지은 도덕적 판단과 가치론적 방향을 안내하는 등대의 역할을 하지만, 원리의 구체적인 인식과 실천을 위해서는 지각 작용을 지닌 주체가 필요하다고 보았기 때문이다. 따라서 실심은 본심양지을 포함하는 것으로서 인식적 실천적 주체의 의미를 지닌다.

1929년 출판된 「성호사설서」에는 정인보가 구상하게 된 실학 중심의 한국철학적 기획이 나타나있다. 자연의 원리[理]에 의해 실제성[實]이 이루어지고, 실제성에 의해 구체적인 독자성[獨]이 형성되는 것인데, 인간의 인식적 관점에서는 독자성에서 실제성으로 나아가고, 실제성에서 보편적 원리에 도달해야 한다. 이러한 이론화에 기초해서 그는 우리민족의 독자적인 역사와 문화를 언급하면서 조선학과 실학의 개략적인 역사를 소개하고 있다. 따라서 '리'와 '실'과 '독'의 개념은 각각 '리학'과 '실학', '조선학'의 함축을 지닌 것이다. 정인보에 의하면, 독자적인 조선학을 통해서 미미하나마 실제적인 원리를 다루는 전통 과학이 연구되어 왔으며, 이러한 분과학으로서의 실학을 정식으로 출범시킨 사람이 곧 성호 이익이다. 그러나 이익은 분과학으로서의 실학에만 머무르지 않았으며, 본원의 원리와 인仁을 체득한 철인의 경지에 오른 인물이다. 본원의 인은 민족에 대한 측은함을 야기하기 때문에 실제적인 원리라 할 수 있고, 이 때문에 철학으로서의 리학은 실학일 수 있다. 리학철학과 실학과학의 이 같은 중첩적이고 위계적인 관계는 근세 조선성리학을 닮았다는 점에서 복고적이긴 하지만, 박은식에 있어 나타나는 전통 리학의 근대적 양태로서의 철학과 서양 과학 사이의 괴리를 극복할 수 있는 대안으로 간주되었다. 다만, 앞으로 실학의 전망에 관련해서, 그것을 재정비하여 유지하는 것 보다는 그것을 대체할 새로운 대안을 모색하는 쪽으로 나아가야 할 것으로 생각된다.

제4장

곤란한 혁명

혁명가 이북만의 삶과 제국일본의 맑스주의

심희찬[1]

1. 불/가능한 연대

1929년 5월, 도쿄에서 재일조선인들이 간행하던 잡지 『무산자』 제3권 제1호에 한 편의 시가 실렸다. 시의 내용은 다음과 같다.

> 辛이여 잘가거라
>
> 金이여 잘가거라
>
> 그대들은 비오는品川驛에서 차에 올으는구나
>
> (…중략…)
>
> 그대들은비에저저서 그대들을쫒처내는일본의××을생각한다
>
> 그대들은비에저저서 그의머리털 그의좁은이마 그의안경 그의수염 그의보

1 연세대학교 근대한국학연구소 HK교수.

기실은꼽새등줄기를 눈압헤글여본다

(…중략…)

오々!

조선의산아이요 개집아인그대들

머리끗 뼈끗까지 꿋々한동무

일본푸로레타리아-트의 압쌉이요 뒷군

가거든 그딱々하고듯터운 번질〵한얼음장을 투들여깻처라

그리고 또다시

해협을건너뛰여닥처오너라

神戶 名古屋을지나 동경에달여들어

그의신변에육박하고 그의면전에나타나

×를사로×어 그의×살을움켜잡고

그의×떡바로거긔에다 낫×을견우고

만신의뛰는피에

뜨거운복×의환히속에서

울어라! 우서라!

이 시는 일본 프로문학을 대표하는 나카노 시게하루中野重治가 1929년 2월 『개조改造』에 발표한 「비 내리는 시나가와역雨の降る品川駅」을 3개월 뒤에 번역·전재한 것이다.[2] 이 시는 공산주의 세력에 대한 일본정부의 억압이 강화되고, 쇼와천황昭和天皇 즉위식1928년 11월 10일이 열리는 상황 속에서 발

표되었다.[3] 재일조선인들에게는 한층 강한 탄압이 행해졌는데, 김천해를 비롯한 많은 활동가가 체포되었고 조선인들의 작업장, 동네, 노동자 숙소는 물론 함바집까지 엄중한 감시의 대상이 되었다.[4] 이 와중에 자신 역시 유치장 신세를 진 적도 있는 나카노가 천황제 권력에 의한 체포·추방을 겪고 있는 조선인 혁명동지들에게 위의 시를 바친 것이다. 흥미로운 것은 시의 부제다. 「×××記念으로李北滿 金浩永의게」라는 부제에서 알 수 있듯이, 나카노는 많은 조선인 동지 중에서도 이북만을 헌시의 대상으로 삼고 있다.[5]

제국과 식민지라는 현실을 넘어서 프롤레타리아의 국제적 연대를 호소하는 이 유명한 시는 그간 한일 양국에서 많은 주목을 받아 왔다. 동시에 천황 암살을 조선인에게 의뢰하는 뉘앙스를 풍기는 시의 마지막 부분은 일본 사회주의자들의 위계성과 무의식의 식민지주의를 보여주는 사례로 종종 지적되었다. "일본푸로레타리아-트의 압쌉이요 뒷군"[6]인 조선인에

2 미즈노 나오키는 이북만을 번역자로 추정하며(水野直樹, 「「雨の降る品川駅」の事実しらべ」, 『季刊三千里』 21, 1980, 104쪽), 김윤식은 이북만 혹은 김호영으로 추정한다(김윤식, 『임화 연구』, 문학사상사, 1989, 244쪽).

3 1928년 3월 일본공산당에 대한 대대적인 탄압(3.15사건)이 있었고, 4월에는 치안유지법 개정안이 의회를 통과하지 못했음에도 불구하고 긴급칙령으로 제정되었다. 이에 따라 국체 변혁을 목적으로 하는 결사에 사형도 내릴 수 있게 되었다. 7월에는 악명 높은 특고경찰이 정비됨으로써 일상적인 탄압이 가능해졌다(丸山珪一, 「「雨の降る品川駅」をめぐって－もう一つの「御大典記念」」, 『金沢大学教養学部論集』 28-1, 1990, 129쪽).

4 정영환, 임경화 역, 『해방 공간의 재일조선인사－독립으로 가는 험난한 길』, 푸른역사, 2019, 67쪽; 水野直樹, 앞의 글, 「「雨の降る品川駅」の事実しらべ」, 102~103쪽.

5 부제의 '×××'는 '御大典', 즉 쇼와천황 즉위식을 가리키며, '김호영'은 재일본조선노동총동맹 중앙위원, 일본노동조합전국협의회 조선인위원회 간부 등을 지냈던 운동가로서 金重政, 林鐵 등의 가명으로도 활동했다. 전협(全協)식료강동지구 오르그로 활동하다가 1932년 7월 검거되었다(内務省警保局, 『在留朝鮮人運動』, 1932, 1472쪽).

6 이 문장의 일본어 원문은 "日本プロレタリアートの後だて前だて"다. '後だて前だて'는 직역하면 '뒤를 막는 방패, 앞을 막는 방패'가 된다.

게 천황의 암살을 요구한다는 것이다. 나카노는 훗날 이 시가 "민족 에고이즘의 꼬리 같은 것을 질질 끌고 있는 느낌을 지우기 어렵다"며 자기비판을 행한 바 있지만,[7] 이것은 단지 "꼬리" 정도에 그치는 문제가 결코 아니다. 이 "민족 에고이즘의 꼬리"야말로 조선인 운동가들을 '좌익 친일파' 수준의 존재로 격하시켰으며, 나아가 재일조선인들의 혁명운동을 일본의 운동 속으로 흡수·좌절시킨 "제국주의 종주국 프롤레타리아의 아전인수격 거만"의 근저에 있다고 보아야 한다.[8]

이처럼 「비 내리는 시나가와역」은 다양한 해석과 논쟁을 불러일으켰는데, 정작 헌시의 대상인 이북만에 관한 상세한 연구는 찾아보기 힘들다.[9] 제국과 식민지 사이 연대의 '불/가능성'을 보여주는 텍스트에 이북만은 어째서 실명으로 호명된 것일까? 물론 나카노와의 친분이 가장 큰 이유겠지만, 여기에서 저자의 의도를 넘어선 어떤 상징적 의미를 읽어낼 수도 있을 것이다. 이북만의 삶과 사상 자체가 바로 그 '불/가능성'과 좌절의 고통을 보여주기 때문이다.

후술하듯이 이북만은 제국 본국에서 운동에 전념했다. 그런 그에게 "제국주의 종주국 프롤레타리아의 아전인수격 거만"은 어떤 의미로 다가왔

7 中野重治, 「「雨の降る品川駅」とそのころ」, 『季刊三千里』 2, 1975, 77쪽.
8 林浩治, 「日本プロレタリアートは連帯していたか」, 『新日本文学』 56-7, 2001, 100쪽.
9 이북만을 다룬 연구에는 다음과 같은 것들이 있다. 김윤식, 앞의 책, 『임화연구』; 신은주, 「나카노 시게하루와 한국 프로레타리아 문학운동—임화, 이북만과의 관계를 중심으로」, 『일본연구』 12, 1998; 이한창, 「해방 전 재일조선인 사회주의자들의 문학활동—1920년대 일본 프로문학 잡지에 발표된 작품을 중심으로」, 『일어일문학연구』 49, 2004; 김윤식, 「도쿄, 1927년의 이북만과 그 주변—권환과 에른스트 톨러」, 『예술원보』 50, 2006; 박제홍, 「일제의 조선인 차별교육정책 비판—이북만의 『제국주의치하 조선의 교육상태』를 중심으로」, 『일본어문학』 41, 2009; 최병구, 「사회주의 조직운동과 문학, 소설과 비평의 사이—1927년 카프 1차 방향전환기 재독」, 『국제어문』 60, 2014; 조형열, 「1930년대 조선의 '역사과학'에 대한 학술문화운동론적 분석」, 고려대 박사논문, 2015; 池山一男, 「李北満の解放後の活動—統協・民社同での活動について」, 『在日朝鮮人史研究』 53, 2023.

을까? 나카노는 "천황암살"을 "일본인"이 아닌 "나라를 빼앗긴 조선인의 어깨에 옮기려고 했던" 자신의 "잘못"이 "아직도 광범위하고 깊게 지배자, 피지배자, 민주적-혁명 세력을 포함해서 우리 내부"에 존재한다며 반성을 촉구한다.[10] 일본공산당의 기관지 『적기赤旗』 1923년 4월호에 실린 "조선독립운동은 시대에 뒤떨어진 것이다. (…중략…) 조선의 무산계급 제군은 (…중략…) 일본의 노동조합 혹은 정당에 가맹하는 것이 필요하다"는 아카마쓰 가쓰마로赤松克麿의 주장부터[11], "식민지의 독립·민족의 자결이라는 사상은 '시대에 뒤떨어진 부르주아 사상'이다. 민족에는 '지도적 민족과 피지도적 민족'이 있다. 일본민족은 (…중략…) 우수한 지도적 민족"[12]임을 강조했던 1933년 6월의 사노 마나부佐野学와 나베야마 사다치카鍋山貞親의 전향성명서까지, 일본 사회주의자들의 '국제적 계급주의 노선' 속에는 분명 '일본중심주의'가 잠재하고 있었다.[13] 여기에 코민테른의 일국일당원칙이 더해져 재일조선인들의 혁명운동은 이중 삼중의 사상적·현실적 곤란에 빠질 수밖에 없었는데, 이북만은 바로 이러한 시대의 한가운데를 살아갔다.

이북만은 식민지조선을 혁명으로 이끌기 위한 자주적이고 주체적인 운동의 가능성을 제국일본의 맑스주의에서 찾았고, 이 과정에서 한때 운동과 이론을 이끄는 빛나는 위치에 오르기도 했다. 하지만 물리적 탄압은 물론 계급과 민족의 모순, 아시아적 생산양식, 전향 등 혁명을 곤란하게 만

10 中野重治, 「著者うしろ書き」, 『中野重治全集 24』, 筑摩書房, 1979, 679쪽.
11 「無産階級から見た朝鮮解放問題」, 『赤旗』 3-4, 1923, 40쪽.
12 高畠通敏, 「一国社会主義者－佐野学鍋山貞親」, 思想の科学研究会編, 『共同研究 転向 上』, 平凡社, 1959, 166쪽.
13 서동주, 「1920년대 일본 사회주의의 민족담론과 제국의 헤게모니」, 『일어일문학연구』 37, 2008, 9~14쪽.

드는 수많은 사상적·현실적 장애물이 끊임없이 그를 괴롭혔다. 식민지 출신의 이북만에게 주어진 자리는 언제나 제국일본 혁명운동의 주변부에 불과했다. 이 글에서는 이북만의 생애와 사상을 추적하고, 이를 통해 식민지 출신의 운동가에게 맑스주의가 어떤 의미로 다가왔는지 살펴보고자 한다.

2. 이북만과 '후쿠모토이즘'

1) 방향전환론과 계급의 논리

〈사진 1〉 이북만, 『조선신문』, 1959.3.11

우선 이북만의 이력을 살펴보도록 하자. 이북만은 1908년혹은 1906년 7월 16일 충남 천안 입장면笠場面의 빈농 이원식李元植의 장남으로 태어났다. 본명은 福滿이었고, 柳春樹, 林田朝人을 필명으로 사용한 적도 있다. 일본에서는 山田萬太郎, 福田萬太郎 등의 이름을 쓰기도 했다.[14] 현재 확인되는 자료 중 이북만의 이력이 가장 자세하게 기술되어있는 것은 조선공산당 재건운동 관련 경찰조사 기록이다.[15] 이에 따르면 이북만은 보통학교를 졸업한 후 동

14 内務省警保局, 『在留朝鮮人運動』, 1932, 1508쪽; 「内地裁判所に於て為された治安維持法違反事件予審終結決定」, 『思想彙報』 6, 1936, 177쪽; 「最近東都に於て発覚した合法を擬装する朝鮮人の共産主義運動」, 『思想彙報』 10, 1937, 175쪽; 조형열, 앞의 글, 「1930년대 조선의 '역사과학'에 대한 학술문화운동론적 분석」, 127쪽.

아연초 주식회사 및 경성일보사에서 급사로 일하면서 공립상업학교를 졸업했다. 다만 보통학교와 상업학교의 소재지, 그리고 입학연도 및 졸업연도 등은 알 수 없다.

1926년 3월, 당시 18세였던 이북만은 일본에 건너갔고 제일해상화재보험 주식회사, 도쿄아사히신문사 등에서 근무했다고 한다. 이때의 도일은 이북만의 삶을 송두리째 변화시켰다. 공산주의와 만나 운동에 투신하게 된 것이다. 당시 재일조선인 사회에서는 사회주의운동 및 노동운동이 고양되고 있었다. 1923년 9월 1일의 간토대지진과 잔혹한 조선인 학살 이후, 1924년 중반 무렵부터 일본으로 건너가는 조선인이 늘어났는데 이들은 대부분 최하층 노동계층을 형성했다. 1924년의 전국 조사에 따르면 조선인 노동자 8만 8,262명 중에 '정신노동자'는 불과 0.4%[291명]에 지나지 않았고, '근육노동자'는 90%[7만 7,980명]를 차지했다. 더욱이 동일 직종이더라도 조선인 노동자는 일본인 노동자에 비해 임금과 노동의 강도에서 차별을 받았다. 이들이 운동을 통한 투쟁에 집중하게 된 것은 당연한 흐름이었다. 1925년 1월에 안광천, 이여성 등을 중심으로 하는 사상단체 일월회, 그리고 재도쿄조선무산청년동맹회가 결성되었고, 2월에는 재일본조선노동총동맹, 3월에는 여성단체인 삼월회가 조직되었다. 사회주의 계열의 노동, 사상, 청년, 여성 각 분야의 조선인 조직이 도쿄에 세워진 것이다.[16] 이러한 분위기에서 이북만은 도쿄에서 비슷한 또래였던 김두용, 홍효민, 한식, 조중곤 등과 만났고, 곧 의기투합하여 1927년 봄에 '제3전

15 「内地裁判所に於て為された治安維持法違反事件予審終結決定」, 『思想彙報』 6, 1936, 183~184쪽.

16 정영환, 앞의 책, 『해방 공간의 재일조선인사』, 57~66쪽.

선사'를 만들었다.

이북만의 이력에서 중요한 점은 그가 이른바 높은 수준의 교육을 받은 '먹물'이 아니었다는 점이다. 윤건차는 재일조선인 운동가들이 투쟁으로 나아가게 되는 경로를 두 가지로 구분하는데, 하나는 대학에서 맑스주의를 공부하고 현장의 운동에 접속하는 형태, 다른 하나는 가혹한 노동의 실태를 경험하고 운동에 매진하게 되는 형태라고 한다.[17] 그런데 이북만은 이 두 경로 어디에도 속하지 않는다. 식민지조선에서 상업학교를 졸업했다고 하지만, 도쿄제국대학 미학과의 김두용, 정칙영어학교의 홍효민, 도쿄고등사범학교 영문과의 한식, 니혼대학 철학과의 조중곤 등, 다른 유학파 동지들의 학력에 비할 바는 못 되었다.[18] 그렇다고 이북만이 노동의 현장에서 활동했던 기록도 보이지 않는다. 그는 '노동'과 '이론' 어느 쪽에도 확실한 기반을 가지고 있지 못했다. 그런 의미에서 이북만은 일종의 '직업적 운동가'였다. 그리고 그는 이 직업으로서의 운동 속에서 본능적으로 '이론'을 자기의 것으로 만들어나가는 탁월한 능력을 가지고 있었다.

제국일본의 기록 속에서 이북만은 종종 '저술업'을 하는 사람으로 표기되며,[19] 해방 이후 김두용의 회상에서도 그는 '이론가'로 규정되었다.[20] 눈

17 尹健次, 『「在日」の精神史』 1, 岩波書店, 2015, 44쪽.

18 하야시 고지(林浩治)는 이북만이 와세다대학 정경학부를 다녔다고 하는데(앞의 글, 「日本プロレタリアートは連帯していたか」, 97쪽) 출전은 명시되어 있지 않다. 앞서 소개한 『조선신문』 1959년 3월 11일 자 기사에는 이북만이 도일 직후 와세다를 다닌 것으로 적혀있는데, 경찰조사 기록 및 재판기록을 포함한 다른 자료들에서는 이북만과 와세다대학에 관한 언급을 찾아볼 수 없다. 다만 소설 『바람이여 전하라—임화를 찾아서』(정영진, 푸른사상, 2002)에 화자가 이북만의 일본인 아내를 인터뷰하면서 그녀로부터 이북만이 와세다대학에 적을 두고 있었다는 이야기를 듣는 장면이 있다(154쪽). 소설의 저자 정영진은 "이 글의 거의 대부분은 '사실'에 근거한 것이며, 스토리 진행상 약간의 허구를 조합했을 뿐"(4쪽)이라고 한다. 면밀히 조사하여 실증할 필요가 있지만, 인터뷰 내용 자체는 정황상 어느 정도 사실을 반영하고 있는 것처럼 보인다. 소설에서는 이북만은 1940년 전후, 즉 서른을 전후하여 와세다에 적을 두었다고 나온다.

에 띄는 학력을 가지지 못한 이북만이 일본에 건너간 뒤 '이론가'로서 두각을 드러내기까지는 많은 시간이 필요하지 않았다. 안막의 「조선프롤레타리아예술운동 약사」에 의하면, 연애문제 따위에만 골몰하는 식민지조선 문학의 자유주의적·비공리적 문학에 대해 소위 신경향파의 작가들이 공리적 입장에서 비판을 시작한 것은 1924~1925년 무렵이었다. 이들은 이윽고 박영희, 김기진 등을 중심으로 조선프롤레타리아예술동맹, 즉 카프KAPF를 조직하여 통일적 활동을 시작했다. 그러나 "프롤레타리아적 사상"은 아직 투철한 단계에 이르지 못한 상태였고, 도리어 그들의 사상은 "소부르주아 인텔리겐차의 반자본주의적 불만의 표현"에 불과한 측면을 보이기도 했다. 이후 격렬한 "이론투쟁"을 통해 카프는 조직적으로도 내용적으로도 커다란 변화를 맞이하는데, 여기서 "지도적 이론"의 위치에 오른 것이 이북만의 글이었다고 한다.[21]

카프의 "지도적 이론"이 되었다는 이북만의 글은 『예술운동』 창간호 1927년 11월에 실린 「예술운동의 방향전환은 과연 진정한 방향전환론이였는가?」를 가리킨다. 이 글에서 이북만은 카프의 이데올로그였던 박영희의 "방향전환론"을 "조합주의"에 지나지 않는 것으로서 강하게 비판한다. 그의 방향전환론은 겨우 "부르조아 정치를 폭로"하려는 목적을 가질 뿐인데, 이를 넘어서는 "그 이상의 것"이 필요하다는 것이다.[22] "그 이상의 것"

---

19 「内地裁判所に於て為された治安維持法違反事件予審終結決定」, 『思想彙報』 6, 1936, 177쪽; 「最近東都に於て発覚した合法を擬装する朝鮮人の共産主義運動」, 『思想彙報』 10, 1937, 175쪽.

20 江口渙·金斗鎔, 「朝鮮プロレタリア文学運動の史的展開」, 『民主朝鮮』 9, 1949, 40쪽.

21 安漠, 「朝鮮プロレタリア芸術運動略史」, 『思想月報』 1-10, 1932, 140~155쪽.

22 이북만, 「예술운동의 방향전환은 과연 진정한 방향전환론이였는가?」, 임규찬·한기형 편, 『카프비평자료총서 III－제1차 방향전환론과 대중화론』, 태학사, 1989, 368쪽.

이란 "부르조아지의 어떠한 부분을 물론하고 그것은 다같이 우리 무산계급에게 대하여는 용서치 못할 악랄한 질곡이며 기만인 것을 대중에게 보이고 대중의 분격을 격발시켜서 그들 부르조아지의 아성에 육박하도록"[23] 하는 일을 가리킨다.

이북만이 말하고자 하는 바를 조금 더 구체적으로 설명하면 다음과 같다. "부르조아 정치를 폭로"하는 행위는 기껏해야 국지적이고 한정된 효과만을 가지는 전술에 지나지 않는다. 중요한 것은 부르주아 계급 그 자체, 나아가 "그들의 모든 것이 전제정치 그것의 표현"[24]인 이 세계 전체와 투쟁을 감행하는 일이다. "부르조아지의 아성"은 세계의 일부가 아니라 전체이기 때문이다. 이를 위해서는 세계 전체를 조망하고 거기에서 투쟁의 의미를 발견할 수 있는 새로운 주체의 탄생과 자각이 요구된다. 조합주의자는 자신의 이해관계와 밀접한 부분에서는 부르주아에 대한 투쟁을 전개하지만 다른 부분에서는 눈을 감고 순응하는 행태를 보인다. 가령 어떤 노동자들이 임금인상을 두고 고용주와 투쟁한 끝에 승리를 쟁취했는데, 고용주가 그 손실을 메우기 위해 기타 하청업체 등에 대한 착취를 강화하는 경우를 생각해보자. 이때 일부 노동자는 승리를 거두었지만 '노동', 혹은 노동자라는 '계급' 그 자체는 여전히 패배 속에 있다.

따라서 이와 같은 조합주의를 극복하기 위한 방향전환은 반드시 세계의 의미와 자신의 관계를 재정립하는 고통스러운 주체화의 과정을 거쳐야 한다. 이북만이 보기에 단순히 "부르조아 정치를 폭로"하는 수준에 머무르는 박영희의 전술은, 모든 사적인 과거 및 관계와 결별하고 "부르조

23 위의 책, 369쪽.
24 위의 책.

아지의 아성"으로 이루어진 세계 전체와 대면한다는 고통의 과정을 생략하는 결과를 낳게 된다. 박영희는 "국부적, 분열적, 고립적, 다시 말하면 조합주의적 전술"로 회귀할 수밖에 없는 "공상적, 기계적" 발상에 빠져 있다는 것이다.[25] "과거의 잔재물을 극복, 양기하지 않고는 예술운동의 방향전환"[26]은 불가능하다.

이처럼 이북만에게 방향전환이란 국지적으로 벌어지는 복수의 투쟁을 단일하고 순연한 최종심급의 투쟁 및 그 주체성 안으로 승화시키는 일을 뜻했다. 일상에 만연한 자본주의 및 제국주의의 폭력과 모순은 필연적으로 사람들에게 각각의 투쟁에 나설 것을 요구하고 있는바, "우리는 그들의 불평을 묘출하고, 조직하고, 통일하여 그것을 전민중의 문제"[27]로 발전시켜야 한다.

> 금일의 예술동맹은 예술영역내의 대중의 정치적 사회적 자유를 위하여 투쟁함으로써 그의 조직을 전민족적으로 하며 전피억압계급적 견지에서의 지도를 관철하는 것으로써 계급적으로 하는 것이다.[28]

"예술동맹"을 "계급적으로" 하는 것, 이때 '계급'은 특수이익을 중시하는 일반적인 '계급'의 철폐를 지향하는 '반反계급의 계급'으로서의 프롤레타리아에 다름 아닐 터이다. 이북만의 이러한 논리에 사변적이고 이상론적인 측면이 있음은 부정할 수 없다. 한설야는 이북만의 주장이 "일종의

25 위의 책, 360·371쪽.
26 위의 책, 371쪽.
27 위의 책, 373쪽.
28 위의 책, 371쪽.

좌익소아병", "급진적 추수주의"에 불과하다고 일축하는데, 이에 대해 이북만은 한설야에게 "변증법의 ABC조차" 모르는 "망상광자妄想狂者" 등 거친 말들을 쏟아냈다.[29] 박영희에게 독설에 가까운 혹독한 비판을 퍼부을 당시 이북만의 나이는 만 19세에 불과했다. 물론 박영희도 26세에 지나지 않았지만, 그는 이미 이광수, 염상섭 등에 대한 비판, 그리고 김기진과의 논쟁을 통해 확고한 위치를 구축한 상태였다. 하지만 "카프의 총두목 박영희가 한갓 무명의 동경지부의 이론분자인 이북만의 이론에 못미침"[30]은 이제 자명한 사실이 되었다.

2) 후쿠모토라는 이름, 혹은 '전위-되기'

그런데 투쟁의 전술과 방향성을 두고 벌어진 이 논쟁에는 사실 한가지 숨겨진 측면이 있다. 그리고 이 점이 이북만의 글을 카프의 "지도적 이론"으로 만들어주었다고 생각된다.

박영희가 방향전환론을 주장한 것은 "경제주의적 편향 및 일정한 '정치적 플랜'의 결여를 자인하고", 운동의 방침을 "경제투쟁"에서 "정치투쟁"으로 바꾸기 위해서였다.[31] 이는 일본 내 사회주의운동의 지도적 이념 변화에 대응하는 것이었다. 당시 일본 사회주의의 이론을 주도했던 것은 후쿠모토 가즈오福本和夫였다.[32] 1894년 돗토리현鳥取県에서 태어난 후쿠모토

29 이북만, 「사이비 변증법의 배격－특히 자칭 변증론자 한설야 씨에게」, 『조선지광』 79, 1928, 70~82쪽.

30 김윤식, 앞의 책, 『임화연구』, 198쪽.

31 安漠, 앞의 글, 「朝鮮プロレタリア芸術運動略史」, 150쪽.

32 후쿠모토의 사상과 그 의의에 대해서는 다음 연구들이 좋은 참조가 된다. 이토 아키라, 후지이 다케시 역, 「후쿠모토 가즈오의 사상－공산주의운동의 전환과 그 한계」, 『역사연구』 14, 2004; 이토 아키라, 후지이 다케시 역, 「후쿠모토주의의 형성－1926년의 좌익 정치운동」, 『역사연구』 17, 2007; 이토 아키라, 후지이 다케시 역, 「후쿠모토주의에 대한 비판－스탈린주

는 제1고등학교와 도쿄제국대학 법학부라는 제국일본 최고의 엘리트 코스를 밟았다. 졸업 후에는 곧장 마쓰에松江고등학교현 시마네대학島根大学의 교수가 되었고, 문부성 재외연구원 자격으로 미국과 유럽 각지에 2년간 유학했다. 1922년 여름에는 독일 튀링겐에서 열린 '제1차 맑스주의 연구주간'에 참여하여 루카치 죄르지, 칼 코르쉬 등을 만나기도 했다. 문부성의 재정적 지원, 그리고 마침 제1차 세계대전 이후 독일, 오스트리아에서 발생한 인플레이션 덕분에 후쿠모토는 수만 권에 달하는 유럽의 서적을 가지고 일본에 돌아온다.[33]

귀국 이후 후쿠모토는 유럽의 최신 이론을 직접 원서로 읽었다는 상징적 갑옷으로 무장한 채 일본 사회주의 지식사회를 선도하기 시작한다. 후쿠모토 이전에도 고토쿠 슈스이幸徳秋水, 가와카미 하지메河上肇, 사카이 도시히코堺利彦, 가가와 도요히코賀川豊彦, 다카바타케 모토유키高畠素之 등 일본에는 사회주의 이론을 심화시킨 사상적 선구자들이 있었다. 후쿠모토의 논리는 이러한 그의 선배들과 완전한 이론적 결별을 고한다는 점에 가장 큰 사상적 특징이 있었다. 그리고 그 핵심에는 "먼저 맑스적 요소를 '분리'하고 결정結晶시켜야 한다"는 방법론이 자리 잡고 있었다[34]. 곧 계급혁명을 위해서는 먼저 프롤레타리아라는 것을 "분리"해낸 뒤, 이를 "결정"시키는 과정을 지나야 한다는 것이다. 이토 아키라伊藤晃에 의하면 후쿠모토의 이러한 "무산자 결합에 관한 맑스적 원리"[35]는 맑스와 엥겔스가 쓴 『신성가

의로의 전기(轉機)」, 『역사연구』 18, 2008; 후지이 다케시, 「'코민테른 권위주의' 성립에 관한 한 시론-소위 '후쿠모토주의'를 둘러싸고」, 『역사연구』 16, 2006.

33 生松敬三, 「マルクス主義と知識人」, 『岩波講座 日本歴史』 19, 岩波書店, 1976, 292쪽.

34 福本和夫, 「「方向転換」はいかなる諸過程をとるか 我々はいまそれのいかなる過程を過程しつゝあるか-無産者結合に関するマルクス的原理」, 『福本和夫著作集』 1, こぶし書房, 2010, 258쪽.

족』의 다음 구절에서 출발한다.[36]

> 이 프롤레타리아나 저 프롤레타리아가, 또는 모든 프롤레타리아 자체가 지금 무엇을 목적으로 생각하고 있는지가 문제가 되는 것이 아니다. 문제는 프롤레타리아란 무엇인가, 또 그 존재에 따라 역사적으로 무엇을 하게끔 되어 있느냐이다.[37]

여기서 맑스와 엥겔스는 단체單體로 존재하는 개별적인 프롤레타리아가 아니라 전체全體로서의 프롤레타리아를 사유할 필요성을 강조하고 있다. 후쿠모토 또한 프롤레타리아를 전일적 존재로 간주할 수 있다고 보았다. 그리고 바로 이 점 때문에 프롤레타리아는 부르주아와 이 세계를 양분할 수 없는 존재가 된다. 프롤레타리아는 "'하나의 전체'로서의 자본주의사회에서 자신의 지위를 알게 됨으로써" 바로 "그 전체를 양기"하게 되는데, 이를 통해 "동시에 그들의 상태 속에 집중되어있는 '오늘날 사회의 모든 비인간적 조건들을 양기'"한다.[38] 그러므로 후쿠모토는 "무산자계급의 입각점은 항상 철저히 자신의 계급적 이익을 주장하는 데 있다. 그는 결코 직접 사회 전체의 이익을 주장하지 않습니다"고 자신 있게 말할 수 있었다.[39] 왜냐하면 무산자의 계급적 이익의 실현은 계급적 이익이라는 것 일반의 양기 없이는 있을 수 없기 때문이다. 따라서 "무산자계급이 자신의

---

35 위의 책, 257쪽.
36 이토 아키라, 앞의 글, 「후쿠모토 가즈오의 사상」, 333쪽.
37 エンゲルス, マルクス, 「聖家族」, 『マルクス＝エンゲルス全集』 2, 東京：大月書店, 1960, 34쪽.
38 이토 아키라, 앞의 글, 「후쿠모토 가즈오의 사상」, 333쪽.
39 福本和夫, 「社会の構成＝並に変革の過程」, 앞의 책, 『福本和夫著作集』 1, 28쪽.

계급적 이익을 철저하게 주장하는 것은 동시에 모든 계급이익을 양기하는 것이" 된다.[40]

프롤레타리아가 프롤레타리아로서의 계급의식을 획득하는 과정을 설명한 '분리 · 결합론'을 통해 후쿠모토는 앞선 사상가들과 자신 사이에 불가역적인 이론적 경계선을 설정할 수 있었다. 이때 후쿠모토가 누구보다 강하게 의식했던 것이 1922년의 제1차 일본공산당 결성에 중심적 역할을 했던 야마카와 히토시山川均였다. 야마카와는 일본공산당 창당을 준비하던 1922년 7월 「무산계급운동의 방향전환」이라는 글을 통해 "일본의 무산계급운동은 지금 막 첫 번째 발걸음을 내디뎠다. 우리는 두 번째 발걸음을 내디뎌야 한다"고 논한다.[41] 여기서 야마카와가 말하는 "첫 번째 발걸음"은 일부 소수 전위의 이론 습득 및 사상적 순화를 말한다. 다만 이로 인해 전위와 대중 사이에 커다란 괴리가 생기고 말았고, 그래서 이제 대중 속으로 들어가는 "두 번째 발걸음", 즉 "방향전환"을 시도해야 한다는 것이다.

후쿠모토는 이와 같은 야마카와의 방향전환론이 "조합주의자가 원하는 방향전환과 혼합, 절충"을 이루는 "경제투쟁의 미적지근한 연장"에 불과하다고 신랄하게 비판한다.[42] 그 결과 야마카와는 "정치투쟁을 경제투쟁의 연장 내지 종합으로 인식"하는 오류를 범하게 되었다는 것이다.[43] 후쿠모토는 대중 속으로 들어가기에 앞서 철저한 계급의식으로 무장하고 다른 모든 조직에 대해 '전체'가 되는 전위당을 주조해야 한다고 생각했다. 그래야만 경제투쟁에 끌려다니지 않는 진정한 정치투쟁을 실천할 수 있

40 위의 책, 28쪽.
41 山川均, 「無産階級運動の方向転換」, 『山川均全集』 4, 勁草書房, 1967, 337쪽.
42 福本和夫, 「折衷主義の批判」, 『福本和夫著作集』 2, こぶし書房, 2010, 214~215쪽.
43 위의 책, 225쪽.

기 때문이다. 이러한 조직의 최고형태가 '공산당'인데, 이때 후쿠모토의 "공산당은 생성하고 있는 계급에 대해 밖에서 또는 위에서 오는 하나의 권위"[44]로 군림하게 된다.

이와 같은 후쿠모토의 논리구조는 코민테른과의 관계에서 나온 것이었다. 앞서 소개한 것처럼 후쿠모토는 서구맑스주의의 영향을 받았지만, 그는 이를 레닌주의적으로 수정했다. 후쿠모토는 "승리한 러시아를 따라서 공산당을 만드는 실제 기술적인 지식을 뽑아내서 그대로 일본의 운동 속으로" 던져 넣었고, 이로 인해 "루카치 등의 '레닌주의' 비판은 말살되고 오히려 '레닌주의' 자체에 가까운 사상을 일본의 운동은 받아들이게" 되었다.[45]

그런데 후쿠모토의 이러한 도식적이고 기계적인 사고는 "천황제사회의 원리" 속에서 "인간의 사회가 자연적 세계와 명확히 대립하지 않고, 국가가 가족이나 부락, 지방단체 등과 명확히 대립하지 않고, 공적 충성이 사적 심정과 명확히 대립하지 않고, 전체와 개체가 명확히 대립하지 않고, 그것들 사이에 어떤 분명한 경계가 존재하지 않으면서 어느 것이 기원이고 어느 것이 결과인지도 알기 어려운" 상태인 채, 모든 것이 어쩐지 "미적지근하게" 결합된 느낌을 주는 일본에 신선한 충격을 주었다.[46] 당시는 고등교육기관의 증가와 함께 지식사회의 성립이 이루어지던 시대였으며, 훗날 공산주의운동 조직의 많은 지도자가 도쿄제국대학 법학부 출신 중심의 '신인회新人會'에서 배출되기도 했다.[47] 이 젊은 "제도통과형 인텔리집

---

44 이토 아키라, 앞의 글, 「후쿠모토 가즈오의 사상」, 352쪽.
45 위의 글, 354~362쪽.
46 藤田省三, 「昭和八年を中心とする転向の状況」, 앞의 책, 『共同研究 転向』 上, 36쪽.
47 判沢弘・佐貫惣悦, 「前期新人会員」, 위의 책. 참고로 이북만과 가까운 사이였던 김두용도 '신

단"은 후쿠모토의 논리가 사회운동의 목적과 결과를 불분명하게 만드는 일본의 "미적지근한" "공동체주의"나 "인격주의"를 전면적으로 부정하는 동시에 투쟁의 주체 및 방향성을 명확하게 제시해준다고 생각했다.[48] 이러한 젊은 엘리트들의 지적 욕구는 어떤 운동에도 참가한 적이 없고, 구금과 투옥, 망명 등 선배 사상가들의 '전설'을 몸소 체험한 적도 없는 무명의 이론분자 후쿠모토가 선풍을 일으킬 수 있는 밑거름이 되었다.

이렇게 후쿠모토는 맑스주의 이론의 챔피언이 되었다. 1926년 12월 4일 고시키온천五色温泉에서 열린 당 재건대회는 그의 승리를 선언하는 자리이기도 했다.

> 우리는 이미 소위 이론투쟁을 통해 첨예한 사회주의적 정치투쟁주의의 의식을 형성・전개하고 성숙시키고 있다. 또한 우리 일본이 지금 스스로 투쟁을 전개하고 있는 정확하고 과감하면서도 집요한 이론투쟁은 무산자혁명을 앞서 수행한 일국을 제외하면 아마 서구 선진국의 어떤 나라도 따라오지 못할 것이다. (…중략…) 신속・과감하게 일본의 무산자혁명을 수행하는 동시에 동양을 견인하여 세계적 모순 연쇄의 결정적 고리를 붕괴시킴으로써, 세계혁명의 성공에 결정적인 역할을 다할 것이다.[49]

일본공산당이 코민테른을 제외하면 유럽보다도 수준 높은 이론에 도달

인회' 소속이었고, 이 무렵 나카노 시게하루 등과 친분을 쌓았을 것으로 추정된다(鄭榮桓, 「金斗鎔と「プロレタリア国際主義」」, 『在日朝鮮人史研究』 33, 2003, 7쪽). 이북만도 김두용을 통해서 나카노와 교류하게 되었을 것이다.

48 藤田省三, 앞의 글, 「昭和八年を中心とする転向の状況」, 38~41쪽.

49 「日本共産党第三回(「五色温泉」)大会決定の宣言」, 앞의 책, 『福本和夫著作集』 2, 480쪽.

했으며, 나아가 중국을 포함한 "동양"을 "세계혁명"으로 이끌겠다는 과도한 자신감에서 당시의 분위기를 느낄 수 있다.

이북만이 일본으로 건너간 것은 이렇게 이른바 '후쿠모토이즘'의 열풍이 사회주의운동을 장악해나가던 시기였다. 이 열기는 식민지조선에도 전해졌다.[50] 정우회선언을 주도한 안광천이 후쿠모토이즘의 영향을 받은 사실은 이미 여러 번 지적되었다.[51] 고경흠은 다음과 같이 말한다.

> 1926년경에 이르러 조선의 무산계급운동은 그 자체의 내면적 변화보다는 외부적으로 대단히 커다란 자극과 충격을 받았다. 그것은 인접한 중국에서의 국민혁명운동의 급격한 진전과 일본에서의 무산정당운동의 화려한 전개였다. (…중략…) 조선의 운동은 당시 하나의 벽에 부딪혀 있었다. 즉, 단순한 사상적인 연구와 선전만의 협소한 운동범위를 넘어서지 않는 한 이미 운동이 발전할 여지가 없었던 것이다. 이러한 정세하에서 일본무산계급운동에서는 소위 '경제투쟁으로부터 정치투쟁으로의 방향전환'이라는 것이 주장되었다. 이 방향전환론이 즉각 조선의 무산계급운동에 전래된 것은 당시의 정세로서는 정말 멈출 수 없는 필연이었다고 하지 않을 수 없다.[52]

박영희가 카프의 방향전환을 주장한 것은 이러한 시류를 다분히 의식

---

50 가령 문원태는 1927년 8월 31일부터 『조선일보』에 연재했던 「소위단계와 '푸로'문예운동」에서 후쿠모토를 가장 먼저 인용하고 그 뒤에 맑스, 레닌, 부하린, 스탈린 등을 인용한다.

51 김석근, 「후쿠모토이즘(福本イズム)과 식민지하 한국사회주의 운동」 『아세아연구』 38-2, 1995; 전상숙, 「제국과 식민지의 '정치투쟁'과 '경제투쟁'의 함의와 문제-후쿠모토이즘과 정우회선언의 한·일 사회주의 '방향전환' 논쟁을 중심으로」, 『한국동양정치사상사연구』 9-1, 2010; 김영진, 「정우회선언의 방법과 내용」, 『사림』 58, 2016.

52 고경흠, 「동경에 있어서 조선 공산주의자의 운동은 어떻게 발전하였는가」, 배성찬 편역, 『식민지시대 사회운동론 연구』, 돌베개, 1987, 341쪽.

한 결과였다. 여기에 후쿠모토 인용으로 시작하여 후쿠모토 인용으로 끝나는 이북만의 비판이 나온 것이다. 유럽에서 온 후쿠모토가 일본공산당의 리더 야마카와의 방향전환론을 비판하면서 유명세를 탄 것처럼, 일본에서 온 이북만은 자신을 후쿠모토로, 그리고 "카프의 총두목" 박영희를 야마카와로 연출했다고도 볼 수 있다. 제국일본에서 벌어진 이론투쟁을 식민지조선에서 재연한 것이다. 당시 '후쿠모토'는 개인의 이름을 넘어서는 일종의 "집합명사"로 존재했다.[53] 그렇기에 후쿠모토를 이해한다는 것은 단지 후쿠모토의 글을 읽었다는 사실에 머무르는 것이 아니라 이를 통해 세계의 맑스주의 이론과 연결됨을 뜻했고, 그런 의미에서 후쿠모토를 인용하는 것은 수행적 발화performative utterance의 일종이기도 했다. 후쿠모토를 전유하려는 이 경쟁이 바로 박영희·이북만 논쟁의 숨겨진 측면이며, 여기서 이북만의 승리가 확정됨으로써 그의 글은 카프의 "지도적 이론"이 되었다.

실은 논쟁이 벌어지기 전부터 이미 조직의 주도권은 도쿄로 넘어가고 있었다. 1927년 봄에 제3전선사를 설립한 이북만은 그해 여름 조선에 건너가 한식, 홍효민, 홍양명, 조중권, 고경흠 등과 함께 전국을 돌며 순회강연을 열었다.[54] 7월에는 '일본프롤레타리아예술동맹'에 가입했고, 9월에는 경성에서 열린 카프 총회에 출석하여 중앙위원의 자리에 올랐으며, 이듬해 10월에는 카프 도쿄지부를 조직했다.[55] 카프의 새로운 위원 13명 중

53 久野収·鶴見俊輔編, 『現代日本の思想 – その五つの渦』, 岩波書店, 1956, 33쪽.

54 「제3전선사 순회강연 금년 여름에」, 『중외일보』, 1927.6.13.; 「본보 대구지국 후원하에 제3전선사 문예강연 시일 장소는 추후 발표」, 『중외일보』, 1927.6.26. 당시 이북만의 강연제목은 「일본문단의 조감」이었다. 함흥에서 열린 강연회에는 400명을 넘는 청중이 모였다고 한다(李北滿, 「朝鮮の芸術運動 – 朝鮮に注目せよ」, 『プロレタリア芸術』 1-3, 1929, 407쪽).

55 「内地裁判所に於て為された治安維持法違反事件予審終結決定」, 『思想彙報』 6, 1936, 183쪽.

5명이 제3전선사의 인물이었는데,[56] 일본공산당과 연결된 이들은 카프를 점차 장악해나갔다. 이들은 당국의 사전검열을 피할 수 있다는 이유로 카프의 기관지도 도쿄에서 발행하겠다고 주장했다.[57] 이북만을 "두 번째 아비"[58]로 여겼다는 임화의 아래 회상은 이러한 과정과 그 분위기를 잘 알려준다.

> 7월 하순에 드러서 동경에 잇던 좌익 조선인청년들로 만드럿든 『제3전선』사의 일행이 경성으로 夏休次로 강연을 오게 되엇다. (…중략…) 8월에 동경서 다시 이북만이 오게되고 하야 엿때까지 『문화주의』적이엇든 예술동맹이 급격이 이 사람들의 『동경적 정치기분』에 잇끌니어 급격이 정치적 훈기가 놉하지고 일본의 『푸로』예술연맹과의 ××적 연락이 성립되어 실로 놀라운 발전이엇다. 이러한 분위기는 차차로 동맹의 철저한 개혁과 동시에 방향전환의 일층의 철저화 등을 요구하는 운동으로 변하얏다. (…중략…) 그리하야, 27년 9월 1일에 『예술동맹』의 『맑쓰』주의적 정신을 비로서 강령 가운데 정식화하고, 방향전환을 조직적으로 결정한 역사적 총회가 열니엇다. (…중략…) 이때부터 기관지 문제가 다시 이러나게 되어 여러 가지 의견이 잇슨 다음 결국 ×내에서 원고 ××을 마터 가지고는 아무 것도 안 될 터이니 동경서 발행하기로 하라고 결정이 되엇다. 그리하야 9월말부터 동경지부와 의견이 일치되어 원고를 모아 동경으로 보내게 되어 그해 11월 15일에야 비로서 처음으로 표지에 『조선푸로레타리아예술동맹기관지』라고 공공연히 서명한 기관지

56 김윤식, 앞의 책, 『임화연구』, 104쪽.
57 김팔봉, 「한국문단측면사」, 『사상계』 12, 1956, 200쪽.
58 김윤식, 앞의 책, 『임화연구』, 198쪽.

『예술운동』 제1호가 출판되엿다.[59]

위 임화의 인용문에서 알 수 있듯이 이북만 등은 "동경적 정치기분", "일본의 『푸로』예술연맹과의 ××적 연락"을 내세워 카프를 주도해 나갔다. 제국일본의 혁명운동 및 이론과 접점을 가졌던 이들은 식민지조선의 운동을 이끄는 전위의 역할을 자임했다.[60]

3. 좌절과 모색

1) 운동과 이론의 배신

물론 이북만이 후쿠모토의 이론을 완벽히 소화한 것은 아니었다. 후쿠모토를 인용한 이북만의 박영희 비판에는 논리의 무리한 비약과 억지스러운 과장도 보인다. 무엇보다 한설야가 "추수적 색채", "청산파적 경향"이라고 비판했던 것처럼,[61] 이북만은 후쿠모토의 추상적인 이야기들을 빌려와서 조선의 이론 수준을 내려다볼 뿐이었고, 실제 운동과 전술의 구체적인 방향성은 거의 제시하지 못했다. 애초에 제국과 식민지라는 서로 다른 조건에서 후쿠모토의 이론을 그대로 조선에 적용하기란 불가능한 일

59 임화, 「문단의 그 시절을 회상한다－다사하던 30년 전후의 『예술동맹』 (완)」 『조선일보』, 1933.10.8. 참고로 『예술운동』의 편집자는 김두용이었고, 주소는 이북만의 주소인 東京府下吉祥寺2554였다(신은주, 앞의 글, 「나카노 시게하루와 한국 프로레타리아 문학운동」, 207쪽).

60 박영희에 대한 이북만의 비판과 그 배경은 당시 조선공산당 내 ML파의 시선과도 겹쳐서 살펴볼 필요가 있을 것이다. 이는 식민지조선에서 벌어진 맑스주의 이론투쟁의 전체 지형도를 채워가는 작업으로도 이어질 것이다. 다만 이 점에 관해서는 지면상 생략하고, 다른 글을 통해 다루도록 하겠다.

61 한설야, 「문예운동의 실천적 근거」, 『조선지광』 76, 1928, 85쪽.

이기도 했다.

하지만 이북만은 조직의 구성에 관한 후쿠모토 이론의 핵심과 특징을 정확히 파악하고 있었고, 이를 어떻게 박영희 비판에 이용하면 되는지 잘 알고 있었다. 즉 갈라진 투쟁의 지점들을 하나로 뭉치고, 여기서 "훈련된" 계급적 주체들을 통해 단 하나의 "실질적 권력"을 만드는 것이다.[62] 그리고 마치 레닌이 파국의 위기를 혁명의 시간으로 재정의하고 "절멸할 것인가, 아니면 전력을 다해 전진할 것인가"라며 선택을 강요하는 것처럼, 이북만은 박영희를 "사회주의의 입구" 앞에서 머뭇거리는 사람으로 묘사하면서 자신의 존재감을 도드라지게 한다.[63]

그런데 일본에서는 상황이 달랐다. 이북만은 조선에서는 일본의 맑스주의 이론을 대표하는 인물이 될 수 있었지만,[64] 일본에서는 혁명운동에 협조하는 피식민자라는 위치가 주어질 뿐이었다. 가령 이북만이 후쿠모토를 인용하여 박영희의 방향전환론을 비판하는 글을 『예술운동』에 발표한 것은 1927년 11월이었는데 이미 코민테른은 1926년 12월 무렵부터 후쿠모토를 문제 삼기 시작했고, 1927년 7월 15일에 열린 코민테른 집행위원회 간부회의에서 후쿠모토는 자아비판을 해야만 했다.[65] 이후 일본공

62 후쿠모토에게 이것이 '공산당'이었다면, 이북만에게는 '신간회'가 그런 존재였다. "예술운동도 또한 그러한 매개적 운동의 하나이다. 예술의 영역 내에서 야기되는 일체의 투쟁, 예술에서 화개(火蓋)를 여는 일체의 운동을 수행하는—그것을 권기(捲起)함으로써 전민중의 문제로 하여 신간회가 정치적 문제를 삼는 조건을 만드는 매개적 운동이다. (중략) 이리하여 투쟁의 조직에까지 고양하며 투쟁을 통하여 훈련된 동맹원은 곧 우리 정치적 표현으로서의 신간회의 실질적 권력이 될 것이다"(이북만, 앞의 글, 「예술운동의 방향전환은 과연 진정한 방향전환론이였는가?」, 372쪽). 실제로 이북만은 신간회 도쿄지회에서 활동했다(「内地裁判所に於て為された治安維持法違反事件予審終結決定」, 『思想彙報』 6, 1936, 183쪽).

63 ウラジーミル・レーニン, 「さしせまる破局, それとどうたたかうか」, 『レーニン全集 25』, 大月書店, 1957, 385~392쪽.

64 가령 이북만은 1927년 9월 8일부터 『조선일보』에 연재한 「최근 일본문단 조감」을 통해 이른바 '일본통'으로서의 자신을 드러내기도 했다.

산당 내에서 후쿠모토의 그림자는 급격히 지워졌다. 물론 조선에서도 후쿠모토이즘의 영향력은 금세 사그라들게 되지만, 어쨌든 식민지조선과 제국일본 사이에는 시간의 격차가 존재했고, 이북만은 이 점을 잘 활용하여 주도적 지위를 차지할 수 있었다. 하지만 일본에서는 이것이 불가능했다. "수려"한 용모의 이북만은 일본의 운동가들에게 "섬광같은, 강렬한 로맨틱한 무언가 (…중략…) 인종을 초월하여 결속한 프롤레타리아의 단결된 현실의 모습"을 상징했지만,[66] 한편으로 "제국주의 종주국 프롤레타리아의 아전인수격 거만"이라는 단단한 벽 역시 그의 앞에 서 있었다.

이러한 상황에서 이북만은 다수의 글을 통해 "만국의 노동자여 단결하라"는 맑스의 명제를 일본의 동지들에게 호소했다. 1927년 9월 『프롤레타리아예술』에 게재한 「조선의 예술운동 – 조선에 주목하라」에서 이북만은 "조선의 프롤레타리아예술운동은 이미 전환된 방향으로 새롭게 전개되고 있다. 다만 조선이 식민지라고 하는 일대 특수사정 때문에 좀처럼 운동이 진척되지 않는다. 일본인 제군은 알고 있습니까? 식민지라는 것이 어떤 것인지"라며 식민지에 대한 이해를 강조한다.[67] "내지"와 식민지조선의 차이를 "폭압" 여부에서 찾는 이북만은 그 사례로서 박영희가 처한 상황을 소개하는데,[68] 이처럼 이론적 논쟁 대상이었던 박영희도 일본에서는 같은 고통을 겪는 식민지의 동지로 소환되었다. 그는 제국과 식민지에서 서로 다른 글쓰기 전략을 택한 것이다. 그리고 "식민지조선은 이제 완전히 새로이 인식되어, 이 새로 인식된 조선민족의 새로운 예술운동이 진척

65 후지이 다케시, 앞의 글, 「'코민테른 권위주의' 성립에 관한 한 시론」, 48~53쪽.
66 新島繁, 「大陸人群像」, 『民主朝鮮』 1, 1949, 51쪽.
67 李北滿, 앞의 글, 「朝鮮の芸術運動」, 47~48쪽.
68 위의 글, 47~48쪽.

되려고 한다. 그리고 그것이 내지의 가장 전투적인 프로예藝와 손을 잡으려 하고 있다. 우리는 프로예가 앞으로 운동을 전개하여 조선에서 뻗은 이 손을 힘차게 붙잡고 협력 활동을 이루기를 기대한다"며 결속 및 공동투쟁의 참가를 요구한다.[69]

그러나 '민족'과 식민지의 특수성을 강조하는 이러한 자세는 같은 시기에 조선에서 '계급'의 전일성을 주장하던 태도와는 어딘가 어긋날 수밖에 없는 것이었다. 이 어긋남은 직업적 운동가로서 이북만의 영민한 정치적 감각이 발휘된 결과이기도 하겠지만, 더욱 근본적인 이유는 제국과 식민지의 교착 및 낙차에 있을 것이다. 이 교착과 낙차는 언어의 범위를 넘어서기에 기표를 통한 표상 자체가 불가능한데, 바로 이 지점에 식민지조선과 제국일본을 가르는 결정적인 분할선이 존재한다.

> '조선은 식민지다'라는 것은 결코 문구에 머물지 않는다. 그것은 살아있는 사실이다. (…중략…) 그들은 아무리 점잖게 행동해도 정말 말문이 막히는 폭압을 당한다(이때 '말문이 막히는' 그 방법이 내지와는 완전히 다르다).[70]

이 말과 글 저편에 있는 "살아있는 사실"을 제국의 혁명동지들에게 전하기 위해 이북만은 무던히 애썼다. 『프롤레타리아예술』에 게재한 「조선노동위안회의 기록」 1927.12과 「야마나시 총독의 부임에 즈음하여」 1928.2, 『적기』에 발표한 「조선무산계급예술운동의 과거와 현재」 1928.5와 「추방」 1928.9, 그리고 『아관』에 실은 「소위 '조선자치권 확장안'의 본질」 1930.5 등

69 위의 글, 48쪽.
70 위의 글.

의 글을 통해 이북만은 식민지조선의 현실과 처지를 알리고자 힘썼다. 앞서 소개한 나카노의 시 「비 내리는 시나가와역」은 일본의 공산주의자들에게 식민지와 민족의 문제를 직시하고 이를 무산계급의 연대라는 삶의 태도 속에 포함할 것을 호소한 이북만의 외침에 대한 대답이기도 했다.

하지만 앞서 본 것처럼 「비 내리는 시나가와역」 자체에 이미 식민지주의의 음험한 계기가 숨어 있으며, 나아가 '계급'과 '민족'의 어긋남을 둘러싼 현실적 상황 역시 점점 악화 일로를 걸어갔다. 1928년 3~4월에 걸쳐 모스크바에서 열린 프로핀테른 제4회 대회에서 자본주의 국가의 외국인 노동자 및 식민지 노동자는 현재 거주하는 국가의 노동조합에 가입하라는 내용을 담은 테제가 채택되었고, 같은 해 8월에는 코민테른 서기국에 의한 일국일당원칙의 재확인과 함께 일본에 있는 조선인은 일본공산당에 입당하여 투쟁을 전개하라는 지시가 내려졌다12월 테제.[71] 이른바 "재일본조선인공산주의자 일본공산당 입당기"[72]의 시작이었다.

이북만과 김두용 등은 1929년 4월 조선공산당 재건운동을 위해 도쿄로 잠입한 고경흠과 함께 그 기반이 될 조직으로서 합법적 출판사 '무산자사無産者社'를 설립했다. 그리고 11월 카프 도쿄지부를 해체하여 무산자사로 합류시킨 뒤, 다음 해 5월 마찬가지로 상하이에서 도쿄로 건너와 있었던 김치정 등과 만났다.[73] 이러한 와중에 무산자사의 활동이 코민테른의 테

71 高峻石, 『在日朝鮮人革命運動史』, 柘植書房, 1985, 278~279쪽.

72 정영환은 해방을 기준으로 재일조선인 운동사를 구분하는 기존의 관점 대신, "조선공산당 일본총국이 해체하는 1930년 전후부터" "1955년 5월 24일 재일본조선통일민주전선(민전)이 해체하여 (중략) 재일조선인 공산주의자의 일본공산당 소속이 당적 이탈이라는 형태로 종언을 맞이하고 (중략) 민전이 재일본조선인총연합회(총련)로 바뀌는" 대략 25년간을 "재일본조선인 공산주의자의 일본공산당 입당기"로 파악할 것을 제시한 바 있다(鄭榮桓, 앞의 글, 「金斗鎔と「プロレタリア国際主義」」, 6쪽).

73 内務省警保局, 『在留朝鮮人運動』, 1932, 1504~1505쪽.

제에 따라 일본공산당의 조직체계 안에서 이루어져야 한다는 문제가 제기되었다. 상황이 난처해진 무산자사는 자신들의 독자성을 그나마 살리기 위해 '일본무산자예술연맹'과의 제휴 혹은 합류를 모색했지만, '일본노동조합 전국협의회전협'의 강력한 비판을 받게 되었다. '재일조선노동총동맹재일노총'도 전협으로 해소되는 마당에 무산자사는 조선인만의 집단을 유지하는 반동적 존재라는 것이 그 이유였다. 이에 무산자사 측은 자신들은 조선 내의 노동자, 농민을 대상으로 출판물을 간행하는 단체이기에 원래는 조선에 있는 것이 맞지만, 다만 일본에서 활동하는 것이 합법적인 검열 회피에 도움이 되므로 어쩔 수 없이 도쿄에 조직을 만든 것이라는 다소 궁색한 반론을 펼쳤다.[74] 그러나 결국 1931년 8월 치안유지법 위반을 명목으로 이북만을 비롯한 다수의 무산자사 회원들이 검거되었고, 조직과 함께 도쿄에서의 조선공산당 재건운동도 와해하였다.[75]

이북만의 빛나던 시절은 정치의 공간이 점차 감소함에 따라 사그라들고 있었다. 이북만은 1930년에 '교육노동자의 계몽'을 표방하며 도쿄에 조직된 '신흥교육회'에 참가하고, '신흥교육 팸플릿 1호'『제국주의 치하 조선의 교육상태』라는 책을 써낸다.[76] 이 책은 조선총독부의 관리가 편찬한 여타의 교육론과 달리 조선인이 직접 조선의 교육상태를 언급하고 있다는 점에서 대단히 귀중한 교육학 자료이기도 하다.[77] 이북만은 "지배계

74 김준엽, 김창순 편, 『한국공산주의운동사』 5, 청계연구소, 1986, 249~251쪽. 다만 무산자사가 간행물을 조선에 반입한 것은 사실이다. 이북만은 실제로 조선에 건너가 간행물을 배포하다가 검거되기도 했다. 「불온문 혐의 3청년 검거」, 『매일신보』, 1931.1.27; 「청총집행위원회 홍재식 검거 취조」, 『매일신보』, 1931.1.30.

75 内務省警保局, 『在留朝鮮人運動』, 1932, 1505쪽.

76 李北滿, 『帝国主義治下に於ける朝鮮の教育状態』, 新興教育研究所, 1931.

77 박제홍, 앞의 글, 「일제의 조선인 차별교육정책 비판」, 332쪽.

급이 얼마나 지식의 독점에 집착하는지 우리는 알고 있다"는 부하린의 구절을 인용하면서 "××제국주의는 조선의 교육제도를 철저하게 변혁하고, 조선민족이 ××제국주의의 노예가 되도록 강제"했다고 비판한다.[78] 중요한 것은 여기에서도 투쟁 및 혁명의 방향에 대한 기존의 논조가 그대로 이어지고 있다는 점이다.

> 우리는 조선의 학생운동을 과소평가하려는 것이 아니다. 다만 과거의 그 대부분은 단지 학교 당국에 대한 투쟁에 불과했다는 점, 전국의 학생 대중이 동일한 요구를 가지고 있음에도 불구하고 통일적 투쟁으로 나아가지 못한 점, 그리고 이것이 노동자와 농민, 그 밖의 대중투쟁과 결합하지 못한 점, 한마디로 말하면 정치적 성질을 가지지 못하고 그로 인해 광범한 반제국주의 투쟁을 조직하지 못한 점에 오류가 있었다.[79]

이북만이 여전히 국지적인 투쟁들을 한데 모으는 정치투쟁의 유효성을 강조하고 있음을 알 수 있다. 하지만 신흥교육회도 1931년에 권력의 탄압을 받고 겨우 1년 만에 궤멸에 이르렀다.[80] 그 뒤 이북만은 1931년 11월에 재일조선인의 새로운 예술단체로서 결성된 '동지회同志會'에 참가한다. 동지회는 '일본프롤레타리아문화연맹KOPF'을 적극적으로 지지할 것을 서약했지만, 이번에도 마찬가지로 일국 내 2개의 예술운동 조직은 병립 불가능하다는 지적을 받았다. 동지회 측은 카프에 이 문제를 상의했는데, 카

78 李北滿, 앞의 책, 『帝国主義治下に於ける朝鮮の教育状態』, 3~10쪽.
79 위의 책, 27쪽.
80 「教育労働者組合事件の判決」, 『思想月報』 1-9, 1931.

프는 동지회를 해체하고 코프로 흡수되는 것이 이론상 정당하다고 답했다. 결국 동지회는 해체되었고 코프 내에 새로 설치된 조선협의회로 흡수되었다. 이북만은 코프 산하의 '프롤레타리아 과학연구소' 안에 김두용 등과 함께 식민지반을 조직하고 활동을 이어갔다.[81] 동지회 해소선언은 안막이 맡았는데, 여기서 그는 다음과 같은 자기비판을 행한다.

> 일본에서는 민족 별로 조선인만의 문화적 대중조직이 필요하며 그리하여 동지회는 조선프롤레타리아 예술동맹의 동경지부로 전화해야 한다는 의견은 민족문화에 관하여 전적으로 그릇된 견해이다. 조선에서의 프롤레타리아문화운동의 정치적, 경제적 배경과 일본에서의 그것은 상위한 것이다. 일본에서의 조선인 노동자의 문화적 투쟁은 일본프롤레타리아문화운동에 각각 포괄되어야 한다. (…중략…) 곧 일본-조선프롤레타리아문화운동의 혁명적 국제적 연대성을 위한 투쟁은 어디까지나 일본프롤레타리아문화연맹과 그 산하에 있는 각 동맹이 전개하지 않으면 안 된다.[82]

"민족문화"에 대한 안막의 이러한 견해는 코민테른의 12월 테제에 근거한 것으로서 이북만도 동의하는 내용이었다. "민족고유의 문화는 프롤레타리아의 승리가 이루어진 다음, 프롤레타리아××의 시기에만 가능하다"는 문장에서 알 수 있듯이,[83] 이북만은 프롤레타리아에 대해 민족이 선행한다는 발상을 부정하고 있었다.

---

81 김준엽, 김창순 편, 앞의 책, 『한국공산주의운동사 5』, 252~262쪽.
82 위의 책, 255쪽.
83 李北滿, 앞의 책, 『帝国主義治下に於ける朝鮮の教育状態』, 27쪽.

그렇지만 다른 한편 이북만은 조선공산당재건을 돕기 위한 일본 내 조선인 조직의 결성에 다시 적극적으로 나섰다. 이북만은 1932년 4월 김치정 등 조선공산당재건운동을 함께 했던 동지들과 도쿄 고엔지高円寺에서 만났고, 그들이 조직한 '노동계급사'에 가입했다. 이들은 일본공산당의 양해를 얻어 조선공산당 재건운동을 추진하자는 계획을 세웠고, 이북만은 서기부 책임을 맡아 유춘수柳春樹라는 필명으로 『노동계급 창간준비호』에 「우리는 어떻게 기아에서 벗어날 것인가」라는 글을 실었다.[84]

당의 바깥에서 이루어지는 노동계급사의 운동을 일본공산당이 인정하지 않으리라는 것은 불 보듯 뻔한 일이었다. 이북만도 이를 충분히 예상했을 것이다. 그런데 이번에는 같은 조선인 운동가들도 노동계급사를 비판했고, 그중에는 이북만의 오랜 동지였던 김두용도 있었다. 당시 김두용은 '프롤레타리아 국제주의'에 입각하여 동지회의 코프로의 흡수, 재일노총의 전협으로의 해소를 주도적으로 이끌고 있었다.[85] 일본의 여러 운동단체도 노동계급사를 인정하지 않았고, 일본공산당은 해체를 종용했다. 노동계급사 간부들은 회의를 열고 조직의 존폐를 투표에 부쳤다. 결과는 17대 10으로 해체론이 우세했고, 이에 노동계급사의 많은 회원이 당 재건운동을 위해 조선에 돌아갈 준비를 시작했다. 그 와중에 이북만을 포함한 16명이 검거되었다.[86]

이렇게 수많은 탄압과 검거, 조선인 동지들과의 불화를 겪으면서 이북

84 内務省警保局, 『在留朝鮮人運動』, 1932, 1506~1507쪽; 「内地裁判所に於て為された治安維持法違反事件予審終結決定」, 『思想彙報』 6, 1936, 183~184쪽; 김준엽, 김창순 편, 앞의 책, 『한국공산주의운동사 5』, 160쪽.

85 김두용과 '프롤레타리아 국제주의'에 대해서는 鄭榮桓, 앞의 글, 「金斗鎔と「プロレタリア国際主義」」를 참조.

86 内務省警保局, 『在留朝鮮人運動』, 1932, 1507쪽.

만에게 남은 운동의 수단은 이제 일본공산당의 혁명운동에 완전히 투신하는 길 외에는 없었다. 당은 '외부'를 허락하지 않았다. 정치의 공간이 극도로 협소해지는 가운데 이북만에게는 '계급'과 '민족'의 아포리아를 고민하는 일조차 사치로 변해가고 있었다. 그는 일본공산당 내에 설치된 중앙위원회 조선부와 조선공산당 재건투쟁협의회에서 직업으로서의 운동을 이어나갔다. 후쿠모토에게 강한 영향을 받은 이북만이 단 하나의 "실질적 권력"인 전일적 계급조직의 활동에 충실히 참여하는 것은, 적어도 이론적으로는 아무런 모순도 가지고 있지 않았다. 그러나 이북만은 1933년 2월 조선공산당 재건투쟁협의회에 가담했다는 이유로 다시 검거되었고, 재판을 기다리는 와중에 사노 마나부와 나베야마 사다키치를 시작으로 일본공산당원의 대량 전향이 벌어지는 광경을 지켜보아야만 했다. 운동과 이론이 그를 배신하고 있었다.

1935년 9월 병보석으로 가석방된 이북만은 도쿄에서 발간된 조선어 신문 『조선신문』 편집국에 배속되었다. 1936년 2월 7일에는 함께 조선공산당 재건을 위해 투쟁했던 동지 김치정이 병으로 세상을 떠나는 모습을 자신의 집에서 지켜보았다.[87] 이북만은 그로부터 2개월 뒤 가석방 상태에서 재판을 통해 징역 2년, 집행 유예 3년을 선고받았고, 같은 해 7월 『조선신문』 사건에 연루되어 다시 검거되었다.[88]

87 「노동계급사 김치정 영면」, 『매일신보』, 1936.2.21. 당시 신문에 게재된 이북만의 주소는 東京市杉並区松木町1146이다.
88 강만길, 성대경 편, 『한국사회주의운동인명사전』, 창작과비평사, 1996, 338쪽.

2) 역사의 탐구 강좌파와 2단계 혁명론

앞서 설명한 것처럼 일본공산당 입당기가 시작되고 해방의 전망이 식민지본국의 운동 속으로 회수되어 가던 시점에서도 이북만은 국제주의적 연대를 바탕으로 "말문"의 저편에 있는 식민지조선의 "살아있는 현실"을 계속 드러내고자 했다. 일본의 공산주의운동에 참여하면서도 그 외곽에 조선인 조직을 세우려는 노력을 멈추지 않았던 것이다. 그리고 이 일본공산당 입당기에 과거 문예비평으로 이론투쟁에 참여했던 이북만은 사회경제사 연구로 눈길을 돌리기 시작한다.[89]

이 시기에 저술된 이북만의 사회경제사 연구 중 현재 확인이 가능한 것은 「조선 토지소유형태의 변천」, 「일청전쟁론」, 「이조 말엽의 경제 상태에 관한 약간의 고찰」의 3종으로써, 1932~1936년 사이에 모두 일본의 『역사과학』지에 실렸다.[90] 그중 1932년에 발표된 「조선 토지소유형태의 변천」은 백남운의 유명한 『조선사회경제사』 보다도 1년 앞서 나온 것으로, 사적유물론의 발전법칙을 조선사에 처음으로 적용한 기념비적 논문이다.[91] 이북만은 이 글에서 『독일 이데올로기』의 서술을 원용하여 조선 토지소유형태의 발전을 ① 혈연 결합의 유대에 따른 종족적 공유형태, ② 공공자치체, 혹은 국가재산의 공유형태, ③ 봉건적 토지공유형태, ④ 근대적 토지사유형태로 구분한 뒤, ①과 ②를 삼국시대, ③을 신라의 통일 이후, ④를 1910년 이후로 정의한다. 특히 흥미로운 것은 "근세적 국가조

---

89 이북만의 사회경제사 연구에 대해서는 조형열, 앞의 글, 「1930년대 조선의 '역사과학'에 대한 학술문화운동론적 분석」을 참조.

90 李北滿, 「朝鮮に於ける土地所有形態の変遷」, 『歴史科学』 1-4, 1932; 「日清戦争論」, 『歴史科学』 2-4, 1933; 林田朝人, 「李朝末葉の経済状態に関する若干の考察−特に資本制生産様式への転化の基本的前提条件の欠如に就いて」, 『歴史科学』 5-12, 1936.

91 강진철, 「사회경제사학의 도입과 전개」, 『국사관논총』 2, 1989, 176쪽.

직", 즉 "봉건제도"를 구성했다는 ③에 관한 서술이다.[92]

> 조선의 봉건제도는 신라조 초기 무렵에 거의 완성되었는데, 이는 중세 서유럽적인, 혹은 일본에 보이는 것과 같은 형태는 아니었다. 그것은 맑스가 '아시아적 생산양식'이라는 용어로 표현한 형태였다.[93]

그리고 이 "아시아적 생산양식"의 "특수성"이 "조선에 완전히 들어맞는다"고 논한다.[94] 통일신라 이후 1910년까지 이어졌다는 특수성이란, 곧 조세租稅=지대地代라는 맑스의 명제에 입각한 토지국유제를 가리킨다. 구체적으로는 문무왕 8년772년에 전국의 토지를 "공전公田"으로 삼고 이를 왕족, 관리, 백성들에게 여러 형태로 나눠주기 시작하는데 이후 토지의 배분 방식은 다양하게 변화했지만, 토지 그 자체가 모두 공전이라는 사실에는 변함이 없었으며, 따라서 땅을 받은 사람에게 이를 자유롭게 처분할 권리는 없었다고 한다.[95]

하지만 점차 엥겔스가 말한 "국정폐이國政廢弛"가 심해지면서 "중앙정부"가 장악하고 있던 "토지소유권"에 변화가 생겨 "사전"이나 "사유지"가 늘어갔다.[96] 다만 국정폐이의 양상 역시 조선에서는 서유럽이나 일본과 달리 특수한 형태, 곧 "관개설비" 및 지방 관료에 의한 세금 징수 등으로 나타났다고 한다.[97]

---

92 李北滿, 앞의 글, 「朝鮮に於ける土地所有形態の変遷」, 48~49쪽.
93 위의 글, 49쪽.
94 위의 글, 50쪽.
95 위의 글, 52쪽.
96 위의 글, 52쪽.
97 위의 글, 53쪽.

> 즉 조선에서는 국가 자신이 중세유럽의 지주, 귀족을 대신해서 현물 지대를 징수했다. 따라서 당시의 토지영유 관계는 국가 대 경작자가 되며, 국가 자신이 농민에 대한 직접적 착취자였다. 물론 국가의 대리인인 관리가 국가에 바칠 조세를 거두고 있었지만. 이 점에서 일반적인 봉건적 영유 관계 아래 있던 중세 유럽, 일본 등과 토지영유 관계를 달리하고 있었다. 그리고 이것이 '아시아적 생산양식'의 기본적인 특징일 것이다.[98]

이북만은 이처럼 아시아적 생산양식에 입각하여 조선의 특수성을 강조했다. 아시아적 생산양식이라는 후진성 담론과 조선역사의 보편성이 아닌 특수성을 중시하는 이북만의 역사인식은 이른바 '프롤레타리아 문화운동' 계열의 사회경제사 연구 성과를 공유하는 것이었다. 조형열은 식민지조선의 역사과학에 대한 학술문화 운동을 분석한 글에서, 백남운, 김태준 등의 "민족문화운동" 계열과 이청원, 김광진, 전석담 등의 "프롤레타리아 문화운동" 계열을 구분하여 설명한다. 그리고 아시아적 생산양식을 제한적으로만 수용하고 조선사의 보편성을 주장했던 민족문화운동 계열과 달리, 프롤레타리아 문화운동 계열은 아시아적 생산양식을 적극적으로 받아들이는 한편 조선사의 특수성을 강조했음을 지적한다. 이북만은 후자, 곧 프롤레타리아 문화운동 계열에 속한다.[99]

조선의 경제적 현실을 분석하기 위한 시도는 대개 고경흠 등 조선공산당 재건운동 그룹으로부터 본격화되었는데, 프롤레타리아 문화운동 계열은 이러한 흐름을 반영하고 있었다.[100] 도쿄에서 당 재건운동에 적극적으

98 위의 글, 55쪽.
99 조형열, 앞의 글, 「1930년대 조선의 '역사과학'에 대한 학술문화운동론적 분석」.

로 참가했던 이북만이 이들에게 영향을 받았음을 쉬이 짐작할 수 있다. 또한 프롤레타리아 문화운동 계열은 주로 일본 '강좌파講座派'의 자장 안에 존재했다. 1929년 도쿄제국대학에서 '프롤레타리아 과학연구소'가 기존의 '국제문화연구소'를 해체 · 흡수하는 형태로 설립되었고, 1931년에는 코프에 가맹했다. 미키 기요시三木清, 하니 고로羽仁五郎, 노로 에이타로野呂栄太郎, 구라하라 고레히토蔵原惟人 등 훗날 강좌파로 불리게 되는 연구자들이 그 중심 멤버였다. 이들은 주로 아시아적 생산양식을 강조하는 한편, 일본의 현단계를 반半봉건적 특수성으로 진단하고 '2단계 혁명론'을 내세웠다. 이북만은 국제문화연구소와 관계가 있었고, 앞서 설명한 것처럼 동지회가 코프로 흡수되었을 때 프롤레타리아 과학연구소에 들어가 식민지반을 조직한 이력이 있었다. 이전까지 사회경제사를 배운 적이 없는 이북만이 '맑스주의 사학연구 잡지'를 표방한 『역사과학』에 여러 번 글을 실을 수 있었던 까닭이다.

이처럼 1932년 이후 전개되는 이북만의 사회경제사 연구는 조선공산당 재건운동의 문제의식을 기반으로 강좌파의 방법론을 접목한 것이었다. 「조선 토지소유형태의 변천」에서 이북만은 강좌파 연구자들이 1932년 5월부터 간행하기 시작한 『일본자본주의발달사강좌』를 인용하고 있으며,[101] 1933년 6월에는 강좌파 역사학자 핫토리 시소服部之総의 도움을 받아 『역사과학』에 「일청전쟁론」을 게재했다.[102] "자본주의적 생산의 초기적 형태인 매뉴팩처"[103]라는 이북만의 기술이 핫토리가 비슷한 시기에 구상

100 위의 글, 176~177쪽.
101 李北滿, 앞의 글, 「朝鮮に於ける土地所有形態の変遷」, 58쪽.
102 조형열, 앞의 글, 「1930년대 조선의 '역사과학'에 대한 학술문화운동론적 분석」, 179쪽.
103 林田朝人, 앞의 글, 「李朝末葉の経済状態に関する若干の考察」, 95쪽. 참고로 이북만의 이 글

한 "막말幕末=엄밀한 의미의 매뉴팩처 시대", 곧 '겐마뉴厳マニュ설'에서 따온 것임은 두말할 필요가 없다.[104]

다만 강좌파의 논리가 사회구성체의 발전단계 법칙에 따르고 있는 한, 제국일본과 식민지조선 사이에는 경계선이 그어져야만 했다. 일본이 불충분하나마 자본주의적 사회구성과 제국주의의 단계에 도달한 것에 비해 어째서 조선은 식민지로 전락한 것인가? 역사를 계기적인 도식에 따라 파악하는 경우, 이러한 물음이 따라오는 것은 필연이었다. 가령 핫토리의 겐마뉴설은 중국, 조선과 달리 일본만이 자본주의적 발전을 이루었다는 점을 역사적으로 설명하기 위한 이론이었다.[105] 일본에는 중국, 조선과 달리 "자본주의적 생산의 초기적 형태인 매뉴팩처"가 발달했었다는 것이다. 따라서 핫토리의 이론을 받아들이면 자연스럽게 "이조 말엽의 조선에는 매뉴팩처조차 존재하지"[106] 않았다는 결론에 이르게 된다. 제국과 식민지의 메울 수 없는 틈새가 여기에서도 얼굴을 내밀고 있었다.

이북만은 아마 강좌파의 논리에 숨겨진 이러한 측면까지는 파악하지 못했을 것이다. 그에게 강좌파와 사회경제사 연구는 새로운 혁명의 이론이었다. 현실의 운동이 거센 탄압과 일국일당원칙의 제약을 받는 상황에서 혁명의 역사적 필연성을 강조하는 강좌파의 논리는 이북만에게 정치의 영역에 불을 지피고 운동을 다시 일으킬 수 있는 실천의 가능성으로 다가왔던 것은 아닐까? 그는 강좌파의 2단계 혁명론을 적용하기 위해 조선

은 조형열에 의해서 발굴되었다.

104 永井和, 「戦後マルクス主義史学とアジア認識－「アジア的停滞性論」のアポリア」, 古屋哲夫 編, 『近代日本のアジア認識』, 京都大学人文科学研究所, 1996, 660~661쪽.

105 위의 책, 660~667쪽.

106 林田朝人, 앞의 글, 「李朝末葉の経済状態に関する若干の考察」, 95쪽.

이 식민지라는 후진적이고 특수한 환경에 놓여있음을 역사적으로 증명하고자 했다. 조선의 과거가 봉건적 질곡에 신음하는 정체된 역사라는 점은 이북만에게 문제가 되지 않았다. 독립해야 할 '조선'은 과거의 조선이 아니라 미래에 새롭게 건설될 무산자들의 조선이기 때문이다.[107] 그러나 그가 강좌파의 이론을 빌려 도래할 혁명조선을 역사적으로 논증하기 위해 노력하면 할수록, 맑스주의역사학의 발전단계론이 가지고 있는 이론적 획일성으로 인해 식민지조선의 "살아있는 현실"은 더욱 "말문"의 저편으로 희미해져 갔다. 이렇게 운동과 이론은 식민지주의의 모순 속에서 좌초했고, 이윽고 중일전쟁이 발발한다. 그리고 이북만은 한때 자신의 전부였던 맑스주의를 포기한다.

4. 이데올로기와 삶의 틈새

직업적 운동가로서 이북만은 계속된 좌절을 겪었다. 후쿠모토를 따라 전일적 계급으로서의 프롤레타리아를 조직하려던 그의 기획은 식민지조선에서 신간회가 해체되고, 제국일본에서는 조선인과 일본인을 하나로 아우르는 단체가 등장하지 못하면서 실패를 맛보았다.[108] 식민지조선과의 파이프를 유지하면서 제국일본에서 조선인만의 외곽 단체를 만들려던 시

---

107 鄭榮桓, 앞의 글, 「金斗鎔と「プロレタリア国際主義」」, 13쪽.

108 가령 1929년 12월 시점에서 재일노총의 동맹원 수는 총 2만 3500여 명으로 집계되는데, 그중 전협으로의 해소가 적극적으로 추진된 이후인 1930년 10월 말 시점에 전협으로 재조직된 동맹원의 숫자는 겨우 2천600여 명에 지나지 않았다(高峻石, 『コミンテルンと朝鮮共産党』, 社会評論社, 1983, 75~77쪽).

도 역시 내외의 반대와 비판으로 인해 성공하지 못했다. 혁명의 역사적 필연성을 강조하는 논리였던 강좌파의 2단계 혁명론은 도리어 식민지조선과 제국일본의 본원적인 간극만을 확인시켜주었다.

중일전쟁 발발 이후 이북만은 중국에 건너간다.[109] "좌익 친구들과도 상종을 끊고 무엇인가 새 생활을 구상"했던 이북만이 중국 청도에서 일본강관日本鋼管 자회사의 하청업을 시작했다는 소설 속 묘사도 있다.[110] 한때 "마른 몸에 날카로운 느낌"을 주었던 이북만은 천진과 청도 등지에서 큰돈을 만진 뒤로는 점점 "뚱뚱하고" "온후한 느낌"의 성공한 사업가로 변해갔다.[111] 이북만은 일본이 패전하자 육로를 통해 서울로 건너왔고,[112] 백남운과 함께 '민족문화연구소'에 참가한다.[113] 1946년 2월 12일 자 신문에 중국에서 입국한 '조선독립동맹'의 환영회가 열렸다는 기사가 있는데, 참석한 동맹원 중 이북만의 이름이 보인다.[114]

이처럼 이북만은 해방 이후 일본이 아닌 서울에서 활동을 재개했다. 1948년에는 기존의 사회경제사 연구를 심화·발전시킨 『이조사회경제사연구』를 출판했다. 고구려의 "하호下戶" 등 피정복종족을 정복종족에 총체적으로 예속된 "공납노예"로 파악하는 등, 흥미로운 내용이 많다.[115] 다만 전반적으로는 "'아세아적 생산양식'에 대한 조선적 해결 환언하면 조선역

---

109 林浩治, 앞의 글, 「日本プロレタリアートは連帯していたか」, 100쪽.
110 정영진, 앞의 책, 『바람이여 전하라』, 154쪽.
111 須山計一, 「温い手の思い出－李北満君追悼」, 『朝鮮新聞』, 1959.3.1.
112 정영진, 앞의 책, 『바람이여 전하라』, 160~161쪽. 다만 이 소설에는 이북만이 서울로 건너온 시점이 1947년으로 나오는데, 여러 정황상 1946년으로 추정된다.
113 방기중, 『한국근현대사상사연구－1930·40년대 백남운의 학문과 정치경제 사상』, 역사비평사, 1992, 258쪽.
114 「독립동맹 환영회 개최」, 『조선일보』, 1946.2.12.
115 이북만, 『이조사회경제사연구』, 대성출판사, 1948, 23~32쪽.

사가 경험한 정체성의 본질 규명이 없이는 조선사회의 후진성을 해명할 수 없으며"라는 기술에서 알 수 있듯이, 기왕의 관점을 유지하고 있었다.[116]

규슈제국대학 경제학부를 나온 최호진은 해방공간의 이북만을 다음과 같이 기억한다.

> 인정식, 이북만, 이청원은 독학자들로 일제 때 신문사 출입하면서 쓴 저널리스틱한 글을 주로 썼어요. 이북만이 쓴 『李朝社會經濟史』 서문에도 그 얘기가 조금 나와 있을 거예요. 그 뒤에 이북만은 일본으로 밀항해 버렸어요. 부인이 일본여자였지요. 매일 막걸리나 퍼마시고 불만불평들이 많았어요.[117]

조국은 해방되었지만 남과 북에는 각각 다른 정부가 수립되었다. 한때 일본에서 함께 활동했던 인정식, 이청원, 그리고 오랜 동지인 김두용까지 모두 북으로 갔지만, 이북만은 일본으로 돌아갔다.[118] 이북만이 일본으로 간 것이 최호진의 말처럼 개인적인 이유인지, 아니면 북에도 가지 못하고 남에도 남아있을 수 없게 된 어떤 상황이 있었는지는 알 수 없다. 그런데 일본의 상황도 대단히 좋지 못했다.[119] 재일조선인들은 여전히 차별을 겪고 있었고, 구심점이 되어야 할 조직민전은 일본공산당의 지원을 받는 '민대파民對派'와 이에 반대하는 '조국파'로 나뉘어 대립과 분열을 거듭하고 있었다. 이것이 해방된 조국과 조선인의 모습인가? 일본으로 돌아간 뒤 이

116 위의 책, 2쪽.

117 최호진, 『나의 학문 나의 인생』, 매일경제신문사, 1991, 437쪽.

118 정영진, 앞의 책, 『바람이여 전하라』에 따르면 이북만이 일본으로 돌아간 것은 1953년 가을이라고 한다(161쪽).

119 해방 이후 1950년 무렵까지 재일조선인들의 역사에 관해서는 정영환, 앞의 책, 『해방 공간의 재일조선인사』를 참조.

북만은 나카노 등 과거의 동지들과 만남을 유지하면서 신문의 논설위원 등으로 활동하기도 했다.[120] 그러나 그의 사상은 이미 여러 부침을 겪으면서 크게 변화한 상태였다. 이북만은 남로당의 섹트주의를 비판하는 글을 썼다가 많은 비판을 받았으며,[121] 1955년 2월 '조국통일촉진전국협의회統協'에서 간행한 『총친화總親和』 창간호에서는 다음과 같은 주장을 하기도 했다.

> 솔직히 말해서 오늘날에 이르기까지 조선인 사회에 이 정도로 폭넓은 성격을 지닌 단체는 없었다고 할 수 있다. (…중략…) '통협'이란 어떤 것인가? 우리의 견해로는 우도 좌도, 중간적 존재도 아니다. 이를 유지하면서 일정한 성격과 주체성을 구비해야 한다고 생각한다. 종래 조선인 사회의 비극은 좌건우건, 너무 성격이 강한 점에 있었다. 상대의 입장을 이해하려는 아량도 없고, 반대하는 사람의 사상이나 정견을 받아들이려는 관용도 없는 후진적 사회의 한 전형이었다. (…중략…) 조국을 평화적으로 통일하고 독립하려는 한 점에 집약됨으로써, 민족의 이해가 다른 여러 주의나 주장에 우선함으로써, 각 개인이나 단체의 편향된 주장이 다수라는 이유로 강제되지 않음으로써, [통협은: 인용자] 하나의 특이한 형체를 이룰 것이며, 그 자체의 성격과 동시에 주체성을 가질 수 있을 것이다. 잡다한 것이 단일화하고, 분산되어 있던 것이 집합하여 비로소 '통협'이 될 것이다.[122]

120 須山計一, 앞의 글, 「温い手の思い出」.
121 위의 글.
122 李北滿, 「統協の性格に就いて」, 『総親和』 1, 1955(인용은 尹健次, 『「在日」の精神史』 2, 岩波書店, 2015, 12~13쪽).

1954년 10월 북한 최고인민회의는 남북 평화통일을 주장하는 성명을 내놓았다. 박춘금, 권일 등 "구 친일파·대일협력자"가 이에 호응하는 형태로 공존, 평화통일을 내세운 '남북통일촉진준비회'를 결성했고, 여기에 좌우 및 중간파가 합류하여 통협이 탄생했다.[123] 이북만이 통협에 어떤 생각을 가지고 참여했는지는 분명하지 않다. 다만 "조선인 사회의 비극"을 좌우대립에서 찾는 한편 "단일"과 "집합"을 강조하는 등, 커다란 사상적 변화가 감지되는 것은 분명하다.

한 시대로서의 일본공산당 입당기는 1955년 5월 24일 민전이 해산하고 다음 날 총련이 결성되면서 끝이 난다. 이 모든 과정을 최전선에서 지켜봐 왔던 이북만은 총련에 대해 다음과 같은 감상을 남긴다.

> 당시 일공일본공산당 최고 간부 중 한 명이었던 김천해 씨나 한 씨[한덕수: 인용자]도 일공 당원으로서 조선인을 획득하려고 노력했고, 한 씨 등은 재일조선인이 일본민주화를 위한 낙하산 부대의 역할을 연기했었던 일을 기억하고 있다. 게다가 조선민주주의 인민공화국은 1948년에 창건되었는데 1955년이 되어서 비로소 방향전환을 한다는 것은 웃긴 일이다. (…중략…) '총련'은 자기들 입장만 지키면서 '사상, 정견, 신앙 및 사회적 지위 여하를 묻지 않고' '각 단체와 개인으로 구성된 민족전선'을 내걸고 있는데, 제약된 사상과 정책을 약속하면서 '여하를 묻지' 않는다는 것이 무슨 말인지 모르겠다.[124]

일본공산당과 여기서 탈퇴하여 새로 출발하는 조직인 총련에 대해 이

123 尹健次, 앞의 책, 『「在日」の精神史 2』, 10~11쪽.
124 李北満, 「「総連」大会を傍聴して」, 『総親和』 3, 1955(인용은 尹健次, 앞의 책, 『「在日」の精神史』 2, 40~41쪽).

북만은 강한 불신감을 보인다. 재일조선인에 대한 일본 정부의 차별이 지속되고 해방 조국이 남과 북으로 갈라진 상황에서 이미 많은 상처를 받았던 이북만은 어디에도 갈 곳을 찾지 못했던 것은 아닐까? 제국과 식민지의 교착 속에서 곤란한 혁명에 투신해왔던 이북만은 1959년 2월 23일 뇌일혈로 세상을 떠난다. 향년 52세였다.[125] 최호진의 다음 회상이 심금을 울린다.

> 이북만은 결국 일본 가서 작고하고 말았는데, 아주 비참하게 생활했다고 하더군요. 부인도 죽었고, 모두들 혁명가들이었다고 할 수 있지요. 다른 나라는 어떤지 모르지만, 우리 나라는 다들 그렇잖아요? 가정생활이 엉망이고……[126]

이북만에 대한 최호진의 시선에는 어떤 거드름이 느껴지지만, "혁명가" 이북만이 "비참"하고 "엉망"인 삶을 살았던 것은 사실이다. 과연 "우리 나라"는 늘 그랬다. 이 땅에서 맑스주의는 온전하게 존재한 적이 없었다. 식민지라는 엄혹한 현실 아래 투쟁의 공간은 늘 비좁았고, 해방 이후에는 분단과 이데올로기 대립, '빨갱이'의 낙인과 싸워야만 했다. 이론은 자생적으로 소화되지 못했고, 운동 역시 고유의 방향을 만들어내지 못했다. 공산주의에 대해 "말문이 막히는" "폭압"이 횡행했던 이 땅에서 맑스주의자를 자처하기 위해서는 생명을 담보로 내놓아야만 했기 때문이다. 그래서 이북만의 삶은 결코 개인의 문제로 환원되어서는 안 된다. 거기에는 자본주의의 모순과 투쟁하는 주체들의 연대라는 핵심 가치에 대한 신념을 잃지

125 須山計一, 앞의 글, 「温い手の思い出－李北満君追悼」.
126 최호진, 앞의 책, 『나의 학문 나의 인생』, 437쪽.

않는 한편, 식민지라는 특수한 환경에서 저항의 고유한 영역을 끊임없이 창출하고자 했던 직업적 운동가의 형상이 있다. 이북만의 실패와 좌절은 오늘날에도 계속되고 있다.

제3부

근대한국학의 형성과 '과학'

제1장_김병문

'언어의 소외'와 '과학적' 언어 연구의 (불)가능성에 대하여

1920~1930년대 조선어 연구를 중심으로

제2장_심희찬

식민사학 재고

과학담론과 식민지주의의 절합에 대해

제3장_정대성

사회주의자 신남철의 역사의식과 관념론적 유산

신체인식론을 중심으로

제1장

'언어의 소외'와 '과학적' 언어 연구의 (불)가능성에 대하여

1920~1930년대 조선어 연구를 중심으로

김병문

1. 들어가기

문법학자들은 언어에서 일정한 법칙을 발견하고자 한다. 그러나 정작 말을 하는 사람들은 어떤 문법을 의식하면서 이야기하지는 않는다. 마찬가지로 대개 말을 하는 사람은 자신이 어떤 특정 언어를 사용하고 있다고 의식하면서 말하지 않는다. 그러나 "어떤 개인이 ○○어 또는 '국어'를 사용하고 있다고 가르침을 받고 의식하게끔 되는 순간부터" 말의 새로운 역사, 즉 "말의 소외의 역사가 시작"한다고 할 수 있다. '말의 소외'라는 이 현상은 '언어'를 인간의 발화라는 구체적인 행위로부터 분리해 내서 그 자체로 존재하는 것처럼 다룰 수 있게 해주는 것이기도 하다. 이연숙은 바로 이 '말의 소외'라는 근대적인 언어 의식을 근거로 해서 언어를 단순히 커뮤니케이션의 수단으로만 생각하는 이른바 '언어도구관'과 언어를 민족 정신의 정수로 보는 '언어 내셔널리즘'을 동일한 "언어 인식 시대의 쌍생아"라고 설명한 바 있다.[1] 언어를 단순한 중립적 도구로 보는 시각과 마찬가지로, 어떤 언어에 특정 민족의 정신이 담겨 있다고 보는 관점 역시 구체적 발화상황으로부터 독립해 존재하는 실체로서의 언어를 가정하지 않고는 가능하지 않기 때문이다.

근대 언어학이 언어를 어떻게 다루는가 하는 점 역시 이 '말의 소외'라는 현상을 떠나서는 설명하기 어렵다. 언어학은 수많은 규칙과 법칙들로 이루어져 있거니와, 그러한 법칙들은 대개 인간의 의지나, 의식적 노력과는 무관하다. 예컨대 한국어 모어 화자들이 '국민'을 그 표기형과는 다른 '[궁민]'으로 발음하는 것은 물론 그 어떤 의식적인 행위의 결과가 아니다. 이른바 '비음화鼻音化'라는 이와 같은 음운현상의 조건과 그 변동의 메커니즘을 규칙화하는 데에는 어떠한 언어 외적 요소도 고려되지 않는다. 그리고 이러한 규칙과 법칙들은 자율적이고 자족적인 실체로서의 언어를 '실증'해 주는 역할을 한다.

물론 언어학에서의 규칙이나 법칙은 본래 언어의 공시태가 아니라 통시태에서 발견해 낸 것이다. '그림의 법칙'을 비롯한 19세기 서구의 역사비교 언어학이 기반하고 있던 그 수많은 규칙과 법칙들은 바로 역사적인 언어 변화에 관한 것들이었다. 언어학이라는 새로운 학문을 전통적인 문헌학과 구별하려고 했던 이들은 늘 언어학이 자연과학자들이 자연에서 발견한 것과 같은 일정한 법칙에 기반하고 있음을 강조하였고[2] 그때의 법

1 이상의 인용은 이연숙, 『국어라는 사상』, 고영진·임경화 역, 소명출판, 2006, 15~16쪽.

2 9세기의 비교문법학자 슐라이허는 언어학자가 언어를 다루는 것은 식물학자가 식물을 연구대상으로 하는 것과 같은 행위인 반면에 문헌학자가 언어를 다루는 것은 마치 정원사가 식물을 다듬는 것과 같다고 비유한 바 있다. 風間喜代三, 김자환 역, 『19세기 언어학사』, 박이정, 2000, 121~122쪽.

칙은 특히 역사적인 음운의 변화와 관련된 것들이었다. 소쉬르가 그 일원이었던 소장문법학파의 저 유명한 '음 법칙에 예외 없음'이라는 테제 역시 역사적인 변화에 관한 것임은 물론이다.

예컨대 한국어의 역사, 즉 '국어사'를 기술하는 과정에서 등장하는 '모음추이母音推移, vowel shift'라는 개념은 자율적이고 자족적인 실체로서의 언어라는 것이 과연 무엇을 의미하는지를 극명하게 보여주는 사례라 할 만하다. '전기 중세국어'에서 '후기 중세국어'로 이행하는 시기에 일어났다는 '모음추이'는 기본적으로는 '·'의 음가를 재구하려는 시도에서 제안된 것인데, 모음체계의 변화로 인한 개별 음운의 연쇄적인 이동을 의미한다.[3] 물론 '·'의 정체가 과연 무엇인가 하는 논의는 1890년대의 '국문론'에까지 거슬러 올라가는 것이기는 하다. 그러나 이중모음의 단모음화나 움라우트 현상, 더 나아가 모음체계와 그 변천에까지 이르는 여러 개념이 전제되는 이 '모음추이'는 50~60년대 구조주의 언어학의 도입을 염두에 두지 않고는 설명하기 어렵다.

이와 같이 주체에 선행하여 그것을 규정하는 '구조'를 언어학이 규명해야 할 대상으로 삼는 한 그때의 '언어'는 말하는 주체나 그 주체의 행위와는 날카롭게 구별되어야 하는 존재일 수밖에 없다. '누구의 언어인가'가 아무런 문제가 되지 않는 언어학이 인간으로부터 소외된 언어를 상정하게 되는 것은 당연한 귀결이다. 물론 구조주의 언어학에서부터 비로소 말

3 "이 추이는 아마도 'ㅓ'가 中舌 쪽으로([e], [ə]) 들어온 것이 端初가 되었을 것으로 보인다. 이 中舌化에 밀려 'ㅡ'가 위로 움직이고 이 壓力으로 'ㅜ'가 後舌로 움직이게 되었을 것이다. 'ㅗ'는 다시 'ㅜ'에 밀려 아래로 움직이게 되고 마지막으로 '·'가 더욱 아래로 밀리게 되었을 것이다. 이렇게 보는 가장 중요한 理由는 '·' 不安全性 때문이다. 즉 이 母音은 近代國語에 와서 완전히 消失되고 마는데, 이 原因은 요컨대 連鎖的 變化의 끝에서 그것이 窮地로 몰렸기 때문이라고 할 수 있다." 이기문, 『국어사개설(개정판)』, 탑출판사, 1972, 138쪽.

하는 인간이나 그 발화 맥락 등으로부터 분리된 채로 존재하는 언어를 상정하기 시작했던 것은 아니다. 이연숙의 지적처럼 '언어 도구관'에서든 '언어 네셔널리즘'에서든 '언어의 소외'는 근대의 특징적인 언어 인식이었기 때문이다. 그러나 언어를 인간 행동으로부터 분리된 채로 다루어야 한다는 태도를 학술적 담론에서 관철하는 것은 단순한 언어 인식의 차원을 넘어서는 일이다.

이 글에서는 이와 같은 문제의식을 기반으로 해서 1920~30년대 조선어 연구의 양상을 살펴보기로 한다. 근대계몽기 국문론의 다양한 시도들이 일정한 결론에 도달하는 시기가 바로 이 무렵이며 동시에 이전 세대의 '국문, 국어' 연구의 방법론에 대한 반성과 문제제기가 본격화되는 시기이기도 하기 때문이다. 더욱이 그 문제제기가 바로 앞서 언급한 '언어의 소외'라는 근대적 언어 인식을 적극적으로 의식한 결과였다는 점에서 주목을 요하는 바가 있다. 제2절에서는 안확의 주시경 비판으로 인해 촉발된 논쟁을 통해 당대의 조선어 연구자들이 '과학적' 언어 연구란 과연 어떠해야 한다고 보았는지, 그리고 거기에 내재한 곤란함은 무엇이었는지를 검토한다. 3절에서는 좌우를 막론하고 당대에 상식처럼 통용되던 한국어 계통론 역시 '언어의 소외'라는 근대적 인식의 한 전형이었음을 살펴보고 그것이 함의하고 있는 바를 살펴보겠다.

2. '조선어 연구'의 정체 '과학'의 시선과 타자로서의 언어

1) 언어 연구라는 학술적 행위에 대한 성찰 정렬모와 안확의 경우

1927년 3월 정렬모는 조선어연구회의 동인지 『한글』에 「조선어 연구의 정체는 무엇?」이라는 글을 발표한다. 이 글에서 그는 세상 사람들이 조선어 연구자들을 두고 '새말을 지어내고 없어진 말을 찾아 쓰는' 도깨비 떼 같은 이들이라고 한다며, 이는 마치 앞을 못 보는 이들이 일부만을 만져 보고 전체에 대해 판단하는 '병신의 편견'과도 같다는 극언을 서슴지 않는다. 그러나 이 글의 목적은 '세인世人의 무식'을 탓하고 그들을 계몽하려는 데 있지 않다. 오히려 그는 이러한 사태의 원인이 조선어 연구자 자신의 불분명한 태도에 있으며, 조선어 연구자들 스스로가 자신들이 하는 일이 어떤 것인지를 명백히 의식하지 못하고 있기 때문에 발생한 문제라고 지적한다.

즉, 남다른 생각을 하고 있다는 몽롱한 기분으로 '조수적操守的, 현학적, 몰세간적 문자 유희'에 빠져 있다는 것이 조선어 연구자들에 대한 정렬모의 평가인 것이다. 따라서 '조선어 연구의 정체'를 논하는 이 글은 바로 당대의 조선어 연구자들을 향한 것이었다고 해야 하겠다. 더 나아가 정렬모가 동인으로 참여하고 있던, 당시에 조선어 연구의 중심 세력으로 주목받기 시작하던 조선어연구회의 활동에 대한 성찰일 수도 있겠다.

> 所謂 朝鮮語研究者가 걸핏하면 世人에게 魑魅魍魎의 徒로 指摘되는 것은 물론 世人의 無識으로 말미암는 때도 있지마는 또 研究者 自體의 態度가 不分明함에 因由하는 바 있음을 생각지 않을 수 없는 것이다.

입때까지의 世人은 所謂 朝鮮語 硏究者의 '正體'를 모르는 것이 事實이다. 그네는 朝鮮語 硏究者를 指目하여 '새말을 지어내는 사람' 혹은 '없어진 말을 찾아쓰는 사람' 혹은 쉬운 말을 어렵게 쓰려는 사람'으로 알어온 것 같다. 그러나 이것은 마치 여러 盲人이 全象의 局部 局部를 評함과 같아서 病身의 片見에 지나지 못한즉 그 不當을 탓할 길도 없거니와 世人으로 그러한 妄斷에 빠지게 한 罪의 太半은 所謂 朝鮮語 硏究者 自身이 引責하여야 할 것이다.

實로 입때까지의 朝鮮語 硏究者는 自己 事業에 對한 明白한 意識을 가지지 못하였었다. 한갓 남다른 일을 생각하고 있거니 하는 朦朧한 氣分으로 操守的 혹은 衒學的 態度에서 沒世間的 文字 遊戲를 일삼고 있었음에 지나지 못한다. 그리하여 그 使命을 모르고 그 歸趨를 定치 못하였으니 어디 徹底한 主見을 가지고 世人을 敎導하여 實益을 얻게 하는 能이 있었으랴.[4] 강조는 인용자, 이하 같음

정렬모는 이와 같이 조선어 연구자 스스로가 자신이 하는 일에 대한 분명한 의식이 있어야 함을 지적한 후 언어 연구란 것이 과연 무엇이고, 그 하위 분야와 연구 방법론, 그리고 응용의 영역에는 어떠한 것들이 있는지를 논한다. 그런데 정렬모의 이 글이 발표되기 몇 달 전인 1926년 12월 『동광』지에는 안확의 「조선어 연구의 실제」라는 글이 발표된다. 안확은 문학, 역사, 정치, 음악, 무술 등 다양한 분야에서 독특한 의견을 피력한 '국학자'이지만, 한국어학사의 측면에서 보면 박승빈과 더불어 조선어연구회에서 조선어학회로 이어지는 주시경 제자 그룹과 대립한 인물로도 잘 알려져 있다.

4 정렬모, 「조선어연구의 정체는 무엇?」, 동인지 『한글』 1-2, 1927, 2쪽. 이 글에서 인용문의 표기는 원문대로 하되 띄어쓰기는 현재 규범에 따르기로 한다.

박승빈을 중심으로 한 조선어학연구회가 조선어학회와 격렬하게 대립한 것이 1930년대의 일이라면, 안확은 그보다 앞선 1920년대 거의 독자적으로 조선어연구회 인사들과 논쟁을 벌였다고 할 수 있는데, 안확과 조선어연구회 간에 벌어진 논쟁의 발단이 된 것이 바로 「조선어 연구의 실제」였다. 그런데 이 글은 단순히 안확이 주시경, 혹은 그 제자들의 연구 결과를 비판하고 그에 대해서 자신의 견해를 제시했다는 점보다는, 당대의 조선어 연구자들에게 '언어 연구'라는 학술적 행위가 의미하는 바가 과연 무엇인지를, '과학'의 관점에서 되돌아보게 했다는 점에서 주목을 요하는 글이다.

안확은 이 글에서 근래 조선어를 연구하자는 소리는 사방에서 들리지만, 그 연구라는 것이 '감정적'인 것일 뿐 '학술적, 과학적'이지 못하다고 비판하는데, 이때의 '감정적'이라는 것에 대해 그는 '외압적 반감'에서 비롯한 '정치적 기분'이라고 풀이하고 있다. 그리고 그러한 사례는 '서양 각국의 언어학계'에서도 많이 있었던 것이라며 독일과 영국의 언어 순화 운동을 들어 보이고 있다. '언문'에 비하의 의미가 있다고 하여 이 말의 사용을 꺼리는 것 역시 그가 보았을 때는 '감정적' 태도에 불과하며 따라서 조선어라는 대상의 진정한 가치를 규명하는 '과학적' 연구와는 무관하다는 것이다.[5] 진정한 학술적이고 '과학적' 연구에는 그 자체만의 가치가 따로 있는 것이어서, 예컨대 정치 운동의 수단이나 도구가 되어서는 안 된다는 것이 그의 입장이었던 셈이다.

언급한 바와 같이 안확의 이 글이 가지는 의의는 주시경이나 그 제자들

5 안확, 「조선어 연구의 실제」, 『동광』 8호, 1926, 56~57쪽.

의 주장을 비판한 데 있다기보다는 당대의 조선어 연구자들에게 '언어 연구란 과연 어떤 것인가'라는 물음을 던졌다는 점에서 찾아야 할 것이다. 그런 점에서 서로에게 칼날을 겨누고 있는 것처럼 보이지만 정렬모의 「조선어 연구의 정체는 무엇?」은 안확이 「조선어 연구의 실체」에서 하는 문제제기와 묘하게 공명하고 있다. 둘 모두 새말을 지어내거나 옛말을 다시 쓰자는 것은 진정한 언어 연구가 아니라며 언어 연구자 스스로 '언어 연구의 정체/실체'란 과연 무엇인가를 알아야 한다고 역설하고 있기 때문이다. 그리고 이 둘 모두가 강조한 것은 '문법'이란 언어 사실을 있는 그대로 기술하는 것이라는 점이었다.

2) '문법'의 실체 추상적 사실의 기재記載

「조선어 연구의 실제」에서 안확은 문법을 저술한다는 것은 법률가가 법을 제정하여 사람들이 그에 따르게 하는 일과 같은 것이 아니라 사실을 추상화하여 기술하는 것이라고 했다. 그럼에도 불구하고 근래의 문법 저술가들은 마치 자기의 법에 복종하도록 하는 압제자와 같이 실제 '어법'에는 없는 것을 써놓고 강요하는 경우가 많다는 것이다.[6] 실제에는 있지도 않는 말을 사람들에게 강요하는 사례로 안확이 든 것은 '와서'를 '오아서'로, '누어'를 '눕어'로, '니어'를 '닛어'로 쓰라고 강제한다는 것이다. 즉 근래 조선어를 연구한다는 자들은 사람들이 '와서, 누어, 니어'라고 말하는데도 불구하고, 문법으로는 '오아서, 눕어, 닛어'가 맞다며 이런 것들을 사람들에게 강요하고 있다는 것이다.[7]

---

6 안확, 앞의 글, 57쪽.
7 이때의 '누어-눕어', '니어-닛어'는 각각 현재 '눕다'의 활용형 '누워'와 '잇다'의 활용형 '이

안확의 이러한 비판이 겨냥하고 있던 대상은 물론 주시경과 그의 이론을 따르던 이들이다. 주시경은 분포적 환경에 따라 변동되는 '임시의 음'이 아니라 변동 이전의 존재인 '본음'과 '원체'를 밝혀 적어야 한다고 보았는데, 그러한 관점에서는 소리의 변동에도 불구하고 '오-'와 '눕-', '닛-'이라는 용언의 어근을 그대로 적어 주어야 옳은 것이 된다. 이는 마치 '읽-'이 뒤에 오는 문법 요소에 따라 '잉는, 익찌, 일거'로 달리 소리 나더라도 '읽-어, 읽-지, 읽-어'처럼 일관되게 그 어근을 밝혀 적어야 하는 것과 같은 원리이다.[8]

사실 안확이 이러한 논리로 주시경 그룹을 비판하기 시작한 것은 1910대 중반 그가 일본에 유학하던 시기부터였다. 특히 『학지광』에 발표한 「조선어학자의 오해」라는 글은 그 내용, 논조 등에서 『동광』의 「조선어 연구의 실제」와 거의 유사한 것이다. 예컨대 조선에는 아직 제대로 된 문법서가 없다며 그 근거로 문법은 '추상적 사실의 기재'일 뿐인데, 지금의 문법가라는 이들은 개인의 이론으로 만들어낸 말들을 강요하고 있다고 한탄한다.

> 本來 **文法은 抽象的 事實의 記載而已오** 立法的으로 新理를 立하야 變定함은 안이어널 엇지 論理와 文法을 一致케 할이오. (…중략…) **文法家는 但 精密히 調査하고 明白히 記載하야 現行語法의 自然的 規範을 記載할 而已오** 不絶히 變遷하는 言語로 하야곰 標準을 立하야 束縛하는 權利는 無하니라.[9]

어'를 가리키는 것이다.

8 주시경식 표기법의 이러한 문제는 최현배의 불규칙 활용 개념에 의해 비로소 해결된다. 이에 대한 자세한 사항은 김병문, 「1920~30년대 표기법 논의와 '국어문법'의 형성이라는 문제－'불규칙 활용'의 설정의 경우」, 『어문연구』 188, 한국어문교육연구회, 2020 참조.

1916년의 「조선어학자의 오해」에서나 그로부터 10년 후인 1926년의 「조선어 연구의 실제」에서나 안확이 일관되게 강조하고 있는 것은 언어에 인위적인 개입을 가해서는 안 된다는 사실이다. 즉, 언어 연구자, 문법가의 역할은 언제나 언어 사실을 객관적으로 관찰하고 이를 추상하여 기술하는 데 있을 뿐이라는 것이다. 따라서 언어 순화를 위해 한자어 대신 고유어를 되살리려는 행위, 또는 언중에게 '문법적으로 옳은' 말이나 표기를 강요하는 일 등은 모두 진정한 언어 연구와는 전연 무관한 것일 수밖에 없다. 안확이 언어에 대한 인위적 개입을 이처럼 극도로 경계한 근본적 이유는 그가 「조선어학자의 오해」의 앞부분에서 강조한 "言語는 生命이 有하야 變遷 分離 同化 生死 等의 原則이 有한 者"[10]라는 주장에서 찾을 수 있을 것이다. 언어에는 생명이 있어서 자체의 원리, 원칙에 따라 생겨나고 변화하는 가운데 분화하고 동화하고 또 종국에는 죽음에 이른다는 이러한 관점에 입각한다면 언어에 인위적으로 손을 댄다는 행위 자체가 부질없는 일일뿐더러 과학적 학술 행위가 될 수 없음은 자명한 일이다. 이러한 입장은 그의 『조선문학사』1922에 '부편附編'으로 실린 「조선어 원론朝鮮語原論」에도 그대로 반복된다.[11]

안확이 이 「조선어 원론」에서 언어는 생명이 있는 생물과 같은 것임을

9 안확, 「조선어학자의 오해」, 『학지광』 10호, 1916, 28쪽. 이 글은 '硏語生'이라는 필명으로 발표되었는데, 다른 글들과의 내용상의 일치점 등을 근거로 안확의 글로 인정되고 있다. 고영근, 『한국 어문 운동과 근대화』, 탑출판사, 1998; 정승철·최형용, 『안확의 국어 연구』, 박이정, 2015, 343쪽 등 참조.

10 안확, 위의 글, 26쪽.

11 "言語는 一種 生物이라 비록 實際를 不備한 無形物이나 生命을 有함은 一般 動植物과 無異하고 쏘한 言語는 恒常 進化하야 不止하나니라. (…중략…) 世界의 何國語를 勿論하고 消滅 變化 新生의 法은 定則이 有하야 故意로 能히 左右키 難하니 此가 卽 言語의 生命이라" 안확, 「조선어 원론」, 『조선문학사』, 한일서점, 1922, 179~180쪽.

강조한 것 역시 사실은 '한문으로 내화來化한 말을 일시에 폐지하고 고어와 신조어를 행하려는' 주시경 그룹을 비판하는 과정에서였다. 심지어 전체 15절로 이루어진 이 「조선어 원론」의 제13절은 "周氏 一派의 曲說"이란 제목으로 주시경과 그 제자들에 대한 비판에 할애되어 있다. 이렇게 보면 안확의 주시경 비판은 1910년대 중반에서부터 지속적으로 이어져 온 것임을 알 수 있다. 그런데 이전까지는 이에 대한 별다른 대응이 없었던 데에 비해 1926년 『동광』에 실린 안확의 「조선어 연구의 실제」라는 글에 대해서는 주시경 제자나 그의 이론을 따르던 이들이 대대적인 반격을 가하게 된다. 김윤경, 이윤재, 정렬모 같은 이들이 연속적으로 안확의 글에 대한 반박문을 발표하였던 것인데,[12] 이들의 반박 가운데는 특히 정렬모의 글이 안확이 제기한 논점을 가장 분명히 파악하고 이에 대해 적절하게 대응한 것으로 평가할 수 있을 것 같다. 정렬모는 안확이 제기한 대로 과학으로서의 언어학이 객관 사실에 대한 관찰과 그에 기초한 '추상적 기재'임을 인정하면서 자신들의 문법 역시 바로 그러한 관점에서 정당화될 수 있음을 강조하고 있다.

> 君은 本誌 上年 12월호에서 朝鮮語研究의 實題이란 제목을 가지고 말한 일이 있다. 그 첫머리에 『감정을 버리고 과학적으로』이란 허두를 내세웠다. 그 내

12 김윤경, 「안확씨의 무식을 소(笑)함」, 『동광』 9호, 1927; 이윤재, 「안확 군의 망론(妄論)을 박(駁)함」, 『동광』 10호, 1927; 정열모, 「안확 군에게 여(與)함」, 『동광』 13호, 1927. 이 밖에도 『동광』 9호에 '한빛'이라는 필명으로 발표된 「안확 씨의 「조선어 연구의 실제」를 보고」라는 글이 있는데, 이 글의 필자를 지금까지는 대체로 김희상으로 추정하고 있었으나, 최근 이에 대한 문제제기가 이루어진 바 있다.(고석주, 「한빛 김희상의 국어학사적 의의에 대하여」, 『한국어학』 92, 한국어학회, 2021, 24~25쪽) 다만, 안확의 비판이 주시경 그룹을 향한 것인 만큼 이에 대한 반박문을 작성한 이 역시 그러한 맥락에서 추정되어야 할 것으로 생각된다.

용 如何는 말고라도 그 생각만은 물론 동감이다. 君이 그만한 생각을 가졌다는 것은 갸륵한 일이다. 그러나 君은 적어도 과학의 뜻을 모르는 사람 같다. (…중략…) 한가지 쉬운 예를 들어서 과학이 무엇인가를 가르치려 한다. **가령 뉴톤의 引力說을 보자.** 苹菓가 나무에서 떨어지고 던진 돌이 따에 떨어지고 凝結한 蒸氣는 비가 되어 떨어진다. **이 개개의 현상에서 抽象한 概念이 「引力」이란 大發見 아니던가.** 그와 마찬가지로 우리 **文法에서도 音響上으로 「사라미, 사라마. 사라믈, 사라메, 사라믄」과 「바비, 바바, 바블, 바베, 바븐」하는 運用 法則을 보고 「사람과 밥」이란 개념을 세우고 「이, 아, 을, 에, 은」등 形式的 觀念을 抽象하게 되는** 것이니 君은 이것이 문법상의 職能이 안이라 하는가. (…중략…) **「안즈니. 안저서」와 「머그니, 머거서」와 「마트니, 마터서」와 「쪼츠니. 쪼처서」에서 「앉, 먹, 맡, 꽃」이란 관념의 집중된 말을 세우고 「으니, 어서」이란 運用의 형식을 分柬**하는 것이 무슨 부당한 이유가 있는 것인가.[13]

마치 뉴턴이 개개의 자연 현상을 관찰하여 '만유인력'이라는 개념을 추상한 것과 마찬가지로 문법이라는 것 역시 개개의 언어 사실을 '음향상'으로 관찰하여 이를 토대로 예컨대 '앉, 맡, 꽃'이라는 '관념의 말'과 '으니, 어서'라는 '운용의 형식'을 추상화할 수 있다는 것이다. 당대의 표기 관행에 비추어 본다면 주시경이 제안한 '앉, 맡, 꽃' 등의 표기는 대단히 낯선 것이었다. 이를 정렬모는 바로 안확이 주시경 비판의 도구로 삼았던 그 '과학'을 통해 정당화하고 있는 것이다. 다만, 안확이 언어를 생명이 있는 생물과 같은 것이라고 하여 생물학적 모델에 입각해 있었다면, 정렬모는

13 정열모, 위의 글, 49~50쪽.

그가 든 예로만 보았을 때는 자연 현상에서 물리적 법칙을 발견하는 과정을 언어 연구의 모델로 삼고 있다는 차이가 있다. 그럼에도 불구하고 언어를 자연 사물과 같이 원칙적으로 인간의 행위와 분리된 관찰과 기술의 대상으로 설정했다는 점에서만큼은 이 둘이 완전히 일치하고 있다. 따라서 이제 각자의 모델에 따라 언어를 관찰하고 그 관찰의 결과를 추상하여 기술하는 일만 남아 있었을 뿐이다.[14]

3) '언어의 타자화'와 객관적 기술(記述)이라는 난점

그러나 불행히도 문제가 그렇게 간단한 것은 아니었다. 관찰과 기술의 대상인 언어가 자명하게 주어져 있는 것은 아니기 때문이다. 자연 사물과는 달리 언어에는 지역과 계층에 따라 생기는 수많은 변종과 변이가 있다. 이 가운데 과연 무엇을 관찰과 기술의 대상으로 삼을 것인지가 먼저 결정되어야 했던 것인데, 언어에 어떠한 인위적 개입도 허용하지 않는 '과학적' 언어 연구는 따라서 처음부터 그 대상을 인위적으로 설정할 수밖에 없는 곤란을 마주하게 된다. 아래의 인용문은 안확이 펴낸 두 문법서의 '저술 요지' 가운데 일부분인데, 여기서 안확은 문법을 기술하기 위해 '사투리'가 아니라 경성말의 발음 및 그 '아언雅言'을 표준으로 삼았음을 분명히 하고 있다. 심지어 문법 저술의 목적이 '언어 통일'에 있다고까지 밝히고 있다.

14 정렬모의 언어 연구에 대한 이러한 인식은 1930년대 박승빈에 대한 조선어학회 인사들의 공격에서도 거의 그대로 반복된다. 예컨대 김윤경은 과학은 자연에 내재하는 법칙을 발견하는 것인데, 박승빈이 주장하는 단활용설은 조선어에 없는 것을 억지로 만들어낸 것에 불과하다고 비판한다. "科學(自然科學이나 規範科學을 물론하고)이라는 것은 自然으로 숨어 존재한 법칙을 발견하는 것이요 법칙을 創造하는 것은 아니며 또 科學者의 任務로 법칙의 발견이지 創造는 아닌 줄로 알옵니다. 朝鮮語는 어대까지던지 朝鮮語 그 個體를 존중히 인정하여 놓고 그 個體가 가진 自然性, 特性을 발견하여야 할 것입니다. 그러한즉 朝鮮語에 없는 段活用을 억지로 잇게하려 함은 無理라고 생각합니다." 김윤경, 「이미 상식화한 것을 웨 또 문제 삼는가」, 『동광』 32호, 1932.

표준의 설정은 물론 자연과학의 영역이 아니다. 도량형의 통일이 그러한 것처럼 다양한 변이와 변종 가운데 표준형을 설정하는 데는 인위적인 선택과 배제가 불가피하며 그것은 두말할 필요도 없이 그 표준형으로의 통일을 목표로 한다.

> 一. 文法은 法律 編纂과 가티 規則을 制定함이 안이오 自然的으로 發達된 法則을 情密히 調査하야 標準을 立함이 目的이라 故로 **本書의 標準한 바는 京城言의 發音을 依하야 雅言으로써 其 法則을 述하고** 特히 新例는 言치 안 하며 또한 言語變遷의 大旨도 說치 안 함.[15]
>
> 一. 種種의 文典에는 사투리를 用하야 決裂에 近함이 만흔지라 然이나 **本書는 京城言의 發音 및 그 雅言에 標準하야 其 法則을 述하고 同時에 言語統一을 目的**함이라[16]

물론 여기서 문제로 삼고 싶은 바가 문법을 기술하면서 그 대상을 표준어로 한정했다는 점은 아니다. 오히려 문제는 객관적 언어 사실의 '추상적 기재'라고 하는 문법 연구가 불가피하게 표준어의 설정이라는 '언어 계획 Language Planning', 즉 정책과 운동을 전제로 하고 있다는 사실에 있다. 언어에는 그 자체의 원리와 법칙이 있어서 인간의 인위적인 개입을 배제해야 비로소 '과학적' 언어 연구가 가능해진다는 것이 안확의 입장이었으나, 그 언어는 처음부터 있는 그대로 우리에게 주어지는 것이 아니라 인간의 어떤 특수한 시선을 통해서 비로소 가시화可視化될 수 있는 것이었다. 그리

15 안확, 『조선문법』, 유일서관의 '저술요지', 1917.

16 안확, 『수정 조선문법』, 회동서관의 '저술요지', 1923.

고 그 특수한 시선은 바로 표준어를 중심으로 하는 근대 국민국가 특유의 언어 규범화표준어의 설정와 불가결한 관계에 있는 것이다.

그런데 과학적 언어 연구의 대상이 처음부터 있는 그대로 자명한 것이 아니라 특수한 시선을 통해 비로소 가시화되는 것이라는 사실은 조선어 연구자의 각성을 촉구하는 정렬모의 글에서도 드러난다. 앞서 언급한 「조선어 연구의 정체는 무엇?」에서 그는 언어 연구에 대한 분명한 자각이 없는 조선어 연구자들로 인해 여러 오해들이 발생할 뿐만 아니라 급기야는 "우리의 生命과 같이 貴重한 國語를 拒否 厭避하는 弊까지 생기게" 되었다고 한탄하는데, 이때의 '국어'란 다름 아닌 '조선어'를 뜻한다. 식민지 시기 '국어'는 물론 조선어가 아니라 일본어였으므로 이에 대한 해명이 불가피했을 것이다. 정렬모는 자신이 쓴 '국어'라는 용어에 대해 다음과 같은 주석을 달고 있다.

> 言語學上으로 보아 어느 特殊한 体系를 갖훈 文法에 依하여 統一된 言語의 一團을 國語이라 하나니 假令 英國과 米國과는 政治上 獨立한 兩個 國家이지마는 '英語'이라는 一個 國語를 使用하는 것이요 朝鮮語와 日本語는 그 文法上 体系가 다르므로 政治上 意味를 떠나서 兩個 國語가 되는 것이다.[17]

사실 정렬모는 이 글에서 '조선어 연구'를 아예 '국어학'으로 설정하고 2장과 5장의 제목을 각각 '국어학의 성질', '국어학의 응용 방면'이라고 붙이기까지 했다. 물론 위의 인용문에서 알 수 있듯이 그는 '국어'를 '정치

17 정렬모, 「조선어 연구의 정체는 무엇?」, 동인지 『한글』 1-2, 1927, 2쪽.

상의 의미'가 아니라 '언어학상으로' 정의하고 있다. '특수한 체계를 갖춘 문법에 의하여 통일된 언어'가 바로 '국어'라는 것이고, 따라서 서로 다른 문법에 의해 통일된 조선어와 일본어는 두 개의 '국어'가 된다. 이러한 관점은 역시 동인지 『한글』에 연재한 그의 「조선어문법론」에서도 반복되어 "남다른 組織을 갖훈 文法으로 統一된 言語를 國語"라고 정의하고 있다. '체계'가 '조직'으로 대체되었을 뿐 그러한 문법으로 통일된 언어를 '국어'라고 한다는 점에서는 차이가 없다.

그런데 그는 '언어'에 대해서 역시 "그 構成에 同一한 體系로 統一된 一定한 法則이 있는 까닭"에 서로 의사소통이 가능하다며 "이 言語의 構成法則을 文法이라 한다"고 했다.[18] 즉 일정한 법칙으로 통일된 언어를 '국어'라고 정의했지만, 이미 '언어' 자체에는 '통일된 일정한 법칙'이 내재해 있다는 것이어서, 이러한 관점에서라면 '국어'는 '언어'와 변별될 수 없는 개념이 되어 버린다. 따라서 이 둘의 구별을 위해서는 '국어'에 '통일된 일정한 법칙'과는 다른 차원의 특성이 필요해지는데, 정렬모는 「국어와 방언」이란 글에서 '문어와 구어'라는 새로운 분류를 도입한다.

> 一. 國語이란 무엇이냐 / (…중략…) 英國처럼 領土를 널리 가진 나라는 한 그 政治 勢力下에 無數한 國語를 가지게 된다. 英國民 自体도 英語를 國語이라는 稱号로 부르지 아니 하나니 이것은 **國語의 稱이 國家의 公用語이란 意味에서가 아니라 文語 体系를 同一히 한 言語의** 一國[19]을 가르치는 汎博한 意味인 까닭이라. / 五行 削除

18 정렬모, 「조선어문법론」, 동인지 한글 1-3, 1927, 12~14쪽.
19 '一國'은 '一團'의 오자로 보임.

二. 文語와 口語 / (…중략…) 現代의 우리 朝鮮에는 오랜 以前에, 口語와 分離되었던 文語는 아주 衰殘하고, 現代의 口語를 土台[20]로 하여 發達한 文語가 勢力을 가지게 되었다. 所謂 口語文에 쓰이는 口語는 우리가 日常에 입으로 짓거리는 口語에 對하여 새로 文語의 地位를 占領하게 되었다.[21]

정렬모는 여기서 '국어'를 국가의 공용어가 아니라 "문어文語의 체계를 동일히 한 언어"라고 정의하고 있다. 그리고 그 '문어'는 '일상에서 입으로 지껄이는' 구어에 의해 '점령'된 것이라고도 했다. 다시 말해 '국어'는 문어에 의해 통일된 것이며, 이때의 문어란 '언문일치'에 의해 구어가 주도하는 그러한 문어라는 것이다. 그렇다면 정렬모는 왜 '특수한 체계로 통일되어 있는 언어'라는 '국어'의 정의에 굳이 '문어'라는 요소를 도입해야만 했던 것일까. 심지어 근대언어학이 설정하는 연구의 기본 대상은 음성언어이지 문자 언어가 아님에도 말이다.

그것은 아마도 실제의 발화에서는 '특수한 체계로 통일되어 있는 언어'를 도저히 발견할 수 없었기 때문일지도 모른다. 즉, 일상적으로 우리가 맞닥뜨리는 음성 언어에는 지역과 계층, 그리고 젠더와 세대에 따른 다종다양한 변이가 존재하기 때문에 거기서 일정하게 통일되어 있는 언어를 발견해 내기란 쉬운 일이 아니다. 그러나 현실의 구어에서 만나게 되는 그 수많은 변이와 변종들은 문어의 영역에 진입하는 순간 흔적 없이 사라지고 매끈하게 균질화된 언어를 만나게 된다. 그런데 심지어 이 매끈하게 균질화된 문어는 구어에 의해 '점령'당한 '언문일치'의 문장이라는 것이다.

20 '土台'는 '土坮'의 오자로 보임.
21 정렬모, 「국어와 방언」, 동인지 『한글』 2-1, 1928, 2~4쪽.

정렬모가 설정하고 있는 '국어'란 바로 이와 같이 구어에 의해 '언문일치' 된, 그러나 구어에서 보이는 다양한 지역적 계층적 변이는 거의 찾아볼 수 없는 그러한 문어였던 것이다.

따라서 '국어'에 대한 정렬모의 독특한 정의는 구어에서라면 반드시 드러나게 마련인 다종다양한 언어적 변이가 정작 구어에 기반한 '언문일치체' 문장에서는 전혀 드러나지 않는다는 기묘한 역설 위에 성립하고 있다고 해야 할 것이다. 그러한 정의에서라면 조선어는 1927년 당시에도 어엿한 '국어'였음이 분명하다. 다만 그렇다면 정렬모의 그 '국어'가 인간의 개입이 배제된, 있는 그대로의 언어가 아닌 것만은 분명하다. 이른바 '언문일치체' 문장은 음성 언어를 그대로 적기만 하면 되는 것이 아니라 '언문일치 운동'이라고 불리는 근대계몽기 이래의 그 숱한 노력 속에서 비로소 성립된 것이기 때문이다.

정렬모가 '조선어 연구의 정체'를 논하며 그 연구 대상을 굳이 '국어'라고 해야 했던 이유는 아마도 '국어와 방언'이라는 구도를 염두에 두었기 때문이었을 가능성이 크다. 당시의 '국어'를 일본어로만 한정한다면 조선어는 일본어의 방언이 되는데 '언어학적'으로 이는 도저히 받아들일 수 없는 일이었기 때문이다. 따라서 정렬모는 그의 '은사' 안도 마사쓰구安藤正次의 체계를 받아들여 언어학의 대상 자체를 '국어'로 보는 방식을 택했던 것인지 모른다.[22] 그리고 그 '국어'를 '언문일치' 이후의 통일된 '문어'와

22 정렬모는 「조선어 연구의 정체는 무엇?」의 맨 마지막에 다음과 같은 '부기(附記)'를 달아 놓았다. "나는 이 一文을 「朝鮮語學概要」이라 할 論文의 序說로 쓴 것이다. 以下 各號에서 本論의 各 部門에 對한 意見을 쓰려하거니와 이 論文을 써감에 恩師 安藤 氏 意見을 多數히 參酌함이 있음을 特別히 말하여 둔다." 실제로 안도의 『言語学概論』에서는 언어학의 연구 부분을 "각 국어의 연구, 계통적 역사 연구, 일반적 연구" 세 가지로 나누고 있다. 安藤正次, 1927, 『言語学概論』, 早稲田大学出版部, 24쪽. 안도 마사쓰구는 '국어'의 인위적인 측면을 부인하고 자연성을 강조

연결시킴으로써 이미 상당한 수준으로 형성된 근대적 인쇄·출판 문화의 중심에 있던 당시의 조선어를 '국어'의 범주에 넣을 수 있었다. 그러나 그가 연구의 대상으로 선택한 그 '국어', 즉 '언문일치' 이후의 문어는 이미 숱한 배제와 선택을 거친 것이었으므로 그가 설정한 '과학적' 조선어 연구를 처음부터 배반하는 것일 수밖에 없었다.

그런데 여기서 문제로 삼고 싶은 것은 정렬모가 자신이 설정한 과학적 언어 연구의 기준을 그 스스로 위반하고 있다는 사실이 아니다. 오히려 강조하고 싶은 것은 그가 처한 곤란함이 바로 근대언어학이 대상으로 삼는 '언어'의 실상을 그대로 드러내는 것은 아닐까 하는 점이다. 즉, 정렬모가 제시한 그대로 '언문일치'에 도달했다고 믿어 의심치 않는 근대적 '문어'야말로 근대언어학이 대상으로 삼고 있는 바로 그 '언어'일 수 있다.[23] 근대언어학이 대상으로 삼는 '언어' 역시 현실 발화에서 관찰할 수 있는 수많은 변이와 변종'파롤' 그 자체가 아니라 그것들이 자취를 감춘 균질적인 것'랑그'이기 때문이다. 따라서 '국어'에 대한 정렬모의 독특한 정의는 근대언어학이 대상으로 삼는 '언어'가, 그리고 이른바 '언문일치체'가 상정한 '언어'가 바로 구체적인 인간의 발화행위로부터 '소외된 언어'라는 사실을 우리에게 일깨워 준다고 하겠다.[24]

한 인물로 알려져 있는데(이연숙, 앞의 책, 319~321쪽), 언어학의 대상을 '국어'로 설정한 것 역시 그러한 점과 관계가 있는 것으로 보인다. 다만 그는 얼마 후 『국어학통고』에서는 조선어와 같이 "국가라는 배경을 갖고 있지 못한 언어"를 '집단어(集團語)'라는 별도의 범주로 분류하여 정렬모와는 다른 입장을 보인다. 安藤正次, 『国語学通考』, 六文館, 1931.

23 안확 역시 다음에서 보듯이 '언문일치체'에 의한 문장의 통일을 문법의 문제와 결부시키고 있다.

"吾人이 文法을 學함은 言語를 統一하고 文의 書하는 法을 一致코자 함에 在한 것이라 言語의 統一은 卽 (사투리)를 업새고 京城 卽 標準語를 使用함이며 言文의 一致는 卽 文語를 特立할 것이 안이라 言과 文을 同一케 하는 것이라 其中 言과 文을 同一케 함은 文法의 目的을 行함의 第一 容易한 方法이니" 안확, 『수정 조선어문법』, 회동서관, 1923, 136쪽.

3. 조선어의 가치와 역사의 문제 언어 계통론을 통해 본 조선어의 자리

1) 조선어 연구에 대한 사회주의자들의 시선

1927년 두 번째 '가갸날'을 맞아 『동아일보』와 『조선일보』는 사설을 통해 '가갸날' 기념의 의미를 짚고 장지영, 최현배, 신명균, 이윤재, 이병기 등 주로 조선어연구회 인사들의 기고문을 통해 '정음' 창제의 의의는 물론이고 '한글' 혹은 '조선문'의 통일 문제 등을 비중 있게 다루었다. 그런데 '가갸날' 기념에 대체로 호의적인 글들만 실은 『동아일보』와는 달리 『조선일보』는 김기진. 김동환. 유완희,[25] 홍기문 등과 같은 프로문학 계열의 인사들을 통해 당시의 한글운동에 대한 일정한 문제제기가 있었음을 보여주고 있다.

예컨대 김기진은 "우리의 한글運動에 對하야 悲觀을 갖게 되엇"다며 그 이유로 "일반이 發音할 줄도 몰를 만한 글ㅅ자를 써 노코서 이것을 알어라 하는 것은 어려운 일"이라는 점을 들고는 "轉化에 依한 綴音의 古今이 相違하는 것을 本來의 發音대로 하자는 것은 反對"라는 자신의 입장을 분명히 하였다.[26] 이러한 문제제기는 물론 한글운동을 주도하던 조선어연구회

---

24 가스야 게스케은 "근대적 산문"이란 "언어적 작위의 흔적을 조금도 남기지 않은 것"으로 상정되는 문체이고 따라서 "화자에게도, 청자에게도, 나아가서는 콘텍스트나 발화 장면에도 의존하지 않고, 그러한 요소들은 무규정적인 채로, 그 몫만큼만 지시 대상으로의 지향이 우월한 언어 양식"이라고 설명한다. 그리고 이러한 언어 양식이 성립함으로써 비로소 근대언어학이 대상으로 삼는 "자체로서의 언어"라는 것 역시 표상되고 인식될 수 있다는 것이다. 가스야 게스케, 『언어 · 헤게모니 · 권력 – 언어사상사적 접근』, 고영진 · 형진의 역, 소명출판, 2016, 204~206쪽. 한국어에서의 '언문일치체'의 이러한 효과에 대해서는 김병문, 『언어적 근대의 기획 – 주시경과 그의 시대』, 소명출판, 2013, 68~89쪽 참조.

25 유완희는 이상화, 박팔량 등과 더불어 1920년대 프로문학 초기의 '신흥파 시인', '프롤레타리아 시인'으로 주목받은 인물이다. 정우택, 1991, 「赤駒 柳完熙의 生涯와 詩世界」, 『반교어문연구』 3, 반교어문학회, 262쪽.

26 김기진, 「愚見」, 『조선일보』, 1927.10.25.

인사들이 당시에 통용되고 있던 표기법과는 달리 모든 초성과 겹자음을 받침으로 쓰자고 주장하고 있었을 뿐만 아니라, 그러한 표기가 실은 세종 당대의 것과 일치한다고 설명하고 있었기 때문일 터이다.

'한글운동'에 대한 김기진의 이러한 비판은 다른 프로문학 인사들의 의견과도 대체로 일치한다. 김동환은 "現時의 '한글' 運動者에게는 不快를 늣기는 同時에 失望한다."며 그 이유로 "밤낫 하는 소리가 'ㆆ'가 엇저니 그러치 안흐면 이미 淘汰된 'ㅭ' 'ㅄ' 等 原型文字의 復興에 애 쓴다"는 점을 드는데, "그 態度를 고치지 안는 限에서는 우리들은 朝鮮 正音 頒布 運動을 이분네들에게 맛길 수 업다"고까지 하였다.[27] 유완희 역시 지금 쓰고 있는 문자가 훈민정음 시대의 그것과 다르다고 해서 "方今 固定되어 가고 잇"는 것을 "구태여 그것을 다시 過去에 遡及하여 가지고 쓰더 고칠 必要는 업는 줄 안다"는 이유로 당시의 한글운동에 대한 이의를 제기하고 있다.[28] 홍기문은 철자 관련 사항을 언급하지는 않았으나 '가갸날' 기념의 의도나 저의를 문제 삼고 있다. 즉, "文盲退治가튼 單純한 意義라면" 모르겠지만, "朝鮮魂 云云, 朝鮮精神 云云의 內容을 가진 것일진댄 나로서 反對 排斥 아니 一步 나아가 그 紀念을 撲滅하고 십습니다."라고 기염을 토하며 한글운동이 가진 민족주의적인 성향에 대해 비판적인 입장을 표명하였다.[29]

정황상 『조선일보』는 당시 사회적인 발언권을 획득해 가던 조선어연구회 중심의 한글운동에 대한 사회주의자들의 비판적인 입장을 의도적으로 배치했던 것으로 보인다. 그러나 1920~1930년대 사회주의 지식인들이

27 김동환, 「公約부터 세우자」, 『조선일보』, 1927.10.25.
28 유완희, 「돌마지로의 紀念而已」, 『조선일보』, 1927.10.25.
29 홍기문, 「문맹퇴치 의미로 기념하자」, 『조선일보』, 1927.10.25.

한글운동 혹은 조선어 연구에 관해 주목할 만한 입장을 천명하거나 새로운 이론을 제시하여 어떠한 영향을 미친 바는 거의 없다고 해도 과언이 아니다. 이 시기는 표기법 및 조선어 관련 문제가 사회적으로도 큰 관심사가 된 때일 뿐만 아니라, 특히 같은 기간 역사와 문학 분야에서는 사회주의 이론이 새로운 시각을 제시하여 각기 주목할 만한 성과를 이루어냈다는 점을 염두에 둔다면, 이러한 현상은 기이한 일이라고까지 할 만하다.

물론 사회주의 성향의 인사들이 조선어 연구에 전혀 참여하지 않은 것은 아니다. 앞서 언급한 홍기문은 지속적으로 당대의 조선어 연구에 대해 문제를 제기하고 그 스스로 연구의 결과를 제출한 인물이다. 특히 1930년대 자신이 근무하던 『조선일보』에 표기법은 물론이고 표준어, 훈민정음, 어원 고증 문제에 관한 논문을 짧게는 5~6회, 길게는 20회를 넘겨 가며 연재하였다. 홍기문의 이런 글들은 대체로 당대의 조선어 연구에 대한 비판적 인식에서 출발한다는 공통점이 있는데, 그 비판의 내용은 의외로 1920년대 안확의 주시경 그룹 비판과 크게 다르지 않았다. 그러한 사정을 여실히 보여주는 것은 「조선어 연구의 본령」이라는 글이다.

1934년 10월 5일부터 20일까지 연재된 이 글은 처음부터 당대의 조선어 연구 경향을 비판하고 그 대안을 제시하는 목적으로 씌어진 것이었다. 당시는 조선어학회와 조선어학연구회가 각축을 벌이고 있던 상황이었으나 그는 조선어 연구자들이 모두 '조선어 개조'에 몰두하고 있다며 이들을 싸잡아 비난하고 그들의 문제를 '외래어 청산, 신어의 창작, 법칙 지상주의, 언어 순화, 외래 법칙의 모방' 5가지로 정리했다. 그러면서 언어학도들이 취해야 할 태도를 제시하고 있는데, 그 첫 일성이 '조선어가 2천만 조선인 남녀노소의 공유라는 것을 알라.'는 것이었다. 즉, 언어는 어느 누가 함부로 좌지우지 할 수 있는 것이 아니어서 언어학의 언어 연구는 생물학자가 생물을 연구하듯이 그 대상을 있는 그대로 관찰하고 기술하는 데서 출발해야 한다는 것이다. 다시 말해 한자어를 버리고 옛말을 되살리거나 새로운 말을 만들어내는 일은 마치 코끼리의 코를 소에게 가져다 붙이려는 짓처럼 부질없는 일일뿐더러 언어학과는 아무런 관련이 없다는 것이다.

> **言語가 言語學의 對象됨은 마치 生物이 生物學의 對象됨과 갓다.** 생물학자가 아모리 코끼이의 코를 소에게 떼다 부치고 십고 또는 소의 불을 말에게 떼다 부치고 십다고 하더라도 그 코와 그 뿔이 옴기어 가지 못함에 엇지하랴?[30]

홍기문의 이런 태도는 언어에는 그 자체의 법칙이 있어서 어떠한 인간의 개입도 배제한 채 그 법칙을 있는 그대로 기술하는 것이 언어학이라는 안확의 인식과도 다르지 않다. '국학자' 안확과 사회주의자 홍기문 사이에 발견되는 이러한 의외의 의견 일치는 홍기문 스스로가 언어학을 '신흥 자본 계급의 과학'으로 보았다는 사실과 무관치 않아 보인다.[31] 그는 조선에 과학으로서의 언어학이 수립되지 못한 이유 역시 '신흥 자본 계급'이 미성숙했기 때문이라고 설명한다. 그러나 언어를 인간의 행위에서 독립한, 마치 자연 사물과 같은 것으로 다루는 한, 자연과학에 본질적으로 좌와 우가

---

30 홍기문, 「조선어 연구의 본령-우리들 언어학도의 취할 빠 태도」, 『조선일보』, 1934.10.12.

31 "**獨逸의 新興 資本階級은 獨逸語의 科學的 硏究를 遂行하엿고 露西亞의 新興 資本階級은 露西亞語의 科學的 硏究를 遂行하엿고** (…중략…) 그러나 朝鮮의 資本階級에게서는 그 獨自的 文化를 樹立할 만한 力量도 볼 수 없거니와 이미 科學을 要求할 만한 新興 氣分도 보기 어렵다." 홍기문, 「朝鮮語硏究의 本領-言語科學과 認識錯誤의 校正」, 『조선일보』, 1934.10.5.

있기 어렵듯이 사회주의 이론에 입각한 언어학 역시 성립하기가 어려울 것이다. 물론 해방 후의 회고록을 보면 홍기문은 마르주의라는 당시 소비에트의 주류 언어학을 감지하고 있었던 것으로 보인다.[32] 관련하여 신남철은 언어를 본질상 계급적인 것이며 상부구조의 하나라고 본 이 마르의 이론을 번역하려고 시도하기도 했다.[33] 그러나 식민지 조선에 '소비에트 언어학'은 결국 도달하지 못했고 그들에게 남은 기준점은 '신흥 자본 계급'의 과학일 뿐이었다.

2) 계통론을 통해 본 조선어의 위치

당대의 조선어 연구 풍토를 신랄하게 비판했던 홍기문 자신의 조선어 연구 결과는, 이후 『정음발달사』1946의 토대가 되었을 훈민정음 관련 글을 제외한다면, 대체로 다른 언어와의 비교를 통해 세계의 여러 언어 가운데 조선어가 차지하는 위치가 과연 어떠한지를 따져보는 것이었다고 할 수 있다. 첩어의 발달이나 음운 조화 현상, 음운 교체에 의한 의미 분화 양상 등을 몽골어, 만주어, 터키어 및 몇몇 소수언어와 비교한 「비교 언어 연구」[34]도 그렇지만, '어원 고증'의 방식으로 우리말의 수사와 친족 명칭을 여러 언어들과 비교하여 그 계통 관계를 살펴본 글들은 특히 그러한 경향을 잘 보여준다.

---

32 홍기문, 「국어연구의 고행기」, 『서울신문』 1947.1.14.

33 신남철은 1934년 4월에 발간된 계명구락부의 기관지 『정음』 2호에 "쏘비에트 同盟에 잇서서는 佛, 獨의 言語學 - 그것은 現在 世界의 言語學界를 支配하고 잇다 하야도 조타 -과 根本的인 差異를 形成하는 言語學을 樹立하고 잇다."며 "現在 쏘비예트 同盟 科學 아카데미 副議長의 院職에 잇는 「말」 씨"의 논문(Ueber die Entstehung der Sprache)을 「언어의 성립」이라는 제목으로 번역 연재한다고 밝히고 있다. 그러나 2쪽 남짓의 '序言' 일부만 번역되었을 뿐 이것을 끝으로 연재는 더 이상 이어지지 않았다.

34 홍기문, 「비교 언어 연구」, 『조선일보』, 1933,9.28~10.4.

예컨대 「수사의 제 형태 연구」[35]에서 그는 우선 몽고어와 터키어1~2회, 만주어3회, 일본어와 아이누어4회, 말레이어와 중국어5회의 수사의 형태를 살펴본 후, 우리말 수사를 다른 언어들과 마찬가지로 '기본수基本數 : 하나, 둘, 셋 …, 환위수換位數 : 스물, 설흔, 마흔 …, 연위수連位數 : 열하나, 열두, 열셋 …'의 부류로 나누어 그 형태를 고찰한다.6회 그리고는 조선어 수사의 고어형을 재구하기 위해 『훈몽자회』, 『계림유사』, 『삼국사기』 등의 전통 문헌을 검토하고7회, 이러한 결과를 토대로 조선어의 수사 각각을 다른 언어와 비교한다8회. 그리고 이 연재의 마지막 회에서는 조선어의 계통과 관련한 다음과 같은 결론을 내 놓는다.

> 이와가티 朝鮮語의 數詞는 朝鮮語 獨特의 數詞를 가지고 잇다. 아이누語 馬來語 中國語 등은 勿論 蒙古語 土耳其語 日本語 通古斯語 等에 잇서서도 類似한 單語가 全然 업거나 設使 잇더라도 겨오 一二語에 不過한다. 그러면 朝鮮語 數詞는 그 型으로 大別하야 어떤 類에 屬하는가? (…중략…) **如何튼 朝鮮語의 數詞型은 아이누型도 아니요 馬來型도 아니요 그러타고 中國型도 아니다. 차라리 蒙古 土耳其 通古斯 等으로 더부러 同一한 型에 屬한다고 보는 편이 正當하다. 그러나 數詞로써만 보아서는 土耳其語와 通古斯語 通古斯語와 蒙古語 蒙古語와 土耳其語가 서로 틀리는 그만큼 다 각각 朝鮮語로부터도 틀린다.** 數詞型의 同一만이 곳 語系의 同一을 意味한다고는 보지 못하겟지만 設使 여러 가지의 다른 理由를 가저 **그 同系를 證明한다손 치더라도 數詞 單語의 相異로 보아서는 적어도 그 分立의 歷史가 이미 오래 됨을 알 수 있다.**[36]

35 홍기문, 「어원의 고증－수사의 제형태 연구」, 『조선일보』, 1934.4.8~4.18.
36 홍기문, 위의 글, 『조선일보』, 1934.4.14.

즉 여러 언어의 수사와 비교 결과 조선어는 몽골어, 터키어, 만주어와 더불어 하나의 그룹에 속할 수 있다. 그러나 세부적으로는 차이가 적지 않으므로 그들의 '동계同系' 관계를 인정한다 하더라도 그 '분위分位의 역사'가 상당히 오래되었다는 것이다. 하나의 '조어祖語'로부터 분기된 언어들이 같은 어족을 형성한다는 언어 계통론의 관점을 여실히 보여주고 있는 글이라 할 텐데, 이와 더불어 「친족명칭의 연구」라는 글은 동일한 관점과 형식으로 친족명칭'아버지-어머니-어버이' 계열, '남편-아내-마누라-마마' 계열, '언니-아우-오래비-누이' 계열 등을 통해 조선어의 계통을 가늠하고 있다.[37] 특히 역사비교 언어학을 전제로 하는 언어 계통론이 수사나 친족명칭과 같은 기본 어휘에서의 음 대응 양상을 중요시한다는 점에서, 그리고 비록 세부적인 사항의 정확성 여부를 논외로 한다면 현재의 관점에서 보더라도 대체로 수긍할 만한 결론이라는 점에서 표기법 논쟁에 매몰되어 있다시피 했던 당시의 조선어 연구 풍토와는 차별화된 글이었다고 평가할 만하겠다.

이렇게 계통론적인 시각에서 조선어를 바라보기 시작한 것은 조선을 서구적 학지學知의 관점에서 접근하고자 했던 서양의 선교사와 외교관들부터였다. 예컨대 제임스 스콧은 *English-Corean Dictionary*1891의 「서설」에서 한국어가 '우랄-알타이' 어족에 속한다는 주장도 있고 드라비다 어족과 밀접한 연관이 있다는 주장도 있으나 어느 것 하나 확증된 사실은 없다고 적고 있다.[38] 드라비다 어족설이란 투란계 언어를 사용하는 종족이 인도 남부에 정착했다가 동남아시아를 거쳐 한반도로 이주했다는 것인데 호머 헐버트는 이러한 내용을 주장한 인물로 잘 알려져 있다.[39] 19세기 서구의

37 홍기문, 「(속) 어원 고증-친족 명칭의 연구」, 『조선일보』1934.5.27~6.25.
38 황호덕 · 이상현 편역, 『개념과 역사, 근대 한국의 이중어사전(번역편)』 2, 박문사, 2012, 83쪽.

동양학자들은 유라시아 대륙의 비非인도-유럽어들을 '타타르 제어, 스키타이 어군, 투란 제어, 알타이 어군' 등으로 나누고 이들 언어에서 인구어와 대비되는 특징을 찾아내고자 했다. 조선어를 계통론적 관점에서 파악하고자 했던 선교사나 외교관들의 시선 역시 그러한 맥락에서 이해될 수 있을 것이다.[40] 그런데 20세기 초반까지만 해도 혼란스럽게 전개되던 조선어 계통론은 1910년대가 넘어가면 차츰 '우랄-알타이' 어족에 속하는 것으로 정리되어 간 듯하다.

조선인 가운데 비교적 이른 시기에 조선어의 계통에 관한 글을 쓴 이는 안확인데 그는 처음부터 조선어를 '우랄-알타이' 어족에 속하는 것으로 소개하고 있다. 1915년에 발표된 「조선어의 가치」에서 안확은 세계의 언어를 문법상 '고립어, 교착어, 곡절어曲折語, 합체어'의 4종과 인종상 '아리안 어족, 유랄타이쓰 어족, 단철어족, 남양어족, 라비듸안 어족, 세미스 어족, 하미쓰 어족'의 7종으로 나누고, 조선어는 "文法上으로는 膠着語오 語族上으로는 西洋學者가 云하되 유랄타이쓰 語族이라 하나 是의 區別은 朝鮮言語學者의 精密한 研究를 求한 後에 定할 바"라 하였다. 이 글은 물론 매우 소략한 글일뿐더러 몇몇 단어의 유사성이나 단편적 역사 기록을 근거로 "日本語는 純全한 朝鮮語의 子語"라고 결론짓는 등 안확 자신이 말한 '정밀한 연구'와는 거리가 멀다. 그에 비해 그가 『조선문학사』의 '부편附編'으로 실은 「조선어 원론」1922에서 서술한 '10 조선어의 계통'은 「조선어의

39 이상혁, 「근대 초기 영문 잡지에 나타난 서양인의 '조선어' 인식에 대하여-The Korean Repository, The Korean Review를 중심으로」, 『한국인물사연구』25, 한국인물사연구회, 2016 참조.

40 20세기 초까지의 서양인들에 의한 한국어 계통론에 대해서는 송기중, 『역사비교언어학과 국어계통론』, 집문당, 2004, 59~82쪽 참조.

가치」에 비해 훨씬 정돈된 면모를 보여주는데, 특히 각 어족에 해당하는 언어의 종류를 구체적으로 들고, '우랄-알타이' 어족의 언어들이 가지고 있는 전반적인 특징, 그리고 그와 연관된 조선어의 여러 특성을 기술하는 등 이전의 글보다는 상세한 근거를 제시하고 있다.

이러한 차이에도 불구하고 문법상으로는 교착어, 계통상으로는 '우랄-알타이' 어족으로 분류하여 '조선어의 위치'를 설정하는 구도는 두 글이 모두 같은데, 흥미로운 점은 이러한 기본 구도가 최현배가 동인지 『한글』 1-2호에 발표한 「언어학상으로 본 조선어」라는 글에서도 그대로 반복된다는 사실이다. 이 글은 앞서 2장에서 살펴본 정렬모의 「조선어 연구의 정체는 무엇?」과 같은 호에, 그것도 첫 번째였던 정렬모의 글 바로 뒤에 연달아 실린 글이다. 언급한 바와 같이 조선어 연구라는 학술적 행위의 의미에 대해 성찰하는 정렬모의 글이 그 직전에 있었던 안확의 문제제기에 대한 나름의 답변이었다면, 감정이 아닌 과학으로, 즉 민족주의적 관점이 아닌 언어학적 견지에서 '조선말의 지위'를 객관적으로 논하는 최현배의 이 글 역시 그러한 맥락을 공유하는 것이라고 할 수 있을 것 같다.[41] 그런데 안확의 문제제기에 답하는 것으로 해석할 수 있는 이 글 역시 기본적으로는 이미 안확이 사용한 구도를 그대로 답습하고 있다는 것은 아이러니한 일이 아닐 수 없다.

물론 최현배의 이 글은 안확의 글보다 훨씬 상세하고 전문적인 기술을 시도하고 있다. 예컨대 어족을 크게 10가지로 나누고 그 아래 하위 부류

41 특히 정렬모가 기준으로 삼은 안도 마사쓰구의 언어학에서는 '계통적 역사 연구'가 언어 연구의 세 분야 중에 하나였다는 점에서 최현배의 이 글 역시 '조선어 연구의 실제 / 정체'가 과연 무엇인가 하는 물음에 대한 답이었다고 볼 수 있을 것이다.

의 어족을 다시 세분하고 있다. 안확이 '아리안 어족' 혹은 '생쓰크리트 어족'으로 나누고 거기에 구분 없이 바로 독일어, 이탈리아어, 인도어와 같은 개별 언어들을 제시했던 데 비해 최현배는 '인도구라파 어족'이라는 명칭 아래에 다시 '인도 어족, 이란 어족, 아루메니아 어족, 켈트 어족, 껠만 어족, 이탈리아 아족, 빨틱 어족' 등을 세분하고 여기에 개별 언어를 배속시키고 있다. 각 어족에 속하는 개별 언어 역시 제법 상세한 편이어서 예컨대 게르만 어족을 뜻하는 '껠만 어족'에는 '꼬-트어, 떠이취어, 안글로삭손어, 영어, 호란드어, 쉐덴어, 노루웨어, 덴막어, 아이스란드어'를 예로 들고 있다. '우랄-알타이' 어족 역시 이에 속하는 개별 언어만을 제시했던 안확과는 달리 이들을 다시 '옌노 우구리아 어족, 사모에-드 어족, 토이기 어족, 몽고 어족, 만주 어족'으로 하위 분류하고 여기에 개별 언어들을 배속하였다.

동인지 『한글』 1-3호에 실린 두 번째 연재 글에서 최현배는 세계의 언어를 '형태상'으로 '고립어, 첨가어, 굴곡어'로 삼분하여 이들의 형태적 특징을 자세하게 기술하고 이들 각각에 속하는 언어를 소개한다. 역시 안확의 글보다 분류의 기준 등이 더욱 상세하며, 특히 한 언어가 몇 가지 특성을 동시에 가질 수 있다는 점에서 이 분류가 절대적인 것은 아니며, 세 부류 가운데 어느 하나가 다른 것에 비해 더 발달된 상태라고는 말할 수 없다는 점 등을 언급하고 있다는 점에서 이러한 분류법 자체를 상대화하고 있다는 사실 역시 주목된다. 그 다음 호에 실린 마지막 연재 글에서 최현배는 이러한 논의를 바탕으로 하여 그 자신이 직접 '우리 조선말'의 계통을 검토한다. 우선 모음조화나 두음법칙, 종성규칙과 같은 '음운상의 법칙'을 검토하고, 문장의 어순이나 형태상의 특징 같은 '문의 구조상의 법칙'을 따져본다. 그리고 "天地人 身體名部의 이름 또는 家畜의 이름, 數詞, 代名詞의 一致" 여부를 살피는 '단어의 비교'가 이루어지는데, 주목할 만한 점은 여기서 시라토리 구라키치白鳥庫吉의 연구가 조선어의 계통을 규정하는 데 핵심적인 역할을 하고 있다는 사실이다.

물론 윌리엄 애스톤과 가나자와 쇼자부로 역시 언급되고 있기는 하지만, 조선어가 '우랄-알타이' 어족에 속한다는 그의 확신에 결정적인 역할을 했던 것은 아래에서 보듯이 시라토리가 행한 터키어, 몽골어, 퉁구스어, 조선어, 일본어의 기본 단어 비교 연구였던 것으로 보인다.

> 이 比較硏究를 가장 먼저 한 이는 아스톤(一八七九年에 「日韓兩語比較」[42]를 지었다)이오, 이 일을 거의 대성한 이는 金澤庄三郞씨의 「日韓兩國語同系論」, 「日本文法新編」 등이다. 이것들은 다 우리말과 일본말과의 比較硏究이어니와 **우리말을 저 北方 우랄알타이語族들과 比較硏究한 이는 白鳥庫吉 氏이다.** 氏는 **史學雜誌 第四, 五, 六 卷에서 數百頁에 互하야 五百九十五의 語根을 比較硏究**하였는데[43] **그는 갈오대 日本語는 아즉 모르지마는 朝鮮語가 우랄알타이語族에 속한 것이 거의 疑心없는 일이라 하였다.** 우리는 勿論 그의 比較를 全部 首肯하기는 어렵은 것도 있지마는 또한 많은 功績을 認定하지 아니할 수 없다.[44]

최현배는 이와 같이 시라토리의 '공적'을 거론한 후에 그가 비교한 단

42 Aston, W. G., "A Comparative Study of the Japanese and Korean Languages", *Journal of the Royal Asiatic Study of Great Britain and Ireland*, New Series 11.3, 1879를 말한다.

43 白鳥庫吉, 「朝鮮語とUral-Altai語の比較研究」, 『白鳥庫吉全集』 第3卷(朝鮮史硏究), 岩波書店, 1970를 말한다.

44 최현배, 「언어학상으로 본 조선어」, 동인지 『한글』 1-4, 1927, 6쪽.

어 중에 '소, 닭, 아비, 어미, 물' 등을 예로 들고는 "이런 例로써만이라도 넉넉히 그 系統이 서로 잇긴 것連絡된 것이 分明하다"고 결론짓고 있다. 물론 최현배는 수사의 불일치와 같이 이 비교 연구에는 검토의 여지가 적지 않음을 지적하지만, 그럼에도 불구하고 "그런 細論은 그만두고 우리는 여기에서는 다만 概括的 結論으로 조선말이 우랄알타이 語族에 屬한 것만 말해두고자 한다"는 말로 조선어의 위치를 언어학적으로 규명하는 이 글을 마무리하였다. 안확 역시 「조선어 원론」에서 조선어의 계통을 논하면서 애스톤, 가나자와와 더불어 시라토리를 언급한 바 있는데, 그 전의 글인 「조선어의 가치」에서는 시라토리가 언급되지 않았다는 점을 감안하면 그 사이에 조선어의 계통에 관한 시라토리의 연구를 접하고 안확 역시 이를 중요하게 평가하게 되었을 가능성이 크다. 다음 절에서 언급하겠지만 안확이나 최현배뿐만 아니라 최남선이나 신채호 같은 이들에게도 시라토리의 이 조선어 계통론은 매우 중요한 참조문헌이었다. 그런데 그가 개척했다고 하는 일본의 '동양학'이 바로 '우랄-알타이어'에 대한 역사비교 언어학을 중요한 근거로 삼고 있었다는 점에서 조선어의 계통에 관한 논의는 처음부터 역사학을 포괄하는 당대의 학술장과 연동되어 있었다는 점을 기억할 필요가 있겠다.

3) 언어와 역사, 조선어 계통론의 역설

조선어와 '우랄-알타이어'에 관한 시라토리의 논문 「朝鮮語とUral-Altai語の比較研究」는 1914년에서 1916년에 걸쳐 『東洋學報』 4권 2·3·5호, 5권 1·2·3호, 6권 2·3호에 실린 글이다. 최현배가 언급한 바와 같이 595개의 항에 걸쳐 조선어의 단어들을 몽골어, 터키어, 퉁구스어 등은

물론이고 사모예드 어군 및 핀-우그리아 어군의 언어들과 비교하고 있는데, 자료의 방대함과 분석의 치밀함으로 인해 당대의 조선어 계통론 가운데에는 단연 독보적이라 할 만하여 후대의 연구에서도 곧잘 언급되는 논문이다.[45] 물론 시라토리는 각 언어의 단어들 사이에 존재하는 '어근의 유사성'과 '문법상의 유사성'을 하나의 어족을 성립하는 근거로 설정했기 때문에이 논문은 이 가운데 '어근의 유사성'을 검증하는 것이다, 규칙적인 음 대응을 어족 성립의 결정적 요소로 보는 역사비교 언어학의 엄밀한 기준에는 부합하지 않는다고 할 수 있다. 그러나 이러한 측면은 앞서 안확이나 최현배가 조선어를 '우랄-알타이' 어족에 귀속시키면서 든 근거가 기초 어휘의 일치 및 문법상의 유사성이었다는 점에서 오히려 당대의 조선어 계통론이 어떠한 배경 하에 있었는지를 알려주는 대목이라 하지 않을 수 없다.

그런데 시라토리는 언급한 바와 같이 일본 '동양학'의 개척자로도 잘 알려져 있으며, 그의 '우랄-알타이어' 연구는 바로 그 '동양학'을 성립하게 하는 주요한 학술적 토대이기도 했다. 특히 그의 '남북이원론'은 북방의 여러 민족'순박하고 용맹하며 기마에 능한 유목민'을 주목했고 몽골족에서 훈족으로까지 소급되는 이들의 존재가 세계사를 구성하는 중요한 한 축이라고 평가했다. '우랄-알타이어'에 대한 그의 관심 역시 이러한 맥락에서 나온 것임은 물론이다.[46] 예컨대 몽골족의 기원을 추적하는 글에서 그는 몽골어와 터키어에서의 '하늘, 높은 곳, 신'을 뜻하는 'tangri, tengri'를 근거

45 시라토리의 이 글에 대한 언어학적 평가에 대해서는 다음의 문헌들을 참조할 수 있다. 김방한, 『한국어의 계통』, 민음사, 1993, 36~37쪽; 송기중, 『역사비교언어학과 국어계통론』, 집문당, 2004, 80~81쪽; 송기중, 「알타이어족의 비교언어학」, 임용기 · 홍윤표 편, 「국어사 연구 어디까지 와 있는가」, 태학사, 2006, 700~701쪽.

46 스테판 다나카, 박영재 · 함동주 역, 『일본 동양학의 구조』, 문학과지성사, 2004, 131~151쪽 참조.

로 '우랄-알타이어'를 사용하는 이들이 하늘을 최고의 신령으로 받드는 종교를 가지고 있었다고 주장한 바 있다.[47] 여기서 그치지 않고 그는 중국어 'tien[天]'이나 티베트어 'teng[高]'까지 여기에 끌어들여 그 음성적 유사성을 근거로 북방 문화의 존재를 설명하였다.

흥미로운 점은 1920년대 '조선학'의 주창자였던 최남선이 『불함문화론』1927에서 펼친 논의의 유력한 근거 중에 하나가 바로 이 'tangri, tengri'로부터 시작하는 조선어 계통론이었다는 사실이다. 최남선이 동북아시아 일원에서 관찰되는 '천신天神 사상'을 근거로 하여 이 지역에 문화적으로 동질적인 거대한 권역이 존재했음을 주장했다는 것은 잘 알려진 바이거니와 그가 그 근거로 제시하고 있는 것 가운데 하나가 바로 'tangri, tengri'에 대응하는 조선어 'taigăr[i]', 즉 '대ᄀ리 / 대ᄀᆯ'이었다. 최남선은 이 말이 원래 '하늘'을 뜻하는 말이었다가 '머리'라는 의미로 변화했다고 설명하는데, '단군'의 '단' 역시 여기에서 나왔다는 것이다.[48]

시라토리의 조선어 계통론의 영향은 신채호의 조선사 서술에서도 발견된다. 신채호는 1920년대 중반부터 한자로 표기된 지명, 인명, 국명, 관직명 등을 고유어로 복원하여 이를 토대로 새로운 상고사 체계를 세우게 되는데, 이 과정에서 시라토리를 직접 거명하며 그의 퉁구스어 관련 해석을 자신의 논거로 삼기도 하였다.[49] 물론 그가 퉁구스어를 활용한 시라토리

47 白鳥庫吉, 「蒙古民族の起原」, 『白鳥庫吉全集』 第4卷(塞外民族史研究 上), 岩波書店, 1970, 30~32쪽.

48 최남선, 정재승 · 이주현 역주, 『불함문화론』, 우리역사연구재단, 2008, 67~69 · 114~116쪽.

49 "日本人 白鳥庫吉은 퉁구쓰族의 말에 使者를 '일치'라 함에 據하야 晉書 肅愼傳의 '乙力支'를 '일치'로 解한바 邑借는 그 음이 '일치'와 비슷하니 쏘한 使者의 義가 될지며, 高句麗 官名의 '鬱折'도 또한 '일치'인 듯하니 弁辰傳의 '借邑'은 곧 '邑借'의 倒載일 것이다."신채호, 「삼국지 동이열전 교정」, 『단재신채호전집』 제2권, 독립기념관, 2007, 348쪽.

의 사료 해석을 인용한 것은 조선어가 몽골어, 퉁구스어, 터키어와 동일한 계통에 속한다는 인식 때문이었다. 그런데 '우랄-알타이' 어족에 기반한 이 조선어 계통론은 신채호의 역사 서술에서 단편적인 사실史實의 고증을 넘어서는 보다 근본적인 중요성을 갖는다. 그것은 바로 그가 조선사의 주체를 설정하는 데 있어 조선어의 계통론이 핵심적이 역할을 하고 있기 때문이다.

신채호가 역사를 '아我와 비아非我의 투쟁의 기록'이라고 보았다는 것은 잘 알려진 사실이거니와, 역사 서술의 단위인 '아'가 바로 계통론을 통해서 규정되고 있다는 점을 기억할 필요가 있다. 즉, 『조선상고사』1931에서 그는 고대 동아시아 동부의 종족을 '울알 어족'과 '지나 어족' 둘로 나누고, '울알 어족'에는 '조선족, 흉노족'이 속하며 '조선족'은 이후 '조선, 선비, 여진, 몽고, 퉁구쓰'로, '흉노족'은 '돌궐, 흉아리匈牙利, 토이기土耳其, 분란芬蘭'으로 분화되었다고 보고 있다. 역사상 조선 민족의 위치를 '울알 어족'이라는 언어의 계통을 통해 파악하고 있는 것인데, 흉노를 매개로 하여 헝가리, 터키, 핀란드를 고대 동아시아의 일원으로 설정한 것이 이채롭다. 이 역시 이들이 사용하는 언어가 '우랄-알타이어'에 속한다는 계통론적 시각을 염두에 두지 않으면 설명이 불가능한 대목이다.

물론 앞서 본 것처럼 조선어의 계통에 대한 연구는 시라토리 이외에도 이미 많은 논자들에 의해서 진행되어 왔기 때문에 신채호가 참조한 조선어 계통론이 시라토리에 의한 것이라고만 단정할 수는 없다. 더욱이 신채호 자신은 인류학자 도리이 류조鳥居龍藏의 조사 결과를 보고서 '조선어, 만주어, 몽골어, 터키어'가 '동어계'임을 확신하게 되었다고 밝히고 있는 데 반해, 시라토리에 대해서는 그 명성에 비해 새로울 것이 없다며 그다지 높은 평가를 하지 않았다.[50] 그러나 조선어가 '우랄-알타이어'에 속한다는 계통론을 배경으로 하여 인명, 지명, 국명, 관직명 등의 각종의 고유명사를 재해석해 냄으로써 고대사의 새로운 체계를 세우고자 했던 신채호의 1920년대 중반 이후의 노력[51]들은 시라토리에 의해 진행되었던 시도와 동일한 궤적을 그리고 있다는 것 또한 부정할 수 없는 사실이다. 시라토리는 이미 1890년대에 「朝鮮古代諸國名稱考」1895 「朝鮮古代地名考」1895~1896 「朝鮮古代王號考」1896 「朝鮮古代官名考」1896와 같은 글을 통해 조선의 고대 국명, 지명, 왕호, 관직명 등에 천착한 바 있다.

그러나 이러한 영향 관계보다 중요한 점은 1920~1930년대의 조선어 계통론이 가지는 의미를 당대 학술장이라는 좀 더 거시적인 맥락에서 평가하고 더 나아가 그 조선어 계통론은 과연 어떠한 성격의 '언어'를 전제하고 있는가를 검토하는 일일 것이다. 앞서 언급한 「朝鮮語とUral-Altai語の比較硏究」를 시라토리는 "서양의 학자가 동양의 사항事項을 연구하는 데에 있어 가장 필요하다고 느끼는 것은 그 언어상의 지식일 것"이라는 언급으로 시작하고 있다. 물론 이는 서양의 동양학자들이 그들의 연구에서 언어상의 비교 연구를 매우 중시하고 있음을 말하는 것이며, 동시에 그의 동양사가 비교언어학이라는 객관적이고 엄정한 '과학적' 방법론에 입각하고 있음을 강조하기 위한 것일 터이다. 잘 알려진 바와 같이 그의 동양학은 서양 중심의 세계사를 교정하여 일본사를 세계사의 유의미한 요소로 자리매김하고자 한 노력에서 시작하였으며,[52] 그 과정에서 신화학,

50 신채호, 『조선상고사』, 『단재신채호전집』 제1권, 독립기념관, 2007, 622쪽.
51 언어 계통론을 활용한 신채호의 상고사 연구의 구체적인 내용과 방법론 및 그 의미에 대한 보다 상세한 사항은 이 책의 제2부 제2장 참조.
52 스테판 다나카, 앞의 책, 2004, 80~83쪽.

인류학, 언어학 등의 근대적 학문이 적극적으로 활용되었다. 그런데 앞서 언급한 최남선과 신채호 역시 일본인들의 '역사 왜곡'에 대항하기 위하여 조선의 고대사 연구에 나선 인물들이다. 흥미로운 점은 그들이 하나 같이 사료가 절대적으로 부족한 고대사의 영역, 즉 기록된 역사가 부재한 곳에서 언어, 그것도 언어의 계통에 집착했다는 사실이다.

신채호는 한자로 표기된 인명, 지명, 국명 등을 고유어로 올바르게 복원하는 작업을 "地中 古蹟을 發掘함에 비길 만한 朝鮮史 硏究의 秘鑰"이라고 한 바 있다.[53] 언어학적 방법론을 사용하면 오랜 세월 땅속에 묻혀 있던 고대의 유적을 발견한 것처럼 풀리지 않던 역사의 비밀을 밝혀낼 수가 있다는 것인데, 사실 역사비교 언어학에 입각한 언어 계통론은 처음부터 기존의 역사학이 전혀 예기치 못한 고대사의 진실을 들추어내는 데서 출발하였다. 즉, 1876년 윌리엄 존스가 벵골 아시아 협회에서 행한 저 유명한 강연, 즉 산스크리트어와 그리스어, 라틴어가 그 어떤 공통적인 근원으로부터 갈라져 나왔다는 주장이 역사비교 언어학의 출발점이 되었다는 사실은 잘 알려져 있다. 이국적 표상의 전형으로 여겨지던 인도가 알고 보니 그동안 잊고 있던 먼 친척이었다는 사실을 유럽인들이 받아들일 수 있었던 유일한 근거는 비교언어학적 사실들뿐이었다. 그리고 그 비교언어학적 사실들이라는 것은 음운이나 문법 구조와 같이 그 언어를 말하는 특정 개인이나 집단은 물론이고 근본적으로는 그들의 정치나 문화적 요소들과도 명백히 구별되는 언어의 내적 요소들이었다. 인도와 유럽의 정치나 문화 같은 것이 도저히 개입할 수 없는 언어 자체의 내재적 특징이야말로 윌

53 신채호, 「고사상 이두문 명사 해석법」, 『단재신채호전집』 2권, 독립기념관, 2007, 331쪽.

리엄 존스의 발견을 뒷받침해 줄 수 있는 것이었다.

예컨대 19세기 초 야콥 그림이 발견한 그리스어, 고트어, 고지 독일어 사이에서 발견되는 규칙적인 음운 대응의 양상'p-f-bv, t-th-d, k-h-g'을 이른바 '그림의 법칙'이라고 부르거니와 이와 같이 둘 혹은 그 이상의 언어 사이에서 발견되는 규칙적인 음 대응이야말로 언어의 계통을 구명하는 가장 '과학적인' 방법론이었다.[54] 수많은 노력에도 불구하고 한국어가 알타이 어족에 속한다는 결론을 내리지 못하고 있는 것 역시 이 규칙적인 음 대응 현상이 발견되지 않기 때문이다. 물론 이 음 대응 현상에 인간의 의식적인 노력이나 의지가 개입될 여지는 전혀 없다. 오히려 언어에는 자체의 법칙이 있어서 인간이 도저히 관여할 수 없다는 이 사실이야말로 언어가 역사의 숨겨진 비밀을 풀어낼 수 있는 유일한 이유가 되는 것이다.

물론 1920~1930년대 논의된 조선어의 계통론은 엄밀한 음 대응에 기초한 것은 아니다. 그러나 이들 논의 역시 인간의 의지가 배제된 전적으로 언어 내적 요인을 토대로 해서 계통을 논하고 있었으며 이것을 '과학'이라고 보았다는 사실에는 변함이 없다. 앞서 보았던 조선어와 '우랄-알타이어'를 비교한 시라토리의 논문에서는 단어들 사이에서 발견되는 어근의 유사성만이 검토의 대상일 뿐 언어 외적 요소는 전혀 고려의 대상이 아니었다. 최현배 역시 조선어의 계통을 논하며 거론한 것은 문법적인 특징과 수사나 친족명사 같은 기초 어휘들 간의 유사성뿐이었다. 이는 물론 안확이나 홍기문에게도 예외가 아니다. 친족 관계를 토대로 한 언어의 계통이, 기록된 역사가 없는 곳에서 인간의 역사를 증언할 수 있었던 것은 이와 같

54 '그림의 법칙'에 관한 구체적인 설명은 風間喜代三, 앞의 책, 2000, 94~105쪽 참조.

이 언어의 역사에는 인간이 개입할 여지가 없었기 때문이었다.

주시경을 '비과학적'이라고 비판하면서 언어는 자체의 원칙에 따라 '변천, 분화, 동화, 생사'하는 것이어서 인간이 좌지우지할 수 없다고 한 안확의 논리는 사실 슐라이허의 언어 진화 모델에서 나온 것이다. 이미 최현배가 지적한 것처럼 더 이상 '고립어 → 교착어 → 굴절어'라고 하는 진화 모델은 인정되지 않지만, 역사비교 언어학이 상정하는 언어 계통론은 여전히 언어를 마치 생명체처럼 그 자체의 원리에 따라 생겨나고 변천하고 결국 사멸하는 것으로 상정한다. 인간의 구체적인 행위와 독립해 존재하는 실체로서의 언어를 언어 계통론보다 더 극명하게 보여주는 것은 없을 것이다.

고대사의 비밀을 풀기 위해 요청된 계통론의 '언어'에는 정작 인간의 역사가 배제되어 있다는 이 역설은 아무리 오랜 세월이 흐른다 해도 한 언어는 다른 언어와는 구별되는 그것만의 본질적 요소를 유지하고 있다는 가정과 불가분의 관계에 있다. 물론 그 고유의 요소는 음운사와 관련된 것일 수도 있고, 수사나 친족명칭과 같은 기초 어휘일 수도 있으며, 또는 특유의 문법 구조일 수도 있다. 이런 것들은 언어 내적인 분석에 의해서만 규명될 수 있는 것이고 따라서 여기에 민족이나 계급과 같은 정치, 혹은 이데올로기적인 요소는 전혀 찾아볼 수 없다. 그러나 신채호나 최남선의 계통론에서 보았던 것처럼, 바로 그렇게 인간의 역사로부터 소외된, 그리하여 자족적으로 존재하는 언어야말로 '민족의 시원'을 탐구하는 열쇠가 될 수 있었다. 홍기문은 '조선혼, 조선정신' 운운하는 한글운동의 민족주의적 경향을 '박멸'하고 싶다고까지 했지만, 정작 그가 '과학적' 연구로 내세운 조선어에 대한 계통론은 오천 년간 면면히 이어져온 '조선의 얼'을

찾아나가는 핵심적인 방법론이기도 했다.[55]

이러한 결과가 초래된 이유는 계통론이 민족주의자들에게 '오용'되었기 때문이 아니라, 근대 국민국가의 언어를 고대에까지 투사하여 거기에서 변치 않는 내적 동일성을 찾아내려고 했던 계통론의 언어 인식에 있었던 것은 아닐까. 계통론을 핵심으로 하는 역사 비교언어학이 유독 독일에서 발전했던 이유를 19세기 독일의 낭만주의 운동에서 찾아낸 지식사회학의 성과는 그런 면에서 의미심장하다.[56] 실제로 역사 비교언어학의 획기적인 발견인 '그림의 법칙' 자체가 보다 '완전한' 고대 독일어를 발견하기 위한 열정에서 비롯한 것임을 상기할 필요가 있다. 민족주의를 배격한 홍기문이 견지하고자 했던 '과학적' 방법론이 실은 민족주의적 열정에서 비롯한 것이었다는 사실은 아이러니한 일이 아닐 수 없다. 이는 구체적 언어행위를 통해 발생하는 수많은 차이 너머에 존재하는 그 언어만의 고유한 내재적 특징을 찾고자 하는, 그리하여 그 언어의 자기 동일성을 확인하고자 하는 역사 비교언어학의 욕망 때문일 가능성이 크다. 만일 그러하다면 '언어의 소외'라는 이 근대적 현상의 극복은 동일성이 아니라 '차이의 철학'을 통해 비로소 가능한 것일지도 모르겠다.

---

55 정인보가 고대사 연구에서 사용한 언어학적 방법론에 대해서는 김병문, 「정인보의 「오천 년간 조선의 얼」을 통해 본 '얼'의 사상과 '국어'의 사상의 관계」, 『사회언어학』 29-3, 2021 참조.

56 초기 역사비교 언어학의 발전과 독일 낭만주의 운동과의 관계는 암스테르담스카, 임혜순 역, 『언어학파의 형성과 발달』, 아르케, 1999, 63~77쪽 참조.

4. 나가기

근대계몽기 이래 '국문, 국어'에 관한 다양한 담론들이 쏟아져 나왔고 의식적이든 무의식적이든 이러한 논의들은 대개 근대적 민족국가의 수립이라는 시대적 과제와 깊은 연관을 맺고 있었다. 그러나 1920년대 후반이 되면 이러한 경향의 언어 연구에 대한 반성과 회의가 나타나게 된다. 일본을 경유하여 도래한 서구의 근대언어학은 운동적 차원에 머무르던 조선어 연구를 '과학'의 이름으로 준엄하게 비판하며, 언어에 함부로 개입하지 말라고, 그것을 있는 그대로의 객관 사물로 관찰하고 기술하라고 다그쳤다. 민족주의자든 사회주의자이든 혹은 실증주의자이든 이러한 규준은 모두가 따라야 하는 공리와 같은 것이 되었으며, 조선어에 대한 문법 기술과 그 사적史的 기원에 대한 탐구는 바로 그 '과학적' 언어 연구가 담당해야 할 주된 영역이었다. 그러나 지역과 계층, 세대와 성별에 따른 수많은 변종과 변이의 존재 앞에서 언어 연구는 처음부터 '표준'과 '통일'이라는 정책과 운동의 차원을 필요로 했고 이는 물론 '있는 그대로의 언어'를 연구해야 한다는 '과학'의 시선을 배반하는 것이었다. 인간의 역사를 배제한, 언어 그 자체만의 역사 역시 바로 이 국민국가 특유의 언어 정책 및 운동으로 형성된 '국어'를 고대사에 투영한 것이라는 혐의에서 자유로울 수는 없을 것이다.

앞서 1930년대 조선의 지식인들 가운데에는 당시의 '소비에트 언어학'에 도달하고자 하는 이들이 있었다는 사실을 언급한 바 있다. 1940년대까지 소비에트의 주류 언어학을 이끌었던 마르 학파는 언어를 생산양식에 의해 규정 받는 상부구조로 보았을 뿐만 아니라 언어의 계급적 성격을 인정했다. 그러나 이와 같은 마르 학파의 입장을 산산이 깨뜨린 '스탈린 언어학'은 한 언어는 특정 계급이 아니라 전 인민의 소유이며 기본 어휘와 문법 구조는 좀체 변하지 않는 것이라고 보았다.[57] 심지어 그는 "현대 언어의 제반 요소는 이미 아득히 옛날 노예시대 이전에 기초가 이루어졌을 것"이라고까지 주장한다.[58] 언어는 문화를 구성하는 것이지만, 문화와는 달리 상부구조가 아니라는 스탈린의 이러한 명제는 따라서 언어가 '계급투쟁'으로 이루어지는 인간의 역사와는 구별되는 그 자신만의 고유한 역사를 가지고 있다는 것을 의미한다. 그리고 이는 '형식은 민족적으로, 내용은 프롤레타리아트적으로'라는 소비에트 특유의 민족 정책과 불가분의 관계에 있는데, 이때의 '형식'이란 다름 아닌 각 민족의 언어를 말하는 것이다. 언어는 생산수단의 하나인 기계가 그런 것처럼 자본주의에도 사회주의에도 복무할 수 있는 단순한 도구일 뿐이어서 그 어떤 민족어로도 사회주의라는 공통의 이상에 도달할 수 있다는 것이다.[59]

물론 언어가 상부구조냐 아니냐 하는 문제는 여기서 전혀 관심의 대상이 아니다. 흥미로운 점은 이른바 민족 문화의 원형을 찾아 고대사를 복원하려 했던 이들이 의지한 언어 계통론이 그랬던 것처럼, 언어를 상부구조가 아니라 단순한 도구로 보아 '소비에트 이데올로기로부터의 해방을 가져왔다'는[60] '스탈린 언어학' 역시 인간의 역사로부터 '소외된 언어'에 기

57 스탈린은 1950년 6월 20일 『프라우다』지에 발표한 문답식의 기사 「언어학에서의 맑스주의에 관하여」에서 마르 학파의 언어 이론을 집중적으로 비판하였다. 한국어 번역본은 요제프 스탈린, 정성균 역, 『사적 유물론과 변증법적 유물론 마르크스주의와 언어학』, 두레, 1989, 85~125쪽.

58 요제프 스탈린, 위의 책, 1989, 114쪽.

59 소련의 민족 및 언어 정책과 '스탈린 언어학'의 상관관계에 대해서는 田中克彦, 『'スターリン言語学' 精読』, 岩波書店, 2000, 65~102쪽 참조.

60 다나카 가쓰히코, 김옥영 역, 『말(ことば)이란 무엇인가 – 언어학의 모험』, 인문사, 2013,

반하고 있다는 사실이다.[61] 언어를 단순히 의사소통의 도구로만 생각하는 '언어 도구관'과 언어를 민족정신의 정수로 보는 '언어 내셔널리즘'이 동일한 "언어 인식 시대의 쌍생아"라는 지적은 여기에서도 확인되는 것이다. 따라서 만약 근대적 언어 인식의 극복을 모색한다면 가장 핵심적인 열쇳말은 바로 '언어의 소외'가 아닐 수 없을 것 같다.

135쪽. "나는 이것을 스탈린 자신에 의한 언어학에 있어서의 소비에트 이데올로기의 패배 선언이라고 받아들이고 있다. (…중략…) 스탈린은 그 3년 후에 이 세상을 떠났다. 정치적인 전횡을 계속해 온 스탈린이 소비에트 학계뿐만 아니라 사상계 전반에 해방을 가져온 마지막 선물이었다."

61 스탈린 역시 언어 계통론과 언어 변화의 내적 법칙을 전제하고 있다. "부인할 수 없는 것은, 예컨대 슬라브족과 같은 그러한 민족들의 언어적 친족성은 의심할 바 없으며, 이러한 민족들의 언어적 친족성을 연구하는 것은 언어의 발전 법칙을 연구하는 사업에서 언어학에 커다란 이익을 가져다 줄 수 있다는 것이다." 요제프 스탈린, 앞의 책, 124쪽.

제2장

식민사학 재고

과학 담론과 식민지주의의 절합에 대해

심희찬

1. 과학적 역사서술이라는 신화

한국에서 '역사학'이 분과 학문으로서 성립하는 과정을 생각할 때, 결코 빼놓아서는 안 되는 것이 일제 시기 일본인 학자들의 조선사 연구다. 하지만 이 시기 일제의 조선사 연구는 한국사를 왜곡시킨 '식민사학'으로서 오랜 시간 한국 근대사학사의 검토 대상에서 제외되거나, 혹은 일탈로 간주되었다. 일제의 조선사 연구가 식민지의 원활한 지배를 위한 통치 이데올로기의 일환이었음은 다시 말할 필요가 없다. 그렇지만 이렇게 식민사학을 오직 통치 이데올로기로서만 파악하는 경우 '근대역사학' 일반의 여러 특징, 그중에서도 '과학적 역사서술'이라는 신화가 지닌 중차대한 인식론적 과제는 도리어 희미해질 수 있음을 경계할 필요가 있다. 특히 일본 역사학의 방법론 중 가장 큰 지분을 차지하는 '실증주의'가 지닌 역사성과 폭력성이 충분히 검토되지 못한 채 오늘날에 이르고 있다.[1]

---

1 그 시초를 가령 김용섭이 1960년대에 잇달아 발표한 「일제관학자들의 한국사관— 일본인은

2000년대 중반 이후로는 식민사학을 근대사학사의 관점에서 파악하고, 그 전개 과정과 논리를 상대화하여 분석하는 연구들이 등장했다.[2] 이 글에서는 선행연구의 문제의식을 공유하면서 몇 가지 미진한 부분에 대한 고찰을 추가해보고자 한다. 첫째, 식민사학의 모태를 이루는 일본 근대역사학과 실증주의의 관련을 검토할 것이다. 둘째, 과학의 외피로 무장한 일본의 근대역사학이 식민지조선에 건너오는 양상을 살펴볼 것이다. 이 두 가지 고찰을 통해 한국에서 역사학이 분과 학문으로 자리 잡는 과정 및 그 구체적 내용을 과학과 식민지주의의 관점에서 소묘하는 것이 이 글의 목적이다.

후술하듯이, 일제 식민사학자들은 자신들의 조선사 연구가 이데올로기

한국사를 어떻게 보아 왔는가?」(『사상계』 117, 1963), 「일본·한국에 있어서의 한국사서술」(『역사학보』 31, 1966)에서 볼 수 있다. 김용섭은 식민사학을 비판하기 위해서는 "실증적인 토대 위에 구축되는 귀납적인 역사학" 또는 "순수학문" 등이 필요하다고 누차 강조하지만, 그 역시 식민사학을 낳은 일본 근대역사학의 기본적인 방법론이 "문헌비판적인 사풍"이나 "합리성을 추구하는 고증사학", 곧 "근대적인 방법"의 기초 위에 서 있음을 잘 알고 있었다. 김용섭은 이러한 역설, 즉 식민사학 비판의 논리가 식민사학의 논리와 동일하다는 역설을 해소하기 위해 "역사를 대하는 자세"와 "가치관"을 내세운다. 식민사학의 문제를 방법론 그 자체가 아닌 연구자의 태도 여하로 정의하는 것이다. 이때 식민사학은 과학을 표방하는 근대역사학에 내재하는 것이 아니라 그 외부에 존재하는 개별 연구자의 개인적이고 관념적인 문제로 치환되고, 이에 따라 식민사학에 대한 비판 역시 발본적인 검토가 아닌 표면적 이데올로기에 대한 당위적 비판만 가능하게 된다.

2 정상우, 『조선총독부의 역사 편찬 사업과 조선사편수회』, 아연출판부, 2018; 윤해동, 장신 편, 『제국 일본의 역사학과 '조선'－식민주의 역사학과 제국 2』, 소명출판, 2018; 정준영, 「이마니시 류의 조선사, 혹은 식민지 고대사에서 종속성 발견하기」, 『사회와 역사』 115, 2017; 정준영, 「식민사관의 차질－조선사학회와 1920년대 식민사학의 제도화」, 『한국사학사학보』 34, 2016; 신주백, 『한국 역사학의 기원』, 휴머니스트, 2016년; 윤해동, 이성시 편, 『식민주의 역사학과 제국－탈식민주의 역사학 연구를 위하여』, 책과함께, 2016; 박찬승, 「다보하시 기요시의 근대한일관계사 연구에 대한 검토」, 『한국근현대사연구』 67, 2013; 김종준, 「일제시기 역사의 과학화 논쟁과 역사학계 관학아카데미즘의 문제」, 『한국사학보』 49, 2012; 장신, 「조선총독부의 조선반도사 편찬 사업 연구」, 『동북아역사논총』 23, 2009; 장신, 「일제하 일선동조론의 대중적 확산과 소잔오존 신화」, 『역사문제연구』 13-1, 2009; 도면회, 윤해동 편, 『역사학의 세기－20세기 한국과 일본의 역사학』, 휴머니스트, 2009.

와 무관한 과학적이고 실증적인 연구였음을 누차 강조했다. 그러나 진공 상태의 홀로 객관화된, 그야말로 투명한 과학이란 것이 존재할 수 없음은 이미 널리 알려져 있다. 이 글에서는 그들의 연구가 얼마나 비과학적이었는지가 아니라 바로 그러한 과학적 연구에 새겨져 있는 폭력, 곧 "진리효과"와 식민지주의에 주목하고자 한다.[3] 식민지주의는 과학 담론과 절합articulation함으로써 비로소 자신의 위용을 진리효과로서 드러내기 때문이다. 우선 메이지유신1868년 이후 일본 근대역사학의 성립 과정을 살펴보는 것에서 논의를 시작하자.

2. 메이지일본과 근대역사학

1) 과학적 역사학의 모색

일본 근대역사학에는 커다란 몇 개의 흐름이 있다. 후쿠자와 유키치福沢諭吉 등이 받아들인 계몽주의 역사학, 문화사를 중심으로 하는 역사주의 역사학, 그리고 강좌파講座派로 대표되는 맑스주의 역사학 등이 그것이다. 다만 이 글에서는 식민지조선에서 분과 학문으로서 역사학이 성립하는데 가장 큰 영향을 끼친 소위 '아카데미즘 사학'을 중심으로 논의를 진행할

3 "진리효과"는 정준영의 개념을 빌려온 것이다. 정준영은 푸코를 따라 "식민사학이 얼마나 오류로 가득 차 있는지를 규명하는 것이 아니라, 그런 오류에도 불구하고, 식민사학은 어째서 그토록 당당하게 자신을 객관적이고도 과학적인 '진리'라고 주장하고 있으며, 또 독자들에게 그것을 믿도록 만드는가의 문제"라는 관점에서 식민사학을 재검토할 것을 요구한다. 이는 "식민사학자의 작업을 식민지에서 특정한 '진리효과'를 창출하고자 했던 '지(知)의 기획'으로 간주하고, 그 내부로부터 식민사학의 해체와 극복의 계기를 발견하려는 전략적 시도"로 이어진다(정준영, 앞의 글, 「이마니시 류의 조선사, 혹은 식민지 고대사에서 종속성 발견하기」, 167쪽).

것이다. 사실 이와 같은 역사학의 여러 흐름은 복잡한 상호 관련 속에서 형성되었지만, 논의의 편의를 위해 여기서는 국가의 정사편찬사업 및 제국대학의 역사연구를 이끌었던 아카데미즘 사학에 분석을 한정함을 미리 알려두는 바이다.

주지하듯이 일본은 메이지유신을 통해 천황을 중심으로 하는 근대적 국민국가의 형성을 추진하기 시작하는데, 이에 역사서술의 방식 역시 커다란 변화를 겪게 된다. 에도막부 이전까지 소위 "일본국을 '경역'으로 삼는 일본국의 역사라는 내용과 양식을 가지는 역사서술은 단 한 권도 존재하지" 않았으며, 에도막부 시절에 간행된 다양한 역사서도 모두 기본적으로는 사마천의 『사기』를 비롯한 중국 '정사'의 영향 아래 있었다.[4]

이를 상대화하고 국민국가의 역사를 서술하기 위해서는 크게 두 가지 과제를 해결할 필요가 있었다. 하나는 천황의 정통성을 보여주는 정사를 편찬하는 것, 또 다른 하나는 서구적 역사학의 방법론을 도입하는 것이었다. 메이지정부의 주요 슬로건 중 하나는 '왕정복고', 즉 중세 이후 무사집단인 막부가 탈취한 정권을 일본의 정당한 지배자인 천황에게 돌려준다는 것이었는데, 이에 고대 율령국가 이후 단절되었다는 정사편찬 전통의 계승이 모색되었다. 막부가 간행한 역사서들을 제외하는 한편 천황가를 중심으로 정사를 새로 쓰는 사업을 관할한 것은 메이지정부가 부활시킨 고대 일본의 최고행정기관 태정관太政官이었고, 주로 유학적 소양을 가진 이들이 실무진에 선발되었다.[5]

---

4 桂島宣弘, 『思想史で読む史学概論』, 文理閣, 2019, 45~50쪽.

5 심희찬, 「일선동조론의 계보학적 검토를 위한 시론 – 일본사의 탄생과 타자로서의 조선」, 연세대 근대한국학연구소 인문한국플러스(HK+)사업단 편, 『20세기 전환기 동아시아 지식장과 근대한국학 탄생의 계보』, 소명출판, 2020, 336~338쪽.

한편 1877년 파리 만국박람회 사무국 측에서 일본의 역사를 소개하는 서적을 보내달라는 요청이 들어오는 등 서구의 시각에 상응하는 역사서술의 필요성이 증대하고 있었는데, 이는 서구열강과의 '조약개정'이라는 메이지정부의 현안과도 직접적으로 관련되는 일이었다.[6] 1878년 2월 메이지정부는 영국공사관에 파견될 예정이었던 스에마쓰 겐초末松謙澄에게 유럽의 역사편찬법을 조사해오라는 지시를 내렸고, 스에마쓰는 왕립학사원 회원이었던 헝가리 출신 역사학자 저피G.G. Zerffi에게 부탁하여 "THE SCIENCE OF HISTORY"라는 제목의 원고를 받았다. 이러한 작업을 주도한 것은 정사편찬사업에 깊숙이 관여하는 한편, 일찍부터 "서양사류西洋史類"를 "수사修史의 참고"로 받아들였던 시게노 야스쓰구重野安繹였다.[7] 저피의 원고는 메이지정부의 비용지원을 통해 1879년 런던에서 100부가 인쇄되었고, 곧장 일본으로 보내졌다. 시게노는 자신의 오랜 친구였던 양학자洋學者 나카무라 마사나오中村正直에게 번역을 맡겼으나 도중에 수년간 중단되었고, 이후 시게노의 교열을 거쳐 사가 쇼사쿠嵯峨正作가 1887년에 완역했다. 일본어 제목은 『사학』이었다.[8]

저피의 저서는 일본 아카데미즘 사학의 자기 인식에 대단히 큰 영향을 끼쳤다. 저피는 제1장에서 "사史"에는 "관찰, 고구考究, 경험, 논설"의 의미가 포함되는바, 특히 관찰·고구·논설의 세 가지 요소가 잘 조화를 이루

---

6 이성시, 박경희 역, 『만들어진 고대-근대 국민 국가의 동아시아 이야기』, 삼인, 2001, 197~199쪽.

7 重野安繹, 「国史編纂の方法を論ず」, 『重野博士史学論文集』 上, 雄山閣, 1938, 3쪽.

8 辻善之助, 「本邦に於ける修史の沿革と国史学の成立」, 史学会編, 『本邦史学史論叢』 上, 富山房, 1939, 23~24쪽; 今井登志喜, 「西洋史学の本邦史学に與へたる影響」, 史学会編, 『本邦史学史論叢』 下, 富山房, 1939, 1441~1445쪽; 大久保利謙, 『日本近代史学の成立』, 大久保利謙歴史著作集7, 吉川弘文館, 1988, 97·322쪽; 松沢裕作, 『重野安繹と久米邦武-「正史」を夢みた歴史家』, 山川出版社, 2012, 49~50쪽.

THE SCIENCE OF HISTORY.

CHAPTER I.

ONE of the most important, and at the same time most neglected, studies in the West as well as in the East is HISTORY. The word itself comes from the Greek ἱστορεῖν (*historein*), and means: to observe, to inquire, to experience, or to relate. History treats of facts, the deeds done by man. The complicated actions of men are therefore the phenomena to be dealt with in history. But the question whether all actions in their isolated details are worthy of a historical treatment presents itself to the historian at the outset, and is by no means easy of solution. Observations, inquiries, and relations become only then scientific when they are systematized, when we begin to discover a connection between facts and facts, like that which we trace between the causes and effects of any other phenomena in the material world, and in what are called the applied or technical sciences.

The definition of the word History.

B

〈그림 1〉 "THE SCIENCE OF HISTORY" 원문

어야 각자 고립된 인간의 행위를 조직적으로 파악할 수 있으며, "전문과학"이 "원인 결과의 이법理法을 강구"하는 것처럼 "사실과 사실의 상관관계"를 연구해야만 역사가 과학이 될 수 있다고 논한다.[9] 자연과학적 방법론을 인간의 역사에 적용하는 일을 가장 먼저 강조한 것이다.

이렇게 말하면 반드시 의문이 생길 것이다. 사史를 과연 과학적으로 논술하는 일이 가능하냐고 말이다. 이에 대답하기 위해서는 먼저 소위 과학학문이라는 것이 어떤 원소를 가지고 성립하는지를 숙지할 필요가 있다. 그 무엇이든 우주 간 만물의 현상을 보아라. 이때 세력포스이 어떤 천칙에 따라 작용하고 있음을 추구할 수 있다면 그 현상은 과학적으로 논술할 수 있다. 사학도 마찬가지다. (…중략…) 여러 나라의 사서를 역관歷觀하고 거기서 나타나는 현상과 성적成跡을 대비해보면 같은 원인은 반드시 같은 결과를 낳음을 알 수 있다. 각각의 형상에는 특이한 점도 있겠지만 그 귀숙歸宿은 결국 모두 동일하다. (…중략…) 이를 사학의 칼자루로 삼을 수 있다. 사학을 과학적으로 논술할 수 있는 맹아초보는 이러한 사실 속에 있다."[10]

9 G・G・ゼルフィー, 「史学－原序及目録・第一編(上・下)」, 『明治史論集』 2, 明治文学全集 78, 筑摩書房, 1976, 336쪽.

10 위의 책, 336~337쪽.

역사는 철저한 인과율로 구성되는 과학의 담론이 되는바, 여기에는 인간의 자유의지조차 개입할 여지가 없다. 역사가는 세계의 외부에 서는 존재가 되어 "애증호오"에 휘둘리지 말고 "공평무사의 의意"에 따라 인간사를 재단해야 한다. 그리고 "만일"이라는 "억도臆度 상상"에 시간과 노력을 들여서는 안 된다. 그에게 필요한 것은 상상력이 아니라 "정연한 계통을 세우고 맥락관통, 수미상응에 힘쓰는" "논리학"이기 때문이다. 나아가 역사가는 "세계"라는 "법원"에서 "덕력德力, 지력智力의 천칙으로 조직되는 법전"을 가지고 "인류 전체를 소환하여" "재판을 선고"하는 "무상無上 재판관"이기도 하다. 따라서 그는 자신을 "애국의 정 혹은 당파심"을 초월한 위치에 두어야 한다. "진리"의 수호자인 역사가는 "사해형제", "인류" 전체를 "한층 고등한 목적"으로 이끌어야 하는데, 이때 역사학은 "학문, 미덕, 기술의 실로 단단한 기초"가 된다.[11]

시게노는 아마 이 책을 가장 빨리, 또 누구보다 열심히 읽은 독자일 것이다. 그는 번역문을 교열하면서 많은 메모를 남겼는데, 가령 "속설과 유견謬見이 인지人智를 방해한다"는 저피의 기술 부분에 "공자의 춘추, 도네리친왕舍人親王의 일본기日本紀"라는 두주를 달고 있으며, "학문에서 만약 독자적인 단정을 기초로 삼게 되면 사람들을 잘못된 진로로 이끌어 진실과 완전히 상반되는 곳에 다다른다"는 기술 부분에는 "사상史上 명교론名教論"이라는 두주를 달아두었다.[12] 시게노가 저피의 이론에서 전통적 역사서 및 방법론을 상대화하는 시각을 찾고 있었음을 알 수 있다.

---

11 위의 책, 336~354쪽.

12 重野安繹注, 「ゼルフィー『史学』抄訳」, 『歴史認識』, 日本近代思想大系 13, 岩波書店, 1991, 261쪽.

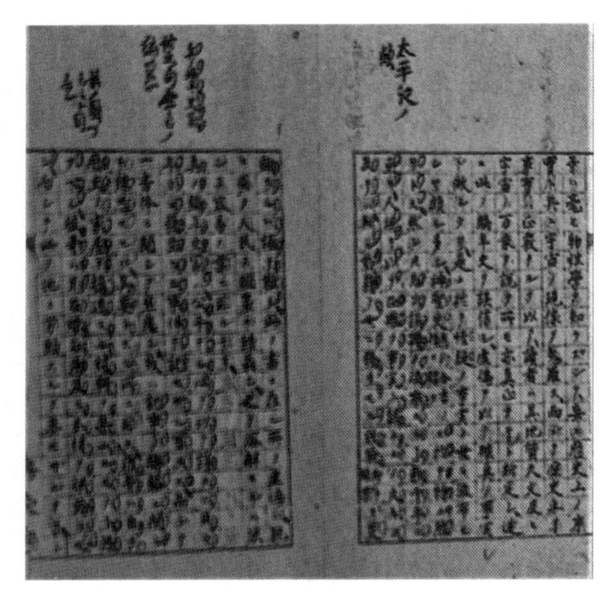

〈그림 2〉 시게노 역주판 『사학』

이러한 관점에서 보면 과거 일본의 역사서들은 모두 크고 작은 문제점을 가지게 된다. 가령 고대 일본의 관찬 정사였던 '육국사六國史'에는 국가의 나쁜 점이 드러나지 않으며, 에도막부 말기의 베스트셀러였던 『일본외사日本外史』에는 저자의 학문이 천박하여 사실과 다른 부분이 있다.[13]

> 우리나라에 아직 신뢰할 만한 역사가 없다는 것은 실로 유감 천만이다. 역사는 진실을 전하는 것으로 만약 거기에 허위나 오류가 있다면 일대 사건일 것이다. (…중략…) 역사는 반드시 증거 재판이 되어야만 한다. (…중략…) 진정한 역사를 편찬하기 위해서는 설령 일국을 적으로 돌리게 된다 해도 이를 두려워해서는 안 된다. 진리는 최후의 승리다.[14]

시게노가 역사편찬을 마치 과학자의 사명처럼 인식했음을 위 인용문에서 살펴볼 수 있다. 1827년 사쓰마번薩摩藩에서 태어난 시게노는 어린 시절

13 重野安繹, 앞의 글, 「国史編纂の方法を論ず」, 3쪽.
14 重野安繹, 「歴史研究法」, 앞의 책, 『重野博士史学論文集』 上, 66쪽.

번교藩校에서 유학을 공부했으며, 에도에 상경하여 쇼헤이코昌平黌에 들어간 뒤로는 경전의 해석에서 의리義理가 아닌 한당漢唐의 소주疏註를 중시하는 '고학古學', 이른바 '고증학'에 빠져들었다. 다만 당시 고학파는 학계의 주류가 아니었고 때로는 박해를 받기도 했다. 특히 18세기 말 '간세이 이학의 금寛政異学の禁'을 통해 이른바 "주자학 일존一尊 체제"가 성립된 뒤로, 고학은 "실학에 도움이 되지 않는" "시간과 돈이 있는 사람의 '놀이'"라는 비판을 듣고 있었다.[15] 이런 상황에서 시게노는 저피의 과학적 역사학 담론에 고증학을 접목하여 새로운 활로를 찾아냈다.

> 고증이란 다양한 것을 조합하여 증거를 가지고 분석함을 말합니다. 서양학에서는 연역과 귀납으로 나누어지는데, 고증이란 즉 귀납을 가리킵니다. (…중략…) 사학도 마찬가지로 갑의 증거를 을과 병의 증거와 조합하여 결론을 내리는 것을 귀납이라고 합니다. 그래서 저는 세상의 학문은 결국 귀납법, 곧 고증학에 이르게 된다고 생각합니다.[16]

시게노는 메이지유신 이전에도 이미 사쓰마번의 역사편찬사업에 참여한 경력이 있지만,[17] 처음부터 역사연구에 뜻을 둔 것은 아니었고 도리어 메이지정부의 정사편찬사업을 담당·추진하는 과정에서 비로소 근대적 "역사가"로 변모해갔다고 할 수 있다.[18] 시게노는 중국에서 비롯된 '청조 고증학'이 일본에 '고학'으로 전해졌다는 '계보'를 설정하고, 이를 귀납적

15 町田三郎, 『明治の漢学者たち』, 研文出版, 1998, 90~94쪽.
16 重野安繹, 「学問は遂に考証に帰す」, 앞의 책, 『重野博士史学論文集』上, 39쪽.
17 町田三郎, 앞의 책, 『明治の漢学者たち』, 84쪽.
18 松沢裕作, 앞의 책, 『重野安繹と久米邦武』, 2~3쪽.

인 역사연구를 위한 방법적 기초로 위치시킴으로써 자신의 영역을 확보하고자 했다.[19] 그는 훗날 이 계보를 더욱 확장하여 "유교=고거학考據學=실학=자연과학주의적 과학"이라는 도식을 그렸다.[20] 한편 이와 같은 시게노의 전략은 국가적 프로젝트의 주도권을 둘러싼 정치적 다툼의 산물이기도 했다. 정사편찬의 방법과 방향성을 둘러싸고 당시 유학자들은 몇몇 그룹으로 나뉘어 대립했고, 여기에 국학자國學者 계열도 참가하여 복잡한 갈등 양상을 보이고 있었다.[21]

메이지유신 이후 정사편찬사업은 다양한 방식으로 진행되었는데, 거칠게 정리하면 주로 세 가지 방향에서 이루어졌다고 할 수 있다. 하나는 메이지정부의 정당성을 증명하기 위한 당대사 연구, 또 다른 하나는 **사료**史料의 편찬, 그리고 마지막으로 시게노가 강조한 편년체 통사의 체재를 취하는 '정사'의 간행이었다. 여기서 **사료**란 오늘날 흔히 생각하는 역사연구의 기본적인 재료를 말하는 것이 아니라 "역사적 사건을 연월일 순으로 배열하고, 사건의 내용을 요약한 문장[강문]을 적은 뒤에 그 근거가 되는 사료를 나열한 형식의 편찬물"[22]을 가리킨다. 이러한 방식은 1793년에 설립된 화학강담소和學講談所의 스타일을 계승한 것으로 이후 『대일본사료』의 편찬으로 이어진다.[23] 그리고 이렇게 만들어지는 **사료**를 바탕으로 정사 『대일본편년사』 를 집필하는 작업이 1881년부터 시작되었다.

---

19 桂島宣弘, 『思想史の十九世紀－「他者」としての徳川日本』, ぺりかん社, 1999, 273~279쪽.

20 위의 책, 285쪽.

21 松沢裕作, 「修史局における正史編纂構想の形成過程」, 松沢裕作編, 『近代日本のヒストリオグラフィー』, 山川出版社, 2015; マーガレット・メール, 『歴史と国家－19世紀日本のナショナル・アイデンティティと学問』, 千葉功/松沢裕作訳, 東京大学出版会, 2017.

22 松沢裕作, 앞의 글, 「修史局における正史編纂構想の形成過程」, 4쪽.

23 위의 글, 4쪽.

여러 세력의 대립을 거쳐 최종적으로 정사편찬의 주도권을 장악한 것은 시게노와 그의 후학이자 동료였던 구메 구니타케久米邦武, 호시노 히사시星野恒 등이었는데, 이들은 국가직할 기관인 태정관, 내각 등에서 이루어지던 정사편찬사업을 제국대학으로 이관시켰고1888년, 이를 계기로 신설된 국사과의 교수 자리를 차지했다1889년. 여기에 마침 유럽에서 유학을 마치고 돌아온 제국대학 사학과의 쓰보이 구메조坪井九馬三, 독일에서 초빙된 루트비히 리스Ludwig Riess 등과 협의하여 1889년에 서구적 역사연구를 표방하는 기관 '사학회'를 조직하고 『사학회잡지』후에 『사학잡지』를 간행하기 시작했다. 아카이브를 관리하는 국가 기구, 교육과 연구를 담당하는 대학, 학문적 성과를 발표하고 논의하는 학회가 그 초기적 진용을 갖춘 것이다. 일본에서 처음으로 근대역사학이 분과 학문으로 성립하는 순간이었다.

2) 과학으로의 도피와 새로운 역사관의 전파

그렇지만 정사편찬사업은 머지않아 예상치 못한 암초를 만나게 된다. '조선'이라는 아포리아였다. 저피는 "우주의 원칙에 반하는" "현묘 영괴靈怪한 일"을 역사에 삽입해서는 안 되며, 공평한 "연대기"에 기초하여 "사변事變"을 "발생의 순서에 따라" 기술하라고 논했다.[24] 이에 따라 국사과의 교수들은 일본을 표상하는 천황가의 역사를 객관적인 인식과 일직선으로 흐르는 시간 속에 배치하려고 했다. 그런데 문제는 천황가의 신화 및 고대사에 조선 관련 기사가 빈번히 등장한다는 점에 있었다. 천황의 정통성을 드러내려는 정사편찬의 가장 큰 목적이 위기에 빠지게 된 것이다.

24 G·G·ゼルフィー, 앞의 글, 「史学」, 345~354쪽.

일본의 창세신화 및 개국신화의 내용이 역사적 사실을 반영한다고 해석하는 경우, 국가의 기원은 물론 여러 풍속이나 문화 역시 한반도와 깊은 관련이 있는 '이즈모出雲' 지방에서 출발하게 된다. 시게노, 구메, 호시노 등은 일본과 조선의 역사 사이에 경계선을 긋지 않음으로써 이 문제를 해결하고자 했다. 구메는 일본의 신화에 등장하는 "죽은 어머니의 나라妣の国 해원海原"이 "고금 조선지방의 총칭이 분명하다"고 단언하는 한편, 일본인과 조선인은 "친밀하게 왕래하는 국민"으로서 "이해"를 공유했다고 주장한다.[25] 호시노는 조선의 "인종 및 언어가 우리와 같다고 말하면 국체를 더럽히고 애국심이 없다"는 비판을 받는 풍조를 개탄하며, "두 나라는 원래 일역一域으로서 경계를 가지지" 않는다고 주장했다.[26] 시게노는 1907년 5월 오스트리아에서 열린 '제3회 만국학사원연합회 총회'에 제출한 영어 팸플릿에서 "이즈모는 자유로운 왕래를 통해 일본의 개발에 커다란 도움을 주었던 조선[코리아]과 마주 보고 있다. 이러한 사실은 전통으로 이어지고 있으며 또한 고대사에서도 확인된다"는 점을 강조하기도 했다.[27]

그들은 이러한 논리가 신화의 합리적 해석에 따른 것이라고 주장했으며, 과거 조선이 일본의 영토였던 점을 증명함으로써 황통과 국체를 선양할 수 있다고 강변했다. 또한 『삼국사기』나 『동국통감』 같은 사서를 참조하여 일본 고대의 부정확한 기년을 바로 잡으려 했던 나카 미치요那珂通世의 주장을 적극적으로 지지하는 등,[28] 조선과의 비교를 통해 일본의 역사를

---

25 久米邦武, 「日本幅員の沿革」, 『史学会雑誌』 1, 1889, 16~20쪽.

26 星野恒, 「本邦ノ人種言語ニ付鄙考ヲ述テ世ノ真心愛国者ニ質ス」, 『史学会雑誌』 11, 1890, 17~42쪽.

27 SHIGENO ANEKI, "FREE TRANSLATION OF A SYNOPTICAL LECTURE ON THE HISTORY OF JAPAN", London : Printed by William Clowes and sons, Limited, 1907, p.5.

28 1888년부터 벌어진 '기년논쟁'에 관해서는, 辻善之助編, 『日本紀年論纂』(東海書房, 1974)

파악하려는 자세를 보였다.[29] 과학 담론으로서의 근대역사학 성립기에 조선은 일본사의 외부에 위치하는 내부, 곧 내밀內密한 외부로서 그 기원과 외연을 확립시키는 인식론적 틀로서 기능했던 것이다. 이 시기 일본에서 『사학회잡지』를 중심으로 조선에 관한 역사연구가 증가하고 있었던 사실에서도 일본 근대역사학과 조선의 관계를 엿볼 수 있다.[30] 당시는 운요호 사건, 조일수호조규 이후 조선에 대한 정치적, 외교적 관심이 높아지던 시기이기도 했다.

그런데 이들의 이른바 '일선동조론'적 역사관은 곧 내외의 엄청난 비판에 직면하게 된다. 국학자, 신도학자神道學者들은 물론 정부의 고위 관료까지 나서서 제국대학 국사과 교수라는 자들이 황실의 기원을 조선에 상정할 뿐만 아니라 이를 분석하는 잣대까지 조선의 사서에서 가져온다고 강하게 비난한 것이다. 그들은 시게노 등의 논의를 천황에 대한 모욕과 망언으로 받아들였다. 구메는 교수직에서 물러났고, 제국대학에서 주관하던 정사편찬사업도 중단되었다. 1893년에 편년체 통사의 집필을 관장했던 제국대학 '사지편찬괘史誌編纂掛'가 폐지됨에 따라 『대일본편년사』는 간행되지 못했고, 위원장이었던 시게노 역시 해임되었다.[31] 메이지유신 직후부터 추진되었던 정사편찬이 조선이라는 아포리아를 만나 좌절된 것이며, 이후 아시아·태평양전쟁이 벌어질 때까지 정사의 편찬은 다시 시도되지

을 참조.

29 실은 이러한 자세 역시 저피에게 배운 것이었다. 저피는 "만약 연월일시 등에 당착이 있다면 깨끗이 나의 무식을 밝히고 부끄러워해야 한다. 역사가는 연대기의 의심스러운 곳을 감추지 말아야 한다. 같은 시기의 사실을 채집·비교해도 여전히 증명하기 어렵다면 의문의 여지가 남아있음을 분명히 기재해야 한다"고 논한다(G·G·ゼルフィー, 앞의 글, 「史学」, 350쪽).

30 심희찬, 앞의 글, 「일선동조론의 계보학적 검토를 위한 시론」, 340~343쪽.

31 松沢裕作, 앞의 책, 『重野安繹と久米邦武』, 72~75쪽.

않았다.[32]

한편 **사료**의 편찬은 1895년 제국대학 문과대학에 신설된 '사료편찬괘史料編纂掛'가 이어받았고 1901년부터 『대일본사료』, 『대일본고문서』 등을 간행하기 시작했다. 사료편찬괘는 시게노와 구메의 그림자를 지우기 위해 노력했는데, 물의를 빚을 수 있는 발언을 금지하는 동시에 개인적 논설의 집필과 발표를 『사학회잡지』 등에 한정하는 규약까지 만들었다.[33] 역사학은 현실의 정치적 문제로부터 자신을 단절시켰고, 역사가들은 '실증주의'라는 그들만의 세계 속으로 도피하기 시작했다. 그리고 이 과정에 깊이 관여한 역사가 중에는 후술할 구로이타 가쓰미黒板勝美도 있었다. 참고로 1900년 『사학잡지』에 실린 「금후의 사학회」라는 글에는 "사실을 위해 사실을 연구하는바, 그것이 인생 및 국민생활의 진정한 의의를 천명, 영회領會하는 일을 무너트린다면 우리는 이를 취하지 않을 것이며"라는 내용이 나온다.[34] 불과 몇 년 사이에 국가를 적으로 돌리는 일조차 두려워하지 않겠다는 시게노의 다짐이 부정된 것이다.

이 모든 변화는 1892년 초에 구메의 논문 「신도는 제천의 고속神道ハ祭天ノ古俗」이 필화사건을 일으키면서 연쇄적으로 벌어졌는데, 그해 연말에 제국대학 고전강습과古典講習科 출신 하야시 다이스케林泰輔의 『조선사』가 출판되었다. 이 책은 1880년대부터 증대한 조선역사에 대한 관심과 연구성과를 집약한 것이었다. 하야시는 신공황후의 삼한정벌과 임나일본부 설치를 사실로 간주했지만 양국의 신화를 직접 이어붙이는 일선동조론의 주

32 아시아·태평양전쟁기의 '정사편찬'에 대해서는 長谷川亮一, 『「皇国史観」という問題－十五年戦争期における文部省の修史事業と思想統制政策』(白澤社, 2008)을 참조.

33 松沢裕作, 앞의 책, 75~77쪽.

34 史学会編, 『史学会小史』, 冨山房, 1939, 41쪽.

장은 "억지"에 가깝다고 부정했으며, 일본과 조선의 긴밀한 역사적 관계를 인정하면서도 "상세한 내용"은 확인 불가능하다는 소극적인 자세를 취했다.[35] 이것이 그의 개인적인 판단인지 아니면 구메의 필화사건을 보면서 발언을 조절했기 때문인지는 알 수 없지만, 어쨌든 이렇게 조선사를 단독으로 다루는 저서가 일본에서 처음으로 등장하게 되었다.

하야시의 저작은 근대적 역사학의 체계로 이루어진 최초의 조선사 서술이었다. 『조선사』의 서문을 과거 시게노와 강하게 대립하다가 결국 정사편찬사업에서 물러난 유학자 가와타 쓰요시川田剛가 적어준 것으로 보아 하야시 역시 국사과 교수들과 편한 사이만은 아니었다고 추정되지만, 역사서술법의 큰 틀 자체는 그들의 방법론과 유사했다. 『조선사』는 제1편 총설에 '지리', '인종'의 항목을 배치하는데, 시게노도 "사편史編 첫머리에 반드시 인종, 지리, 풍속 등을 실어서 그 국토와 인정人情부터 쓰기 시작"[36] 할 것을 강조한 바 있다.

특히 눈에 띄는 것은 왕실 계보의 시각화이다. 시게노는 과거 파리 만국박람회에 제출하기 위해 저술한 『일본사략』을 1890년에 『고본국사안考本國史眼』으로 개정하여 제국대학 국사과의 교재로 사용하고 있었다. 『고본국사안』의 서두에는 「천황계통표」와 「역조일람」이 나오는데, 그중 「역조일람」은 초대 천황으로 상정된 진무천황神武天皇부터 당시의 메이지천황에 이르는 모든 천황의 정보를 '어휘御諱', '어칭호御稱號', '궁호宮號', '어재위년수御在位年數 기원년수紀元年數', '연호', '어수御壽', '산릉', '어모御母', '후비'로 나누어 수록하고 있다.[37]

35 林泰輔, 편무진 외역, 『朝鮮史』, 인문사, 2013, 61~78쪽.
36 重野安繹, 앞의 글, 4쪽.

歴朝一覧

御諱 年號 御稱號 御壽 宮號 山陵 御在位年數紀元年數 御母 后妃

神武
狹野 彦火々出見 神日本磐余彦天皇 畝傍橿原宮大和 在位七十六年紀元元年至七十六年○空位三年 壽
百卅七紀百卅七 畝火山東北陵大和高市郡 御母玉依姫海童神少女 皇后姫蹈鞴五十鈴媛事代主神女

綏靖
神渟名川耳尊 葛城高丘宮大和 在位卅二年八十年至百十二年 壽四十五紀八十四 桃花鳥
田丘上陵同上 御母五十鈴媛皇后 皇后五十鈴依媛事代主神少女 記河俣毘賣師木縣主祖

安寧
磯城津彦玉手看尊 片塩浮穴宮河内 在位卅八年百十三年至百五十年 壽四十九紀五十七 畝傍山南御陰井
上陵同上 御母五十鈴依媛皇后 記河俣毘賣 皇后渟名底仲媛鴨主命女 記阿久斗比賣磯城縣主葉江女

懿徳
大日本彦耜友尊 輕曲峽宮大和 在位卅四年百五十一年至百八十四年○空位一年 壽四十五紀七十五 畝傍山南
纖沙谿上陵同上 御母渟名底仲媛皇后 皇后天豐津媛 記飯日媛磯城縣主太眞稚彦女

孝昭
觀松彦香殖稻尊 掖上池心宮大和 在位八十三年百八十六年至二百六十八年 壽九十三紀百十四
掖上博多山上陵大和葛上郡 御母天豐津媛皇后 記飯日媛 皇后世襲足媛尾張連祖瀛津余曾妹

孝安
日本足彦國押人天皇 室秋津島宮大和 在位百二年二百六十九年至三百七十年 壽百三十三紀無
一説百三十七 玉手丘上陵同上 御母世襲足媛皇后 皇后押媛天足彦國押人命女 記押鹿媛押人命女

歴朝一覽

一

〈그림 3〉『고본국사안』의 「역조일람」

미국의 일본종교연구자 제임스 케텔라James Edward Ketelaar에 의하면 『고본국사안』은 "역사를 가장 완벽하게 추출한 것"인 황통을 선양하는 점에 목적이 있었지만, 이를 그 자체의 초월성이나 신비성에서 구하지 않고 "연대기의 형식"에 입각하여 "신성한 칭호 및 재위 기간", "출생지나 능묘의 소재지", "모친", "황후의 이름" 등을 가지고 "천황의 신원"을 증명하는 한편, 그 "존재근거를 '역사' 안에 자리매김하는" 실증적 역사연구법에 따르고 있었다. 『고본국사안』은 천황이 역사의 외부에 우뚝 서는 것이 아니라, 도리어 역사가 "절대적 존재로서의 천황을 내포"하는 구조로 이루어져 있었다.[38]

하야시의 『조선사』 역시 본문 제1편에서 「역대연혁의 개략 및 정체」, 「역대일람」, 「역대왕도표」를 제시하며, 「역대일람」에서는 신라, 고구려, 백제, 고려, 조선의 순으로 왕들의 정보'왕호(王號)', '성씨', '명자(名字)', '부급배행(父及輩行)', '모', '재위년수', '연령', '후비'를 표로 만들어 시각화한다.[39] 천황의 역사화

37 重野安繹・久米邦武・星野恒, 『考本国史眼』, 東京帝国大学蔵版, 1890, 1~19쪽.

38 ジェームス・E・ケテラー, 『邪教/殉教の明治』, ぺりかん社, 2006, 270~272쪽.

를 위해 도입된 제국대학 국사과의 시각화 방식, 곧 연대기적 서술을 위해 일람표를 만들고 직선적인 시간의 배열 속에 역사를 삽입하는 방식을 하야시가 조선사에도 거의 그대로 적용하고 있음을 알 수 있다.

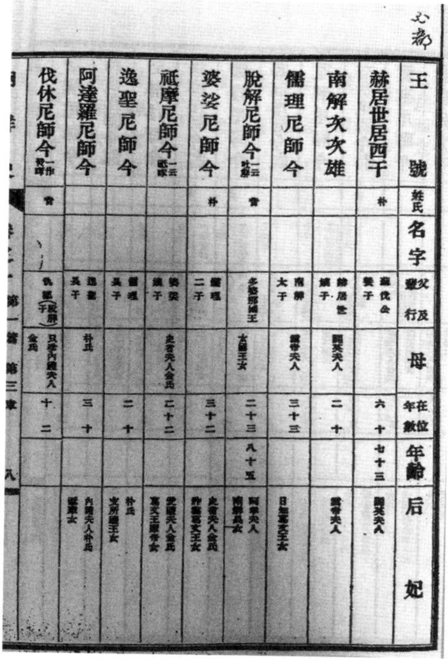

한편 『조선사』에는 「역대일람」과 함께 고구려, 백제, 가야, 신라, 발해, 고려 등의 「왕세계王世系」도 들어있는데, 안정복의 『동사강목』에 그려져 있는 「동국역대전수지도東國歷代傳授之圖」 및 각 왕조의 「전세지도傳世之圖」와 매우 유사하다. 『동사강목』의 그림에 각종 정보를 추가하여 시간 순서에 따라 재조합한 것으로 추정된다. 다만 『조선사』는 『동사강목』과 달리 「역대일람」에서 단군조선, 기자조선, 위만조선 및 삼한 부분을 모두 제외했고, 「고구려왕세계」와 「발해왕세계」에서는 해모수를 제외시켰다. 하야시는 이에 관한 내용을 본문 제2편 「태고사」에서 총괄적으로 기술한다. 물리적인 시간관념으로 처리하기 어려운 신화 관련 부분 및 실증이 어려운 시대 등을 일람표에서 제외한 것인데, 이는 국사과 교수들이 저술한 『고본국사안』이 신화 부분을 「신인무별의 세神人無別ノ世」라는 장

〈그림 4〉 『조선사』의 「역대일람」

39 林泰輔, 앞의 책, 『朝鮮史』, 54~58쪽.

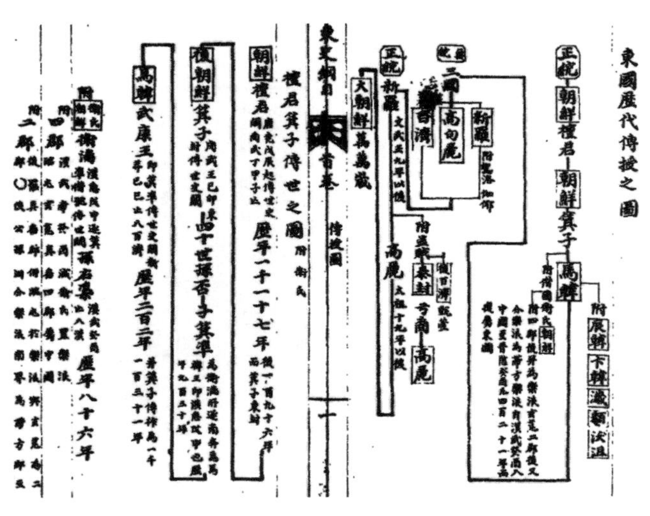

〈그림 5〉『동사강목』의 「동국역대전수지도」

으로 따로 정리하고, 「역조일람」을 진무천황부터 시작하는 것과 동일한 구조라 할 수 있다.

무엇보다 『조선사』가 가진 가장 큰 특징은 장절 구성 및 서술의 주안점에 있다고 볼 수 있다. 왕조 및 연호를 중심으로 역사를 기술하던 이전의 형식과 달리 『조선사』는 「태고사」, 「상고사」, 「중고사」로 각 편을 구성하고 그 아래에 문화, 풍습, 제도, 산업, 문학, 기예 등에 관한 다양한 사실을 서술하는 형식을 띠고 있다. 이렇게 역사를 서술하는 경우 조선의 전근대적 역사서술에서 가장 중요한 역사관을 형성해왔던 '정통론'의 영향은 약해질 수밖에 없었다. 시간의 개념이 왕조나 왕에서 벗어나 '태고', '상고', '중고'라는 동등하고 균질한 것으로 재정의되기 때문이다.

대한제국 학부에서 교과서 편찬을 담당했던 현채는 이와 같은 하야시의 『조선사』에 큰 관심을 가졌다. 현채가 1906년에 하야시의 『조선사』 및 그 후속편에 해당하는 『조선근세사』1901년를 종합하여 최초로 신사체新

史體를 도입한 『동국사략』을 역술한 사실은 잘 알려져 있다. 그런데 실은 1899년에 이미 현채는 하야시의 『조선사』를 참조하여 『동국역사』를 저술한 적이 있다. 『동국역사』는 전통적인 서술법, 곧 왕을 중심으로 역사적 사실들을 연대에 따라 나열하는 방법을 택하고 있으나, 서두에 하야시 『조선사』의 「역대일람」 및 「역대왕도표」를 그대로 옮겨두고 "속본俗本을 고종姑從"한다고 적어두었다.[40] 『동국역사』의 「역대일람」 및 「역대왕도표」는 기존 연구에서는 "가장 독특한 것"으로 평가받는 동시에 "『동사강목』의 수사修史정신을 계승한 것"으로 지적되었지만,[41] 실은 『동사강목』과 『동국역사』 사이에 하야시의 『조선사』가 존재함은 너무나 명백하다. 『동국역사』의 「역대일람」과 『조선사』의 그것은 항목과 체재가 완전히 동일하며, 다만 단군조선과 기자조선을 추가한 점만이 다르다. 이어서 「권수」에서 단군조선, 기자조선, 위만조선 및 삼한을 서술한 뒤에 장을 바꾸어

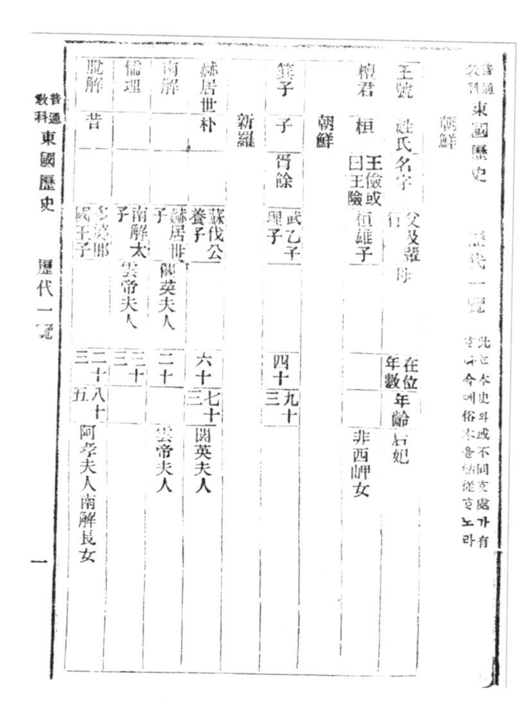
普通教科東國歷史 歷代一覽

此는本史와或不同호處가有호나今에俗本을姑從호노라

王號	姓氏名字	父及母	在位年數	年齡	后妃
朝鮮					
檀君	桓 王儉或曰王險	桓雄子			非西岬女
朝鮮					
箕子	子 胥餘	武乙子 理子	四十	九十三	
新羅					
赫居世	朴	蘇伐公養子	六十	七十三	閼英夫人
南解		赫居世子 閼英夫人	二十		雲帝夫人
儒理		南解太子 雲帝夫人	三十三		
脫解	昔	多婆那國王子	二十三	八十五	阿孝夫人南解長女

普通教科東國歷史 歷代一覽 一

〈그림 6〉 『동국역사』의 「역대일람」

40 현채, 「보통교과 동국역사」, 한국학문헌연구소 편, 『한국개화기 교과서총서』 14, 아세아문화사, 1977, 5~29쪽.

41 박걸순, 「한말 학부의 편찬사서와 그 역사인식」, 『충북사학』 5, 1992, 99쪽.

삼국, 신라, 고려를 차례로 다룬다. 삼국 이전을 하나로 묶는 방식 등에서 하야시 『조선사』와의 유사성이 감지되는 한편, '삼한정통론'과는 거리를 두고 있음을 알 수 있다.

현채는 전술했듯이 1906년에 하야시의 책을 역술한 『동국사략』을 간행했다. "삼국시대부터 조선에 이르기까지 모두 확실한 증거가 있고 또한 각 부문의 종류를 나누었으니, 사람들이 한번 읽으면 명료하였다. 실로 외국인이라 해서 편견을 가지고 볼 것이 아니니"[42]라는 것이 역술의 이유였다. 『동국사략』 역시 『조선사』의 「역대일람」과 「역대왕도표」를 그대로 삽입하고 있으나, 각 왕조의 일람을 각각의 서술 부분에 나누어 실은 점은 『동국역사』와 다르다. 이미 당대에 신채호가 학부의 교과서에 대해 "일본을 숭배하는 노성奴性", "아국 사천재사四千載史는 일본사의 부속품"이라며 신랄하게 비판한 일은 잘 알려져 있다.[43] 또한 홍이섭, 주진오, 조동걸의 분석을 거쳐 오늘날에 이르기까지 하야시 『조선사』와 현채 『동국사략』의 관계를 묻는 다양한 연구가 이루어져 왔는데,[44] 그 대부분은 현채와 일본의 조선사 인식 사이의 거리를 측정하는 일에 많은 관심을 쏟고 있다. 여기서 주목하고 싶은 것은 일직선적이고 균질한 시간을 일람표로 드러내

42 현채, 『근대역사교과서 2 – 중등교과 동국사략』, 임이랑 역, 소명출판, 2011, 47쪽.

43 신채호, 「독사신론」, 단재신채호선생기념사업회 편, 『단재신채호 전집』 상권, 형설출판사, 1972, 496쪽.

44 홍이섭, 「구한말 국사교육과 민족의식」, 『홍이섭전집』 7, 연세대 출판부, 1974; 주진오, 「김택영 · 현채」, 조동걸 외 편, 『한국의 역사가와 역사학』 하, 창작과비평사, 1994; 조동걸, 『현대한국사학사』, 나남, 1998; 윤선태, 「'통일신라'의 발명과 근대역사학의 성립」, 『신라문화』 29, 2007; 도면회, 「국사는 어떻게 구성되었는가? – 한국 근대역사학의 창출과 통사체계의 확립」, 도면회, 윤해동 편, 앞의 책, 『역사학의 세기』; 임이랑, 「한말 국사교과서의 근대사 서술에 나타난 대외인식」, 『한국문화연구』 20, 2011; 이신철, 「대한제국기 역사교과서 편찬과 근대역사학 – 『동국사략』(현채)의 당대사 서술을 통한 '국민 만들기'를 중심으로」, 『역사교육』 126, 2013; 김헌주, 「근대전환기(1895~1910) 개국 · 조선독립론 중심 '한국근대사' 서술의 구조」, 『한국학논집』 82, 2021.

는 방식을 현채가 택했다는 사실이며, 나아가 이를 통해 정통론을 약화시키는 『동국사략』의 형식이 이후 간행되는 다른 역사 교과서들의 모델이 되었다는 점이다.[45] 시게노가 저피의 『사학』에서 명교론을 상대화하는 관점을 얻었듯이, 현채는 하야시의 『조선사』에서 정통론을 상대화하는 관점을 얻었다고도 볼 수 있다. 이러한 새로운 역사관의 공유가 이후 식민사학의 확립에 직간접적인 영향을 끼쳤을지도 모르겠다.

3. 식민지조선과 근대역사학

1) 과학과 식민사학

1910년 조선이 일본의 식민지가 되자 조선사에 대한 관심은 더욱 깊어졌다. 제국대학 국사과 교수들의 일선동조론을 강하게 비판했던 신도학자 사에키 아리요시佐伯有義는 "조선반도"에 "역대 천황폐하가 깊은 대어심大御心을 발휘하셨으며" "조선의 국조와 우리 역사 사이에 밀접한 관계가 있음은 분명한 사실"이라며 과거 자신의 태도를 완전히 뒤집는 글을 썼고,[46] 구메와 호시노는 자신들이 예전에 주장했던 내용이 틀리지 않았음이 현실에서 증명되었다고 기뻐했다.[47] 잡지 『역사지리』는 한국병합을 기념하는 특집호를 꾸몄고, 구메와 호시노를 비롯하여 기다 사다키치喜田貞吉, 쓰보이 구메조, 쓰보이 쇼고로坪井正五郎, 구로이타 가쓰미, 미우라 히로유키

45 도면회, 앞의 글, 「국사는 어떻게 구성되었는가?」, 210쪽.

46 佐伯有義, 『韓国併合の旨趣』, 会通社, 1910, 2~8쪽.

47 星野恒, 「歴史上より観たる日韓同域の復古と確定」, 『歴史地理』 臨時増刊朝鮮号, 1910; 久米邦武, 「倭韓共に日本神国なるを論ず」, 『史学雑誌』 2~1, 1911.

三浦周行, 쓰지 젠노스케辻善之助, 다나카 요시나리田中義成 등 일본을 대표하는 역사가들의 글을 실었다.[48]

이렇게 병합의 의미를 역사적으로 분식하려는 기도가 곳곳에서 이루어지는 가운데 당시 경성일보사 사장이었던 도쿠토미 소호德富蘇峰가 '병합사'를 편찬하고 싶다는 뜻을 총독부에 전했으나, 총독과 총독의 최측근이었던 고마쓰 미도리小松緑는 역사편찬은 총독부가 직접 진행할 것이라며 이를 거절했다.[49] 그리고 총독부는 중추원을 통해 1915년부터 '조선반도사 편찬사업'을 개시했다.[50] 조직의 구성은 중추원 서기관 오다 간지로小田幹治郎를 중심으로 도쿄제국대학 출신의 역사학자 미우라 히로유키, 구로이타 가쓰미, 이마니시 류今西龍가 편집주임을 맡고, 중추원의 찬의와 부찬의들이 조사주임과 심사위원을 맡는 형태로 이루어졌다.[51] 중추원 서기관장 고마쓰는 1916년 1월, 시대사상에 사로잡혀 공평무사한 기술이 이루어지지 않았던 과거 조선 역사서들의 문제점을 바로 잡고 "새로이 정확한 조선 역사를 편찬"하는 것, 곧 "현재의 입장에서 냉정한 태도로 역사상의 사실을 편벽되거나 누락시킴 없이 오직 선의로 기술하여 유일하고 완전무결한 조선사를 편찬"하는 것이 사업의 목적이라는 사령장을 교부했다.[52] 그해 7월에는 '조선반도사 편찬요지'가 작성되었다.

---

48 『歷史地理』臨時增刊朝鮮号, 1910.

49 정상우, 앞의 책, 『조선총독부의 역사 편찬 사업과 조선사편수회』, 41쪽.

50 이하 조선반도사 편찬사업 및 그 경위에 관해서는 김성민, 「조선사편수회의 조직과 운용」(『한국민족운동사연구』 3, 1989), 장신, 앞의 글, 「조선총독부의 조선반도사 편찬사업 연구」, 정상우, 앞의 책 『조선총독부의 역사 편찬 사업과 조선사편수회』 등을 참조.

51 친일반민족행위진상규명위원회 편, 『친일반민족행위관계사료집 V－일제의 조선사 편찬사업』, 선인, 2008, 34~35쪽.

52 朝鮮総督府中枢院, 『朝鮮旧慣制度調査事業概要』, 1938, 138~139쪽.

조선인은 여타 식민지의 야만 반개의 민족과 달라서 독서와 문장에서 조금도 문명인에 뒤떨어지는 바가 없다. 고래로 사서가 많고 또 새로 저술 중인 것도 적지 않다. 그런데 전자는 독립시대의 저술로서 현대와의 관계를 빠트린 채 헛되이 독립국의 옛꿈을 추상追想하는 폐단이 있다. 후자는 근대 조선에서 일청·일러 간의 세력 경쟁을 서술하여 조선의 향배를 설파하거나, 혹은 한국통사韓國痛史라는 재외조선인의 저서처럼 진상을 규명하지 않고 함부로 망설을 내뱉고 있다. 이들 사적이 인심을 현혹하는 해독은 실로 말로 다 할 수가 없다.[53]

편찬요지는 기본적으로 제국주의 이데올로기의 수사로 가득 차 있는데, 박은식의 『한국통사』 등을 적시하고 이를 "해독"으로 규정하는 점이 흥미롭다. 중요한 것은 위 인용문에 이어지는 다음 문장이다. 이러한 역사서들의 해독을 제거하기 위해서는 무엇이 필요할까?

그러나 그 절멸의 방책을 강구하는 것은 헛된 힘만 쓰고 성과는 없는 꼴이 될 것이며, 어쩌면 그 전파를 장려하는 결과를 낳게 될지도 모른다. 오히려 구사舊史의 금압 대신 공명적확한 사서로 대처하는 것이 첩경이며 그 효과 또한 현저할 것이다. 이것이 조선반도사의 편찬이 필요한 주된 이유다.[54]

조선인의 잘못된 인식을 바로잡고 병합의 역사적 의미를 알리기 위해서는 "금압"이 아닌 "공명적확한 사서"를 편찬하는 편이 더욱 유용하다는

53 朝鮮総督府朝鮮史編修会, 『朝鮮史編修会事業概要』, 1938, 6쪽.
54 위의 책, 6쪽.

것이다. 식민지주의의 수사와 일본 근대역사학의 과학 담론이 결합하는 장면으로 볼 수 있다. 그리고 편찬사업의 주안점으로 다음 세 가지 사항이 제시되었다.

> 첫째, 일본인과 조선인이 동족同族이라는 사실을 분명히 할 것.
>
> 둘째, 상고시대부터 조선에 이르는 군웅의 흥망기복과 역대의 역성혁명에 의한 민중의 점진적 피폐와 빈약에 빠진 실황을 서술하고 지금 시대에 이르러 성왕 치세의 혜택에 의해 비로소 인생의 행복을 완성하게 된 사실을 상세하게 기술할 것.
>
> 셋째, 편성編成은 모두 신뢰할 수 있는 사실을 기초로 할 것.[55]

첫 번째 주안점은 이른바 일선동조론을 역사적으로 증명하라는 것인데 이는 동화정책을 추진했던 당시 총독부의 입장을 문서화한 것일 뿐, 실제 편찬 현장에서는 그다지 지켜지지 않았다. 무엇보다 편집주임이었던 구로이타와 이마니시가 일선동조론에 대해 부정적인 견해를 가지고 있었다.[56] 특히 일본에서 처음으로 조선사 관련 연구로 박사학위를 받았던 이마니시의 영향력을 무시할 수는 없었다. 그들은 앞선 세대인 시게노 등과 달리 신화의 불가사의한 힘을 실증적 역사연구에서 배제하고자 했다. 1919년 3·1운동 이후 일선동조론적 역사관이 재야를 중심으로 다시 등

---

55 친일반민족행위진상규명위원회 편, 앞의 책, 『친일반민족행위관계사료집』 V, 32쪽.

56 구로이타는 "태고 초매(草昧) 시대에 조선의 어떤 부분과 일본의 어떤 부분이 일국을 이루고 있었다고 하는 것은 나로서는 수긍하기 어렵다"(「偶語」, 『歷史地理』 臨時增刊朝鮮号, 1910, 156쪽)고 했으며, 이마니시도 "세상의 일한동역론자 등이 하는 말을 나는 취하지 않는다"(『朝鮮史の栞』, 近澤書店, 1935, 66쪽)고 일선동조론과 분명히 선을 긋고 있었다.

장하지만,[57] 총독부가 직접 추진하는 역사편찬사업에는 결코 발을 들이지 못했다.

통사의 편찬을 지향하는 두 번째 주안점은 목차에 그대로 반영되었다. 조선반도사는 최종적으로 총 6편의 구성이 예정되었는데 '상세사「제1편 삼한·상고」, 「제2편 삼국」, 「제3편 통일신라」', '중세사「제4편 고려」', '근세사「제5편 조선」', '최근세사「제6편 조선최근사」'의 순서였다. 그러나 편찬사업은 원활히 진행되지 못했다. 식민지지배의 정당성을 이데올로기적으로 강변하는 것과 이를 역사적 인과관계로 설명하는 것 사이에는 커다란 괴리가 있었다. 역사편찬사업의 제반 시스템이 제국 본국처럼 어느 정도 정비된 상황도 아니었고, 조선사 전문가는 물론 실무에 능통한 인력도 부족했다. 기본적인 자료수집조차 원활히 이루어지지 못하는 가운데 집필진은 계속 교체되었고, 최초 2년을 계획했던 사업 연한 역시 여러 번 연장되었다. 결국 최종적으로 원고를 제출한 것은 혼자서 제1~3편의 집필을 담당한 이마니시, 그리고 제5편을 담당한 세노 우마쿠마瀨野馬熊였고, 제4편과 제6편은 원고가 완성되지 못했다. 조선반도사가 이렇게 미완으로 끝이 나면서 통사를 편찬한다는 목적도 달성되지 못했다.

첫 번째와 두 번째 주안점이 소기의 성과를 이루지 못한 가운데 세 번째 주안점, 곧 "모두 신뢰할 수 있는 사실을 기초로" 편찬을 진행한다는 실증주의적 목표만이 점점 비대해져 갔다. 조선반도사는 몇 가지 공통의 기준을 정해두고 실제 집필을 맡은 사람들이 자신의 사론을 자유롭게 문장으로 쓰는 방식을 취하고 있었다. 하지만 조선반도사 편찬사업이 지지부진

57 장신, 「3·1운동 직후 잡지 『동원』의 발간과 일선동원론」, 『역사와 현실』 73, 2009.

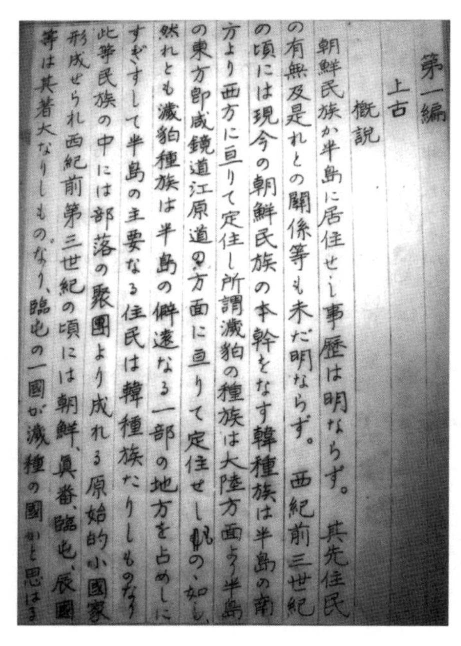
第一編
上古
概説
朝鮮民族か半島に居住せし事歴は明ならず。其先住民の有無及是れとの關係等も未だ明ならず。西紀前三世紀の頃には現今の朝鮮民族の本幹をなす韓種族は半島の南方より西方に亘りて定住し所謂濊貊の種族は大陸方面より半島の東方卽咸鏡道江原道の方面に亘りて定住せし[illegible]の如し、然れとも濊貊種族は半島の僻遠なる一部の地方を占めしにすぎずして半島の主要なる住民は韓種族たりしものなり。此等民族の中には部落の聚團より成れる原始的小國家形成せられ西紀前第三世紀の頃には朝鮮、眞番、臨屯、辰國等は其著大なりしものなり、臨屯の一國が濊種の國かと思はる

〈그림 7〉『조선반도사』 원고

하고 3·1운동이 벌어지자 역사서술 방식에도 변화가 모색되었다. 1922년 12월 총독부 훈령 제64호 '조선사편찬위원회규정'이 공포됨에 따라 중추원에서 이루어지던 조선반도사 편찬 사업은 사실상 중단되었고, 구로이타 가쓰미가 위원회의 실질적인 총괄 책임자가 되었다.

조선사편찬위원회는 사론에 입각한 통사 서술이라는 기존의 방침을 폐기하고 '사료의 수집과 편찬'을 최우선 목표로 내세웠다. 이때 '사료'란 앞서 본 것처럼 18세기 말 화학강담소를 시작으로 메이지정부의 정사편찬사업을 거쳐 제국대학 사료편찬괘가 계승했던 방식을 뜻했다. 다시 말해 "역사적 사건을 연월일 순으로 배열하고, 사건의 내용을 요약한 문장[강문]을 적은 뒤에 그 근거가 되는 사료를 나열한 형식의 편찬물"을 간행하는 작업이었다. 사료편찬괘에서 『대일본사료』, 『대일본고문서』의 편찬사업을 이끌었던 구로이타가 제국 본국의 방식을 식민지에 그대로 이식하고자 한 것이다. 물론 그 과정과 배경은 완전히 다르지만 메이지정부의 정사편찬사업에서 통사의 서술이 좌절되고 **사료**의 편찬만 남았던 것처럼, 식민지조선에서도 조선반도사 편찬은 미완으로 끝나고 새로 『조선사』를 편찬하게 되었다.[58] **사료**라는 일본 실증주의의 독특한 스타일이 식민지조선에 건너온 것이다.

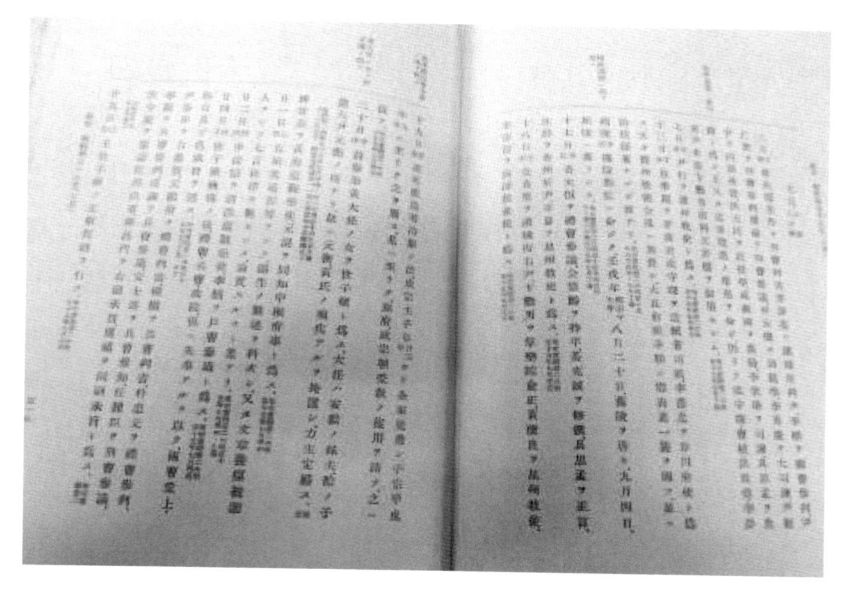

〈그림 8〉 조선사편수회의 『조선사』

기존 조선반도사 편찬사업이 규장각 자료나 기타 사고 보존 문서를 통해 이루어졌던 것과 달리, 구로이타는 곧장 도쿄제국대학 사료편찬괘의 방침을 응용하여 식민지조선 각지에서 사료 수집을 실시했다. 주로 지역 관헌의 힘을 동원하여 직접 명망가를 방문하고 국가의 권위를 내세워 사료를 대여하거나 필사하는 방식이 행해졌는데, 이러한 일련의 프로세스는 1880년대 정사편찬사업 당시 시게노, 구메, 호시노 등이 지방에서 행했던 사료 조사의 경험을 토대로 만들어진 것이었다.[59] 조선사편찬위원회에는 현채를 비롯하여 유맹, 이병소, 이능화, 홍희, 정만조, 어윤적 등 많은 조선의 지식인들도 참가했는데, 이들은 조선 현지의 실정에 어두운 일

58 沈熙燦, 「近代歴史学と脱植民地主義」, 桂島宣弘ほか編, 『東アジア 遭遇する知と日本ートランスナショナルな思想史の試み』, 文理閣, 2019, 198~200쪽.

59 佐藤雄基, 「明治期の史料採訪と古文書学の成立」, 松沢裕作編, 앞의 책, 『近代日本のヒストリオグラフィー』, 35~42쪽.

본인 위원들을 대신하여 사료의 조사나 수집에 큰 도움을 주었다.

1925년 6월에는 칙령 제218호 '조선사편수회관제' 발포를 통해 총독 직할의 독립관청으로 격상된 '조선사편수회'가 『조선사』 편찬사업을 계승하게 되었다. 식민지의 아카이브를 관리하고 역사편찬을 담당하는 공적 기관이 수립된 것이다. 조선사편수회는 여러 우여곡절을 겪으면서도 1938년 전 35권에 이르는 방대한 분량의 『조선사』를 완성했다. 아울러 이 과정에서 수집한 자료들을 『조선사료총간朝鮮史料叢刊』, 『조선사료집진朝鮮史料集眞』, 『조선사료집진속朝鮮史料集眞續』 등으로 함께 출판했다. 구로이타의 제자로서 스에마쓰 야스카즈末松保和 등과 함께 조선사편수회의 중추적 역할을 담당했던 나카무라 히데타카中村栄孝는 『조선사』에 대해 다음과 같이 회고한다.

> 다만 그 성과에는 어떠한 곡필도 더하지 않았다. 또한 긴축정책 속에서 상당한 금액을 투입했다. 편수의 체재 역시 편견이 개입하지 않도록 편년체를 취했으며, 그 내용은 사료에 충실하다. 문제의 해결보다 사료를 정확히 검토하는 한편 보존과 전승을 꾀하고 보급에 대비할 수 있게 유의했다.[60]

스에마쓰도 해방 이후 이루어진 좌담회에서 조선사편수회가 총독부의 정책적 의도 아래 사업을 진행한 것은 부정할 수 없는 사실이지만, 역사학자들의 모든 작업까지 이데올로기적인 평가의 대상이 되어서는 안 된다고 주장했다.

60 中村栄孝, 『朝鮮－風土・民族・伝統』, 吉川弘文館, 1971, 216쪽.

본디 식민지에서 그 나라의 역사를 지배자 혹은 통치자가 쓴다는 것은 이러한 모순이 존재하기 마련입니다. 설령 그 출발이 정치의 방편이라는 데에 있었다 할지라도 결국에는 그렇지 않은 쪽으로 점차 발전할 수밖에 없는 것이 아닐까 싶습니다. 그런 점에서는 총독부 관리가 조선을 통치하는 것과 역사가가 조선의 역사를 편찬하는 것과는 그 입장의 차이가 상당히 컸던 것으로 여겨집니다. 게다가 흔히 총독부의 녹을 먹은 역사가는 '어용학자'라고 불리곤 하는데 이는 전적으로 옳지 않다고 생각합니다.[61]

조선사편수회에는 일본의 많은 역사학자가 참가했다. 각각 개인적인 의도나 목표는 달랐겠지만, 역사의 인과관계를 실증적으로 분석하고 이를 통해 어떤 진리를 밝히는 작업에 매진하고 있다는 역사학자로서의 사명감은 그들의 공통된 인식론적 전제였을 것이다. 다만 그들은 자신들의 과학적 태도와 사명감이 식민지주의와 불가분의 관계에 있다는 사실은 깨닫지 못했다. 고적조사사업의 경우이긴 하지만, 경성제국대학 사학과 조선사학 제1강좌를 담당했던 후지타 료사쿠藤田亮策는 해방 이후 한국인들이 일제시대 역사학자들의 작업을 오해하고 있다며 분통을 터트린다.

그저 일본인만을 위한 것이었는지, 조선과 조선인의 영원한 행복이 도외시되었는지, 100년 후의 역사가가 바른 해석을 내려줄 것이라 믿는다. (…중략…) 적어도 조선의 고적조사보존사업은 반도에 남긴 일본인의 가장 자랑스러운 기념비의 하나라고 단언할 수 있다.[62]

61 하타다 다카시, 주미애 역, 『심포지엄 일본과 조선－제국 일본, 조선을 말하다』, 소명출판, 2020, 233쪽.

소위 식민사학자들이 해방 이후에도 이렇게 뻔뻔한 태도를 당당히 취했던 것은, 자신들이 현실의 정치적 문제와는 관련이 없는 과학적 연구와 분석에 최선을 다했다는 자부심이 있었기 때문일 것이다. 이렇게 식민사학의 폭력성은 그들 작업의 비과학적 측면에 숨겨져 있는 것이 아니라, 도리어 그들 작업이 과학의 외피를 덮고 있었다는 점에서 분명히 드러난다. 앞에서 논한 것처럼 메이지정부의 정사편찬사업이 **사료**의 편찬으로 귀결한 것에는 실증주의라는 자신들만의 영역을 굳건히 확립하고 현실과 동떨어진 상아탑을 쌓으려는 역사학자들의 전략이 큰 영향을 끼쳤다. 이와 동일한 방식의 역사편찬사업이 식민지조선에서 재연된 것이고, 『조선사』는 그 자체로 근대역사학의 권위를 상징하는 존재가 되었다. 역사가 개인의 의견을 완전히 배제하고 균질한 시간 속에 오직 강문과 전거만을 끝없이 나열하는 『조선사』의 구성은 제삼자에 의한 모든 비판이나 논쟁 자체를 거절하는 거대한 벽에 다름 아니었다. 이제 조선의 역사가 가질 수 있었던 수많은 가능성은 공적 기구의 절제된 아카이브 속으로 갇히고 만다. 일본의 역사학자들은 자신들의 **사료** 편찬과 그 성과를 "세계적으로 유례를 볼 수 없는 것"으로서 그나마 이와 비슷한 독일의 'Monumenta Germania' 조차도 상대가 되지 못한다고 자랑스러워하지만,[63] 이것이야말로 일본의 근대역사학이 가진 독특한 폭력성의 근원이기도 한 것이다.

62 藤田亮策, 「朝鮮古蹟調査」, 黒板勝美博士記念会編, 『古文化の保存と研究』, 吉川弘文館, 1953, 325~327쪽.

63 辻善之助, 「本邦に於ける修史の沿革と国史学の成立」, 史学会編, 『本邦史学史論叢』 上, 18~19쪽.

2) 역사학의 모듈Module

한편 조선사편찬위원회 및 조선사편수회가 조직되던 1920년대에는 대학과 학회도 설립되었다. 우선 미완으로 종료된 조선반도사에 직간접으로 관여했던 사람들이 1923년 4월 '조선사학회'를 조직하고 활동에 나섰다. 조선사학회는 총독부 학무국의 인가를 받은 정식학회였고, 총독부의 고위 관료나 식민지 안팎의 유력 인사들, 일본 내 조선사연구의 권위자들이 고문으로 추대되었다. 회장은 학무국 편집과장을 지냈으며 총독부의 역사편찬사업에도 깊이 관여했던 오다 쇼고小田省吾가 맡았다. 조선반도사의 편집주임을 담당했던 미우라 히로유키, 이마니시 류, 구로이타 가쓰미 등도 학회에 참가했다. 간행에 이르지 못하고 남겨진 조선반도사의 유산을 발표하고 외부에 알릴 수 있는 장이 마련된 것이다.[64] 다만 조선사학회는 아직 전문적인 학술단체로 보기는 어려웠고, '지상강의紙上講義'에 주력하면서 "대체로 '통속역사'와 '전문연구'의 중간 정도"에 해당하는 수준의 글을 싣고 있었다.[65]

1926년에는 2년간의 예과 시대를 거친 경성제국대학이 법문학부 및 의학부 설치와 함께 창설되었다. 경성제대 사학과 조선사학 제1강좌와 제2강좌의 담임교수에는 각각 이마니시 류와 오다 쇼고가 임용되었다. 나카무라 히데타카와 스에마쓰 야스카즈는 강사로 근무했는데, 이후 스에마쓰는 오다 쇼고의 제2강좌 담임교수를 물려받았고, 이마니시의 제1강좌는 후지타 료사쿠가 담당했다. 경성제대에서 조선사를 가르친 교수진이 대체로 총독부의 역사편찬사업과 관련된 인물들이었음을 알 수 있다. 사학과

64 정준영, 앞의 글 「식민사관의 차질」, 240~246쪽.
65 위의 글, 263~264쪽.

국사학 제1강좌를 맡았던 다보하시 기요시田保橋潔 역시 1930년대 중반 이후 조선사편수회를 직접 이끈 인물이기도 했다. 조선사 연구자를 가르치고 키워내는 교육기관이 이렇게 부족하나마 외연을 갖추기 시작했다.[66]

조선사편수회와 경성제대 사학과의 경험은 조선사 연구의 세대교체를 가져왔다. 그간 고대사의 이마니시 류와 만선사滿鮮史로 잘 알려진 이나바 이와키치稲葉岩吉가 조선사 연구의 내용을 이끄는 두 주축을 이루어왔다면, 이들 밑에서 자료 조사 및 역사편찬의 경험을 쌓았던 당시 20대의 젊은 나카무라와 스에마쓰가 새로운 주역으로 등장했다. 딱딱한 편수사업만으로는 젊은 혈기를 주체할 수 없었던 이들은 경성대학 교수진과 총독부 관리들이 참가하는 학회를 구상했고, 1930년 5월 '청구학회靑丘學會'를 출범시켰다.[67] 청구학회의 임원진은 대개 도쿄제국대학 출신의 교수 및 관료로 채워졌으며, 경성제국대학과 조선사편수회 관련 인물이 많았다.[68] 이러한 임원진 구성을 통해 청구학회가 식민지조선에서 일종의 '지知'의 정점 조직으로 설립되었음을 알 수 있다. 아직 20대의 나카무라와 스에마쓰가 이 정도 진용의 조직을 만들 수 있었던 것은 조선사편수회와 경성제대를 중심으로 하는 학적·인적 네트워크가 이미 식민지조선에서 어느 정도 완비된 상태였기 때문일 것이다.

청구학회는 주로 조선사 관련 연구를 다루는 『청구학총靑丘學叢』을 1939년까지 총 30호를 발간했고 110편의 논문을 게재했다.[69] 『청구학총』의

66 사학과 졸업생이었던 신석호와 윤용균이 조선사편수회에 일자리를 얻는 등, 경성제대 사학과는 연구자 재생산 및 총독부 역사편찬사업의 인적 토양 역할을 했다(장신, 「경성제국대학 사학과의 자장」, 『역사문제연구』 15-2, 2011, 71쪽).

67 하타다 다카시,, 앞의 책, 『심포지엄 일본과 조선』, 230~231쪽.

68 청구학회 임원진에 대해서는 조범성, 「1930년대 청구학회의 설립과 활동」(『한국민족운동사연구』 107, 2021, 95~97쪽)을 참고.

史學會發行
史學雜誌
第五編第壹號
明治二十七年一月十五日發兌

史學雜誌第五編第壹號目次
論說
北遊史談 史學會員 文學博士 重野安
史學に就て 史學會員 文學博士 坪井九
考證
吾妻國考 史學會員 久米邦
以仁王擧兵私考 史學會員 三浦周
解題
梅松論 史學會員 菅政
尊卑分脈 同
雜錄
富士の名義 史學會員 文學博士 星野
痘瘡術の創意 史學會員 平出鏗
答問
上野國の古墳 史學會員 文學博士 坪井九
彙報
三件

〈그림 9〉 제국대학 사학회 편, 『사학잡지』

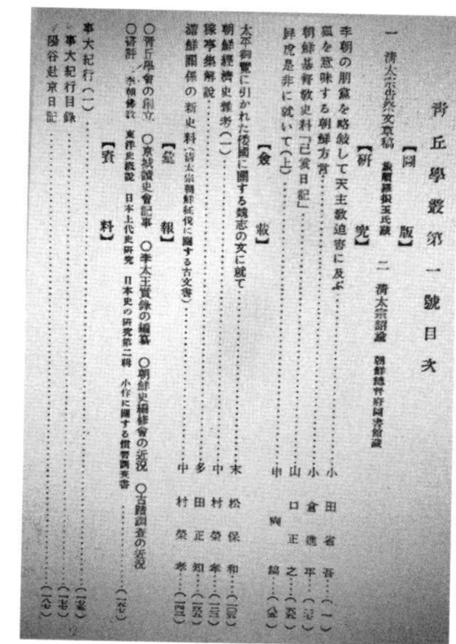
靑丘學叢第一號目次
【圖版】
一 淸太宗告祭文草稿 二 淸太宗詔諭 朝鮮總督府圖書館藏
【研究】
李朝の朋黨を略敍して天主敎迫害に及ぶ……小田省吾…(一)
狐を意味する朝鮮方言……小倉進平
朝鮮基督敎史料「己亥日記」……山口正之
辟虎是非に就いて(上)……
【叢載】
太平御覽に引かれた倭國に關する魏志の文に就て……末松保和
朝鮮經濟史攷(一)……中村榮孝
稼亭集解說……多田正知
滿鮮關係の新史料(淸太宗朝鮮征役に關する古文書)……中村榮孝
【彙報】
○靑丘學會の創立 ○京城讀史會記事 ○李太王實錄の編纂 ○朝鮮史編修會の近況 ○古蹟調査の近況
○書評 李朝佛敎 東洋史概說 日本上代史研究 日本史の研究第二輯 小作に關する慣習調査書
【資料】
事大紀行(一)
事大紀行目錄
陽谷赴京日記

〈그림 10〉 청구학회 편, 『청구학총』

지면은 '도판', '연구', '첨재', '강좌', '서평', '자료 · 부록', '문헌', '휘보' 등으로 꾸며졌는데 이와 같은 잡지 구성은 제국대학의 『사학잡지』에서 시작된 역사학 관련 학술잡지의 기본 구성을 그대로 가져온 것이었다.

이렇게 전문 학술잡지까지 생겨나면서 19세기 말 일본에서 분과 학문으로서 역사학이 성립했던 당시와 거의 동일한 구조가 완성되었다. 아카이브를 관리하는 국가 기구사료편찬과/조선사편수회, 교육과 연구를 담당하는 대학제국대학 국사과/경성제대 사학과 조선사학, 학문적 성과를 발표하고 논의하는 학회사학회/청구학회라는 세 축이 자리를 잡은 것이다.[70] 조선사 연구의 중심도 이제 도쿄에서 경성으로 옮겨 왔다.[71]

한편 이렇게 형성된 근대역사학의 시스템 속에서 성장한 조선인 연구자

---

69 위의 글, 109쪽.
70 정준영, 앞의 글, 「식민사관의 차질」, 265~266쪽.
71 하타다 다카시, 이기동 역, 『일본인의 한국관』, 일조각, 1983, 280쪽.

들은 1934년 '진단학회'를 구성했다. 진단학회 참여자들은 주로 조선사, 조선어문학, 민속학 전공자들로 이루어졌는데, 특히 조선사에 한정해서 보면 일제가 요구하는 과학적 역사학의 수준에 전혀 모자람이 없는 인물들이 모여있었다. 진단학회 구성원들 대부분은 일본의 대학 및 경성제대를 졸업한 엘리트였는데, 가령 조선사편수회와 청구학회에 참여한 적이 있는 이병도는 역사학 분야에서 최고의 권위를 가지는 『사학잡지』에 조선인으로서 유일하게 논문 3편을 게재할 정도의 실력파였다.[72]

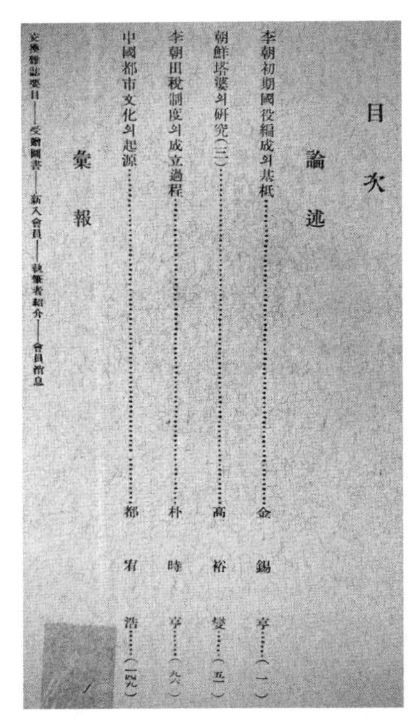

目次

論述

彙報

〈그림 11〉 진단학회 편, 『진단학보』

이들은 실증주의와 사료 취급에 있어서 당시로서는 최고의 훈련을 받았으며, "주관적인 판단 없이 역사적 사실을 원래 있는 그대로 기술해야 한다"[73]는 일본 근대역사학의 과학 담론을 충실히 따르고 있었다. 조선의 젊은 엘리트들은 "제국의 수도 도쿄에서 간행되는 본격적인 학술지와 겨룰 수 있는 한글로 된, 한국학자들의 학술지"[74] 『진단학보』를 1934년부터 1941년

72 李丙燾, 「妙清の遷都運動に就いての一考察」, 『史学雑誌』 38-9, 1927; 李丙燾, 「眞番郡考」, 『史学雑誌』 40-5, 1929; 李丙燾, 「玄菟郡及臨屯郡考」, 『史学雑誌』 41-4·5, 1930.

73 이만열, 『한국 근대역사학의 이해』, 문학과 지성사, 1981, 94쪽.

74 정병준, 「식민지 관제역사학과 근대학문으로서의 한국 역사학의 태동」, 『사회와 역사』 110, 2016, 141쪽.

14호를 마지막으로 잠시 중단될 때까지 지속적으로 간행했다. 그들이 분과 학문으로 수립된 역사학의 강한 자장 속에 존재했다는 점은 『진단학보』의 체재가 『사학잡지』, 『청구학총』과 대단히 유사하다는 사실에서도 짐작할 수 있다. 역사 연구의 성과를 논문 등의 형식을 통해 표현하는 일정한 모듈이 확립·공유되기 시작한 것이다.

해방 이전까지 일본인 연구자와 조선인 연구자의 역사서술은 그 내용에 있어서는 많은 차이와 대립을 보였지만, 적어도 분과 학문으로서의 역사학의 기초적인 방법론과 틀 자체는 크게 다르지 않았다고 보아도 무방할 것이다. 그리고 그 기저에는 과학 담론과 식민지주의의 절합이 있었다.

4. 극단의 실증주의

지금까지 메이지유신 이후 일본 근대역사학의 성립과 과학 담론의 관계를 살펴보고, 이것이 이후 식민지주의와 연결되면서 식민지조선에서 분과 학문으로서의 역사학을 만들어나가는 과정을 살펴보았다. 서구의 과학 담론에 고증학을 조합하는 형태로 구성된 일본의 근대역사학은 국가나 당파보다 역사의 인과관계와 진리를 중시한다는 역사가의 아이덴티티를 창출했다. 정사편찬기구, 제국대학, 사학회라는 세 가지 축을 중심으로 성립한 근대역사학의 바탕에는 과학적 연구를 통해 역사를 파악할 수 있다는 맹목적인 믿음이 존재했다. 하지만 실제로 일본의 역사를 기원에 소급하여 서술하려던 제국대학 국사과 교수들의 시도는 조선이라는 아포리아를 만나 좌초하게 된다. 천황가의 신화 속에 새겨진 조선 관련 기사를 합리적·객관적으로 설명하려는 의도 아래 일선동조론을 주장했던 그들의 논리는 일본의 고유성을 중시하던 세력에 의해 엄청난 비난을 받았고, 결국 정사편찬사업도 중단되었다. 공적인 공간에서 역사가 개인의 의견을 진술하는 행위는 금기시되었고, 일본의 독특한 역사서술법인 사료 편찬만이 무해한 실증주의적 방법으로서 살아남았다.

한편 1880년대 전후에 비등한 조선사에 대한 관심은 하야시 다이스케의 『조선사』 간행으로 이어졌다. 하야시의 『조선사』는 제국대학 국사과 교수들의 방법론을 공유하고 있었는데, 특히 왕과 왕조로 대변되는 역사와 그 시간을 몇 가지 정보로 도식화하고 고정적인 일람표 안에 집어넣는 방식은 조선의 전통적인 사서에서는 볼 수 없는 것이었다. 대한제국 학부에서 교과서 편찬을 담당했던 현채는 하야시의 이와 같은 역사관을 수용하고 정통론을 상대화하는 관점을 획득했다.

일제가 한국을 병합한 이후, 일본의 실증주의 역사학은 본격적으로 식민지조선에 침투했다. 조선총독부는 조선반도사 편찬사업을 개시했고 식민지주의와 근대역사학의 과학 담론을 결합시켰다. 조선반도사는 각 집필자가 자신의 해석을 상대적으로 자유롭게 기술하는 방식을 취하고 있었는데, 1919년 3·1운동 이후 제국대학에서 사료 편찬을 주도하고 있었던 구로이타 가쓰미가 지휘권을 잡으면서 역사편수의 방법도 크게 바뀌었다. 구로이타는 과거 일본의 역사학자들이 현실 정치를 회피하기 위해 선택했던 실증주의의 강화라는 방식을 식민지조선에 그대로 도입했다. 1938년에 완성된 전 35권의 『조선사』가 그 성과였다. 역사가의 사론을 완전히 배제하고 오직 강문과 사료의 나열로만 이루어지는 『조선사』의 구성은 식민지조선에서 조영된 실증주의의 극단이었다. 개인의 의견이 존재하지 않는 『조선사』는 논쟁이나 비판 자체를 거부하는 권위를 상징했다.

이와 동시에 경성제대가 설립되어 역사연구자를 재생산하는 구조가 만들어졌고, 조선사학회 등 몇몇 학회나 연구모임을 거쳐 식민지조선의 지식 네트워크를 총합하는 청구학회가 조직되면서 분과 학문으로서의 근대 역사학이 그 진용을 갖추게 되었다. 역사를 수집하고공적 아카이브, 교육하고대학, 연구하는학회 세 가지 거점이 성립하면서 역사의 연구를 세간에 표현하는 방식도 일정한 형식을 공유하게 되었다. 진단학회가 간행한 『진단학보』에서 이 점을 엿볼 수 있다.

식민사학은 이처럼 과학 담론과 식민지주의의 결합으로 이루어진 것이었다. 식민사학은 그 식민지주의적 폭력을 과학의 이름으로 합리화했고, 이에 대한 해방 이후 한국 역사학계의 비판 역시 대체로 과학적 역사서술의 정당성 안에서 이루어졌다. 식민사학에 대한 근본적인 비판이 여전히 요원한 이유일 것이다. 식민사학 비판은 오늘날 우리가 과학적 역사서술이라는 신화에서 벗어날 수 있는가를 묻는 시금석이 될 것이다.

제3장

사회주의자 신남철의 역사의식과 관념론적 유산

신체인식론을 중심으로

정대성[1]

1. 들어가는 말

17세기 이래로 지속되어온 유럽의 근대화는 19세기에 이르러 유럽의 국지성을 벗어나 세계로, 그것도 지리적으로 유럽과는 가장 먼 동아시아로까지 확대된다. 세계가 하나의 체제로 되어가는 가장 중요한 변곡점이 되는 시기가 곧 19세기라고 할 수 있다. 이러한 조우가 우선은 전반적으로 긍정적이지 않았다. 특히 제국주의적 시각으로 여타세계를 바라본 서양의 태도는 서구 세계만이 아니라 전 세계에 엄청난 혼란을 동반한 변화를 가져왔다. 세계사의 이런 변화에 외부 세계를 받아들일 준비를 전혀 하고 있지 않았던 한국 역시 그대로 노출되었으며, 그 과정과 결과는 어느 나라보다 참혹한 19세기 말에서 20세기 중반을 보내게 되었다. 물론 그 역사적 후유증은 여전히 진행되고 있으며, 어떤 사안은 현재 한국의 모순

1 연세대학교 근대한국학연구소 HK교수.

의 근본을 형성하고 있기도 하다.

세계사의 이런 가혹한 흐름 앞에서 한국의 자기의식이 성장하는 계기가 되기도 한다. 한편으로 전통사상은 서구사상과 조우하면서 민족적 자의식을 형성하는 방식으로 재편되기도 하고, 다른 한편으로 서구 사상을 그 자체로 받아들여 한국화하는 방식의 사유운동 역시 등장한다. 이러한 과정은 당대 사회를 세계사적 조망 속에서 고찰할 수 있는 눈을 형성하도록 하였다.

1924년 일본에 의해 설립된 경성제국대학은 한국의 지식사회를 특정한 인물 내지 지역 중심에서 근대적 학교중심으로 옮기는데 결정적인 역할을 한다. 학문의 제도화는 다중을 대상으로 전문적인 학습을 가능하게 하였고, 서구의 사상들을 동시적으로 수용할 수 있는 기틀을 마련하였다. 이 대학은 한편으로 일제 강점을 정당화하는 역할을 수행하기도 하고, 다른 한편 많은 지식인들에게 새로운 방식의 세계이해를 통해 해방을 위한 사상적 무기를 길러낼 수 있는 기회를 주기도 하였다.

사회주의는 당대 세계적 차원에서 지식세계에 하나의 '현상'이었다. 남북분단 이후 남한에서 사회주의 담론이 사라지긴 했지만 당시 이 현상은 한국에서도 예외가 아니었다. 그 중에서도 신남철은 당대 한국 지식사회에서 누구보다도 가장 철저한 역사유물론자이고자 했다. 그는 스스로 유일한 과학주의적 방법으로 인정한 변증법적 유물론에 기대어 심지어 사회주의 계열의 지식인들과도 그 철저성을 두고 논쟁하는 것을 두려워하지 않았다.

그런데 그의 많은 글들이 역사유물론에 기대어 수행된 비평과 논평의 글이라고 한다면, 『역사철학』 첫 장의 「역사철학의 기초론」1937은 자신의 유물론적 사유의 입론으로 평가할 수 있을 것이다. 그는 이 글로 역사유물론에 대한 자신의 이해를 응집하고자 했다.

그는 여기서 전통적인 혹은 당대 일반적인 인식론의 문제와 거리를 두면서 '유물론적인 인식이론'을 전개하고자 한다. 그는 특히 자신의 유물론적 인식론을 '신체인식론'으로 전개해 가는데, 인식이 단순히 의식과 대상 간의 문제만이 아니라 한편으로는 의식의 담지자로서 물질적 신체를 강조하기 위함이고 다른 한편 인식이 구체적이고 역사적인 현실에서 실천과 연관되어 있다는 것을 보여주기 위함이다. 이 신체인식론은 이론과 실천이라는 철학사의 가장 오래된 주제 중 하나에 대한 신남철의 버전이라고 할 수 있다.

그에 대한 적지 않은 연구논문이 있는데, 대개의 경우 거시적으로 그의 전체 이론을 서로 다른 방식으로 정합적으로 소개하고 있다.[2] 전체를 소개하는 또 다른 글이 학계에 기여하는 바가 적다는 생각에 여기서는 (친절하지 않은) 그의 핵심 논문을 미시적으로 비판하는 작업을 할 것이다. 이 글의 비판적 목적은 그의 일반적인 비평적 학술활동이 과학적 사회주의의 노선을 강하게 천명하는데 반해, 그의 입론에 해당하는 이 인식론은 전혀 역사유물론적이지 않다는 것을 해명하는 것이다. 이를 위해 우선 그의

---

2 신남철에 대한 연구는 1970년대까지 거슬러 올라간다. 주로 문학과 역사 분야의 연구가 주를 이루는데, 2000년대 이후로 철학 분야에서도 그의 연구를 확인할 수 있다. 다음의 최근 연구들이 참조할 만하다. 권용혁, 「역사적 현실과 사회철학–신남철을 중심으로」(『동방학지』 112집, 2001, 연세대 국학연구원); 이규성, 「한국현대 急進哲學에서의 '生의 感情'과 '轉換'–신남철(申南澈)의 경우」(『시대와 철학』 제21권, 2010, 한국철학사상연구회); 이태훈, 「일제하 신남철의 보편주의적 역사인식과 지식인사회비판」(『민족문화연구』 68호, 2015, 고려대 민족문화연구원); 이태우, 「신남철의 마르크스주의철학의 수용과 한국적 변용」(『동북아문화연구』 제46집, 2016). 지금까지의 연구들은 신남철에 대한 비판적 분석보다는 대개는 그의 사상을 친절하게 재구성하며 시대적 의의를 부여하는 작업이었다.

생애를 간단히 살피고 이어서 자신의 인식론과의 대조를 위해 그의 일반적 학술활동들을 간단히 살핀 이후 그의 인식론을 해부하고자 한다.

2. 신남철의 삶과 학술활동

신남철은 제도권 내에서 서구학문을 수용한 제1세대에 속한 인물이다. 그는 1907년 경기도 양평에서 태어나 1926년 경성제대 철학과를 3회로 입학한다.[3] 비슷한 시기 경성제대에서 철학을 공부한 사람들로는 한국현대사에 큰 족적을 남긴 인물들로 가득하다. 1회 유진오, 2회 이강국, 박문규, 최용달을 비롯하여 5회 빨치산 박치우와 전후 한국사회 설계에 이바지한 박종홍 등이 있으며, 동기생으로는 『인문평론』, 『국민문학』을 주도했던 최재서와 내선일체를 주장한 녹기연맹의 한영남 등이 있었다. 그는 식민지교육의 엘리트코스를 거치는 가운데 1930년대 이후 남한과 북한의 지식사회를 설계해 갔던 지식인들과 직간접적인 교류를 이어갔다.

신남철은 재학시절 '조선사회사정연구회'에 가입하여 당시 마르크스사상의 일본인 대가인 미야께 시까노스케 교수의 지도를 받으며 본격적으로 변증법적 마르크스주의에 입문한다. 그리고 당시 경성제대출신들이 중심이 되어 발간한 잡지 『신흥』에 「헤겔 백년제와 헤겔부흥」, 「신헤겔주의와 그 비판」1931 등, 마르크스주의의 입장에서 독일관념론의 부흥에 대

3 그의 출생연도와 출생지에 대해서는 자료마다 다소 차이가 있다. 1903년 출생, 서울 출신이라는 설도 있다. 여기서는 그의 주저에 속하는 『역사철학』의 해제를 쓴 김재현의 견해를 따른다. 신남철, 김재현 해제, 『역사철학』, 이제이북스, 2010, 264쪽 참조.

한 비판적인 글들을 발표하며, 1932년 '철학연구회'의 발족에 주도적으로 참여한다. 그리고 그 기관지인 『철학』 창간호에는 「헤라클레이토스의 단편어」를 번역하여 게재하며, 1934년에는 당대 서구의 유력한 지적인 흐름이었던 실존주의에 대해서도 마르크스주의적 시각에서 비판하는 글을 싣는다「실존철학의 역사적 의의」.

그리고 같은 해에 한국인의 자기의식의 형성에 학문적으로 중요한 전기가 되는 '조선학연구' 논쟁에서 당시 다수 지식인들에 의해 수행된 민족주의적 조선연구가 비과학적인 방법론이라는 전제로 비판적인 글을 발표하여 논쟁의 중심에 서게 된다. 대학 졸업 후 1933년에서 1936년까지는 동아일보사에 근무하면서 철학, 문예비평, 시평 등의 글을 왕성하게 싣는다. 1937년 「역사철학의 기초론-인식과 신체」를 발표함으로써 자신만의 유물론적 역사인식론을 전개한다.

해방이후 신남철은 서울대학교 교수로서 재직하는 가운데 마르크스주의적 사회경제사를 저술한 백남운을 중심으로 설립된 '조선학술원'의 서기국 위원으로 활동한다. 한국의 정체에 대한 다양한 논의들이 생산되는 가운데 그는 '진보적 민주주의' 혹은 '신민주주의'를 당면한 국가의 이념으로 제시한다.[4] 그는 조선학술원의 기관지인 『학술』에 「역사의 발전과 개인의 실천」을 발표하는데, 여기서 그러한 문제의식을 잘 드러내고 있

4 신남철은 당대 좌익 진영 내의 노선투쟁에서 러시아혁명을 모델로 급진적 사회주의혁명을 주장하는 노선(박헌영, 이기수, 김남천 등)에 대해 "좌익편향", "좌익소아병"이라고 비판한다. 오히려 프랑스혁명이 보여준 진보적 민주주의가 당면한 사회의 일차적 혁명 목표가 되어야 한다고 하며, 당대의 모델로는 모택동의 "신민주주의 정치"를 제시한다. 말하자면 그는 사회주의혁명으로 나아가기 위한 일종의 단계론을 제시한다. 이 민주주의의 핵심 내용은 봉건에 대적하는 혁명 계급들, 즉 무산자계급이 농민, 자유주의적 부르주아지 등과 연합하는 방식을 취한다. 신남철, 「민주주의와 휴머니즘」, 『신남철 문장선집』 II, 220쪽. 이에 대해서는 다음의 글을 참고하라. 권용혁, 「역사적 현실과 사회철학-신남철을 중심으로」, 위의 책, 354쪽.

다. 1948년 자신의 글들을 모아 『역사철학』과 『전환기이론』을 출간한다.

신남철은 매우 적극적으로 정치적 현안에 참여하지만 현실과 자신의 사상과의 대립이 커지게 되자 1948년 월북한다. 북한에서 그는 김일성대학 철학과 교수로서 서양철학을 강의하며 1954년 최고인민회의 제1기 대의원으로, 1957년 제2기 대의원으로 활동하지만, 1958년 제1차 당 대표자회의에서 자유주의자로 낙인찍혀 적극적 활동을 중단한다. 정확한 사망 시기는 전해지지 않으나 그해에 사망한 것으로 추정된다.

강점기 해방운동의 이념은 여러 노선으로 나타난다. 민족주의와 사회주의 그리고 무정부주의 등은 당대 지식인들을 사로잡은 가장 대표적인 해방이념에 속한다. 신남철은 당시 전 세계에 강력한 혁명의 기운을 불어넣었던 사회주의의 입장에서 당대의 유력한 사회운동 및 사유운동 등과 사상투쟁을 전개했다. 그는 어떤 사상가들보다도 역사적 유물론의 대변자였으며, 수많은 논쟁적인 글들로 여타 사상가들과의 논쟁의 중심에 서기도 했다.[5] 그의 사상은 1931년부터 여러 잡지들에 기고하였던 철학관련 글들을 1948년 하나로 묶어 출간한 『역사철학』과 주로 평론의 형식으로 시대의 문제에 응답한 그의 또 하나의 주저인 동년 출간 『전환기의 이론』에 잘 나타나 있다. 그의 대부분의 글들은 2013년 5월 성균관대학교 동아시아학술원에서 『신남철문장선집』 I, II정종현 편으로 출간되었다.

신남철에게 역사적 유물론은 유일한 과학적 방법이었다. 이 말은 당대 민족주의 운동신채호비판이나 서구의 주요한 철학적 흐름인 실존주의, 관념론 등이 비과학적이라는 것을 함의 한다. 철학이 과학적이어야 하는 지에

5 당대 지식인들과의 논쟁에 대한 보고분석은 다음을 보라. 이태훈, 「일제하 신남철의 보편주의적 역사인식과 지식인사회비판」, 상동, 특히 313쪽 각주 13번 · 326 · 334 · 341쪽 등 참조.

대해 오늘날 많은 비판들이 있으며, 당대 서구의 주요한 철학적 흐름 역시 과학으로서의 철학에 대한 반론의 성격을 가지지만, "철학의 과학으로의 승화"를 말한 마르크스의 진술은 그의 학술활동의 핵심을 이룬다.
과학에 대한 마르크스의 강조는 그가 계몽의 아들임을 보여준다. 목적인이 아니라 일종의 작용인에 의해 대상을 설명하는 근대과학은 존재의 운동이 존재 자체의 내재적 힘에 의존해 있음을 보인다. 목적인에 의한 전통적인 존재해명방식은 비과학적인 형이상학적 해명으로 간주되었다. 마르크스 역시 외적인 목적이 아니라 물질 내부의 인과적 자기 운동을 강조함으로써 근대과학의 성과를 자신의 철학에 접목한다.

신남철에게 역사적 유물론이 유일한 과학적 방법론이라는 말의 의미는 그래서 다음과 같다. 우선 철학은 현실과 동떨어진 어떤 사변행위가 아니라는 의미이다. 심지어 가장 형이상학적인 것도 현실의 문제를 반영하고 있기 때문에 그러한 형이상학을 그저 사변적으로만 고찰하는 것은 그 철학의 진정한 의미를 해명할 수 없다. 말하자면 철학은 "역사적 세계의 경제적, 정치적, 사회적인 모든 발전 변혁의 과정과 불가분의 관련관계를 가지고 그 반영모사로서 나타난 일개의 과학"[6]이라는 것이다. 다른 한편 그것은 철학 역시 인과관계에 의해 표현되어야 한다는 것을 의미한다. 그에 의하면 역사유물론이 과학적 방법인 이유는 경제적인 것, 즉 물질적인 것을 "기초지반-하부조직"토대이라 하고, 정치와 종교 그리고 학문 등, 일종의 정신적인 것을 상부구조라 함으로써 정확한 인과의 방향을 규정한다. 말하자면 현실의 제 문제는 사회적 관계가 분화된 것으로서 명백히 물질적 근거를 가지고 있기 때문에 모순, 불안, 계급 분열, 투쟁 등, 철학적 제

6 신남철, 「'르네상스'와 '휴머니즘'」, 『역사철학』, 이제이북스, 1948, 121쪽.

개념들을 현실의 구체적 제 관계 및 사회적 물질적 토대에 대한 분석과 비판을 통해서 파악해야 한다는 것을 의미한다.[7] 현실의 모든 문제는 그 토대에 의해서, 혹은 적어도 토대와의 연관성에서 발생하기에 물질경제현상에 대한 고려 없이 이전의 철학을 이해할 수 없으며, 정치, 종교, 학문 등 모든 정신적 현상은 물질적인 것으로부터 그 의미를 읽어내야 함을 강조한다. 근대의 자연과학이 기계적 인과성을 말한다면 역사적 유물론이 변증법적 인과성을 말한다는 점에서 차이가 있기는 하지만, 마르크스가 토대와 상부구조를 나누고 모든 사회-역사 현상을 이 토대와의 연관에서 해명하는 것은 철학이 과학일 수 있음을 보이는 것이었다.

철학이 토대의 반영임에도 불구하고 그저 독자적인 사유의 결과물인 것처럼 여기는 것을 그는 비과학적이라고 명명한다. 신남철은 바로 이 역사적 유물론에 기대어 관념론, 실존주의 등, 당대 유행하던 서구의 철학과 민족주의적 역사학을 비과학적이라고 비판한 것이다. 그래서 그는 이러한 철학들이 "근대사상을 오직 이상주의, 인도주의, 복음주의, 인격주의 내지 자유주의의 그것이었다고 말하고 그것이 왜 출현하였으며 또 그것이 사회적으로 인간해방이라는 큰 인류적 요청에 대하여 어떠한 임무를 담당했는가를 인식하지 못"[8]했다고 비판할 수 있었다.

당시 조선학 연구 방법론에 관한 논쟁에서 신남철이 최남선, 신채호, 권덕규 등을 맹목적으로 "민족을 신비화"[9]하려고 구체적인 개념적 파악을 수행할 수 없었던 자들이라고 비판한 이유는 여기에 있다. 예컨대 이들은

---

7 위의 책, 122쪽.
8 위의 책.
9 신남철, 「조선연구의 방법론」, 『신남철 문장선집』 I, 성균관대 출판부, 2013, 277쪽.

조선민족의 시원을 고찰함에 있어서 "아무런 방법론적 비판과 준거도 없이" 그저 단군신화로부터 출발하는데, 이는 "애국적 민족주의"[10]를 위한 무비판적인 문헌학적 작업에 불과한 것으로 역사에 대한 객관적 고찰일 수 없으며, 조선역사연구의 전진을 위해 배격되어야 한다고 주장한다.[11]

역사발전의 원동력은 사회적 생산관계에 있기 때문에 개별사료나 사건들은 반드시 이 관계를 참조해야만 사태를 전체의 관점에서 조망할 수 있다는 것이다. 그러면서 그는 조선학 연구의 방법적 태도로 ① 어떠한 문제든지 언제나 "사회적, 구체적 연관"에서 해명할 것, ② "사회적 실천의 방면을 자기 타자로서 내포"할 것, ③ 설화적 연구를 피하고, 훈고적, 고증적, 교심학적 연구 외에 "조선의 사회적, 문제사적 연구"를 수행할 것을 주문한다.[12]

그는 또한 이러한 방법에 기초하여 조선의 고유한 정신성, 혹은 문화의 특수성을 찾고자 하는 태도 역시 비판한다. 예컨대 민족 내부의 계급적 갈등은 무시한 채 민족문화의 저류에서 현실을 극복할 수 있는 문화정체성을 추구하는 박종홍을 비판하면서 "사회적 그룹의 대립적 긴장이 도리어 민족문화의 특수성"을 잘 드러내기 때문에 "사회적 그룹의 대립적 긴장"과 "민족과 사회적 그룹의 현실적 통일"을 살펴야만 민족적 특수성을 객관적으로 드러낼 수 있다고 진단한다.[13]

신남철의 공격은 민족주의운동에 그치지 않는다. 당대 유력한 서양의 지적 흐름을 좇아가면서 이러한 철학운동이 비과학적이자 반동적인 운동

---

10 위의 책, 281쪽.
11 위의 책, 277쪽.
12 위의 책, 272쪽.
13 위의 책, 319쪽.

으로서 모순된 현실을 극복하기는커녕 승인하는 것에 머문다고 한다. 예컨대 당대 딜타이와 빈델반트, 크로너 등으로 대표되는 신헤겔주의자들의 헤겔의 복고시도에 대해 그는 "마르크스주의를 수정, 개변하여 무력화시키고 변질시키려는 저의"[14]를 드러낸 것일 뿐이며, 그들의 시도는 헤겔의 진정한 정신에서 "탈선"한 것일 뿐이다. 헤겔 정신의 진정한 부활은 역사적 현실성을 무시했던 헤겔의 철학을 헤겔 자신의 철학의 원리에 따라 부정함으로써 변증법적 유물론으로 나아가는 것에서 성립한다고 한다.[15] 몇 개월 후에 작성한 또 다른 신헤겔주의 비판의 글에서는 신헤겔주의는 "마르크스주의를 타도 절멸시키려는 파시즘"[16]의 이론적 자양분으로 묘사한다. 그것은 자유방임주의의 파편화에 대한 대항 이론으로서 국가라는 전체성에 의해 계급모순을 희석시키는 새로운 이데올로기, 구체적으로 파시즘을 정당화하는 이론이라는 것이다.[17]

하이데거와 야스퍼스 등의 실존주의 역시, 신남철에 따르면, 구체적 역사현실을 외면한 한갓 관념의 유희일 뿐이다. 실존철학이 인간의 은폐된 모습을 벗겨내고 본래의 자기를 찾게 하고자 시도하지만, 그러한 시도는 사회, 역사적 제 관계로부터 고립된 채 그저 '기분적'으로만 인간을 분석하기 때문에 현실의 모순을 그대로 방기할 수밖에 없다고 한다.[18] 또한 이

14 신남철, 「헤겔 백년제와 '헤겔부흥' – 독일철학에 있어서의 헤겔정신의 부흥과 그 행방에 대한 한 개의 시론」, 『역사철학』, 위의 책, 169쪽.

15 위의 책, 176쪽.

16 신남철, 「신헤겔주의와 그 비판」, 위의 책, 202쪽.

17 신남철 「헤겔 백년제와 '헤겔부흥'」, 위의 책, 205~207쪽. 신헤겔주의에 대한 이런 비판적 해명은 신남철의 고유한 것이 아니다. 루카치는 헤겔에 대한 보수적 해석으로 점철되어 있는 딜타이 류의 신헤겔주의를 "반동적 신화"라고 규정하면서 헤겔의 변증법이 가진 진보적 성격을 드러내고자 한다. Lukacs, G., Der Junge Hegel, Suhrkamp Verlag, Ulm 1973(1948) S. 34ff.

18 위의 책, 222쪽 참조.

철학은 "현실의 전 문화 영역의 온갖 사상을 '신'이라든가 '세계' 같은 것으로서 신비롭게 해석"[19]하는 것에 불과하며 "시민적 인간이 자기의 안신입명의 악착스런 모습"[20]을 반영하고 있을 뿐이다. 따라서 실존철학이 말하는 인간의 위기는 시민적 인간의 위기이며, 부르주아 사회의 위기라고 한다. 말하자면 실존철학은 부르주아적 지식인이 자신의 무기력을 자각하고 현실존재의 평탄한 흐름 속에서 그저 기분적으로 입신양명을 구하려는 형이상학에 불과하다고 한다. 따라서 실존철학은 "사회변혁의 주체적 실천투쟁을 방관 해석만 하는 반인민적 당파적 이데올로기"에 다름 아니다.[21]

3. 역사유물론의 인식론으로서의 신체인식론과 그 구조

신남철의 학술활동의 무기는 살펴보았듯이 철저하게 과학적 방법론으로서의 역사 유물론이었다. 그런데 그러한 사상적 무기에 대한 자신의 구체적 입론은 1937년 발표된 「역사철학 기초론」에 잘 드러나 있다. 이 논문은 자신의 과학적 유물론이 어떤 인식론에 기초하고 있는지를 응집하여 보여준다. 여러 잡지 등에 발표한 글들 중 일부를 모아 그는 1948년 『역사철학』으로 편집하여 출간하는데, 위의 논문은 시기적으로 가장 이른 글이 아님에도 제1장에 배치한다. 이는 이 글이 자신의 학술활동의 원

19 신남철, 「실존철학의 역사적 의의」, 『역사철학』, 위의 책, 221쪽.
20 위의 책, 223쪽.
21 위의 책, 227쪽.

리를 담고 있음을 시사한다. 그는 이 글을 당대 유력한 사상적 조류를 이끌고 있던 신칸트학파의 리케르트Heinrich Rickert 인식론을 비판하면서 시작한다.

1) 리케르트의 인식론 비판

유럽의 19세기는 18세기 계몽의 보편성 및 법칙 추구적 사유방식에 대한 대항테제로 개별성을 강조하는 학문, 말하자면 인문학Humanities이 생겨난다.[22] 낭만주의, 해석학, 의지의 철학 등 19세기에 등장하기 시작한 반계몽적인 사유운동은 과학주의적인 참된 인식의 가능성을 회의하고 구체적 개별 사례와 개별자에 대한 이해를 강조함으로써 역사주의Historimus와 문화상대주의 등을 출현시켰다.

이러한 지적 분위기 속에서 리케르트는 다시 한 번 보편성에 기반한 참된 학문의 가능성을 탐구한다. 물론 이때 칸트의 인식론이 자연과학에 정향되어 있었던데 반해 그는 자연과학 뿐 아니라 문화과학 역시 참된 인식을 위한 대상이 된다고 한다. 이러한 그의 시도는 당시 딜타이가 자연과학에 '설명'의 방식즉 과학적 방식을, 정신과학에 '이해'의 방식을 부가함으로써 비과학적인 해석학을 정당화시킨 것에 대한, 그리고 빈델반트가 자연과학을 법칙추구적 학문으로, 역사과학문화과학을 사례연구학문으로 분리한 비과학적 성찰에 대한 반론의 성격을 갖는다.

리케르트는 칸트를 따라 참된 인식의 가능조건을 다시 물음으로써 객

---

22 19세기 인문학의 부흥을 계몽적 사유의 긍정적 자극에 의해 발생했다고 평가할 수도 있지만, 군나르 시르베크와 닐스 길리에는 "인문학의 대두"를 질풍노도운동과 낭만주의 등 반계몽적 사유의 결과로 이해한다. 윤형식 역, 『서양철학사』 2, 이학사, 2016, 643쪽.

관적 학문의 가능성을 타진한다. 그의 방식의 요지는 자연과학이 일반화의 방식에, 문화과학이 개별화의 방식에 방점이 있기는 하지만, 양자는 상대적인 차이만을 갖지 학문에서는 본질적으로 두 가지 방식을 다 지향할 수밖에 없다는 것이다. 말하자면 우리가 물 자체의 세계, 실재계를 궁극적으로 알 수 없기는 하지만, 개념을 통한 세계인식을 받아들일 수밖에 없다면 대상에 대한, 그것이 자연대상이든 문화대상이든 간에, 객관적 학문이 가능하다는 것이다. 그래서 진리추구의 오랜 수단이자 방법이었던 논리학은 다시 한 번 학문의 주된 도구이자 진술의 타당성의 원천이 된다. "논리적인 것은 실존하지 않지만 타당하다"는 그의 유명한 진술은 이러한 문제 상황을 반영한다.

리케르트가 자연과학 뿐 아니라 문화과학 역시 진리치를 추구하는 하나의 학문으로 통합한 배후에는 이처럼 당위와 실천의 영역을 사실의 영역과 통합한 것과, 그리고 인간의 구체적 체험이나 경험 그리고 서사 너머에 있는 선험성과 논리, 즉 일종의 형식성을 학문의 토대이자 탐구의 주된 도구로 삼은 것과 연관이 있다.

의식의 선험적 구조, 말하자면 순수사유라는 형식을 찾고자 하는 리케르트에 대해 신남철은 "인식론적 주관"을 비현실적으로 상정한다고 비판한다. 이 주관은 객관이 될 수 있는 어떤 것도 포함하지 않는 순수한 "의식일반", 말하자면 육체와는 아무런 상관이 없는 "비인격적인 의식"으로서 그저 순수한 추상, 순수한 형식에 불과하다는 것이다.

> 리케르트가 말하는 주관은 단지 의식일반으로서의 하나의 개념에 불과하게끔 형식화되고 추상화되며 또 공허한 것으로 바꾸어 버렸으며, 이에 반해 객관

은 의식 내용까지도 포함할 수 있도록 부당하게 확장되어 있다. 따라서 이와 같은 객관이 진정한 주관에 대한 초월적 외계의 사물이라고 할 수 없다.[23]

신남철은 이러한 시도를 "논리적인 것의 범주재汎主宰, Panarchie des Logischen"[24]라는 말로 표현하는데, 이는 그의 인식이론이 현실에 대한 참다운 모사에서 출발하는 것이 아니라 논리를 대상에 부여하는 지극히 형식적인 것에 머물게 된다는 것을 함의한다. 그러면서 인식과 관련하여 이러한 주관은 우리의 현실적 사유와 구체적 객체에 대해 아무 것도 대답할 수 없이 그저 "주-객 사이의 최후의 신비로서의 근원적 관계의 예지적 타당성만"을 문제 삼고 있다고 힐난한다.[25]

리케르트는 내용을 가능하게 하는 형식선험적 구조을 찾는 철학적 작업을 수행한다. 형식을 찾는 그의 작업에 대해 '그것은 형식을 찾는 것에 불과하다'는 신남철의 비판은 사실 논점에서 어긋난다. 형식을 찾을 필요가 있는지, 형식 보다 그 내용이 중요하다는 것을 보이든지, 형식을 올바로 찾았는지 등을 문제 삼을 수 있지만 형식을 찾겠다고 하는 자에게 형식을 찾는 것에 불과하다고 비판하는 것은 논점이탈이다. 하지만 이 비판을 통해 그의 의도는 보다 분명해진다. 리케르트는 인식의 가능근거를 선험적 형식에서 찾는데 반해 신남철은 인식의 역사적, 인간학적 기원을 추적한다는 것을 확인할 수 있다. 그런 형식으로는 역사적, 사회적 현실을 올바로

23 신남철, "역사철학의 기초론」, 『역사철학』, 위의 책, 22쪽.

24 위의 책, 22쪽. 이 표현은 사실 리케르트의 제자인 에밀 라스크가 리케르트가 속한 독일 남서부 중심의 신칸트학파의 학문적 특징을 표현하기 위해 사용한 말이다. Vgl. Lask, E., Die Logik der Philosophie und die Kategorienlehre, in Lask, E., Gesammelte Schriften -, Band II. Band, Tübingen : Mohr Siebeck. 1923, S. 133.

25 위의 책, 23쪽.

평가할 수 없다는 것이다. 그래서 그는 리케르트의 인식론이 "우리의 일상적인 현실생활에서 인식의 성립분화과정을 전혀 설명하지 못한다"[26]고 말한다. 신남철은 그 근본 원인을 대상을 직접 접하는 '신체'에 대한 고려 없이 그저 비인격적 의식, 순수의식에서 출발한다는 데서 찾는다.

2) 신체인식론의 전개

(1) 신체와 수용

신남철이 신체를 강조하는 것은 당대 서구 학계에서 그렇게 낯선 것이 아니다. 계몽의 이성은 일반적으로 자연과 사물에 내재한 불변의 법칙을 찾아내는, 심지어 법칙을 만들어 내는 이미 완성된 주체데카르트의 '실체로서의 주체' 내지 칸트의 '선험적 주체'로 간주된다. 신체는 자연의 일부로서 인식의 객체일 뿐 주체일 수 없으며, 신체의 감각기능은 참다운 인식능력을 결여하며, 오히려 사물의 내적 본성을 밝히는 작업에서 오류의 원천으로 간주되기도 하였다.

하지만 인식에서 신체에 대한 무시는 인간적 삶에 대한 진정한 이해를 저해한다는 것이 당대 중요한 사유흐름에 속한 현상학적, 실존주의적 사유운동의 주장이었다. 그런 점에서 신체에 대한 강조는 반계몽적 경향을 가지면서 동시에 신남철에게는 관념론을 비판하고 유물론을 강화하는 것으로 간주되었다. 신남철은 확실히 현상학에 대한 비판적인 글을 쓰면서 당시 유력한 사유경향이었던 현상학 운동을 추적하고 있었다.[27]

---

26 위의 책, 23쪽.

27 당대 한국의 지식인에 미친 현상학의 영향은 마르크스주의자였던 김남천에게서도 감지된다. 그 역시 신체를 강조하는데, 그의 신체관이 서구의 현상학적 조류에서 영향 받았을 가능성에 대한 연구가 있다. 참고. 한수영, 「일신상의 진리, 혹은 신체의 현상학—1930년대 김남천 문학

물론 그가 말하는 신체Koerper는 육체Leib와 구분된다. 육체는 물리적, 생리적 특성을 갖는 것으로 뇌수, 신경 및 망막 등으로 조직되어 있다. 감각을 촉발시키는 이런 물질적인 것이 인식의 물질적 조건을 이룬다. 하지만 신남철이 말하는 신체는 흔히 말하는 공간적, 자연적인 것이 아니다. 신체는 외부의 사물이 감각을 향해 들어올 때 반응하는 감각작용의 주체, 즉 고차적인 인식의 단계로서의 주체이다.[28] 즉 대상에 대한 인간의 반응은 단순히 "생리심리적 오관"에 의한 단순한 모사가 아니다. 감각은 표상작용을 만들어 내는 지각행위를 수행한다. 말하자면 대상에 대한 단순한 모사가 아니라 대상에 대해 특정한 반응을 하는, 강하게 말하면 대상 구성적 행위라고 할 수 있다.

신남철은 바로 이런 지각작용을 하는 주체를 신체라고 함으로써 신체가 가지는 일종의 지향적 활동에 주목한다. 즉 대상의 수용과 그것에 대한 감각의 특수한 조직에서 생겨나는 "표상, 지각, 감정 및 의지" 등을 신체로, 그것도 "정신적 신체"로 규정함으로써 그는 한편으로 합리론자들의 대상에 대한 객관적 표현으로서의 인식 및 경험론자들의 대상에 대한 주관적 관념의 형성으로서의 인식을 동시에 넘어서고자 한다. 말하자면 신체는 이미 정신적 행위의 원초적 형식을 가지고서 수용된 대상을 특정한 방식으로 지각한다. 따라서 인식의 첫 단계로서의 우리의 지각작용은 이미 객관적 계기와 주관적 계기를 포함한다. 그는 이러한 지각작용을 주-객 '통일성'으로, 주체와 객체가 상호교호하는 '과정'으로서 이해한다.[29]

의 방법론적 전회에 관한 재해석 : 「남편 그의 동지」와 「물」을 중심으로」『한국문학연구』65집, 2021, 423쪽.

28 신남철, 「역사철학의 기초론」, 위의 책, 37쪽.

29 위의 책, 26쪽.

인식은 하나의 순수한 상태로 분리된 개개의 기능도 아니며, 또는 그러한 것들의 집합체도 아니고 그것은 동시에 전진하며 우회하는 과정으로서 복잡한 심적 작용과 내용의 상호착종으로서 또는 다양한 갈래가 걸치는 중첩으로 성립하여 운동하는 진행인 것이다.[30]

신남철이 인식을 상태의 단순한 모사가 아니라 이처럼 상호작용으로 묘사하는 것은 인식이 철저하게 변증법적임을 보이기 위함이다. 인식의 이런 운동과정을 해명하기 위해 그는 헤겔의 유명한 한 구절을 인용한다. "일반적으로 인식된 것das Bekannte은 인지되었다는 바로 그 이유 때문에 인식erkannt되었다고 말할 수 없다."[31] 객관에 대한 의식의 바로 이러한 활동으로 인해 단순한 추상적 보편이 아니라 "구체적 보편"[32]이 가능해 진다고 한다.

(2) 가공과 표현

대상을 특정한 방식으로 수용한 신체의 지각대상은 오성에 의해 가공되는 절차를 갖는다. 말하자면 수용된 대상을 인간화하는 작업을 수행하는 인식능력을, 칸트의 용어를 따라 '오성Verstand'이라고 한다. 따라서 오

---

30 위의 책, 27쪽.

31 위의 책. Hegel, G.W.F., Phaenomenologie des Geistes, Felix Meiner Verlag, Hoffmeister(ed.) Hamburg, S. 28. 지금까지도 동일하게 사용되고 있는 이 번역은 헤겔의 원래 의미를 잘 드러내지 못한다. 당연히 신남철이 강조하듯이 헤겔의 이 문장은 인식이 단순히 상태의 반영이 아니라 정신의 적극적 활동에서 성립한다는 것을 드러낸다. 하지만 저 번역에서는 그러한 뉘앙스를 전혀 발견할 수 없다. 좀 더 의미에 맞게 번역한다면 다음과 같다. "익숙한 것 일반은 그것이 익숙하다는 바로 그 이유 때문에 인식되지 않는다"(Das Bekannte ueberhaupt ist darum, weil es bekannt ist, nicht erkannt).

32 신남철, 「역사철학의 기초론」, 위의 책, 28쪽.

성은 진정한 의미의 인식활동의 자발성이 드러나는 지점이다. 오성의 가공작용은 감성에 의해 지각된 무규정적인 것에 "법칙적 한계"[33]를 설정하는 작업이다. 오성의 가공작용은 이미 가공할 무규정적 대상을 전제하는 말이다. 그런 점에서 객체와 주체의 변증법적 작용이 이 오성의 작용에서 뚜렷하게 등장하게 된다.

그런데 그가 감성의 수용능력과 오성의 가공능력이라는 칸트의 용어들을 사용하지만, 칸트의 인식론은 감성과 오성이 각각 수용능력과 가공능력을 발휘할 수 있게 하는 선험적 구조를 밝히는 작업에 할애된다. 말하자면 경험의 가능조건으로서의 형식 및 순수개념을 찾아가는 작업을 하는 것이다. 이에 반해 신남철은 경험을 통한 오성의 역사적 성장을 전제로 한다. 즉 대상자연에 대해 그저 순응하던 인간의 의식은 점차 "외부 세계의 존재에 대하여 강력하게 작용"하는 단계로까지 발전하여 오성에 이르게 된다는 것이다.[34]

> 가공의 작용 단계에서는 이미 단순한 감성지각의 영역을 벗어나서 소위 '개념의 자발성'이라는 오성의 능력의 자유성이 증대하게 됨을 인정받게 된다.[35]

이런 인간학적, 역사적 해명은 확실히 논리 우선적 사고에 정향되어 있는 순수한 비경험적, 선험적 관념론에 대해 의식적으로 대결하는 태도를 드러내기 위함이다. 그가 생존을 위한 최초 인간의 원시적 투쟁에서 오성

33 위의 책, 32쪽.
34 위의 책, 29쪽.
35 위의 책, 32쪽.

을 통한 대상의 가공 및 지배의 단계로까지의 의식의 성장을 말하는 이유는 ① 끝없는 "인식의 의식적 발전"이라는 생각과 ② "역사적 현실에의 귀향"이라는 과정을 설명하기 위한 과정이다.[36]

신남철은 바로 이 오성의 단계에서 인식의 이론적 특성이 정점에 이른다고 하며,[37] 여기서부터 인식의 실천적 지점으로 나아가는 이행이 진행된다. 그 이행의 과정에서 그의 인식론의 또 다른 주요 개념인 '표현'이 등장한다. '표현'Entaeussern은 오늘날 주로 '외화外化'로 번역되는 헤겔의 변증법의 특수한 용어이다. 표현은 내면에 의식된 것, 이론적인 것을 구체적인 것으로 신체화Verkoerpern하는 행위로서,[38] 헤겔이 노동 개념을 철학적으로 확장하여 역사를 정신의 노동으로, 정신의 자기실현으로 해명하기 위한 개념장치이다. 이 단계에서 사유와 존재, 이론과 실천이 통일된다. 인식의 표현의 단계에서 이론은 구체성을 획득하고 구체적인 세계는 사유에 의해 부여된 "법칙적 자유"가 지배하게 된다. 물론 이 자유는 역사적, 사회적 제약으로 인해 상대적일 수밖에 없지만 세계가 단순히 자연법칙이 관통하는 것이 아니라 인식자의 자기표현으로, 그런 점에서 자유로 그려질 수 있게 된다.[39]

'표현'이라는 것은 내적인 것을 외적으로 표출하는 행위로서 노동 역시 그러한 과정으로 이해할 수 있다. 정당하게도 신남철은 인간의 표현 행위를 근대의 핵심 개념인 노동 및 실천과 결합한다. 그는 노동이 실천에서 완성된다고 함으로써 노동과 실천의 연관성을 전제한다.[40] 일반적으로 노

36 위의 책, 30쪽.
37 위의 책, 32쪽.
38 위의 책.
39 위의 책.

동은 대상을 자신에 맞는 것으로 가공하는 목적적 행위로 간주되고 실천은 공동체 구성원 간의 의사소통행위로 간주된다. 마르크스에게서는 생산력과 생산관계라는 말로 이들 간의 차이가 노정되기도 하지만 그 역시 생산관계가 노동의 생산력에 기반하고 있다고 한 점에서 노동 우위의 행위모델을 제시한다.

어쨌거나 신남철은 양자를 뚜렷하게 구분하지 않고 그 연속성을 주장한다. 신체인식론으로 명명될 수 있는 그의 인식론이 표현으로까지 나아간다고 하는 것은 인간의 인식이 실천과 본질적으로 연결되어 있으며, 실천의 장으로서의 사회와 역사를 전제한다는 말이기도 하다. 말하자면 역사라고 하는 것은 인간의 표현행위의 과정이며 동시에 그런 축적의 결과 속에서 새로운 행위가 나타난다. 신남철의 이러한 해명은 "'인식과 신체'의 문제를 인식론과 역사학의 변증법적 통일로까지 끌고 가기 위함이다.[41]

4. 신체인식론의 관념론적 유산

19세기 유럽철학에서 신체에 대한 강조는 이성의 객관적 거리두기라는 계몽의 이상에 대한 반항으로 등장했다. 낭만주의 운동은 신체적 체험의 직접성을 강조함으로써 신체가 철학의 중심이 되게 하는데 크게 기여하였다. 예컨대 낭만주의에 중요한 지적 자양분을 제공한 하만은 "보편성, 오류불가능성, 자만심, 확실성, 자명성을 갖춘 가장 드높은 칭송의 대상인

---

40 위의 책, 38쪽.

41 신남철, 「역사철학의 기초론」, 위의 책, 39쪽.

이성"은 그저 "광기어린 터무니없는 미신이 신성한 속성들을 집어넣어 속을 꽉 채워놓은 인형"에 불과하다고 비판하면서 영혼/이성과 신체를 분리하여 생각할 수 없고, 오히려 신체를 "영혼의 형상"이라는 관점에서 설명한다.[42] 이러한 생각은 후기 낭만주의의 중심인물인 쇼펜하우어에서 더 분명하게 정식화된다. 그는 자신의 주저인 『의지와 표상으로서의 세계』에서 다음과 같이 말한다. "결국 내가 나의 의지에 대해 갖는 인식은 비록 직접적 인식이긴 하지만 나의 신체와 분리될 수 없는 인식이다. 나는 나의 의지를 전체적으로, 통일적으로, 내 본질에 온전하게 인식하는 것이 아니라 개별적인 행위 속에서만, 따라서 여타 객체와 마찬가지로 내 신체의 현상 형식인 시간 속에서만 인식한다. 따라서 신체는 내 의지를 인식하기 위한 조건이다."[43]

하지만 변증법적 사유는 신체에 대한 이런 강조가 직접성에 대한 강조라고 하여 철저하게 비판한다. 왜냐하면 신체는 그것이 정신관념론적 변증법, 헤겔이든 경제적 토대유물변증법, 맑스이든 이미 그 신체가 속해 있는 지반 위에서 형성되는 것으로서 매개되어 있다고 보기 때문이다. 마르크스가 신체와 감각을 강조한 유물론자인 포이어바흐를 비판한 이유는 여기에 있다. 포이어바흐는 인간의 감각이 이미 매개되어 있다는 사실을, 따라서 인간의 사유와 감각이 역사적으로 매개된다는 사실을 전혀 감지하지 못했다. 물질적 신체를 강조한다고 해서 그것이 반드시 역사적 유물론일 수 없는 이유이다.

신남철의 이 글은 그렇게 친절한 글이 아니다. 몸과 신체의 관계에 대한

---

42 이사야 벌린, 석기용 역, 『낭만주의의 뿌리』, 필로소픽 2021, 102쪽.
43 쇼펜하우어, 홍성광 역, 『의지와 표상으로서의 세계』, 을유문화사 2009, 189쪽.

통일적이지 못한 언어사용도 보이고 오늘의 시각에서 그렇게 정치하게 쓰이지도 않았다. 하지만 그가 이 글을 통해서 보이고자 하는 의도는 분명하다. 그가 신체를 실천과 연결시키는 궁극적 이유는 사회주의로 나아가기 위한 혁명을 이론적으로 정당화하기 위함이다. 그는 올바른 인식과 이의 실현을 위한 혁명적 실천을 선동하기도 한다.

> 근원적인 실천은 역사적 계열에서의 모든 과정이 신체와 피부에 침투하여 절실하다는 것을 자각하고 자기 몸을 그 과정의 운행에 내 던지는 파토스적 행위만이 참 의미의 실천으로 이해될 것이다.[44]

그는 그의 역사유물론적 인식론의 입론으로 간주될 수 있는 이 논문을 마르크스의 『독일 이데올로기』의 한 문장으로 시작한다. "일체의 인간 역사의 최초의 전제는 물론 산 인간의 개인적 실존이다."[45] 마르크스는 초고에서 이 글 옆에 다음과 같이 써 놓는다. "인간을 동물과 구별시키는 이 개인들의 최초의 역사적 행위는 이들이 사유한다는 것이 아니라 자신의 생필품을 생산한다는 것이다."[46] 마르크스는 이 말로 사유homo sapiens가 아니라 노동homo faber이, 넓은 의미에서 실천이 인간의 삶의 원초적 규정이라는 것을 강조한다. 신남철이 이 글을 인용한 것은 인간의 인식행위사유 역시 실천과 연관되어 있다는 사실을, 인식의 진정한 의미는 실천에 있음을 말하고자 한 것이다. 이는 철학사의 오랜 전통인 이성 중심적 사유의

44 위의 책, 41쪽.
45 Marx, K., Deutsche Ideologie, in : Marx-Ergels Werke(=MEW) Bd. 3, S. 20.
46 Ebd.

역사를 관념론으로 비판하는 것이며, 동시에 인식의 진정한 의미를 구체적 삶과 결합하기 위한 것이다.

하지만 위에서 살펴보았듯이 그의 핵심 개념들과 구상들의 많은 것이 그가 관념론이라고 말하는 사조들에서 기인하고 있다. 놀라운 점은 역사 유물론적 인식론의 핵심 개념인, 그가 비평 활동을 하면서 비평의 대상에 대해 과학적 방법의 원천으로서 강력한 무기로 사용하였던 "토대와 상부구조"라는 개념이 단 한 번도 등장하지 않는다는 점이다. 인간의 신체와 감각은 무매개적이고 보편적인 방식이 아니라 언제나 토대와 역사를 매개로 하여 대상을 마주한다는 마르크스 인식론의 근본을 상기한다면, 역사적 유물론의 인식론을 전개하면서 토대와 상부구조에 대한 단 한 줄의 해명도 없다는 것은 아이러니하다. 이것은 그가 그토록 강하게 반박하고자 했던 관념론적, 낭만주의적 사유경향을 역사적 유물론적 방식으로 철저하게 걸러낼 수 없었거나 당대 사유경향에 대해 무비판적이었음을 드러낸다.

우선 그의 신체인식론의 '수용'과 '가공'의 과정은 칸트의 인식론의 기본 골격을 유지한다. 칸트는 감성의 수용과 오성의 가공이라는 틀을 기정사실로 하고, 그러한 활동이 가능하게 하는 선험적 구조를 탐구하는 데까지 나아간다. 신남철은 그러한 가능조건으로서의 순수한 인식능력이 아니라 그런 능력을 담지하는 신체를 강조한다는 점에서 차이를 드러내고자 할 텐데, 사실 그의 서술에서 신체를 강조하지 않더라도 그 효과에서는 아무런 차이가 없어 보인다.

그리고 그의 인식론의 핵심 개념인 '표현'외화 역시 내적인 것을 드러냄, 자기실현의 의미로서 헤겔의 핵심 용어이다. 이것은 역사가 인간의 표현

과정이라는 것, 헤겔식 용어로 하자면 "정신의 자기실현"의 과정이라는 것을 의미하는데, 신남철의 서술에서도 이와 동일한 방식으로 그 개념을 사용하고 있다. 실제로 그는 자신의 논문 첫 부분에서 인간이 자신의 목적을 설정하고 그런 목적을 실현하고자 한다는 점에서 인간을 "창조의 최후의 목적"이라고 한 칸트의 『판단력 비판』을 긍정적으로 인용한다.[47] 마르크스가 일종의 목적론적 사유를 형이상학적, 관념론적이라 하여 강하게 비판했던 것을 상기한다면 이런 긍정평가는 의외다. 그런데 칸트가 이 말을 한 이유는 인간이 대상에 대한 오성의 단순한 파악을 넘어 스스로 이념을 형성하여 실현하고자 하는 이성적 존재임을 강조하기 위함이다. 이것은 칸트 철학의 관념론적 성격을 잘 드러내는 부분이다. 이렇듯 신남철의 인식론을 구성하고 있는 용어와 그 사용에서 유물론적인 쓰임을 발견하기는 어렵다. 그는 그저 그것이 신체와 연관되어 있다고 말할 뿐인데, 그 개념을 사용하지 않는다고 해서 그의 인식론의 내용이 달라질 것 같지는 않다.[48]

그리고 사물에서 촉발되는 감각의 무규정적 대상과 이를 가공하는 오성 사이의 변증법적 과정, 즉 주-객 변증법은 과학적 유물론자들이 줄곧 관념론적이라고 비판했던 방식과 같은 노선에 있다. 일반적으로 마르크

47 신남철, 「역사철학의 기초론」, 위의 책, 16쪽. 칸트의 원문에는 다음과 같이 쓰여 있다. "인간은 목적개념을 형성할 수 있고 합목적적으로 형성된 사물들의 집적으로부터 이성을 통해 목적의 체계를 이끌어 낼 수 있는 유일한 존재이기 때문에 지상에서 창조의 최후 목적이다." Kant, I., Kritik der Urteilskraft, in : Werke in sechs Baenden, Wilhelm Weischedel(hg.) Darmstadt 1998, S. 548.

48 그런 점에서 김지형이 김남천에게 한 평가는 신남철에게도 해당한다. "김남천의 '신체'는 추상적 리얼리즘이론, 혹은 추상적 마르크스주의를 '구체화' 하는 사유나 실천의 '통로' 정도로 이해한데서 머물고 있다"(김지형, 『식민지이성과 마르크스의 방법』, 소명출판, 2013). 김지형의 이러한 평가는 한수영의 위의 글, 435쪽에서 참조함.

스의 과학적 유물론, 혹은 역사유물론은 주-객 변증법이 아니라 객체의 변증법을 말한다. 역사변증법의 교과서에 해당하는 『자본론』은 자본주의 경제의 객관적 과정을 해명하는 책으로 잘 알려져 있다. 인식이란 그런 객관적 과정을 파악하는 것이다. 의식은, 관념론자들이 하듯이, 대상을 구성하고 창조하는 자가 아니라 마르크스가 말하듯이 대상, 즉 물질적 과정의 반영이다. 그가 유물론적 해명을 위해 뇌수와 신경계 등, 현대적 용어를 사용하면서 의식의 발생에 대해 말하고 있기는 하지만 그것이 의식 자체에 대해 말하는 것은 아니다. 의식이 대상을 반영한다는 그 사실 때문에 마르크스에 따르면 인식은 언제나 (관념론적이 아니라) 실재론적이어야 한다. 따라서 대상에 대한 적극적 가공작업과 이를 표현으로 드러내는 작업을 통해 세계를 주체의 자기실현의 세계로, 그럼으로써 자유의 법칙의 세계로 그리는 것은 대단히 헤겔적이다. 사실 마르크스의 객관적 변증법을 주-객 변증법으로 재해석한 서구의 철학자들은 즐비하다. 루카치의 『역사와 계급의식』은 헤겔의 정신의 변증법을 마르크스의 역사변증법에 적용한 대표적인 사례이다. 프롤레타리아트의 의식과 연관하여 혁명을 설명하고자 한 루카치가 과학적 유물론자들에게 관념론자라는 비판을 받게 되는 이유이다.

또한 그가 '신체'를 강조하는 이유는 이념이나 이상이 아니라 구체적 현실을 강조하기 위함이다. 그런데 감각적 신체를 강조하는 것이 구체적인 지에 대해서는 이론의 여지가 많다. (헤겔이나 마르크스의 경우에서처럼) 변증법에서 구체적인 것은 언제나 전체와의 연관에서만 밝혀지지 감각적 물질성에서 드러나는 것은 아니기 때문이다. 구체적인 것은 직접적인 것이 아니라 오히려 매개된 것임을 강조하는 변증법적 사유를 상기한다면,

우리의 무의시적이고 직접적인 감각, 신체적 감각이 역사와 물적 토대에 매개되어 있다는 것을 상기한다면 대상에 대한 신체의 직접성을 말하는 것은 변증법적일 수 없다. 헤겔이 진리를 가장 보편적이면서 구체적인 것으로 말하면서, 진리는 직접적인 것이 아라 "전체"라고 한 것이나, 마르크스가 『자본론』을 가장 감각적이고 직접적인 대상인 상품의 분석에서 출발하는 것, 이를 통해 이 상품이 모든 현실을 추상한 상태임을 밝혀내는 것은 직접성의 가면 뒤에 숨어 있는 현실을 밝히기 위함이었다.

간행사_연세근대한국학 HK+ 학술총서를 내면서

우리 연구소는 '근대 한국학의 지적 기반 성찰과 21세기 한국학의 전망'이라는 아젠다로 HK+ 사업을 수행하고 있습니다. '한국학이 무엇인가' 하는 점은 물론 관점에 따라 달라질 수 있을 것입니다. 하지만 개항과 외세의 유입, 그리고 식민지 강점과 해방, 분단과 전쟁이라는 정치사회적 격변을 겪어 온 우리가 스스로를 어떤 존재로 규정해 왔는가의 문제, 즉 '자기 인식'을 둘러싼 지식의 네트워크와 계보를 정리하는 일은 반드시 필요한 작업이라고 생각합니다. '자기 인식'에 대한 탐구가 그동안 없었던 것은 아니지만, 현재 제도화되어 있는 개별 분과학문들의 관심사나 몇몇 지식인들을 대상으로 한 제한적인 논의였음을 부인하기는 어려울 것 같습니다. 이러한 현실에서 '한국학'이라고 불리는 인식 체계에 접속된 다양한 주체와 지식의 흐름, 사상적 자원들을 전면적으로 복원하고자 하는 것이 바로 저희 사업단의 목표입니다.

'한국학'이라는 담론/제도는 출발부터 시대 · 사회적 영향을 강하게 받아왔습니다. '한국학'이라는 술어가 우리의 입에 오르내리기 시작한 것도 해외에서 진행되던 지역학으로서의 '한국학'이 반향을 불러일으키면서부터였습니다. 그러나 '한국학'이란 것이 과연 하나의 학문으로서 성립할 수 있느냐 하는 질문에 답을 얻기도 전에 '한국학'은 관주도의 '육성' 대상이 되었습니다. 이에 대응하여 실천적이고 주체적인 민족의식을 강조하는 '한국학'은 1930년대의 '조선학'을 호출하였으며 실학과의 관련성과 동아시아적 지평을 강조하기도 하였습니다. 그 가운데 근대화, 혹은 근대성은 서로 다른 맥락에서 '한국학'을 검증하였고, 이른바 '탈근대'의 논의는 의심 없이 받아들여지던 핵심 개념이나 방법론에 문제를 제기하기도 하였습니다.

'한국학'이 이와 같이 다양한 맥락에서 논의되어 온 것은 그것이 우리의 '자기인식', 즉 정체성 문제와 관련되어 있기 때문일 것입니다. 대한제국기의 신구학 논쟁이나 국수보존론, 그리고 식민지 시기의 '조선학 운동'은 물론이고 해방 이후의 '국학'이나 '한국학' 논의 역시 '자기인식'에 대한 시대적 요구에 응답하려는 노력이었을 것입니다. 우리가 '한국학'의 지적 계보를 정리하는 것에 만족하지 않고 21세기의 전망을 제시하고자 하는 이유도, '한국학'이 단순히 학문적 대상에 대한 기술이나 분석에 그치지 않고 우리의 현재를 성찰하며 더 나아가 미래를 구상하고 전망하려는 노력에 직간접적으로 연결된다고 보기 때문입니다. 주지하듯 근대가 이룬 성취 이면에는 깊고 어두운 부면이 있습니다. 그리고 이 명과 암은 어느 것 하나만 따로 떼어서 취할 수 없는 한 덩어리일 가능성이 있습니다. 21세기 한국학은 근대에 대한 성찰을 통해 이 질곡을 해결해야 하는 시대적 요구에 응답해야만 하는 과제를 안고 있습니다.

연세근대한국학 HK+ 학술총서는 이러한 과제를 수행하는 과정에서 나오는 성과물을 학계와 소통하기 위한 시도입니다. 학술총서는 연구총서와, 번역총서, 자료총서로 구성됩니다. 연구총서를 통해 우리 사업단의 학술적인 연구 성과를 학계의 여러 연구자들에게 소개하고 함께 논의를 진정시키고자 합니다. 번역총서는 주로 외국인들에 의해 이루어진 조선/한국 연구를 국내에 소개하려는 목적에서 기획되었습니다. 특히 동아시아적 학술장에서 '조선학/한국학'이 어떻게 구성되고 작동하여 왔는지를 살펴보려고 합니다. 또한 자료총서를 통해서는 그동안 소개되지 않았거나 불완전하게 알려진 자료들을 발굴하여 학계에 제공하려고 합니다. 새롭게 시작된 연세근대한국학 HK+ 학술총서가 소기의 목적을 달성할 수 있도록 여러 연구자들의 관심과 격려를 부탁드립니다.

2019년 10월
연세대 근대한국학연구소 인문한국플러스HK+ 사업단